总想好一点

漱　玉　著

长江出版传媒　长江文艺出版社

图书在版编目（ＣＩＰ）数据

总想好一点 / 漱玉著. -- 武汉 ：长江文艺出版社，
2021.11
　　（湖北草根作家培养计划丛书）
　　ISBN 978-7-5702-2028-1

　　Ⅰ. ①总… Ⅱ. ①漱… Ⅲ. ①长篇小说－中国－当代
Ⅳ. ①I247.5

中国版本图书馆 CIP 数据核字(2021)第 043417 号

总想好一点

ZONG XIANG HAO YI DIAN

责任编辑：李婉莹　　　　　　　　责任校对：毛　娟
封面设计：周　佳　　　　　　　　责任印制：邱　莉　杨　帆

出版：长江出版传媒｜长江文艺出版社
地址：武汉市雄楚大街 268 号　　　邮编：430070
发行：长江文艺出版社
http://www.cjlap.com
印刷：武汉市首壹印务有限公司

开本：700 毫米×1020 毫米　　　1/16　印张：39.125　插页：1 页
版次：2021 年 11 月第 1 版　　　2021 年 11 月第 1 次印刷
字数：465 千字

定价：68.00 元

第1章

梅漫的电话响了三次，她没有接，任凭电话那端的夏采薇心急火燎，形似疯狗，状如狂兽。

梅漫不以为意地笑着，仿佛看到了夏采薇爆栗般炸开的愤懑和急切，画面生动鲜活。

梅漫完全进入不疾不徐的境界。这个稳坐钓鱼台的气场都是她的"诸葛军师兼人生导师"、男友李翰歌告诉她的，只不过被她发挥得更加淋漓尽致。李翰歌说："朋友求你办事你不要张嘴就答应，抬屁股就去做。先掂量掂量自己的能力，稳一稳。要有处变不惊、以静制动的风范。"他的手掌向下，那样子像是一把按住了慌里慌张的梅漫。

梅漫摇头，对李翰歌的话充满不屑，张嘴向李翰歌身上喷了一堆坏词："口是心非、口蜜腹剑、老于世故、老江湖、骗子伎俩。"

李翰歌沉稳地说："与诚心正意无关。"

介于稳一稳的基调，梅漫不管夏采薇在打来的电话里怎么哀叹，始终沉住气，在家"当窗理云鬓，对镜贴花黄"，妥妥的慢步调。

哪个女孩出门不收拾收拾？虽不像古代女子那样费劲巴拉地点绛唇、绘黛眉、香腮雪，但怎么也要新妆出镜，有悦目的效果。

"咚咚咚。"门被打得哀号。

梅漫正用细墨笔尖精描眼线，听到声音手一哆嗦，笔尖直接杵到鼻梁上，点了一个大黑点，像趴着一只苍蝇。

梅漫顾不得抹掉脸上的"苍蝇"，生气地摔下笔，叉着腰就跳到门口，心里吼道："快递小哥，我一直对你们尊敬有加，可是，你们这么用武力打门，我零容忍。"

刚才手机提示让梅漫准备接快递。

梅漫怒气冲冲地打开门，凝气运于食指，一指来人，"大胆"二字还没喷出口，一看这张脸，傻了。

夏采薇露出狰狞的坏笑，手里举着围巾一把套住了梅漫的脖子就往外拽。

妈呀，鬼子来了，要出人命！

梅漫拉着脖子上的围巾哀叫："等我拿包、穿鞋！"

梅漫跌跌撞撞地被拖下楼，出租车停在楼下，梅漫被劫持上车。

"你打劫，我抗议。"

坐在车里，梅漫整整乱发，掏出镜子用手蹭脸上的"黑苍蝇"，擦不掉，夏采薇让她蘸点唾沫。梅漫气得用大眼睛狠狠剜了她一眼，眼神就像抛出的小飞刀。

窗外，新柳蘸绿，海棠不惜胭脂色，春日盈盈正可人。晴空里的海棠，游云下的粉桃，清风里的新绿，拿出了最旺盛的气势和深情，以求不负春色。

夏采薇也跟着春天一起凑热闹。

她让梅漫陪她见一位男友，夏采薇声称与这位朋友认识一年有余，他极其懂事，逢节必发祝福，连妇女节也要问候，两人很是聊得来。说这些话的时候，正是夏采薇失恋那段时间。

梅漫懒得当灯泡，让夏采薇自己去。夏采薇害怕，典型的有贼心没贼胆。夏采薇警告梅漫，若不陪同，直接用围巾套脖子拽走。

梅漫一声叹息。

在来福广场一层的咖啡店，梅漫点了杯冰咖啡，降降心火。

"不是约的十一点吗，这才十点，太坑爹了你。"梅漫"咯嘣咯嘣"嚼了一块冰，恶狠狠的，以示不满，并甩掉高跟鞋寻求舒服。

"穿上！"夏采薇一本正经，像在台上端坐讲话。

"新鞋，脚疼，谁叫你不等我找鞋。"梅漫一指香槟色的九厘米高跟鞋，不理夏采薇那一套，把高跟鞋踢一边，继续解放双脚。

夏采薇很享受地扬起脖子灌了一口冰柠檬茶。"爽！太舒服了，渴死我了。"

梅漫低着头懒洋洋地翻看手中的杂志，画面是一个战争中的小姑娘。她有感而发地说："你若生在古代，茹毛饮血；若生在动乱年代，背井离乡；若生在战争年代，朝不保夕。还能喝冰柠檬茶？来口生虫卵的河水解渴吧。所以，你要庆幸生在这个时代。"

"又来了。哎哟！我牙酸！"夏采薇听到梅漫的话，捂着腮帮子做痛苦状。

梅漫上大学的时候，很多同学看金庸、看玄幻、看穿越，她很跩地自诩为清流，跑到图书馆抱了一摞世界名著，什么《飘》《大卫·科波菲尔》《双城记》。打开《双城记》，就被狄更斯的这段话震撼了："这是一个最好的时代，也是一个最坏的时代；这是一个智慧的年代，这是一个愚蠢的年代；这是一个信任的时期，这是一个怀疑的时期……人们面前应有尽有，人们面前一无所有；人们正踏上天堂之路，人们正走向地狱之门。"寥寥数言穿透千年，这思想厚度，这智慧哲理，让人跪服。

她郑重其事地把这段话抄录在笔记本上，并熟稔于心，达到张嘴就能酸人的地步。后来看到《双城记》中邮车行走在雾气氤氲的多佛大道上，梅漫开始读不下去，名著啃不动了。还是金庸更好读，玄幻更欢愉，穿越更闹腾。但是，名著里的那段话很受用。

"你说得也对啊，现在我可以在网上找朋友，若是在古代我还要相信什么父母之命媒妁之言，说不定要裹个小脚面对娶三妻四妾的老爷，太痛苦了。"夏采薇故意颤抖一下肩膀，像被寒风吹透了身体。

第 2 章

梅漫和夏采薇伸长脖子观察进门的每一位单身男士，夏采薇在网上跟人家聊了一年多，都是打游戏，跟通过这种方式认识的人单独见面，确实需要胆量，也充满风险。

"见面暗号是什么？"梅漫低声问，两个人完全进入谍战状态。

"我围一条黄格围巾，他叼一根棒棒糖。"

梅漫一听，气得翻了一下眼睛，有这么小儿科的吗？怪不得今天气温高，夏采薇仍然顽强地围一条在脖子上转四圈的围巾，也不怕热出痱子。

玻璃门开了，一个帅哥叼根棒棒糖蹦进来，鼻梁上架个帅哥皮特戴的黑墨镜。

"真帅啊。"

夏采薇站起来直着眼睛迎了上去。刚走了两步，看到门口冲进来一个美眉，也叼根棒棒糖，一把拽住了帅哥的胳膊。原来人家是一对，只是一个先进来一个后进来。夏采薇白激动了。

"又进来一个叼棒棒糖的。"梅漫指着一个十多岁的小胖墩。

"开什么玩笑。"夏采薇不屑地撇嘴。"不要下咒语，巫婆。"夏采薇感觉不好地对梅漫说。

小胖墩环顾一下四周，最后锁定了夏采薇的黄围巾，像头小肥猪一样拱了过来。

"宝塔镇河妖。"小胖墩走到夏采薇身边说。

梅漫和夏采薇愣住了。

"蘑、蘑菇炖辣椒,不,蘑菇放辣椒。"夏采薇结结巴巴地对了一句暗号。

我的妈呀,帅哥严重缩水,从想象中的一米八秒变一米五。梅漫没戴眼镜,险些被小胖墩闪瞎了眼睛。夏采薇一把抓住小胖墩,真想拽住衣领扔出窗外。

"是你们啊!"小胖墩也惊讶地说。

"你不好好上学,打游戏,你妈没把你打成柿饼是手软。"梅漫撸着袖子,好像要替胖墩妈收拾他一顿。

"姐姐别激动,我学习不差,我妈打我干什么?"

"下次再到网上行骗小心我打你。"夏采薇气得一把拽掉了热烘烘的围巾。

"请我吃顿饭呗。友谊常在。"

"想得美。凭什么请你吃?"夏采薇没兴趣跟一个中学生吃饭,那多掉身价。

"就吃一顿肯德基。你不是说一起吃饭吗,我还饿着肚子呢,一早没吃就等你这顿饭。"

夏采薇一把提起小胖墩的衣领,气得恨不得把他扁成鳎目鱼。"告诉你,小孩子不能学骗人。"

梅漫拉着小胖子的胳膊说:"就知道吃,怪不得这么胖,老实交代,是不是想骗吃骗喝?不说实话,哼哼,我学过跆拳道,八级。"梅漫手指撑开一个八字,在小胖墩面前晃着打开的拇指和食指。

"姐姐,八级是台风,跆拳道分黄带、黑带,不分级。真不是骗吃骗喝,我猜想对方可能是个十几岁的小姑娘。"小胖墩不好意思地笑了。

梅漫对身边的夏采薇说:"完了,完了,祖国的花朵被什么毒水浇灌成这样了?"

"姐姐，您想得太多了，最该忧伤的是我妈，但我妈都放手让我到广阔天地大有作为了。"

"嘿，你还满嘴假真理。"梅漫训了一句小胖墩。

"姐姐，别拽我，我正跟同学筹划买哪个股票呢，我们合伙开了一个股票账户。我看好这个能源股，耶。"小胖墩举着手机让梅漫和夏采薇看。两个人简直要被这个新生力量折服了，这挣钱的意识太超乎她们的想象了。

这个小东西脑子里填的都是什么呀？太可怕了，简直是外婆死了崽，没舅（救）了。

"告诉你，这都是姐姐玩剩下的。现在谁还炒股啊，早凉凉了，没人热衷它，快收起这过气的东西。"炒股票赔过钱的梅漫一听这两字心里就一阵躁动不安。当初梅漫看到别人挣钱眼热，不听李翰歌的阻拦，一群牛都拉不回来的执着。后来又听夏采薇的建议炒港股，结果六万块钱转眼赔得不见踪影。她哑巴吃黄连，跟谁都不敢说，吃一堑，长一智，再也不碰那个东西了。

"错！"小胖墩来精神了，"中国股票从清政府、北洋政府的时候就开始发行。英国1551年成立世界上第一家股份公司。美国纽约证券交易所1811年建立，经过这么多年，交易所里依然场面火热。这与时间无关，只要你找准规律，赚钱不是难事。"小胖子信心满满，说话一套一套的。

"嘿，你真是个不简单的小胖子，没想到，对股票还有些了解。"梅漫拍了一下小胖墩的肉肩膀。

"那当然，不了解怎么行。干什么吆喝什么，不然赔的是真金白银。"

"告诉你啊，少折腾股票，少打游戏。多大点的小土豆，你脑子里装的都是什么呀？"梅漫用手敲了一下小胖墩的圆脑袋。

"这都是正常的，谁不想挣钱啊。比尔·盖茨十三岁就编程，我这也是实践。"小胖墩见怪不怪地说。

梅漫和夏采薇互看了一眼，两个人被小胖墩开了脑洞，瞠目结舌不知道说什么。

"让你姐姐请你吃肯德基，别饿着肚子回家。以你这种挣钱意识，说不定长大以后会成为大富翁，到时候请两位姐姐吃大餐。"梅漫对小胖墩说，她感觉刚才对小胖墩的态度有些过激了。

"看你这小胖子也算可爱，今天就请你吃吧，走！"夏采薇半拽半拉地把小胖墩提到了肯德基。

等夏采薇走出肯德基餐厅一看，梅漫早没影了，气跑了。

做事这么不着调，愣让一个十几岁的小屁孩给骗了，梅漫一气之下扭头走了。她早就着急去服装特卖会看衣服了。

夏采薇一看梅漫走了，便回去找小胖墩吃肯德基。她排队买完，坐在小胖墩身边。

"你怎么又回来了？"小胖墩刚吃完一个鸡腿汉堡、一份鸡块，正在嚼一份大薯条，喝可乐。他打一个饱嗝说："姐姐，再买两对鸡翅，不太饱。"

夏采薇翻着眼睛，把自己的一个鸡腿汉堡递给了小饭桶。

夏采薇给梅漫打电话，梅漫不接。梅漫心想，被小孩骗，低智商会传染，必须做好防护。

夏采薇知道梅漫去了港澳中心，近期失恋的她打算到国外散心，所以就没有去找梅漫，直接回了家。

梅漫、夏采薇和新生代小胖墩的一番较量，简直是俏大姐的油头，梳（输）得光光的。不过，梅漫也受到了启迪，她打算学学金融知识，毕竟这年头，不掌握知识，不提高挣钱意识，不好混啊。

第 3 章

夏采薇是梅漫的同学，两个人经常一起做作业，夏采薇需要梅漫的帮助才能顺利完成作业。夏采薇的家世好，也算是个小金枝玉叶。生活富裕的夏采薇对学习兴趣不大，小太妹似的，今天刮个歪风、明天洒个邪雨地折腾。老师三天两头请家长协助教育，她经常把家里的保姆或者三姨拽去冒充家长挨训。夏采薇有次奇葩地送给她喜欢的男生高朗一盒软中华，后来被叫到老师办公室，她看到那盒烟放在老师的办公桌上，心想，坏菜了。

这事也没难住夏采薇，她花钱雇了一个早点摊炸油条的胖师傅，对老师说家长不在只能把三大爷揪来。三大爷浑身散发着不太招人待见的哈喇味，只会歪着圆脑袋向老师点头傻笑，满嘴口音"肿、肿、肿（中、中、中）"的他，啥都不会说，最后走时捏捏兜里夏采薇给的钱，狠狠心对老师说："您就当瞎了，啥也看不见不就妥了，要不我一会儿给您端一簸箕油条来，您看肿不肿（中不中）？"

老师听了，鼻子险些被气歪。他让老师瞎了，老师能不气愤吗？夏采薇当然也生气啊，前半句还受听，后半句，就您那地沟油炸的油条，还敢给老师送来？

三大爷走后，老师忍住笑问夏采薇："你三大爷是不是有点傻？"后来，"三大爷有点傻"成为班里同学对夏采薇的称呼。不过，老师后来确实有点"瞎"了，不是特别大的事不再让夏采薇请家长。夏采薇自得地对梅漫说：

"三大爷智商杠杠的，真办好事。不过，我想扇高朗一个大嘴巴。"夏采薇搓着手，明显的手痒难耐。

梅漫说："你是想让三大爷再来一次?!"

夏采薇对老师的训导及家长的严词忠告，根本不放在心上。

从小到大，这么多年了，夏采薇还没有找到调。梅漫担心她一辈子跑调。

梅漫当然不会像夏采薇一样，做出那么不着调的事。

可是，她身上的毛病也不少。不然，男友李翰歌也不会时不时名言警示地提醒她。

梅漫走路带风，说话伶牙俐齿，吃相有点麻绳穿豆腐——既提不起来又不好看。用有些人的话讲，此女太浮躁，太威猛。

给梅漫贴上浮躁、威猛的标签，她除了愤愤不平之外多少有些义愤填膺。

"现代人什么生活节奏，不威猛行吗？否则地铁都挤不上。"梅漫忽闪着长睫毛，懒得跟不懂她的人浪费唾沫星子。

梅漫确实够威猛。她有次从南站下高铁，挤在人群里等出租车。马上夜里十二点了，等出租车的队伍依然很庞大，拥挤到摩肩接踵。一个高个老外仙鹤似的立在人群里，眼神惊悚、脑袋转圈地左右巡查，脸上的表情很无奈，像吃了黄连似的笑中带苦。他在梅漫的左前侧，七挤八挤，梅漫就超过了他，过了半个小时，梅漫与老外就隔了几十个人了。梅漫盘算着，他起码要比自己多等半个小时，于是得意地笑了。

梅漫的妈妈每次看到风风火火的女儿就特意柔声细语、语重心长地说："说话要过脑子，干什么事都要沉声静气，别急吼吼没头苍蝇似的瞎撞，想嗡嗡什么就嗡嗡什么，想趴屎上就趴屎上。最基本的，做什么事都要放慢速度，动动脑子，淑女一点。"

梅漫一听"淑女"，立刻惊炸，撸上袖子，叉着细腰来了精神。那神态，好像要跟谁掐一架。

"淑女是个伪命题，都是骗人的。世界上本没有淑女，装的人多了，都成了淑女。你看那个文雅的姑娘，她说不定跟十个自称有钱的真假骗子谈过恋爱，然后假装清纯地红着脸说她这也不知那也不懂。难道你喜欢这样虚伪、恶心的淑女，不喜欢我这样真实、可爱的女汉子？"

梅漫的妈妈顾蕙兰险些上去捂住梅漫的嘴。"姑娘家说的什么话呀，不嫌害臊，我都不好意思听。"她一扶脑袋，有点迷糊，这是要被气晕的前奏。

顾蕙兰领教过本家真实的女汉子。小时候，刚上一天学的梅漫拽着顾蕙兰的胳膊去商店买大钢勺，小胖手坚定地指着最大号钢勺说："我要跟同学抢饭，他们带的勺子比我的大。"顾蕙兰看看小苹果似的勺身子，看看梅漫樱桃似的小红嘴，担心大勺子把小嘴撑裂了，她盯着女汉子粉裙下鼓起的青蛙肚子，语重心长地说："你的肚子跟同学的肚子一样大，不用跟人抢饭。"

顾蕙兰第一次被这个真实的丫头弄晕了，心想，这孩子，心里住着个魔鬼还是强盗啊？必须对她加强教育，即使自己变成唐僧似的贫婆也在所不惜。

长大后的梅漫被顾蕙兰教育得三观正，做事有底线，人也善良、单纯、爽气。顾蕙兰又有些担心，据她观察，这傻丫头被扔到广阔的天地里，恐怕要吃亏，主要是社会不是一般的复杂，开宝马的不一定是富翁，可能是骗子；骑白马的不一定是王子，可能是唐僧。以她修炼多年的火眼金睛都难以分辨，经常把骗子看成大兄弟，把留辫子的小伙看成大姑娘，何况这个成天咋咋呼呼的丫头。她是春茶尖儿，太嫩了。

第 4 章

至于梅漫的吃相，其实也不是难看，她只是性急、随性罢了。

有一次，梅漫、夏采薇和穿着中式花旗袍的磐磐姐，还有磐磐姐的留着络腮胡子的荷兰老公米克一起吃饭，上了盘金黄的煎饺，梅漫看他们每人叉了一个，然后左手按叉、右手操刀开始宰饺子，小煎饺被切成段，小鼓肚子里的三鲜馅都露出来了。磐磐姐叉起一节，尖着小嘴抿了进去；夏采薇也目不斜视地认真宰饺子；荷兰姑爷米克宰得更认真，吃个饺子锯三段。这三个人搞什么呢？尤其是磐磐姐和夏采薇，可能做梦没醒，以为自己在参加名流晚宴呢，真能拿腔作势。

以梅漫的率性，绝不会与他们同流合污，她放下刀叉，捏起饺子一仰头直接丢进嘴里。还没嚼呢，梅漫的左脚就被身边的磐磐姐和夏采薇一人踢了一脚，梅漫一咧嘴，没噎着直接咬了舌头。这不是主要的，她主要是心疼镶满假碎钻的高跟鞋，就这么一双昂贵的鞋，参加饭局及重要活动时穿的，一人一脚，指不定被踹掉几个钻呢，秒变残疾鞋了。

梅漫噘着嘴，看他们继续文雅绅士地宰饺子。磐磐姐和老外丈夫嘚吧嘚吧说梅漫听不懂的英文，嘴里不时冒着 ya、ya 的声音——熟练运用英语的老外都习惯用这个简洁的词表示"同意、是、对"。估计他们在使劲夸中国的饺子好吃呢。老外都喜欢吃中国饺子，因为这是中国饮食里一道不错的面食。

夏采薇也频频点头微笑，好像什么都听得懂，还跟他们一起附和着瞎 ya，简直是苍蝇采蜜，装蜂（疯）。夏采薇的英文水平停留在初初初级阶段，可熟练运用 hello（你好）、good bye（再见）、go to bed（上床），撑死了能说一句 how much（多少钱）。

听着他们三个人不停地 ya、ya，梅漫不以为然地一闭眼，脑子里即刻冒出一群扭着胖身子呀呀叫的鸭子。

磐磐姐以前是个模特，算是中国比较早的一批 T 台模特。拿了国内模特大赛新人奖的磐磐姐眼看要火，也不知被哪阵妖风吹歪了脑神经，想的主意总是严重跑偏，非要一脚踏上耀眼的世界舞台。看见法国舞台上扭猫步的中国名模吕燕眯缝眼，一脸雀斑，厚嘴唇，没有自己美，便一门心思想火过她。可惜，外国人的审美观和中国人的审美观，完全是猴吃麻花，满拧。

磐磐姐是典型的有火的心，没有火的命，她就是头上顶个葱心绿的高跟鞋，挖空心思、标新立异地走舞台，也没有反响，也比不上高挑的俄罗斯金发美少女，也竞争不过翘臀、蜂腰的非洲黑牡丹。迈急了腿，没踩好点的磐磐姐，眼看模特的黄金年龄已经过去，舞台上也难以找到立锥之地，心急如焚的她，只得赶紧抓婚姻，以闪电的速度嫁给了一个荷兰籍服装设计师。后来她回北京创业，在时尚的三里屯新东路开了一间皮草店，全球售卖，重点锁定中国演艺界明星和富商，并专门请国外模特做广告，生意也算火起来了。

每次喝多了酒，磐磐姐都会借着酒劲儿盯着自己的逆天大长腿忧伤地哭一回。她后悔跟风出了国，认为自己若在国内继续发展，至少张艺谋拍《有话好好说》不会找瞿颖演俺轰（安红），肯定会找她。她说不定早就成超级大明星了，还用辛苦开小店？那样她就会带一帮助理飞巴黎香榭丽舍大道，从协和广场逛到戴高乐广场，一路狂奔，买买买！

她曾歪着脑袋问梅漫和夏采薇："时光可以重来吗？"

夏采薇灌一口抹盐的龙舌兰酒，又往嘴里挤了点柠檬汁，酸涩得咧嘴。"走，去买后悔药。"

直筒子梅漫说得直白，直接捅磐磐姐痛苦的心窝子。"磐磐姐，你就不该出国，不出国肯定大红大紫。"

说得磐磐姐险些捶胸顿足，仰着头灌酒麻木自己。

梅漫说话就是不会拐弯。

第5章

梅漫除了按时上班，还在男友李翰歌的影响下，参加了一个义工社团，李翰歌去郊区的孤儿院做义工，梅漫去打工子弟学校当义务舞蹈老师。从小练芭蕾舞的梅漫，跳起舞来很有功底，颇有专业舞蹈演员的风采。"要不是为了糊口入职学校，说不定可以成为一名没有名气的舞蹈团伴舞，或者成为孔雀公主杨丽萍第二。"这是梅漫自嘲的话。除了义务当老师，她每周还去哥哥梅欣的朋友经营的午夜精灵酒吧做一至两次领舞，纯粹是为了挣钱和锻炼身体，当然了，还兼过舞瘾。

对于自己在打工子弟学校当义务老师的事，梅漫很引以为豪，时时觉得自己脸上贴着闪光的小金子。其实，这完全是李翰歌把她绑架入职的，并非她自愿。但是，梅漫坚持下来，并且习惯了这个工作，也算很敬业了。所以，她可以对别人口吐豪言：

"在你周围，有几个人做义工，一听这个词，觉得新鲜、陌生吧？不管是养老院、孤儿院、精神病院、动物领养院、流浪者活动站……需要做义工的地方多了，你去过吗？我大学没毕业就做义工。我都佩服我自己，我的身上充满阳光的味道。"梅漫不仅自吹自擂，自我陶醉，说兴奋了还会发表独特见解：

"每个年轻人都该做义工，要学会对社会奉献和付出。听说泰国男人一生必须做三件事：读大学、服兵役、当和尚。我觉得这三条都很棒，可以掌握知识、增强责任感、提高境界，适合所有男人修行。我认为女人一生也要做三件事——上大学、学厨艺和学育儿保健，这是对下一代负责，对家庭负责。"梅漫说得信誓旦旦，比唱得还动听，她的歪理论当然不会完全被人认同。

其实，梅漫每次去学校做义工都要私下跟李翰歌要两百块钱，当然是李翰歌自掏腰包。梅漫说课是免费教的，这是交通费，她那么爱花钱，钱总不够花。梅漫这是开玩笑，其实李翰歌给的钱，她都存起来了，等年底全部还给李翰歌，她是怕李翰歌每月花光工资，在为李翰歌存钱呢。

坐办公室的李荷花特别羡慕梅漫的工作，后来，等李荷花从舞蹈学院进修结束，梅漫就把这份义工转给了李荷花，自己清闲下来。

李翰歌是梅漫的大学校友，当初的学生会主席，热血青年一枚，研究生毕业后被分到了某事业单位。

梅漫喜欢上他是在清早校园的草地上。一天，她突然听到了悠扬的笛声，并被这首曲子打动了。梅漫循着笛声跑过去，看到阳光下一个身穿白衬衫的男孩在歪着脖子吹笛子，白衬衫在阳光下那么素净、耀眼，男孩低垂的眼睛那么清澈、传神。

传说中的男神来了。梅漫的心被砸了一下，她捧着怦怦乱跳的心跑了。怎么回的宿舍，沿途看到了什么风景，遇到了什么人，都不记得了，她的脑子里只有飘动的白衬衫。室友问梅漫："这么快就从图书馆回来了？"心无旁骛的梅漫居然没有听到，她耳朵里灌满了心旷神怡的笛声。她当然不知道，那个男孩正在吹奏的是嵇康的旷世名曲《广陵散》。

第二天，梅漫从笛子男神身边跑过，有意急匆匆地把钱包掉到地上，想导演一幕攻心计。她以为，男神吹笛子不会看不见女神掉的钱包，谁知男神吹得太投入，真没有看到她的钱包。自作聪明是有风险的，梅漫险些赔上钱包。她只得大嚷着跑到男神身边问："你看见我的钱包了吗？"这样，男神的笛子声才戛然而止。从此以后，笛子男孩身边总有一个长发、长腿的姑娘。

当然，两个人还有一个共同爱好，就是打篮球，每年学校大学生篮球赛，梅漫梳起长辫子，勒上头带，一身运动装，在篮球场上飞跑，相当青春阳光。

后来李翰歌读研究生，去祖国的偏远县城、他父亲的老家调研，去孤儿院、养老院做义工，每天忙得不亦乐乎。他还经常带着梅漫等一帮青葱学生，去 Wi-Fi 信号不好，一到晚上就黑灯瞎火的原生态大山里体验生活。梅漫就这样喜欢上了有爱心的李翰歌。

第 6 章

为了保持体形，使身上的肌肉紧致，梅漫每周做一次空中瑜伽。今天，她开着自己的黑色大众，正在北京高峰时期的环路上一挡、二挡向前挪，这速度简直是乌龟爬泥潭，逼疯人的节奏。梅漫家很早就买了汽车，算是买车比较早的家庭，这当然跟梅漫家一次特别重要的抉择有关系……

梅漫摇下车窗，真想跳出去跑步前行，或者，直接在车窗上插俩翅膀飞走。

此时，梅漫的电话响了，是夏采薇打来的。这两天她不是去国外了吗？她跟梅漫说自己特别痛苦，特别馋德国的烤猪肘和黑啤酒，然后报个旅游团说走就走了。夏采薇的毛病是，只要痛苦就狂吃东西。

那里跟国内有几个小时时差，这时候是后半夜。

梅漫心想，这家伙不睡觉，VIP 水准的夜猫子。梅漫把电话开成免提模式。这样可以从容地盯着方向盘开车前行。

"哈喽！哈哈！"

梅漫一听夏采薇的前奏语，就知道她是德国黑啤酒灌猛了，醉了啊。

"我在奥古斯蒂纳啤酒馆，吃了一个烤猪肘，喝了一升半的黑啤酒，撑吐了，跑厕所碰到一个老外，也喝醉了，跟我一块吐，还向我伸大拇指，说：'中国，好，你，中国妞。'"

梅漫一听，恶心得连德国烤猪肘都不馋了。

"我想起了很多美好的事，高兴啊，想笑；又回忆起了很多伤心的事，想哭。你说记忆是怎么回事？长忆别时，明月如水啊！"

夏采薇说了一句苏轼的诗，正常人不说这些。是不是在德国大街上歪歪斜斜走路望星空呢？平时连儿歌都不太会背的夏采薇也笔落惊风雨，诗成泣鬼神了。夏采薇不能控制情绪，喜怒无常，完全是醉酒型精神病。夏采薇的曲调高，梅漫也要跟上调。

她不背诗，她抖搂名言。

"如果你没有患阿尔茨海默病，百卉千葩的记忆就是一座取之不尽用之不竭的宝藏，会激发你的无限潜能和聪明睿智，当然，也会给你带来无限欢愉和撕心裂肺的不堪和疼痛。"这是梅漫总结的人生台词，没有什么深奥的哲理，只是对生活的小感悟。梅漫眼下的心智还属于凡桃俗李的水平。

"记忆是你的历史，它有时更像你心里的一面镜子。"梅漫接着迎合夏采薇的高调。这雷人的警句当然不是梅漫总结的，这是哲人、大师们的锦囊佳句，属于月章星语。这是梅漫小时候背的经典佳句，她在这里引用而已。

"喂喂！"梅漫喂了两声，夏采薇那边没有回音。难道夏采薇的曲调断了，醉睡了？

梅漫正疑惑，车子走到东直门人行横道了，这里没有红绿灯，人行横道上走过来一对老夫妇，还拉了一条咖啡色黑鼻小泰迪。梅漫想起了在国外旅游，过马路时汽车里的人总是微笑而耐心地避让行人，这一点特别绅士和文明。不像有些司机，不是满脸优越地肆意按喇叭惊吓行人，就是自以为是地跟行人抢路，好像他们坐在优越的快行线上，路上的芸芸众生都是愚钝和无能的庸懦之人。梅漫顶看不上这种人。

看到这对老夫妇，梅漫内心生出柔情，脚下赶紧轻点刹车，微笑着隔着玻璃窗挥手，示意他们先过去。两位老人愣了一下，微笑着荡起一脸湖水褶，花白的头使劲点。

梅漫刚点了刹车，挥动的胳膊还没放下呢，就听见大众屁股后面"砰"的一声，车身明显震动了一下。难道被追尾了？梅漫赶紧推门下车。

"干什么你，没红灯你停什么车呀，会不会开！傻呀。"后面一辆宝马车上下来一个男人。

嘿，这男人出言不逊。

"你瞎呀还是傻呀，回家先把牙刷了，别满嘴喷粪。没看到俩老人过马路，那不是你爷爷和奶奶吗？倒行逆施，你不认祖宗啊。"梅漫也不是好惹的，回骂他个狗血淋头。遇到这种人不能客气认怂，扭扭捏捏地跟他讲道理、讲文明，那就是对牛弹琴。梅漫身边即刻围了一些看热闹的群众，目光凌厉，冷眼看剧情发展。

再交火下去估计要动手，幸亏交通堵了，戴墨镜的黑脸交警来了，不然梅漫可能要挂彩。

追尾不是梅漫的责任，这一点毋庸置疑。梅漫看到追尾车上立在方向盘旁边的手机，说："他开车看连续剧，交警大哥，能不追尾吗？"

梅漫抬起利剑般的手，直指对方软肋。对方没辩解，哈哈，这是默认了。刚才的盛气凌人呢？现在完全是死螃蟹，奄拉爪了。

梅漫自己开车打电话的事她早选择性遗忘了。

车子没有严重受损，轻吻，漆都没掉多少，但梅漫的心灵很受伤，重创出血。她被交警支走了，交警说该干什么干什么，如果不嫌麻烦非要把车上的漆铲掉了再补个大补丁，就自行走保险，然后去交通队处理。"以后别一碰了车不看情况就先掐架，什么素质！"墨镜交警看了一眼梅漫的下半身。梅漫低头看自己，黑色练功裤裹着曲线毕露的大腿。她赶紧麻利地钻进车，谁知提前换好衣服会出这么个事呀。

智圣诸葛亮掐断手指，也算不到会出此岔子。

第 7 章

梅漫走进"青鸟健身"——被神吹为青春能量发动机的空中瑜伽的练习馆。

练功房里的人都拉完筋，身体吊上半空了。干练的女教练拽着队友的大腿，歪头向梅漫甜美地笑笑说："美女来了。"

"嗯，霉女来了。"梅漫苦笑着自诩为霉女。

梅漫简单活动下身体，直接升空。先做个伸腿倒立，再做个束角式、单腿倒立，做完这几个动作，梅漫双手触地，倒束角停留，拉背部和腰部的深层肌肉。

体态婀娜的教练，孔雀蓝的身影在梅漫眼睛里头朝地地飘动，朱红色木门的门框也朝下了。完全是颠倒的世界。咦，李菡苕怎么来了，做梦呢？梅漫怀疑自己刚才撞车、骂架，被折腾得精神短暂休克，恍惚了。她翻身升空，悬吊飞天。先晃晃脑袋清醒一下，别让里面的水和面粉混成糨糊。她一抬胳膊，发现进来的果真是李菡苕。

李菡苕张着嘴喘气，伸着手抹汗，好像累吐了血赶来的，她脑袋左转右转，脚底下拌蒜，还没找到梅漫呢。

"荷花，我在这呢！"

李菡苕是梅漫少女时代儿童中心舞蹈班的同学。几年舞蹈练下来，汗水和泪水还没有甩干，浪漫的舞蹈生涯就结束了。考不进舞蹈学院，指望跳舞混饭吃的希望不大，学习又吃紧，真不知这几年付出的意义是什么。长大后，好在梅漫和李菡苕都没有完全放弃舞蹈，梅漫更是选择了与舞蹈相关的职业，进学校当了一名舞蹈老师。这让李菡苕羡慕得眼冒金光，她的舞蹈情怀还没有释然，却被命运安排在一家事业单位。李菡苕经常咬着嘴唇一脸痛苦地向梅漫倾诉她的不幸遭遇，并满怀欣喜地听梅漫讲述训练那帮舞蹈妞时的"颐指气使"。

梅漫从不叫李菡苕大名，这是从少女时代就开始的。一次在校园，梅漫看到一个架着黑框眼镜的男生歪着脖子对喷泉里的卷叶睡莲发诗情："菡苕香消翠叶残，西风愁起绿波间。"

梅漫盯着澡盆大小的袖珍喷泉寻找诗情，心想，这少年念什么咒语呢，喷泉的水都发绿发腥了还香消翠叶呢，完全是一个瞎鼻子瞎眼症患者。愣把一盆洗脚水咏诵成大海，这是蚂蚁的眼界和胸怀吧。

不过，梅漫还是被少年的两句诗砸蒙了。她回家搬起砖头般的《汉语大辞典》一查，趴在书桌上抖着肩膀阴险地笑了。原来菡苕是荷花的雅号呀。再次见到李菡苕，梅漫张嘴就喊："李荷花，别以为你叫荷花就出淤泥而不染，我知道你在罚你下腰的老师的杯子里吐过唾沫。"

李荷花嘘了一声，咧着大嘴满不在乎地笑了，她踮起脚轻捷地转了一个三百六十度，说："我不是俗气的荷花，我是荷花仙子。"

李荷花趴在梅漫的耳边悄声说："我班男生都管我叫李含蛋（菡苕），气疯我了。"

"咦，这个名字更好听。"梅漫说完，扎在李荷花的肩头，两个人笑成了一团。

"荷花！咱妈真有学问，这名字完全服从雅俗共赏的理念。"梅漫向李荷花一挑大拇指。李荷花一嘟嘴，满脸痛苦和无奈。

李荷花这个名字被梅漫叫了十几年，完全替代了真名李菡苕。

这不，梅漫看到李荷花在健身房里急切地找自己，音调都变了，哭丧着脸。李荷花的单位离这里不远，她有时也到这里练瑜伽。

"谁死了，你这么急？"梅漫也不知道李荷花为什么这样，她觉得，只有死人了才可能这样着急，所以问了这么一句不着调的话。

"什么呀！"李荷花一拍巴掌，开嗓完全是戏腔，音调上挑再下滑，那表情跟评剧《花为媒》里的媒婆有得一拼，完全急得失态了。

"夏采薇叫咱俩买的睦和众筹，听说出事了，我给夏采薇发微信消息，她说她的痛苦多着呢，为此，她喝醉好几回了，想直接跳进葡萄园旁边的多瑙河。"

啊！梅漫浑身冰凉，魂都快飞了。怪不得今天夏采薇抽风给自己打电话呢，原来醉酒了都没勇气跟自己摊牌。自己几件事都毁在她身上，她简直是自己的大灾星。还口口声声自吹是梅漫和李荷花的投资理财顾问，看她给介绍的狗屁项目！

梅漫这次脑袋真的进糨糊了。晕，手一松直接从半空啪嗒把自己扔地上了。

李荷花和教练惊叫一声，飞跑过去搀扶梅漫，梅漫哪起得来呀，不是身体的问题，完全是心里的障碍呀。心都摔碎了，这可怎么捡呀？

李荷花和梅漫神情凝重地相互搀扶着，准备打个车回家。不用去医院，梅漫知道摔不坏。她也知道，车不能开了，这沉重的心情，开车上路，要是撞到个人，不是闹着玩的。

"要不咱们去找磐磐姐问问？"

李荷花搀着梅漫，一个外八字，一个瘸着腿，就像两个伤员一样。

第 8 章

梅漫脑子里跟过电影似的，记忆完全被建设路亚贸中心三号写字楼十八层鸟瞰市区的风景充斥着，赶不走、拔不掉，纹路清晰地镶嵌在脑海里，像一枚钉子，扎得她脑仁生疼。

一切都是从那次打开潘多拉魔盒开始的，从那天起，坏运气就开始了。

梅漫觉得她的魂早就从十八层掉下去了。

每次提到这些，梅漫都会一撇红嘴，把眼神从左边甩到右边，嚷道："谁也不是神仙，事没到你头上，钱不是你亏的。"

这件事还要从夏采薇给梅漫介绍这家圣大银行的投资说起。那天，梅漫听了夏采薇信誓旦旦的介绍，急不可耐、浅蹄试水地在这家银行投了点钞票，完全是手拿鸡蛋走滑路——提心吊胆。

没想到，老牌银行就是靠谱，很快，梅漫就赚了一笔。她心里向圣大银行伸出了赞许的剪刀手。

梅漫尝到了赚钱的甜头，实在太美妙、太轻松简单了。投五万块，一年后就成了五万六千块。五十万呢？八十万呢？梅漫心里排起了一串数字。梅漫心想，这次夏采薇介绍的事总算靠点谱。

以梅漫有限的社会经验，她经常这样提醒自己：做什么事情都赶早不赶晚，必须抓紧，跟上社会潮流是不刊之论，准没错。

赚钱的买卖才是买卖，你不理财财不理你。天天上班、回家、看电视，这是现代人的生活吗？现在是什么时代，学生都知道几个人凑钱开账户炒股，乞丐都举着二维码，大妈都知道炒黄金，大爷都知道炒房。经济高速发展，人的欲望迅速膨胀。不痴呆、不傻气的梅漫不做点什么简直对不住自己，对不住这个大好的时代。别真成了阿斗似的人物，这是时代扶你上墙啊，还用客气吗！

用狄更斯的话简约概括为：这是最好的时代，这是智慧的年代，这是光明的季节。

梅漫又在心里背诵了这段经典名言。

想一无所有还是应有尽有？想要光明和希望吗？那就做出明智的抉择，跟紧时代的潮流，不当弄潮儿也要踏踏浪。这是梅漫总结出的人生哲理。

发财不忘老朋友，美滋滋点完钞票的梅漫这次拽着李荷花，打算直接踹开圣大银行的 VIP 客户门。

后来，梅漫拽着李荷花直接去亚贸中心投资。

两个人走在一层宽敞的连体楼里，连在一起的三栋楼拔地凌空，气势威武，很震慑人，楼肚子里吞纳了多家实业名企。当然，这里还是个商场，有很多梅漫和李荷花眼馋的奢侈品大牌入驻。

她们要从第一栋楼的购物中心穿到第三栋写字楼的十八层。脚下乳白色的大理石反射着头顶上水晶吊灯的炫光，把梅漫和李荷花的身影投在地面。梅漫甩着大长腿，迈着阔步，长发在身后被气浪打得翻卷着，她的脚步比一般人跨得大，这是几年舞蹈练习的后遗症。梅漫喜欢穿微喇长裤，喜欢穿过膝长靴配 A 形小皮裙，或者穿拖及脚踝的飘飘长裙。宽肩、细腰、长腿，这身材，穿什么都像 T 台上业余走秀的——因为她不走猫步，不叉腰，不甩头，没有 T 台模特的职业特征，缺少了妖娆的动作，所以只能说业余走秀。

李荷花紧紧跟在梅漫身后，迈着她的经典外八字。梅漫曾经语重心长地说过李荷花："荷花呀，咱能不能不像鸭子似的歪着脚走，挺漂亮的姑娘，这一走，完全是一粒老鼠屎坏了一锅汤。"

李荷花听了也不生气，呵呵笑着说："我也想改呀，那天特意伸直了腿走，结果没走两步，唉，顺拐了。"

李荷花的外八字脚，套上小翘裙，站到台上抡起白萝卜大腿就是一只惊艳的小天鹅。她还偏好梳中分丸子头，完全不用装扮就能上台旋转。

两个人一前一后地穿梭在行人中。

"告诉你，如果你的朋友是只猪，你不用花时间跟他谈梦想，他关心的只是饲料。"梅漫边走边给李荷花灌心灵鸡汤，其实是在暗赞自己的英明和正确。

"如今衡量一个人的能力和成功与否的标准是什么？是他能挣多少钱，在福布斯排行榜第几位。你看看报道，明星李荷花的几亿分手费，阔太李荷花生了三胎，中国二富李荷花买下整个斐济荷花广场，全是钱啊，豪宅啊，名车啊，搞得我天天看自己像个乞丐。"

李荷花嗯嗯地点头，也不知听到没听到梅漫把她当成话题女王。她的脑袋从左边转到右边，又从前边扭到后边，像上足了发条的机器根本停不下来。她不是有意心不在焉，而是眼睛完全不够使。

"嘿，跟紧点。"梅漫回头，看到李荷花张着嘴，侧着头，八字脚都不知道抬了。这是什么景把荷花吸引住了？梅漫的眼睛顺着李荷花的眼神延伸，即刻也瞪大了眼睛，心里喊了一句："妈呀，奇葩。"只见一个高鼻梁、深眼窝、棕色头发的外国猛男，下巴上吊着一个香肠似的棕色麻花辫。这完全是小辫子编错了位置，需要人在心里适应性错位。

"这胡子到单位要被领导一剪刀剪了。"梅漫咧了一下嘴。

"就是，在家里也会被老爸老妈一把拽了。"李荷花补充说。

"我上次去国外，在大街上看见一个青春美女，边走边吸烟，身后跟着她表情自然的父母。要在我家，我妈肯定上手直接揪头发抓脸——敢抽烟，造反了还是想毁容?"梅漫笑笑说。

"咱妈真凶猛,完全是老虎、豹子的同类。"李荷花向梅漫笑笑。

两个人把下巴上吊着辫子的奇葩男目送到穿梭的人海中。

梅漫吸吸鼻子,呼了口气。"荷花,你闻这空气都是香水味,沁人心脾呀。"

"什么蓝风铃,我闻的是咖啡味,咱俩闻的味道怎么不一样?要不回头一人来一杯蓝山?"李荷花看着旁边的敞开式咖啡厅,夸张地吧唧吧唧嘴。

"我要喝瑞士巧克力咖啡。"梅漫伸出小舌头一舔嘴唇,馋了。

第9章

两个人沿着人流向左拐，随即被三扇闭合的透明玻璃矮门挡住了。李荷花伸着脖子向里望，只见一个络腮胡子的外国男人摇着头向身旁的女友任性地说着 NO，NO，NO，不知在讨论什么问题。他用手中的卡在识别区一刷，两扇小玻璃门听话地张开嘴，他身后黑脸、白牙的非洲女友一扬手中的卡，也敏捷地跨进去了。梅漫向李荷花一吐舌头，心想，进个办公楼也跟进地铁似的，刷卡放人。

没有门禁卡的梅漫和李荷花，只能按图索骥，掏身份证取识别码。

第十八层的办公楼里很安静，两个人下了电梯向左拐，发现玻璃门根本进不去。正不知所措，看到一个身穿西装的金发男人，两个人即刻像发现了救命稻草，结果绅士一抬手指对面。原来电梯右侧是开放的服务台，贴金色花纹壁纸的墙上，标记得很清楚。梅漫懊恼地发现自己像个土老帽，完全是刘姥姥进大观园的举止。

前台里，坐着端庄的服务小姐。看到梅漫和李荷花，她即刻微笑着站起身，说关经理正在接待客户，请稍等。说完，她把两个人带到视野极棒的小贵宾室，并奉上了一杯无味的白水。

"看，前台小姐都长得那么好看。"李荷花伸着细脖子追看前台小姐的背影说。

梅漫坐在沙发上，正对着落地窗，高楼大厦全部收在眼底。虽没有如洗的蓝天，但一览众山小的开阔气势也让人舒坦。

"人为什么那么喜欢财富呢？一说坟墓里藏着金银财宝，都不觉得坟墓可怕了。财富对人天生有种吸引力。比如我无意间尝到了赚钱的甜头，不自觉就把目光和注意力转移到这上面。"梅漫说完，看着玻璃窗外的空中风景笑了。

"钱是重要，但也不能张嘴闭嘴都是钱，那不成了俗女加欲女了。"李荷花把食指按在嘴角上，夸张地向梅漫歪着脑袋。

梅漫听完李荷花的话，侧着眼睛瞄了一下李荷花。

"荷花，我真要对你刮目相看哦，我觉得有钱好，想买什么就买什么，那是什么日子，赛神仙啊。我这种观念是正常的，你别教育我端正三观。"

"我也觉得有钱好啊，可以想干什么就干什么，比如我，有了钱就可以去俄罗斯、法国看芭蕾舞演出；可以办一所舞蹈学校，我当校长兼指导老师，专门罚不好好练功的妞下腰，天天训她们，哈哈哈。"李荷花回忆起了她的舞蹈生活。她的舞蹈情结总是放不下。

"你训人有瘾还是当老师有瘾?这想法是跟时代同步的吗？像我妈那个年代人的情怀。"梅漫笑着摸了摸李荷花的额头，检查她是否发高烧说胡话。

透明玻璃外，身穿高级灰套裙的关经理正在送客，客人是个五十多岁的女人，上身穿一件荷花粉色刺绣盘扣缎面中式衫，下穿一条墨绿色形似面口袋的阔腿裤。梅漫一看这身衣服，不自觉扑哧乐了。

"荷花哎，她把你穿身上了，大妈的荷花装乃绝配也。"

"去你的，狗嘴吐不出象牙。"李荷花不屑地白了梅漫一眼。

关经理的笑脸从荷花大妈身上转移到梅漫和李荷花身上，笑容丝毫不疲惫，暖暖的、甜甜的，完全是只要我们谈钱就有缘的节奏。

"我们先不谈咱们的事，先谈刚走的那位女士，你们知道她投了多少？"关经理举着三根手指头。

"三十万?"梅漫脱口而出。

"NO，NO，NO。"关经理摇摆着她的食指和中指，摇晃着她的头，像客厅里晃动的钟摆。

"Three million，三百万。当然，这是客人的秘密，我们不该说的，你们就当没有听到好了。"关经理是英国留学生，喜欢在说话的时候加入英文，完全是不自觉行为。

"噢!"梅漫和李荷花同时张开嘴巴圈成了 O 型。梅漫还以为自己手里有十五万元是大手笔的客户呢，原来跟人家比，完全是小巫见大巫。

"这款产品极其抢手，刚才那位女士，明天还要来追加。"

"追加?"

梅漫和李荷花完全被三百万砸得语言迟钝了，已经不会说话了，她们心想："这荷花巫婆从哪儿弄来这么多钱，她家有聚宝盆呀?"

"追加就是比如自己手里没有那么多钱，可以向亲朋好友借一些，比银行多付一些利息给他们，但是你依然可以小赚，投得多就赚得多。"

梅漫和李荷花瞪着眼睛听着，盘算着亲朋好友谁能伸手给自己豪气地拍金子。

"你们也是在我们银行投过的，好处我就不说了，再次来也证明你们是充分信任我们的。先填认购表吧，明天可以再来追加。"说完，关经理的电话响了。挂断电话的关经理歉意地笑笑说："你看，又是大手笔客户，这个项目没有多少了，卖得很快的，你们抓紧。我不是在忽悠你们买，不愁卖的。不是我们一家在卖这个产品哦。"

梅漫和李荷花你看看我，我看看你，这不是在抢金子吗？时间就是金钱绝不是瞎说的。别耽误时间了，抓紧填表抢钱吧。梅漫和李荷花一把拽过关经理面前的表格准备开填。关键时刻，梅漫的电话响了，梅漫懒得理它，根本不想接。电话不响了，李荷花的电话又响了，李荷花也不接。梅漫的电话又响了，梅漫拿起手机看了一下，是夏采薇打来的。

"干什么？正忙呢。"梅漫一嘴不耐烦，想马上挂掉夏采薇的电话。

"你出来，我悄悄告诉你，别买他家的了，他们有个产品已经不行了，我得到消息了。现在也没人买这种产品了，有风险，都开始走重筹上市，我介绍你们去另外一家，我一姐妹，磐磐姐知道的，后台特硬，背景极强，绝对厉害，内幕是什么人支撑我就不告诉你了，这绝对是保密的，说出来吓到你腿软。去那家买，直接提磐磐姐和我的名字。我们也买了很多啊。你们先来磐磐姐的皮草店，我们都在，明儿带你们参加一个聚会。"

"什么，什么，你等会儿，我得理理思路。怎么变化那么快呀，我都反应不过来了。"

"你理什么思路啊，金融就是这样，股价今天升上天，明天一个新闻就跌停，绿色K线图一脑袋扎地上。赶紧过来，我都约好人了，有重要的事找你，咱们多少年的交情了，都是好事才拉上你。不相干的人我费这心啊。现在挣钱也要有门道，瞎撞能行吗？"

梅漫挂断电话，拽着正认真填表的李荷花，赔着笑对一脸惊愕的关经理说："家里有急事，火烧眉毛了，必须先回去，对不起，明天再来打扰您!"

梅漫挺讨厌编瞎话的，可是有时候不编好像还不行。她使劲儿拉着不肯挪步的李荷花走进了电梯。她的表情不太自然，身体也僵硬，明显地骗人了。

第 10 章

走出玻璃门，李荷花拽着梅漫直接去了咖啡店。

"哎呀，先喝杯咖啡压压惊吧，什么事呀这是，这不折腾咱们吗！夏采薇有病还是拿咱们当猴耍呢？"

"不会的，你别想那么多。"

梅漫喝了一口热巧克力。这个时候喝咖啡，晚上肯定睡不着，她的神经极其脆弱，红茶、咖啡等刺激性饮料一概不能随便喝，除非要熬夜和考试。

"荷花，等我们挣了钱，我送你一个古驰金纽扣红包，你送我一个卡地亚玫瑰金手镯。"梅漫看着奢侈品店里的东西开始胡思乱想。

"你真会做买卖，别成天都是纸醉金迷。"李荷花对梅漫说，"要不哪天我到你们学校给妞们上一节舞蹈课，你就说我是进修的老师，我的舞功没废，舞姿舒展，美着呢。"

梅漫一听李荷花的话笑了，心想，这丫头当义务老师还嫌不过瘾，魔怔了。

"想点纸醉金迷也是正常的，我们是人不是神。君子爱财取之有道，不偷、不抢、不骗，用智慧挣钱，用辛苦挣钱，我就遵循这个原则。别跟我妈似的，成天往我脑子里灌鸡汤，你是哪个年代的人？"梅漫教育上了李荷花。

梅漫拉上李荷花开上了她的大众，刚出停车口的横栏杆，就看到一个女人趾高气扬地坐在黑色奔驰 AMG 里，在梅漫的后面使劲按喇叭，喇叭声直刺耳膜，直接让梅漫火蹿头顶。那个女人不屑的眼神和神态让人看了很受伤。

梅漫不紧不慢地往前挪，有意气她，心想："有本事你撞，我这破车就不怕撞，看谁心疼。"

"生活里天天碰到这种人，真堵心。"梅漫感慨地说，神色有些黯然。

"你就当她不存在呗，别把她当人看，当成空气不就行了。"李荷花安慰梅漫道。

"心真大，活成没心没肺也好。等我这次赚了钱要换个好一点的车，不是虚荣啊，满大街大众也太多了。女人还有个致富途径就是嫁得好，不费力还能坦然享受，所以才会有很多畸形婚姻和狗血淋头的乱爱故事。我是没希望了，李翰歌比我还穷呢，荷花争取啊，我让磐磐姐和夏采薇努力给你找个富豪，岁数大点没关系，二婚的也可以考虑，嫁过去当后妈也可以。最重要的是，你可以随心所欲地购买，可以住海岸豪宅，还能开自家游艇，满世界随便溜达。"梅漫说完哈哈笑了。这玩笑开得有点过分。

"有这样的经济条件又娶我，估计他也是个精神病。我看这样的好婚姻还是留给你吧。我敢保证，咱那个妈敢打断你的长腿。你这完全是三观不正，腐化堕落的思想。"

"现在物质生活丰富，有这种想法没什么不可以的，说不定几十年后，人人都可以过上那种生活，你要敢于胡思乱想。"梅漫的思想是开阔的，也是敢于飞翔的。

两个人一起笑了起来。

"你妈最近怎么样?"李荷花问。

"不是跟我抢衣服就是抢面膜。"梅漫笑笑说。

梅漫的妈妈顾蕙兰被梅漫称为老年少女，梅漫的朋友都知道。顾蕙兰出生于白洋淀的革命家庭。出生后不久，她的母亲在芦苇荡划船送信时被日本人枪杀，所以她对日本人特别仇恨。后来，她被保送上大学，当了一名救死扶伤的医生。

虽然出身革命家庭，可是顾蕙兰年轻时很爱美，一点都不艰苦朴素。在生活简朴的年代里，顾蕙兰穿高跟鞋和旗袍，显得有些另类。懂得事理的梅欣都不敢跟她上街，哭喊着让她脱掉高跟鞋才肯出门。老年的顾蕙兰也极其爱美，跟梅漫用一样的迪奥、香奈儿、兰蔻香水，什么流行用什么。梅漫说她是农民大姐进城，腐化堕落。

胭脂粉的裙子，被梅漫嫌弃颜色太艳，顾蕙兰也拿来穿，说怕被梅漫压箱底浪费了，还说老年人穿艳丽的衣服才有风采，看伊丽莎白女王条条裙子惊艳世界。

梅漫调侃说："你还跟女王比呀。"

顾蕙兰说："你看小区外捡垃圾的老太太，花白的头发编两个麻花辫，系个红头绳。女王是龙血凤髓、玉叶金柯，我贫贱低微，草疙瘩一枚，跟捡垃圾的比总可以吧。"

梅漫一撇嘴，多新鲜呢，那个捡垃圾的肯定是从精神病院跑出来的。

梅漫有意对顾蕙兰说："据考证，中国大妈已经挂上了牛津词典。"

"啊！这么牛啊！中国妇女就是牛气。从古至今，我知道的个个都是豪杰。"顾蕙兰一脸得意。

"除了花木兰，还有顾蕙兰，合称古今二兰。"梅漫特意高声说，"听我说别人总结的：中国中老年女性，大多数偏胖，精神饱满，声音大，较富裕，喜购物，热衷于拍照，喜欢佩戴鲜艳的丝巾。赶紧看看自己有多少条赤橙黄绿青蓝紫的围巾，凑够天上的一道彩虹了吧。"梅漫得意地捂着嘴笑，免得咧得太大，让老年少女脸上挂不住。

"纯粹胡诌，我哪有那么多条围巾，撑死了有几条玫瑰红、樱花粉、杏子黄。"

"明年你过生日我送你一条荷叶绿、绕颈三周的长围巾，保证照相时风吹柳摆。"梅漫笑着说。

"太便宜了，别想仨瓜俩枣就打发我。"顾蕙兰正贴着梅漫的韩国补水面膜，不时拍拍白脸让水分充分吸收。

第 11 章

就这样，两个人离开朝阳区圣大银行，到了三里屯磐磐姐的皮草店。店里好不热闹。门口站着一个男人，面庞白净，身材威猛，穿着时尚，还戴了显眼的耳钉，他身边黏一个年方十八的水灵妹子。也不知怎么回事，他突然飞起腿向对面一个一脸沮丧的女孩踹了过去，女孩身子一歪趔趄了一下，没有倒，脸上是很顽强、很决然、很倔强的表情，那意思是，你踹死我。

磐磐姐和夏采薇同时惊叫了起来。

那个男人还不过瘾，继续飞起腿恶狠狠地踹，边踹边骂："让你老找我，踹死你。我们早就结束了，你听见没有？再找我，看见一次踹一次。"

什么情况？！梅漫和李荷花被这阵势吓呆了。

男人那么高的个子，那么威猛，踹一个柔弱的女孩，多欺负人啊。梅漫看在眼里，疼在心里。

女孩嘤嘤哭诉："我们这么多年了，你太无情了。"

"是不是拍戏呢？"李荷花拽着梅漫的胳膊不知所措地说，"磐磐姐的店里以前拍过电视剧。这演员够苦的，真挨踹啊。"

梅漫和李荷花紧紧拉着彼此，不知所措地看着这一幕。李荷花的手微微颤动。这一幕堪比剧场的活话剧。

那个男人拉着十八岁的水灵妹子走出了皮草店，柔弱的女孩继续跟着。梅漫望着他们的背影说："这是干吗，男人这么狠，是演戏还是真踹啊？女人太没骨气了。"

梅漫环顾四周找摄像机，摇头叹息。

"哎呀，个人感情问题，别管人家，这种事掺和不得。那个男人是个小明星，演了几部戏，混出点名气了。梅漫，你不是喜欢他出演的正义警察吗?"夏采薇说。

梅漫一听，头顶开始冒火。真的欺辱女人啊。她转身就要追。

"追星去了。"磐磐姐笑着向梅漫的背影调侃。

梅漫边跑边说："星星落地，成一摊屎了。这男人太不是东西了，好像打了我似的，我必须踢他两脚，为女人报仇。"

李荷花在后边追着梅漫，让她少管闲事，心想："梅漫怎么还那么愤青呀，也不掂量掂量自己的手脚，以为自己是叶问后代呀。看来必须让她练练跆拳道。"

梅漫跑到大街上，那几个人早已无影无踪，可能开车走了，留下愤愤不平的梅漫独自在热闹、喧嚣的斜阳中惆怅。

"本来那个男人要买山猫和紫貂，这个倒霉女一出现，唉，坏了我一桩好生意。他们花钱不在乎，几件几件地买，根本不看价格的。哎呀，哪天我还要给他打电话，正好要进一批新货。"磐磐姐遗憾地摸了摸柔软的白山猫。

梅漫坐到沙发上，看见磐磐姐的四个店员春香、秋香、夏香和冬香，正在逗磐磐姐的混血儿子大麦（大卖的谐音）。磐磐姐对四香说："让阿姨把大麦抱走，你们招呼客人。"美丽的四香齐声答应，梅漫想起了巩俐演的电影《唐伯虎点秋香》。

李荷花盯着四香看，梅漫掐了一下李荷花的胳膊，心想："亏得你是女人，不然要多色呀。"梅漫看到对面沙发上坐着珠环叮当、睫毛闪烁、红嘴唇、红指甲的夏采薇和另一个吊梢眉、高颧骨、打扮精致、一身名牌、浑身香气的陌生女人。梅漫和李荷花向她们微笑着打招呼。

"不是我夸啊，我这个皮草店是北京第一店，中国第一店，明星穿的皮草基本都是从我这个店里买的。梅漫看看这个，我觉得特别适合你，天青色，简洁百搭，经典不过时，也不贵，我打六折给你。你看紫貂、龙猫我都不推荐，为什么？气质不合适。"

磐磐姐一抖小貂皮，梅漫都不好意思不试。上身就引来一阵啧啧喝彩声，惹得李荷花也眼馋试了起来。

"就这两件了，尺码也适合你们，多好！换别人我绝对不卖这个价格。"磐磐姐一袭柔粉镂空长裙，女人味十足。

"妹妹喜欢，我给你出钱，送给你。穿起来多漂亮啊，走在大街上，尤其是走在时尚的三里屯酒吧街，哎呀，多少人回眸呀。那些背着相机在那等着抓拍美女的摄影记者，还有影视公司的星探，都在那儿藏着呢，说不定你就火了，成为网红了。"

梅漫抬头看了一眼陌生女人，嘴早就咧开了花。听了这番话，谁不咧嘴，谁不是正常人。但是，梅漫再喜欢也不会糊涂到让别人给自己掏腰包，凭什么呀，人家吃多了？除非有个傻儿子等着你嫁呢。

"你看这姐姐多喜欢你啊，进贵宾室跟姐姐好好谈谈。"

磐磐姐一努嘴，把梅漫和陌生女人努进了镶金边木门的贵宾室。梅漫完全是丈二和尚摸不着头脑，看看磐磐姐和夏采薇的表情，没有任何异样。她给李荷花使了个眼色，估计梅漫心里觉得，现在只有李荷花跟自己是一条战线。那两个人，不是挖坑让梅漫往里跳，就是憋着什么坏主意坑梅漫。好事，诸如天上掉馅饼的概率不大。

李荷花接着试衣服，和磐磐姐、夏采薇聊着天，她表面上谈笑风生，十分平静，其实内心里极其担心，在她眼里，磐磐姐怎么看都像开黑店专门卖人肉包子的孙二娘。李荷花心里都是不好的想法。

"姐，我觉得哪件都不好看，还是刚才那件好。"其实李荷花完全没心思试衣服，再好看的衣服也试不出味道了。

李荷花坐到夏采薇身边，笑笑说："是不是给梅漫介绍对象？她有男朋友，我没有。"李荷花有意这样说，明明就是想打探那个陌生女人什么来路，是哪个庙的假和尚。

"到我这来的，基本都是做生意的。"磐磐姐还是不肯透露消息，太不爽气了。

李荷花端起杯子喝了口水，心里猛然想起："不会是拉皮条的吧？"想到这里，李荷花自己都想笑，脑子里太乱了，什么乌七八糟的。

又过了大约半个小时，梅漫和陌生女人走了出来，梅漫接个电话后对李荷花说："咱们先回去吧，学校给我打来电话说要迎接检查，一会儿要开会。"

"哦，那咱们走吧。"李荷花的口气轻松而愉快，她渴望跟梅漫单独在一起，梅漫绝对不会对她隐瞒什么。

梅漫回头跟陌生女人说："放心吧，我会尽力的，不用那么客气。把她的资料和获奖情况发给我。"

梅漫向陌生女人和磐磐姐、夏采薇挥挥手说："改日我再来吧。"

"明天有义卖啊，别忘了。"磐磐姐向梅漫和李荷花甜甜地笑了。磐磐姐每年都要搞义卖，把卖得的部分钱款捐给孤儿院。

磐磐姐和夏采薇明显想跟梅漫坐下来谈谈，可是梅漫说要开会，完全没给她们机会啊。

第 12 章

刚钻进梅漫的车里，李荷花就迫不及待地发问了："怎么回事呀？她是亿万富婆，有个傻儿子要娶你?"

"嗯，我向她介绍你了，说我已经结婚，不能重婚，你是单身荷花一枚。她同意了，改日让磐磐姐约你详谈。"

"哈哈哈!"两个人被一起编的故事笑得抬不起头了。

"我在外面各种担心，不知道她们葫芦里卖的什么药。"

"她们有千药万药，我就一味解药，一概摇头。哈哈。"梅漫继续跟李荷花卖关子，"猜猜。"

"这谁能猜得到啊?"李荷花摇头。

原来，这个陌生女人是磐磐姐的一个大客户，也认识夏采薇，她想让孩子上梅漫所在的那所中学，让梅漫以舞蹈特长生的理由招生入学。她要给梅漫买一件皮草，还要塞给梅漫一张银行卡，都被梅漫拒绝了。

"爱皮草就花自己的钱，这种钱我不能要，她女儿如果舞蹈特别出色，招特长生进去应该没有问题，但我绝对不会收她的钱。"梅漫向李荷花表决心，"哎呀，我也成贿赂对象了，真想不到，这么有社会价值。"

"就是啊，这么有价值，要是有人给我钱我就要。"李荷花扬头对梅漫说。

"不信。"梅漫很坚决地吐出这两个字。她了解李荷花的秉性。她们两个都决然做不出这种事。

"怎么拉我上面馆？"李荷花坐在新川面馆里问梅漫，"不是学校着急开会吗？"

"骗她们呢，你也信呀？不然怎么脱身呀？先吃饭，回头等她们走了，咱俩去店里把那件皮草买了，买了衣服下个月要喝西北风了。"

"不至于吧。我发现你最近编瞎话有点多，注意自己的言行，以后别说瞎话成自然。"

"怎么会呀，我本性纯洁，你本性出淤泥而不染。"梅漫一脸扬扬得意，"本来想吃麦当劳或者比萨，听说这个老店也特棒就来了。来份麻辣面、黄瓜条、酱牛肉和北冰洋汽水。"

吃完饭，两个人又到麦当劳吃了杯巧克力新地。梅漫拿纸巾抹抹嘴说："完美！"

梅漫拿出手机给磐磐姐打电话，说一会儿开完会去店里买衣服，问磐磐姐都有谁在。磐磐姐说夏采薇她们都走了，自己本来也想走，既然她们要来就等等。

一听说那个陌生女人走了，梅漫带着李荷花赶紧奔向磐磐姐的皮草店。买完衣服，两个人喜滋滋地回家了。磐磐姐还埋怨梅漫，说："有人想替你埋单，你还不要，有这么傻的孩子吗？这是一笔生意，又不是坑蒙拐骗。"

梅漫心里想，作为老板娘的磐磐姐，似乎看什么都是生意，这种事怎么能归为生意呢？是明显的受贿啊，她怎么看不出来呢，难道店里的皮草把她的眼睛遮住了？好可怕啊。

离开磐磐姐的皮草店，梅漫要去做头发——为了明天参加磐磐姐的义卖会。她走进离家门口不远的木子美发。老板袁震饥刚好在，梅漫习惯叫他圆子——圆头圆脑圆肚子，整个一个汤圆。别小看这个汤圆，他的生意可是做得风生水起。这条街上的水果店、超市、菜店、饺子馆、足底按摩店、洗衣店，还有这间美发店都是他出租的，梅漫一直叫他圆老板。

圆老板说他平时根本不来店里，今天碰到梅漫真是巧。他问梅漫做头发参加什么活动，梅漫说差不多就像聚会那种，她想想磐磐姐的老公米克和那些去她店里的明星又说，可能会有外国人和一些演艺明星。

袁震饥一听立刻来了精神，说他就是在剧组做美发起家的，最知道该怎么给人做头发。他拿来一个图册，上面的蓝眼珠、高鼻梁的外国大美女染着一头韭菜绿，梅漫一看，吓得连连摇头。

"这颜色真不太能接受。"

"这个！"

袁震饥翻页，一头茄子紫更要把梅漫吓晕。

"不行，不行。"梅漫的头摇得跟拨浪鼓似的。

"太保守了，你还搞艺术呢。就这个韭菜绿和茄子紫是最流行的，你把下半部分染了，绝对成聚会的亮点，又不张扬。在美发界我是走在前沿的，听我的没错。你看看她。"袁震饥指着店员，女店员的半截韭菜绿显得脸很白，很时尚。

"你若嫌这个张扬，就染个紫色的，内敛。"

第 13 章

梅漫做完头发回到家，顾蕙兰一看梅漫的头发说："你是要放假吗？"

"什么季节我就放假，不冷不热的，寒假和暑假都没到时间，糊涂了您？"

"看看你的头发，怎么给学生上课？校长给你打出学校。"

"校长才不管这个，教好学生是根本。哼哼。"

梅漫对着镜子开始试新买的衣服，心里在想梳妆台里有个齐耳假发，上课戴上那个没有问题。梅漫的妈妈当然不知道，梅漫早就打算好了，所以才敢让袁震饥给她染发。

顾蕙兰盯着梅漫的天青色皮草说："这头发配上这衣服挺洋气，就是不像什么好女孩，这颜色也像耗子皮。借我穿两天，过两天我有聚餐。"

"哎哟，妈呀，这么短的款哪适合您穿呀。我明天有聚会，对不起了，我还没新鲜够呢，借给您别的穿吧。"听到老年少女顾蕙兰对自己这件衣服感兴趣，梅漫计上心来，下个月不用喝西北风了，"妈，既然您对这件衣服这么感兴趣，咱们两个合买怎么样？"

"什么意思你，是不是又没钱了，让我给你掏腰包？我天天吃深海鱼油，还没得老年痴呆。"

顾蕙兰一眼洞穿了梅漫的小算盘。此时，梅漫家的经济条件尚好，顾蕙兰几乎随便答应梅漫的要求。这件衣服，顾蕙兰给梅漫掏腰包完全没有问题。

"楼下买了门对门两个单元的那个天津老头，娶个小媳妇生了个大胖小子，

043

我还以为是他儿媳妇呢，原来一直弄错了。无论多老的男人，有钱就是宝。"

梅漫嗯了一声。

"一楼三单元进个贼，把他家墙上那幅名家的画偷走了，还进了他女儿的房间，把手表和钱包拿走了，他女儿居然睡得特别香没有发现。"

梅漫哦了一声。

"一号楼那对上海母女，让保姆买两块白薯、两根香蕉，她们是切片吃吗，不然怎么分呢？"

"马大夫的女儿，被人堵在地下车库打了一顿，她说要起诉。不知是当小三还是跟人结怨了。亏得我给拉开了，不然非打坏了不可。"

"哎，妈，我回家您能不能别跟我絮叨这些家长里短。我的脑子里，不能天天总装着这些事件，本来练完瑜伽，跳完舞，气韵特别棒，听完您这套长篇评书，我完全变成大妈的思维了。"

梅漫在阜成门有自己的小房子单独住，每周回来蹭几次饭，每次都要听顾蕙兰强行给她灌制东家长西家短的唱片。她推算，再听几次，整个人就会增加贫婆婆的气韵。

梅漫拿起手机给夏采薇打了一个电话，告诉她那件皮草自己已经买了。夏采薇说好，该下手果断下手，过了这个村就没这个店了。她问磐磐姐多少钱卖给梅漫和李荷花的。梅漫说磐磐姐特别够姐妹，最后给她们打了五折，一万九。夏采薇听后，嗯了一声，心想，杀熟就是这么来的。她告诉梅漫，买东西要看价格不要看折扣，有的珠宝还卖一折呢。

夏采薇的话让梅漫心里有点打鼓。

"那这个价格值不值啊？"

"嗯，还算好吧，喜欢就值。"夏采薇才不会得罪人，她属于哑巴吃饺子，心里有数。

"就是嘛，磐磐姐忽悠谁也不可能忽悠我们呀。"梅漫对磐磐姐是不会设防的。

第 14 章

第二天晚上，梅漫带着李荷花参加磐磐姐家里举办的义卖聚餐。梅漫和李荷花穿上了在磐磐姐店里买的小貂，李荷花一见面就说："撞衫了，怎么办？"

梅漫不在乎地说："撞就撞呗，当我们是双胞胎好了。"

梅漫穿了件蕾丝黑长裙，隐约露了一点小后背，还涂了樱桃色口红，画了浓浓的木槿紫眼影，整张脸唇红齿白，煞是好看。李荷花穿了件鸽灰色长裙，罩住了外八字的鸭子脚。

"裙子跟外罩靠色了。你以后穿长裙别穿裤子了，鸭子步一点不显，真成荷花仙子了。"梅漫看着脸上化着粉色系妆容的李荷花说。

磐磐姐和她的荷兰丈夫在门口迎接客人。荷兰丈夫个子很高，络腮胡子修剪得很精致，浓密得直接糊上了半边脸，他一身橄榄绿西装，樱花粉领带，淡粉的白底时尚休闲鞋，绿宝石胸花和钻石领带夹一应俱全。绿色的眼珠让梅漫想起了《飘》里的斯嘉丽。他用中文跟梅漫说："泥耗（你好）！"

梅漫故意回他"泥豪"。

磐磐姐身穿前露胸、后露背的镶钻黑色晚礼服，长睫毛忽闪忽闪的，既性感又妩媚。她满面春风，一脸柔情，见中国人说中国话，见外国人说外国话，左右逢源。春夏秋冬四香在人群里穿来忙去。夏采薇跟一个戴眼镜、微胖的中年大叔谈笑风生。她今天戴了一对超大的绿松石耳环，翡翠绿的大眼皮发荧光，口红涂成极暗的土金色。什么审美呀，梅漫看了一眼夏采薇，心想，这一脸妖气，活像从《西游记》里跳出来的土妖精。

大厅里摆了不少香水百合，空气中流荡着甜腻腻的花香。客人来得差不多了，四香首先进行了皮草表演，表演完就有客人掏腰包。梅漫感叹："磐磐姐不是一般的会做生意啊，聚餐的费用说不定已经挣出来了，这样的经济脑子我得好好学学。"

夏采薇把梅漫和李荷花叫了过去，给她介绍身旁的大叔，说这是某集团副总乐峰，叫他峰哥就行。

"有什么难事找他，别客气。我峰哥是个能力极强的人，更是个热心的人，尤其是你们这样的美女找他时。"夏采薇开了句玩笑。

夏采薇抱着肩膀，斜着眼睛说话，那神态好像根本不把这位峰哥放在眼里。梅漫和李荷花赔笑点头。只要一提什么总，梅漫就感觉都是神仙级的，跟自己的生活挂不上钩，自己一园丁，跟总什么的根本就是两条交叉不上的线。

后来夏采薇的哥哥夏南带着一位粗眉的高挑女孩走了过来，他跟乐峰也很熟。最后梅漫整明白了，原来乐峰是夏采薇爸爸以前的秘书，怪不得这兄妹俩跟峰哥这么熟呢。

不一会儿，峰哥起身要走，说还有事，他递给梅漫和李荷花一人一张名片，说想找他办诸如摘月亮、见嫦娥不着边的事不行，喝酒、吃涮羊肉什么的没问题，他是千杯不醉，就喜欢跟女孩子喝几杯，最后还笑呵呵地说是开玩笑呢。刚走到门口，四香就围了上去，又是拽胳膊又是扯衣服，那阵势特别像《西游记》里唐僧被蜘蛛精围上的画面。乐峰二话没说，直接刷卡挑了件短貂，居然跟梅漫和李荷花穿的那件一模一样。

乐峰走后，磐磐姐挤到梅漫的身边悄声说："新到的货，你们那款卖得特别火，我给峰哥的价格比给你们的贵三千。"

听了磐磐姐的话，梅漫心里舒服了点。磐磐姐还是对姐妹够义气。

第 15 章

夏南挤到梅漫身边对磐磐姐说："我、我得跟梅漫聊、聊、聊，好、好多年没见了。"

梅漫险些说，这么多年口吃的毛病还没好啊。夏南说话结巴，梅漫上学时去夏采薇家就发现了。

"我、我几年没见到你了，说、说实话，真比以前好看多、多了，女、女大十八变，这打、打扮多时尚啊，看这头发、这、这身材，今、今晚上最靓啊。"

夏南伸着拇指。梅漫捂着嘴向李荷花浅笑。夏南的脸粉白粉白的，皮肤细腻，一看就是营养不错，他个子不高，留一个向后背的文艺式长发，人还没有发胖，鼓起的小肚子却像怀孕三个月的，估计再过十年就能挺成八九个月的孕妇肚了。

"小、小时候跟夏采薇一块上我家，整个两毛、毛丫头，我都不、不正眼看你们。"

梅漫记得，那时候的夏南是个眼睛望天、一脸严肃的忧郁小青年，好像总在思考人生、命运、痛苦这些哲理。

"混了这么多年，终于被南哥正眼相看了，真不容易。回头吃饭的时候我敬你一杯。那是你老婆？"梅漫一指夏采薇身边的高挑姑娘。

"不、不是媳妇，我还单着呢，一空、空姐。"

"空姐女朋友啊，一听就很高大上，空姐个个都是大美女，个个都有姿色。"梅漫夸张地一伸拇指。

"什么女、女朋友啊，别、别扯了。你也别把空姐说得那么神秘，我就说实话，只、只不过从地上推饮料、倒水、送饭的变成了天、天上倒水、送饭的，好、好多国家的空姐都是大妈、大婶来干。"

夏南说得很热闹，指完了天指地。梅漫嘘了一声，她看见跟夏采薇说话的高挑姑娘一直侧头向他们这边看，怕她误解他们背后说人坏话，及时制止了夏南的胡言乱语。

"在、在哪里发财呢?"梅漫随便问了一句。自己也受夏南影响了。

"到、到处发财，有、有兴趣哪天哥给你好好讲讲，你若有兴趣跟我一块干，我、我身边的朋友没有不发财的。我朋友在大亚湾拿地投了两个亿，还得再投几亿。有我的股份，你就跟着我和夏采薇发财吧，有我们肉吃也有你肉吃，绝、绝不会让你喝汤。"

梅漫和李荷花同时张大了嘴巴，混了这么多年江湖了，大佬级别的人物终于见到活的了。夏采薇的哥哥太厉害了，早就听说他自己有个企业，是个著名的童装品牌，原来还有其他产业。人家有能力有背景啊。这都是自己生命中的贵人，梅漫看到夏南和夏采薇的头上同时罩上了光环。幸亏上学的时候特别大方地让夏采薇抄作业。梅漫在心里默念着阿弥陀佛。

不一会儿，自助餐开始了，高挑的空姐姑娘可能怕胖，只尖着小嘴含了两粒红樱桃，小鸟的做派。梅漫和李荷花可是实在人，才不管那一套，什么淑女、玉女一概甩一边，这时候完全是侠女，先吃烤虾、扇贝、三文鱼等海鲜，然后吃日本白草莓、蓝莓、山竹、澳芒。磐磐姐家请的客人有米克的附近使馆区的朋友，还有演艺圈的艺人，所以自助餐准备得很丰盛。

梅漫和李荷花最后一人吃了一杯果仁冰激凌，实在吃不动了，一人嘴里含一根给小朋友准备的不二家棒棒糖。后来，四香带头跳起了舞，梅漫和李荷花赶紧加入其中，吃太多了，要消消食。

梅漫坐下来休息，夏南挤过来咧着嘴、目光闪烁地说："妹妹跳、跳舞真棒！"

梅漫擦着汗说："当然了，多少年的功夫了。而且，这是童子功，明儿你去后海那边的午夜精灵酒吧找我和李荷花，保证让你看得入迷，我们每周都去那里领舞。"

"哎、哎哟！"夏南痛苦地团着脸，脸上的褶子都出来了，突然害了牙疼病似的。

"怎么了？吃多了？"梅漫和李荷花惊讶地齐声问。

"你、你才吃多了，我、我看你们俩真没少吃，在、在这种场合有几个女的像你们似的，真吃，下、下回别跟没吃过自助餐似的，吃得不抬眼睛，扎、扎到盘子里。"

"谁像你们似的，斯斯文文的，装病！"梅漫白了一眼夏南。

"我的意思是午、午夜精灵那种地方你们也敢去，那、那种地方是大染缸！"

"酒吧是我哥的朋友开的，我们就为挣钱和锻炼，还有过舞瘾。跳完就走，怎么染我们呀？"

"哦，那、那我就放心了。必须保护好自己，碰上坏人就找我揍、揍他们。我在北京有一帮朋友，哈哈！"

夏南的话引得梅漫和李荷花同时笑了。

"我、我去找米克要两只蒙特克里雪茄，这、这家伙有保湿箱，里面有好、好几个木盒子。"

夏南蹿到米克身边去了，梅漫看到他又跟四香在那瞎贫呢，结结巴巴的，撩妹却一点不耽误。

夏采薇把梅漫和李荷花叫到身边说："说正经的，睦和公司众筹，这个公司有多家企业，涉及房地产、有机农场、旅游、传媒、保险，比理财和基金好，现在理财过时了，咱们参股出资，当一级股东，上市就能收钱，参股多以后收钱就多，这都是成正比的。他们现在就吞并了两家公司，北京世界城那个项目就是他们的，上市以后股价肯定暴涨。将来我们把上市股票一卖，坐着数钱。我和磐磐姐都买了，你们两个自己决定。这是我哥夏南的一个哥们搞的，人家认识的人都是大佬级别的，玩的是资本，你们别错过机会啊。你们看好多人为什么一说身价就有多少亿，就是指这些股份。"

"绝对错不了！"夏采薇伸着食指，万分强调重要性和正确性，当然了，还有赚钱的概率性。梅漫和李荷花，眼睛都没眨，瞪着眼睛呆了，什么一级股东、参股、出资构架，活生生的资本论、金钱论，全民金融大课堂开始上演了。

梅漫和李荷花听傻了，以为自己的理财和基金已经是非常好的赚钱手段了，原来山外还有山。

梅漫和李荷花"嗯嗯"就知道点头，对什么众筹、上市、资本完全陌生，只有坐着数钱听起来比较熟悉和令人振奋。她们仿佛掉到了金缸里，赶紧低头捡金子是正道。

"买买买，我肯定买！"急性子的梅漫恨不得马上刷卡付款。

第 16 章

离开磐磐姐的家，李荷花和梅漫钻到大众车里，李荷花抱歉地对梅漫说：
"我可能买不了，不能跟你一起了，我妈说要给我奶奶在县城买楼房，我也要
出力。他们说的话靠谱吗？要不你再观察观察？"

梅漫撇嘴，皱眉，脸已经揉得惨不忍睹，这是心里举棋不定、不知所措
的真实写照。"上次圣大银行的产品你没有买，我试着买了几万，真赚了。
当初胆小没敢买多，现在的世道就是饿死胆子大的，撑死胆子小的。"梅漫
说。

"饿死胆子大的？"李荷花疑惑地问梅漫，"这话听起来不太对味。"

"哦，说反了，应该是撑死胆子大的。俗话说舍不得孩子套不着狼。你没
听说磐磐姐、夏采薇、夏南都买了？磐磐姐是谁呀，比猴子还精呢，走过世
界舞台，没利益她能投吗？她可是神枪手打靶，百发百中。还有夏采薇兄妹，
他们肯定有内部消息。夏南特意在我耳边说，挣钱的好事绝不忘了我。我投，
我要多投，等赚了钱把这个破车给李翰歌开，我换个奔驰、宝马。"

"哎呀，好事我也赶不上了。"李荷花遗憾得恨不得马上从哪里搞点钱。
现在谁有闲钱不理财、做基金、弄股票，干点什么呀？

两个人在车里先把思想统一了。有时候，梅漫在说服别人的时候也是在
说服自己，而且她有时相当固执，认准了的事很难改变，尤其有在圣大银行
赚钱的甜头在脑子里作怪，她感觉自己已经完全坐上了赚钱的快车。梅漫的

决定也没什么不对，千伶百俐的磬磬姐、精明强干的夏采薇都下手了，这事明摆着是张飞卖刺猬，人强货硬。

送走了李荷花，梅漫开车到自家楼下。下车时手机掉到地上，不知怎么屏幕摔出了一条长口子，梅漫心里懊恼，下定决心挣了钱就换手机。

梅漫没有回自己的小窝，关键的时候必须找老年少女顾蕙兰谈判借钱事宜。

梅漫的爸爸梅抒颐盯着电脑看股票曲线分析。他的炒股经验极其丰富，退休后基本以这个为第二职业。他肯钻研，极刻苦，甚至其他什么事都不管，渐渐形成了一套自己的理论。即使在股票极低点的时候，他也没有赔过钱，也没有被套牢过。他讲起经验滔滔不绝。他说："我从不看什么炒股秘籍、告诉你怎样成为炒股高手等书。明显都是骗人的，看本书就能成高手，纯粹忽悠人。我只告诉你我的诀窍，很简单，不炒大盘——大盘不好托，也很难托起来，暴涨的概率很小。认准一只股，持它几年，定涨到你的预期目标。不补仓，学会抄底，跟着股票曲线走，一切都会有。这个曲线可不是每个人都能在上面舞蹈的。炒股的散户，90%赔钱，10%赚钱，我就是那个10%。"

不过，最近梅抒颐的一个老朋友炒股失手，赔了不少，他本也是在赚钱的10%之内的。这让梅抒颐深深痛惜，感叹这个10%的队伍好像在慢慢减少。

梅抒颐说了实话，身边的亲朋好友炒股的很多，赚钱的却凤毛麟角，没有赌命的他们跳上了赌博的快车。每个人的赌性都越来越大。越贪越赌，越赌越贪，靠赌生活的人是贪婪的、盲目的、不堪的。

梅漫也炒过一段时间的股票，梅抒颐警告她不要炒了，她不听，后来输得惨不忍睹。梅漫根本不敢告诉任何人，自认倒霉了。

回到家，梅漫首先给李翰歌打电话。"不跟你绕圈子，有没有金子，借点来花花。"梅漫压低了嗓子。

"这话像拦路抢劫的强盗说的。你不是富翁吗，我都要向你借钱。你要钱干吗？有吃有喝，每月挣那么多钱平时不知道存点。"

"是不是真爱吧？不要一提钱就缩头，我最看不上男人小里小气，就惦记花女友的钱，吃软饭不手软。这种人除了伸出去要钱的手是硬的，其他一概是软的。"梅漫的语速很快，恨不得自己变成咔咔转动的印钞机。

"成天强嘴硬牙。这跟真爱有什么关系？别上纲上线，亵渎神圣的爱情。从实招来，你看上哪款大牌包了，还是看上哪件首饰了？一两万块钱我可以转给你。你不能冤枉我，我给你买东西什么时候手软过？自己摸摸良心，是不是热的，是不是怦怦跳的？"

李翰歌夏天两件圆领衫，秋天两件白衬衫，冬天一件羽绒服，非常简朴。梅漫第一次跟他约会，随便聊天，问他身上的衬衫多少钱买的，李翰歌说五十块钱两件。梅漫张大了嘴，现在的大学生有几个人肯穿二十五块钱一件的衬衫？她以为李翰歌家是外地农村的，可能经济条件不好，父母打工种地，搞不好还有等着学费的弟妹，所以他才如此简朴。

不过，那时候梅漫就下定决心，即使李翰歌家是这种经济条件，她也会义无反顾地爱上李翰歌。她要的是纯洁的真爱情，不是物质包裹下的假爱情。

李翰歌郑重其事地告诉梅漫，他家很穷，负担很重，父亲打工，母亲在家种地，还有爷爷奶奶、弟弟妹妹需要他关照，让梅漫好好考虑和自己的恋爱。

梅漫一听，心生感慨，既心疼这个白衣男神负担沉重，又觉得李翰歌的家人很辛劳，当即拍了一下李翰歌的肩膀说："我这有三千块钱，先给你家寄去，别让他们太辛苦了。以后，我帮你一起照顾他们。"

李翰歌一听梅漫的话，当即感动得抱起梅漫转了一圈。

那是他考验梅漫呢，其实李翰歌的父母是城市普通市民，但是，他父亲后来下海在通县圈了一大块地，开了一家印刷厂和快递物流公司。李翰歌没有跟梅漫实说，一直说自己家在外地农村。

他家虽不是土豪级别的，但生活尚好，完全不至于只能穿二十五块钱一件的衣服。至于李翰歌为什么要这样……李翰歌十几岁的时候，父母要送他出国留学，他那时候正值意气风发的少年时期，非常叛逆，坚决不去。他因为这件事与父母有些隔阂，后来上了大学就想自食其力，不花父母的钱。

李翰歌感慨自己是典型的人不轻狂枉少年。他现在理解了父母那时的苦心，但是上完大学更不想走了，因为年纪越大语言越难学，父母年纪越大他走的可能性就越小。

李翰歌对梅漫说："我穿着朴素，吃得简单，一分钱也不乱花。你怎么乱造胡买我从不舍得批评你，但我要告诉你，放纵是罪恶的开始。"

梅漫接过李翰歌的话说："辅导员老师，别上政治课，这些传统佳话我全懂，从幼儿园就开始学了。"

"我攒婚房的钱呢，打算在郊区买套小房，还要贷款。我资助的两个学生必须按时寄钱。你看我经济压力多大。你再借钱我只能穿纸糊的衬衫了。我只能给你一两万块钱。"

梅漫听完李翰歌的话，咬了一下后槽牙，心想真艰难。"我怎么会喜欢这样一个穷鬼，当初真不该被这个校园吹笛子的假男神给骗了。"

"一两万太少了，不顶用，算了。不用你砸锅卖铁了，不行我跟我老娘开个金口吧，这都是早晚的事。告诉你不能买郊区的房啊，你就和我住那个小房算了，好歹在市中心。还有，我打算征婚找个富翁老头，你做好失恋的准备，到时候不要哭爹喊娘地拿肉头撞水泥墙，那真的会头破血流。"

第 17 章

梅漫挂断了电话，李翰歌打过来她也没接，她给李翰歌发微信消息说："开玩笑呢，不会征婚的，不用急，正跟老年少女谈买卖。"

李翰歌当晚给梅漫转过来三万块钱，附言说这是他拉下脸来跟朋友借的，还有砸锅卖铁的一些积蓄，这个月他准备喝西北风了。

梅漫咧嘴笑着，很感动。她知道李翰歌在夸大事实，一个正常的工薪阶层拿出三万块钱后绝对不会有李翰歌说得那么惨。

梅漫关上炒股专家老爸的房门，把老年少女按到沙发上。

"把昨天我买的那件衣服送给您，我看您挺喜欢的。"梅漫先献献殷勤。老年少女是家里的太上皇、大总管、保险柜，是个最不能惹的主。

"有什么话就直接说，不用绕弯，也不用上供。礼仪全免。咱们有梅宅做基础。"顾蕙兰好像什么都看穿了似的。

梅漫心想，这老年少女，天天吃深海鱼油、新疆核桃、和田五星大红枣、柴达木黑枸杞，不仅身强体健，满面红光，脑子也聪明得流油，不一般。

"唉！最近代云说想在石家庄县城买房，在我这唠叨不好贷款，你说是什么意思？她那个丈夫特别能吃，每顿三盆饭，单位都嫌他能吃，所以总失业。"

梅漫一听老年少女絮叨这些张家屯李家店的事就开始心烦，几乎梅漫每次回家，顾蕙兰都跟她讲小时工代云家里的事。有时候，梅漫都以为老妈在跟她讲电视剧剧情。现实生活简直比电视剧还五光十色。

什么代云的妈妈七十多岁了还在打工，陪一个九十岁的老太太。梅漫说，这也不错，自食其力。顾蕙兰一听梅漫的话，老鼠掉面缸，翻白眼。

什么代云老公的爸爸九十岁了，她回家都舍不得买稻香村点心。梅漫说老人家不一定爱吃稻香村，买两袋大馒头也中。顾蕙兰一听，一斜眼。

什么代云的大儿子在迪厅打工，每天化妆、做面膜、讲究吃讲究穿，钱不够花，还要代云添给他，他还打了几个耳洞，一个男孩子，太不正常了，会不会是同性恋。梅漫耐着性子叹口气说，每个人都有自主选择的权利。顾蕙兰一听，一瞪眼。

什么代云的小女儿喜欢跳舞，你好好教，她将来成个大明星，也让她妈享两天福。

梅漫快疯了。

"我最近——"

梅漫还没说完，顾蕙兰截断了梅漫的话："对了，你思敏姐又生了女儿，我还得寄点美元给她，你哥哥梅欣我给他钱他也不要。"

梅漫叹了口气。她刚要开口，顾蕙兰又开口了："还有个重要的事，咱小区胡同那个铁栅栏外，总有个老头在那耍流氓，太不要脸了，为老不尊。"

"您掂量掂量自己拧得过那个老头吗？别伤了自己。我哥我表姐跟您要钱跟我无关，但我要结婚了，想提前把嫁妆钱支出来。多给点陪嫁，要现金，不要您压箱底的金镯子、瓷罐子。"梅漫说完，都为自己的急中生智鼓掌。

"这么快，不是说不着急结婚吗？"

"等着凑新房首付呢，最多两天就给我啊！"梅漫下了限期令。

"要钱还是要我命啊，有这么急的吗！"老年少女急得从椅子上跳起来。

梅漫笑着钻进自己的房间。梅漫不想跟顾蕙兰和李翰歌说实情，并不是想骗他们。因为她知道，这种事很难跟他们说得清楚，说了反而让他们各种担心，不仅钱拿不到，赚钱的机会也会丧失掉。还不如让他们瞎子上楼梯，不知深浅。

第 18 章

梅漫进了自己的房间，顾蕙兰也一个箭步，急火火地迈入梅抒颐的房间。

"这孩子说要结婚，让咱们给嫁妆钱，这几天就要，怎么这么急呀？不会要什么花招吧，她从小蔫主意大着呢。"

"结婚是好事呀。"梅抒颐倒没像顾蕙兰那么惊慌失措，"我今天刚卖出了几万股，可以给她。嫁妆钱是省不掉的，你不要心疼。"

"问题是，现在的年轻人根本不知道钱的好处，乱花。她敢拿着十万块钱买个手表，再拿十万块钱买个钻戒，那个玻璃珠子有什么用啊，真假难辨，就单单美在手指头上？"

"不操那份心。你不是也喜欢买这买那吗，人之常情。"梅抒颐挥挥手，显然很开明。

顾蕙兰觉得梅抒颐自从炒股以后，完全变成了与世无争的人，什么都不管，什么都不关心，以她的标准诊断，梅抒颐完全智商为零，情商为零。她甚至觉得，梅抒颐完全进入了一种罪恶的炒股游戏里，跟孩子们沉溺的手机游戏没有任何区别。这根本不是在享受生活。中国人虽然本性勤劳勇敢，可是不能什么都是这种状态啊，你还能活多少年，怎么就不能好好享受生活呢？赢了钱你不花，亏了钱你受得了吗？这个年纪了，还有多少机会可以让你重新站起来？

梅漫是不是也进入一种罪恶的游戏里？顾蕙兰心里各种担心，连梅漫结婚要嫁妆的事也开始怀疑了。当母亲的面对孩子，多疑症从不会治愈。所以她还是留了一手，没有将手里的钱都放出去，她担心年轻人根本就不会管理财富。

梅漫千凑万凑，千挤万挤，和荷花一起凑了五十万，终于搭上了赚钱的列车。李荷花还是挤出了五万块钱。

"怎么感觉赚钱也不容易啊，我是不是把自己逼得太苦了？从今天开始，奢侈品完全不看，衣服五百元以上的不买，这过的是什么日子呀？以后只能刷信用卡了。"梅漫对李荷花说。

"干吗把自己挤得这么干净啊？赚钱也是为了生活舒服，我们这样的投资是不是有问题了？"李荷花拧着眉头思考着。

"有什么问题，赚了钱以后再享受啊，总得有个先苦后甜的过程啊。我比你压力大，你才投了五万元，我这钱我妈说是我们家的全部财产，都给我了，李翰歌也这么说，你看看，我攥着两个全部财产，多可怕啊。"

梅漫知道，老年少女顾蕙兰说的肯定不会是真的，她的家底怎么可能只有几十万块钱？但是自己出嫁，家里可能只会出这么一笔了。

将这样凑出来的一笔钱拿去投资，梅漫能有多少输的决心和退路？

所以，当梅漫在瑜伽馆听到李荷花说投资的钱出问题了，她的心情是什么样的？完全是心窝上中箭，伤透了心。

坐到出租车里，梅漫弓着身子，歪着腰，斜靠在李荷花身上，眯着眼睛哼哼，来的时候跟人叉腰吵架的气势再也不会有了。

李荷花看到她痛苦的表情说："要不带你去医院检查检查，万一摔坏了怎么办？"

"给磐磐姐打个电话，咱们去她那里。"梅漫说完，强撑着掏出手机，她知道夏采薇去国外了，打电话没用，她要给夏南打电话。

电话响了几声，梅漫的心怦怦跳着。夏南喂了一声，梅漫刚要开口，夏南说："一、一帮财主大咖，正在杭州谈事呢，不是大事回去再说。"

梅漫咽了口唾沫，挂断了电话。

磐磐姐的电话通了。

"我去郊区采草莓了，正堵在路上，不一定什么时候回去，四香在店里，有事去找她们。"

"你问她睦和的事。"梅漫急切地对李荷花说。

"她让你听电话。"李荷花把电话递给了梅漫。

"什么，睦和出事？我没有买，刚好突然投了一批货，占了资金，没有买成。有时候好多事都是谣传，你们也不能听风就是雨。对了，上次我的客户艾蕤找你办孩子上学的事，你挂挂心啊，她跟我说还要约你。你为她办事，她谢你是应该的，不用客气，该张狮子嘴就张狮子嘴。你们两个密谈，我们都当不知道。哈哈。"

"是不是你听错了？只能等夏南和夏采薇回来再问了，那咱们回家吧。"梅漫靠在车上无精打采，像被夏日暴雨浇透的花朵，完全垂下了花瓣，"对了，明天下午你请个假，我学校的舞蹈课你替我上，刚好你心痒想试试身手。我陪着你，我得养两天。"

第 19 章

顾蕙兰正在收拾东西，她打算明天带上梅抒颐到自家那块菜地摘点菜。必须让梅抒颐活动活动，不然他很快就会得阿尔茨海默病。顾蕙兰在昌平郊区认养了一块地，冬天可以到大棚里采摘新鲜蔬菜；夏天可以在刮着凉风的田野里呼吸新鲜空气，摘几个晒足了阳光的西红柿，摘几条带刺的黄瓜。真新鲜，味道也好。

顾蕙兰抬眼看见梅漫无精打采地回来了。人家要结婚都喜气洋洋，这位大小姐倒好，皱眉拉脸，一脸不高兴，是不是嫌嫁妆钱给得少啊？跟资本家、财主比，这笔钱不多，可是跟普通人家比，这笔钱也不算少了。想到这里，顾蕙兰心里平和了不少。

"明天我们去昌平菜地摘菜，你下午挤个时间开车去接我们，不然那么多菜带不回来。"

"我下午有课，去不了。你们自己回来。谁让梅欣总不在北京，指望不上他。"梅漫说完进了自己的房间。她现在的心情，简直是耗子进了猫家，吉凶难卜，哪有心思去昌平菜地里闲逛。

"那我们怎么回来?"顾蕙兰推开梅漫房间的门问。

梅漫歪在床上，眼睛盯着房顶，完全没听见。顾蕙兰叹了口气，关上了梅漫房间的门。

梅漫的电话响了，是磐磐姐打来的，她问梅漫艾蕊的事怎么样了，孩子家长想约她出来。梅漫说："我可以免费辅导孩子参加舞蹈招生考试，也可以帮忙跟招特长生的老师打个招呼，一定会尽力的，就当成磐磐姐和夏采薇的事办好了。"梅漫心想，卡是坚决不能要的，即使自己投资的钱都赔光，这种钱也是坚决不能收的。这是做人的底线，更是当老师的底线。这点公平都不肯给孩子，岂不枉费了老师"蜡炬成灰泪始干"的名声和"桃李满天下"的气概。"三尺讲台存日月，一支粉笔写春秋"，多么铿锵有气魄的嘉赞。

"一定要上心哦，她每年在我店里买几件皮草，来新样子就看，出手很大方。"

"倒腾皮草的？"

"哈哈！妹妹你的想法太简单了，是自己穿或者送人。"

"哦。"梅漫无精打采地应付了一句。难道她每年买皮草也要买很多件吗？有钱人的生活真是难以想象。别说皮草，就是羽绒服梅漫也没有几件。

刚放下磐磐姐的电话，梅漫又接到了李翰歌的电话。

"这么长时间也没见你买了东西在我这显摆呀。要不要我陪你去挑？我的意思是说，钻戒什么的都是虚的，要不我把小时候家里给我买的镀金金锁给你重新打个金镯子怎么样？我可不是抠门啊。钻戒就是硬度高的透明玻璃。哈哈。"李翰歌开了一句玩笑。

梅漫苦笑了一下说："农村姑娘都嫌金镯子过时了。大哥，金镯子无所谓的，留着金锁更有意义。"

梅漫想着心事，完全麻木的脑子半睡半醒地挣扎了一夜。第二天上课，她觉得自己的腿和胳膊特别沉重，幸亏把李荷花叫来了。

李荷花嘴角上翘，小尖下巴里兜着笑，脸上挂不住兴奋和激动。简直当舞蹈老师有瘾。她双脚丁字站立，挺胸昂头，精神抖擞。若在平时，梅漫肯定要开两句玩笑，但现在她的心情是阴雨天的铅云，难以灿烂。

"这是来视察工作的李荷，不，李菡苕老师，大家欢迎！"

梅漫险些把"李荷花"这个名字向同学们介绍出去，这可万万使不得，不然这帮小丫头们得笑翻了天，这节课别想上好了。

为了遮盖紫色头发，梅漫今天特意戴了一个齐耳短发套。

有个小丫头竟然好奇地问："梅老师你剪头发了？"梅漫没有搭理她，站在训练厅里对小丫头们说："今天的课由李老师给大家上。还是练习荷花仙子前两个小节。李老师刚从舞蹈学院进修回来，你们跟着她好好练习，注意她的步法和身姿。"

听完梅漫的话，李荷花向梅漫一伸拇指，默契地笑了笑，开始了她的舞蹈课。

梅漫无精打采地靠在墙面的镜子上。

第 20 章

为了帮助磐磐姐买貂皮的大客户艾蕤的女儿顺利考入自己的学校，梅漫主动让小姑娘来学校，她打算和李荷花一起辅导辅导这个小姑娘，顺便摸摸底，看看小姑娘的舞蹈水平到底怎么样。

小姑娘来了以后，梅漫一看，眉目传情，身材修长，身体柔韧性不错，舞姿也优美，她心里舒了口气。这样的舞蹈水平，让她托关系走后门也值得，就是不托关系说不定也是可以录取的。她打算先找舞蹈组的几个姐妹打通关系，往年大家都是这样相互关照的，况且，这个小姑娘条件确实不错，完全可以用特长生的资格招进来。

艾蕤托磐磐姐给梅漫送了一张卡，梅漫坚决退了回去。即使投资的钱都赔光，她也不会要这种钱，不管是做人还是做老师，这样的底线必须有，她会坚守住。

夏采薇回国了，回来就呼朋唤友地让梅漫、李荷花和磐磐姐陪她去京福居吃饭。磐磐姐说要参加朋友的婚礼，来不了。梅漫和李荷花只得和夏采薇相约来到了京福居相聚。

夏采薇抱着大海碗吃了一碗撒着黄豆、心灵美萝卜丝、黄瓜丝、豆芽、白菜丝、芹菜末的炸酱面，又吃干炸丸子、千层肉饼和它似蜜，然后又喝了一碗撒胡椒粉的西红柿疙瘩汤。梅漫嘴里鼓着小丸子，瞪着眼睛看着夏采薇的吃相，丸子在嘴里打转，咽不下去。夏采薇是得饥饿症了还是胃没底了，怎么灌这么多？等夏采薇抬起头，吃速降下来，梅漫和李荷花同时要开口。

"饿几天了？"梅漫问。

"德国的饭不合胃口？"李荷花仰靠在椅子上，完全不想动嘴吃东西了。

"我给了他一个大嘴巴，他骂我是魔鬼，然后捂着脸扭头就走了。"

"失恋了就狂吃啊。"梅漫盯着夏采薇穿得乱七八糟的衣服——黑色透明网眼衫里套了一件浅米色花的吊带小衫，前没遮住肚子后没遮住小腰，牛仔裤筋筋条条都是破洞。

夏采薇咧着嘴哭了，抹了两下眼泪，又笑了，说："得罪我，哼，这个告黑状的仇我终于报了。"

梅漫惊讶地张大嘴巴。多少年了，还没放下，夏采薇脑子受刺激了？

当年因为这个男生告状，老师让请家长，夏采薇只好请了炸油条的冒充三大爷。她念念不忘这个告黑状的小人，同学聚会后死活把这个男同学从他女朋友手里抢了过来，结果第一次约会就给人一个大嘴巴。比动物还凶猛的个性，哪个男孩敢跟她温柔地谈恋爱？

"好不容易抢来的，你还不好好珍惜。你又那么喜欢，不好好谈恋爱，打人家大嘴巴干吗？"

"报仇雪恨。这是个小人，你以为我真的喜欢他？从他告黑状，不光明磊落地做事开始，我就想教训他，等了这么多年了。"

"哎！你何苦这么折腾人家，人家跟女朋友都分手了。"梅漫叹了口气。

"那你该高兴，哭什么？"李荷花不解。

"哭我为什么不忍了，为什么爪子闲地非要打他。打完后悔，不打心不甘。"

"没喝酒吧，思维正常一点。"李荷花歪着丸子头看着夏采薇。

"精神病都这么矛盾，你要有病就去看，别没事把自己往死了撑，要是后悔了，我就帮你去找他。"

"我去看莱茵河，看美泉宫，看德国帅小伙，每晚醉生梦死也没有减少自己的痛苦。你去帮我把他找回来，就说我依然爱他，这跟打他嘴巴没有关系。"

梅漫看看李荷花，两个人傻了。真找？这不是做贼的盗黄连，自讨苦吃吗？梅漫一皱眉，李荷花一瞪眼。

"行，我们去找。我拽胳膊，李荷花提大腿，给你抬来。"

梅漫心想，闹够了没有，该轮到她诉苦了。

"听说睦和众筹出事了，我可是押了全部身家，嫁妆都赌在里面了，我是只想坐着数钱，等着换车、买婚房呢，输不起啊。你知道我这几天是怎么过的吗？比你失恋还痛苦呢。你看我嘴上急出的大泡，哪有你这狂吃的心情？"梅漫揪起下嘴唇让夏采薇看。

"网络谣言你也信。"夏采薇一捂嘴打个嗝，吃太多了。

夏采薇拿起手机拨了一个电话，她打开免提键，让梅漫和李荷花听到电话内容。

"喂！姐姐，听说你们睦和拿着第一股东的钱不上市，拖延什么呢？我可是看着你的面子买的，就因为你们吓唬我，我痛苦得险些跳了莱茵河，经不起破产的。"夏采薇把失恋的痛苦心情夸大，栽赃在睦和众筹身上。

"有两家公司还要加进来，所以还要等一等，不要着急，相信我们的实力。签字协议是最好的保障。"

"出了问题我就住你家的别墅。"夏采薇给梅漫和李荷花使眼色，意思是你们都听见了吧。

挂断了电话，夏采薇对梅漫说："等我们赚了钱，我带你们到巴黎河谷打折村去采购，磐磐姐也准备到巴黎开皮草分店呢。"

梅漫的脸色好多了，舒了一口气，看哪里都阳光般灿烂。人是不能有压力的，更不能有痛苦。当然，更不能失财，说什么有多少财运是福报，失多少浮财是消业，那都是失财者的自我安慰，也是佛家劝慰的箴言。这种安慰起到的作用微乎其微。

"不是当初我帮助你家找香港商人，能换那么多套楼房？你家还在平房里住呢。"夏采薇噘着嘴，吊着眉，做起了怪脸。

梅漫的思绪在夏采薇的话语中回到了多年以前。

第 21 章

二十世纪九十年代末，很多摩天高楼和鳞次栉比的小区住宅还在城市规划图上，在人们的美好期盼里，城市还没有现在这么高、这么新。站在制高点上望西山，没有几栋大楼挡住视野，冬看西山晴雪，夏看山峦翠列，秋日黄栌尽染，春日玉泉叠翠，四季的自然景色直扑眼帘。当然了，站在西山遥望北京城，火柴盒似的高楼也清晰可见，但还没有不计其数、铺天盖地的楼群由北京荡漾开去。

在那个年代，住平房不新鲜，铅灰的蜿蜒胡同织成了密密麻麻的网；住楼房也算不上新奇，林立的高楼层见叠出。

梅漫的家住在灯市口西街一个拐了两道弯的胡同里。胡同里有一个小副食店，卖北京辣丝等六必居咸菜和日常用品，每天从斑驳的绿木门里散发出浓厚的复合味，酸咸辣甜，是副食店特有的怪味。隔壁不远处有个茯苓饼厂，生产的是一种既闻不到香味又闻不到甜味，两片干饼子中间加一块稀黏糖的北京特产。据说茯苓饼是慈禧喜欢吃的美味，不知她怎么会有这么寡淡的口味。有人说此饼有美容作用，但就是能把人美成花梅漫也不喜欢吃。

又粗又矮的老槐树旁边是灰砖的公共厕所，看厕所的肖雅清每天拿个小马扎坐在树荫里东张西望地引颈，雪亮的眼睛里藏不住防贼的警戒眼神，失去丈夫的她与她家的胖丫头格格相依为命。梅漫私下里称格格为厕所公主，格格完全是肖雅清的翻版，厚唇，肥脸，冬瓜脑袋，盯人的眼神比她妈还犀利。梅漫每次进出厕所，后背都像扎着四根钢针。她除了向娘俩傻笑、点头，脚下还不争气地拌蒜，心也发慌，上个厕所跟做贼似的。梅漫之所以见了她们就发慌，主要是因为听说娘俩经常对打，她有次一出厕所，正撞见两人张牙舞爪地对抓呢，频率快，下手狠，噼里啪啦几个回合就结束，一看就是行家里手，经常练功。娘俩手上像攥着十把锋利的小钢刀，梅漫着实怕自己的嫩脸不小心被小钢刀划破了相。

有这么凶悍的娘俩守着厕所，厕所以及附近胡同的治安有保障了，厕所里绝对不会有人贴乱七八糟的小广告，电线杆上绝对不会粘上治这癣那病的小纸条，厕所的精神文明建设肯定没有问题。

梅漫家的灰墙外，种着一溜花枝招展的草茉莉、指甲草、美人蕉，这些花是贴着泥地长、扎在墙根生的胡同标配花草，夏天自己长冬天自己灭，不需人费多少心思。粉红的，浓绿的，很是热闹。苒苒物华生，随着季节的更迭绿肥红瘦，红衰翠减。胡同的美好春光，自有一番别致的风韵。

抬腿迈上灰石台阶，进了绛紫木门就是梅漫的家，这座独门独院、雕花游廊的老房子是梅漫的爷爷留下的。梅漫的爷爷是宫廷得宠的画匠，攒下了不少家业，七十多岁娶了梅漫的奶奶，天津南开大学毕业的洋学生，结婚不到一年爷爷去世，梅漫的奶奶年轻守寡，没有孩子。她没有改嫁，而是从天津哥哥家过继了一个侄子当儿子，就是梅漫的爸爸梅抒颐。梅抒颐没有改口，一直按原来的称呼，叫她三姑。

关于四合院的风韵，北京有这样一句流传的话：天棚、鱼缸、石榴树，先生、肥狗、胖丫头。

梅漫家的院子里铸着一个雕花老鱼缸，斑驳的绿苔藓顺着缸沿钻出一丛一丛的嫩绿，鱼缸里游着红尾金鱼。据说金鱼招财，看来四合院里配着大鱼缸养金鱼是有风水讲究的，对财富的热切自古有之啊。鱼缸盛着飘着云朵的一缸天地，映着大红的火焰石榴花。

每天冲进院子，梅漫先对着大鱼缸里的大肚子金鱼号一嗓子，看金鱼们瞪着大眼，甩着宽尾巴惊慌逃走，惊起一串水波。垂花游廊连着东西北屋，下雨的时候，梅漫跨进院子跳上游廊就淋不到雨，相当方便。游廊上经常趴着一只蓝眼粉鼻的白猫，是梅漫家里养的，名叫阿福。阿福长得娇媚伶俐、可爱顽皮。它身后拖着一条黑尾巴，因而得了个非常雅致的名字："雪里拖枪"。它每天趴在游廊上看着鱼缸里的金鱼，眼馋又无能为力。

梅漫的哥哥梅欣喜欢坐在游廊上盯着鱼缸里的天和俗艳的石榴花画画题诗，他自称是文艺青年。父母说，梅欣这一点继承了爷爷的基因。他经常背着画夹子去北海写生，画新柳里的白塔。

梅漫认为喜欢画画还可以接受，觉得现实生活里喜欢诗歌的人都比较另类，神经兮兮的。梅欣每当激情上来的时候，就会背几句诗抒情。

"我希望逢着一个丁香一样的结着愁怨的姑娘。"这是梅欣在背戴望舒的《雨巷》。

每当这个时候，梅漫都会堵着耳朵说："闷骚症犯了。"

梅漫开始捣乱："我希望逢着一个飘着臭味的厕所姑娘。"这完全是受了厕所公主的启迪呀。

梅欣没搭理梅漫，继续抒发自己的内心情感："我只愿面朝大海，春暖花开。"

"我只愿面朝大海，喝酒撸串。"

梅欣垂下眼睛不看梅漫。"黑夜给了我黑色的眼睛，我却用它寻找光明。"

"我同学说，黑夜给了我黑色的眼睛，我却用它翻白眼。哈哈哈！"

梅欣翻着白眼，"当"地摔门进屋了。梅欣比梅漫大很多，对这样一个淘气的妹妹，他也是无可奈何了。

梅漫还有个表姐思敏，是梅漫姨家的孩子，父母去世后一直在梅漫家里寄养，她比梅欣还大一些，大学毕业后正在读研究生。

梅漫家有个很大的后院，梅漫的妈妈养了不少鸡，这样可以吃新鲜的鸡蛋。刚开始养鸡的时候，梅漫跟妈妈一起在胡同口卖小鸡的竹筐里挑鸡雏，那时候梅漫还小，梅漫的妈妈顾蕙兰也不懂，专门挑个大的，结果，等鸡长大了才发现，个大的鸡雏都是大公鸡，一窝大公鸡，成了春节时全家的美味。

后院单独开门的两间平房，住着爱哼唱男旦京戏的彩武叔。彩武叔又矮又壮，挺着将军肚，秃顶、圆脑袋，典型的胖老头，可是唱起男旦来一身都是戏，一扭肩膀，一叉圆筒腰，伸出兰花手，眉眼都是风流，极其妖娆。他住的平房是梅漫家的，一直借住着，从梅漫记事起就开始了。

彩武叔家祖上是开裱画行的，所以跟梅漫的爷爷相识——过去画画的离不开裱画的。裱画分京派和苏派，彩武叔家承继的是正宗京派裱画。后来裱画行失火，烧了不少名画，彩武叔的父亲卖了宅子赔了钱，带着一家人借住在这里。彩武叔的老婆去世了，孩子在内蒙古插队后落户没有回北京，他现在单身一人。彩武叔除了会唱戏，会裱画，还有做北京小吃的手艺，他推个大玻璃罩子车，在热闹的胡同口卖豌豆黄、驴打滚、山楂糕，还兼卖蓑衣黄瓜、卤花生、酱牛肉等下酒菜，生意很不错，卖完了就推着空车美美地哼唱着《贵妃醉酒》回家了。胡同里即刻莺歌燕舞，余音缭绕，一个"哎"字的清唱，被抑扬顿挫成"矮——哎——艾"的上下起伏，唱得荡气回肠，胡同里升腾着贵妃娘娘的娇媚之气。

第 22 章

夏采薇上课从不好好听讲，眼睛乱转，脑子走神，心猿意马，完全是问牛答马的状态。代数课上，老师说举个例子，她就想到了平安大街上排长队的秋栗香；有人书"啪"的一声掉地上，她就借故回头看一眼喜欢的男生。放了学，她拽着梅漫的胳膊，像拽着救命稻草。

"今天周末，上我家写作业去，反正明天不上课。"

"凭什么呀？"梅漫完全洞悉夏采薇的动机——抄作业，却梗着脖子装傻充愣。

"算术就算术呗，非要加上英文字母，弄成四不像、烧脑子的代数，什么 3a、4b、5x，完全绕不明白，整日就听老师闭合着厚嘴唇在说什么贼偷 2 (Z2)。"夏采薇的表情很痛苦，一看就是真被代数害惨了，学习也是要有天赋的，夏采薇真不是学习的料。

听了夏采薇的贼偷 2，梅漫摇摆着身子笑，完全不顾忌身边走过的人。

"先去秋栗香买袋栗子，再去地安门吃盘长沙臭豆腐。老师一说举例我的口水就没停，学校门口的臭豆腐味真香，上课我就闻到了。"夏采薇念念不忘老师的举例说明，到她这里完全是举"栗"说明。

"臭豆腐就算了吧，吃了苍蝇追我，钻到嘴里怎么办？"梅漫一听臭豆腐就皱了眉头，想起了自家胡同臭十里的厕所，觉得这两样东西异曲同工。

"我有口香糖压臭味。"夏采薇摇晃着手里的绿箭，吃臭豆腐的态度很诚恳。

"这嗜好，不怎么样。"梅漫摇摇头，无奈地和夏采薇一起跳上了电车。

吃完臭豆腐，抱着秋栗香，两个人嘴里叭叭嚼着口香糖进了和平里东里夏采薇的家。这是梅漫第一次到夏采薇家。

走进客厅，整面墙的多宝阁里摆放着中外名酒，酒的颜色和酒瓶的形状都是梅漫没有见过的，还有泛着黑光的硬木沙发座椅，一人高的大瓷器，让人眼花缭乱。夏采薇带着梅漫东窜西窜，厨房、书房、保姆间乱走。阿姨正在准备晚餐，夏采薇捏了一个红烧大虾仁，还没忘给梅漫嘴里扔一个。她的手刚才还提着臭鞋换拖鞋呢。她家房间很多，不是四个就是五个，梅漫跟着夏采薇瞎转，新鲜得有点眼睛不够使。

"楼上，你猜是谁家？"

"我要能猜出来就成半仙了。"梅漫着急回家，想赶紧写作业，不然回家太晚，老娘顾蕙兰要瞪眼。那时顾蕙兰还是中老年少女，没有现在这么老，脾气比较暴躁，耐性小，她在医院不敢跟病人撒气，回家就憋不住要喷火，梅漫不太敢惹她。

梅漫掏出作业本准备开写。

"我家楼上住着王菲，你知道吗？"

"啊！"梅漫完全惊呆了，无异于听说她家楼上住着天外来客。她张着嘴，抬着头，看着夏采薇家的天花板，好像透过天花板就能看见王菲在家里坐着呢。梅漫坐在夏采薇家，神奇感和自豪感飙升。

"你怎么跟她家是邻居呀？没听你吹过牛啊。"梅漫继续仰着头。那时王菲正走红，追星的热切涤荡在每个少女的心怀，梅漫也不例外。

"她爸跟我爸以前是一个单位的。我跟同学吹过牛呀，他们不信，我就懒得跟他们废话了。"

梅漫心想，夏采薇天天把她爸的汽车、秘书，她家的保姆挂在嘴边，同学们都不爱搭理她，嫌她虚荣，学习又那么差，若不是夏采薇死皮赖脸地追着自己，自己也懒得理她。

"我这有签名、合照。"

为了证实王菲是她家邻居的真实性，夏采薇开始翻箱倒柜，找了十多分钟也没找到。梅漫失去了新奇感。

"你找到了给我带学校去。"

"对了，走。"夏采薇拽着梅漫就出门上楼，鞋都没有换。她要敲王菲家的门。

"咚咚咚。"夏采薇敲了半天，家里根本没有人。

"人家那么有名，肯定住别墅，谁还住这呀。对了，她家移民香港了。可我见过她家人啊。"夏采薇自言自语地下了楼。刚下了几个台阶，迎面碰到一个高个男人，夏采薇很兴奋。"王大哥，好久不见你了，你从香港回来了，我菲姐怎么不回来？"

"嗯，她忙。"这位王大哥笑眯眯地看了一眼夏采薇和梅漫，打开了自家的房门。

"这是王菲的哥哥。"夏采薇悄悄对梅漫说。

梅漫盯着房门把嘴张成了圆形。

回到夏采薇的家，梅漫着急了，必须赶紧干正事。她打开本子写作业，两个人刚要读题，房门就被推开了。

"你、你写作业呢。咱家那两个兰花罐呢，我、我明天组织小组知识竞赛，从咱、咱家给同学拿点奖品。"

一个个子不高的大男孩推开门，他伸着脖子，嘴里嚼着东西。他看了一眼梅漫，梅漫刚要咧嘴笑，男孩的眼睛就开始望天花板。

"关上门别捣乱，妈说那罐子是古董，你不懂别瞎拿，败家子啊。"

夏采薇刚在作业本上认真写上一个"答"字，正伸着脖子准备看梅漫怎么写呢，思路都被夏南给打乱了。

"虾、虾仁今天做得真好吃。"男孩说完关上了门。

"这是我哥哥夏南，说话结巴磕子。"夏采薇咯咯笑着，说完放下笔抬屁股走了，她写作业的时候根本沉不住气，房间里留下梅漫一个人。

不一会儿，夏采薇回来了，坐在梅漫身边一嘴的菜味，还伸出舌头舔嘴边的菜汁。

"我猜我哥就去偷吃虾仁了，哼哼，我俩联合干掉一盘，剩两个，我妈我爸一人一个。"

梅漫一听笑了。

"若在我家，我妈会直接上手。我们都怕她，她手里有凶器。"

"什么凶器？你妈对你们真苛刻，外加抠门。"夏采薇说。

"我妈的凶器是针和手术刀啊。她在医院上班。"

梅漫合上书本，伸伸胳膊，心想："我妈不是舍不得让我们吃虾仁，是觉得我们这么做没有规矩、缺教养。"

"我回家了，一会儿你家人该回来了。周一你早点去学校抄我作业。"梅漫一方面害怕见夏采薇的家长，一方面想赶快回家，放了学净跟夏采薇一起游荡了，正经事都没干。

"周一来不及，周日我去你家写作业。"

梅漫一听夏采薇要去自己家，头摇得跟拨浪鼓似的。养鸡、上公共厕所、去街上公共自来水管提水的平房怎么跟人家与明星为邻的楼房比，大农村似的，梅漫觉得有些丢面子。

"周日我不在家，去儿童中心跳舞，别找我。"梅漫不想让夏采薇窥探自己的寒舍，所以直接撒谎拒绝。

第 23 章

周末，洗衣服、洗头，梅漫家的储水桶见了底。

"梅欣，跟我去胡同提水。"梅漫提着小桶对拿着素描本、拧着眉的梅欣下命令。

"写歌词呢，单位联欢会要用，抬完水灵感都没了，你自己去锻炼臂肌。"

梅漫斜眼看梅欣本上的歌词。"蓝色的海洋撞击着我们的胸膛，红色的徽章是你青春的梦想。"什么红的、蓝的，这也叫歌词？此文艺青年完全是浅草没马蹄的水准，不怎么样。

"好，你等着。"梅漫气鼓鼓地钻进了厨房，一会儿走到梅欣身边说，"我在冰箱里冰了酸梅汤，那是咱家最后一点水。冰冰凉凉的真好喝!"

梅漫提着塑料桶提水去了。街上的自来水管旁边，站着彩武叔，他正在洗黄瓜，准备做明天卖的下酒菜。

"彩武叔，蓑衣黄瓜真好吃，教教我怎么做吧。"

"行，爱吃的话回头我做完给你送几条过去。蓑衣黄瓜做起来很简单，主要看刀工和调料，你手腕子没劲拿刀，不着急学。"

彩武叔端走了一盆黄瓜，梅漫拎起桶还没接水，肖雅清就端着一盆衣服来了，拿着马扎一屁股堵在了自来水管底下。梅漫吓得抬腿就逃，懒得跟她打招呼。

回到家，梅漫把空桶扔在梅欣身边说："你自己去提水，自食其力，酸梅汤不能白喝。"

梅漫掐指一算，梅欣肯定在她出门后的一秒钟，箭步蹿到冰箱旁咕咚咕咚喝了酸梅汤。酸梅汤是梅漫用鱼缸里的水专门给梅欣冲调的。

"酸梅汤有股土腥味，不好喝，好像乌梅炒煳了。"

"哈哈哈，那你还都喝了，那么大一碗，也没给我留一口。我去喂鸡、捡蛋，晚上让妈给我们做西红柿炒鸡蛋。你去提水。"梅漫把桶给了梅欣。

喂鸡、捡鸡蛋是梅漫的妈妈给梅漫规定的家务活。

梅欣提着桶，看到肖雅清正霸着水龙头。

"对不起，我接桶水。"梅欣根本不看肖雅清的脸。

肖雅清正喜滋滋地哼着歌呢，半晌，才刚听见似的说："你接水呀。"

回到家，梅欣上后院找到梅漫说："你自己去吧，厕所公主她妈在呢，我一看到她就堵心。"

"咱俩一起抬水呗。"

梅漫跟在梅欣的身后，两个人去抬水。刚把水提起来，梅漫就听到有人叫自己，她抬眼一看，险些把水桶扔地上。夏采薇来了。

"你怎么找到我家的？"

"那还不简单。作业等不及明天了。还没安自来水啊？"夏采薇感到很惊讶，什么年代了，北京胡同里还有这样的生活？她跟在梅漫身后一个箭步蹿进了梅漫的家。

"就是啊，自来水入户都不知道嚷嚷几年了。"梅漫把桶扔给了梅欣，陪着夏采薇走进了院子。

夏采薇一个箭步跳上了游廊，又跑到鱼缸抓了一把水，掐了一朵石榴花，吓得阿福"喵"一声蹿到了紫藤花上。夏采薇看到了阿福，兴奋地想抓住它抱一会儿，可是阿福怎么可能让她抱呢？夏采薇又从东屋到北屋到西屋转了一大圈，摸着房间里装卷纸的天青色画缸说是古董，边敲边说："你听声音，铜钟似的。"然后又拍拍深紫色的画案说:"都是好木头吧。"

"什么好东西,一堆破烂,磕一下腿特别疼。"

"你家真好。"夏采薇坐在硬木靠背大椅子上,抬头看梅漫家又宽又高的大房子。

"没有厕所,没有自来水,有什么好的?"梅漫不屑地说。

"嗯,太不方便了。"

"我家还有好玩的,走。"梅漫提着篮子带着夏采薇去了后院,准备捡鸡蛋。

夏采薇见了鸡就兴奋得眉飞色舞。

"你家跟动物园似的。"夏采薇一个箭步跳进了小竹鸡圈,然后就开始追鸡,吓得鸡嘎嘎叫着向草窝里钻,"真好玩,我想抱抱鸡。"

"你以为是抱鸡娃娃呀,小心鸡屎。"梅漫提醒夏采薇。

"把篮子给我。"夏采薇一头扎入草窝。

"怎么才六个,我以为起码有一篮子。"夏采薇举着鸡蛋像举着宝贝。

"你以为我家是养鸡专业户啊,这就不少了,肯定够今天晚上吃的。"

"我今天在你家吃饭啊。"夏采薇盯上了刚才捡的几个鸡蛋。她对自己捡的鸡蛋充满新奇感,估计以为跟买的鸡蛋不是一个味。

"鸡蛋超级好吃,你看我学习这么好,就是因为每天早晨吃一个鸡蛋,长这么大从没有间断过。我妈说蛋黄含卵磷脂,最补脑子,我最爱吃蛋黄。"梅漫捏着鸡蛋,像卖鸡蛋的做推销。

"怪不得我学习这么差呢,我从小就不吃蛋黄,没补好脑子。"夏采薇遗憾地撇着嘴,好像找到了学习不好的根由。

捡完了鸡蛋,夏采薇也不客气,直接进厨房帮梅漫做饭,准备在梅漫家吃饭了。

"我去帮你提水。"看桶里的水不多了,夏采薇准备到街上的公共自来水管提水，体验生活。她完全是为了好玩。

夏采薇提着桶来到了水管旁边，看到一个中老年妇女正在洗衣服，水管也不关，盆里的水哗哗向外流。夏采薇上去就关上了水管，对堵着自来水管的中老年妇女说："让开，我打水。"

肖雅清是谁呀，大名鼎鼎的厕所公主的老妈，久经沙场的老兵，特别能战斗的女性。

水管又被拧开了，比刚才还大。肖雅清眼皮都没抬，稳稳地坐下来接着洗衣服。

"你没听见啊，我要接水、接水。"接水两个字被加了重音。小太妹夏采薇也不是吃素的，她根本就没把这位连洗衣机都没用过的土大妈夹在眼皮里。

除了流水声就是搓衣服的声音。夏采薇站在那里干瞪眼，没人搭理她。夏采薇气鼓鼓的，直接在半空中接水，水流了肖雅清一胳膊。肖雅清撩起水就往夏采薇身上泼。夏采薇桶里的水直接翻身倒下来了。肖雅清的手就开始抓了。夏采薇尖叫了一声，脸被抓破了，她哪见过直接上手抓的呀。

梅欣正好上厕所，一看梅漫的同学跟肖雅清抓起来了，赶紧上去拉架。

"这个老妇女比我还生猛。别给我毁了容。"夏采薇捂着脸对正忙着洗菜的梅漫说。

"我见了她都躲着走。"梅漫给夏采薇的脸上涂了点碘伏消毒。

处理完夏采薇的脸，梅漫特意去彩武叔家要了蓑衣黄瓜、酱牛肉、卤花生、辣海带丝和豌豆黄。梅漫的妈妈下班带回了牛蹄筋和红烧带鱼。梅漫的爸爸出差了。夏采薇跟梅漫一家人吃饭，蓑衣黄瓜、西红柿炒鸡蛋、牛蹄筋塞满了嘴，吃相比在自己家吃红烧虾仁还难看。顾蕙兰笑着使劲给夏采薇夹菜，梅漫也使劲给夏采薇夹牛肉，伤员要补补啊。顾蕙兰问夏采薇的脸怎么了，夏采薇赶紧说是捡鸡蛋的时候被竹棍划的，她不好意思说是被胡同大妈打了，那太没面子了。

梅欣划拉两口就躲开了，肯定是嫌弃夏采薇的吃相粗鲁，还有梅漫吃饭像抢饭。文艺青年看谁都不顺眼。

"妈，一会儿给我两片黄连素，我肚子不好。哥，你也吃两片。"梅漫想起了鱼水酸梅汤。

梅欣理都没理梅漫，心想，没病吃黄连素，脑子有病吧。

吃完饭天都黑了，夏采薇既不着急抄作业也不着急回家，梅漫也不好意思催她。后来，她借了梅漫的代数本准备带回家，说第二天给梅漫带到学校。看到天黑了，顾蕙兰让梅欣去送夏采薇，夏采薇说："我借你家电话给我爸的司机打个电话，让他来接我。"

送走了夏采薇，顾蕙兰说："这种子女就是好啊，什么光都能沾上。"

梅欣撇着嘴说："一人得道，鸡犬升天。本人是严重鄙夷的。"

"这叫吃不到葡萄就说葡萄酸。你知道她家楼上住着谁吗？大明星王菲。"梅漫自豪地对梅欣说。

"那管什么用呀，跟她、跟你有什么关系？王菲夹都不夹你们一眼。妈，下礼拜我去高碑店出差查案子，现在犯罪的人怎么那么多，老是偷鸡摸狗坑蒙拐骗干坏事。提高全民素质势在必行。"

梅欣刚刚被分到法院工作，每月都要出差去外地办案，这与他文艺青年的理想气场极其不符，所以他非常痛苦，总表现出忧郁、苦闷的面容和情绪，好像世界上所有的人都不理解他。

本来父母让他考美术学院，或者电影学院、师范学院美术系，但那时候他一心想当大法官，根本不听父母的，结果，现在到了法院工作又不喜欢。

第 24 章

一天早晨，梅漫刚到学校，夏采薇神经兮兮还特别急切地走到她身边，趴在耳边刚要说悄悄话，班主任就进来上早读了。下了早读，夏采薇就被老师叫走训话了，作业本没带，老师让她回家去拿。等到下午快放学了，夏采薇才回到教室，肯定是没写作业呗，在家补作业来着。她的悄悄话憋了一天，等到放学才有机会跟梅漫说。

"你想不想住楼房吧？"夏采薇问梅漫。

"废话，这还用问？"梅漫和夏采薇一人啃一根橘子皮色的大火炬雪糕，黄澄澄的都是色素，把小红舌头都染黄了。

上学的男孩和女孩不管吃什么都特别香，连小作坊的辣丝都觉得是美味。

"那天我爸的司机跟我爸谈话，我偷偷听来的，他们说什么港商要建个会馆还是想回北京住，听得不是特别清楚，反正在找合适的四合院。"

"那跟我家有什么关系，房子卖了住哪儿？我爸分的那间筒子楼根本不够住。"

"卖了不会再买？我帮你详细问了，港商想用几套楼房换，还补贴钱。上哪儿找这样的好事？"夏采薇仰着脑袋，下懿旨似的。

"真的吗，还有这样的好事？"梅漫嘴角挂着喜悦，对夏采薇说，"我怎么觉得这事不像真的，谁那么傻，平房没有水管和厕所，多不方便。水管入户还不知要等到哪年哪月呢。"

"我也奇怪，这个香港人怎么这么傻啊！楼房不比平房好啊？"夏采薇也疑疑惑惑的，准备今天回家问个究竟，"梅漫，如果这事成功了，以后考试的时候多关照关照，我不能再挂科了，真蹲班我怎么办？"夏采薇的成绩实在是她的心病。

"哪有那么严重，老师不敢让你蹲班，否则她面子上也不好看，也怕你下次请三大爷给她端一盆油条。"梅漫调侃道。

"别提三大爷的事了，老师告诉我妈了，那天我妈和我爸联合教育我，都把我教育哭了。"夏采薇月牙小笑眼，尖下巴，痛苦的时候看起来也不严肃，"还有，我要找人打一顿你们胡同抓我脸的老妇女，让她脸上挂花。"夏采薇脸上的伤还没好，伤口天天扎她的心。

"我都不敢惹她，你放弃吧。"

"我放弃？我是谁呀。"夏采薇的尖下巴都歪了，满脸的不服气。

回到家，夏采薇堵住了她爸的司机。

"张叔，我同学家住灯市口，特想换楼房。听你那天跟我爸说有个港商想买四合院。"夏采薇站在张叔对面。

张叔愣了，心想，这丫头什么时候偷听我们说话了？人小鬼大，什么事都能凑个局。"是啊，还没找到呢，找了几个，都是四合院里住着好几家，几家的意见不统一，总是谈不拢，他们又狮子大开口。"

"确定是真事吗？我同学家有个四合院，特大的院子，满院子古董，梁上都是雕花纹。他们一家想换楼房。张叔，你说是不是换楼房合适，冬暖夏凉，有厕所有厨房？"

"对对对，一套一套的。"张叔笑着点头。

夏采薇认为这么便宜的事打着灯笼也难找，她是在为梅漫家办好事。过了这村没这店了，这么大的北京城，想换楼房的人多着呢，知道有这么好的事还不排队抢？趁着港商犯傻、打愣，趁着好多人不知道，赶紧抢过来。

"张叔，我可以先带你去看看她家的院子。"夏采薇为了自己的学习成绩也是煞费苦心，是不是她这个年龄该管的事暂且不说，反正特别积极主动地为梅漫家操劳。

晚上，她兴奋得睡不着觉了，心里在想，若梅漫家换了几套楼房和几十万元现金，她就是班里最有钱的人了，什么开皮包公司的王五爸爸，秀水街练摊的赵四妈妈，全部覆灭。

夏采薇正专心致志地费心操劳梅漫家的事呢，房门开了，灯"啪"地被打开。

"干什么呀，我都睡着了。"夏采薇不满地挡着眼睛，灯光太刺眼了。

"几点你就睡觉，学生有这么早睡觉的吗？人家都在灯下苦读呢。"夏采薇的妈妈胡娜进了房间就东看西看，像是找什么东西。

"睡晚了我明天上课犯困。你找什么呢？"夏采薇闭着眼睛，一脸不耐烦。

"我那两个兰花罐子呢，那是搞收藏的人送给咱家的，里面放了一套我的松石首饰，我明天要戴。我上次去香港，你三姨胡晶是不是来咱家了？"

"三姨来给你送老家特产——四川泡菜，给我们做辣椒鱼。兰花罐我哥给捐了，首饰肯定送她女朋友了，他可早恋好几个了，经常请女朋友吃大餐，给女朋友花钱可大方了。"夏采薇添油加醋地告状。

"这个吃里爬外的败家子。上大学了，也不算早恋。"夏采薇的妈妈气鼓鼓地走了。夏采薇捂着嘴乐了。

今晚，梅漫的爸爸出差回来了，梅欣也从高碑店出差回来了，表姐思敏也没住集体宿舍。一家人准备热热闹闹地吃晚饭。

梅漫舀了两大勺西红柿炒鸡蛋拌在米饭里，张嘴吃了一大勺红汁米饭，这是她百吃不厌的。

"每天办案子烦死了，不是去河北就是去河南、山西，还老往农村跑。这跟我想象中的法官工作相差太远了。"梅欣嚼着从高碑店带回来的豆腐丝，向家人述说着自己的苦恼。刚上班没有两天他就烦了。梅欣现在又迷上了画画，似乎对法官工作没有兴趣了。

"现实就是这样，跟想象有距离，你要适应。"顾蕙兰对梅欣说。

"对，要适应。"梅抒颐附和道。

"我同学去国外留学了，我送她什么礼物好呢?"表姐思敏问大家。

现在商人大都在饭桌上解决问题、谈事，一般家庭里也在饭桌上交流。看来，古代食不言的规矩，要被人们抛弃了。

梅漫不参与他们的讨论，她除了吃饭，一门心思琢磨怎么开口惊炸大家。梅漫的爸爸梅抒颐，不是特别爱说话，属于做事心里有数的人。

"我同学家朝阳门的平房，跟港商换了三套楼房和二十万块钱。夏采薇她爸认识一个港商，也要换，正在灯市口一带找房子呢，钱比那个港商给得多。现在特别流行平房换楼房，想换的人多着呢。"梅漫特意把多字加重了语气。

顾蕙兰一听就放下了饭碗，诱惑力太大了，顾不得吃饭了。

这是夏采薇给梅漫支的招，要先让家里人眼馋，然后再慢慢诱导他们，这样成功率高。傻愣愣地直接说，父母肯定不相信一个毛丫头的话。

"咱家也换，我懒得提水，懒得去公共厕所。"梅漫说。

"三套楼房，二十万块钱，咱家马上就是大财主了。"顾蕙兰也忍不住喜于言表。那个年代，二十万绝对不是一笔小数字，堪比二十年后的五百万啊。

"厕所和水管的问题我认为以后都会解决。"梅抒颐慢慢吃着饭，似乎很有信心。

"哎哟喂，就他们那个办事速度，等到猴年马月呀。"顾蕙兰表现出了自己的急切。

梅抒颐没有再发表自己的见解，换房子可不是小事。他笑笑说："说不定咱家院子里还藏着宝贝呢。"

"爸您放心，走之前我拿探测仪满院子找宝贝。不过，我倒觉得咱家老宅有价值。"梅欣饭吃得很香，明显比刚才有了精神，梅漫的话给他打了一针强心剂。但是，他学过画画，似乎懂得一些老宅的价值所在。

"说不定你爷爷，你爷爷的爷爷在院子里埋过金元宝。我听说过，房子夹缝墙里、大树底下，尤其是咱们家的鱼缸底下、石榴树底下、紫藤根底下，都有可能藏宝。"顾蕙兰也对这个院子充满遐想。

"妈，还有鸡窝。"梅漫咧着嘴乐。

"你们真能做梦。不是兵荒马乱的年代谁往地下藏东西？"梅抒颐也忍不住笑了。

"爸，鱼缸下我真要刨刨，还有紫藤树，古人都喜欢在地下藏钱。"梅欣今晚不是文艺青年了，庸俗至极。

"刨树根紫藤会死的，那可是上百年的树了。鱼缸是铸死的，动了就毁了。我看你们是想发财想疯了。"梅抒颐摇摇头，不同意梅欣这拍脑袋的主意。

吃过晚饭，关上房门，顾蕙兰就迫不及待地问梅抒颐："换房子你动不动心？挺好的事，我看孩子们都乐意，思敏没说话，我也看出她的心思了，你看看梅欣和梅漫，今天晚上就听他俩说话了。"

"小孩子懂什么，你要体谅体谅我的感情。守成保业，这么一个老宅子，从我这没有了，我三姑今夜就得在梦里找我算账。"梅抒颐手里正拿着《经济参考报》在看，经济与每个人的生活紧密相连啊。

看梅抒颐明显不愿意，顾蕙兰便没有再言语。她想到了一句话：老宅是根。这个家是梅抒颐的根。

第 25 章

梅抒颐清楚记得离开天津的父母，进北京到灯市口这个家的那一天……

梅抒颐的姑姑、三十多岁的老姑娘何碧筠，爱上了七十多岁丧偶的宫廷画匠、老才子梅若兰。结婚后，何碧筠跟着梅若兰学画。梅若兰拿来受康熙、雍正、乾隆三代皇帝喜爱的著名宫廷绘画大师郎世宁的画本让何碧筠临摹，他说郎世宁的画中西合璧，立体感强，有感染力。他指着郎世宁的《平安春信图》说，画面多干净。除此之外，顾恺之、黄公望的画，梅若兰也给何碧筠讲解，他说宫廷画家和中国传统文人画家画风各异。他指着《洛神赋》和《富春山居图》赞叹，简淡深厚，却有意境和气势，画中有文人的静雅和高洁。听着梅若兰的讲解，何碧筠也在中国绘画中品味着做人的哲理。

两个人在这个宅子里过着诗情画意的生活。一天，梅若兰突然倒在画案上，得急症死了，他倾心绘制的燕京八景图静静地铺在那里，梅若兰的生命只能在这一幅幅画作里重生。

年轻的何碧筠心里除了有对梅若兰去世的悲痛之外，还有对自己命运的哀叹。何碧筠还沉浸在失去梅若兰的痛苦中，梅若兰前妻的儿子就找上门来，直言让她搬走，他要收房。何碧筠毕业于大名鼎鼎的南开大学，能被他三言两语打发走？梅若兰的儿子也放下狠话，说不走可以，那就为梅若兰守一辈子寡，别想嫁人，并说这么大的院子她一个年轻女人住着不安全，自己家有几个孩子，可以让老妈子带两个孩子过来同住。

梅若兰的儿子临走，抢走了梅若兰耗尽毕生精力完成的燕京八景图。后来这八幅画被梅若兰的儿子卖给了外国人流落到海外，不知在哪个国度里发扬着中华传统文化的魅力。

何碧筠能让别人进自己的家吗？当然不会。她带上忠实的贴身仆人，无儿、无女、无家的吴妈，回了天津老家，把哥哥的大儿子、六岁的梅抒颐带回了北京。梅抒颐还有两个弟弟，但是妈妈还是依依不舍地哭了又哭。

他清楚地记得妈妈紧紧拉着他的手的感觉，那是怎样的一种离别啊。哥嫂知道何碧筠说一不二的个性。何碧筠对哥嫂决然地说："孩子走了以后，再不能有来往，免得让梅若兰的儿子说我们娘家人贪图他家钱财，也让孩子忘了这个家，一心一意跟我生活在一起。"

有了梅抒颐，梅若兰的儿子才死心，没有再来纠缠。

梅抒颐很惧怕严厉的三姑，但是他还是很喜欢这个院落，喜欢这个家。院子里，前院大鱼缸里有吐泡的大金鱼，后院院子里有一群能下蛋的鸡；前院有小灯笼似的红石榴，后院有挂海棠果的海棠树。屋子里，大花瓷器上梳童子头的小人，桂花树下的老人，眯缝眼的侍女就是自己的玩伴。五颜六色的花瓶真多，真好看。

梅抒颐被三姑送到了最好的洋学堂，一个学期学费二十几块大洋的灯市口小学。在教育花费上三姑表现得很大方。在吃穿上三姑却很节俭，不知是遵从穷养儿的俗语，还是有意严格对待梅抒颐。家里每日三餐吃得非常简单，大多是玉米面窝窝头和咸菜，只有梅抒颐考试全班第一，吴妈喜悦地喊着"太太，太太，少爷又考了全班第一"时，何碧筠才会下命令，给少爷煮个鸡蛋。

梅抒颐穿的衣服全部是用姑父梅若兰的旧衣服改的，大多为棉布衣，坏了就打补丁，以至于顾蕙兰第一次见梅抒颐，他穿的就是干干净净、洗得发白的补丁裤子。用顾蕙兰的话说，完全像个有风度的乞丐。

年幼的梅抒颐还要去买鸡饲料，买炭，买粮食。不知姑姑为何如此对待他。也许，在梅若兰死后，这位年轻的女人，心就变得像铁一般坚硬和冰冷了；也许，她在用这种严厉和艰辛锤炼梅抒颐，希望他成为一个优秀的人。

　　后来姑姑死后，梅抒颐翻出了很多姑姑存的布匹和粮食，满罐的米和面已经不能吃了，成匹的棉布、绸缎完全风化，一碰就碎；还有让梅抒颐吃惊的元宝、珠宝、字画、瓷器等。看着这些，想起自己穿的破烂衣服、吃的窝窝头，梅抒颐心中没有对姑姑的懊恼。他知道，姑姑舍不得变卖姑父的遗物，她跟自己吃一样的东西，是一个把物质生活看得很淡的人。

　　"这个院子是姑姑耗费整个青春时光守来的，也是我从小到大生活的地方，不能换！"梅抒颐说得很坚决。

　　顾蕙兰被梅抒颐的情绪感染了，也被姑姑的故事感动了，晚饭时膨起的热情和激情全部消失殆尽，她打消了萌发的念头，毫不犹豫地站在了梅抒颐一边。

第 26 章

梅欣今天做了一个大胆的举动。

"怎么又是公干?"梅欣拿着通知单皱着眉。

"听说是贫困县。"

"就是啊,这是走失孩子的案子。"梅欣很愁苦。

"告诉你,县城里旅馆条件很差,像样的餐馆也没几家,小心在旅馆里招上虱子,吃饭时吃出蟑螂。哈哈,你就被全面歼灭了。"同事有意添油加醋地开玩笑。

这个案子不能去,梅欣仰卧在办公室的摇椅里望着天花板翻白眼,心里冒出了一句诗:万里悲秋常作客,百年多病独登台。这点小事他就感叹万里悲秋了,这点心理素质,简直是蚂蚁洞穴的品质,一泡童子尿就能解决,太不堪一击了。

"我找人替我办案,出资半个月工资。"梅欣边想边站起身走出办公室。

思敏今天去机场送好友出国。女友自费去加拿大留学,临走时,攥着她的手说:"赶快到加拿大来找我,我等你哦。"

思敏笑笑,低下头。从小没有父母的人,还敢奢望自费出国留学?女友先后申请了美国和加拿大,都没有奖学金,最后她选择了自费留学。思敏必须要申请到能提供奖学金的学校。班里有个日本留学生,说可以帮她问问日本京都大学的教授,他就是那里毕业的。思敏知道,去日本除了英语托福要过关，日语也要考过 N3 才有希望。她早已开始学日语了。

周日，顾惠兰要做椒盐黄花鱼，让思敏去副食店买小黄花鱼。思敏拿着日语字典背，临出门的时候，顾惠兰说："多买点，你们几个孩子都爱吃。"

"挖卡打蛙（我明白了）。"思敏不自觉地说了一句日语，她这是学魔怔了。顾惠兰看着思敏的背影发愣，完全不知她说的这句话是什么意思，只是感觉跟电视剧里日本人说的八嘎（混蛋）有点像。

思敏买完鱼，不忘说声阿丽嘎多（谢谢）。跳上公共汽车，车上人不多，可以坐下背日语，思敏很高兴。

等思敏回到家，顾惠兰看着手里拿着书的思敏问："鱼卖没了？"

思敏张着嘴恍然大悟，鱼被落在了公共汽车上，她学习太投入，忘了。

"丢了，忘在了汽车上。"思敏懊恼地自责。

顾惠兰和梅抒颐都爽快地说："没事，忘就忘了，下礼拜咱们再吃。"

思敏那一阵学日语学疯了，太投入，太用功，这一点梅漫和梅欣都比不了。

等思敏日语考到了 N2，比日本大学要求的成绩还高，她的日语字典已经被翻得惨不忍睹，上面密密麻麻每一页上都有标记。此时，她跟日本留学生的恋爱已经有了眉目。但是，思敏申请后，东京大学只答应给她提供半额奖学金。这一点让思敏很是不安和无奈。让小姨出一半费用，还是放弃留学，或者在国内就业？她不知道自己的下一步该如何选择。上次饭桌上，梅漫说的与港商换房子的事有没有消息呢？如果这个事能成功，留学就有希望了。思敏知道，小姨和姨夫是肯定舍得给自己掏这笔钱的，他们对自己从来没有吝啬过。

第 27 章

夏采薇天天追着爸爸的司机，夏南嗅出了异样，开始破案。

"张、张叔，这几天忙什么呢？"张叔刚下楼，夏南也追了过去。

"我还忙啥，接送你爸开会呗，你哪天需要车我去拉你。"

夏南上次拿着家里的宝贝瓷器去学校，就是让张叔送的，还有一次去三宝乐请女同学吃西餐，也是让张叔接的。夏南叮咛张叔，千万别告诉他爸爸，爸爸很死板，根本不让他用车，被爸爸知道了他就得挨训，搞不好还要挨罚；但可以告诉他妈妈一点点。张叔一听乐了，一点点是多少，怎么把握呢？人不大，鬼不小。

夏南那天在车上，还掏出一瓶高级香水塞给了女同学，他嘱咐张叔，千万别告诉他妈妈他偷拿高级香水的事。张叔笑着说："我管你家这些事呢，当司机的，该看的看，不该看的不看，该说的说，不该说的不说，就把自己当成机器人好了。"

"夏——"夏南结巴磕子，话还没有问完，爸的秘书乐峰来了，手里提着一个大盒子。夏南一看这个盒子就知道，峰哥又给妈妈送鲜蜂胶来了。据说这蜂胶是贵州荔波玫瑰花海的野生蜂胶，一切就流浓黏的蜂汁，非常甘甜。夏南每次一看见这种东西就觉得恶心，也不知道他妈妈怎么好这口，什么东西都敢吃。

"峰、峰哥，里面有没有蜂儿子，我、我抠出来喂鱼试试。"夏南眉飞色舞，还不忘告诉乐峰司机张叔在楼下等他。

"有蜂儿子你妈还怎么吃了？都经过初步处理了，干净得很。"

"我爸、爸啥时出差呀？"夏南向乐峰挤挤眼。

"你又想干什么事吧？"乐峰早知道夏南这点鬼路子，只要一打探夏以鸿的消息，就是有他糊弄不了的瞎事了。

"挂、挂科太多，不敢跟我妈和我爸说，万、万一毕不了业怎么办？你去找我们学校老师，请他们大、大撮一顿，让他们开绿、绿灯，千万别亮红、红灯。"

"你小子，是不是净忙着谈恋爱了？怎么着也得毕业呀，你就不会考试的时候灵活点，你明白我意思吧？写论文的时候多找点资料，不会做的作业找人，上课别总睡觉，办法多着呢，上了大学都毕不了业的一般就是笨蛋级别的。别说我说话难听啊。现在不是才大二吗，着什么急？"

"找、找我谈话，说再、再挂科就劝退了。"

乐峰吃惊地看了夏南一眼，没想到情况这么严重。

"峰、峰哥说得对，能不能毕业就、就看你了，我刚交了舞、舞蹈学院的女友，我、我还跟人家吹我会拉小提琴呢，我、我的小提琴都落土了，一会儿还得练练。"

"你拉琴一直都像拉锯，我告诉你，舞蹈学院的女孩子眼光高着呢，你就别浪费时间和感情了。"

"嗨，玩呗。明、明天你就去我们学校啊。要、要快，不然黄花菜都凉、凉了。"

"明天星期天。"乐峰不以为意地说。

"星、星期天也行。"

乐峰向下楼的夏南无奈地一挥手，提着蜂胶上了楼。这可是胡娜的金贵东西，救命药。

夏南的妈妈胡娜特别怕老，进入中年以后，她就开始吃各种抗衰的补品和药。后来又听说鲜蜂胶是最好的天然激素，可以补充雌激素让人皮肤细腻，人也会变美，从那以后，她就不间断地每天吃蜂胶，坚持了很多年。她已经吃出经验和水平了。她特意选了几个风景好、无污染的地方如云南阳朔、新疆伊犁、青海门源和贵州荔波选购野生蜂胶。几年吃下来，她确实皮肤细腻，风韵犹存，一点也不像她这个年龄的人，用现在人的话讲，冻龄。作为夏以鸿的夫人，经常出现在别人的视野中，有时还要参加一些应酬和活动，她必须把自己收拾得端庄优雅。端庄优雅除了靠得体的穿着之外，就要靠保养了，吃蜂胶就是她得到的偏方。

夏南下了楼，走到爸爸的汽车旁边，看见司机张叔坐在车里等自己，就坐进去了。

"张、张叔，这奥迪时间也不短了，换成凯迪拉克带我去舞蹈学校接女友，多神气。"

"又开玩笑，找我用车？去舞蹈学院？"

"不、不是那个事，我就想问问夏采薇老追着你干什么。"

司机张叔把夏采薇的同学梅漫家房子的事简单地跟夏南说了一遍。夏南一听，屁股在汽车上抬了抬。

"多、多好的事呀，这家人发了。"

"这家人还没同意呢。"

"傻、傻呀。"

司机张叔一听笑了笑。"这都是个人的选择，塞翁失马，焉知非福。"

"我、我去找夏采薇，明、明天我用你车。"

夏南下车走了。司机张叔不明白夏南关心夏采薇同学家的事干什么，觉得这事跟他八竿子打不着，完全没有一毛钱关系，夏南管得太宽。

第 28 章

夏采薇跟梅漫两个人下学，一人嘴里叼了一根橘红色大火炬雪糕，这几天她们几乎天天吃这个。夏采薇说上了一天课，在教室里憋得烧心，需要吃这个降火。代数越来越像天书，考试不知道怎么办，照这种情况下去，这科就是死咸鱼永远翻不了身。神仙都救不了她，别说梅漫了。

"你父母啥意思？如果不同意，必须想别的办法。你得向我学习，脑子灵活点，诸如找三大爷代替家长。"夏采薇嘴里堵着冰棍，呜噜噜的口齿不清。

"三大爷的手法在这可能无法复制。我吃饭的时候往这个话题上引他们也不理我，完全不搭我的茬。"梅漫笑了笑。

"那你必须想办法，我今天晚上回家也帮你想想，不然楼房被别人换走了，你后悔都来不及。"

"你哪有工夫想这个，作业一大堆。先把代数花时间整整。"

"那是天书，我就是殚精竭虑拼了这条小命也及不了格。"

昨天，夏南找到夏采薇，告诉她帮同学联系换房，可以从中赚钱。夏南的赚钱意识特别强，完全是做生意的料。

听说可以赚钱，夏采薇惊讶地张大了嘴巴。她原本只想抄梅漫的作业，让梅漫考试的时候照顾照顾自己，赚钱的事绝对没有想过。

"这能行吗？"夏采薇在问夏南也是在问自己。依照这个逻辑，夏采薇对这件事会更热情。

"你、你要张叔找港商，让他们抓紧把房子看了，重点宣、宣传这个房子与其他房子的与众不同。懂、懂不懂?"夏南告诉夏采薇。

"青蛙跳河，不懂不懂。"夏采薇笑着摇头，心里豁然开朗。

回到家，梅漫去找梅欣。进了梅欣的房间，看到他正挺在床上看天花板发愣呢，那眼神好像可以把天花板凿穿直接摄入天空。

"想住楼房了吧，要不咱们两个一起先做妈的工作?"

"跟我有什么关系，你的眼光就这么短浅，庸俗至极。"

"你濯清涟而不妖啊!"梅欣不搭理梅漫，梅漫无趣，准备摔门出去。临走她问梅欣："你是不是罢工不管提水了? 我也打算罢工了。必须让妈知道咱们的心思。"

梅漫准备去问妈妈顾蕙兰到底是什么意思。

"你爸肯定舍不得呀。我们都舍不得，主要是对老房子有感情，而且我们已经住习惯了，平房接地气。"

"思想太保守了，不接受一点新事物，谁不知道楼房方便。"梅漫噘着嘴巴说。

做饭的时候，顾蕙兰发现没有人提水了，她知道这是孩子们在无声地抗议呢。她晚上悄悄对梅抒颐说了这事，两个人笑了笑，并没有因此改变主意。

第二天，顾蕙兰的老家打来电话，说她大哥病重住院了，顾蕙兰安排好梅漫，第二天就带上梅抒颐和梅欣直奔白洋淀。他们一走，梅漫就兴奋地从游廊上跳了下去，不仅是老虎不在家猴子称霸王，最重要的是这是个千载难逢的机会。第二天，她赶快把父母不在家的消息告诉了夏采薇。

梅漫和夏采薇在院子里等港商和张叔的时候，心里不免有些紧张。梅漫特意打扫了院子，把后院的鸡舍也扫了扫，往鱼缸里也添了些新水。好在紫藤花正开呢，院子里花团锦簇的，很有韵味。

张叔带来一对老夫妇，这对老夫妇很有气质。女人戴着珍珠耳环，穿一件紫藤花色的薄衫，踏进院子看见廊上的紫藤花，转头向男人笑了。男人随口吟出了一句诗："紫藤桂云木，花蔓宜阳春。"

女人环顾着院子，眼睛里顿时湿漉漉的。

夏采薇和梅漫跟张叔打招呼，然后就带着他们在院子里转了起来。男人摸摸鱼缸上斑驳的青苔，女人伸出食指顺着鱼缸雕刻的纹路抚摸着。走上游廊，他们望着游廊上的倒挂楣、透雕花牙子赞不绝口。男人说，就是小时候家里四合院的味道。女人指着一串串绕廊的紫藤花说，燕京大学静园里的紫藤也是这样繁花似锦，真美呀。两位老人满眼的依恋之情，走进房间后更是啧啧称赞。

夏采薇向梅漫挤挤眼笑了。可以看出，两位老人非常满意。张叔也不由自主地赞叹："过去，这可是个大宅子啊，我看这鱼缸就有不少年头了，门口的两个雕纹门墩就不错。"张叔也是第一次看到这样独门独院的老宅院。

梅漫悄悄对夏采薇说："后院都是鸡，就别让这两个老人看了，没有自来水和厕所的事也不要跟他们说。"

"我明白。"夏采薇知道梅漫的意思，是怕他们知道这些不便的地方，失去对房子的兴趣，那他们岂不白白忙活了。

两位老人走出房间，站在游廊上继续欣赏这个院子。夏采薇和梅漫感觉胜券在握。突然，彩武叔来了，梅漫心里一阵紧张。

"听说你父母和哥哥都不在家，我过来帮你提水、喂鸡，顺便给你送点早点。"彩武叔手里拿着一个花盘子，里面是他做的金灿灿的豌豆黄。

"豌豆黄？多少年没吃了，还是小时候吃过呢。"两位老人看着豌豆黄，不住地感叹。

"那您两位坐屋里喝点茉莉花茶，吃点豌豆黄，我那还有驴打滚、山楂糕，我给你们端一些来。"彩武叔转身走了。

梅漫看着夏采薇，傻了眼，彩武叔上去就给说穿了，人家还不知道没有自来水呢。

"没有自来水和厕所是唯一不方便的，这些不便以后应该可以解决。"两位老人自言自语。

原来他们早就知道啊，梅漫看了夏采薇一眼，意思是说，好像没什么秘密的事了。

彩武叔热情地端来小吃，也不问人家是来干什么的，坐下来就跟两位老人聊上了，完全发挥了北京人热情和爱说话的特点。

彩武叔先说房子的历史。宫廷画师梅若兰，深得老佛爷喜欢，房子是宫里的赏赐，院子里的每块砖、每块木都是古董。听了彩武叔的话，两位老人频频点头。彩武叔讲完了房子就讲自己，从家里的裱画行讲到北京小吃，从峨眉酒家讲到梅兰芳的京戏。说完了，彩武叔来了精神，兴奋地赠送了大家一段《贵妃醉酒》。两位老人和张叔听完了，使劲鼓掌，张叔还不自觉地拍桌子叫好，完全入戏，以为到了戏园子，他们被彩武叔的梅派妖娆感染了。梅漫趴在夏采薇的耳边说："什么贵妃醉酒，完全是彩武叔醉酒。"

最后，彩武叔还带着他们去了后院，梅漫以为是看鸡呢，原来彩武叔是向他们显摆那棵海棠树去了，他说这棵海棠与宋庆龄故居摄政王府花园里的海棠是同一个品种，花正浓的时候，满院的香气。

"海棠院里寻春色。"女人轻轻吟了一句诗。

梅漫笑了，心想，怎么都跟梅欣似的，张嘴就吐诗，太诗情了，都是不食人间烟火的雅士。

送走了客人，彩武叔问梅漫他们是什么人，梅漫当然不会告诉他是看房子的，只说是同学在香港的亲戚，早年离开北京，老了想看看老北京的房子。

"哦，他们也想家了。"

彩武叔说着就去挑水，还给鱼缸换水，给石榴树、紫藤花、西府海棠浇水，他扭着胖身子，挺着胖肚子，甩着胳膊，与刚才唱戏的时候完全判若两人。

第 29 章

梅漫抓紧时间写作业，平时从不觉得难的代数题，今天看了半天也没有读懂，精神根本集中不起来。她索性跑到游廊里即兴甩起袖子跳起了荷花舞，这个舞蹈梅漫与李荷花以前经常跳。在经历了一次考舞蹈学院附中失败之后，老师说，以她和李荷花的年龄今年勉强还可以考一次，等再大一点，有再好的基础、再优秀的条件也不会录取了。考过了初试，再过几天，梅漫和李荷花将参加复试。能参加复试也算闯过了一关，也不容易。

梅漫越跳越兴奋，袖子带着她在风中旋转，紫藤花都颤动了。梅漫摘了一串花别在头发上——家里没人，随便折腾呗。"继续跳，下周准备迎接本人最后一次舞蹈考试，虽然本来也没有打算能考上。"梅漫想。突然门响了，梅漫抬头一看，思敏姐带着一个清瘦、个子不高的男人走了进来。

小鬼当家，反天了。梅漫赶快摘下头发上的花，自己这形象，在聊斋故事和精神病院里常见。来人向梅漫鞠躬微笑，问好。

"这是我同学北乃，想看看咱家的老院子。"

"哦——"梅漫的哦字拖长了尾音。这就是传说中的日本同学吗？梅漫向他笑了笑，心想，中国话说得挺利索。

思敏正举棋不定，没有想好是在国内找工作还是出国读书的时候，这位北乃同学向她表明了爱意，并鼓励她半工半读，还说很多留学生都是这样做的。这样思敏才下定决心。当然，这个决定还没有跟小姨商量。她想等一切都办得差不多了，给小姨一个惊喜。今天，北乃说想看看北京的传统四合院，他父母在北平住过，跟他讲起过北平有意思的生活。

参观完了院子，北乃向思敏频频点头，夸奖这个院子有历史感，厚重，说他非常喜欢这里。梅漫听后说："没有自来水，没有厕所，看着好，住着才能体会不方便。"思敏对北乃说，生活确实很不方便。北乃又频频点头。

夏采薇回到家跟夏南讲述了港商看房子的经过，夏南说："这对老夫妇八成看上了房子，你跟张叔说要狠宰不妥协。"后来张叔打来电话证实那对老夫妇的确看上了房子，他们说地上的每块砖、房子上的每根木头都是古董，院子里的花他们也喜欢，那种古风和味道一点都没变，还让张叔跟梅漫家人商量见面谈谈。

今天放学，夏采薇塞给梅漫一包东西，告诉她是减肥药，就是泻肚子的药，叫番泻叶，说好多演员都喝，味道像茶叶似的，一点也不难喝。

"我喝减肥药干什么?!"梅漫不解地问夏采薇。

夏采薇趴在梅漫的耳边说了句什么，梅漫一撇嘴，说，黑暗料理。

夜里十二点，梅漫的肚子拧着疼，她让顾蕙兰陪她上厕所。

"拉肚子了？吃什么脏东西了？"顾蕙兰问痛苦不堪的梅漫。

"不知道啊，什么脏东西也没吃。"梅漫心想，药下猛了，夏采薇给的这个小竹叶子威力太大了。

"回去赶快吃点黄连素。"顾蕙兰对梅漫说。

十二点半，梅漫又找顾蕙兰陪自己上厕所，顾蕙兰半睁着眼睛，刚刚睡着。

"哎呀，这孩子，吃药没有啊?"

这一夜跑了四趟厕所。早晨，顾蕙兰一点精神也没有，打着哈欠无精打采地对梅抒颐说："没有厕所太不方便了。哎!"顾蕙兰这声叹息里包含了无奈和茫然。

第二天夜里，梅漫接着起夜，顾蕙兰对梅漫说："去后院海棠树底下拉吧，我可懒得跟你跑。再拉去医院打吊针。"

"不用打吊针，过几天就好了。"

梅漫迷迷糊糊去了后院。顾蕙兰还没进屋呢，梅漫惊叫着提着裤子蹿进了屋子。

"海棠树后藏着个穿戏装的女人，涂脂抹粉，嘴唇血红，还朝我笑呢。"梅漫哆哆嗦嗦的。

顾蕙兰听完梅漫的话，头皮都发麻了。梅抒颐说："你是拉肚子拉恍惚了，我住了这么多年，从没有碰到过什么，这个院子干净得很。"

"行了，平房就是比楼房阴气重，老宅子的更重，这些玄妙的东西你不能不信。那个海棠树不知道多少年了，说不定成海棠精了。"

梅欣也过来了，说："妈，您是不是没睡醒啊，说什么呢？海棠精都出来了，看聊斋看多了吧？还是个医生呢，懂不懂无神论呢？我去看看。"

"不能去！"顾蕙兰一把抓住了梅欣，她是真担心万一有什么不好的东西，儿子可是男孩子，被海棠精缠上可不是闹着玩的。

"我去看看！几岁起我就往后院跑，我不信这个邪。"

梅抒颐不顾顾蕙兰的阻拦向后院走去，梅欣也不听顾蕙兰的，跟在梅抒颐身后。

不一会儿，梅抒颐和梅欣回来了。

"一个断线的蝴蝶风筝落在树上了，什么海棠精啊，你以为是《红楼梦》里贾宝玉的怡红院呢。"

"嗨，这吓人。我就说咱家院子里什么都不会有，这么多年我就从来没怕过。"顾蕙兰终于不再紧张，露出了松弛的笑容。

第 30 章

这几天，梅漫准备舞蹈学院附中的终试，没敢喝夏采薇给她的番泻叶茶。在进行了最后一次训练后，梅漫和李荷花再也不会来这个儿童中心舞蹈班了。

她们在这里度过了几年的时光。洒过辛苦汗水的舞蹈学习即将结束，梅漫心里惆怅中有微微的失落，失落中又有微微的喜悦——终于不用下腰、劈腿地自虐了。离开教室那天，李荷花静静坐在舞蹈大厅宽阔的镜子前哭了，这是一个女孩对舞蹈不舍的悲痛。梅漫靠在镜子前的栏杆上，表情淡然，看着痛哭的李荷花，她走上前劝慰："荷花，即使去不了舞蹈学院以后也可以做其他的事，你学的技能浪费不了，人家都说，学舞蹈的女孩子气质好，走起路来自带韵律，扬着头、打开肩膀、双腿笔直，一副高冷范，出水芙蓉似的。得到这么多，这几年也没白付出。"

听完梅漫的话，李荷花哭得更伤心了。

"说不定你能考上，伤心什么呀。如果考不上你以后还不用节食了呢，想吃冰激凌就吃，不用看着流哈喇子。一会儿，我去门口的麦当劳请你舔两个冰激凌圆筒，咱们先解解馋。"

听完梅漫这句话，李荷花终于扑哧乐了，拽起梅漫的手直奔麦当劳。

进舞蹈学院考场那一天，不知为什么，梅漫的腿微微发颤，梅漫拽着李荷花的手，她们的手冰凉凉的。也许因为知道是最后一次机会了吧，她们打心里很看重这次机会。

李荷花从考场出来就向梅漫摇头。

"没跟上音乐节拍，低级错误。"李荷花表情很凝重。

梅漫并没有把这件事放在心上。其实，这种考试考上是意外，考不上是正常。谁说学舞蹈就要当舞蹈家，学画画就要当画家，学钢琴就要当钢琴家？想得太美好了，依照这样的逻辑，遍地都是人才。培训班里总是满满的，都成艺术家，艺术家就会落魄失业了。

梅漫身穿黑色紧身裤，显出修长的美腿，她将头发盘在头顶，甩着胳膊和一字步走进考场。斜探海转、踏步翻身，做得都不错，串翻身做得也很棒，梅漫心里暗暗高兴。开始做紫金冠跳的时候，不知怎么回事，梅漫感觉腿发软，头发晕，一下子摔在地上，晕倒了。

"这个学员太紧张了，前边动作做得不错的，扶下去喝点糖水。"
梅漫被搀出了考场。

怎么像做梦一样？梅漫在心里问自己。妈妈顾蕙兰递上来一杯糖水，梅漫哪有心思喝呀，此时，这杯糖水喝到嘴里是苦的。

梅漫哭了，老师说过，她是最有希望考上的，让她一定把握好最后一次机会。梅漫狠狠咬了一下嘴唇。今天李荷花没有哭，她跑到梅漫身边说："别伤心了，还有我陪着你呢。"梅漫的妈妈顾蕙兰和李荷花的妈妈也劝慰梅漫，可是梅漫这一次哭得很伤心。

回到家，梅漫把夏采薇送给自己的番泻叶狠狠扔在了鸡圈里，惹得鸡们咯咯叫着争抢干涩涩的番泻叶，以为是什么好吃的东西。梅漫又狠狠踹了一脚海棠树，把树上的海棠枝折下来丢在地上，还不解气，跑到房间把舞裙也撕烂了扔到垃圾筐里。梅欣看着梅漫把舞蹈服都扔了，笑了，说："这么输不起。考上舞蹈学院的能有几个，你就别做梦了。就你这懒洋洋的样子，从没看你认真练过，根本不是打心里热爱。成功的秘诀在于兴趣，你有吗？"

梅漫看了一眼梅欣，顿时惊呆了。"你怎么这样了？"梅漫指着梅欣，张着嘴巴，傻了似的。

梅欣把头发染成亚麻色，后脑勺上还绑了一个特别短的小辫，肯定是头发不够长，刚刚留起来的。

"明天你去法院，院长拿起剪刀直接阉割了你的小辫。妈和爸看见，直接给你打回理发馆剪个板寸。犯什么精神病呢？"梅漫看着梅欣接着发表感慨，"你这样子疯狂不羁、特立独行，可是我有生以来第一次看到，我真的整不明白了，你是受刺激了吗？失恋了？"

"失什么恋啊，我的女朋友还在上小学呢。"梅欣的脸上是喜悦中的释然，淡然中的宁静。梅欣开门出去了。

望着梅欣的背影，梅漫站在那里呆呆的，有点不知所措。是不是真被家里那个海棠精缠住了？梅漫脑子里产生了幻想。

第 31 章

吃晚饭的时候，思敏姐也回来了。顾蕙兰做了很多菜，但大家看到梅欣的奇怪发式，都对吃饭没有兴趣了。顾蕙兰当时就放下了筷子。

"干什么这是？"

"我变个发型你们就这么惊讶，让我想起鲁迅的文章，《风波》里七斤被剪了辫子，他老婆跳了三回井。"

"呵呵。"梅抒颐笑了笑，以他的观察，梅欣后面的话会更惊天动地，"她跳井距离我们比较远，你奇怪的发式离我们很近。"

梅漫张开长筷子挑了一个大鸡腿啃了起来。"梅欣，这发式挺帅的。"梅漫边嚼边说。

"我们还是先吃饭吧，你妈做了这么多好吃的，鸡鸭鱼肉样样俱全。"梅抒颐要掌握大局。

"艺术学院的人很多都留长发。外国的孩子可以在父母面前吸烟，这要在中国……"梅欣的话还没有说完。

"我肯定一个大耳光扇上去。"顾蕙兰拉着脸说。

"哈哈哈。"梅漫开心地笑了，将落考的事完全丢在了脑后，看来舞蹈并不是她的一切。

"我就知道您肯定会这样，这是人家的自由，你们没有权力干涉。"梅欣说。

听了梅欣的话，思敏赶紧将留学的事放在肚子里。今天还是别说了，先观察观察怎么回事吧。思敏对自己说。

"听说梅漫考舞蹈学院附中落榜了，看她一点都不难过，我觉得这就对了，舞蹈不是她生活的全部，世界上还有很多条路可以走。"

"不用在这儿口吐珠玑，想说什么就说什么，兜那么大圈子干什么？"顾蕙兰的话铿锵有力，咀嚼的声音异常清晰，太用力了。

"对，有事就说，我们能帮你什么就帮你什么。"梅抒颐总是很和蔼，不像顾蕙兰那样火气大。

"没工夫陪你长跑。"梅漫特意敲了一下碗。

顾蕙兰打了一下梅漫的手。"敲什么碗呀你。"

"算了，还是等大家吃完饭吧，我跟爸妈单谈。"梅欣夹起一个鸡翅。一只鸡好吃的部位都被拿走了，顾蕙兰赶紧给思敏夹了一个鸡腿。

既然梅欣不说，思敏就有些忍不住了。离要走的时间越来越近，不能等到踏出国门的时候再告诉小姨，那小姨还不气疯了？

"小姨、姨夫，感谢你们这么多年对我的关爱，我有件好事跟你们说。"思敏觉得出国留学是一件好事。

"是不是跟那个日本人谈恋爱了？是不是你要嫁给他？是不是你们一起走？"梅漫今天好菜吃多了，撑得话也多。

"是真的吗？"顾蕙兰问思敏，"你这是在刺激我，你不知道我们家的历史吗？你不知道你姥姥是给谁打死的吗？"

"这跟那有什么关系呀？去日本留学挺好。"梅抒颐对顾蕙兰说。他看见思敏很难过。

"你从小在我们家，我拿你当亲女儿，跟你实话实说，嫁给日本人绝对不允许。你若选择他就跟我断绝关系，就当没有我这个姨。"顾蕙兰的话说得特别狠，她绝对容忍不了思敏嫁给日本人。

"手续都办得差不多了，只想给你们一个惊喜。"思敏低着头。

"这不是惊喜，这是惊雷。"顾蕙兰一口也吃不下了，都堵在心口上。

"那你让我怎么办？"思敏问顾蕙兰。

"我不知道。"顾蕙兰只回答了思敏这样一句话。

思敏嫁给日本人，去日本留学，这是顾蕙兰绝对接受不了的。嫁给仇人的后代，这是什么人可以做出的决定？这是从古到今都不允许的事，是金庸武侠小说中的侠客也忌讳的事情。

"等你小姨气消了就好了。你要理解你小姨的心情。"梅抒颐对有些无奈的思敏说。

"因循守旧。"梅欣冒了一句。

梅漫向思敏做个鬼脸。此时的思敏哪有看鬼脸的心情啊。

第 32 章

梅欣走进父母房间，梅抒颐看了看儿子，不知道他会向自己说出什么惊天动地、惊世骇俗的消息。少年时代一直活在三姑的生活里，与父母断绝关系的梅抒颐，童年的快乐极少，似乎只有刻苦读书才是唯一的选择，他听从姑姑的，听从领导的，听从命运的，却从没有听过自己的心声。

他们这代人根本不会自己做主，也不懂得如何自己做主。木讷、老实、憨厚、愚钝、善良，有时候是美德和优点，有时候是禁锢和牢笼，是毁掉一个人灵性的黑暗之手。

"爸，来一根。"

梅欣递给爸爸一根烟。梅抒颐平时不吸烟。如果父子俩到了可以一起抽烟、一起喝酒，父子像兄弟的时候，儿子在父亲的眼中就是成年人了。

顾蕙兰也坐在旁边，若是平时，谁在房间里抽烟，她早就开始絮叨，然后打开窗户或者把抽烟的人轰到游廊上了，今天她格外宽容。

"我辞职了！"

"你说什么？怎么不和我们商量？"顾蕙兰如果不惊讶一定不是亲妈。一听说辞职，顾蕙兰心里一肚子气，年轻人就是爱折腾，不吃点亏不知道老老实实生活，非要碰得头破血流才肯罢休。

"太冒失了吧。"梅抒颐深深吸了一口烟。他不知道儿子下一步的选择是什么。难道他有了足够把握，可以找到比法院更好的工作？

"您看我大舅。"

"兜那么大圈子干什么？就说你自己。"顾蕙兰压着火。

"我大舅成植物人了，但看到芦苇眼睛就放光，这是游击队队长留在记忆中最美好的东西。我其实很羡慕他们，在最美好的年华里活得很精彩。"

"哼！那是被逼无奈。风花雪月的美好画面是电影的美化。"顾蕙兰白了儿子一眼，心里说，"你小子在那个年代不当汉奸我就佩服你。"

"我只想活出自己喜欢和希望的样子。"

"太诗意了吧，现实生活并不浪漫，辞职了你打算干什么？"梅抒颐问梅欣。

"谁一辈子只做一种工作？"梅欣看着父母说。

"法院的工作那么好，你说辞就辞了，你以为工作那么好找呢。明天给我上班，别废话。"顾蕙兰冲梅欣嚷了起来。没上手上脚，施加暴力，是顾蕙兰念及梅欣长大了，否则，辞职这种事都不跟父母商量，绝对大嘴巴伺候。

"我的问题多着呢，不辞职等你们去监狱里探望我？"

梅欣有意这样对父母说。他只是想让父母知道，他除了辞职别无选择，这样梅抒颐和顾蕙兰才会对他的辞职彻底死心。

第 33 章

这几天梅漫在学校不想搭理夏采薇。代数测验时，夏采薇在后面踢梅漫的椅子，借橡皮——橡皮是借口，侧身子递橡皮，把卷子垂下来，这套固化了的程序才是实质。今天夏采薇踢了好几次椅子，梅漫才懒洋洋地挪开身子，夏采薇的题险些没做完。

放了学，夏采薇找梅漫算账。"干什么你，我脚都踢疼了。凭什么不让我看？"

作弊都理直气壮，这话也就夏采薇能说出口，别人的脸皮没有她那么厚。

梅漫低着头，懒得搭理她。谁规定非要考试、测验时照顾你？你谁呀，王母娘娘还是老佛爷呀？

夏采薇掏出两块外国巧克力塞到梅漫手里，开始殷勤地用糖衣炮弹攻击。"港商说，他们过一段时间有事要回香港，想赶快跟你家见面，如果可以谈成，他们愿意再加钱。你家天上掉馅饼了。跑步进入富裕啊，别犹豫了，我和我哥都替你家着急。"

港商回去就给张叔回话了，看来对梅漫家的院子很满意。夏南对夏采薇说可以挣一笔了。这件事，夏南和夏采薇一样着急。

"我家皇上和皇后不同意，我们做不了主。"梅漫没好气地说。

"你继续晚上拽上你妈陪你上厕所，她烦了，懒得跟你去，就知道住楼房的好处了，肯定同意。"夏采薇又递给梅漫一包番泻叶。

"别提你这个番泻叶了，喝了我就腿软，你知道吗，舞蹈学院附中终试的时候我腿发软晕倒了。"想起那天的考试，梅漫就一肚子委屈和懊恼，怎么也想不到会是这样倒霉的结局。

听了梅漫的话，夏采薇也沉默了，毕竟这不是小事，考入舞蹈学院是多少女孩子梦寐以求的美好愿望啊。

"一包番泻叶毁了一个明星，你千万别这样想。"夏采薇对梅漫说。

"我当然要这样想。"

"有几个考上的，你做什么梦呢？你这么高的个子能跳舞？能选上你的考官肯定是瞎子。我看你跳舞不行，跳高还可以。"

梅漫白了夏采薇一眼，不理她，自己在前边走。夏采薇追着梅漫，贫婆似的叮嘱梅漫抓紧时间，赶快回话。

"这个还要不要？"夏采薇举着番泻叶问梅漫。

梅漫嚼着巧克力没好气地说："你自己留着喝吧。"

知道梅欣辞职的那天晚上，梅漫也走进梅欣的房间，打探他为什么辞职，是不是在单位混不下去了，看看他是不是被父母训得痛哭流涕呢。结果进屋一看，梅欣从父母房间出来，脸上很平静。梅漫心想，以妈那暴脾气怎么没给梅欣两个耳光，把他抽清醒了？

梅欣决定去广州朋友的剧组当美工，这多少跟自己喜欢的画画有些关联。下海、辞职，在改革开放后已不是什么新鲜词，但下海并不都是为了挣钱，有些人是为了追求心中的梦想，为了活出自我。

"游泳水平那么差，下海了别淹着。我有两百块钱私房钱，先借给你，你以后发达了还我两千块钱。"梅漫跟梅欣开玩笑。

辞职是需要勇气的，有这份胆量的人，不是疯子就是傻子，要么就是真有那份能力。

"行啊，给我拿来，穷家富路，外出多带钱没毛病。"梅欣一点也不客气。

梅漫转身回房间屁颠屁颠地给梅欣拿私房钱去了。

"爸听说我要南下，给我拿了五千块钱。"梅欣跟梅漫吹嘘。

梅漫感觉上当了，后悔给了梅欣两百块钱。

"哎呀，我没要，在汹涌的浪涛中我是一股清流，跟那些眼睛只盯着钱的人截然不同。"

"哥你能好好说话吗，跟你说话的时候，我经常起一身鸡皮疙瘩，一抖落掉一地。你是不是因为咱爸妈不换房，一生气就辞职了？"梅漫猜想梅欣辞职跟父母不换房有关系，这是在给父母压力。

"跟房子有什么关系？你想多了。咱家房子是老宅，不能轻易换，你不懂。"

"你能挣到饭钱吗，我的哥？"梅漫觉得梅欣辞掉了法院的安稳工作有些可惜。

"要活出自己喜欢和期望的样子，而不是父母期望的样子。你难道想一辈子做一种工作？我反正不想这样。"

梅欣收拾东西，这是说走就走的节奏啊。看着梅欣忙忙碌碌的身影，梅漫感觉一切都不像真的。

梅欣房间的门开了，顾蕙兰和梅抒颐走了进来。

"唉！"顾蕙兰叹了口气，无语。

梅抒颐从兜里拿出五千块钱放在桌子上。那时候五千块不是小数目。"儿子，我们尊重你的选择，钱，带上，什么时候在外边混不下去了，回家！大门永远开着。"

梅欣听到梅抒颐的话，眼睛里即刻热泪盈眶。

临走前，梅欣特意把他从前画的《海棠依旧》《梅宅之春》拿到父母房间，这是他用笔给这个家做的留影。

梅欣离开家那天，走出胡同正看到彩武叔在洗菜，肖雅清依旧坐在塌陷的马扎上东张西望。一切都是老样子。

年轻而激荡的心需要开拓，梅欣要走出一片属于自己的天地。

第 34 章

顾蕙兰的同事苏雪雁乔迁新居，特意请顾蕙兰到她家做客。苏雪雁的新居坐落在当时那个年代大名鼎鼎的方庄小区。这件事在顾蕙兰的单位引起了小小的轰动。听苏雪雁说邻居非富即贵，还有宋丹丹、姜昆等名人。她说这些话的时候，大家看她的眼睛都是放光的。本来苏雪雁就是个神老太太，天天戴个齐眉的厚假发套，颜色艳丽的绸缎面肥腿裤拖着地，两条腿像钻在面口袋里，还会让人误以为她穿着睡裤跑出来了。

从苏雪雁家回来当晚，顾蕙兰失眠了。自从儿子梅欣走后，顾蕙兰这几天总感觉不踏实。今晚吃饭的时候，梅漫对顾蕙兰和梅抒颐说，港商要再加五万块钱，他们这两天等回话。顾蕙兰没有吱声，若是平时，早就直接把梅漫呛回去了。

五万块可不是小数目。顾蕙兰今天从同事苏雪雁家的楼房回来，心里更是海面上起风，不平静。楼房里用水、上卫生间、洗澡太方便了，又干净又温暖，比起平房确实不是一般的方便和舒适。顾蕙兰刚要张嘴跟梅抒颐说话，梅漫就在院子里喊："妈，陪我去上厕所。"顾蕙兰叹了口气，走出了房间。

陪梅漫上完厕所，顾蕙兰走进房间就把梅抒颐拉起来了。

"这个小丫头让我陪她上厕所是不是有意的？梅欣辞职是不是对咱们不换房的抗议？这几天梅漫根本不管提水。"顾蕙兰笑了笑。

"你想得太多了，孩子们哪有这种想法。"梅抒颐觉得顾蕙兰多虑了。

"我今天去了乔迁新居的同事家，楼房真是方便啊。我看咱家还是跟港商换了吧，三套楼房、二三十万块，上哪找这好事？几十万，咱们能舒心地养老了，有这三套房，再加上你分的那间筒子楼，咱家的房子绰绰有余，什么方庄小区，咱们还用羡慕他们？"

"你想通了，决定了？"梅抒颐特意问顾蕙兰。

"这是潮流，现在就流行换房，住楼房是趋势。放着有钱人的日子不过，我们太守旧了。"顾蕙兰似乎清醒了似的，一下子否认了从前的想法和决定。

思敏回家收拾东西的时候，正下着雨，胡同里湿漉漉的，天青色的灰墙被雨洗刷得润朗、干净。京槐的小绿叶也绿得更饱满了，浓密的枝丫在微风中向外伸展着，像一把打开的绿蓬蓬的大伞。青色花纹的方砖地上，细雨斜风拽下了一层明丽的黄绿色小花，花蕊散发着一种雨后独特的清香。大门虚掩着，思敏推开了门。

梅抒颐坐在游廊上，雨中的小院古旧中有种韵味，历经风拂雨润，它的一砖一木被岁月打磨得历久弥香。自从签订了换房合同以后，梅抒颐有时间就在院子里孤坐，就这样吹吹风、看看雨、纳纳凉也是好的。不是有人这样说吗：我有一院，足以纳凉。人生能达到这种境界，不易。这是经历过富有，经历过苦难，经历过贫穷，被生活锤炼出的眼界和智慧。现在的梅抒颐和这个家，经历过贫穷和苦难，缺少的是富有，他们即将朝着富有的生活飞奔而去。这一天，他们也许在骨子里等待太久了，即使饮鸩止渴、飞蛾扑火也在所不惜。

雨中的院子里弥漫着炖鸡肉的香气，后院的鸡在一点点被处理，一只只成为餐桌上的红烧鸡块。今年的红石榴和海棠也等不到熟了。从梅抒颐的姑姑开始，家里每年都要做酸酸甜甜的海棠酱，它是这个家的宝物，融在了所有人的血液里。

第 35 章

"好香啊！做什么好吃的？"思敏看到姨夫坐在院子里，笑着对他说。

"你回来了，你小姨在收拾东西。那边楼房也在装修，以后咱们就不用提水了。"说到这些，梅抒颐的脸上露出了笑容，毕竟生活便利了很多。

"小姨！"

思敏去找小姨，要向她说明自己决定了到日本留学，并要北乃见见小姨和姨夫。北乃也想让思敏见见他的父母。

顾蕙兰早就听到了思敏说话的声音。她在收拾东西。虽然距离搬家还有几个月的时间，但是，住了这么多年的家了，收拾也不是件容易的事。思敏说要去日本留学，一听日本两个字顾蕙兰的心就发沉，就搂不住火，恨不得噼里啪啦打谁一顿才能泻火。这是烙在心里的印记，留在脑子里的阴影，不是轻易就可以抹掉的。

"我不是说过吗，留学可以，但地球上那么多国家，有的是选择，你非要在我心上撒盐，让我天天在脑子里重复这个词吗？"顾蕙兰冲身边的思敏没好气地说。

思敏听了小姨的话，心想，留学跟国仇家恨有关系吗？完全是两件事、两个概念。小姨的思路不仅有问题，还不拐弯，又老又死的脑筋。北乃说要见小姨一家，那还不直接被小姨轰出去？思敏犹豫要不要跟小姨说。

"你要去日本，我一个子儿没有，要是去其他国家，可以考虑赞助你。"

115

顾蕙兰的话硬邦邦的。

"我不用家里的钱，奖学金加上打工的钱差不多够了，实在不够，北乃可以暂时赞助我一些，我以后再还给他。"

"北乃？"顾蕙兰看了一眼思敏，眼睛里满是疑惑。

"他还想来看你们呢。"

"看我们？谢谢，不需要，来了也给轰走。我们家不稀罕日本人看。"

顾蕙兰使劲拿东西、放东西，思敏要去日本她是难以接受的。虽然思敏是外甥女，但是，她与思敏之间完全没有隔阂，像亲母女一样，不用掩饰和装假。

"你是不是和那个日本人谈恋爱了？告诉你，跟他谈恋爱我就跟你断绝关系，以后不准回来。"

"你说什么呢？孩子留学这是好事。"梅抒颐听了顾蕙兰的话，觉得她不该这样对待思敏。

思敏眼里含着泪，转身回到自己房间默默收拾东西。梅漫蹑手蹑脚地走了进来。

"姐，你不用跟这位中老年少女生气，我觉得你去日本挺好的，等我上完学去日本找你行不行？我去日本买游戏机，吃生鱼片。"

"你若去，你妈会疯的，直接把你拴在家里。"思敏破涕为笑，擦了擦眼泪。

"我有两百块钱私房钱，给你到日本花。"梅漫豪气地把梅欣没要的两百块钱又送给思敏。

"不用，留给你买糖、买冰棍吧，馋猫。"

思敏很为梅漫的慷慨感动，她跟梅欣和梅漫的感情极好，从没有吵过架。

梅抒颐推门进来了。

"不要跟你小姨一般见识。这五千块钱你拿走，机票钱还是要给的，什么时候走我们去送你。"梅抒颐把钱放在桌子上。

思敏虽然表面上不想要这个钱，可不管是心里还是出于实际情况，她都需要这笔钱。她不知道未来的路会是什么样子，但是，她相信自己的能力，相信凭借自己的努力一定可以闯荡出来。

思敏走的那天，梅漫和梅抒颐去机场送她，顾蕙兰真的没有去送。思敏没有因此难过，因为她知道自己的选择不会错。她对梅抒颐和梅漫说，请转告小姨，北乃说他不是日本人，他父母是香港人，后来才去的日本。

梅抒颐哦了一声说："那就好，那就好。"仿佛这样，顾蕙兰就可以原谅思敏似的。

"北乃说，咱们家的小院真好，我告诉他已经与港商换了楼房，他遗憾了半天。"思敏对梅抒颐和梅漫说。

"哎哟，让他给咱家挑水就不换。"梅漫咯咯笑着说。

"有了换房这笔钱，你和梅欣都可以从容地做自己想做的事，也不一定是件坏事。平房里确实生活不便，我们也想通了。你小姨还让我等你到日本后给你寄钱呢，梅欣那里她也惦记呢，你别误会你小姨啊。"

梅抒颐担心思敏会恨小姨，其实完全不用担心，思敏才不会这样小气。

第 36 章

夏采薇让梅漫请她大吃一顿，梅漫不愿意，她并不是舍不得钱，而是觉得夏采薇总给她出馊主意。夏采薇不管，拽着梅漫坐上电车就直奔内蒙古驻京办宾馆，进了餐厅就上楼，她是轻车熟路，门清。两屉牛肉烧卖，两碗羊杂汤，一人一串铁签子羊肉串。

"早就想吃烧卖了，今天算便宜你了，这根本不算大餐。"夏采薇咬一口羊肉串，喝一口羊汤、再夹个烧卖丢进嘴里，像两天没吃过饭似的。梅漫咔嚓咔嚓几口就把铁签子扔桌子上了，像两天没吃肉的。这俩美少女的吃相也是没谁了。

"这儿的东西真好吃，你怎么知道这里的?"梅漫问夏采薇。

"北京哪里有好吃的我都知道，我就是一个美食地图。"

"吹牛!"梅漫撇了一下嘴。

梅漫最后还是把私房钱花了。两个人抹抹嘴下楼回家。夏采薇当然不会告诉梅漫，她和夏南从张叔那儿拿了港商给的两千块钱中介费。夏南死皮赖脸地非扣下一千，说这是他的功劳，若不然，夏采薇根本就不知道跟人家要介绍费，白白给人家牵线了，一点挣钱的意识都没有。

两个人下楼走到大厅，夏采薇突然看到爸爸和三姨胡晶向外走去。

"爸、三姨，你们也来吃烧卖了?"夏采薇惊讶地疾步跑到三姨和爸爸的面前。

"你怎么在这儿？我们来跟人谈生意。"三姨胡晶和夏以鸿惊讶地看着夏采薇。

"我和同学来吃烧卖。她就是我说的特有钱的同学，她家的四合院换了三套房子和几十万块钱。"夏采薇得意扬扬地向三姨介绍大亨梅漫。夏采薇在同学中也是这样吹嘘梅漫的。

"哎哟！"夏采薇的三姨胡晶和爸爸夏以鸿同时惊讶地看着梅漫，那眼神既热切又有温度。在那几年，几十万和几套房简直是非常富有了。

"你结账了吗？还想吃什么？"三姨问夏采薇。

"富翁结的。"夏采薇指着梅漫说，"要不你给我买点奶条和牛肉干吃吧。"夏采薇一指柜台里的内蒙古特产，本着不要白不要的原则，伸出食指指挥货架上的奶片、奶条、奶疙瘩、炸麻叶、老酸奶、牛肉干钻进了购物袋。

吃得饱饱的、抱着一堆特产的夏采薇一脸满足地和梅漫走出了内蒙古大厦。三姨踩着八厘米的高跟鞋追着夏采薇叮嘱，丝毫不惧怕手指细的高跟崴了脚。"别跟家里人说碰到我了。"

"明白，我不管你们做生意的事。"

"过马路慢点。"三姨挑着细眉，一脸的不放心，仿佛夏采薇是七八岁的孩子。

跟梅漫分手时，夏采薇义气地塞给梅漫两包吃的。

夏采薇回到家，看到爸的秘书乐峰在，大哥夏冬和嫂子叶紫玫也回来了。妈妈胡娜拧着眉，家里的气氛极其不和谐。夏采薇一看这阵势，心想，九成没好事，她抱着吃的踢门进自己房间了。

果不其然，胡娜开始抱怨："失个恋也要死要活的，至于吗，没见过漂亮女孩呀？夏冬，去敲他房门。"

很显然，夏冬、叶紫玫和乐峰都是胡娜给叫回来的。

乐峰知道夏南不仅有失恋的问题，还有个毕业的问题，双重重创。夏南恋上的舞蹈学院女友移情一个离异的企业家，她进军影视圈人家可以给她砸钱，在家养尊处优人家可以让她想买什么买什么，这财力杠杠的，比夏南偷他妈的二手名牌货实力大多了。夏南不甘心，自己怎么也是一个家庭条件优越的青年才俊啊，愣生生被一个挺着油脂大肚子、卸了半脑瓢头发的中年大叔给替了。说得好听一点是企业家，其实就是一个工头，女友找他真是鲜花插在牛粪上。这女的也不钻到冷气房里冷静冷静，这是结婚恋爱还是自虐自残？

夏南痛苦得起不了床，回家进屋就把遗书拍桌子上了，然后提刀进了房间，锁上了房门。他只想头撞墙或者跳楼，什么毕业答辩，没这心情。

本来，没有考过的几门课乐峰已经帮他搞定了补考，没想到失恋的新问题又来了。这一次可谓兴师动众。当时只有保姆在家，她吓得完全像一只惊了窝、扇着翅膀嘎嘎叫的母鸡，伸着两只手满房间瞎跑，不知道该干什么，最后哆嗦着手指，按错了好几次电话号码，总算把胡娜叫来了。大家来了以后，保姆双腿一软跌坐在椅子上，目前回自己房间吃安定去了。

乐峰走到胡娜身边悄悄跟她商议。他想带夏南去电影学院看看，让他知道不仅仅只舞蹈学院有漂亮的女孩子。至于成绩问题，可以找班主任沟通，只要他能做好准备再去补考。现在的关键是他不开门，没有办法做工作。

"夏以鸿不知道干什么去了，成天瞎忙，家里出这么大的事，打电话也不接。"胡娜抱怨道。

夏采薇听到了赶快跑出来说："我爸他、他……"

夏采薇话说了一半想起三姨胡晶的嘱咐，只得把后半句咽了回去。她的不合情理的表演即刻遭到了胡娜的白眼。

"不开门怎么办？"夏冬无奈地摇摇头。

"刀都拿进去了，窗户也打开了。"胡娜对乐峰说。

"不行就砸门。"夏冬准备找工具箱里的铁锤。

"不行就报警，让消防从窗户钻进去，楼下放上软垫。"乐峰手里掂着电话，似乎随时准备打119呼救。

"把120也叫来，万一他割脉呢？"胡娜脑子里都是血腥场面。

"嗯！"大家似乎都同意这个观点。

夏采薇走进书房，打开书柜里的红木盒子，拿出一串钥匙飞步走到夏南房间，咔咔开了门。大家一窝蜂挤进夏南的房间，准备直接把他按到床上用钳子似的大手把他捆绑住，直到他答应不自杀为止。

关键时候，夏采薇的脑子就不是学代数的脑子了，一点也不糊涂，左边急中，右边生智，摇一摇就是急中生智。其他人，刚才的脑子就是典型的左边面粉右边水，摇一摇一脑袋糨糊。

人和人的差别怎么这么大呢？

第 37 章

夏南被带到了学院路的电影学院，又被带到棉花胡同的中央戏剧学院。总算缓过点气的夏南说还想去舞蹈学院，看看他心爱的女友被猪拱成什么样了。胡娜一拍桌子威武地说，再这样没志气直接扇大嘴巴。乐峰说欲望之女不值得殉情。夏采薇讥讽："你见过女孩子吗？上辈子是和尚吧，母猪也当宝。"夏南这才结结巴巴地说，电影学院的女孩子美，戏剧学院的女孩子有气质，最后感慨，美女如云啊。

乐峰和胡娜听了这句话，才松了一口气，知道夏南的短暂精神病治愈了。

不知为什么，夏南跟胡娜说想去留学。胡娜没有同意，她知道夏南的能力和秉性，撑死半瓶醋的水平。但是，夏南想留学是哑巴吃秤砣，铁了心。

胡娜问夏南准备去哪里留学。夏南说俄罗斯金发美女很多，日本的电子游戏不错，澳洲风景不错。

听了夏南的话，胡娜的鼻子险些气歪了。"你到底想去哪个国家？"

"最好考察一下。"夏南从来都是想说什么就说什么，完全不会看胡娜的脸色行事，瞎子似的。

"我就应该把你踹到水里洗洗你的糨糊脑子。"胡娜没有搭理夏南考察四国的妄想。

夏南信誓旦旦地说要上澳大利亚的悉尼大学，大嘴张得跟河马似的，誓要小蛇吞象。悉尼大学是世界著名的大学，发明了 Wi-Fi、飞机上的黑匣子，学生的水平岂是草包所能及的。后来夏南降级说去海滨城市的纽卡索大学，这个大学全球排名第两百多位，他真是想得美心情好。夏南咬着牙说，这层金子必须镀上。最后夏南去了一个名为斯芬的艺术学院。

夏采薇看夏南走了，心里开始痒痒，主要是代数太烧脑，她只好成天跟梅漫诉苦。梅漫这几天也没有心情替夏采薇操心。家里来了两拨客人。一拨是梅若兰儿子的后代，顾蕙兰说这个八竿子打不着，梅若兰死后房子归了何碧筠，何碧筠死后梅抒颐继承了房子。"梅若兰儿子家的大宅子比我们的还大呢，还有脸到这里来分羹？一个子儿也不会给，不服就去告。"梅抒颐说要不给个一万、两万。顾蕙兰说，这不是福利院，不带捐赠。后来，梅抒颐弟弟的孩子来了，在廊坊农村，想办养鸡场、养猪场，想让梅抒颐出资金。顾蕙兰特别痛快地答应了，掏出两万块钱。那个年代，两万块不是笔小钱，足够作为他们办个小型农场的启动资金。

"听说我家换房了，亲戚就来要钱，都是红眼病。"梅漫不满地对夏采薇说。

"我带你去逛个高级商场，都是进口的东西。"

"看也白看，哪有钱啊？"梅漫摸摸瘪瘪的钱包。

"要啊，不要谁主动给你啊。"

夏采薇带梅漫去了燕莎友谊商城。先进四层的女装瞎逛，夏采薇还试了一件大花长裙子，说是法国品牌，她妈常穿的。梅漫觉得一点也不好看，花窗帘似的。到了一层，香喷喷的香水味很好闻，夏采薇拿起试用装就往梅漫耳朵后面喷。然后，夏采薇拽着梅漫去地下超市，挑了一包日本不二家棒棒糖，一人含一根。夏采薇又带梅漫去了一层的花样罗马意大利餐厅，两个人坐在餐厅外边的咖啡屋，翻着酒水单，一人点了一杯插着巧克力和红樱桃的、造型好看的冰激凌。

梅漫不客气地说："我可没钱!"

"我请你。"夏采薇请梅漫的钱就是从港商那里挣的中介费，"这里的草莓烩饭别提多漂亮、多好吃了，等我发了财请你吃。"

　　"我对牛肉烩饭感冒，对草莓烩饭不感冒。"梅漫心想，草莓我都不爱吃，草莓烩饭能好吃吗，"对了，你说我家搬家前要不要挖挖地下有没有宝贝？我爸说地下很有可能埋着宝贝。可惜梅欣不在家，不然让他整个探测仪。"

　　"夏南也不在家，不然让他帮你。对了，我让乐峰帮你。"

　　"算了算了。"梅漫摆手，不想这么兴师动众，而且如果真挖到什么，让旁人知道了也是不好的。

　　"哪天我去帮你。"夏采薇倒是蛮热情的。

第 38 章

彩武叔听说房子与港商交换了，遗憾地一拍大腿。梅抒颐说，没有自来水，没有卫生间，这些不便你是知道的，时代进步，我们需要改善生活。对于梅抒颐的话，彩武叔只能点头，因为房子不是他的，生活不便也是事实。但是，他并不认同。没有了梅抒颐的房子借给他住，彩武叔就没有家了。梅抒颐与顾蕙兰商量，把豁口那间筒子楼给彩武叔住。彩武叔过意不去，倾其所有要买这间筒子楼，否则就不去住，梅抒颐只得象征性地收了六千块钱，彩武叔算是有了自己的家。他说这间楼房地理位置好，他非常满意。

兜里瘪瘪的梅漫也琢磨跟父母讨点金子。虽然啃老一词让年轻人脸红，但自立一词没有激起他们的热情。目前还不兴打工自立，再说功课那么紧，哪有闲散时间去做社会实践呢？

"妈，亲戚要钱你们好大方啊。我也申请点活动资金，总要买零食或者和同学一起吃饭什么的。"

"行，没问题。"顾蕙兰爽快地说。给自己女儿钱没什么舍不得的。自己家的钱，别人能花，孩子也能花。有了钱的顾蕙兰跟以前不一样了。去了日本的思敏从来不跟家里要钱，但是顾蕙兰还是惦记着寄钱给她。听说那个北乃不是纯种日本人，她的心情稍稍松弛了些。

拿着顾蕙兰给的五百块钱，梅漫开心地说："妈，你的钱没有拴在肋骨上啊。给咱家亲戚几万几万地甩，我真心疼。还把房子差不多白给了彩武叔，凭什么呀，租出去也是好的。"

梅漫拿了钱，开始跟顾蕙兰算账。她虽然还没有长大，但是自己家的财产被分给了别人，心里总是结个疙瘩。

"凭彩武叔跟咱们家两代人的交情。凭我们有了钱不能忘了你叔叔家在农村的孩子，他们读书读不出来，考不上大学，在农村不搞个副业肯定不行。我们不帮他们，谁帮?"顾蕙兰爽气、善良，说的话条条在理，"多一点同情心，别成天盯着钱，有你花的就行，这不是学生操心的事。"

梅漫一撇嘴走了。想想顾蕙兰说的话也在理，帮助亲戚和朋友也是应该的。

搬家的日子指日可待了。等到梅漫父母不在家的日子，夏采薇终于充满喜悦地来到梅漫家院子里挖宝了。

夏采薇还真的问了乐峰哪里有探测仪。乐峰笑着说，小说和电影里有，现实生活里真的不好找，可能防爆部队有探雷器什么的，吸个铁块还行，但那也不是谁都能借的。夏采薇一听这么麻烦，也就作罢了。

夏采薇来到梅漫的家，两个人怀着兴奋和喜悦的心情，幻想着真的能挖出什么宝贝。她们先站在院子里观察了一下，夏采薇指着鱼缸说："古人都喜欢在鱼缸下藏东西。"

鱼缸上，阿福趴在缸沿，看见梅漫和夏采薇，瞪着蓝眼睛喵了一声。梅漫把它抱到长廊上。阿福不听话，又跳回了鱼缸上，眼睛盯着水里的鱼解馋。

梅漫拿起小铁铲就挖鱼缸下面的土，可是鱼缸铸得很死，根本撬不动。鱼缸里面的鱼，吓得惊慌失措，抖着大尾巴乱转。阿福也惊慌失措地蹿到了紫藤树上。

如果执意挖就只有撬地砖了。地砖也很结实，为了撬开一块地砖，梅漫不仅使出了吃奶的力气，还被惯性拽得一屁股坐在地上了。梅漫停止了，既怕撬坏了地面父母回来她要挨训，又担心白用功，关键是非常费力气。

"在鱼缸底下的可能性最大。"夏采薇盯着鱼缸说，"把鱼缸挪开才行。"

"这么重，两个民工大叔也搬不动。"梅漫摇摇头打算放弃。

两个人正坐在地上商量，彩武叔来了。

"干什么呢？挖宝贝？"彩武叔笑着看着两个小姑娘。

"没、没有。"梅漫不好意思地结巴着说。

"当年日本人进北平城的时候，有个日本军官看上了这个鱼缸，想把它挖走，但没有撬动，后来被撬起的方砖砸了脚，他们就放弃了。前院的地砖这么多年早起翘了，几十年前重新铺过了。"

听了彩武叔的话，梅漫和夏采薇吓得伸了伸舌头，生怕也被砖砸了她们的脚。

彩武叔走后，梅漫对夏采薇说："听到了吗，前院是几十年前重新铺的，咱们去后院。"

两个人飞跑到后院。夏采薇边跑边说："深挖说不定可以挖到好东西，那动静就大了。"

"喵!"阿福也追着梅漫跑到后院，爬到海棠树上看着她们。

"那我妈得揍我，说我是精神病，想钱想疯了。"

"哈哈哈!"两个人一起笑了起来。

"挖海棠树下。"梅漫指着枝繁叶茂的老海棠说。

两个人沿着根挖湿湿的泥土，不一会儿就挖了一个大坑，梅漫的铁铲突然卡住挖不动了，似乎碰到了一个硬东西。两个人对看了一眼，很是兴奋。

"我说有好东西吧。"两个人加快了速度，坑底很快露出一个蓝色的瓷瓶。

"古董瓶。"梅漫一把抓了起来。

是一个很好看、很精致的小罐子，上面画着一朵朵小团花，兰釉泛着瓷光。打开盖子，里面包的是画画的宣纸，宣纸已经烂了，梅漫从里面抖落出两颗牙，吓得赶紧扔掉。

"你爷爷、奶奶的吧。吓死我了。"夏采薇离牙齿远远的。

"挖个小罐子也不错。"

梅漫和夏采薇赶快把大深坑填平了。两个人放下铁铲，准备洗泥手。

第 39 章

肖雅清正在自来水管前洗衣服，真是冤家路窄，夏采薇又跟她撞上了。梅漫悄悄对夏采薇说："千万别跟她抓起来，此女很生猛，有孙二娘的范。我们两个人都不是她的对手，况且我们是邻居，不能抓啊。"

夏采薇一撇嘴，撸起了胳膊。

"洗衣服啊，我洗个手。"梅漫声音柔和。

"哪天搬家啊？这回你家可发大财了。有了钱别忘了我这穷街坊。"

"嘿嘿，我可没钱。"梅漫笑着洗着脏手。

"听说自来水马上入户，这回你家赶不上了吧？告诉你，这一片要拆，起高楼。我消息可靠。"肖雅清指着西边新街口方向的一片平房和生意正红火的烤鸭店说。

"看我闺女来了，她谈了个大款。"

梅漫和夏采薇扭头一看，厕所公主拽着一个个子不高、圆头圆脑的小伙子走了过来。厕所公主一脸温柔，嘟嘟嘴都缩回去了，嘴角上翘，那是幸福的翘嘴唇。

原来厕所公主在网上认识了一个家在河北高碑店的男友。但人家是大款，不差钱，家里在北京做生意，据说专门给明星做头发，目前要在北京搞投资。

"咱们这儿的副食店他也要承包，还有茯苓饼厂。我不是知道点内部情况吗。"肖雅清显摆似的说。

这位圆头圆脑的小伙子不知怎么挣了一笔钱，又聊出了厕所公主的舅舅在派出所，妈妈在街道居委会管事，直接就杀入了北京。他跟肖雅清说自己在高碑店有运输队，有几辆挂斗大汽车，还在北京开美容美发店。这不是捡了个宝吗？肖雅清当时就拍板，下厨房亲自包了羊肉馅饺子，还买了肘子、酱牛肉等彩武叔的拿手凉菜，请这位圆头圆脑吃。圆头圆脑叫袁震饥，因为小时候家里穷，他总是咧着嘴要吃的，所以家里就给起了这么一个名字。

袁震饥喝了两口燕京啤酒就表了态，说喜欢厕所公主，希望能承包下副食店、茯苓饼厂，还有这条街的报刊亭、冷饮摊什么的。肖雅清一拍大腿说，这个主意好，可以找人想办法。肖雅清认可了这段恋爱，风风火火找人办大事去了。

从街上回到家里，梅漫拧着眉跟夏采薇说："大款、高干，那个圆头圆脑是大款、高干？能看上厕所公主的人也不是一般的眼光独到。"

"嗯，可能是高碑店豆腐丝村大队会计。"

两个人哈哈笑了起来。

梅抒颐和顾蕙兰回家的时候，梅漫拿出了兰釉团花图案的小瓶给他们看，还说有两颗牙，她给埋到了海棠树底下。

梅抒颐问梅漫罐子是哪里来的。

梅漫说是给鸡挖蚯蚓，在海棠树底下挖到的。

梅抒颐拿着小铲子对梅漫说："去跟我把那两颗牙挖出来。"

"谁的？我奶奶的还是我爷爷的？吓死了。"梅漫躲着身子不想去。

"走，挖出来告诉你。"

梅抒颐拽着梅漫，顾蕙兰也跟着一起去了后院海棠树下。挖完了牙，梅抒颐拿水洗了洗说："这是我小时候掉的，吴妈说给我找个罐子埋在海棠树下，我都忘记了。那时我才几岁，但是这个罐子我有印象，应该是个不错的兰花罐。"梅抒颐用湿布擦拭着罐子，翻看罐底的图章，"还是官窑的呢。"

"给我吧，我放钢镚儿。"梅漫从梅抒颐手里抢走了罐子。

"那时候好东西多，随便一个罐子现在看来都是古董，当时根本不把这种东西当回事的。"梅抒颐感慨。

梅漫走后，顾蕙兰神经兮兮地对梅抒颐说："你说咱家院子会不会埋着宝贝？这么多年的老院子，若真的搬走了有宝贝没带走，岂不可惜？"

"你就别想美事了，难道还要把院子翻一遍，开什么玩笑。"梅抒颐笑笑，摇摇头。

就在梅漫家要搬家的前两天，阿福找不到了，那个成天趴在鱼缸上、趴在游廊上懒洋洋地睡觉、晒太阳的阿福失踪了。人们说，猫咪要死的时候，不会让人看到它的尸体。也许，阿福不想离开梅宅，想用另一种方式与梅宅同在。

临走的时候，梅漫看到阿福还没有回家，着急地哭了，她说若是他们走了，阿福回来了，找不到他们怎么办呢？她哭着说："阿福，快点回家……"

第 40 章

热热闹闹的环路上奔腾着川流不息的车海，离环路不远的俄罗斯大使馆外，有一片郁郁葱葱的高大树林，颇有俄罗斯白桦林的风采。再往前走，就是一条闹中取静的林荫小路。再往前走，就是篦街一个个紧紧相连的饭馆。从红焖羊肉、酸汤鱼、水煮鱼、烤鱼到麻辣小龙虾，流行在篦街里的菜肴从没有被人们忽略，当然也没有被梅漫和夏采薇忽略。

进入高中以后，梅漫、李荷花和夏采薇进入同一所中学。夏采薇似乎更有依靠了。然而，学习这种东西，不是有依靠就可以解决的。有些事，只能依靠自己。

"去篦街撮顿麻辣烫吧。"

"冒菜才好吃呢。"

"比麻辣烫还好？"夏采薇问，她懒洋洋地和梅漫、李荷花走在林荫路上。

学校就在篦街的后面。夏采薇说她今天在操场上体育课，北风吹来了篦街上的麻辣烫味，香味直接钻进了胃里，她当时就偷偷咽了口唾沫。

路上有石条椅子，夏采薇一屁股坐下了。见了椅子就坐，见了吃的就吃，夏采薇的这毛病与体形不美、爱哼哼的猪小姐有一拼。

"坐了一天，累死我了。"夏采薇举起胳膊伸伸双手，在椅子上挪挪屁股。

李荷花把书包放下，双手从后面抱着膝盖，把上半身直接贴腿上，等于把身体折叠了起来。

梅漫也不甘示弱，身体向后弯下腰。

"你们两个干什么呀，显摆自己身体柔韧性好是不是？"夏采薇不满地抬起脚踢了李荷花撅起的屁股，踹了梅漫弯下的腰。

"你知道吗？其实舞蹈老师早就劝退我，说我个子太高，不适合练舞蹈，只是我不甘心，所以才继续参加舞蹈学院考试，等到了年龄，实在考不了才放弃。"李荷花抬起身子对梅漫说。

"这样啊？"梅漫惊讶地看着李荷花，"这么说，要不是先天不足的原因你说不定早就上舞蹈学院了。其实你没比我高几厘米啊。"梅漫看着李荷花，略带悲伤和同情地走到李荷花身边跟她比身高去了。

"你们说，我是不是对代数这门功课天生不感冒？今天的课烦死我了。看到我哥哥在澳洲那么美，我都想找他去了。"

进入高中以后，代数当然增加了很多难度。

"去澳洲？"梅漫和李荷花同时惊讶地看着夏采薇。

"我想去新西兰，我听说一来台风，新西兰的大鲍鱼满地都是，大龙虾满街爬，天天吃大鲍鱼、大龙虾多解馋、多美啊。"李荷花说。

"听你这么一说，就去新西兰了。"夏采薇用手指着前面，仿佛那里就是新西兰，她任性的决定就此开始。

其实夏采薇想走并不完全是因为代数成绩不好。一天，她在房间里突然听到妈妈跟爸爸吵架，吵得很厉害，妈妈哭得也很厉害，后来，妈妈跟爸爸关系不好了，妈妈成天愁眉苦脸，捂着胸口说自己被气病了。她不想在这种家庭氛围中待下去。她偷偷跟夏南联系，问他澳洲怎么样，她也想去澳洲留学。夏南的成绩一塌糊涂，正找代写作业、代写论文的服务公司呢。他告诉夏采薇，澳洲就是一个大农村，周末商店、饭馆都关门，他住的小镇，白天街上都没人，像她这种话痨、馋猫还是别来了；而且夏天太阳太晒了，人一晒就变黑，像夏采薇这种黑皮肤姑娘，一晒就更黑了，多难看呀。夏南是不想让夏采薇来找自己，给自己添麻烦，所以就说澳洲不好。夏采薇还真信了。

一天，夏采薇突然看见消息说新西兰台风刮了很多大鲍鱼上岸的事，心里痒痒的，就决定去新西兰了。

只要不学代数就行，为了躲避折磨她的代数，她已经逃离到南半球了。

第 41 章

时间进入 2008 年以后，北京正以惊人的速度拔地而起。鸟巢、水立方使北京的建筑加入了多元化元素。一片片商品住宅小区的集体亮相，更使北京增加了壮美和亮丽。

梅漫已经进入大学。她的家搬进了二环路一个新建的住宅小区。由于大学离阜成门不太远，所以梅漫没有住集体宿舍，直接住进了那个闲置的房子。虽然没有租金收了，但梅漫方便了很多，顾蕙兰也就由着梅漫了。

思敏和丈夫北乃离开日本定居到了澳洲，已经有了一个孩子。顾蕙兰知道他们离开了日本，心情瞬间好多了。知道北乃不是纯粹的日本人后，她对思敏的态度发生了 180 度的转变，一直让思敏回来探亲。

梅欣在苏州与人合伙开了踏雪寻梅文化传播公司，拍了很多广告，听说又跟投了纪录片，两部独立开拍的纪录片也开始立项了。当初准备合伙开公司的时候，梅欣除了贷款，还跟妈妈顾蕙兰借了一些钱，梅欣虽然想不依靠父母，但是有时候，不啃老确实熬不过去。现实让梅欣在父母面前低下了头。

挣了钱以后，梅欣赶快把借的钱加倍还给了父母。梅漫看到做得这么好又挣了钱的梅欣，艳羡地说，有钱真好啊。

以前梅漫家住的平房地区已经进行了改造，自来水入户，通煤气管道，修建厕所，独门独院的梅宅现在生活很便利。只可惜，他们早已搬离了那里。

厕所公主和高碑店的袁震饥结了婚。袁震饥承包了整条大街，分割了无数门脸，从早点铺、报纸摊、涮肉馆、水果店、洗脚屋、药店、拉面馆、包子铺到便民超市都有，连公共厕所都转包给了一对外地的斜眼老夫妇。茯苓饼厂也被他们拿下了，他们将茯苓饼改成北京特产，专门供应旅游景点的特产店。厕所公主和肖雅清开了一个房屋中介公司，专门倒腾四合院、门脸和房子。

那天，梅漫从那条大街走过去，身后响起了刺耳的喇叭声，她吓了一跳，回头一看，厕所公主开着一辆闪亮的豪华大红汽车，咧着猩红的厚嘴唇，叫着梅漫。梅漫险些没认出来，心想，天哪，厕所公主都成富翁了，这是什么时代？是最好的时代，人人都有致富的机会？是最坏的时代，人人都想成为富翁？

"告诉你，现在空中就飘着票子，伸手一抓，就是一张，伸手一抓，又是一张。"厕所公主伸着戴着翠绿大戒指、染着猩红长指甲的肥手，这颜色、这手势刺激坏了梅漫，"听说，你家住的那个二环内小区不错，我前两天刚刚在那里买了一套二手房。转了一大圈，住哪儿都别扭，还是西城这一片住着习惯，以后咱们又可以成为邻居了。"

又将和厕所公主成为邻居，梅漫惊得身体不由自主地哆嗦了一下。这消息太惊雷了。

回到家，顾蕙兰正跟一个戴着齐耳假发套、穿着肥腿裤的老太太说话。顾蕙兰向梅漫介绍说这是她同事，她常提起的苏阿姨。

这位苏阿姨就是家住方庄的那个苏雪雁，她女儿住在梅漫家这个小区，女婿刚好出国工作，她要长期过来陪伴女儿了。已经退休的顾蕙兰在小区里又有了老同事。

客厅里的整点钟声响了。

"呀，点眼药的时间到了。"

苏雪雁开始翻兜找眼药，她点的这种眼药也不是真正意义上的眼药，据她介绍，三百块钱一瓶，可以治疗和预防高血压、心脏病、心脑血管硬化、糖尿病等，在她眼里，这种药堪称神药。什么人能相信世上有这么神奇的药？不是被洗了脑，就是神奇的大神。

"哎呀，我的眼药呢？我肯定带着来的，是不是丢你家了？不按时点药我前几年的功就废了，前功尽弃了。"苏雪雁很急切，仿佛丢了什么救命药，"只剩下这一瓶了，家里也没有存货，他们还没给我寄来。"

苏雪雁两只手在身上从上摸到下。看到她这么急切，梅漫和顾蕙兰赶紧帮助她找药。地上、桌上、沙发缝，厨房、客厅、厕所，都没有。

苏雪雁一屁股坐在沙发上，整个人绝望了，好像马上就不行了。梅漫灵机一动，跑到书房抽屉里拿起一瓶洗眼睛的生理盐水跑了过来。

"找到了，找到了，您先闭上眼睛，我给您点上。"

梅漫掰开苏雪雁的眼睛点了两滴，然后拿剪刀把塑料瓶剪开，把水挤在一个一次性纸杯里，随即把盐水瓶扔进了厨房垃圾桶。这是顾蕙兰以前在医院给她拿的洗眼睛的小盐水。顾蕙兰看着梅漫，低声问这是干吗，梅漫没搭理顾蕙兰。

不一会儿，苏雪雁睁开了眼睛，哼哼唧唧地坐了起来。"我的小宝贝瓶子呢？"

顾蕙兰吓得看梅漫。梅漫拿起纸杯说："瓶子上沾着脏东西，我把水挤出来，把瓶子扔了。"

"噢，好，我回家把它灌进小瓶里。找到就好。"

等苏雪雁走了以后，梅漫对顾蕙兰说："你以后能不能别跟这个神婆在一起？"

"她让我去讲课，卖保健品和理疗床，说她忙不过来。"

"我知道，卖保健品你就是营养师，卖理疗床你就是理疗师。你可不能挣骗人的钱。"梅漫不屑地说。这时电话响了，苏雪雁打来了电话。

"哦哟，现在脑子完全坏掉了，我钥匙包里一直放着那瓶小药水，还以为攥的是钥匙，完全是骑马找马。刚才在你家给我上的是哪里的药?"

顾蕙兰一听，吓得放下电话。

梅漫拿起电话说："那不是您以前送给我妈的吗，忘了? 我妈一直没用。"放下电话，梅漫靠在沙发上笑了。

由于梅宅的出手，梅家成了较早的有车族。那时候，街上私家车很少，夏采薇也没有自己的车，大学校园里，有车的同学更是凤毛麟角。梅漫开车拉着梅抒颐和顾蕙兰逛郊区，买东西，觉得特别便利，私家车的便利，使他们感觉梅宅的出手还是值得的。

梅漫有时候也开车带李荷花和夏采薇以及同学去玩，那种自豪感还是很受用的。

第 42 章

即将进入毕业季，李翰歌说带梅漫和李荷花去做社会实践。两个人新奇地跟着李翰歌回到了他的家乡。他一直咬定自己的家在农村，让梅漫做好思想准备，不要被他家的贫困吓倒。

当然，不仅仅是他们三个人去，同行的还有一些同学，实际上是集体完成大学社会实践和调研。

由于他们是学生，李翰歌建议大家买硬座。一路上，不仅空气污浊，还赶上一帮去新疆采棉花、种菜的民工大爷和民工大妈。梅漫对面就坐个民工大爷。晚上，大爷把军绿胶鞋脱了，露出了放风的汗脚。趴在小桌上迷糊的梅漫已经被夹杂着汗味、烟味、方便面味、体味、厕所臭味的空气熏晕了，脑子迷糊，这一股酸臭的味道，即刻让她清醒了。

"大爷，能不能把鞋穿上啊？实在熏得不行了。"

梅漫满脸笑意，眼含诚意。民工大爷憨憨地笑着，露出了烟熏的黄牙，脸上的皱纹聚集在一起，他也笑了，点头向梅漫说："中，中。"梅漫当然不会对大爷横眉冷对、趾高气扬，有什么偏见，大爷靠劳动吃饭，自立自强的人是值得每一个人尊重的。

梅漫心里的火都攒着呢，打算下了这列臭气熏天的火车，就暴揍李翰歌一顿，都怪他说火车硬座也挺好玩的，他钻到座位底下睡过觉，也站着睡过觉。梅漫用两只冒火的眼睛看了一眼李翰歌，他正跟一个男生一起捧着碗吸溜方便面呢，有说有笑，吃得那么香，脑袋都快钻进面碗里了。这点出息，没吃过面似的。梅漫恶狠狠地瞪了李翰歌一眼。

途中停站，梅漫实在受不了，和李荷花一起跳下车呼吸新鲜空气。李翰歌也下了车，梅漫上去就踢了一脚，李翰歌险些跪在地上，他急忙捂着被踢的屁股说："脚劲这么大，少林寺的腿上功夫。"

"都是你，害得北京小姐吃这样的苦，有没有点同情心啊？"梅漫都想哭了，这恶心的车厢怎么待呀？

"苦的还在后面呢，在外地的女同学年年都是这样回家的。"

"一边去，骗谁呢，人家不会坐飞机、坐卧铺？傻子才信你的鬼话。"

"回头上车我给你讲忆苦思甜的故事，你听入迷就不觉得车厢有味了。"李翰歌拽着梅漫赶紧上了车。

李翰歌以前给梅漫讲过吃生土豆，碰到野蜂被蜇伤的故事，今天又讲了大黄蛇钻裤管的故事，吓得梅漫抱着双肩闭着眼睛也抑制不住身体的颤抖。

"黄蛇钻你裤管没咬你大腿呀？"梅漫拍了一下李翰歌的大腿，"那感觉是不是凉飕飕的？"

李翰歌没搭理梅漫的问话，他早已进入了梦乡。

梅漫开始后悔，让她后悔的不仅是这次火车之行，还有下了火车后坐的颠簸的拖拉机。

"突突突。"拖拉机扬起一路的灰土。梅漫和李荷花一人围一个围巾，一脸的灰尘，跟村姑没什么两样。到了目的地，李翰歌带他们走入一片洋芋地，一对农村夫妇正在收洋芋，李翰歌二话不说，挽起裤脚就帮助他们收洋芋，夫妇俩让他们回家休息，李翰歌不同意，害得梅漫和李荷花只好也帮助捡洋芋。梅漫哪里干得动啊，早就一屁股坐在地上了。

李翰歌干劲十足，向他们介绍说："这是咱爸咱妈。"

老夫妇不好意思地说："这孩子就爱开玩笑。"

梅漫走过李翰歌身边的时候，有意使劲踩李翰歌的脚，梅漫对他已经恨之入骨了。

干了一天活，晚上还停电了。院子里点起了篝火，李翰歌把土豆放在篝火里，不一会儿，香甜的烤洋芋味就飘出来了。梅漫拿出手机一看，信号也没有了。

李翰歌对大家说："早点睡觉吧，明天我们去赶集卖洋芋，还要去镇上的学校。"

梅漫拿着烤洋芋，眼泪都快出来了。

第 43 章

"是不是后悔认识我，是不是后悔来这里，是不是觉得生活在大城市的人是幸福的？"

第二天，没有睡饱的梅漫在路上闭着眼睛，听李翰歌问自己。梅漫拧着李翰歌的胳膊，咬着牙说："不后悔。"

梅漫认为如果她爱李翰歌就有责任帮助李翰歌，就应该接受他这个贫困的家，何况自己家有能力帮助李翰歌的家走出贫困。一个男孩子，乐观、积极、阳光地对待生活，贫困也遮挡不住他身上的光芒，这一点梅漫看得很清楚。

卖得还剩最后一筐洋芋时，李翰歌等人在路边小店每人吃了一碗新鲜的土豆粉。透明的土豆粉很劲道，吃在嘴里滑滑的，红油辣子加上翠绿的香菜使土豆粉平添了姿色。

"太好吃了！"梅漫还是第一次吃新鲜的湿土豆粉，这是土豆产区的家常美味。

吃完粉，几个人直奔学校。李翰歌的朋友、北大才子李想正在这所学校支教。宿舍简陋但整洁，墙角放着一盆鸡蛋，几个人这几天一直素着，看到鸡蛋眼冒金光了。

"这么多鸡蛋啊，生活够奢侈的。"李翰歌坏笑着。

"哪里啊，这是同学们卖给我的，有几个同学，每天给我带一个鸡蛋，我给他们一块钱，等于给他们解决零花钱的问题了。"

"土鸡蛋啊！"梅漫开始眼馋。

"走，煎鸡蛋，煮鸡蛋。"李翰歌抱着盆就去了厨房。胡麻油摊鸡蛋虽然有一股味道，但是，鸡蛋是真真的黄啊，古代皇帝的龙袍色。

吃完了鸡蛋，几个人才觉得肚子里不那么素了。李想说："你们来做义工吧，像外语、音乐、舞蹈这些课程的老师比较缺。"一听说舞蹈，梅漫赶紧把脑袋低下了，生怕李翰歌想到自己学舞蹈的出身。李荷花急忙说自己学舞蹈出身，在舞蹈学院进修过。李想说，只要时间允许就可以来上课。他指着窗外大山边一个个贴在山脚下的院落说："从这里走出来的孩子，也会有梦想，谁说他们不想成为钢琴家和舞蹈家？我们要做那个给予他们梦想启蒙的人，给予他们安慰的人。"

下午，李想带着李翰歌等人去了更偏远的湟河沿岸，那里有一座小房子，房子里住着一对年轻的男女。李想说，他们是学环境监测的，大学毕业后，自愿申请来到这个偏远的驿站工作，男孩每天汇集数据上传资料，女孩每天往返几个监测点，这种生活他们已经坚持了几年。

梅漫和李荷花听后张大了嘴巴。

"走！看看去。"

李翰歌带着大家一起来到了旷野中的驿站，推开铁门，眼睛越过低矮的小房子，看到房子不远处的空地上，一对青年男女正蹲下身子喂一群飞来的野鸟。女孩穿一件鲜红的上衣，像跳动的火焰，男孩穿一件白色的衬衫，看起来那么洁净。明净的天幕下，阳光洒在他们身上，像一幅温暖的画，此情此景是那么美好！

"草在结它的种子//风在摇它的叶子//我们站着，不说话//就十分美好。"

"发什么骚情啊！"梅漫白了一眼刚刚念了几句诗的李翰歌。

"顾城的诗放在这里刚刚好。"李想向李翰歌伸了一下大拇指，似乎很赞成他此刻的抒情。

青春浩气走千山。每个人的选择都会不负自我。冰心先生说："青春活泼的心，决不作悲哀的留滞。"青春总是伴随着执着和任性。

当晚，李翰歌让大家早点睡觉，明天一早，他"爸"会开着他家"突突突"冒着黑烟的拖拉机，带他们去条件极其艰苦的东乡，去看望戴维，一个在中国义务支教多年的美籍华人。

"是吗！"梅漫躺在李翰歌"家"的土炕上，对这个消息颇为惊讶。

梅漫、李荷花和李翰歌的"妈妈"躺在炕的一侧，李翰歌、李翰歌的爸爸和同行的男同学在炕的另一侧，他们中间隔着一个布帘子。梅漫躺在炕上，听着李翰歌家的灰驴叫了起来，不一会儿，羊也叫了两声。李翰歌的父亲赶紧起来，说去给驴加点饲料。李翰歌也一同起来了。梅漫心想，农民生活不易，真辛苦啊。

第 44 章

第二天一早，公鸡喔喔喔地叫完，驴就开始哦哇哦哇地大叫了。李翰歌的"妈妈"早就起床了，煮洋芋，煮鸡蛋，还做了羊肉汤面，热腾腾的飘着香味。梅漫吃了一个鸡蛋、两个土豆，还吃了一碗放了红辣子的羊肉汤面。李翰歌开玩笑地说："真能吃。"

李翰歌的"爸爸""妈妈"赶紧说："多迟，多迟，路冤嘞（多吃，多吃，路远嘞）。"

梅漫一听，有意气李翰歌，又努力往嘴里塞了一个甜津津的土豆。

李翰歌往拖拉机上搬了一口袋土豆，还有土豆粉、羊肉、鸡蛋、干馍、红枣、苹果、黄花菜、粉条、辣椒……梅漫惊讶地瞪着眼睛问："你这是搬家还是去那里开杂货店？"

"没办法，我们去送慰问物资，那里什么都没有。那个兄弟太苦了。那里是我爸的老家。"

搬完东西，坐上了拖拉机，一路经过开着白色土豆花的原野，经过光秃秃的山洼，经过扬着黄土的崎岖土路和贫瘠的村庄，梅漫和李荷花被拖拉机摇得失去了对路途景色的兴致，相互靠着睡着了，临近中午，拖拉机停在了光秃秃的山底下。李翰歌跳下车说到了。

梅漫下了车，晕头转向不知道往哪个方向走，关键是腿都麻了，一迈步，瘸了。李荷花的八字步更难看了。

走近一排空旷的没有院墙的院子，李翰歌跑进了最边上的一间房间。不一会儿，李翰歌和一个皮肤黝黑、身高大概有一米九的男青年走了出来。这就是戴维吗？梅漫打量着这个青年，他戴一副金边眼镜，络腮胡子看起来好久没有刮了，他向李翰歌的"父亲"以及大家打招呼，看起来他与李翰歌的"父亲"以及李翰歌不是第一次见面了。大家把东西搬进了戴维的房间。

　　戴维很节俭，一身衣服、一双鞋、一套被褥几乎是他的全部家当；食物也非常简单，按他的要求，吃饱即可，他完全像苦行僧一样地生活着。戴维出生在美国费城一个中产阶级华人家庭，从小生活优越的他，能来到这里当老师，甘于面对孤寂吃这种苦，是令人钦佩和尊敬的。他说他觉得自己这样做非常有意义，内心和精神是快乐的。戴维注重的是精神的富足和快乐，忽略和放弃的是物质的享受，一个人的精神可以上升到这样一个层次，达到如此高的境界，是让人叹服的。相对于戴维，很多人沉醉在物质欲望中无法自拔。

　　"明天我要去镇上的电力公司，找他们理论，他们收我们学校的电费收多了。"戴维认真地说。他完全把学校当成了自己的家。

　　李翰歌开始问戴维教学上面的问题。两个人聊课程和学生的兴趣等事情。这所学校其实是李翰歌爸爸家乡的学校，他爸爸一直在资助。

　　这时，一个学生推开门向屋里看了看，看到有这么多人，茫然的大眼睛赶紧垂下了，回头就要跑。戴维把他喊住了。

　　"去叫同学们来吃苹果。"

　　听了这句话，男孩高原红的脸更红了。不一会儿，就来了十几个孩子，戴维的苹果一个也没剩，李翰歌早晨给戴维带的煮鸡蛋和煮洋芋也被这群馋孩子抢跑了。

　　李翰歌心疼地说："戴维，你该给自己留些苹果。"

戴维笑着说："这里的孩子条件不好，好吃的不多，我有馍馍就好，况且还有这么多好吃的，足够我享用很长时间了。"戴维指着土豆粉、青菜、羊肉等东西说。李翰歌无奈地笑了笑。

"你多久没回家了？"李翰歌问戴维。

"五年了，我很想念父母和弟弟，还有我家乡那支橄榄球队。"戴维说完，看了看放在桌子上的照片，照片上是戴维与父母和弟弟的合影。他又从包里拿出了一身红绿相间的球衣放在嘴边吻了吻，也许，这是他对家乡、对亲人的思念的一种表达。

"等这里不缺英语老师，我就走了。"戴维向李翰歌他们告别时说。

告别戴维的时候，夕阳西下，学校、大山、操场上的红旗沉静在暮色的苍茫中，戴维站在教室前，高大的身躯披上了夕阳的金色，远远望去，像一座闪闪发光的雕像。坐在拖拉机上的梅漫眼睛湿润了，她的心被某种柔软的东西轻轻碰撞了一下，荡漾起了温暖的涟漪。

与李翰歌的"父母"收完了田里的洋芋，几个人准备回北京。

临走，被李翰歌亲热地称为父母的老夫妇，给李翰歌他们带了很多特产，除了洋芋、炉馍馍等，梅漫还看到了一个像盆一样大的馍。这么大的馍，梅漫和李荷花都是第一次看到。十个人也吃不完啊。出门的时候，梅漫悄悄问李翰歌要不要给他"父母"留下八百块钱，李翰歌感动地对梅漫说："我已经给了一千块钱，谢谢你，下次再给吧。"

梅漫爽气地说："一千也不多，再留八百吧，给戴维的东西也是从你家拿的，你父母那么辛苦。"

梅漫把钱塞在了李翰歌手里，让他给"父母"送去。

离开李翰歌所谓的家的时候，梅漫兴高采烈地抱着大馍不肯撒手，她开玩笑地对李荷花说："荷花，回去的火车上，咱俩就抱着大馍，饿了就啃两口，一直到北京大馍也吃不完。李翰歌他们馋了求咱们，咱们也不给。"

"哈哈，就这么定了。"

梅漫张开大嘴，"咔嚓"，狠狠咬了一大口，边嚼边说："好香，天下第一大馍。"

第 45 章

回到北京，李翰歌对梅漫说："这次去收获大吧?"

"当然，所有的日子都值得，所有的经历都是财富。告诉你娘，我最喜欢吃你家的土豆。"

"哈哈，管够。"李翰歌笑了。这个家其实是李翰歌资助上学的一家，并非他的父母家，他只是这样称呼而已。

"李翰歌我不会被你洗脑的，我依然喜欢我的大城市我的大北京。"梅漫张开双臂开心地仰着头。

回到家，梅漫就跟父母说了，自己谈了一个男朋友，家里极穷，以种土豆为生，还有弟弟妹妹什么的在上学，但是，这个男孩很优秀。

顾蕙兰看了一眼梅漫说："在爱情上你倒不拜金。如果有个青年才俊是大富翁，你是不是也不动心?"

"当然动心了，只是没有啊，就碰到了这个穷小子，怎么办?"梅漫痛苦地举着手。

"我第一次见你爸的时候，你爸穿着打补丁的裤子，肩膀上也缝了一块补丁，叫花子似的，看着真穷，可是我也嫁了。你爸长得精神还有才。"

"李翰歌也是这样的。"梅漫喜滋滋地补充说。

"可是你爸家挺有钱的，是他姑姑舍不得给他花钱。现在跟我们那个年代不同，现在是物质时代。"顾蕙兰提醒梅漫。

女儿找个外地的穷学生，顾蕙兰是真的没有想到。

"哪天带回家让我看看。"梅抒颐说。

还是梅抒颐的这个提议比较靠谱。先看看人，什么钱不钱的都放一边。完全不看钱吧，好像不现实；完全看钱吧，那是人生观的跑偏，是价值观的缺失，人不能做金钱的奴隶。

听说梅漫的父母要看自己，李翰歌略带忧郁地说："你父母要是看上我了怎么办，你以后想甩我都困难了。"

"你可真会想美事，你家那么穷，他们能同意我就阿弥陀佛了。我不应该告诉他们实情。"

"说我家是百万富翁?"李翰歌笑了。

"放心，我父母不是只认钱不认人的拜金奴。"

"明白。"

为了迎接李翰歌，梅漫的父母做了不少菜。虽然不为找金龟婿，但是负担太重对梅漫确实不是件好事，所以顾蕙兰心里还是有些犯嘀咕。梅抒颐对顾蕙兰说，主要看人，这一点什么时候都不可以改变。有了这句定心丸一样的话，顾蕙兰脸上的笑容才自然了很多。

李翰歌吃得很诚恳，说得也很诚恳，他向梅漫父母表明了自己爱的观点，诚恳、有担当、有责任感。

梅抒颐一听很高兴，对李翰歌说："一定要孝敬父母，为父母分担重任，农村人家出个大学生不容易。"

"我们自力更生，自力更生。"

李翰歌大大方方的举止，有分寸的谈吐，让梅漫的父母很满意。

"他的谈吐和见识完全不像农村孩子呀，也没有口音，一口京片子，确定是外地的?"送走了李翰歌，梅抒颐问梅漫。

"他老家我都去了，父母是种土豆的农民，除了养鸡养羊种地，没有其他收入。"梅漫说。

"那你要重新考虑考虑。要是这么穷我们还鼓励你跟他交往，一定不是亲生父母。"顾蕙兰认真地对梅漫说。

"我也知道穷不好，可是我喜欢这个青年才俊啊，反正以后你们也不用我养老，负担不重，再说我姐、我哥那么有钱，还有咱家出手的梅宅，都允许我任性地谈真正的恋爱，而不是谈假恋爱，嫁一个不爱的有钱人。"

"哈哈哈!"梅抒颐笑了。

第 46 章

　　夏采薇早就回国了，因为英语基础太差，她在新西兰待了不到三个月，就回国又找了一所大学学新闻，她说只要不学代数就行。

　　夏采薇的妈妈病了，说是乳腺癌，刚刚做了手术不久。

　　见到梅漫，夏采薇打开了话匣子。

　　"我妈说她的病是被气出来的，我看她是蜂胶吃多了。"

　　"有关系吗?"梅漫不解地问。

　　"她怕衰老，吃蜂胶吃了十几年，吃了大概有一间房那么多。"夏采薇伸出双手比画着，好像双手环抱的都是蜂胶。

　　"不对，蜂王都吃蜂胶，最长寿，你妈的思路是对的。"

　　"什么呀，她不仅吃蜂胶，还吃激素。医生说，这么补激素，乳腺哪受得了啊? 补大发了，那还不增生、癌变?"

　　"我妈把我三姨轰走了，让她永远不许登我家的门，还骂她是狐狸精，勾搭我爸。我看她是得病受了刺激，瞎猜疑。"

　　"哈哈哈。"

　　梅漫和夏采薇一起笑了起来。梅漫想起了多年前在餐厅吃烧卖碰到夏采薇三姨和她爸的情景。

　　夏采薇又让梅漫、李荷花跟她一起去三里屯参加一个皮草店开业典礼。这个店就是后来梅漫她们常去的磐磐姐的皮草店。

"替我妈去，是我妈的朋友开的，主要是给人家捧场、凑热闹。"

"皮草店？大姐，那是有钱人穿的哦，奢侈品，我们穷学生都是羽绒服伺候。"梅漫撇着嘴，摇摇头，似乎貂皮离自己很远。

"现在买不起并不代表以后买不起，也许有一天，你衣柜里挂着几件貂皮，每天换一件，一礼拜不重样，哈哈。"夏采薇仰着头笑，她现在剪了干练的短发，穿一件茄子紫色的西装——这颜色也不是一般人敢穿的，属于小众审美——外形有职业女记者的范儿，气质与所学的新闻专业吻合。

就是在那一次，梅漫、夏采薇、李荷花认识了磐磐姐和她的荷兰老公。磐磐姐高高的个子，浓妆淡抹，身穿中国红低胸晚礼服。大红礼服充满喜庆，既时尚又不失性感。她待人没有一点生疏感，上来就跟大家贴面、微笑，很有亲和力，在国外几年培养的落落大方的谈吐和举止使她很有明星范。

夏采薇几个人在磐磐姐眼里当然也是青春、时尚的女孩子了，所以她也很喜欢她们。

那天，夏采薇的三姨胡晶也去了。夏采薇惊讶地问三姨怎么跟妈妈闹翻了。三姨对夏采薇说："你妈有猜疑症，成天臆想，她现在身体有病，只能依着她，暂时不去你家了。"胡晶试了几件貂皮，最后豪气地买了一件黄金貂，惹得夏采薇、梅漫、李荷花几个女孩子张大了嘴巴羡慕，不是羡慕她有钱、敢花，也不是拜金，而是觉得作为女人，可以随心所欲地支配钱，买自己喜欢的东西，也不失为一种潇洒。

夏采薇当然也不会空手而归，趁开业打折，她也要捞一件货才不枉白来。试穿了无数件衣服，不是嫌贵就是嫌不好看，挑花了眼的夏采薇最后把目光锁定在了一件披肩上。梅漫心想，瞎买的毛病永远也改不了。

"不实用。"直性子的梅漫上去就泼冷水。

"好看是好看，就是一年用不了几次。"李荷花也说了实话。

"若是有个晚宴什么的，穿上晚礼服，再披上它，显得多富贵。"夏采薇肩上顶着披肩不撒手，完全沉浸在晚宴的梦幻里，最后还是把紫色的披肩带回了家。

梅漫说："夏采薇，如果你穿件红色的晚礼服，披上紫色的披肩，就美爆了。"夏采薇说必须这样搭配才符合大众审美。梅漫说这是暴发户审美。

从此以后，磬磬姐的三里屯皮草店成了"小姐客厅"。由于这里离时尚的三里屯很近，使馆街近在咫尺，属于走在时尚前沿的阵地，所以只要有机会，有时间，几个人就在这里小聚。

磬磬姐漂亮、大方、时尚、善交际。做生意、能经营的她喜欢结交朋友，夏采薇这种家世的女孩，梅漫、李荷花这种青春亮丽的女孩，她当然也愿意交往。

夏采薇的哥哥夏南早就游学完归国了。他入职一家有名的企业。他说不愿意做与专业有关的工作，但不知他的专业到底是什么，估计根本就没有专业，什么也做不了。最后，他被安排在办公室里统计数据，做管理者。他经常躲在办公室里偷偷打游戏，每天早晨八点半上班对于他来说也很困难。有一次，他居然把非常关键的数字整理错了，办公室领导一看，季度产出值比年度产出值还大。他遭到严肃批评并被扣了奖金。留学生的水平不该连 excel 表格都整理不好啊？但谁知道夏南差不多是游学完成了学业呢，这跟留学有着本质的区别。挨了批、被扣了奖金的夏南躲在房间里哭了，委屈、憋屈，每天按点上班坐八个小时的办公室生活太无聊、太痛苦了，他忍受不了。工作就是想起来很美好，其实很无聊。没有上几天班的夏南，坚决不想委屈自己了，辞职了。经商、做生意是夏南的下一个目标。

后来，听说他创办了一个很火的儿童服装品牌，品牌早已入驻所有大城市的商场专柜，他成了响当当的企业家。

第 47 章

梅漫的车要贴防晒膜，这个必须要李翰歌跟她一起去才行。膜要贴颜色深的还是浅的，梅漫根本不懂，虽然她知道，土包子李翰歌也不一定懂，但是，让李翰歌去很有必要。

李翰歌让梅漫去顺义通达物流中心找他。

听说要去顺义，梅漫心里就起火，耐着性子找到了顺义镇，沿着曲里拐弯的小柏油路，终于看到了通达物流的黑字大木牌子。进了铁门，里面几辆高大的运输车正在忙碌。梅漫钻进仓库里，看到身穿工作服的人正在忙碌，叉车正在搬运一摞摞大纸箱。没看到李翰歌的梅漫拽着一个急匆匆的身影就问："李翰歌在哪儿？"

"不认识。"急匆匆的身影回答得干净利索，根本不想跟梅漫说多余的话。梅漫走进了像是办公室的房间去找。李翰歌正坐在电脑前忙碌，看见梅漫笑笑说："马上就好。"然后就跟身边围着的人布置任务：

"大时代生物科技的松花粉今天必须全部运走，加班加点也要完成。"

"你们注意冷库的湿度和通风。粮食类必须远离墙壁，否则容易受潮，这是最基本的常识。"

"有事打电话找我。"

他从冰箱里拿出两瓶矿泉水，给了梅漫一瓶，自己迫不及待地喝了起来，看来忙得都顾不上喝水了。

上了车，梅漫不解地问李翰歌："你在这儿干吗？"

"打工啊，挣钱啊。不打工学费怎么办？种土豆的父母怎么办？"

"这么远？"梅漫不解地撇了一下嘴，似乎跑到大顺义来打这份工很不值得。"唉，以后我少花钱，帮助你，免得你这么辛苦。"梅漫非常诚恳地对李翰歌说。

一个都市女孩子能说这样发自肺腑的话，李翰歌感到很满意。只有崇尚爱情的人才可以为爱牺牲对金钱和物质的渴求。李翰歌看了一眼梅漫，由衷地感动。

贴完了车膜，梅漫送李翰歌回学校。

"跟你说件事，你不要生气，不要把我想得多么有城府，多么有心眼。"李翰歌看着梅漫说。

"好事还是坏事？坏事不想听，报喜不要报忧。"

"其实我的家在北京，种土豆的那个家是我资助上学的一家，我也管他们叫爸妈，你没看到他们其实并不老？那个地方是我父亲的老家，他在那里资助了几个孩子，还有他的母校。所以我总往西北跑。"

"李翰歌，你考验我？有这么开玩笑的吗？"梅漫急了，一脚刹车停在了路边。若是没有开车，梅漫早就一脚踢过去，把李翰歌踹到地上了。

"对不起，我也同你一样，只想寻找真正的爱情，没有任何物质和欲望的捆绑。"李翰歌非常诚恳地对梅漫说。

梅漫没有搭理李翰歌，直接下车，一把把李翰歌揪出了车，然后上车就开走了。李翰歌急得追着梅漫喊："你把我扔在这，这么偏僻没有车，我怎么回去啊？"

"下次，再这样不真诚，直接把你扔海里。"梅漫一踩油门走了，才不管追着汽车跑的李翰歌。

回到家，梅漫气鼓鼓地进了房间。顾蕙兰看着梅漫的脸色问："怎么了这是，气成这样?"

"这个混蛋李翰歌，是一个骗子。"

骗子? 顾蕙兰忖度梅漫这句话的含义。"骗你钱了还是骗你色了，闺女? 我去找他算账。"顾蕙兰起身找武器去了。

"行了，行了，您那玩意只能吓唬幼儿园的孩子。"梅漫听了顾蕙兰的话简直想笑。其实，听了李翰歌的话，梅漫内心是高兴的，但她必须把李翰歌扔在野外，这是给他的警告。梅漫最不能容忍的是欺骗，哪怕是善意的。

"他是不是骗你色了?"顾蕙兰举着注射器走到梅漫身边。

梅漫躺在沙发上对顾蕙兰说："把注射器收起来吧，我一看见它就屁股抽筋，这都是小时候落下的后遗症。"

"他家是北京人，在市区，他骗我是种土豆的，太可恶了。"

"哎呀，这是好消息呀，值得高兴，怪不得你爸说他一口京片子。可是他直接跟你说不就得了吗，干吗非说是农村种土豆的啊?"

"就是啊，这不是考验我吗，不诚实。"

"对，不诚实。"顾蕙兰附和着，心里却异常喜悦。

"妈，我都看到您的笑了，太世俗了。"

"世俗了一辈子，你也别假清高了。这个消息是好消息，我赶快告诉你爸。"

顾蕙兰起身走了。

第 48 章

李翰歌知道自己惹了祸，给梅漫打电话她也不接，中午去食堂找梅漫，梅漫看见他就起身。他上课的时候在路上堵着梅漫，梅漫抬起脚就要踢，李翰歌吓得赶紧离梅漫一米以外，免得挨踢。这位猛女抬起脚来才不管踢到哪儿，万一失手麻烦就大了。

中午，梅漫回宿舍休息。由于宿舍条件不好，人多，所以梅漫只在中午的时候在这里躺一会儿，晚上回自己那个小家。

梅漫睡着了，迷迷糊糊听到有人吹笛子……后来李翰歌上楼来找自己。梅漫问他："你是怎么上来的，看楼阿姨不是吃素的，还能放你进来？"李翰歌也不回答他，自己坐在那里吃冰激凌，梅漫气得抬手就把冰激凌抢过来吃了。还没解过馋来，突然手机铃声响了，把她吓醒了，原来做了一个梦。她该去上课了。

梅漫懒洋洋地睁眼，起身，突然听到了悠扬的笛子声。寂静的午后，风轻轻摇着树叶，笛声异常悦耳，尤其在梅漫刚刚醒来，心里还没有被嘈杂的事填满的时候。

她趴在窗外一看，是李翰歌在吹笛子。梅漫高兴地夹上书飞快下楼，向着树荫下吹笛子的李翰歌跑去。李翰歌看梅漫跑来了，伸出手握住了梅漫的手。

梅漫拉着李翰歌向学校的小卖部走去，挑了两大盒冰激凌。

"做梦梦见你在我身边吃冰激凌。"

李翰歌听后笑着说："看看，一日不见如隔三秋。你不见，梦里也要见。"

"快毕业了，我带你上我家去见见我父母怎么样？毕业假期我还要去戴维那里，学校需要垒围墙，校舍需要维修，我要给他送资金。"李翰歌当然不会告诉梅漫，是父母出的这笔钱。如果你不怕苦，咱们可以一起去，还住我"爸"家的土炕，吃洋芋，咱们还可以给他们建一个舞蹈班，让乡村的孩子学舞蹈，这是一个非常棒的决定。"

梅漫一撇嘴，表示不是十分感兴趣，这是在李翰歌面前拿拿腔调。

周末，梅漫准备去李翰歌家见他父母，她到街上买了点水果，又看见了彩武叔的小店。彩武叔在街上开了一个很小的店，卖熟食和北京特产小吃，生意很不错。

梅漫走进去，彩武叔看见梅漫格外热情，梅漫也感觉很亲热，她有很久没看到彩武叔了，还是上次春节，彩武叔给自己家送年货时梅漫见到过他。

牛肉、糯米藕、豌豆黄、素丸子、烧鸡、糖火烧……彩武叔的小店里美食种类真丰富。梅漫买了一只烧鸡、一块牛肉，又买了几种小菜，心想，若是李翰歌他父母留自己吃饭，这些菜都可以派上用场。

彩武叔说什么也不收梅漫的钱，梅漫当然不同意，彩武叔做生意也不易，都送了怎么赚钱？所以，梅漫是一定要给彩武叔放下钱的。正推拉之间，突然来了几个穿制服的人，说彩武叔的店被人举报，吃坏了肚子，食品卫生不合格，东西要被全面查封。

彩武叔让梅漫先走，悄声叮嘱她说："我这是被人告了，东西放心吃，牛肉是陈年的老汤炖的。"

梅漫答应着说："我知道，我打电话让我妈来帮你，我今天要去朋友家，约好了时间，所以先走了。"

梅漫提着东西急匆匆走了。

送走了梅漫，彩武叔问食品稽查的人是什么人举报的。稽查的人瞪着眼睛，歪着脑袋，非常不友好地说是匿名。彩武叔心想，肯定是有意找事的人。但是他想不出来到底是谁要这样报复他。不一会儿，顾蕙兰带着苏雪雁来了，梅漫给她打了电话，说彩武叔被人诬陷举报，让她赶紧到彩武叔这里帮忙。

顾蕙兰和苏雪雁经常来小店买东西，苏雪雁跟彩武叔也很熟，所以跟着跑来了。

"这怎么办呢？不行就去找厕所公主的丈夫，他不是这条街最大的雇主吗，你们都是从他手里租的房子，他肯定跟什么人都熟啊。"

"好像那边的店也被告了，稽查也去了。"一个顾客走进来说。

彩武叔打心里讨厌厕所公主母女，虽说小店是从厕所公主的老公袁震饥手里租的，但是彩武叔内心从没有向这个男人低下过自己的头。虽然他们现在很阔绰，很风光，很有钱，但彩武叔觉得他们的钱不是好来的，至少不是靠辛苦劳动赚来的，仅仅靠投机取巧挣钱，再多的金山银山也不值得人艳羡。

彩武叔对顾蕙兰说，小店只能先关了，他要慢慢找出举报他的人。顾蕙兰担心彩武叔生意没了怎么生活，彩武叔挥挥手说："不用担心，弟妹，我在朋友开的一家裱画行帮忙，有手艺的人走遍天涯海角都不怕。"

第 49 章

　　梅漫到了李翰歌位于宣武的家。这栋家属楼还是老式的楼房，没有电梯，窗户还是老式铁窗，房屋面积也不大，客厅很小。房子几乎没有装修，白灰墙，老式白地砖，客厅的棕黄皮沙发也是斑驳的，布满了岁月的痕迹。木头书架上摆满了书。房间干净整洁，简单朴实。

　　李翰歌的父母一身布衫，头发花白，面目和善。他们给梅漫端来了茶，拿来了苹果和香蕉。

　　看到梅漫买来了水果和熟食，老人微笑着说："咱们中午在家里吃，去大院食堂买点主食和小炒，我再给你用砂锅炖点猪蹄黄豆，这个女孩子吃了皮肤好。"李翰歌家住的是一个机关宿舍，院子里就有食堂。

　　梅漫听了急忙说："谢谢阿姨。"

　　中午吃饭的时候，算上梅漫带来的牛肉和烧鸡，一共六个菜，既不奢侈也不寒酸。主食只买了一碗米饭，李翰歌的妈妈让梅漫和李翰歌分吃了，两位老人则从冰箱里端出了一碗剩米饭热着吃了，他们说："剩饭我们来吃，你们不用管。"

　　梅漫笑了笑。李翰歌对梅漫解释说："我家人从来不浪费粮食，不是抠门，是他们习惯节俭，请你理解和尊重他们的习惯。"

　　梅漫赞同地说："没有问题，我也提倡生活节俭。"

　　饭后，梅漫帮助收拾，李翰歌的妈妈说什么也不同意，最后还是李翰歌帮助母亲一起收拾了碗筷。大家坐下来聊天的时候。李翰歌的父亲对李翰歌说，戴维那个学校维修大概需要多少钱，那个地方建立一个舞蹈训练大厅预算是多少，要提前告诉他，他好做资金准备。

梅漫不解地问："大伯，您要给学校捐钱吗？"

依梅漫看，李翰歌家也不是大富大贵的人家，工薪阶层，退休老人，能有多少财力支撑学校的建设呢？况且，梅漫看到了，两位勤俭的老人，连两块钱一碗的剩米饭都舍不得浪费，难道要拿出大笔钱来做公益？李翰歌将来的婚房怎么办，他们的养老怎么办？梅漫相当不理解。

"戴维的学校修建教室和垒围墙的费用我正让他做预算，他还没有回复我，他做事比较认真，不会浪费一点资金，而且一定是最优质的材料、最低廉的价格。至于舞蹈大厅，我这次要去县城里看看，这种学校不能建在乡村，交通不便的话孩子们上课不方便，我要看几个地方再选址。"

李翰歌的父亲听后频频点头，不久，他就出去了。李翰歌说他父亲去印刷厂了，这个印刷厂在通县。

"不是顺义就是通县，都是远地方。"梅漫自言自语地说。

"这些地方目前地价便宜，只能在那种地方圈地做工厂。"

回家的路上，梅漫问李翰歌："你父母也不是富翁，却自己省吃俭用资助别人，难道将来你不要结婚买房？他们不要养老？"

对于梅漫的提问，李翰歌笑了。他说父母的资产他们想怎么处理就怎么处理，他无权干涉，自己依靠打工和工资就够了，只是以后没有太多的钱给女朋友，做他的女朋友会受委屈的。

"现在抛弃我去找富豪男友还来得及，以你的条件是可以找到的。"李翰歌开玩笑地对梅漫说。

"滚，我偏偏逆流而上，就要找你这样没钱的穷鬼。听清楚了吗？"梅漫说，"告诉你父母不要那么节俭，至少在吃的方面不能委屈自己。"

"你真是个好姑娘。他们知道的，这个你不用担心，他们只是不喜欢浪费而已。"

梅漫回到妈妈家，看见代云正在打扫房间。顾蕙兰对梅漫说："苏雪雁阿姨家也让代云去做小时工，代云每天要做四家，真够她忙的。"

"妈，你们真会享受生活。"

"这是必然的，有钱了谁不好好享受，毕竟穷了那么多年，吃了那么多苦。"

代云说："阿姨的观点是对的，我每天还要去一个银行行长家买菜、做饭、收拾房间、熨衣服，他们什么家务都不做，特别会享受生活。"

代云长得很瘦弱，每天做几家的小时工，很辛苦。她的丈夫天天张着嘴吃不饱，还时常失业。代云有两个孩子，儿子已经毕业，准备到北京来打工，苏雪雁与顾蕙兰正张罗给他找工作呢；女儿也上小学了，很乖巧，不仅学习好，还经常帮助妈妈给人家做家务。代云说之所以这样拼命地挣钱，是打算在老家县城买个楼房，等将来老了回去养老。老家农村的生活，在北京大城市生活多年的她早就不习惯了。

每个人都有生活的目标，不管是理想还是欲望，每个人都在向自己的目标前行。

第 50 章

进入毕业季，梅漫的大学生活即将结束了。李翰歌继续读研究生。

梅漫在一所附属中学当舞蹈老师，并不勤快的梅漫，只要有寒暑假就觉得很享受，这是很多上班族没有的福利。当然这也是李荷花所羡慕的，她在一家机关单位，每天皱着眉头，那表情不像是去上班完全是去受罪。

生活变成了又一种模样，他们的人生开启了下半场。

夏采薇也毕业了，在某电视台当出镜记者。这个工作听起来既体面又风光。电视台，这词足以让人刮目相看。出镜记者，那就是天天在电视新闻里露面的人，可以说前景无限、风光无限。

出了几趟差、上了几次镜的夏采薇开始觉得厌烦了。哪有那么光鲜美好啊？哪里有危险，就要去哪里……

夏采薇拒绝了一次洪水报道，她的理由很简单、很充分：不会游泳怎么去灾区，派会游泳的记者去。最奇葩的是有次报道泥石流，她居然在住的宾馆里报道而不去现场。夏采薇早就不想干了。后来她又到一家企业网站审稿，她对梅漫说："新闻稿我都不会写，让我来审稿就是走形式，能审出什么来？"

梅漫心想，也不知这几年夏采薇是怎么念的大学，怎么毕的业，在新西兰那段时间难道是旅游了几个月？

夏采薇的哥哥夏南的企业倒是做得风风火火。他又在大亚湾圈地，又与磐磐姐商量，准备联手大干一场，做什么跨境海底电缆工程。这个项目听起来太吓人了，也不知是吹牛还是确有其事，反正在改革开放、经济繁荣的日子里，什么大项目、什么大买卖都有可能做成。

梅漫的哥哥梅欣也回北京了。他把那个文化公司卖掉了，在后海沿岸开了一家餐厅，并买下了一个平房小院居住。他开始进入自己的艺术天地，专门画北京胡同、城门、北海、颐和园、长城等古建筑系列。细腻的工笔画，古香古色的情调，即刻得到了日本画商的喜爱。他们联系梅欣，出资赞助他完成富春山、苏杭、九寨沟系列工笔画，并要在日本开画展，如果合作得好，还有青海、黄山古镇等系列。梅欣终于走出了一条自己的路，这条路是他喜欢和向往的，当然，也是他不走寻常路与命运搏击而来的。梅欣把餐厅托付给朋友照料，直接南下去富春山写生去了。

梅抒颐听到梅欣买了一间平房，哈哈笑了，说："哪里的平房能跟咱们家以前的房子比，你们不是喜欢楼房吗，什么时候观点又变了？"

"爸，您知道吗，我上次去西大街，碰到了厕所公主，她开了一家房屋中介公司，说咱家的那个院子，现在市值上千万，爸，上千万，我当时张着嘴半天没闭上。若是咱家等到现在再卖，马上就是富翁啊，唉，卖早了。"

梅漫只顾自己说话，根本没有顾忌梅抒颐和顾蕙兰的脸色。这是在捅他们的心窝子啊，那不是价格和钱财的问题，而是他们丢失了的情怀。

关上了房门，顾蕙兰对梅抒颐说："你听到了吗？"

"我早就知道了，据我预测，咱家的小院以后还会涨价，因为它是不可复制的。"

"早会预测，当初换房的时候你怎么不告诉我？"

"那个年代，没水、没厕所，这是事实，我们提前享受了生活的便利，没有什么好后悔的。"梅抒颐说得很洒脱。他知道，在顾蕙兰面前，即便真的后悔了也不能提，提了，以后的生活就在懊恼中过了，那是自寻烦恼。当初选择了，今天就没有办法后悔，我们不是神仙，也不是诸葛亮，谁也没有那样的远见和判断。

"告诉你，如果我们家卖两幅画或者卖个瓷器，或者卖套楼房，想买下以前的院子也不是不可能。但是，没有必要。现在，我们不是生活得很好吗？"梅抒颐这样说，是让顾蕙兰宽心，不要为了那个房子一辈子生活在懊恼中。

"我的股票，自从炒股开始，从没有赔过，还赚了不少，将来我用股票给你炒回来一个小院。"

"你也敢吹牛放豪言了，真是让我刮目相看。世道真是变了。"顾蕙兰也开了句玩笑。她知道，生活再也不会也不可能回到从前了，懊恼和后悔都没有必要。

第 51 章

　　由于梅漫要陪顾蕙兰去北欧旅游，所以李翰歌只能带着李荷花等人去西北看戴维。梅漫知道，李荷花上次西北之行爱上了北大才子李想，但是，李翰歌告诉梅漫，要跟李荷花说清楚，李想有女朋友，在另一所乡中学当老师；还让她一定跟李荷花说明白，不然会让大家难堪，也会伤了李荷花的心。梅漫说，明白了，放心吧。

　　"荷花，这次我不能陪你去了，多可惜。"

　　"就是，你去北欧享受去了，给我带巧克力啊。"李荷花爱吃巧克力，把牙吃了两个大黑窟窿。

　　"给你介绍个朋友吧，你看我哥怎么样，你给我当嫂子吧。他马上要成大画家了，我妈天天联合她那个神婆苏雪雁惦记着给他介绍对象，都被我哥拒绝了，他说要找个出淤泥而不染的荷花仙子，这说的不就是你吗，哈哈哈。"

　　"行了吧，咱哥太艺术范，不是我的糖。告诉你，我的心在远方。"

　　梅漫心想，这荷花原来没看上我哥哥，明显不感冒。"不就是李想吗。李想有女朋友嘞，你别犯花痴，爱上不该爱的和不爱你的都是极其错误的。"

　　"爱情要勇于追求，他今天不爱你，不代表明天不爱你。"

　　荷花疯了，哎呀，这可怎么办？梅漫没了主意。

　　"人家结婚了，你当尴尬的小三还是当勇敢的暗恋者？除了李想没有男人了？切。"

梅漫亮出了撒手锏。这是李翰歌告诉她的，不行就骗李荷花，只有亮剑才能打败疯狂的敌人。果不其然，这么好使，李荷花不再瞪着色眯眯的眼睛，红扑扑的脸蛋也不再泛着桃花色。

"就别惦记了，看不上我哥还有夏采薇的哥哥，还有李翰歌的哥们，天涯到处有芳草。"

李荷花撇着嘴哭了。"那我也不去了，那破地方有什么好的，穷乡僻壤。"

哎呀，爱情的力量太伟大了，李荷花一直说那儿是个美丽的地方，原来是李想带来的光环，现在光环褪尽，完全成黑白照片了。

"你不去怎么行，不是准备办舞蹈培训班吗，你在舞蹈学院进修过了，文凭也拿到手了，必须去。"

李荷花不搭理梅漫，噘着嘴像个小孩子。

"我给你带比利时金贝壳、瑞士莲软夹心和费列罗。"

"哎哟，哄孩子呢。"荷花生气地擦了擦眼泪，"你说，关于李想的消息会不会是假的，比如说他没有结婚。"

"他都快当爹了，你就别幻想了，勇敢做个现实主义者，不要当个胆小的理想主义者。"

"那我喜欢李翰歌，这个现实，你同意吗？"

"李翰歌同意也可以啊。何必跟我抢呢，李翰歌家没钱，人又不帅，荷花要找个比他好一百倍的。"

"哈哈，我跟你开玩笑呢。"

梅漫看到了李荷花眼睛里闪烁的泪花。看来，她的心真的受伤了。

李翰歌说他认识一个留学生，特别喜欢中国京戏的花旦，尤其喜欢男扮女装的唱腔，他准备让梅漫跟彩武叔说说，让留学生跟彩武叔学学。他还想带留学生去趟西北，利用假期在学校开个英语班，他来付薪酬。

梅漫一听很高兴，说："行啊，我去找彩武叔，只是不知道彩武叔肯不肯收。彩武叔的水平绝对是票友中的大腕。"

"忘了告诉你，他是个黑人。"

"啊?! 等会等会，黑人学男旦? 你先让我整理整理思绪，我得沉淀下脑子。"

李翰歌哪里知道，不是所有的留学生都像戴维一样。这位大神看到西部条件那么苦，看到戴维的生活那么艰难、那么孤寂，吃的饭那么简单，住的房子那么简陋，三天后，他顾不得欣赏荒寂的风景，顾不得品尝地方美味，就逃离了那里，赶快回到了北京。到了北京，没出火车站，他就钻到麦当劳吃了两个汉堡，喝了杯浓香的热咖啡。太解馋了。什么苦行僧，什么精神境界，什么崇高的理想，这些美好的词语统统抵不过美味的汉堡和浓香的咖啡。

这让李翰歌和梅漫对戴维的行为更加敬重了。李翰歌离开西部回北京后不久，戴维就带来消息，说有个回国的留学生女孩，在西北大学教书，可以利用假期去他们那里做义工教英语。

在梅漫的搭桥介绍下，黑人留学生终于跟彩武叔见面了。这次见面非常不容易，彩武叔刚开始就没有答应，他说："黑人绝对学不了男旦，不仅扮相上不能让人接受，还有这舌头，汉语都说不好，怎么可能灵活地发音呢? 简直是冲动。找别人学吧，我无能为力。"

彩武叔还说如果想学相声或者京韵大鼓什么的，他都可以帮忙找老师。

梅漫当然也没什么热情管这件事，她对李翰歌说，如果是戴维想学，她是一定要让彩武叔收下的。

第 52 章

顾蕙兰和梅抒颐去梅欣开的餐厅吃了顿饭。两个人点了一份烤肉、一份杏仁豆腐，烤肉的味道很好，浓香的孜然、洋葱充分配合了鲜嫩的羊肉，用刚出锅的麻酱烧饼夹着，一口下去，酥脆鲜香，再配一碗爽口的杏仁豆腐，绝了。两个人吃完饭以后沿着街逛逛，消食。

不知不觉，就走到了胡同里的老家梅宅。梅宅的大门重新装修了，比以前更高大气派，两尊石雕还在。围墙外的草茉莉不见了，粉色的蔷薇爬满了墙。围墙翻修了，比以前更高大了，完全有了深宅大院的气质。越过高高的围墙，依稀看到蓬勃的绿植。顾蕙兰抬起胳膊指着刺向天空的绿叶说："那株紫藤花还在呢，他们大概知道这是有年头的。真想进去看看里面的石榴树和金鱼缸，还有后院的海棠树、我那个养鸡的院子，还有孩子们跳上跳下的游廊。"

听了顾蕙兰的话，梅抒颐没有开口。这么多年了，顾蕙兰当然是第一次来，从她新奇的眼神中就可以看出来。可是，梅抒颐并不是第一次来，自从退休以后，每天早晨他都像着了魔似的，不知不觉，两条腿就把他拽到这里来。他已经观察好了，住在这里的两位香港老人很久未露面了，听厕所公主母女说，他们已经回香港养老了，他们的子女不打算到北京来，所以，这栋院子可能很快就要挂牌出售。因为香港老人走的时候，曾经到他们的房屋中介公司问过情况。

听到这个消息，不知为什么，梅抒颐暗暗地兴奋，虽然目前他手里没有那么多钱，但是，他还是跟厕所公主和她的妈妈肖雅清说，房子挂牌后一定第一时间通知他。虽然他不确定他到底有没有那么多钱可以买，但是他的心确实动了。

梅抒颐心里有谱，从中国股票上市，他就一路跟随，到今天他已经成为一个老股民，而且确实赚到了钱。他有能力在股市里赚钱。这一波挣了钱，再卖上一张古画，卖个瓷器或者小房子，钱就够了，就可以拿下梅宅了。梅抒颐盘算着，很是喜悦。只是，这个想法他谁也没有告诉。如果可以，他想悄悄地把这件事办成再告诉大家。

梅抒颐和顾蕙兰走到彩武叔以前的小店，小店已经改换门面，变成了一个川味麻辣熟食小店，卖很多种类的麻辣熟食，就是把牛肚、牛肺、猪肝、熟虾、香菇等各色熟食，浇上麻辣鲜香的汁拌匀，然后售卖，味道纯正，生意也不错。川菜是大菜系，独特的香辣重口味得到了全国乃至全世界人的认可和喜爱。

彩武叔在一个超市的柜台里围了一小间继续卖他的熟食和小吃。这是袁震饥关照的彩武叔。这间小柜台也是袁震饥帮忙租的。据说之前那个商家是卖麻辣烫的，也是被人举报后搬走了。反正，在这条街上，经常出现这个商铺被举报，那个柜台被举报的情况，基本都是袁震饥出面灭火。因为这些商家几乎都是从他手里租的店铺，他是这条街最大的老板，掌管着这里的商铺资源，人脉也相当宽广。

前一阵儿，茯苓饼厂被查封，原因是卖给外地人北京特产的一层层礼盒里，夹杂着空盒，这完全是黑心商家的行为啊。袁震饥作为承包者当然有不可推卸的责任，他像侦探一样找到了原因——是库房管理的小伙私下捣鬼。处理了这个小伙子，袁震饥的茯苓饼厂终于再次开工了。

看到老朋友、老邻居——梅抒颐和顾蕙兰来了，彩武叔异常高兴和热情。

当初这两位把筒子楼几乎以白给的价格卖给了他，彩武叔把这份感激藏在心里，终生不忘。

彩武叔拿起食品袋就装牛肉，装酱猪蹄，捡最贵的拿，那真是诚心诚意。梅抒颐和顾蕙兰赶快拦住了彩武叔，说小生意、小买卖，挣钱不易，禁不住这么送，他们执意不要。

"我们两个吃不了这么多肉，梅漫也不常回家吃饭。"

两个人坚决不要，这时，袁震饥来了，对推辞中的梅抒颐和顾蕙兰说："你们讲客气，我可不跟彩武叔讲客气了。"

彩武叔看到袁震饥来了，赶紧装了好几种熟食塞在他手里。袁震饥也不客气。

"彩武叔，您的熟食就是好吃，喝点小酒，吃点小菜，赛神仙啊。"

"想吃就过来拿，甭客气。"彩武叔满脸堆笑，就是不赚钱，面前的人要吃也绝不能亏待。

"听说您家老宅子又涨了不少，简直是无价之宝啊。"

顾蕙兰听到袁震饥的话，即刻，脸上的笑凝固了。梅抒颐还是那么爽朗地笑着说："好！好！我们家的房子无价。"

回去的路上，顾蕙兰问梅抒颐："咱家的老宅子真值这么多？前一阵梅漫还跟我说大概值一千万，这才多长时间啊。简直是聚宝盆，要知道这么值钱，就是吃再多的苦也不能卖。"

从顾蕙兰的话语中，梅抒颐听出了她的悔恨。世界上从来没有后悔药可吃，否则大家都可以过一个无怨无悔的人生，说不定每个人都是大富翁、大名人、大企业家，人人的生活都精彩纷呈。

第 53 章

代云儿子的工作是袁震饥给介绍的。顾蕙兰、苏雪雁和代云都异常感动。虽然不是什么特别好的工作，但是对于一个乡村少年，尤其是没有多少文化的乡村少年来说已经很好了。

据孩子说在一家 KTV 上班。没上多久的班，代云就发现孩子变了，讲究穿，最主要的是开始保养和化妆。面对散发着一身香气，脸上敷着面膜的儿子，代云有些忍不住了。

面对代云的询问，儿子振振有词："真是封建，这是由我的工作性质决定的，我们一起上班的男孩都是这样的，有的还戴着耳钉呢。"

代云同样不能接受的是儿子上班挣钱居然钱不够花，还要让她接济。照这样下去，县城的房子什么时候能买上，钱什么时候能攒足？她把自己的苦恼向顾蕙兰说了，顾蕙兰当场就答应代云，要帮她问清楚。她能问谁，肯定是问梅漫呗。

"到了城市就学这些，男孩子有阳刚之美就好，还弄什么脂粉香。是不是迪厅、KTV 里的男孩子都这样？"

"我怎么知道。我从不关心也不看男服务生的样子。"梅漫没好气地说。

"要不你带我和你苏阿姨去一趟迪厅，也不能让代云成天为这个脂粉香的儿子难过、担心啊。"

"真是闲得没事干。我没工夫。"梅漫有意回绝。她知道，如果顾蕙兰想去一定会拉拢她，拉拢的方式当然是送礼。这时候，梅漫就可以提要求了，解馋吃饭，爱美买衣服或者买香水，基本都可以达到目标。

近日，梅漫看上了一双高跟鞋，现在找到付款方了。

"没有老太太去迪厅的，你们去还不成笑话？没人跳舞了，光看你们了。"

"我们又不是外星人，不怕看。告诉你，你苏雪雁阿姨会武功，人家是祖传武术世家。这么大年纪了，说劈叉就劈叉，长剑舞得人眼花缭乱。"

梅漫想起了练功裤拖地的苏阿姨，陪这两位去迪厅也是够让周围人刮目相看了。

梅漫没有办法，只得带她们去了。苏阿姨抹个大红嘴唇，脖子上戴了条樱花粉围巾，顾蕙兰穿了件紫花旗袍，去个迪厅跟赴宴似的。

梅漫特意把她们带到黑暗的角落里，免得让人看见了感觉不对劲。苏阿姨点了一桶爆米花，顾蕙兰点了柠檬水，她们倒不外行。送饮料的服务生正是代云的儿子，他当然不认识顾蕙兰和梅漫了。可是顾蕙兰认识他，代云早让她仔细看了照片。她今天特意带了相片，刚才和真人对照了半天。

服务生身上带了一股香气，阳刚之气少了一点，声音里有点嗲气。梅漫真想踢他一脚，她最恨男人不像男人，扭捏媚态做作。

看到这几个人点的东西有点少，他急忙向几个人推销果盘，说今天的果盘特价，还有台农小芒果、越南玫瑰火龙果、黑加仑红茶也在打折。梅漫向他挥挥手，示意不要了。

梅漫抬头一看，吓了一跳，原来门口进来了厕所公主，她穿一身大红镶金丝的衣服，涂着大紫口红，这装扮有铁扇公主的范。她扬着脑袋进来后，代云的儿子急忙迎了过去，看来两人早就认识了。她坐到一个黑暗的角落里，开始吃果盘。迪厅里灯光忽明忽暗，看来她不会看到梅漫和顾蕙兰。梅漫装作没看到她，并没有特意上前打招呼。

"除了端饮料也没什么呀，代云不用担心，我看不会学坏。"顾蕙兰趴在苏雪雁耳边说。音响声音太大了，说话声音小的话对方根本听不到。

"他不会还有其他工作吧？"苏雪雁神经兮兮地问顾蕙兰。

顾蕙兰看了一眼梅漫。梅漫装作没听见，心想，想得太多了吧，哪有那么复杂，一个农村少年进城，只不过虚荣些，讲究穿衣打扮罢了。

梅漫觉得坐在这里没什么意思，喝了两口柠檬水，打算带两个老太太回家。刚要起身，就看见袁震饥进来了，身边还挎着一个浓妆艳抹的小美眉。顾蕙兰和苏雪雁显然也看到了。顾蕙兰向梅漫撇撇嘴。虽然撇嘴，但顾蕙兰并没有惊讶，人们已经麻木地接受了这种怪异现象。袁震饥站在颜色变换的灯光下，身体一会儿披上绿色，一会儿披上紫色，他的笑自信而张扬，但他做梦也没有想到，角落里坐着他的厕所公主，正虎视眈眈地盯着他。

梅漫想，不知道会有什么好戏呢。突然，厕所公主站起身，大家还不知道怎么回事呢，只见袁震饥身边的小美眉被糊了一脸的玫瑰火龙果，紫汁顺着粉脸向下淌。小美眉吓得咧着嘴，娇滴滴地嚷："饥哥。"

必须上演英雄救美，袁震饥横眉冷对，怒目圆睁，抬胳膊就要扇人。眼睛与厕所公主的眼睛接上火以后，袁震饥即刻呆住了。厕所公主不是说带她妈去日本旅游吗？幸亏不是深夜，不然非给堵在房间里，那才跳到什么河也洗不清呢。

"干什么你这是，这是我请的歌手。疯了你。"袁震饥拽着小美眉就要出逃。这时候，有人起哄喊"打呀，打呀"，有人吹口哨，有人"砰"地砸了一个啤酒瓶子。

厕所公主一把揪住了小美眉的衣服，然后一翻一拽，女孩露脐的小黑衫就被拽了下来。厕所公主可是从小就跟着家母对抓，实践中练就的好身手，下手不是一般的稳准狠。袁震饥赶紧把小美眉藏在身后，他来抵挡厕所公主的武力进攻。

"打呀！"有人阴阳怪气地喊。

"拍好视频，回头就发网上。"厕所公主回头对身边的人说。敢情打架还带着助理呢。

梅漫起身要去拉架，顾蕙兰一把拽住了她，低声说："最好不要参与人家的私事，免得以后见面尴尬。"

顾蕙兰正拽着梅漫呢，苏雪雁却冲了上去。"光天化日，不能这么做，有事说事。"苏雪雁上前紧紧拉住了厕所公主的胳膊。

"你管得着吗，碍你什么事了？"

"你这么粗野我就要管。"

厕所公主看在熟人的面子上没有撒泼，不然早就劈头盖脸地海骂胡骂了，说不定早就上手抓脸了。厕所公主最擅长这一套攻击动作，有童子功。

苏雪雁充满正义，也不知这种正义是真的正义，还是偏袒了无赖。厕所公主使劲挣脱着胳膊，用尽全身力气也没把老太太的胳膊甩走。

"别挣扎了，我出身武术世家，天天早晨练剑。"说完，苏雪雁把罾蹦的厕所公主推到椅子上，一挥手，跳到台上，"啪"地来了个一字马大劈叉。当时底下的人就惊了。厕所公主张着嘴不再罾蹦了。

"赶紧走！"苏雪雁向张着嘴发傻的袁震饥挥挥手。这场架算是被她拦住了。

第 54 章

夏采薇告诉梅漫和李荷花，三天后，也就是周五，要带她们参加一个高级聚会。参加的人全部是大咖、大佬和业内精英。她让她们提前把自己收拾利索了，该节食节食，把杨柳细腰饿出来；该敷面膜敷面膜，皮肤要细嫩泛白光；没有合适的行头，赶紧去置办，磐磐姐店里来了不少巴黎时装走秀款，可以去选两件。不求一鸣惊人也要光彩照人。

梅漫听了夏采薇的指派，心里一百个不屑，心想，除了赴国宴和去戛纳走红毯，没人能折腾我。

夏采薇特意嘱咐梅漫，不用她开车，到时候自己亲自来接她和李荷花。

周五，夏采薇如约而至。她开了一辆黑色奔驰 GLE。

"从哪儿借的啊，怪不得不让我开大众。你是奔驰虚荣病。"

"不是一般的虚荣。"李荷花也添油加醋。

梅漫和李荷花高兴地坐进了车里，还不忘奚落夏采薇。

"我就不能挣钱买个豪车？你们也太小看我了。能不能唱点洋洋盈耳的颂歌？"夏采薇扬扬自得地说。

"你若是偷来的、抢来的、骗来的，我们也唱颂歌？"

"不要这样怀疑我的人品嘛。再说，骗来的、抢来的这也算本事，不是所有的人都有这样的才能。"夏采薇故意胡搅蛮缠。

"生财有道，为人做事要有底线哦。"梅漫口出警句。

"今天一大早，是不是被你家的老年少女洗脑子哩？"

"哈哈哈！"几个人一起笑了起来。

夏采薇今天打扮得很用心，但是用心不一定看着舒服。她的穿衣风格从来剑走偏锋，不是俗就是土，最近又添了妖的毛病，看着吓人。

先不说妆容多么俗艳，脸上紫的、红的、粉的，像个调色板，仅仅下眼角贴的两个大金片子就够吓人的。裙子来个露肩的，老是让人担心衣服会突然掉下去。

"我觉得你应该披个披肩。"梅漫盯着夏采薇的肩膀说。

"抹了一斤粉，香肩小露是不是感觉很性感？"

"总想帮你提提衣服。"李荷花说出了真实感受。

"梅漫、荷花，今天咱们要让所有的女人都黯然失色。不过磐磐姐咱们可能比不下去，怎么着人家也是走国际路线的模特呀。"

梅漫和李荷花一人穿了一件黑长裙和白长裙，夏采薇说像带了两个围棋棋子。梅漫说我们不可能一个穿粉一个穿绿啊，那不真成荷花妖孽了。

车子七拐八拐，从簋街向南驶进了一个灰色胡同，然后开进了一个雕梁画栋的红门大院子。梅漫看着碧瓦朱檐、古色古香的廊柱，当时就想起了梅家那座老宅，似曾相识的感觉啊。

"豪华会所啊。"停了车，夏采薇对两位女伴说。

"哇，停的都是什么车啊，难道我的车是最差的？"夏采薇看到停在院子里的各式豪车，当时就傻了。

三个人先被院子里的车震撼了。梅漫心想，幸亏没把自己的大众开来。

客人陆续到了，磐磐姐正跟一个光头胖男人交谈，夏采薇说那个男人有几个北京开发的楼盘的股份，在福州有自己的茶山，做往英国出口红茶的生意，在国外有酒庄，还有其他公司，实力杠杠的。

"你确定不是神话传说？吹牛又不交税。"梅漫说着，和大家一起走进了房间。

"哎呀呀，采薇来了。"光头胖男人向夏采薇走了过来。

夏采薇笑着迎了上去，并向他介绍了梅漫和李荷花。

"都是美女，我的会所蓬荜生辉了。"

不一会儿，夏南带着高朗也来了。高朗在某集团当财务总监助理。夏南与梅漫和李荷花打了招呼，就找光头男人和磐磐姐说话去了。

夏采薇说他们在谈一笔大生意。这生意不仅投入大，关系网也多。夏采薇趴在梅漫耳边说，磐磐姐可能想重出江湖，正找投资商呢，想让这个人给她投资。

夏采薇的话说得梅漫心里动了一下。当初换房的几十万，是巨款，可是十年上下的时间，那笔钱已经显得不那么惹眼了。要充分发挥钱生钱的价值。梅漫心想。

梅漫抬头一看，怎么袁震饥和厕所公主也来了。袁震饥的脸上有抓痕，肯定是被厕所公主挠的。幸亏那天在 KTV，梅漫被顾蕙兰拦住了，没有冲过去，否则，今天见面多尴尬。

后来又来了一个打扮时尚的女人，夏采薇对梅漫说这个女的是个小有名气的演员。

"鱼龙混杂，什么人都在这里寻找机会。"梅漫感叹说。

第 55 章

在参观了会所的地下室酒窖，品尝了陈年茅台和多年的拉菲之后，大多数人都带着酒意了，梅漫似乎也醉了。

回到家，梅漫对老年少女顾蕙兰说："今天去了夏采薇的一个朋友家，他超级有钱，正在做上市融资，夏采薇说投资这种原始股最能赚钱了。他们还在做什么电缆项目，我觉得这是一个机会。咱们家应该再投入一些，这不是有钱就能投的，有时候挣钱也要靠关系。"

"投三十万挣六十万，哪有那么便宜的事，他们肯定是骗子。"顾蕙兰才不信这种虚假消息。

这时梅漫的电话响了，是夏采薇打来的。

"我又详细问了，我准备也投入一些，你若加投就加紧，现在停盘了，再开盘就没机会了。"

挂断了夏采薇的电话，梅漫对顾蕙兰说："听到了吧，这确实是机会。"

"咱家确实没钱了。"顾蕙兰不想再掏一分钱，"你去找你爸，让他给你。"顾蕙兰把梅漫打发给了梅抒颐。

"靠谱吗？"听完了梅漫的叙述，梅抒颐产生了疑问。

"炒股的您还不知道，错过机会不抛，有时候永远都不会有。"

"我支持你十万，多了没有，我们家人都有挣钱的意识，赚了请我吃大餐，赔了你的嫁妆就受损失了。"梅抒颐打算从股票里给梅漫取十万块钱。梅抒颐想，现在正是一个好时机，不知道通过哪个渠道就能赚钱。

从梅抒颐那化缘了十万元，梅漫觉得有点少，还需要做老妈顾蕙兰的工作。

"我跟您借，我现在就写个借条。"梅漫使出了撒手锏。

"借也没有。"

"不借我以后就不回家了。"梅漫软磨硬泡，威逼利诱，什么手段都用上了。

最后，顾蕙兰也懒得跟梅漫较真了，说只赞助五万，别再烦人了。

梅漫又开始给李翰歌打电话。李翰歌听说要钱，痛快地说，钱有啊，五十万。

梅漫吃惊地说："你什么时候成富翁了？简直让人不敢相信。"

"这钱是我父母给学校的捐助，一分也动不了。再过一段时间还有五十万，是建舞蹈学校练功大厅的钱。他们还要在老家建养老院，说以后回家养老。"

"你父母自己省吃俭用，也不管你的婚房，就知道捐，以为你家是富翁还是财主？真是不可思议的一家人。"梅漫气鼓鼓的，这一家人太奇葩了，太特立独行了，全中国也找不出几家。

凑够了二十万，加上上次的投入，一共也有七十万了，这对于梅漫来说确实是一笔数目不小的钱，她期望着用这笔钱迅速换来更多的钱。

得到父母的支持，梅漫心里很高兴，这几天天天回家陪父母吃饭。

今天，梅漫想在彩武叔的小店买点吃的带回去。走到大街上，正看到柜台前围着一堆人，彩武叔拉扯着袁震饥的衣领。袁震饥不是彩武叔的恩人吗，两人怎么动起手来了？

"你小子，在你大爷我面前使坏，你还太嫩。"彩武叔的脸色很难看。别看他年纪不小了，但手脚还是那么利索，手臂还是那么有力。

原来，彩武叔终于查清了到底是谁给他的小店打匿名举报电话。听说这条街上的小店，袁震饥想整谁，想让谁走，就打举报电话。被举报的商家有的想息事宁人，就找他摆平；有的还想在这条街上做生意，就找他另租地方，但是以前的租赁押金不退，新的地方又要交一笔押金，等于受双重压榨。

"彩武叔，有话好说。都是误会，别听他们瞎传谣。"

"你举报西北拉皮店时别用自己的手机举报啊，你以为匿名就没人查出来，电话早把你出卖了。"

"不可能，我每天生意上的事都忙不过来，哪有时间管这种小事。做人要厚道。"袁震饥仍然不承认，努力为自己辩解。彩武叔却认定是他无疑。真的不知道到底谁的话更可信。

梅漫买完东西回家的时候，正看到一脸愁苦的代云坐在顾蕙兰面前吧嗒吧嗒地掉眼泪。

"凭什么给打了呀，报案呀，让他赔医药费。"只听顾蕙兰跟代云这样说。

"没理、没脸、丢人，还敢报警，还敢让人家赔医药费？"代云哭得更伤心了，好像受了多大委屈似的。难道又是她那个一顿吃三盆饭的丈夫失业了？梅漫感觉代云很可怜，竟然会遇到这样的男人。

"年纪轻轻不学好。唉！"代云唉声叹气，愁眉苦脸。

原来，是代云的儿子被袁震饥打了。据说是袁震饥抓到了代云儿子跟厕所公主在一起亲热，拍了照，以此威胁他，让他交一百万元封口费，否则就送他进监狱。代云哪里有一百万，这简直是要她的命。顾蕙兰也没有什么好办法，唉声叹气的，平添烦恼。

"让你儿子去找厕所公主，只有厕所公主能把这件事平息了。"梅漫想起了凶悍的厕所公主两只抓人的手。

"她比我儿子大那么多，绝对不可能，肯定是那个人想讹钱。"代云否认着，极力不相信这件事是真的。

"对，只有让厕所公主找袁震饥胡闹，两个人旗鼓相当，这件事才能解决。王八对绿豆，都不是省油的灯。"顾蕙兰也同意梅漫的想法。

　　代云没有其他办法，看来她只能逼着儿子去找那个让她咬牙切齿的厕所公主了。

第 56 章

夏采薇让梅漫跟她去磐磐姐的店里。梅漫吓得慌忙说："哪有钱买貂皮大衣，貂皮帽子都舍不得买了。可以凑合选个貂毛钥匙链。"

夏采薇笑着说："这么寒酸。不用装穷，我又不向你借钱。"

"借钱也没有，不是装穷，是真穷。我有时候也自问，把钱投资了怎么反而感觉生活更艰难了，这跟买个金碗去要饭一个意义吧？"

"你有金碗怕啥。"

"怎么都感觉这个举动有精神病嫌疑，逻辑错了。"

"哈哈，很多人喜欢。困难是暂时的，等金价升高，到时候你把金碗一卖，就吃香的喝辣的了。"

"唉，想得美心情好啊。"

到了磐磐姐的小店，里面来了几个人，清一色的大美女。磐磐姐说都是广告模特和平面模特，是她店里的老顾客，这次她从欧洲带回来一些奢侈品，给大家分一分。

分一分？梅漫听到这句话，以为磐磐姐发福利不要钱呢。实际上是磐磐姐带回来的商品，比国内的便宜很多，追求名牌，喜欢用奢侈品的姑娘们当然不会错失这个机会了。磐磐姐把东西刚一拿出来，大家蜂拥而至，只有梅漫没有动。口袋里的钱都投出去了，哪还有钱随便潇洒？别说名牌和奢侈品，就是网上的普通牛仔裤她也开始嫌贵了。梅漫感觉，自从投资以后，生活水准和消费水准断崖式下降，这简直是对投资的讥讽。等赚了钱以后再剁手购买吧，梅漫这样安慰自己。

夏采薇抢了一条围巾披在肩上，还有一支口红。她打开口红就给自己涂了一个大红唇，然后就要给梅漫涂。梅漫摆着手。

送走了这群姑娘，磬磬姐给梅漫和夏采薇一人拿了一瓶香水。"给你们留的，不然都会被她们抢走。"

"多不好意思，磬磬姐。"梅漫客气地说。

"上次你给我的朋友办了一件大事，她特别感谢，今年她为了照顾我生意特意订了几件紫貂。还有峰哥、夏南都特别支持我的店，介绍了不少客户。"

磬磬姐说的梅漫为她朋友办了一件大事，就是指梅漫通过招舞蹈特长生让她朋友的孩子进入了梅漫所在的学校。梅漫没有收那位家长赠送的红包。孩子的舞蹈很出色，完全是凭借自己的能力进入学校的。其实，有些事情完全可以按正常渠道去做，不知为什么大家偏偏拥入了歪门邪道，集体走偏。

"那天在会所你没把胖子老板拉到店里来，还有那个袁震饥。时时刻刻要有挣钱意识。"夏采薇打开香水在耳后喷了两下。

"袁震饥带着一个女人买了一件白山猫、一件限量款樱花粉水貂。"

"真给力呀。"梅漫说完，想起了在KTV厕所公主暴打袁震饥身边那个女孩的情景。看来，厕所公主的猜测是对的。

"胖老板的发财意识不是我们能比的，他从不放过任何机会，什么赚钱做什么，要不怎么能涉足这么多产业呢？成功人士啊。"磬磬姐发出了感慨。

成功等于有钱，衡量一个人是否成功，就看他是不是富翁。这个逻辑是正确的吗？梅漫问自己。

第 57 章

　　梅漫上课从来不带手机，也不可能带手机。舞蹈课上都是翻转腾跳的动作，不知道什么时候就会把手机甩飞了。

　　梅漫上完课，回到办公室拿起手机一看，五个未接电话，都是夏采薇打来的。

　　"这个大姐疯掉了，打这么多电话。"梅漫自言自语地拿起杯子，咕咚咕咚喝了几口水，然后拿起手机找个僻静的地方给夏采薇回电话去了。

　　"干啥呀，不知道我在上课吗？"梅漫的话轻松而愉快。

　　"你是东北人吗，天天干啥干啥的，难听死了。你找一个地方先坐下。"

　　"我在厕所呢，坐哪儿啊！"

　　"找个墙扶稳了。"

　　"最近添什么毛病了，絮絮叨叨的，像个老太太。"

　　"唉，我们都是命不好。"梅漫听见了夏采薇在电话那边抽烟的声音，心想，可能失恋了。只有爱情才能让一个女人痛苦得不要不要的，撕心裂肺，歇斯底里，彻底疯狂。

　　"胖胖总出车祸死了。就是那个豪华会所的主人，我们买的原始股票就是他的公司的，怎么办我不知道，钱找谁去要我也不知道。"

　　"他死了公司还在，怕什么。"梅漫心里一惊，但是并不惊慌。

　　"我爸的司机说，很多年前，胖胖总买过一大片荔枝林，每年投入一些，荔枝结果了再投入一些，建立果汁生产线继续投入一些，建立罐头生产线再投入一些，建立水果糖、果脯生产线再投入一些，简直像个无底洞。最后，你猜怎么着？"

这个时候，夏采薇居然还有心思卖关子。梅漫哪有那份心情跟她猜猜猜呀。

"公司给投资者发公告说，董事长不幸患病身亡。钱一分也没有要回来。套路性死亡。"

夏采薇说完，梅漫和她都沉默了。太吓人了，活生生的血案。

"你的意思是说，咱们投入的钱也会一分都要不回来？"梅漫的声音都变了。

"真不知道，他的公司、房产、会所都被查封了，该拍卖的拍卖，该被人拿走的被人拿走。我不知该找谁去要钱。"

"夏南呢，磐磐姐呢，他们怎么办？"梅漫知道，有他们在总会想出好办法的。

"夏南需要资金周转，早就退股了。磐磐姐入的不多，就小儿万，所以这点资金对她来讲，不痛不痒。"

听到夏采薇要的这些话，梅漫心里发凉，人瞬间要崩溃，她赶紧把软绵绵的身子靠在墙上。夏采薇说的是真的吗？投了这么多钱，说没有就没有了。梅漫说什么也不相信夏采薇告诉她的消息。上次梅漫练空中瑜伽掉下来，发现是虚惊一场，后来又追加了投资，这一次是真真切切的投资失利了？

"我们怎么办？"梅漫声音沉重地问夏采薇，"钱真的一分也追不回来了？"

"我也不知该怎么办，拖个四五年再解决，我们也受不了啊。"

梅漫不知道自己是怎么出的校门，对面遇到了谁，怎么回的家，路上看到了什么风景，经过了哪条大街。

她疯狂地跑到了东直门大街上那座四合院会馆。大红门紧闭，梅漫攥起拳头砸门，除了咚咚的声音，院子里死寂寂的。旁边一座院子正在施工。戴着黄色头盔的工人龇着牙、咧着嘴，走过来对还在固执地砸门的梅漫说："别砸了，鼓酿（姑娘），妹看招铁奉调了么（没看到贴封条了吗）？"

"为什么贴封条？"梅漫明明知道工人不可能知道真相。

"不知道啊。"工人显得很无奈，仿佛对梅漫很歉疚似的。

梅漫拖着沉重的双腿，离开了东直门大街胡同里的四合院。

"鼓酿，方向反了。"

梅漫梦游似的，根本不知道该往哪条路走。她脑子里一团糟，完全失去了思考能力。就是因为那次来了这个豪华会所，梅漫才坚定了投资的决心。可是，今天这里人去楼空，完全成了一座死宅、一个噩梦。记得小时候看过一个聊斋故事，大意就是一个书生去赶考，走到半路天黑了，旷野里一片荒凉，没有人家，书生突然看到前面灯火通明，有一大户人家人来人往甚是热闹，书生夜里在这里投宿，还碰到了这户人家的漂亮小姐、丫鬟、老太太，等到第二天太阳高照，书生醒来，不得了，发现自己睡在坟墓里。此刻，梅漫感觉自己就是那个书生，曾经的深宅大院和车水马龙，变成了一座可怕的坟墓。

回到家，顾蕙兰迎上来开玩笑地对梅漫说："我想去澳洲旅游，你今年送我的生日礼物就是帮我报一个旅游团，怎么样？上次从我这里拿了那么多钱，是不是已经赚不少了？"

听了顾蕙兰的话，梅漫咧嘴笑笑，那表情比哭还难看。她没有向顾蕙兰说，报喜不报忧一直是梅漫的习惯。有些事，跟父母说了，除了平添烦恼，带来絮叨、教诲，解决不了任何问题。

这时候，梅漫的父亲梅抒颐走了出来。"等我把这几只熊股卖了，再加上你投出去的钱，把我们家那个四合院买回来好不好？哈哈！"

梅抒颐在开玩笑，他当然不是认真说的。顾蕙兰白了一眼梅抒颐说："疯了。"

梅漫不知道梅抒颐在开玩笑，今天，他们的每句话都直奔梅漫投出去的那笔钱，这是在拿刀捅梅漫的心啊。

梅漫无精打采地走进自己的房间，一头扎在床上，她什么也不想做，什么也不愿意想，心情灰暗到了极点。

第 58 章

半夜，夏采薇打来电话，把梅漫惊醒了。梅漫本来就心情极差，怎么想都觉得乱，刚刚正迷迷糊糊做梦呢。

"快到小樱桃酒吧，我们都在这里，都在这里、喝、喝酒，什么烦恼都没有。我给你留着拉菲，他们说是假、假拉菲。"

电话里乱糟糟的，嘈杂声极大，夏采薇在电话里歇斯底里地嚷着，好像担心梅漫听不清她说话似的。一听夏采薇的声调，就知道她肯定喝多了。

梅漫到达小樱桃酒吧的时候，看见夏南、夏采薇、磐磐姐、磐磐姐的荷兰丈夫，还有夏采薇的男友高朗都在。大家喝得都有些兴奋。梅漫到了不久，磐磐姐和她的荷兰丈夫就回去了，说太晚了，大麦由阿姨带不放心。

临走，磐磐姐附在梅漫的耳边说："我知道胖胖总不幸身亡。咱们几个人你投得最多。想开些吧，钱这种东西，这里失去，其他地方补偿。"

磐磐姐的一席话让梅漫的眼泪流了下来。看到梅漫的眼泪，磐磐姐安慰地拍了拍她的肩。

送走了磐磐姐，夏采薇则把一大杯红酒递给了梅漫，然后自己也喝了起来。梅漫仰着脖子咕咚咕咚灌了下去。

夏采薇闭着眼睛微笑着对梅漫说："喝了酒，心情舒服多了。"

"海、海量啊。"夏南结结巴巴地给梅漫倒了一杯高度数的深褐色威士忌，"妹、妹子，知道你心里难过，这个最能治愈。何、何以解忧，唯有杜康。

曹、曹大人早就体会到了酒的美好。哈哈哈！"

梅漫跟夏南使劲撞了一下杯子，像喝饮料一样面无表情地喝了下去。虽然酒有些苦涩，可是梅漫早已尝不出味道了。她心里的苦早已盖过了酒的苦。

几个人喝了一瓶红酒，又一人吃了一杯加果仁浇巧克力的冰激凌。夏采薇抹抹嘴巴满足地说："明天我和高朗去肯尼亚看野生动物，所以，一会儿先走了，箱子还没有收拾。"

夏采薇满脸的喜悦与抑制不住的甜美，一看就是与高朗的感情平稳了。梅漫心想，结婚了吗，就一起出去旅游。

"还有同事一起去，你们不要想多了。"看到梅漫翘起的嘴角，夏采薇赶快补充说明，以证清白。其实，社会进步后男女关系变得比较开放一些，没有人会好奇和关注他们的举动。

"别被野牛追上，被河、河马拖下水。"夏南用他的结巴乌鸦嘴嘱咐夏采薇。

"马戴嚼子，瞎胡勒！狗嘴吐不出象牙。"夏采薇恶狠狠地用高跟鞋跺了一下夏南的脚，然后在夏南夸张的哀叫声中，拽着高朗的手走了。

看到他们都走了，梅漫也站起身想走。

"妹、妹子，还有这么多酒呢，我一个人、人喝不完。"

"我又不是酒桶。"梅漫没好气地说。

"何、何以解忧，唯有杜康。"夏南又嘟囔了一句。

"你会说别的吗？小时候就背过这一句诗吧。我告诉你。我有一壶酒，足以慰风尘。劝君更尽一杯酒，走出酒吧无故人。葡萄美酒夜光杯，欲饮苦果自伤悲。"梅漫说完，悲壮地扬头喝了一杯。

"高、高，梅漫你真是才女，是我从没见过的才、才女也。"夏南向梅漫挑着大拇指。

梅漫不屑地撇了一下嘴。背两句诗就是才女，什么眼界呀？梅漫行为上夸张，心里尚明白，还没被几杯酒灌迷了心窍。

不知不觉，两个人你一杯，我一杯，不知道喝到了什么时间。梅漫觉得脑袋有些迷糊，特别想趴到床上睡一觉，即使周围嘈杂不堪也挡不住她想睡一觉的愿望。

……

这一觉睡得真香，窗外的鸟已经婉转悠扬地啼叫了，梅漫不想睁开眼睛，她习惯地闭着眼睛翻个身，准备再舒舒服服地眯一会儿。

梅漫一翻身，好像被什么东西硌着大腿了。她闭着眼睛用手一摸。咦！这是什么东西？她猛然睁开眼睛，完全清醒了。

伴随着梅漫的一声尖叫，"噼啪"，两记响亮的耳光格外刺耳。

"流氓，混蛋。"看着躺在身边的夏南，梅漫完全蒙了。

夏南痛苦地捂着腮帮子，一脸痛苦、一脸委屈地说："妹子，我也不知道怎么回事呀。"夏南被梅漫扇了两个耳光，也不结巴了。

梅漫抬起腿就踹了夏南一脚。

"哎哟，别打了。"夏南一手捂着脸，一手捂着被梅漫踹了一脚的肚子。

梅漫流着眼泪穿衣服。怎么跟夏南到旅馆睡觉来了？梅漫努力回想，想昨晚的断片，却什么也没有，完全没有一丝记忆。

第 59 章

周末，李翰歌约梅漫看电影。这部《末日崩塌》是梅漫一直想看的。每天匆匆忙忙的李翰歌，好不容易才腾出时间来陪梅漫。这场电影也是弥足珍贵的。

左手举着爆米花，右手拿着薯片，这是看电影的标配。李翰歌坐下就把吃的递给了梅漫。梅漫捏了一个爆米花，就递给了李翰歌。如此斯文，这哪是梅漫的风格啊？一般都是抓一把直接灌进嘴里啊。

望着怀里的爆米花，李翰歌看了一眼梅漫。

"今天的爆米花太甜了，一股香精味。"梅漫的眼睛躲闪着李翰歌。幸亏灯光暗下来，否则，李翰歌会看到梅漫眼睛里的泪水。梅漫哭了，愧疚，自责，她觉得自己对不起李翰歌，连看他的勇气都没有。以往画面中出现浓烟滚滚、大厦倾斜、人心惶惶的场景的时候，梅漫早就抓住了李翰歌的手，这一次，梅漫一动不动，两只眼睛茫然地盯着屏幕，她居然一丝恐惧和惊叹都没有。李翰歌看了一眼梅漫，悄声说："什么时候胆子变大了，这么惊心动魄的场景居然眼睛都不眨？"

听到李翰歌的话，梅漫愣了一下，咧嘴笑了笑。电影里的画面，她一点都没有看到，完全心不在焉、六神无主。梅漫觉得，面对李翰歌她缺乏一种勇气和自信。以往无羁无绊的自在完全消失殆尽了，她心里像压了一块沉重的石头。

李翰歌也觉得梅漫有些奇怪，不像之前那样活泼开朗、乐观健谈，一副心事重重的样子。

　　看完了电影，李翰歌拉着梅漫进了小山城逆天撸串，想让美食唤起梅漫的欢快和高兴。

　　地道的老重庆撸串馆子，打着不麻不辣不香不要钱的广告语。无辣不欢的梅漫甚是好这家的串，每次来都欢天喜地，吃得大汗淋漓，大有梁山好汉大碗喝酒、大盘吃肉的豪气。

　　两个人坐下来，李翰歌依照每次的吃法点了两大堆竹签子。梅漫看到堆在面前的串，回过神来似的说："点这么多，吃不完啊。"

　　"以往每次你都像不要钱似的，从没嫌多过，这次也大快朵颐吧。"

　　李翰歌把一大把竹签放在咕嘟咕嘟煮得正欢的浓汤锅里，热气弥漫着鲜香直接钻入人的心里。

　　"来！"李翰歌把滴着辣汤的肉串、虾串、毛肚串放在梅漫的盘子里。

　　"毛肚有腥味，虾没挑线，羊肉太老。"此刻，就是八珍玉食，就是凤髓龙肝，梅漫也是食之无味的。

　　"暴殄天物啊。这么好吃的东西。吃饱了再说，啊！"李翰歌看了一眼梅漫，左右开弓，进入撸串战斗。

　　吃过饭，李翰歌把梅漫拽到了咖啡店。

　　"来，安安静静地说。"李翰歌坐在咖啡店的角落里，看着梅漫的脸。他在等待，等待梅漫跟他说心事。

　　说什么呢？说自己失财，又喝多了酒失了身。想起这些，梅漫死的心都有，眼泪在眼睛里打转。她好想趴在李翰歌的肩上痛痛快快地哭，可是，她连看李翰歌的勇气都没有，眼睛根本不敢对接李翰歌的目光。

　　"是不是投资上当了，亏了钱?"李翰歌认为只有这件事才能让梅漫伤心难过得吃不下东西，否则，没有可以打倒梅漫的东西。女孩子，尤其像梅漫这样的女孩子，喜欢买东西导致爱财，爱美导致虚荣。但年轻人爱财、爱美都不是错误。

"都没有了，我也不知道怎么向父母说，他们承受不了损失那么多钱的打击。"梅漫哭了起来。

"是呀，这种消息不要跟他们说。他们知道了反而添心病。"

李翰歌看了一眼梅漫。梅漫眼窝深陷，脸色很难看，精神状态也非常不好。钱，打败了梅漫。

李翰歌很心疼梅漫，他不想让梅漫这么痛苦，不愿意看到梅漫这个样子。他要那个活泼开朗、无拘无束、率真直爽的梅漫重新回到自己身旁。

"钱不是生活的全部。"李翰歌也搜肠刮肚，找了一句真理名言为梅漫宽心，"你就为那个几十万活吗？有什么大不了的，我们还年轻呢。为了不让我们梅漫痛苦，我砸锅卖铁也要给你补上这笔钱。"李翰歌拍了拍梅漫的肩膀，算是安慰和许诺。

看到梅漫这样的精神状态，他很心疼。他知道，劝说、安慰都是徒劳。要让梅漫迈过这个坎，补上这笔钱是不二选择。李翰歌决定找父母商量，从不开口跟父母要钱的李翰歌这一次要打破戒律。他很鄙夷啃老族，也很自律和节俭，但是，为了梅漫，他别无选择。

李翰歌的许诺，并没有抚平梅漫的伤感。她知道，李翰歌的父母也是工薪阶层，很勤俭，积蓄都是他们省吃俭用得来的，自己拿人家的钱于心何忍呢，良心上是过不去的。让良心不安的还有自己的失身，一个女孩子，这样轻而易举就把身体给了别人，别说什么神圣感、仪式感，连起码的爱都没有。想起这些，梅漫心里就像堵着一块沉重的铅石，眼睛即刻湿湿的。自己根本不配拿这个钱，不配做李翰歌的女朋友。想到这些，梅漫的心情更差了。丢失了最珍贵的，拿什么给最爱的他？

看到梅漫的情绪并没有因为自己答应出钱而改变，李翰歌知道，梅漫心疼那笔钱，这个心结恐怕很难有好的办法打开，只能等待时间将它慢慢消磨掉。不是说时间是最好的良药，会慢慢抚平伤痛吗？他哪里知道，梅漫除了钱的问题，还有一个更大的心结呢。

梅漫麻木而机械地拿起杯子喝了一口咖啡，不经意间，视野里好像闯进了什么。她猛然侧头一看，夏南和那个空姐正在喝咖啡吃甜点。高挑空姐把咬了一口的蛋糕塞进夏南嘴里，夏南的手摸着空姐的脸。

"夏南，你约我从美国哥伦比亚大学回来相亲的表妹在香格里拉见面，订好位子了吗？"

梅漫站在夏南身边说这话的时候，夏南都惊呆了，放在空姐脸上的手像抹了粘胶，根本不知道拿下来。

空姐一把拽下了夏南的手，拉着脸说："什么相亲，什么表妹，你给我说清楚。"

夏南哎了一声，一拍大腿，指着梅漫，结结巴巴着急得说不出来话。梅漫早带着李翰歌走出了咖啡厅。

第 60 章

与梅漫分开以后，李翰歌没有回单位，他直接去了父母家。老爸去物流公司了，只有妈妈一个人在家。

"我有重要的事，老爸还不在家，这可怎么办？"李翰歌遗憾地拧着眉头，打开冰箱就扬头灌冰水。为了让梅漫早点开心，办事沉稳的李翰歌已经迫不及待了。看到李翰歌如此急切，李翰歌的妈妈当然心疼儿子。她先夺下凉胃的冰水，然后双眼慈爱、满目关切地盯着儿子的脸。这几乎是所有老妈看儿子的表情和眼神。

"您也做不了主，再说，要经过我爸点头同意啊。"李翰歌对妈妈说。

"无头无尾的话，你也太低估你妈的家庭地位了。"李翰歌的妈妈不赞成地说，仿佛没有什么事她解决不了。当然了，儿子的事对于妈妈来讲就是天大的事。

"怎么说呢。"李翰歌用双手搓了一下脸，似乎有些为难，不好开口。

看到李翰歌犹犹豫豫的，张嘴这么费劲，李翰歌的妈妈说："不用东拉西扯说一大堆理由，云山雾罩地摆八卦，直接说什么事。"

"需要五十万元，这个必须跟我爸商量一下。"李翰歌是咬着牙、狠下心说的。

"不用跟他商量。"李翰歌的妈妈非常痛快，办事风格完全是快刀切萝卜，干干脆脆。关键是，她完全不像某些妈妈一样对孩子一万个不放心，一万个絮叨，一万个刨根问底，而是一万个信任，一万个放手，一万个理解。这样的妈妈必须用大桃心狂点赞。

握着银行卡的李翰歌此时只想见到梅漫，把自己真诚的心交给她。有时候，钱不是万能的，可是李翰歌给予梅漫的这个钱，确实是他那颗真挚的爱心。

仿佛昔日小鹿般欢快的梅漫又回到了身旁。心情大好的李翰歌准备走出家门，他不想给梅漫打电话，他要把存着五十万元的银行卡直接塞到梅漫手里，给她彻彻底底的惊喜。突然，李翰歌的手机响了，是老爸物流公司的办公室主任打来的。

"喂！翰歌，你赶快到朝阳医院，你父亲在公司突然晕倒了，我们把他送到医院来了，正在急诊室抢救。"

"什么?!"这个消息让李翰歌顿时惊呆了。他放下电话，带着妈妈直奔朝阳医院。

与李翰歌从酒吧出来后，梅漫无精打采地回到了自己的住处，她没有回父母家。此刻，她太需要一个人安安静静地待会了。这样的心情，这样的精神状态，这样的神情，怎么见父母呢？她没有勇气看父母的眼睛，就像没有勇气看李翰歌的眼睛一样。

梅漫踢开门，扔下包，一头扎在床上。

"啊——"梅漫歇斯底里地狂啸了一声，开始大哭起来。不用伪装，不用矜持，一切恢复了本来面目。想到损失的钱，她狠狠地攒起拳头砸了一下床。怎么向父母交代，她不知道。懊恼像海水一样淹没了她的全部思维，占据了整个心灵。这个懊恼还没有放下，与夏南躺在宾馆的一幕又占据了整个郁闷的心。面对李翰歌她羞愧难当，根本抬不起头。梅漫狠狠地咬着自己的手指，此刻根本不知道疼。

"我该怎么办？我该怎么办？"梅漫一遍遍地问自己。绝望、不堪和痛苦鞭打着她的心。伴随着羞辱与不堪，夏南和空姐在酒吧的身影突然跳到梅漫的眼前。夏南结结巴巴的话在梅漫脑海里盘旋："不赚他几百万决不罢休。"梅漫渐渐停止了哭泣，她的眼神直勾勾的，陷入某种思维里，似乎在做着某种决定。

李翰歌和母亲赶到医院的时候，父亲仍在抢救中。父亲脑梗中风，已经及时进行了溶栓处理，没有生命危险，但能不能完全康复就很难说了，医生说，一辈子坐在轮椅上也许是最好的结果了。忙完父亲的事，等父亲病情平稳以后，李翰歌才有时间和精力顾及梅漫。当然，这已经是很多天以后的事了。

当李翰歌急匆匆给梅漫打电话说要把银行卡送给她的时候，却没有打通，梅漫没有接电话。李翰歌发了微信消息，约梅漫下班后六点钟在他单位附近的麦当劳见面。然而，李翰歌没有收到梅漫的回信，他在麦当劳等到了六点半，也没有见到梅漫的影子。

在医院忙了几天，没有告诉梅漫，这几天也没有联系梅漫，难道她生气了？李翰歌疑惑而焦急地再次拿起手机。然而，电话里仍然没有梅漫的声音。

这丫头，怎么失踪了？李翰歌在心里嘀咕了一句。他知道，解决梅漫的心结是当务之急。

第 61 章

梅漫停止了哭泣，她要复仇，不能让夏南逍遥自在地与空姐甜腻。凭什么自己做他的牺牲品？一夜情就这样悄无声息地成为昨天的事了？虽然，这是自己喝多了，不知情做下的错事，但是，错不是她一个人酿成的，夏南有不可推卸的责任。

梅漫给夏南打了一个电话，夏南居然没有接，梅漫不甘心地又打了一遍，他还是没有接。梅漫气得把手机丢在床上。过了一会儿，夏南打来电话了，问梅漫有什么事，说他正和朋友在一起，不方便，如果找他有事，周末晚上在燕莎萨拉伯尔餐厅请她吃饭。

李翰歌给梅漫打电话的时候，梅漫正跟夏南在餐厅吃饭。夏南还带着几个朋友，其中包括空姐，这是明显不让梅漫说什么，梅漫气得险些扭头就走，难道她仅仅为了一顿饭才来吗？席间，夏南对梅漫表现得大方自然，用梅漫的眼光和心理来度量，这混蛋怎么跟什么事都没发生过似的。"哼，白白占我便宜了。"梅漫的心里含着怨恨，眼神里都是带着凉意的小寒风，阴森森的带着暗箭，恨不得把夏南的脑袋扎成刺猬才解气。

回到家以后，满脑子懊恼的梅漫忘了回李翰歌电话。这几天，学校金帆艺术团要去德国不来梅参加国际艺术节会演。校长特意找梅漫谈话，大意是学校很重视这次汇演，期望通过这次演出，提高学校的知名度，斩获奖项。梅漫心想，领导们平时注重的是数理化，从什么时候起舞蹈得到重视了？这是让他们务必捧回奖杯的指示啊。听懂了领导的意思，梅漫心里就开始紧张，在以这个职业为饭碗的时候，领导的话就是圣旨啊。从校长室回去以后，梅漫绞尽脑汁地完善每个舞蹈动作和舞蹈细节，就连小丫头们的头饰、脚铃铛都要达到最完美的地步。回家途中，梅漫看到一家茶楼橱窗里的杭州丝扇白色的扇面上绣着一朵朵飘落的孔雀蓝花瓣，非常有味道。对，就让姑娘们每人手里拿一把丝扇，谢幕时排队给评委一人一把丝扇。丝扇是中国文化元素，他们一定喜欢。梅漫讨了一个巧，当然，评委不会因为一把丝扇就被贿赂，关键要看真品质、真水平。

这几天，梅漫完全沉浸在学校舞蹈队的排练中。忙完了排练，梅漫推着超大行李箱带着孩子们直奔机场。在机场，她给李翰歌发了一条微信消息："国外演出、交流，两周后回。"

等梅漫从不来梅回来，李翰歌父亲的病情基本平稳，坐在轮椅上的他开始了漫长的康复训练。李翰歌则去国外出差、调研，与梅漫阴差阳错一直没有见上面。李翰歌手里的银行卡都攥热了，他几次都想打电话跟梅漫说清楚，告诉她不要伤心难过，有他在，一切问题都会迎刃而解，但他还是忍住了。一定要给梅漫一个惊喜，跟她见面说，他愿意看到梅漫举着卡跳起来的欣喜样子。

两周后，梅漫从不来梅凯旋，孩子们获得了银奖。夏采薇听说以后，邀请了李荷花一起为梅漫祝贺。

夏采薇问梅漫想吃什么。梅漫摇晃着胳膊说："不要吃牛排什么的西餐，我要吃火锅、麻辣火锅。"

梅漫特意重复了两句火锅，这得多想吃、多么馋火锅才会这样心心念念啊。

"没问题！"夏采薇心想，这一定是被不来梅的半生牛排、大发面面包、生甘蓝吃顶了胃。

"去哪儿啊，到底请我去哪撮啊！"梅漫迫不及待地问夏采薇。

"当然去现在特别火的簋街喜涮涮！"

"又排队啊！"梅漫抬头看了一眼饭店门口纵横交错的红灯笼。

排队才能代表餐厅的火爆，吃客才会有足够的耐心等待。坐到餐厅座位上的时候，李荷花歪着身子靠着梅漫开玩笑地说："再过十分钟就饿晕了，为了吃这顿饭，我今早就吃了一个鸡蛋，一直靠灌水解饿的。"

"我喝了一碗稀得能数米粒的粥，前后胸已经贴一起了。"梅漫捂着前胸。此时，她完全把苦恼和难过丢在了脑后。

三个人找好座位，梅漫一看这个自助餐，太合口味了，麻辣鸳鸯火锅咕嘟咕嘟地翻着馋人的香浪，红油打着滚，火锅旁边的烧烤架在炭火上加足了劲翻转。三个人迫不及待地冲进了食品区。

羊肉片、大虾、肥牛、鱼片、虾滑、肉串、虾串、羊腰、牛筋、鱿鱼、三文鱼……该烤的烤，该涮的涮，其他水果、甜点、熟菜、冰激凌等一概顾不得拿。前十分钟基本谁都没说话，因为嘴里填满了东西。

吃得差不多了，三个人才有精力观察周围的人。旁边桌子上是一家外国人。两个金发碧眼的女儿，其中一个珠圆玉润，膘肥体壮，完全遗传了对面高大、健壮、肥硕的父亲的基因。父亲旁边是一位华人女孩，很年轻，从与那个男人的言谈举止看像是他的女朋友。他们也欢天喜地地吃着火锅和烧烤。只是，外国人可能对中国的饮食不了解，三个老外上来就端着盘子猛吃糯米蒸饺。刚才夏采薇拿了一个，吃了一口就扔了，说没吃过这么难吃的饺子。李荷花说谁吃自助餐吃饺子啊，傻啊，必须吃虾、羊肉、三文鱼、八喜才能回本。梅漫说人家老外天天吃龙虾、牛排，缺的就是这口厚皮糯米大饺子。三个人一起笑了。

每次，几个人一起吃自助餐，进行到这个时候，夏采薇就开始挑三拣四了，什么羊腰子太腻，虾串太煳，火锅太辣。她把羊腰子咬了一口就扔在旁边。梅漫捡起来就放在夏采薇的盘子里。

"不准浪费。粒粒皆辛苦，小时候没背过诗，没舔过碗里的米粒呀。"

梅漫在李翰歌的影响下，吃饭时特别节俭，从不浪费。李翰歌曾对梅漫说，偏远地区的孩子有的根本吃不上午饭，你这扔着食品，扔得心安理得吗？不管从社会的角度、生命的角度看，还是从佛家的角度看，浪费都是一种不耻、亵渎和罪过。梅漫不想心存忏悔。所以，自从李翰歌跟她说过以后，在餐厅、学校食堂她基本不剩饭了，而且，她特别看不惯吃自助餐剩一大堆，在食堂倒半盘子饭的人。

"我哥给女朋友花钱才叫浪费呢，同款不同色的裙子，不同品牌的鞋和包，还有各种花色的围巾。"夏采薇掰着手指头数了起来。

提起夏南，梅漫一口羊肉堵在嗓子眼，自助餐结束曲的八喜冰激凌都咽不下了。搞得夏采薇和李荷花看着梅漫的肚子说："看来羊肉真吃多了！"

第 62 章

不能入眠，绝对不是因为吃多了。梅漫起床靠在床上发呆。近百万元就这样没了，悄无声息的，一点声响都没有。她把手捂在心口上，像有老鼠在啃食她的心。

他可以给女朋友买买买，李翰歌没有这样的能力，况且——梅漫的心里像压着让孙猴子不能动身的石头，太沉重了。不能这样任凭命运摆布，任何事都要自己争取。梅漫脑子里出现的都是这样的想法，今晚，夏采薇的话让她受了刺激，她心里久久不能平静。

深夜，梅漫脑子里乱哄哄的：一会儿是李翰歌跟她大吵一架后转身离开，她哭喊着去追也没有使他回头，他咆哮着说不会原谅自己；一会儿是顾蕙兰指着梅漫的鼻子让她还家里的钱，梅欣也横眉冷对让她还钱，梅漫跑到梅抒颐那里哭诉，爸爸一脸嫌弃和冷漠地走开了。梅漫泪流满面。

是的，她不能再这样煎熬下去，再有五秒她就要疯了。她趴在床上号啕大哭起来。自我折磨也很可怕，可是谁能救赎她呢？自救不仅需要时间，还需要运气和勇气，这份勇气也许是一股邪气。

梅漫忍不住给夏南打了一个电话，可是，夏南没有接。梅漫放下电话，险些气疯了。

几年前，夏南的家从和平里舒服的楼房小区搬到了西祀胡同的四合院住宅。在大家渴望住楼房的时候，他们住在楼房。在大家几乎都住上了楼房的时候，他们却偏偏搬到了四合院里的平房。这个四合院跟梅漫小时候家里的四合院有些相像，高大宽敞，回廊雕梁画栋，只是院子没有梅漫家的大，标准配置，一家一排大房子一个小院。这一片住的都是一样的人物。

夏南把车停好，今天回家吃早饭，他最喜欢吃家里阿姨做的豆腐脑，特意打电话跟阿姨说了。

夏南沿着几棵歪斜斑驳的老树向胡同里走，迎面正碰到后院的老领导的遗孀举个不锈钢盆去买早点。她戴着厚边眼镜，挂着一个黑油木拐棍，头上顶着一个土灰色帽子，走路慢吞吞的。她一个人过，跟谁都合不来，保姆来一个骂走一个。

夏采薇说要跟妈去海南养病，夏南回家看看老爸。

"老三回来了。"遗孀看了一眼夏南说。

夏南环顾四周，没看见夏采薇，不是自己排行老二夏采薇排行老三吗？家里从没这么叫过小名，这神老太太，管所有家孩子都叫老大、老二、老三。再说老太太啥眼神，眼睛不行脑子也不行，还男女不分。他清楚地记得老太太叫夏采薇老三。

被糊涂老太太喊成老三，夏南心里不太爽，幸亏身边没有女朋友，不然这个老三与他的身份多么不相称。夏南耷拉着眼睛不乐意地嗯了一声。谁愿意被这么叫啊，什么名啊，土鳖似的。

"我跟你说。"老太太疾走几步拐到夏南面前，要跟他续一段胡同评书，唠十块钱的嗑。夏南后仰着身子，这姿势充满了无奈和愁苦。

"怎么着，奶奶？"

"上次，咱们胡同垃圾桶着大火，惊得把尖叫的消防车都叫来了，咱们也提桶、端盆地浇水灭火。你猜，这火是怎么引起的？"

天哪，这老太太整什么谜语呀，还是这么无聊的。看着老太太一脸兴奋、得意、神秘的样子，夏南的嘴险些气歪了。

这哪猜得到啊，这个老太太简直是闲得没事。

夏南笑了笑，眼睛看着地。

"就是李领导他小儿子，弹个烟头。你可不能到处乱弹烟头，听到没，老三？咱们这片都是古建筑。"

夏南举着一半的烟刚要放嘴里吸，听到老太太的话，扔到地上就是一脚。

"捡起来，扔垃圾桶，养成好习惯，领导子女更要自律。"

夏南气得险些跟老太太翻脸。撅着屁股捡烟头，那是他夏南吗？

一进胡同就撞霉运，夏南懊恼地向自家宽敞的大红门走去。

院子里娇黄的米兰开了，一股股地翻着香浪。绛红色的圆柱子旁边不知是家里阿姨养的什么花，红的、粉的，一排俗不可耐，夏南从没有拿正眼看过这些花草。

一推门，老妈胡娜怎么在家？她穿一身杏粉色苏绣丝绸睡衣，正在回廊里慢悠悠地伸展八段锦，随着音乐的起伏、辗转、腾挪，有招有势。不是跟夏采薇去海南度假了吗，怎么在这儿练上八段锦了？夏南不禁想。

"没、没、没去海南？"夏南看到老妈没走，一脸诧异，结巴更严重了。

"你妹妹突然要去厦门出差，去海南只能取消了，而且他们说现在海南有点热，不是最好的旅游季节。"

夏南的老爸吃完了早点，看看手表，八点半司机才来接，还要等一会儿。老爷子穿戴整齐，正看早间新闻。藏蓝西装、白衬衫、红领带，标准的工作服。

"爸！"

夏南毕恭毕敬，虽说是父子，血脉相通，但他也要表现出对长者的恭敬。老爸的眼睛从来都是从上往下看，这是多年来习惯了的一种眼神。

老爷子嗯了一声，看了一眼夏南，刚要开口说什么，却打了一个饱嗝，可能是豆腐脑、鸡汤馄饨吃多了。在外威风的爸在家也是人，跟普通人无异，该打嗝打嗝，该剔牙剔牙。

夏南看老头子的意思，又要弹老弦，唱老调，吐纳把耳朵磨出茧子的话。训斥，讲道理，说不要干这个，不要干那个。想到这里，夏南吃豆腐脑的心情都快没有了。

"你也老大不小的了，该结婚结婚，不要搞什么同居之类的伤风败俗之事。"

夏以鸿正在看电视里扫黄打非的新闻，夏南瞥了一眼电视，心里明白老爸由电视想到了自己。什么坏事都联想到自己，这是他的"一以贯之"。新闻里若有个小偷，他会说，夏南你可不要贪财；有人跳天桥，他会说，夏南人凡事要想开。

夏南不等老爸的话说完，三步并两步蹿入了厨房，吃他心心念念的豆腐脑比什么都实在。厨房里一股鲜香，肉香夹杂着淡淡的甜香很是诱人。阿姨正在火上给胡娜炖红枣燕窝，抬头看到了夏南，拿起青瓷碗就给夏南盛了一碗燕窝。

"放了一点点黄冰糖，不太甜，空腹吃最好。"

夏南爽气地向阿姨竖起了大拇指。他端过碗，还没坐下就张开嘴倒了一勺。红枣燕窝还没下咽呢，大门口就传来老遗孀的惊叫，吓得夏南嘴里的燕窝顺着嗓子滑下去了，幸亏燕窝比较滑溜才没有噎着。这口燕窝吃得真是不爽。

夏南放下碗，心想，又是哪个垃圾桶着火了？跑我们家门口嚷什么？夏南对老遗孀摆出了嫌弃脸。

第 63 章

游廊上，胡娜正闭着眼睛伸展八段锦，双手托天利三焦，左右开弓如射雕，天没有托稳，雕也没有射到，门口却撞进来老遗孀。她帽子歪斜，手里买早点的盆丁零当啷响成一片。胡娜的手指着门口，指着她，雕像般呆住了。

"了不得了，了不得了。"老遗孀除了说这两句话就是摆手、摇头。她的惊叫把夏以鸿、夏南和阿姨全部从屋里引了出来。敲完锣引来了观众，这位演员不开口了。她不往下说了。

"怎、怎、怎么了!"

夏南拧着眉，侧着脸，眼睛掠过老遗孀的夸张表情，盯着她身后的红门。

"怎么回事啊，大姐?"夏以鸿语调平和，不温不火。

"你、你们家门口，有个痛哭流涕的姑娘，举着这么大的酒瓶子往嘴里灌，还拿了这么长一把刀要割腕自杀，说她怀了夏南的孩子，不能和夏南结婚，没脸活了。"老遗孀胳膊夹着不锈钢盆，两只手一比画，酒瓶子比柱子还粗，刀比剑还长，"不得了，要出人命，两条，我夺不下她的刀和酒瓶子。"

听说怀了夏南的孩子，夏以鸿、胡娜和阿姨同时惊叫着张着嘴看着夏南。夏南也惊叫着不知道看谁好。这消息跟原子弹爆炸似的，夏南都被炸伤了。关键是他还不知道是自己的哪位女友在作怪。他脑子里迅速演电影，一个个排除：长发柔柔，没跟她睡过；短发茵茵，没跟她睡过；秋子，睡过，但她是自愿的。夏南还在心里翻腾几个女朋友，没有整清楚、弄明白呢，夏以鸿就大声对夏南说："都是你干的好事。"夏以鸿联想到了刚刚看到的新闻，仿佛跟在警察屁股后面，用衣服遮着脸准备上警车的扫黄战果中，就有面前这个兔崽子。

"赶紧去夺刀。"胡娜急得跺着脚，冲发愣的夏南说。

"不少邻居都看见了，张秘书长钻进小汽车前让我赶紧报警，说担心出人命。"老遗孀还嫌风浪不大，继续推波助澜，继续在大家的心田上狂撒暴风雨。

夏南冲出大门，阿姨紧跟其后。看着夏南的背影，胡娜看了一眼夏以鸿。被邻居们看见影响很坏，这是最关键的。这不是丢夏南的脸，这是丢夏以鸿的脸啊。

"一会儿秘书、司机来了更麻烦了。"夏以鸿说。

"他们知道了无所谓。"胡娜一脸懊恼，冲门口的夏南喊，"把她带家里来。你去门口等司机。"

胡娜对夏以鸿说，看来她愿意把消息封锁在最小范围内。做好安排，她踏着软底皮拖进了客厅。至于老遗孀，非官、无权，她早就应该去早餐店端她的炒肝、油条、豆腐脑了。

夏南出门一看，险些没气晕，这姑娘来凑什么热闹哦，他什么时候也没有把她当成女朋友啊。那天在旅馆被她连踹带踢，到现在还心有余悸呢，简直就是韩国的野蛮女友。

这位拿刀灌酒的侠女是谁呢？就是梅漫。梅漫失眠，思想斗争了一晚上，越想越气不过。关键是，大姨妈好像一直没有来。她觉得自己既窝囊又无路可走，不想面对李翰歌的她无奈之中选择了如此下策。这也与夏采薇那天吃饭时提起夏南给他女朋友花钱如水的刺激有关。多重因素的作用，让梅漫的思维和情绪发生了质变，完全不管不顾地让人设崩塌。

没有酒她鼓足不了勇气。她在麻痹中完成了鲁莽的冲撞。

"疯、疯了你。"夏南夺下梅漫右手的刀，阿姨夺下左手的酒瓶。梅漫的长发乱蓬蓬的，像被六级大风东南西北地吹了一遍，几缕头发粘在右侧嘴角，她眼泪扑簌簌地顺着脸颊往下掉，泣不成声，根本站立不稳。阿姨和夏南连搀带扶，把她弄进了房间。

胡娜坐在硬木雕花椅子上，对面沙发上坐着梅漫，夏南和阿姨一左一右围坐在梅漫身边。

"你们两个先出去。"

第 64 章

胡娜把夏南和阿姨打发走了。她要单独与面前这个大胆要挟人的女孩谈一谈。

出此下策，威逼夏南，威慑父母及家庭，采取如此恶劣的手段逼婚，这样的女孩子胡娜怎么可能不鄙视。

胡娜把向下看的眼光努力调整得平和、温柔、怜爱、关切。

"姑娘，你吓坏我了。现在没什么不舒服的吧?"胡娜的眼神里充满真切。

"这个不争气的东西，我们早就催促他结婚，就是不着急。这样也好，我们的话他听不进，他早该收心了。"胡娜看着梅漫的表情说。

梅漫闭着的眼睛里滚出了泪水。她也不知道为什么会这样做，她没有更好的办法解决自己的痛苦和困惑，亦不甘心被生活这样对待。

"一会儿，我再跟他谈谈，你们两个也好好谈谈，问问他的心思。婚姻不是争来的，绑架的婚姻不会幸福。但是，你放心，只要有一线希望，我就劝说他。你有什么条件和要求尽管提。"

胡娜知道，有些姑娘不一定以婚姻为目的，而是以金钱、权利、地位等为目标。即便这个女孩要婚姻，她也不会痛痛快快地答应，除非夏南想娶她。

"你先好好休息，跟在自己家里一样，我让阿姨来照顾你，喝碗燕窝。"

胡娜走出房间，去找夏南算账。

"这个真、真不怨我，我女朋友是个空姐。"夏南对进来的胡娜说。他看到了胡娜脸上的阴郁，他其实更怕胡娜，面对夏以鸿好像还好些。

"主要是影响不好，你住的是什么地方啊，都有些什么邻居啊。你爸的脸面还要呢。你什么意思，娶了她还是有别的想法？"胡娜想问清夏南的想法。依照她的想法，这样的女孩怎么可能进她家的门。

"我、我也不知道。万一空姐也这样怎么办、办？我不能娶两个啊。"

"废话，空姐也怀孕了？"胡娜肺都气炸了。

"没、没、没。"夏南一个劲地摆手。

"那不结了，不怀孕怎么都好说，怀了孕就麻烦。"

一听说怀孕麻烦，夏南吓得赶紧说"我娶、我娶"。也不知这个"我娶"是不是言由心生。

"你找那个姑娘商量商量，万一她只想要钱呢，问清了想法再做决定。"

夏南走到梅漫身边。他从来没有把她当过女朋友。糊里糊涂的，自己的婚姻可能就会以这样的方式开始了。

"你想结婚，还、还是想要干什么？"

夏南把钱字咽回去了，他想起了梅漫扇他耳光、踹他的样子，身上不自觉地隐隐发痛。

"你说呢？"梅漫坐在沙发上，见了夏南就压不住火地想踢他一脚，暴力倾向抑制不住，"怀孕了，你说怎么办？我还能嫁给谁？"梅漫只是觉得窝了一口气，这是赌气、窝心的冲动，也是对夏南轻视她的反击。

"你可以打胎啊。"夏南在心里想，但没敢说出来。

"你来、来是找我结婚的吗？"夏南问梅漫。

"你说呢？"

"我、我不知道你的想法和决定。"

"当然是结婚。"

"除、除了结婚还有别的办法吗？"

"当然没有。"梅漫要把夏南逼上绝路，因为她已经没有了路。

回到家，梅漫洗了个澡，她在浴室里号啕大哭。这个选择她不知道是怎么做的，是不是盲目的，她想静下心来好好想一想。

后来，夏采薇给梅漫打来电话，问梅漫身体怎么样，她说这个结果让她很高兴，说她本来就非常讨厌那个什么长脸空姐。夏采薇说，只是觉得她哥没啥本事和能力，配不上梅漫。这句话让梅漫心里有些不爽。

第 65 章

李翰歌出差回来后，听说戴维要回国，李想可能替代戴维，他便没有在北京停留，赶紧奔赴西北，因为他怕戴维回国后，两人再也见不到面了。

他跟着戴维和李想深入到距离湟源更远的德令哈的玛曲，这个地方在柴达木盆地北侧，干旱少雨，寒冷缺氧。戴维把湟源校区建好以后，又选择了更偏远、条件更恶劣的玛曲作为他的工作地点。

"大哥，这儿的环境真不如湟源。湟源好歹有个集镇呢，能买点羊肉和青菜，夏天，山上能开点狼毒花什么的，这儿，海拔太高了。"李翰歌揉着脑袋，缺氧导致的头疼让他不太适应。

李翰歌和李想裹紧了大衣，高原就是寒冷。

"姐姐，今夜我在德令哈，夜色笼罩 // 姐姐，我今夜只有戈壁 // 草原尽头我两手空空 // 悲痛时握不住一颗泪滴……今夜，我只有美丽的戈壁空空 // 姐姐，今夜我不关心人类，我只想你。"李翰歌也悲情一把，在德令哈触景生情，背了一首海子的诗。他想梅漫了，从来没有这么长时间见不到梅漫。他拍了沿途的照片，给梅漫发了微信消息，但是梅漫没有回信。也许正在上课或者上瑜伽课。李翰歌并没有当回事。

听完李翰歌的诗，戴维鼓起了掌。"太悲情了，我不喜欢。"

"不喜欢你鼓什么掌啊。"李翰歌冲戴维翻了一个白眼。

"因为我看到了你眼睛里的泪光，看到了你的真情。"

李翰歌垂下了眼睛，也许他是不自觉的，真挚的感情挡不住。不知不觉、自自然然加在言行举止中，这个装不来虚情假意。

"悲痛时握不住一颗泪滴。尤其是这句。这个人太痛苦了，我觉得很快乐，我的生活从来都是快乐的。"戴维在铺床，薄薄的棉被铺在木板床上，高原的黑夜会让他"半夜凉初透"的。

"我一会儿给你们煮方便面吃，今天先将就好了。我先给你们煮那种像奶油汤的玉米糊糊，热热的，喝下去很暖和。"戴维对李翰歌和李想说。

"能把玉米面粥喝出奶油汤的味道，戴维大哥，我佩服你。"李翰歌向戴维笑了笑，下地准备用酒精炉煮方便面。

"咚咚咚。"有人敲门。李翰歌向门口走去。

"谁呀？"

"鹅耶（我呀）。"

"老乡啊。"

李翰歌打开了门，是一名由于在高原常年缺氧而脸庞极黑的驻村干部和一名脸庞更黑、嘴唇乌紫的家长。两个人一人手里端个盆，还有一个长着高原红脸蛋的孩子手里提个暖瓶。

"刚出锅的指甲羊肉尕面片、牦牛肉，新煮的酥油茶。"

驻村干部掀开盆盖，热气腾腾的锅里即刻就飘出了香味。李翰歌、李想和戴维一人盛了一碗，他们和戴维都是第一次吃这种地方美食。指甲大小的面片下面是滑滑的土豆粉，肥瘦相间的鲜嫩羊肉，红辣子，绿香菜，酸溜溜的好像还放了醋。

"太好吃了。"李翰歌、李想和戴维同时伸出了大拇指。

"吃点牦牛肉。"驻村干部从腰间亮出了亮晃晃的藏刀，拿起一块四方的红褐色肉块切了起来。李翰歌以前吃过牦牛肉，他听当地人讲牦牛被称为高原上的黑珍珠，肉质非常鲜美，而且特别有营养，肥肉部分呈淡黄色，这与普通牛肉是不同的。

"咬尺这哥才好嘞（要吃这个才好嘞），天的（甜的）。"老乡从兜里掏出一头蒜。李翰歌、李想和戴维都愣了一下。老乡说蒜是青海当地的一种特产，乐都紫皮大蒜。他热情地为李翰歌他们一人剥了一瓣，托在手里，手上的指甲镶着黑泥。

戴维拿起来就咬了一口。李翰歌也拿了过来，老乡太热情了，蒜必须吃，这是老乡的情谊，不能嫌弃。

吃过饭，大家坐下一起喝酥油茶，门口探头探脑的几个孩子向房间里张望着。戴维打开花铁罐从里面抓了一把巧克力给孩子们分了，这是他家人从美国寄来的巧克力，用以补充戴维高大身躯所需要的能量和营养。

"你们来得刚好，老师生孩子了，正缺老师。"驻村干部讲话还好，口音不浓。

"李想申请来艰苦缺老师的地方，他说他英文、体育、美术、音乐、数学都可以教。"李翰歌高兴地说，"我们会多派实习生、支教老师来这里。还有，百年树人教育基金会也会给学校拨一笔赞助款，给孩子们买体育用品，还可以午间加点营养餐。"

"这个赞助基金你可以做主？"戴维看着李翰歌，不太相信地问。

"当然可以。"李翰歌信誓旦旦地说。这个基金会是他建议老爸建的，但仅仅支援老家的学校怎么行，他让老爸不要狭隘。

戴维扬起眉毛，闭了闭嘴，表示不可思议。

明天戴维就要走了。驻村干部和老乡说要请他们吃狗浇尿和烤洋芋。这个狗浇尿把他们同时吓了一大跳。几个人忙摆手说不用麻烦大家，更不用破费。老乡诚恳地说狗浇尿就是一种家常面食，跟烙饼差不多。烤洋芋就是他们这里的特色烤土豆，都是自家种的土豆，不用花钱。李翰歌听后才放心地答应下来。

　　戴维的父母病了，他必须回国。原以为李想能替代他，可是李想高原反应特别严重，他后来只好重新回到了湟源另派他人。

第 66 章

回北京放下行李的李翰歌拿起手机就给梅漫打电话，梅漫没有接。李翰歌留了言让她直接去餐厅。

李翰歌洗完澡，迫不及待地到怀石料理等梅漫。这里的酱酱稠稠的牛肉汤浇米饭是梅漫喜欢的口味，还有栗子蛋羹、鬼马虾、玉子等。玉子其实就是嫩得可以吸出来的煮鸡蛋，梅漫极其爱吃，一次可以吃几个，完全不管数量了。日本料理价格不便宜，所以两个人不太舍得来这里。

坐在餐馆里，李翰歌又给梅漫打电话，催促她赶紧来。

接到李翰歌的第一次电话，梅漫看着来电，像手机着火似的，怎么也没有勇气拿起手机。听到李翰歌的留言，梅漫觉得必须要跟李翰歌见面，不仅因为很想见他，最主要的是要跟他好好谈谈。所以，她接到李翰歌的第二个电话后，收拾了一下就出来了，此刻她的脚步很急切。

见到梅漫的李翰歌一把抱住了她，不顾身旁食客异样的目光，这么久没见面，他实在很想她。打电话和发微信消息，梅漫都是简短地回信，或者说不了一会儿就挂断。况且，他去的偏远地区，信号确实很差，没有 Wi-Fi 是常态，4G 的效果当然也不会太好。

被李翰歌一抱，梅漫彻底失去控制，伤心欲绝地哭了起来。

李翰歌安慰地拍着梅漫的肩。梅漫越哭越伤心，这一抱，她发现自己最爱的人是李翰歌。可是，现在自己做的都是什么事啊，为了失去的几十万元，把自己的爱情贱卖了。

坐下后，梅漫还在不停地抽动双肩。李翰歌笑嘻嘻地哄着梅漫说："你看我是不是黑了，我今天对着镜子看自己，吓了一跳，在青海不觉得自己黑，因为周围的人几乎都比你黑，可是到了北京，自己就像小非洲了。"

李翰歌拿起一包包牛肉干、奶酪条、雪菊、黑枸杞。"这些都是你的。这是牦牛肉干，很好吃的。"李翰歌撕了一片放在梅漫嘴里，"别哭了，我不是回来了吗，一切困难都可以解决，相信我。"李翰歌为梅漫擦了擦眼泪。

"先好好吃顿饭，然后我给你讲讲戴维以及我在青海遇到的有趣事，一会儿我告诉你我在青海吃的美食叫什么名字，保证你笑得直不起腰来。"李翰歌伸手示意服务员点菜，"其实，我特别想吃川菜，记得上次吃的串串香很好吃，后来想起你一口吞掉玉子的贪婪样，还是决定来这里。"

听到李翰歌的话，看到身边堆放的青海特产，梅漫又流下了泪水。

"你这是怎么了，多愁善感，成了琼瑶小说里的女主了，这不是你的性格也不是你的风格。这样我可不喜欢。"李翰歌说完，开始向服务员点菜。

"这个，玉子来四个够吗？鬼马虾，还有这个、这个，再来点儿清酒。"李翰歌看到梅漫爱吃的菜，恨不得都点了，至于是不是自己爱吃的根本不在意，他把自己完全忘了。

"不要点太多，我吃不下。"梅漫摇头又抬起手来使劲摆，证实自己实在不想吃太多。

"我才看到，你脸色这么难看。"李翰歌看着梅漫的脸。

梅漫下意识地摸摸脸，不知道该怎样回答李翰歌，当然，她更不知道该怎样向李翰歌说明白她的决定和抉择。

李翰歌给梅漫和自己倒上了清酒，赶紧拿了一个滴着水珠的玉子剥开壳递给了梅漫。

"快，张嘴，不然流下来了。"李翰歌最喜欢看梅漫的吃相，不像有些女孩子那么做作和虚假，像木偶戏表演。她完全像饿了三天的女汉子。什么端庄文雅、仪态超卓，她才不会那样做。

梅漫嘴里含着食物，心里堵着事，根本食之无味，如同嚼蜡。两个人碰杯后，李翰歌一拍桌子，吓得梅漫闭了眼睛，以为他知道什么了。

"想起来了，这个是我从老牧民家里买的。"

李翰歌从贴身的兜里掏出一个穿线的老狼牙，给梅漫戴上了。他告诉梅漫，家里还有一块青海手工披肩，非常精美，但出来匆忙忘了拿。梅漫披上披肩站在寥廓碧绿的草原上，一定是像风一样清扬的女子。

怎么开口呀，梅漫简直想哭。

"怎么不说话？"李翰歌感觉梅漫跟往常不太一样，没有以前活泼可爱，也没有以前爽气。

梅漫的手机响了一下，她拿起看了一眼，是夏南发来的，告诉她，他已跟空姐分手，谈得还算顺利；夏采薇跟着来的，空姐哭着走了，但是答应了。看到这条微信消息，梅漫咬咬嘴唇，像是下什么决心似的。

"翰歌，你那么优秀，其实我觉得我根本配不上你。"

"你说什么呢，刚喝一口酒啊。"李翰歌笑呵呵地看着梅漫。

"咱们分手吧，你会娶到比我更优秀的女人。"梅漫觉得不必兜什么圈子了，直接拒绝也许会更好。

"你是不是嫌我穷啊，嫌我家里不是富二代啊，嫌弃我没有房子、豪车？现在有些女孩子很看重这些。"李翰歌仍然在开玩笑，他忖度不到梅漫说分手的理由，而且他觉得梅漫也是在开玩笑，可能嫌弃自己走的时间太长了。而且，他一直认为梅漫是个不物质、不庸俗的女孩子，非常难能可贵，从他假意骗梅漫说自己家在西北农村时梅漫的态度中，他就感受到了。

"下次我不会再走那么长时间了，即使走那么长时间，也让你跟着我。"李翰歌给梅漫夹了一个鬼马虾。"趁热吃。"李翰歌对梅漫说。

"是的，现在哪个女孩子不物质，我想要名牌包包和首饰，你能给我吗？"

"我不能给你，但是我可以给你这些以外的，精神的快乐。"

"精神是一时的，不能当饭吃。我要结婚了，嫁给夏南，他能给我想要的一切，最主要的是有钱。"梅漫说这些话时没有一点底气，她现在的爱情里只有金钱，什么大学校园里飘荡的笛声，什么阳光下的白衬衫，什么热闹的篮球场，统统飘散在遥远的记忆里。那是幼稚的可笑、无知的懵懂和青春的冲动。

"你告诉我是真的吗，你真的要嫁给金钱而不是爱情？我知道夏南家庭条件好。你告诉我，是不是因为你上次投资亏了钱，心里不甘，用这种方式填补心里的缺失？"

"不是。"梅漫否认。有一点点，但不都是，梅漫没有勇气承认那个一点点给自己带来的整个人格的崩塌。

"你没有勇气承认是不是？因为这笔钱，你不敢跟父母交代，因为这笔钱，你心里总有失衡，需要填补上，我知道你。"李翰歌扬头喝干了杯子里的清酒。那个青春洋溢、大大咧咧的梅漫变了，他必须让她重新回到从前那个样子。"如果这笔钱我给你，我们还可以继续吗？我知道，这笔钱对于你不是物质，是自信。"

"你不要再说了，我们两个绝对不可能了。"

"你是不是嫌我穷，嫌我们家的房子小，嫌我没有钱给你买名牌、买奢侈品？"

"是的，你说对了。"梅漫有意激怒李翰歌，说出了决然的话，她知道，这笔钱对于李翰歌整个家庭而言是一大笔财富，自己不能违心拿人家的财产满足自己的心理平衡。最主要的是，李翰歌能容忍自己跟夏南宾馆中的一夜吗？任何一个血性的汉子都不可能这样包容自己的女友。

李翰歌握着酒杯，不知道什么时候，酒杯已经裂了，是他用手捏裂的还是放下时力道过重断裂的，不得而知。李翰歌的手上淌着血，瓷杯锋利的裂痕深深刺进了他的肉里，他不感觉疼，此时最疼的是他那颗炙热的、破碎的心。

"没有想到，你也是这样的人。"李翰歌不相信梅漫能说出这样的话。当初自己骗她家是农村的，非常贫困，梅漫没有一点嫌弃，而是动情地说要帮助他一起支撑贫困的家。难道，他心爱的梅漫也变得这样物质和世俗了吗？纯美的爱情根本就不存在吗？

要把一切真相告诉她。李翰歌在心里恶狠狠地对自己说。仿佛这样，就可以重新挽回他与梅漫的感情，他心爱的梅漫就可以重新回到身边。

"你听我讲完再做决定好吗？我不是想用金钱把你留下，但是，我愿意把真相告诉你。"李翰歌望着低头的梅漫，他要用所有的一切搏击这份爱情。

第 67 章

李翰歌把那张攥热的银行卡放在桌子上，这是大约一个月前，他知道梅漫因为投资失败后跟妈妈要的，他一直憧憬着梅漫拿到这张卡时的欣喜和兴奋，可是今天根本没有出现这样的画面。

他告诉梅漫，父母虽然住在机关家属区，房子很小，但是，他的父亲在他很小的时候就下海经商，不仅在通县有一家占地几十亩的大规模印刷厂，还与多家出版社签订了合约，每年印刷厂的利润非常丰厚。后来随着企业的发展，父亲又抓紧机会在亦庄工业园区开办了物流仓储，涵盖凌冻、鲜果等多种仓储物流。机场路上那家集采摘、休闲、度假、生态农业于一体的生态度假村也有他家的股份。而且，他在美国名校学金融的表哥，正在香港运作资本上市。李翰歌告诉梅漫，跟她说这些并不是想显摆自己什么，他的父母和他对于金钱是淡薄的，一直都很节俭，在吃穿住用方面从不奢侈。他的衬衫都是几十块钱一件的，他对名牌和奢侈品没有太大的兴趣。这样的生活观念和习惯也许在有些人眼里无法理解，与社会显得格格不入。

听到这些令人遗憾的消息，梅漫哭得很伤心。

"父亲是从偏远的西北农村考上大学的，他一直惦念他的家乡，惦念那里的孩子和老人，所以才会从企业中拿出资金成立基金会，赞助那里的孩子和学校。现在父亲病了，我觉得他的勤俭观念也要改一改。"

"你为什么早不跟我说，为什么要向我隐瞒你的家世？"这个意外的消息让梅漫心都碎了，不是李翰歌家里有多少钱的问题，而是因为他们之间错失了的爱情。

"我没有刻意隐瞒，只是不想以这个为资本，我想让我们之间纯粹一点、干净一点。难道你希望我开着豪车，穿着名牌，被一群女孩子追逐，那样我不会找到你，也不会有我们这么多年的相依相守。"

梅漫无心再跟李翰歌吵了。"你欺骗了我，这就是对欺骗的惩罚。"

"这不叫欺骗，现在我把所有的秘密都告诉你了，我们重新开始。"李翰歌的嗓子都哑了，梅漫要离他而去，这个突然的打击他不能接受。

李翰歌把银行卡递给梅漫，梅漫没有接。是的，梅漫可以这样做，隐瞒一切肮脏、丑陋、不耻，离开夏南，悄悄去医院妇科门诊解决一切，就像什么也没有发生过，或者像做了一个噩梦，然后重新回到李翰歌身边。李翰歌不会知道一切，他们会和好如初，就像从前一样，然后她守着李翰歌家的资产，过上优越的生活。但是，梅漫不想这样做，良心让她不能这样做，不能这样对待李翰歌，不能这样蹂躏自己从学生时代延续下来的纯真爱情，不能亵渎李翰歌对她的真情厚意。

"我们再也回不到从前了。"

梅漫哭着跑了。

李翰歌呆呆地坐在那里，他不相信这一幕是真的，他更无法接受这个事实。他懊悔自己没有把家里的实情早一点告诉梅漫。告诉了又能怎样，难道就亵渎了什么？什么世俗、金钱、欲望，通通都是扯淡，什么也坏不过他失去最爱的梅漫。李翰歌一拳砸在桌子上，手上的血晕入一摊清酒中，画出了清晰的褐色血线。

第 68 章

梅漫不知道自己是怎么走回家的，走进自己的小窝，她好像什么力气也没有了，她扶着墙走进卧室，然后一下把自己摔到床上。已经没有了哭声，只剩下抽搐的身体和痛痛快快流淌的泪水。

这一个月，自己做的都是些什么事呀，完全是自作自受，作茧自缚。噩梦，这是一场噩梦，最痛苦的是自己要在这个可怕的梦境中开始新的生活。

手机响了，是李翰歌吗？梅漫从床上一跃而起，刹那间抓起手机。她的心里满满地装着李翰歌，她明明知道，她失去了拥有李翰歌的权利，这个权利还是她亲手放弃的。

电话是夏南打来的，这个电话其实让梅漫心里有一点失望，以后，自己要适应和面对这种失望了。

接电话前，梅漫特意狠狠擦掉眼泪，揉揉已经发红的鼻子，以免鼻音太重引起夏南怀疑。

"夏、夏采薇非说要我向你求婚，特意给订了一大束黄玫瑰，她、她说你喜欢这个颜色。好、好像有一百九十九朵，吉、吉利数字。我、我们在最高的地方，电、电视塔等你哦，快、快点来！"

"你已经到了？"梅漫着急地问。

"我、我在厕所呢，马、马上就到。"

蹲坑的时候打电话，能不能找个好的时间段，臭味恨不得顺着电话飞到了梅漫的面前，梅漫气鼓鼓地把手机扔在床上。

刚刚把手机扔了，手机就像受了委屈一样，即刻扭着身子呻吟起来。梅漫以为蹲坑的夏南又打来电话，拧着眉头无奈拿起手机。

是李翰歌，梅漫的眼睛里即刻浸满泪水。她愿意重新回到李翰歌身边，得到她的最爱，得到李翰歌的谅解，可是，她又不敢面对李翰歌，怕他的奚落和轻视。

梅漫没有接电话，她走进卫生间用冷水洗了脸，用冰凉的毛巾敷了敷双眼，简单化了妆走出了家门。迎面的风打来，梅漫的眼睛里即刻湿润了。她的手机振动了一下，李翰歌发来微信消息：不要这样对待我，我已痛不欲生。

看到微信消息，梅漫扶着路边的一棵法国梧桐失声痛哭。风吹乱了她的长发，硕大的树叶随风飘落，仿佛在陪着她一起伤心落泪。

擦干眼泪的她继续向前走，她要到电视塔上，迎接那个手拿玫瑰求婚的人。

梅漫一路都在哭，夏南看到泪流不止的梅漫，以为是他的求婚感动了梅漫，心里难免得意和高兴，嘴角轻轻翘起，一脸阳光灿烂。

梅漫看到抱着一大束黄玫瑰的夏南，穿了件香芋色的衬衣，身上不知喷了多少不招人待见的香水，看到夏南这副德行，梅漫恨不得把玫瑰甩在他脸上。

李翰歌即使穿一件白衬衣，脸被晒得黝黑也比夏南看着顺眼。梅漫在心里这样想。

"这手镯先、先戴上，戒指到时候去南非买，必须一克拉的。"夏南掏出一个锦缎盒子，里面是一个红玉髓玫瑰金手镯。夏南拽过梅漫的胳膊，给她戴上，梅漫刚一抬头，夏采薇正举着手机给他们拍照，梅漫的泪珠还挂在脸上呢。

"夏南给我买一个。"夏采薇不客气地对夏南说，眼睛紧紧盯着手镯。

“去、去找妈要，她有一个镶钻玫瑰金手镯。”

“哼。”夏采薇一噘嘴。

“还是嫁到我们家好吧，李翰歌才舍不得给你买呢。”夏采薇突然发现自己说错话了，伸手懊恼地打了一下自己的脸。梅漫刚刚干涩的眼睛瞬间热泪盈眶。好像为了弥补尴尬似的，夏采薇赶快说：“今晚先吃一顿庆祝一下。我做梦也没有想到你们两个在一起。你们打算什么时间结婚，去哪儿旅游？”

听到夏采薇的话，梅漫惊讶得不敢相信这是真的。她就要结婚了，跟夏南。梅漫努力在心里想了一下，似乎在告诫自己这件事情是真的。

“我、我也不知道怎么会这样。”夏南翻了一下眼睛做思考状。

第 69 章

李翰歌彻夜未眠，这一夜他想了很多，回忆与梅漫度过的一个个日子，还有那个阳光明媚的清晨，梅漫身披一身阳光慌慌张张地撞到他面前的神情。他真希望一切回到从前，时间停留在那段欢快的日子。

李翰歌握着手机忍着不给梅漫打电话，实在忍受不了，他给梅漫发了三条微信消息，三条消息都是一样的："不要离开我。"

终于瞪着眼睛熬到了天色微明，小鸟也开始啁啾，李翰歌满怀希望和祈盼。八点多了，他开始给梅漫打电话，电话嘟嘟响了几声，没有人接，似乎被人按断了，李翰歌不死心，又开始拨，连续打了三次，李翰歌才死心放下电话。好不容易熬到晚上梅漫下班，李翰歌决定到学校门口找她，他不能没有梅漫，这个现实不能更改。

李翰歌站在学校门口马路对面的树荫里，学生们走得差不多了，老师们陆续走出了校园。李翰歌紧紧盯着学校金属色的铁门，怕自己疏忽错过了梅漫的身影。终于看到心爱的梅漫身穿一件薰衣草紫色大衣，一双白色长靴走了出来，李翰歌想疾步冲过马路。正好几辆车子经过，他只能停下来。此时，李翰歌看到一辆奔驰吉普从东边便道上向着梅漫开了过去，车子停下来，下来的是夏南，夏南手里捧着一束花，递给了梅漫，然后两个人一同上了汽车，汽车顺着车海向远方开去。李翰歌还没有过马路，他已经不需要过马路了，这一晚、这一天的等待就此落幕。

李翰歌不知道该到哪里去，该去干什么。他愿意让时间永远停留在与梅漫在一起的时光里。

找不到梅漫，李翰歌不死心，他想起了梅漫的闺蜜加死党李荷花。也许，可以从李荷花的嘴里探出个所以然来。

李翰歌约李荷花在咖啡店喝咖啡，李荷花没有给梅漫发信息，当独自一个人的李翰歌坐到她对面的时候，李荷花还打趣地开玩笑说，一会儿让梅漫埋单。

李荷花没有在意李翰歌黯然神伤的表情，她无意间低头一撇，发现李翰歌的褐色皮鞋头踢出了斑驳的灰白，完全像做旧的老皮鞋，浅咖色棉布长裤裤管起了毛边，吊着一根根碎线。这样的裤子和鞋，很多男孩子早就把它们扔到垃圾桶了。李翰歌的朴实在当今物质生活丰富的社会非常难能可贵。李荷花心里涌过暖暖的感动，心里赞叹梅漫找到这样不虚荣的男人不易，她一定会成为幸福的女人。

"她不会来了。"李翰歌灌了一口深度烘焙不加牛奶和糖的苦咖啡，脸上一点苦涩的感觉都没有，他现在的神经完全是麻木的，就是黄连灌下去也不会眨眼，"她要跟夏南结婚了。"

听到李翰歌的话，李荷花举着杯子、瞪着眼睛，惊呆地看着李翰歌。

"什么？开什么玩笑，夏南那个结巴磕子，梅漫跟他不是一路人。不行啊，我不同意，坚决反对。"李荷花把杯子摔在桌子上，向李翰歌摆手，以证实自己的态度。

李翰歌从手机里找出了夏南接梅漫的照片，照片虽然不是很清晰，但是，还是能看出轮廓来，梅漫举着鲜花，夏南搂着梅漫的腰。看到这张照片，李荷花惊了。

"天哪，天哪！我不是做梦吧。太势利了，太虚荣了，太无情了，太不可思议了。必须给她多扣几顶帽子，不然不够她戴的。"李荷花看了一眼李翰歌的脸，知道了为什么这张脸这么难看，绿中透灰，都是被爱折磨的。

"她怎么突然决定嫁给夏南了，我一点都没有察觉，怎么会这样呢，我想不明白。我已经把五十万元的卡给她，让她不要再纠结损失的钱。"李翰歌叹了一口气。他脸上的胡子几天没刮了，密密麻麻钻了一下巴黑点，又因为没有睡好，整个人显得很颓废。

"她是不是吓唬你，跟你开玩笑呢，或者赌气什么的？"李荷花抱着一线希望对李翰歌说。

"我一点消息都不知道，怎么这么突然？她连我也不告诉，真是的。"李荷花皱起了眉头，心里仔细回忆梅漫近些日子的举止和言谈，以寻找蛛丝马迹。

"我今晚去找她，问问怎么回事，哪有这样谈恋爱的，典型的势利眼，夏南家是经济条件好，社会地位高，可也不能为了这些就这样啊。梅漫不是这样的人啊。"从气鼓鼓地声讨叫嚣到软弱无力地替梅漫辩解，李荷花也充满了无奈的不解和愤慨。

当李翰歌坐在顾蕙兰、梅抒颐对面，跟他们讲梅漫要与夏南结婚的时候，顾蕙兰和梅抒颐同时张大了嘴巴。

"绝对不可能。"顾蕙兰惊叹、否认后就拿起手机准备给梅漫打电话。必须问个究竟。哪有要结婚了连自己父母都不告诉的，还把这么优秀的李翰歌给甩了，办的这叫什么事？顾蕙兰心里一肚子对梅漫的不满和对李翰歌的歉意。

看到梅漫父母急切的表情，李翰歌心里很难过。他从兜里掏出银行卡放在桌子上。"把这个给梅漫，您告诉她千万不要因为钱的问题一时糊涂做出错误的选择。"

"这个还是你亲自交给她，我们不能收。"梅抒颐对李翰歌说。梅抒颐绝不是见钱眼开的人。顾蕙兰也一样，无缘无故收李翰歌的银行卡，她绝对不能这样做。

"她没接电话。"顾蕙兰气鼓鼓地放下了手机，"你放心，等她回家我就质问她。跟谁结婚？我们不同意。"顾蕙兰的话怒气冲冲。

"至少要让她讲清楚是怎么回事。我们会劝解她回心转意。"梅抒颐的话理性里含着不解。

"是不是你们闹别扭赌气，她开玩笑呢？"顾蕙兰心里期望是这样的。

李翰歌摇摇头。"是真的，等她回家您仔细问。"

李荷花不知道梅漫移情别恋要嫁给夏南，李翰歌还能理解，可梅漫的父母都不知道这件事，李翰歌实在无法理解梅漫的决定。从梅漫家出来，李翰歌步履沉重，心情郁闷。

第 70 章

　　与夏南看完电影吃完饭的梅漫准备回家，夏南笑嘻嘻地对梅漫说："还、还回什么你的家，我的家就是你的家，走！"他拉起了梅漫的胳膊，打算让她跟自己回家。

　　"我今天要回我妈家，她给我打了三个电话，因为看电影我没有接，她发消息说，家里给我预备了竹棍。"梅漫下意识躲开了夏南的手。跟夏南在一起，梅漫似乎还没有做好思想准备，其实，顾蕙兰的电话只是一个托词而已。

　　"幽、幽默，要不我陪你挨竹棍，哈哈。"

　　梅漫还不知道该怎样跟家里人讲她的移情别恋呢。谁知道李翰歌家这么有钱，但即便知道了有钱，自己跟夏南阴差阳错地住了宾馆，李翰歌也不会包容的。梅漫边想边推开了家门。梅漫当然不知道李翰歌来过，她看到父母一脸阴郁，老妈的脸都由银盆变冬瓜了，拉长的脸里藏着的都是愤懑。

　　梅漫心里正打鼓要不要跟他们说自己的事呢。

　　"李翰歌来过。"顾蕙兰冷冷地跟梅漫说了这样一句话。

　　"哦，我前男友啊，他来干吗？"梅漫嘴上轻描淡写，心里痛苦异常。她心想，不用讲了，他们都清楚了，怪不得老妈的脸色这么难看呢。

　　"听说你又攀上高枝了，为人可不能这样。一个人做事要有底线，要有良心。"

　　"别这么上纲上线，男女之间分分合合很正常，谁谈一个男友就行？两个人感情不和分手很正常，夫妻都还有离婚的。这不是你们那个年代。"

其实梅漫心里很难过，今天，她不想跟父母说什么，她走进自己的房间关上了门。

"真正的爱情与年代无关，我不希望你的爱情染上时代的污垢。我觉得李翰歌特别好，你不要丢失了一件宝贝。"梅抒颐隔着门语重心长地对梅漫说。

"就你这脾气、这性格，根本不适合嫁进夏南那样的家庭，你重新考虑考虑。"顾蕙兰想推门进来，一屁股坐在梅漫床上，苦口婆心劝上两小时，直到梅漫答应与李翰歌和好为止，没想到梅漫锁上了门，"李翰歌给你拿来一张银行卡，你要不用就自己还给人家。"顾蕙兰隔着门缝也没把声音压扁，尖利的音调非常刺耳。

梅漫没有吱声，但是，躺在床上的她眼睛里都是泪水。此刻，她什么也不想听。听多了，心里都是懊悔。有谁知道她的痛苦，有什么能抵得上她丢失的宝贝？一个少女在校园的阳光里爱上了一个帅气的男孩，而今天却要跟他分手，嫁一个自己根本不爱的人。

李荷花这时候也给梅漫打来电话，梅漫知道肯定是要质问她和李翰歌感情的事。

"听说你移情别恋了。"李荷花呵呵笑着，故意语气轻松地说。

"谁移情，谁别恋？肥水不流外人田，我决定把你和李翰歌撮合成一对。"梅漫对李荷花说。她确实这样想过。

"那怎么可能，太熟悉了，不会产生那样的感情，爱不起来。你能告诉我为什么跟李翰歌分手吗，是因为他家经济条件没有夏南家好，你投资又亏了那么多钱，心里不甘，最后选择了用婚姻的富足弥补金钱的缺失？"

"也许是吧。"梅漫没有跟李荷花说自己稀里糊涂跟夏南在宾馆发生了一夜情的事。面对闺蜜她也觉得难以启齿。

"你还年轻，那点钱算什么，不能因为钱委屈了自己的感情啊。跟你父母说清楚，钱亏了，他们能怎样？"

"也不完全是因为这个。李翰歌很好，我决定把你和李翰歌撮合成一对。"梅漫信誓旦旦地又说了一遍，可见她的强烈愿望。

"开什么玩笑。"李荷花想起了远在青海守候旷野的李想，那才是她心里的温柔。

"李翰歌家经济条件非常好，以前我根本不知道，他家有印刷厂和物流公司，他打工的厂子其实就是他自己家的。他隐藏得这么深，一直没有告诉我，太可恶了，我恨他。"梅漫说完这些话，眼泪唰唰地向下流。

"什么，什么？！那你更不应该放手，这可是打着灯笼也找不到的啊。"听到这个消息，李荷花简直是秀才看榜，又惊又喜。

"是不是动心了？"梅漫问李荷花。

"开什么玩笑，我才不会那么势利呢。"

第 71 章

　　此时的梅欣正在杭州的富春江，远望山，近看水。青翠秀美的富春山沿着青碧的富春水伸展开一条屏障，山映水，水照山，这是一幅多么优美的自然山水画。

　　"一折青山一扇屏。"怪不得黄公望把自己几十年的光阴都留给了这片山水，怪不得他的《富春山居》《秋山招隐图》得到那么多人的追捧，使得他把富春江山水的绝色之美呈现在人们面前。

　　具有"天下佳山水，古今推富春"美誉的富春江，当然是梅欣沉醉其中和倾心创作的地方。

　　梅欣的工笔山水已经完成了三百幅，在日本举行画展的日期指日可待。日本画商之所以欣赏梅欣的画，是因为觉得他的画具有本国大师东山魁夷的唯美和清丽，宁静中带着自然的纯美，淡雅中蕴含着生命的韵律。他们认为梅欣的画在日本会有一定的市场。

　　梅欣要回北京了。傍晚，他在江边遥望绵延的山脉，澄澈的江水缓缓流淌，一叶叶小舟融入绚烂的晚霞中。云锦般的天色把最柔美的羽衣撒入江中。梅欣利用最后的时间画江边的风景草图。光影中的风景是最难把握的，梅欣喜爱的画家东山魁夷却画出了月光下最柔美的樱花，晨曦中最清亮的山水。画完了最后一笔草图，天色向晚，靛青的云影把江水映衬得更加宁静、深邃、肃穆。

逝者如斯，一代代古圣先贤们曾经在这里唱出他们最美的心曲，勾勒出他们笔端最精彩的画卷。梅欣坐在江边的青石上，清风带着江水特有的馨香和水润迎面而至，他静静地望着远方，仿佛在与遥远的他们开始心灵的对话。

完成今晚最后一幅草图，他就要走了，从三峡到苏州，从西子湖到富春江，一路画来，他每天沉浸在画作中，完全忽视了时间的流逝，不知不觉已经很久很久没有回北京了。在他的画稿大功告成之时，家里也传来了消息，梅漫要结婚了，他要回北京参加梅漫的婚礼。

梅欣知道梅漫的男友是她大学校友，听说是个非常优秀的男孩。梅欣想起了小时候与梅漫一起抬水、喂鸡的情景。那个咋咋呼呼、愣头愣脑的丫头片子要出嫁了。梅欣笑了，把这个微笑送给了富春江，送给了面前蜿蜒起伏的富春山。今天，他要在江水边下一个默示：在日本举办完画展，把所有的画卖掉，将来，为父母买回那个曾经的家，那个他和梅漫抬水、院子里有紫藤花和游廊的家，那是父母和他不舍的心结。

当初年纪小，不知道那栋祖传四合院的价值，越是走过了山山水水，越是画完一幅幅画作，现在才越能体会到它的珍贵。今天想来都是遗憾和悔意。梅欣还清楚地记得多年前离家那一天，父亲梅抒颐眼里的不舍和他字字锥心的伤心话语。那一幕深深刻在了梅欣的心里。

"梅欣……"

一声清脆的叫声从远方的山湾，跟随着涤荡的清风飘了过来，梅欣从回忆中清醒。是富春山姑娘的声音。富春山姑娘苏南是杭州人，具有江南女子独特的气韵与灵秀，西子湖畔长大的美女，水灵灵的，柔媚中带着自然的清丽，就像西子湖一支支婀娜的荷花一样亭亭玉立。漂亮的苏南喜欢人们叫她富春山姑娘，她留着男孩子般的短发，这使本该长发飘飘的她从外形上减分不少。梅欣不止一次对她说过，她若留长发一定超美，把西湖仙子都比下去。

富春山姑娘调侃说，杭州最美的是蛇仙白娘子和小青姑娘，西湖仙子早被吓跑了。

富春山姑娘从华东师范大学美术系毕业后，没有留在上海、杭州等大城市就业，而是来到富春江边在青山绿水中开了一家名为秋隐的客栈。客栈是由一个两层的老宅改造的。白墙黛瓦，翠竹芭蕉，宁静的客栈迎接来自四面八方的客人，这里的客人以画家、摄影家、游客居多。人们在檐廊上光滑的竹椅上，品着茶汤翠绿、气味甘甜的西湖龙井，既可以远观山景又可以畅谈艺术与人生。

梅欣就是在这里长期居住的画家之一。由于是常客，不仅住宿打折，其他方面，富春山姑娘也非常关照梅欣，比如，带着梅欣去山里采竹笋，雨后采蘑菇，或者，跟梅欣一起去山上清晨看日出，晚上看夕阳，还给梅欣做粉红的定胜糕带到山上当点心。梅欣以为爱情来了，画作里沉寂中渗透着飞扬的激情。

梅欣憋着一股劲画完一幅幅画稿，当他心里荡漾着激情，眼睛热烈地冒着爱火，心里设计是在清晨还是傍晚，在江边还是在山里，跪着还是背靠背求爱的时候，富春山姑娘一盆南极的冰水泼了过来，让梅欣打个冷战，透心凉。她说，自己对梅欣好是因为同是学画画的，完全从专业的角度出发，没有爱的成分。她说这是从另一种角度和梅欣一起作画。她还说，自己的男友出国，她苦苦等了两年，最后的结果是分手，她再也不想恋爱了，今生只想与富春江为伴，只想与心中最崇拜的画家黄公望相守一生。

听到富春江姑娘的话，梅欣愣了，没想到纷繁的世界，山脚下还有这样清奇的女子守候着自己爱情的桃花源，心里除了伤感还有钦佩。他说，他尊重富春山姑娘的抉择。

梅欣明白了她留短发的原因，心里对这个痴情、刚烈的姑娘产生了一丝哀悯，希望时间能治愈她的伤痛，让她的长发重新飞扬起来。

富春山姑娘一咧嘴，开玩笑地说："除非你成为黄公望。"

梅欣也一咧嘴说："黄公望是个倔强的枯老头，有什么让你喜欢的？山中待久了，花痴病犯了。"

"好看的皮囊不如健硕的风骨。男人的风骨你有吗，他们有吗？它是男人的灵魂，没有灵魂的男人我怎么会喜欢？"

"女人的贤良和气节你有吗？"梅欣反问富春山姑娘。

"我当然没有，但是，我会有。"

两个人一起笑了。

富春山姑娘没看上梅欣，梅欣被她这么一点醒，对于心中爱的丘比特又有了新的认识和追求。看来，两个人的爱火根本就没有被富春山的风煽起来。

顺着富春山姑娘的叫声，梅欣背着画夹，沿着绿意葱葱的崎岖小路回到了客栈。

"这姑娘等我吃饭、喝酒等不及了。"梅欣边想边加快了脚步。

第 72 章

梅欣回北京，从国子监大街遮天蔽日的树荫中穿过，看到一个个比肩并起、栉比相邻的小店。古墙，老树，槐树荫，散发着宁静和古朴，悠久与雅致。这条街不仅承载着古色古香，也承载着勃勃生机。梅欣在吸吮一种气息和味道，那是几百年沉淀下来的厚重与魅力。

走过这条悠然的老街，穿过孔雀蓝、雕纹红柱子、彩绘的牌楼，向西就到了繁华的新街口。到家了，梅欣把几百幅画稿放在后英房胡同的平房里。

他去新街口门框胡同百年老店吃了碗大锅烩的卤煮，还是自己初中时跟梅漫一起来吃过一次，这次来吃，并不是为了满足口欲，完全是为了回忆。因为在杭州，他已经完全适应了清淡的口味，这种口味偏重的吃食似乎偏离了他的胃口。

吃完饭，去看父母。老爸梅抒颐喝着儿子带来的西湖龙井。老妈顾蕙兰摸着杭州丝绸花裙，摇着湖绿色的丝扇，心里美得冒泡泡，眼神里都是赞赏和自豪，心里在想，这儿子越来越出息了，头上的辫子看起来也更有文艺范了。

原来，风景美不美，东西邪恶不邪恶，完全在于看者的眼光。梅欣头上的辫子顾蕙兰终于看着顺眼了，这经过了多少年啊。

"爸，我有个设想，等我在日本举办完画展，挣一笔钱，给您买一个四合院住，特别有风味。现在的四合院可不像我们小时候住的那种，那么简陋、不便，现在是有钱人才住呢。唉，小时候不懂咱家房子的珍贵。"梅欣自信满满，满心的兴奋，满脸的喜悦。

"你赶紧把自己的婚姻问题解决了，给我们生个小崽子是正事。"顾蕙兰开玩笑地对梅欣说。

"朋友开了家动漫公司，让我当美术总监，我哪有时间啊。"说这话的时候，梅欣脑海里闪现出了富春山姑娘的身影。他笑了笑，自己这种反应，唉，完全是不自觉的。

听了梅欣的话，梅抒颐心里是喜悦的，觉得孩子真的长大了。其实，他的想法跟梅欣的想法不谋而合。

那天早晨，梅抒颐到鼓楼包子铺吃早点，吃完早点后到后海边散步，不知不觉沿着青灰砖的胡同，居然走到了自己原先居住的老房子门外。到了房子前，他险些推门进去，那个时候，他似乎有短暂的神志迷糊，完全是不过脑子的无意识动作。他止住脚步，忽然清醒了。隔着围墙，他向里望了望，围墙加高了很多，几乎看不到什么东西。什么都看不见，不仅增加了神秘，更让梅抒颐充满了沮丧和伤感。

"大哥，您怎么来了？进店里坐坐，刚开门。"

梅抒颐抬头一看，正是以前的老邻居，厕所公主的妈妈肖雅清。

"你、你把店开这儿了？"梅抒颐诧异地看了一眼肖雅清和她身后的红窗门脸。

"我和格格各开了一家房产中介公司，我这个专门租售平房和四合院。告诉您，您家的四合院挂售了，那对香港夫妇的子女决定卖掉了。您进屋看看。"

梅抒颐心里一惊，既兴奋又喜悦，迫不及待地抬腿跟肖雅清进了屋。

"这么贵啊！"梅抒颐盯着墙上的价格表，心惊肉跳。那个时候，房价还没有完全涨起来，但是四千万元的价格也让梅抒颐吃惊不小。

"您家的四合院确实挂得比其他的贵，好房子啊。我这儿有钥匙，要不我带您进去看看。"肖雅清打开抽屉就要拿钥匙。

"不不不。"梅抒颐摆着手，好像非常怕触动什么，所以并不想进去，也许是没有勇气吧。

"改天我带顾蕙兰过来一起看。你这个价格有商量吗？"梅抒颐试探着问。

"不多。不瞒您说，现在的四合院、平房渐渐地热起来了，不像二十世纪八九十年代的时候，人们热衷于楼房，现在根本不愁卖。"

"要是有人想买，你提前给我打电话告诉我，行不行？"

"这个没有问题。"肖雅清心里纳闷，别人买，给他打电话有什么意义呢？

梅抒颐就在这短暂的时间里，做出了一个决定，他要清空手里全部的股票，卖了手里两幅古画，把这个院子买回来。这个决定那么突然，那么坚定，以至于他自己都意想不到。

回到家的当夜，梅抒颐做了一个奇怪的梦，梦到姑姑何碧筠坐在紫藤花下作画，紫藤开得一堆堆、一团团，紫得耀眼，那份娇艳动人和繁茂似锦是他从没有见过的。姑姑突然把笔一扔，走到台阶上的鱼缸旁边，用手一拽，雕花石铸的鱼缸被她搬起来了，她指着下面对梅抒颐说："你看，这么多宝贝，这田黄石方章是皇上赐的，这个青玉龙纹碗也是宫里的，还有这个墨玉盒是你姑父最喜欢的。"姑姑手里拿着那个青光闪烁的碗，突然碗掉地上了。梅抒颐可惜地大叫一声"哎呀"，就惊醒了。

顾蕙兰被梅抒颐的惊叫吵醒了，急忙问："怎么了？"

梅抒颐的心还在慌乱地跳动，但是他没有把梦境告诉顾蕙兰，更没有把自己的想法告诉顾蕙兰，因为怕她不同意，也怕她为当初的选择后悔。

"没事，做了一个乱七八糟的梦。过两天我去趟琉璃厂逛逛，看看明宝斋里有什么好东西。"梅抒颐打了一个哈欠。

"那有什么好逛的，你又不买宣纸，那是外地人逛的景点，翻修的门脸，店里没什么好东西。"

梅抒颐翻了一个身，假装沉沉睡去，其实，心里异常清醒，他在想，是不是院子里真的埋了什么东西，姑姑托梦告诉他，这是在警醒他啊。

真有这么神奇的事吗？梅抒颐也被这个问题难住了。世界很奇妙，有时候，很多事情无法解释。

这个梦是什么意思呢？梅抒颐在静谧的深夜里陷入深深的思索中。

第 73 章

梅欣从家里出来后去了后海，他不是来逛夜景的。从小生活在后海附近，他已经没有了新鲜感。

沿街的小店充斥着一股浓浓的商业气息，所出售的东西也基本没什么看得上眼的。在他眼里，老的像假货，新的不精致，所以，统统掠过。有一次他吃了老店的果子酪，那种香气甜腻滞口，堵在心里，让人非常不喜欢，坏了他对整条街吃食的胃口。

酒吧街充斥着杂乱和一股妖娆的气息。他一点都不喜欢这样的环境。水还在，垂柳依旧，白色的栏杆也依然刺眼，但是在梅欣眼里，它们似乎已经不是原来的它们了。

不是所有的酒吧都是激扬的音乐，暗淡的灯光，沸沸扬扬，纸醉金迷。梅欣对朋友酒吧的布置和背景音乐提出了建议，他说，音乐必须放莫扎特，布置必须简洁时尚，不要什么花花绿绿的彩灯，只要月光银色的探照灯。有了莫扎特和探照灯的酒吧就是特立独行，散发的都是文艺和高冷的艺术气息。

伴随着舒缓的音乐，梅欣走进莫扎特的抒情里。梅欣特意找了一个不易被人发现的角落坐下，点了一杯猎人谷红酒慢慢品尝。梅欣在这里等个朋友，朋友也是个学画画的，人矮小，总像个没长大的小屁孩，外号小不点。小不点一直怀才不遇，在网上靠给人设计书封、刻盘什么的混日子。有一次梅欣找他给朋友设计书封，结果三本书，描写医生的书封他画个小人举个手术刀，民乐故事的书封他画个小人举个唢呐，都市生活的书封他画个小人举个小旗，最主要的是颜色，汤药和黑白色。朋友说看到这些小人举着凶器都快疯了，这书封的颜色，完全是一锅汤药色外加黑白死人色。小不点辩解说他设计的书封都是有个小人举着什么，这是他的设计风格。他还说自己饥一顿饱一顿的像个乞丐，只是舍不得放下艺术，放下手艺，等哪天实在吃不上饭了就去送快递。梅欣听后闭着眼睛懒懒地说，活该。

听说小不点这两天捞到了大活，急急火火地找梅欣，豪言没有梅欣参与绝对接不了。梅欣冷冷地说不行。其实他真希望自己是个八爪鱼，每只手挥舞着一支画笔，可真没有那个时间，日本画展的画还缺几幅呢，动漫公司里也有很多事，自己的餐馆虽然不用太上心，但是也不能完全不管。工笔画精雕细琢幅幅费时间，不像泼墨写意那么快。小不点千求万求，隔着电话都能看到那张捣蒜般殷勤的脸。梅欣面热，不好意思不答应，所以今天把他约到这里面谈。

酒酌了小半杯，梅欣看看表，无意间抬头一看，发现梅漫和李荷花正坐在灯影里。原来两个人刚从磐磐姐的店里试伴娘装出来。据磐磐姐说，丁香紫色伴娘装是意大利进口，镶碎钻，香云纱。梅漫心里嘀咕，像浙江村出口意大利再销往国内的货。碎钻明明就是大玻璃钻。外国有什么香云纱，这熟悉的名词分明是我大中华古代美女的华服，千年一匹软黄金，从大唐杨贵妃到《红楼梦》里的黛玉，到现在钟情于旗袍的时尚美女，香云纱一直是裹在美丽里的亮丽名片。

试完了衣服，两个人离开磐磐姐的店，梅漫突然很想吃以前两个人在这间酒吧跳舞时常吃的果仁香草冰激凌。香香的松子、榛子、花生、腰果碎，裹着浓汁巧克力浇在淡粉色的冰激凌上，满满一大杯，冒着香甜的凉气，超级过瘾。

梅漫在心里问自己，是不是因为怀孕所以这么嘴馋，转而又想，她和李荷花这么多年，一直这么嘴馋来的，想吃朝鲜冷面冬天杀到西四冷面馆，想吃老字号峨眉酒家的宫保鸡丁穿半个城也去排队，还钻胡同进迷宫似的去找那款据说加了生鸡蛋口感很好的含羞草饮料。

最奇葩的一次，梅漫说极想吃重庆火锅，要李荷花跟她一起坐飞机去重庆狮子楼吃火锅，还说尤其想涮香菜丸子。李荷花冷静地伸出手摸摸梅漫的额头说："大姐，你没发烧吧？说什么梦话呢？打飞的跑重庆吃火锅，全中国也找不到几个这样的疯子和精神病。你给我买好了机票我也不去，因为我怕被勾起了馋瘾乐不思'京'。"

"哈哈哈，原来我们都是馋鬼啊！"

两个人一起笑了起来。

梅漫狠狠挖了一大勺冰激凌，张开大嘴吃了一口，奶香、清香、甜香，味道果然让人神清气爽。梅漫咽了一口，下意识地一抬眼睛，一个熟悉的身影飘入眼帘。那是李翰歌吗？是在散发着青草味道的校园，站在早晨阳光里的李翰歌吗？还没忘记他。梅漫的眼泪唰的一下，小雨点飞溅，嘴里的冰激凌即刻变得苦涩、热辣。

梅漫想方设法不见李翰歌，李翰歌很苦闷，只好求助李荷花，让她务必安排他和梅漫见一面。李荷花也觉得即使分手，见一面也是应该的，没有必要走到谁也不理谁的地步，所以，就把今天要去磐磐姐店里的消息告诉了李翰歌。李翰歌没有在磐磐姐的店里去找梅漫，他想在路上截住她，却没有想到，两个人拐到店里吃冰激凌。李翰歌进店，穿过人墙直接坐到了梅漫面前。

梅漫一伸脖子咽了一口口水，突然醒悟过来，原来是李翰歌真人来了，不是幻觉。梅漫站起身就想跑，她没有勇气见李翰歌。李翰歌一把拽住了她的胳膊。

"你要跑到哪里？就是到天涯海角我也能追上你。"李翰歌的声音有些沙哑，人也清瘦了很多。

梅漫低着头，像犯了什么错误。

"干什么老追我？不是都说清楚了吗？"梅漫挖着冰激凌，冰激凌都被倒腾化了。

"服务员，再来一杯冰激凌。"李荷花给李翰歌点了一杯。

"我要一杯冰水。"李翰歌挥了挥手。他哪有吃冰激凌的胃口，香甜的冰激凌到他嘴里都是苦的。李翰歌拿起一大杯冰水一饮而尽，好像那是甘露。他的心火太需要冰水来熄灭了。

"干吗那么上火啊，再吃一口冰激凌。"梅漫挖了最后一勺递到李翰歌嘴边。

"别跟我这儿使糖衣炮弹的诱惑，一勺冰激凌也阻止不了我找你。"李翰歌说得很坚决。

"我要结婚了，你骚扰我干什么？天涯何处无芳草，这里就有一棵。"梅漫一指身边的李荷花。

李荷花抬腿就踢了梅漫一脚，李翰歌也白了梅漫一眼，这一句话得罪了两个人。看来把两个人撮合成一对的美好想法成功的可能性极小。

"我警告你，坚决不能嫁给他，嫁给他你会后悔一辈子。"李翰歌的口气很武断，很霸气。这是他由衷的担心。即使梅漫不愿嫁给自己，他也希望她找到一份美好而不虚假的爱情。

"我嫁给谁用你操心啊？"梅漫不是想对李翰歌发火，听到李翰歌的话，她心里其实挺感动的，而是事已至此，就是悬崖她也要跳，所以，她必须激怒李翰歌，让他绝望地离开自己。

"当然，我不仅操心，还要去找夏南。"

"有毛病啊你。"梅漫冲李翰歌嚷了一句。

"别吵了，好好说呗，好聚好散。"李荷花听到两个人的话越来越有火药味，表情也越来越严肃和紧张，赶紧出口相劝，以免真吵起来两败俱伤。

"走，现在就走。"李翰歌起身拽着梅漫的胳膊就要走。梅漫躲闪着，使劲向沙发里缩，身子向后坠。两个人拉扯在一起。

"你们两个人干吗？有话好好说。"李荷花的话被淹没在酒吧特有的锣鼓喧嚣之中。

"能不能不这么云中燕、草上飞地虎步生风，知道你们都是武林高手。"梅欣站在李翰歌身边说。

"哥你怎么在这儿？"梅漫惊奇地看着梅欣。

"咱妹挨欺负了？"梅欣身边的小不点和袁震饥虎视眈眈地看着李翰歌，蠢蠢欲动的样子像要拉弓放箭。梅漫瞥了一眼梅欣身边的两个人，心想，这两块奇料过来凑什么热闹，有他们什么事呀，哪凉快哪歇菜去。

小不点和袁震饥是老乡，在一次聚餐上混在了一起。

"你就是我那个未来的妹夫吗？今天第一次见你，感觉你挺粗鲁蛮横的，但是我相信我妹的眼光，所以暂时不跟你计较。"

"你别管这事，他不是我男朋友。"梅漫看了一眼李翰歌，又看了一眼梅欣。

"那他凭什么这样对你啊？"梅欣不满地说。

"就是啊。"小不点和袁震饥也附和着说。

梅欣听到这两个人的话心里一阵冒火。这两个人也不知怎么臭味相投凑到一块恶心人了，居然让梅欣跟他们一起合伙临摹傅抱石、李可染、吴冠中的画。这不是坑蒙拐骗，挣黑心钱吗？梅欣能帮他们做这种见不得光的事？听完这两个人的企图，梅欣险些踢小不点两脚，心想，不走正路，这辈子他也成功不了。

"不是咱妹夫，要不教训教训他。"袁震饥正想说服梅欣，不知该怎么讨好他。

李翰歌虽然是梅漫的前男友，但是，梅漫绝对不允许别人欺负他。

"你们越掺和越乱，都别管。"梅漫没好气地高声说。

袁震饥和小不点看看李翰歌，看看梅漫，对梅欣说："咱们还管不管？"

"管也用不着你们两个人呀。"梅欣气恼地扭头走了。

第 74 章

什么也阻止不了梅漫结婚的脚步，因为梅漫已经跨上了疾驰的高铁，没有回头的路，也没有下车的可能。

结婚那天，梅欣看到新郎不是在酒吧里见到的那个凶悍的男人，心里有些喜悦，可是一看到夏南，感觉结结巴巴的还不如那个人有男子汉气概，心里不免有些沮丧。他心想，梅漫这是什么眼光啊，嫁人也不挑个着调的男人，她以为是拍戏呢，做做样子，这可是真实的出嫁啊。关键是夏南也不争气，来接梅漫给父母敬茶的时候，一紧张，敬完茶直接自己喝了，引得围观的人哈哈笑了起来。

顾蕙兰看出了梅欣的心思，悄悄把他拉到一边对他说："男方家里条件不错，是豪门，男孩虽然有些结巴，但还是很有本事的，企业做得很大，是个富二代，还有豪宅、豪车。"

听到顾蕙兰的话，梅欣就控制不住自己的情绪，急吼吼、不耐烦地说："您的眼睛里、脑子里还有其他东西吗？这也豪，那也豪，豪门里都是恩怨。再说，什么年代了还富二代，有本事自己闯。"梅欣对于母亲的话充满不屑和无奈。是不是百分之八十的人脑子里都被这些东西填满了？梅欣觉得这种思维很可怕。

"什么代也比不上一个真正意义上能立起来的人。"梅欣补充说。

"儿子，这话说得有水平。"顾蕙兰向儿子欢快地一笑。女儿出嫁的日子，当然要欢天喜地，什么不如意、不称心、不满足，都要抛得远远的。这是她自己选择的男人，选择的爱情，任何人都无法也无权干涉。

顾蕙兰今天穿了一件湖蓝色绣花旗袍，这是梅漫特意从上海定制的，精美细腻的苏绣提花，时尚的设计，使得这件淡淡的湖蓝色旗袍非常雅致。顾蕙兰穿上这件量身定制的衣服，配上化妆师画的精致妆容，充分展现了成熟女性的魅力与端庄。

老妈都打扮成这样了，梅漫当然更要万众瞩目、出类拔萃。婚纱是世界知名品牌，样式简约优雅，把女人的冰清玉洁完全展露出来。她的头上顶了一个闪亮的皇冠，就像戴安娜王妃那件鼎鼎有名的珍珠泪皇冠，把梅漫衬托得无比圣洁、高贵。她光彩夺目的脸上，雪样的肌肤闪闪发亮，木槿紫色的口红娇艳欲滴，就像一枚雨后滴水的诱人樱桃，更衬托了整张脸的精致和妩媚。就连夏南见到梅漫也激动得结结巴巴地说："你、你今天真美！像、像白雪公主。"本来夏南想说梅漫柳眼细眉，樱桃小口，像林黛玉，一想林黛玉唉声叹气、哭哭啼啼、体弱多病，跟梅漫的气场一点也不相符，说出来还不让梅漫转着大眼睛狠瞪？所以，他把小时候小人书上最喜欢的白雪公主搬了出来。

婚礼定在北京饭店金色大厅举行。金色大厅金碧辉煌，奢华大气。水晶吊灯闪闪发光，把一身的璀璨和光芒洒满了大厅。金色的雕花柱子挺起了圆润饱满的身姿。镶金边的中国红地毯，喜庆洋洋地伸展着起伏的弧线延伸到舞台。一人高的粉色蛋糕塔上，一对小新人咧着小嘴欢笑。金色的香槟酒荡漾着欢歌。洁白的玫瑰扎着粉色的飘带，一朵朵，一束束，散发着迷人的馨香。白色的桌布和座椅，点缀着胭脂粉色的蝴蝶结。一切都那么精致、典雅。看到这一切，梅漫满意地笑了。虽然婚结得很匆忙、很慌乱、很无奈，甚至感觉很窝囊，但是，事已至此，似乎已经走进了死胡同，没有另外的选择了。嫁给的人不一定是最爱的人。梅漫开脱地安慰自己，算是对惴惴不安的心有一个交代和抚慰。

环视整个大厅，梅漫是满意的，她请了所有的朋友、同事和好友。人群攒动中，梅漫无意中一瞥，看到在第一根金色的柱子旁边站着一个熟悉的身影，高傲帅气，是李翰歌。梅漫垂下了眼睛，眼角即刻滚出了几滴热辣辣的泪水，梅漫怕花了妆，赶紧狠心忍住了。梅漫正低着头，忽然被一个人拉入了靠近窗户的幔帐后面，这里很隐蔽，几乎不会被人发现。

"干什么你！"梅漫晕头晕脑，仪式马上开始了，刚刚偷闲在大厅里张望一眼。

"我要带你走，现在。看到你和别人结婚，我快疯了。"

是李翰歌。梅漫惊喜之后一股无名火升腾而起。这是在毁她吗？这么沉稳的李翰歌居然疯狂到这种地步。梅漫一把甩掉了李翰歌的手。

"你疯了，要毁掉我的幸福是吗？走开！"梅漫一把推开李翰歌的肩膀，走出了幔帐。

"梅漫，正找你呢，你钻到哪里去了，怎么眨眼就不见了。典礼前要不要补补妆？化妆师在房间里等你呢。"

李荷花急吼吼地找到了梅漫，她今天是梅漫的伴娘，一直跑前跑后地贴心照顾梅漫。"呀，你的裙子，怎么回事？来大姨妈了吗？"李荷花惊异地拉着梅漫躲到了幔帐后面，慌乱中根本没有看到里面的李翰歌。

来大姨妈？梅漫都惊呆了，不是有段时间没来了吗，不来大姨妈不就是怀孕了吗？自己还没来得及去医院检查，想等到结婚后再去，难道没有怀孕？梅漫心里又惊又喜。她激动得哆哆嗦嗦地对李荷花说："你回房间给我拿件衣服。"她现在只想打发走李荷花。她知道，李翰歌还在角落里，她想抓住这个幸福，她改主意了。

李荷花走了以后，梅漫一把抓住了李翰歌，只想扑倒在他怀里。

"我要跟你走，你带我走，我不要结婚了，我要跟你结婚。"

此刻，梅漫对李翰歌说的都是真心话。什么怀孕，什么要跟夏南结婚，都是噩梦，她要跟着李翰歌到天涯海角，就算流浪也是幸福甜蜜的。

　　"走开，我没有那么卑鄙，祝你幸福。"李翰歌无情地推开了梅漫的胳膊。做出那样的决定却被梅漫无情地拒绝，他感觉仿佛被梅漫狠狠扇了一个耳光，他的心在滴血。他昏头了，梅漫说得对，不能破坏她的幸福。

　　梅漫浑身颤抖，已经哭成了泪人，现在自己下了这样的决心，做出这样的决定，却被李翰歌狠心拒绝，她的心也在滴血。

　　"你会后悔的。"梅漫声嘶力竭地对李翰歌的后背喊。

第 75 章

　　一天的婚宴终于结束了，梅漫昏昏沉沉的，不知道自己是怎么跟夏南举行的仪式，不知道婚纱脏了李荷花是怎么给她处理的。她一点印象都没有。她只记得李翰歌走时的背影，只记得夏南妈妈的脸色不是很好看，似乎不是很高兴。

　　现在，她梦游似的坐在房间的沙发上，穿着一身大红的中式礼服，完全是个呆傻的新娘。她快崩溃了。此刻梅漫真想撕碎了这身血红的盔甲。

　　"换、换衣服上床啊，这、这还害什么羞啊，难、难道还要我给你脱衣服吗？"

　　夏南光着脊背，穿着一个内裤。看到夏南这身打扮，梅漫一肚子怒火，完全像看到一个陌生男人在她面前脱衣服。

　　"我来大姨妈了。"梅漫别过头，没好气地说。

　　"二、二姨妈来了也没关系。你们女孩子真逗，这也不知道是谁起的名，把、把姨妈也扯上。刚开、开始，我还真不懂。"夏南已经麻利地上床钻进了被窝，"唉，不、不对呀，你不是怀孕了吗？你、你是不是在骗我，为了跟、跟我结婚？"夏南心里突然闯进了空姐的身影。

　　"谁骗你，我怎么知道？"梅漫伤心地哭了，她真的不知道到底是怎么回事。停了这么久的大姨妈突然来了，还是在今天，这简直是灾难，如果它提前一天到来，她也许都有勇气和决心去找李翰歌，和他复合，可是现在，一切都晚了，这似乎是命运有意跟她开的玩笑。

"人、人生四大喜，洞房花烛夜就在今天了。"

夏南翻个身，想起了什么似的。"哎哟，不、不对呀。"夏南翻着白眼望着楼板，似乎陷入了某种思索。

梅漫也歪在沙发上，闭着眼睛。她也进入了回忆，那天的场景第一次清晰地进入脑海。

她和夏南喝完了酒，她痛苦地喝多了，然后拽着夏南出了门，想让夏南送她回家。冷风吹过来，酒劲似乎一下子上来了，她很困，好像对夏南说带她回家睡觉。结果，早晨醒来的时候，她和夏南躺在床上，都没有穿衣服。不对，当时慌乱了，误认为没穿衣服，实际上她和夏南都只脱了外衣，本来还要脱的，后来她和夏南双双困倦，一头扎在床上。想到这里，她一跃而起，冲过去一把抓住了夏南。此时夏南也跃起了身子，他也清晰地记起了那天的事情，那天他根本就穿着短裤呢，因为看到身边的梅漫，一时惊慌，误认为自己和她做了不该做的事，其实他们两个人什么也没有做。

"我们那天什么也没有做。"

梅漫和夏南同时掐着对方的胳膊说出了这句话。两个人像做错了事的孩子，同时低下头。

"那怎么办？"夏南问梅漫。

听到夏南这句话，梅漫心里掠过一丝惊喜，就像天空中划过的闪电，虽然短暂，却是一道实实在在的亮光。

"那我们——"

梅漫还没有说完，夏南就堵住了梅漫后面的话："我们上、上床睡觉。"

此时的夏南还是很清醒的，他知道，婚礼都举办了，还能怎么办，难道可以天真地从头再来？不管梅漫是不是骗他，看上他家的财产想跟他结婚，他都认了。也许是骗，也许是那天真的惊慌失措，造成了今天的阴差阳错。

现在，什么都不要想了。

梅漫还在犹豫要不要跟夏南上床，她天真的脑洞被撕裂开一条不切实际的缝，灌着妖风，能不能兴起大浪就看她的修行了。

有没有可能跟夏南分手，去找李翰歌？梅漫慌忙跑进卫生间，急切、激动、充满期望地给李翰歌打电话，梅漫的身体有点微颤，手也激动得颤抖，她在想怎么跟李翰歌说。但是，电话响了很久，李翰歌根本没有接电话。梅漫不死心，又颤颤巍巍地打了一遍，还是没有人接。梅漫沮丧地挂断了电话。

天意弄人，荒谬，比戏剧还戏剧。梅漫心里哀叹一声，极不情愿、磨磨蹭蹭地洗漱上床，给了夏南一个绝情的后背。

第 76 章

梅抒颐一早从家里拿了两幅画去找彩武叔。昨天肖雅清打来电话，说最近有不少人去看那栋挂牌的房子，就连袁震饥也去看了几次，似乎对这个院子很感兴趣，她怕很快会被人买走，这都是说不准的事。她特意声明，说她并不是为了把房子尽快卖出去而使用手段，多年的老邻居了，对别的客户她可以这样做，对梅家的人，她不会这样做。

她还神秘地说，现在有很多人越来越喜欢四合院，这似乎是有钱人的一种象征。尤其像梅家的这个院子，特别古色古香，一块砖、一根木头都是古董，就连院子里的海棠和紫藤花都是有年头的，开出的花招来的蜜蜂、蝴蝶，春天里嘤嘤嗡嗡的，比别家的花招来的多。

听了肖雅清的话，梅抒颐一秒钟都坐不住了，他似乎要跟时间赛跑，跟所有看房人赛跑。这么雅致的房子要是落在袁震饥这种人手里简直就是糟蹋东西，那混蛋懂得什么呀，除了有钱什么都没有，无知的大款，他敢把那个房子全拆了，把老木头、古董砖都扔了，盖成新的，他能把紫藤花、海棠树刨了种上发财树。所以，一大早梅抒颐就风风火火的，恨不得即刻飞出家门，去抢救他的宝贝们。

"怎么也得吃过早饭呀。"顾蕙兰把冒着热气的三鲜馅庆丰包子和鸡汤馄饨放在桌子上。昨晚，梅抒颐在书房里关起门来一通折腾，好几个小时都不出来，顾蕙兰歪在沙发上敷梅漫扔在家里的竹炭面膜，一张黑脸，赛过张飞。

刚开始，顾蕙兰没有在意，等到一张滴水的面膜干透了，怎么也有四十分钟了，顾蕙兰抬头望望书房门，取下面膜洗脸，坐在沙发上追后宫戏。正在上演妃子智斗皇后娘娘的戏码，娘娘本来要把受宠的妃子置于死地，至少打入冷宫的，结果，妃子亮出了撒手锏，拿出了娘娘害她的证据——一包鸡母珠。娘娘没有置妃子于死地，反倒被动了，被妃子算计了。但是，后宫老大，权力在握，娘娘也不是吃素的，根本不会承认。后面还有好看的呢。可是，这集结束了。屏幕上除了字幕还有缠绵的歌曲，让人激情荡漾。顾蕙兰沉浸在娘娘、妃子之间的争斗中，惦记着明天的争斗结果，心里还感慨，皇帝光是每天处理后宫三千佳丽的事就忙不过来了，可怜的皇帝，可怜的妃子，可怜的娘娘。顾蕙兰倒可怜起皇帝来了，也是可笑。

顾蕙兰跷起手指捏了几粒松子，这也是梅漫爱吃的。她突然想起了结婚的梅漫，现在去欧洲蜜月旅行了，也不知怎么样，竟然不知道给家里打个电话。现在的孩子从不顾及父母的感受，总要父母屁颠屁颠地追着他们。这时候，顾蕙兰想起了梅抒颐，她想跟梅抒颐说说新婚的梅漫，说说刚才惊心动魄的宫廷戏，让梅抒颐分析分析妃子和娘娘谁会取胜。可梅抒颐在书房还不出来。顾蕙兰瞟了一眼紧闭的红木门，真想踢开门一把拽出梅抒颐。在屋里憋宝呢？想到这里，顾蕙兰吓了自己一跳，书房里确实放了家里的宝贝，这家伙真在房间里憋宝呢。顾蕙兰腾的一下从沙发上一跃而起，身手极其矫健，浑身满血复活的感觉。这是人受惊后的条件反射，她腾腾腾直奔书房，扬起胳膊就要打门，把梅抒颐喊出来，问问他到底在搞什么鬼。突然，顾蕙兰扬起的胳膊放下了，急匆匆的脚步也停在门口。她改变主意了，转身重新回到沙发上，抬头看看表，她要看看梅抒颐到底什么时候出来。

梅抒颐把自己关在书房里已经几个小时了，书桌上、地上，摊的全是画。梅抒颐闭着眼睛仿佛已经闻到了遥远的墨香，跨越时空，跨越千山万水，他看到了大师们在殚精竭虑地挥毫，看到了姑父梅若兰、姑母何碧筠边作画，边指着大厅墙壁上挂着的山水画轻言交谈。这情景深深烙印在他心里，也许是姑母说起的，也许是他想象的。它们在梅家留了这么久，姑父没舍得，姑母没舍得，今天，他却要从中拿出几幅去换房子。想起这些，他觉得自己简直是典型的败家子，心里不由生出了惆怅和哀叹。

他已经选了几次了，先是顾恺之的早莺，再是石涛的寒烟山水，拿起来舍不得，又放下；选了荆浩的峭壁峥嵘，又选了董源的岸溪，还是舍不得。摸摸这个，看看那个，心里一股悲凉涌起，他坚定地想，不能卖。转而，他又觉得很沮丧，很失望，守着这些有什么用呢？与其把它们天天卷起来，关在黑柜子里，还不如让喜欢它的人把它挂在房间里欣赏。即使自己能留下它们，到梅欣，到梅欣的下一代呢？就像那座宅院，可能不会长长久久地属于他及他的家族。

就这样，梅抒颐在书房里想了很久，犹豫了很久，痛苦了很久。最后，他选了一幅清代花鸟图还有禹之鼎的山水图，这两位画家都是清代的顶级画家。把这两幅画在明宝斋卖了，再卖件清代大彩瓶，加上自己手头的积蓄……想到这些，梅抒颐莫名地轻松了一下，似乎心里压着的沉重石头终于落地了。

第 77 章

做好决定，梅抒颐并没有把这个消息告诉顾蕙兰，他只想等把房子买回来，做好一切以后给顾蕙兰一个惊喜。况且，顾蕙兰可能不会同意他这么做，他也有先斩后奏的意思。

面对桌子上的早点，梅抒颐一点胃口也没有，在顾蕙兰探询的眼神下，他象征性地端起碗，吃了两个馄饨就放下了碗筷。

顾蕙兰瞥了一眼梅抒颐，心里放不下昨晚的皇帝和妃子们，忍不住问梅抒颐："你说，古代的妃子、娘娘老是这么争斗，皇帝家务事都处理不过来，哪有时间处理国家大事啊？"

一听顾蕙兰的话，梅抒颐忍不住笑了，心里有一点点无奈。"那是你关心的事吗？他们的生活离我们太远，学多少宫斗计谋现实里也用不上。"

"上次我看戏里说，用黄豆冰糖治疗发烧，我还跟代云说了，她说下次孩子发烧就用这个偏方试试。"

"有科学依据吗？"梅抒颐白了顾蕙兰一眼，心想，简直是脑子被屏幕霸占了，说话做事脑子不起作用。

昨晚，顾蕙兰在沙发上等，一直不见梅抒颐出来，后来不知不觉睡着了，等她醒来的时候，书房的房门早已打开，梅抒颐已经在自己的房间睡了。顾蕙兰迷迷糊糊地走进书房，打开柜子，画还卷在那里，瓷瓶也还挺在条案上。老头子昨晚在书房憋什么宝呢？顾蕙兰自言自语，关上房门回房间睡觉了。

清早，等顾蕙兰吃完早饭，拿上剑，穿上练功服走出家门，梅抒颐隔着窗户，看到顾蕙兰确确实实在一大群人里抬腿、扭身、举剑，他才做贼似的包上彩瓶、装上卷画出了家门。

走到大街上，梅抒颐的脑袋上都是汗，好像这画不是从自己家拿出来的，而是从别人家偷来的。彩武叔说今天他在琉璃厂的裱画店，他让梅抒颐去店里找他，把画先放在他那里，过几天他给明宝斋的老店长送去，这几天店长不在北京，正忙，去外地鉴宝去了。他还说，前阵子明宝斋刚举办了一个女主持人的画展，一幅画从几千元卖到几万元，卖疯了。咱们的画，甭去拍卖行折腾，在明宝斋就能卖个好价钱。

梅抒颐放下东西，在彩武叔的店里坐会，喝了几杯茶。彩武叔说买大彩瓶的收藏家、京城赫赫有名的冯爷一会儿就到，让梅抒颐等会，他先把手头的几幅画裱了。梅抒颐哪坐得住呀，跟着彩武叔一起站在台案前看他裱画，给他递递标尺，按按绢缎和相框。

"他要是收藏家，把那两幅画也卖给他，多好。我这急着用钱啊。"

彩武叔双手绷紧了红木木框，抬眼看了一眼梅抒颐。"你有哪里需要钱的，我想不明白。但我无意打听你家里的事啊。"彩武叔抬手蹭了下额头上的细汗，继续干活，"其实，这两幅画也是卖给这个冯爷，只是，不能从咱们这里给他。你想啊，他如果知道你一下子出这么多东西，一定揣摩到你急用钱，那会怎么样，肯定是压价啊。他们这些人，贼精贼精的，在江湖上漂了多少年了，鼻子一吸就知道来了多大的猎物。"

"哦，有道理。"书生出身的梅抒颐当然没有那么多江湖经验，生活经验也是不多的。彩武叔打算把画先给明宝斋的店长，然后让店长联系冯爷，从明宝斋里走。虽然，明宝斋会拿掉点手续费，但数目微不足道。这样，梅抒颐不仅价格上不会吃亏，也不会暴露出家世。否则，让冯爷猜到了梅抒颐家还有更多硬货，再磨着出两件，梅抒颐未必心甘情愿呀。

彩武叔裱完了画，还不见冯爷的踪影，梅抒颐心里惴惴不安，即刻有些坐不住了。

"冯爷是不是不来了?"梅抒颐忍不住问彩武叔。

"沉住气，酒香不怕巷子深。好东西，搞收藏的都舍不得放手。把心搁肚子里。"

彩武叔的话虽然自信满满，可是，并没有让梅抒颐完全放下心来，因为他实在怕房子被别的买家活生生抢走。梅抒颐不时抬手看他那块老浪琴表，举起杯子喝一杯似乎无味的浓茶。彩武叔突然接到中间人的电话，说冯爷今天有个活动，晚一会儿到。

挂断电话，彩武叔对梅抒颐说："这回你放宽心了吧。踏实等着吧，一会儿咱们两个去泰丰楼还是去全聚德?"

"都行，都行。"梅抒颐终于露出了由衷的笑容。

第 78 章

　　梅抒颐和彩武叔山南海北，老故事新话题地神聊加叙旧。不知不觉时间又过了个把小时。梅抒颐的眼睛不自觉地向门口一眼眼地瞄，总想着出现奇迹，冯爷会突然穿着马褂，戴着墨镜，拄着拐杖，身后跟着两个保镖，现身门口。这当然都是梅抒颐自己想象的。这年头，再怎么是爷也不会穿件马褂来，除非是从舞台上直接跑下来的精神病，讲究的撑死穿件带盘扣的瑞蚨祥。

　　梅抒颐正神游呢，裱画店门口突然停了一辆黑色奥迪 A6，这车直接撞飞了梅抒颐脑子里的胡思乱想。喜悦飞舞而来，梅抒颐感觉心跳都加快了。彩武叔也抬身"嗖"地从椅子上秒站起来，急忙说："八成是冯爷来了。"

　　两个人的身子双双探出门外。

　　奥迪车门打开，先伸出一双镶钻的尖头黑色高跟鞋，接着走出来一个三十多岁的女人，下了车，"砰"，直接把车门关上了。女人高挑个，穿一身高级灰的收腰连衣裙，脖子上系了一条樱花粉色小围巾，栗棕色的干练短发，整个人时尚、洋气、精干、高冷。

　　这、这是马姐还是马嫂？梅抒颐和彩武叔同时惊呆，有点手足无措。

　　亮丽的女人虽然打眼，但是梅抒颐和彩武叔等的是冯爷，所以，就是车上走下了七仙女，他们也没有闲心看。女人身后跟了一个戴墨镜的保镖，提着一个大黑包，两个人一前一后地走进裱画店就向彩武叔要彩瓶。

　　"冯爷呢？"

冯爷的踪影呢？没见到冯爷，梅抒颐很失望，彩武叔也不太愿意撒手大彩瓶给这两个陌生人。

"我是冯爷的助理，加士得的副总来跟冯爷会面，今天他来不了。"女助理睥睨一世、盛气凌人的表情让梅抒颐很不舒服。他想起了豪华商场橱窗里面目僵冷的塑料假人，身披昂贵的衣服，虽然也是微笑的脸，但是看起来很不亲切。

"冯爷今天没工夫，可以改日来。"彩武叔对女助理说。女助理没搭话茬。彩武叔歪着头对梅抒颐说："是不是？"

梅抒颐急忙点头说："对，改日也可以。"

两个人一问一答，以解自己的尴尬。

"我先看看货，然后付款。"女助理从包里拿出了白手套和放大镜。彩武叔从包好的绒布袋里小心取出了彩瓶。女助理拿着放大镜，对着桌子中心的彩瓶仔细看起来，从上到下，从里到外，将花纹、色泽、瓶底的款都仔细检验了。

梅抒颐手里拿着一个褐色大尼龙兜子，看着女助理的表情，他在琢磨和担心一会儿他们付了钱，这个兜子能不能装得下。装不下了怎么办，跟彩武叔借个兜子？去泰丰楼或者全聚德吃饭可能也不行了，不敢拿这么多钱啊。梅抒颐脑子里都是钱的事，其他的都是无关紧要的。

女助理脱下手套，收起放大镜，轻轻一笑，对彩武叔和梅抒颐说："这个瓶画工呆板，也许不真，我们考虑考虑。"

梅抒颐一听，急切地说："这是我祖上传下来的，我们家出的东西绝对不会有假。我——"

梅抒颐刚要说自己家里还有别的瓶子，如果觉得这个不真，他回家再拿一个来。没想到彩武叔一下子抢过了梅抒颐的话："冯爷不要也没关系，我们也找了另外两个买家，看哪个出的价钱高就卖给哪家。"

女助理一听彩武叔的话，脸上的表情僵住了，然后傲气地说："那好啊！不真的话，哪家也不会买。"

女助理说完，带着身上的一阵香气挺胸抬头地走了。

车里，冯爷正坐在后座上把玩手中的沉香木手串呢。什么加士得副总，那只是一个说头，先压压卖家的价是真。

"那老头说还有两个买家呢。"女助理略显沮丧地坐在车里向冯爷汇报。

冯爷先是一惊，然后摆摆手说："稳住，不听鸡鸭叫。我就可以当另外两个买家，都说他的瓶子有问题，看他还有什么自信。"女助理一听，咯咯咯仰头笑了起来，声音甜美而清脆。

望着远去的汽车，梅抒颐站在那里愣住了，这冰火两重天、瞬息万变的结局，他还没回过味来呢。唉，这是怎么一档子事呀。他提着装满了空气的尼龙袋，站在那里不知道该走还是该坐下。彩武叔一把拽过了梅抒颐，让他坐下，倒了一杯水递给了他。

"根本没找其他买主，我这是说给他们听的，怕被他们糊弄了。什么里面都有江湖，实心眼就吃亏。咱们稳扎稳打不惊慌。"彩武叔说得很从容。心里也琢磨，为什么这个助理说彩瓶子上的画呆板？从梅家出来的东西决然不可能有假，到底是怎么回事呢？彩武叔虽然没有跟梅抒颐说什么，心里却暗自思忖。

刚刚想到这里，彩武叔的电话响了，是明宝斋的老店长打来的。"伙计，马上有个买主来看瓶子，你们不要走啊。"

"你看看，说曹操曹操到。"彩武叔喜气洋洋地对梅抒颐说。梅抒颐僵硬的脸上也被砸起了一点小涟漪。

第 79 章

在彩武叔的斡旋和操作下，梅抒颐的两幅画和彩瓶都卖出了让他意想不到的价钱。终于拿到钱的梅抒颐，心里的一块石头总算落了地。

没过两天，彩武叔又约梅抒颐喝酒。梅抒颐兜里揣了两万块钱，兴冲冲地跑到平安大街的满恒记涮肉馆。点好了手切羊肉、爆肚、糖卷馃、白水蝎子、麻豆腐、肉串，梅抒颐又点了满恒记大名鼎鼎的红糖麻将饼，想一想又加了牛肉罩饼和一个大油香。

梅抒颐心里高兴，从内心里感激彩武叔，所以拿起菜单就刹不住了。当初姑母去世，他一个涉世未深的小伙子，什么也不懂。姑父前妻的孩子还来找过他，打算把他轰回天津老家，收回房子。当时，梅抒颐被这个阵势吓呆了，一直乖乖站在姑母身边长大的他连一句骂人的话都不会说，只会讲讲道理、说几句不痛不痒的话。可是，对于这些人，讲道理、说斯文的话是根本行不通的。就在那些人进房间准备搬走东西的时候，彩武叔拿着大棍子来了，对那群人说，谁敢拿走一根筷子，这是私闯民宅，他已经给派出所打电话了，民警一会儿就到。

在彩武叔高高举起棒子的怒斥下，这伙人果然灰溜溜地走了，从此，再也没有来找梅抒颐的麻烦。

后来，那几年，梅抒颐和顾蕙兰去支援三线建设，思敏和梅欣还小，也是彩武叔照顾这两个孩子的吃穿，还要防止他们被别的孩子欺负。总之，彩武叔对于梅家是功臣。这种恩情不是金钱可以衡量的，是多年血浓于水的亲情。

正当梅抒颐沉浸在回忆中时，彩武叔到了，他的身边还跟着一个瘦高个、一头灰白头发的人。看到他们，梅抒颐乐呵呵地站起身，他知道，彩武叔带来的人，绝对可以信赖，不然，彩武叔是不会带过来的。

果然，来人正是明宝斋的老店长。梅抒颐伸出手紧紧握了握。

铜火锅咕嘟咕嘟冒起了热气，手切羊肉在沸水里翻滚着小跟头，眼前的蘸料麻酱里，翠绿的香菜、打眼的香葱和流淌的红油只等着扑到羊肉身上再跳进人们渴望的嘴里。

三个人一起端起酒杯，喝下这杯默契的情谊酒。

"感谢老店长的帮助，一切都在这杯酒里。"梅抒颐说完一扬脖子，一杯汾酒一饮而尽。梅抒颐不会喝什么酒，也不太懂得酒的好坏，小时候背过的"牧童遥指杏花村"一直让他念念不忘，并成为指引他选择酒的标准，所以只要有杏花村酒，他就不会选择其他种类的，哪怕有茅台和五粮液呢。

"哪里，哪里，说这话梅兄就见外了，咱们都是兄弟。"老店长也一饮而尽。豪爽！

酒逢知己千杯少，他们不知不觉喝多了。当然，这三个一把年纪的人还是可以把控好自己的。

"听彩武叔说，你家里是世家，家里老人曾在宫廷里当过画匠。过去的画匠了不起啊，那都是当时顶级的大师。"老店长夹了一口羊肉慢慢嚼了起来。

"那是吃一口胆战心惊的饭，说不定哪天就掉脑袋。"梅抒颐苦笑了一下，仿佛自己把画卖掉换了钱，很对不起先辈们呕心沥血的画作。

"听说，家里的老宅子很不错，哪天带我们去看看。我最喜欢四合院，一直想下手收一套。"老店长对梅抒颐说。他确实想看看梅家的院子里到底有没有好东西。

"多年前就卖了，早不知道落到什么人手里了。"梅抒颐留了心眼，没有说这套房现在正在挂卖。万一老店长也相中了，岂不自己又多了一个竞争对手。

"啊！卖了，哎，可惜了，可惜了！好多人不知道它的价值。"老店长遗憾地摇头叹息。一句句叹息就像孔明草船上飞起的箭，实实扎在了梅抒颐这颗温热的心上。疼啊！"我最近看了不少院子，新街口内，不到后海，有几个真不错，我还真看上了。要看房子的建筑木料，还有老砖是哪里的，京砖咱们当然用不起，一块青砖一块金，但是崔家窑、景德镇的还是很不错的。院子里若有老树、几百年的花卉，更值钱。"

听了老店长的话，梅抒颐简直坐不住了。这一句句不是在戳他的心吗，这次不是用箭了，直接就是用血淋淋的刀啊。

"房子卖了，家里怎么也得传下点东西吧，要是想出手，我们这次走远一点，可以参加国际拍卖行，让人家拍你的东西，那价钱可就说不准了，说不定你的是孤品，那价格得飞天。"

老店长跟彩武叔说，想跟梅抒颐见见面，他是想问问梅抒颐家里还有没有要出手的宝贝，多年的工作经验和工作习惯，让他见了宝贝就挪不开步。而且，他凭直觉，猜想梅抒颐家还有更好的东西没有拿出来。一般人的规律是，最早出手的都不是什么精品，而是先把最不值钱、最没有名气的作品卖掉。如果他家祖上真在宫廷里当过画匠，住着大的四合院，那么地位在宫廷里绝对不低，那他随便用的东西，祖上留下来的物件搁现在都是古董，只是他们可能忽略了。就像有些美女，天天看，家里人谁也不觉她有多么漂亮，外人有时一看，都是惊为天人的。

"都上缴了，你们知道的，我们都是老实人。"梅抒颐脑子里是家里书房铜锁小柜里的宝贝，嘴上却说得含糊其词、信誓旦旦。哎，人有时候也是被逼迫的，不得不说违心的话。

梅抒颐默默喝了一口大酒，心里暖烘烘的，这是在给自己压惊，免得不说真话惊慌，让人看出破绽。

其实，彩武叔是看出来了，房子卖了他当然知道，但是，梅抒颐说家里的宝贝都没有了，他是不相信的，存货肯定有。当然，这是梅家自己的事，他是不想操这份心的。梅抒颐有什么事找他，他是必须赴汤蹈火的，绝无二心。

"哎，那太可惜了。遗憾、遗憾，心痛、心痛。"老店长吃了几口菜，内心失望惆怅。本来，他还想从梅抒颐这里抄底几条大鱼——这是冯爷的心思——看来，这个愿望无法实现了。他与梅抒颐和彩武叔干了一杯酒，站起身拱拱手说："失礼，失礼，感谢热情款待，我还有个鉴定会，时间不早了，我得赶过去。"

老店长起身告辞了。梅抒颐略感遗憾地和彩武叔一起把他送出了大门。

第 80 章

送走了老店长，彩武叔闷头吃了几口羊肉，似乎想着什么心事。接着他感慨地说："哎，本来还可以卖到更好的价钱。我没有操作好，让你吃亏了。其实，如果你不等钱用，再过几年，东西会更值钱，价格说不定会飞涨。"

梅抒颐摇摇头，似乎在否认彩武叔的观点。"已经很好了，以后的事，我们不想那么远。来！喝酒！"

梅抒颐向彩武叔举举酒杯，心里很是酣畅。他仿佛又回到了自己的老房子，踏踏实实地坐在院子里的长廊下，拿一本书，泡一杯茉莉花茶，吹的是院子里有泥土味的风，看的是自家院子里盛开的春花。惬意啊！

"彩武叔，这么多年了，你跟我情同兄弟，感激的话就不说了。这个绝不是贿赂你，也不是轻看你，这是情谊。拿着。"梅抒颐掏出了用报纸包的两万块钱，直接塞到了彩武叔的手里。

"你这是干吗？拿回去。"

彩武叔没有接。这钱他肯定不能收。梅抒颐现在一定需要钱，至于为什么事需要钱，还让他拿出宝贝来卖，他暂时还没有揣摩出来。彩武叔心里琢磨："要说，梅家不至于啊，应该不会缺钱，至少家用是没有问题，够花的。除非干什么大手笔的事。买房、买车？那也不用动这么大的筋骨啊。对，给梅欣买婚房。可是，梅欣的婚房早就买好了，除非，他想买更好的房子。"

"我无意打听你家的事。但是，你卖东西，肯定是需要钱，我怎么可能还

269

接这个钱呢，那也太不是东西了。"彩武叔不紧不慢地掰了一块油香，甜香的小麦味在嘴里回荡。

当初，梅家的房子卖了，梅抒颐把单位分的一间筒子楼给了彩武叔，彩武叔很感动。那时他对房价没有什么概念，现在房子越来越珍贵，越来越值钱，彩武叔心里越发感动了。

"我决定把那间筒子楼还给你。我家从父辈开始就借住你们的房子，这么多年了。"

"那不是借住，房子就是你的。"梅抒颐的语气很坚决。

"那间筒子楼是卖还是租由你们定，我下周就搬走。"彩武叔坚定地对梅抒颐说。

"还给我房子你住哪儿，租房？那间筒子楼就是你的，当时你不是给我钱了吗？以后，再不要提这些。"梅抒颐摇摇头，就是再穷，他也不会打那间房子的主意，也不会收回房子，他心里早就把那间房子忘了。

"六千块钱跟白给一样啊。"彩武叔着急地说。

两个人吃饱喝足，梅抒颐临走还嘱咐彩武叔，以后再也不要说什么房子的事，那房子就是彩武叔的。

回到家，梅抒颐看到顾蕙兰脸色很难看地坐在沙发上，也没有问顾蕙兰到底怎么了，喝了杯水就钻进房间踏踏实实睡觉去了。在他脑子里，办妥了梅宅的事，家里的一切大事都是小事了。

顾蕙兰见梅抒颐没有搭理她，愤愤得恨不得一把把他抓起来，可是，看到他疲惫的样子，似乎又喝了不少酒，没有忍心对他下狠手，想等他睡醒了算总账。

顾蕙兰为什么对梅抒颐摆冷脸呢？那天早晨，顾蕙兰练剑回来，发现梅抒颐没有在家，等到中午，顾蕙兰做完了饭，梅抒颐仍然没有回来，到了晚上他才满脸沮丧地回来了，晚饭也没有吃，关起门来也没有搭理顾蕙兰。顾蕙兰心想，天天往外面跑，一天在外面干什么也不告诉自己，回家耷拉着脸也不理人，这是要干什么？有一天，欢天喜地地回来了。顾蕙兰心里琢磨，时阴时晴，这是发生了什么？

小时工代云总是带来新奇的消息。她边擦着厨房的墙壁边跟顾蕙兰聊天，说她以前的一个老主顾、一个老太太跳楼了。老太太是个老中医，医术呱呱叫，不仅是专家，还自己出书，就是出门诊都有学生跟着抄方子。她的咳嗽就是被老太太一服中药治好了。老太太忙啊，没时间照顾老头的吃喝拉撒，就给老头雇了一个小保姆。结果，小保姆和老头搞上了。小保姆还怀了孕，要跟老头结婚。老头死活要跟老太太离婚娶小保姆。哎呀，老太太可喜欢她家老头了，脖子上戴的珍珠项链都是老头给戴上去的，她从来不舍得摘下来。走的那天，老太太穿着老头最喜欢的那件旗袍，戴着老头亲自给戴上的珍珠项链，大清早的，"吧嗒"，像从天空中落下来一粒鸟屎。

听了代云的话，顾蕙兰心里一惊，敢情这些老头们人老心不老。梅抒颐不会也在外面闹起了这等事吧？前一阵不是老同学聚会吗，他还笑着说，那时很喜欢那个女同学，现在女同学一个人过。看他回家那个沮丧样，八成是失恋了。想到这些，顾蕙兰心里一阵闹汗。监督老头的行踪，刻不容缓。

顾蕙兰赶紧去找苏雪雁，想跟她商量，倾吐心中的疑虑。

苏雪雁说明天要去溪湖度假村给一个老年社团讲课，让顾蕙兰跟她一起去，管一顿饭，外加度假村一日游。

"那有什么意思？"顾蕙兰哪有那种心思。吃饭和度假村目前都在心里被扔到角落了，没兴致。

"你这次讲什么课？帮助哪家公司推销？"顾蕙兰问。

"一家生物公司，专门做天谷粉。这个天谷粉跟普通的五谷粉不一样，种子是从太空上带回来的，吃了眼不花，头发乌黑，坚持长期吃，各种心脑血管等老年病都不会有。"

"从太空上带来的，神种啊。"

听了顾蕙兰的话，苏雪雁哈哈笑了起来。

"你吃吗?"顾蕙兰问苏雪雁。

"你吃吗? 我送你两盒。"苏雪雁对顾蕙兰说。

"我劝你还是别给人讲课了，这好像不是在帮助人，完全是在害人。"顾蕙兰没说自己的心事，又担当起了劝人改邪归正的大任。把自己的问题先放一边，这也算是一种大公无私的奉献精神了。

"喂，别谈这个好不好，我也是昧着良心的，可是它有市场啊，我不去别人照样去，我不做别人照样做。况且，我儿子离婚了，需要赔偿女方一笔钱，这都需要钱啊。我有这个机会和能力干吗不挣啊?"

苏雪雁说得头头是道。顾蕙兰简直不知道该怎么劝阻，可是，她打心里确实不希望她做这种事。

"这种东西，成本也就十几块钱，却卖上百块钱，确实不够厚道。"顾蕙兰拦不住苏雪雁挣钱的路，就从成本利润上说事。

"这点利润算什么。我上次讲课，通电的电磁床，成本几百块钱，卖上万块钱，利润更大。哎，现在什么不是这样，不必认真。"苏雪雁一摆手，算是把这件事说完了。

顾蕙兰赶快说自家梅抒颐的事，以及自己的各种担心，还有代云带来的故事，以及故事与梅抒颐的关系。

苏雪雁听了顾蕙兰的话，忍不住笑了起来，指着顾蕙兰说: "你要看看神经科医生，或者心理医生。完全地挨不着边。你不能把所有听来的故事都安在自家人身上，这完全是临床上说的一种冥想综合征。"

"你的意思是我还得了精神病。"顾蕙兰白了苏雪雁一眼，"可是，他还——顾蕙兰刚想对苏雪雁说自己无意间发现梅抒颐藏在被子里没来得及存入银行的巨款，她忍住了。家里有那么多钱，还是不对外人讲好，万一哪天苏雪雁张嘴跟自己借钱，这钱是借还是不借呢？所以，有些事，嘴还是要严呀。

第 81 章

　　梅漫结婚的当晚，李翰歌一个人到了后海的酒吧，要了一大杯加冰的威士忌。喝到一半，他又让加了半杯冰水，他心里好像着火一样，特别想吃凉的东西。胃里是空的，脑子里是蒙的，那种感觉太难受了，他都想一个人跃身跳到后海里。梅漫走了，他死的心都有。

　　"酒里加这么多冰水？"

　　李翰歌抬头一看，身边走过来一个长发美女，她手里端着一杯酒，尖尖的下巴，大大的眼睛，长长的睫毛。

　　搭讪？！酒吧里果然有闲得无聊的单身美女。

　　"我是一个平面模特，也拍广告。你跟我合作拍广告吧，我觉得你超帅的。"

　　被星探看上当模特了。李翰歌苦笑着一咧嘴，仰头把酒一饮而尽，然后站起身对身边的长发美女说："我明天给你找个更帅的男的，后天给你找个金发碧眼的外国美男，够你天天拍广告了。"

　　李翰歌说完，站起身大步走了出去。他没有兴趣和时间劝人改邪归正，当别人的心灵导师，干预别人的生活。他们的身体和灵魂都是自由的，想做什么就做什么，但是，做得不好，就要付出惨重的代价，生活会让每个人自己埋单。钱和生命都掌握在自己手中，愿意一次花光也可以，愿意细水长流也可以，一切都要靠自己感悟。

刚走出酒吧，就接到梅漫打来的电话。李翰歌喜悦地拿起手机刚要接，突然停住了。冷风一吹，他醒了。今天是梅漫和夏南的新婚之夜，她给自己打电话干吗？难道夏南找了梅漫的麻烦？难道新婚之夜发生了什么事需要李翰歌帮忙？不管发生什么事，她这个时候也不该给自己打电话，而该找夏南来解决。想到这里，李翰歌赶紧把手机放在兜里，让手机静静地响。这就是新婚之夜，梅漫给李翰歌打电话他没有接的原因。梅漫嫁给了别人，李翰歌目睹她穿上婚纱走上了红毯，被别人抱上了汽车。但是，李翰歌还是不相信，他感觉那不是事实，只是一场梦境。

今天看什么都那么灰暗，看什么都让人失望。以前与梅漫一起来后海，看水面上燃起的彩灯，看湖上游荡的小船，看游弋的野鸭，共同吃一串冰糖葫芦、一个香草冰激凌，一切都那么美妙。今天，一切都那么虚假和丑陋。

从梅漫拒绝见李翰歌开始，李翰歌就开始补习英文，申请去美国留学。前两天，几所大学已经发来了邮件，其中包括李翰歌比较满意的伯克利大学。

该走了，这里没有了梅漫，一切都不值得留恋。李翰歌感慨。

在出国读书之前，李翰歌还要和李荷花一起去趟西北。父母出钱让他在那里找个合适的学校，免费开设舞蹈班，最后他经过调研，决定就在离父亲老家不远的县城附近选一个学校。那天，他们在几所学校门口，询问了很多小女孩，还拿出一张天鹅湖的照片让她们看，问她们喜欢跳舞吗，喜欢跳这种芭蕾舞吗。孩子们和家长们充满好奇地说，像个小天使，女孩子学学这个多美呀。当时，李荷花下决心说，建一个芭蕾舞班，就是将来孩子们不当芭蕾舞演员，也能成为一个优雅美丽的乡村女子。他们有义务让高雅的芭蕾走入乡村，让那些在田野里疯跑的孩子们穿上仙女般的纱裙和舞蹈鞋。

当李翰歌回复了伯克利大学的录取邮件后，就着手准备安排家里的事。父母让他放心，父亲的病有妈妈照顾，家里的产业全部托付给了可信任的表哥，李翰歌只需看看每年的财务报表，过问一下诸如上税、公益、收益等关键问题，把握大的方向就可以了。

李翰歌和李荷花已经订好了高铁票，很快就要出发了。虽然，梅漫开玩笑地要撮合李荷花和李翰歌，但是，在两个人心里，爱情从没有降落到彼此的心间。用《围城》中钱锺书的话说，他们是两条相互平行的直线，永远不会相交在一起。李翰歌的心里只有梅漫，放不下梅漫，就容不下任何女人。李荷花的心里只有那个守候在山野中的李想，尽管梅漫跟她说得很清楚，李想已经有了女朋友，还夸张地说李想已经结婚了。李荷花抱着不切实际的空想，但是李荷花执着、专一，像一头倔强的牛一样，没有人可以拉得回来。

高铁轰鸣，像一只腾飞的蛟龙，沿着起伏绵延的平原和山岭，一头扎向了浩瀚的绿色海洋。

第 82 章

　　夏南对梅漫还是很宠的，在欧洲度蜜月，他给梅漫买了不少梅漫曾经心仪而没有能力买的东西。女孩子嘛，喜欢名牌，喜欢漂亮的首饰和衣服，也是可以理解的。梅漫整个人都快飞起来了。她第一次感觉嫁给夏南是对的。这正是她想要的生活，这种梦境般的生活和公主般高贵甜美的日子就这么飘然而至。"难道我追求的就是这些吗？"另一个声音在梅漫心里叫嚷，仿佛在质问她。但是很快，梅漫就把那个从天而降的声音抛到了外星，欢天喜地地进入买买买的日子里了。

　　除了给自己买，还要给父母、婆婆等一干人买。不知为什么，梅漫突然想起了李翰歌，以往每次出门，她都会给李翰歌买东西，但这次不用了，以后永远都不用了。梅漫苦笑着放下手里的男士衬衫。

　　梅漫之所以跟着夏南这样买买买，除了因为虚荣、需要，也是为了麻痹自己，用这样的生活压制对婚姻的不满。

　　夏南说，马上给梅漫换一辆红色奔驰，要跟她的身份相匹配的；还要让梅漫尽快怀孕，不然老妈胡娜那里不好交代，当初，谁叫她吓唬他们说怀孕的。梅漫辩解说，这完全是跳进黄河也洗不清的事，特大冤案，包公也断不清，他和她作为当事人也理不清。可能是灵异事件，或者是外星人搞的鬼。现在怀孕，她做梦也不想，就是夏南给她买两辆奔驰也收买不了她。梅漫骄傲地盯着自己的大长腿、杨柳腰，是怎么也不能接受把一个白胖胖的肉团子放进肚皮里的。

夏南结结巴巴地说："你想什么呢，我没豪成那样，给你买两辆奔驰。"

梅漫给夏南交代任务，说婆婆大人胡娜那里，让夏南去处理，她不管，爱怎样怎样，反正现在已经这样了，胡娜再怎么不满，也不会把熟饭倒回米缸。

梅漫撒起了矫情和不讲理，有意欺负夏南。如果对李翰歌她是不会这样压榨的，因为爱所以顺从，因为不爱或者不够爱，所以伤害。

回到婆婆家的时候，梅漫和夏南怎么也没有想到，家里正在经历一场战争。胡娜住院了，据说是被父亲气病的，并不是乳腺癌复发。父亲夏以鸿头上被胡娜的凶器、景德镇瓷茶杯直接开了一个咧嘴笑的口子，头上缠着白纱布，据说还缝了好几针，搞得兴师动众，开会、会客、视察，夏以鸿都要顶个帽子。夏以鸿也不敢说是老婆大人胡娜打的，那多么失颜面，多么让一个男人的尊严扫地，多么让人耻笑。所以，夏以鸿扶着脑袋咧嘴说是不小心撞在铁窗户棱角上。群众即刻咂嘴同情，深刻表示铁窗户特别不长眼睛，经常伸出讨厌的触角伤害人，七姑也被它碰过，八姨也被它伤过，恨不得直接把铁窗户暴打一顿才解恨。

母亲大人胡娜和父亲大人夏以鸿这样并没有让夏南吃惊。从小，看他们两个人吵架也是常有的事。多年前因为三姨胡晶他们吵过一次架，后来母亲病了，似乎和父亲的关系有些好转。现在他们年岁大了，母亲胡娜又有病，脾气大一些也是可以理解的，动手可能是因为一时没有搂住性子，火气一蹿，难免失手。可是三姨胡晶再一次忽然消失却让夏南不能理解。他和梅漫还精心给胡晶挑选了礼物，现在找不到人了，据说回重庆老家了。

原来，胡娜有一阵子去海南疗养了。本来订的是晚上到家的票，结果遇上空中交通管制，飞机晚点，航空公司让她们从飞机上下来，直接拉到酒店等通知，还说不知道什么时间能起飞。胡娜好心地让夏以鸿的司机先回家。

看这种情况不是几个小时能等到的，也不能让司机在机场等一夜啊。结果，航空公司半夜突然通知她们上飞机。这个时间点，胡娜真不好意思把司机揪起来。

结果就是，凌晨四点她到了北京，只能打个出租车。在启明星高悬的蓝紫色的梦境中，在静悄悄的晨梦里，她悄无声息地推开了家门。

等她走进卧室，开灯一看，完全像遭遇活鬼一样，房间里的三个人同时尖叫起来，他们怕房间里的阿姨听到，尖叫后同时捂紧了嘴巴。胡娜捂着嘴，手里的包直接滑落到地上，身体也软弱无力地歪在了墙边。胡娜捂完嘴捂起了眼睛，她不忍看，不想看，她羞愧难当。

后来，就是胡娜把胡晶轰出了家门，并告诫她永远不要再迈进这个门。然后，夏以鸿的脑袋就缠上了绷带。本来，胡娜生病后脾气温顺了很多，多年体面太太的涵养让她的脾气经历了从高傲、冰冷、刁钻古怪、不可一世到和蔼可亲、稳重、豁达的转变，尤其是病后，她更看开了一切。可是，这件事，她是无论如何不能看开的。

本来，轰走了胡晶，这件事就当没有发生过。当她沉住气问夏以鸿，他们两个人是从什么时候开始的时候，夏以鸿居然不知廉耻地说当然是第一次，以前她就是瞎猜疑。这个"当然"胡娜听起来极其刺耳，她突然想起了夏采薇上学的时候，无意间跟自己说在某个办事处吃烧卖碰到了三姨和爸爸，当时她没有在意，以为他们是去办事。是不是那个时候他们就在一起了？如果是这样，他们欺骗了自己多少年啊。

想到这里，胡娜柳眉抖起，一股邪气直冲头顶，怒发冲冠、心如潮涌的气势啊。可是，夏以鸿没有看胡娜的脸色行事、说话，居然垂着眼皮说不要让胡晶回老家，她给他哭着打电话了，以后他们再也不会这样了。胡娜一听，这股气被直接煽了风，更旺了。就是打电话哭诉，也应该找自己恳求，怎么又打给夏以鸿？以后再也不会了，这句话鬼才信。胡娜的火气直接蹿到了胳膊上，抄起身边的茶杯，用尽全身的气力，直接砸向了夏以鸿的脑袋。这就是胡娜会动手的原因。当然，这件事一定会被载入夏家的史册，载入夏以鸿和胡娜的夫妻生活史。

第 83 章

梅漫从国外度完蜜月回家的时候，被老年少女顾蕙兰的精神状态惊吓住了。本来，她给老年少女带回了一条爱马仕的大海蓝图案的丝巾——现在的老年少女们，不是都喜欢戴上扎眼的围巾照相吗？——满足家里这位老年少女的爱美之心。

"是不是就差这种颜色，赤橙黄绿青蓝紫就集齐了？出门照相举高点。"梅漫没有忘记跟老年少女开玩笑。结果老年少女向梅漫指指梅抒颐的房间，然后把梅漫拽到了另一个房间。梅漫也被她神神秘秘的样子搞晕了，心宽地想，老年少女都是这种神神道道的路子，强行对自己说："忍！由着她犯更年期的轻微精神病以及忧郁症、脆弱、絮叨等毛病。"

"哎哟！"顾蕙兰皱眉，咧嘴，像终于见到亲人似的，眼睛里居然闪耀着泪花。

"干啥您？"梅漫惊慌地掏出纸巾，"我刚走几天您就想我想成这样。别遗憾我没有嫁给李翰歌，嫁给夏南其实也不吃亏。"

梅漫按照自己的想法跟老年少女说话，没想到，老年少女跟她说的根本不搭调。

"你爸爸，他、他可能有外遇。"顾蕙兰气得跷起了兰花指，指着梅抒颐的房间说。

"开什么玩笑。我爸我还不知道。您能不能正常点，真以为自己是老年少

281

女啊，搞什么多情。"梅漫哭笑不得。婆婆家打得头破血流，这边也起了硝烟，都要干什么呀？"别瞎猜疑好不好？他跟您提出离婚了？"

"没有。"顾蕙兰摇头。

"您抓到他们了？"梅漫想起了夏南跟他讲的婆婆胡娜下飞机回家看到的一幕。

"没有。"顾蕙兰继续摇头。

"您有证据吗？"

"没有。"顾蕙兰摇得头有点晕。摇三回了能不晕吗？

梅漫一听气笑了。"什么都没有，您臆想呢？"

"是真的。"

梅漫简直不知道说什么了，面对这样固执又固执的老年少女她能怎么办啊？

"那您说有就有，他又没提出离婚，您就装作不知道呗。"梅漫不知道自己该说什么，怎么劝她，只能这样敷衍着说。

"你知道吗？他以前在家看股票，天天不出家门，但这些日子，天天一大早就跑出去，回家也不理我，关上门就不出来，也不跟我说话。"

"厌恶您了？"梅漫看看面前这位老年少女，长相还是可以的，不像秋后的枯树叶；打扮也是可以的，不像背着锄头刚在地里锄完地的农妇，在同龄女人中属于色相上乘。

顾蕙兰摇头，委屈的眼泪"吧嗒"真掉出了一对。"有一天，我跟你苏雪雁阿姨一起偷偷跟踪他，结果发现了什么，你猜？"

"那谁猜得到啊？"梅漫一拧眉头。

"他去找厕所公主她妈肖雅清去了。你说气人不气人？两个人有说有笑、眉飞色舞的。我险些冲过去给肖雅清两记响亮的耳光，再踹你爸爸两脚。反正有你苏雪雁阿姨在呢，武术世家传人的底子，不怕他们。"

那天，要不是苏雪雁狠狠拽着顾蕙兰，使劲捂着顾蕙兰的嘴，她早就冲过去又踢又骂了。可惜没冲动起来。

"您别神神道道的行吗，说个话就有问题了？想多了。"梅漫把围巾给顾蕙兰系在脖子上。

"你知道吗？"顾蕙兰又拉住了梅漫，压低嗓子在梅漫耳边说，"你爸偷偷藏了好多私房钱，也不知道是从哪里搞来的，我看咱家柜子里的古董什么的没少啊，其实有几件我也记不清楚，都是你爸爸保管着。"

梅漫一直知道家里有个上锁的柜子，里面放了什么家里从来没有说过，只听梅欣说是宝贝，但以为他在开玩笑根本没有在意。难道是真的？

"你们那么有钱还舍不得给我。"梅漫居然咧着嘴哭了。如果知道家里有这么多宝贝可以换钱，她就不会为了损失那些钱而痛苦，就不会想方设法地挣钱，就不会嫁给夏南，就一定会嫁给李翰歌。"你们害了我啊。"梅漫伤心地哭了起来。

"害你？"顾蕙兰被梅漫的话和痛苦吓呆了。

这是从哪儿说起啊？顾蕙兰感到不解了。

第 84 章

　　和梅欣以前在法院一起工作的一个朋友，这几年开律师事务所，又给大企业当法律顾问，听说还给某位名人打了一个跨国大官司，从此声名大振，从而挣了不少惹人眼红的金子。他前几年在北京置办了一个四合院，听他说打开门紫禁城的黄顶都能看见，北海的白塔都若隐若现，是乾隆皇帝的宠臣和珅的大舅子的小姨子的宅子，民国的时候，还住过几个大文豪。梅欣一听，就知道牛皮吹歪了。北海和紫禁城相距至少两公里，要想同时看到，除非在空中俯瞰。跟老外吹吹还行，他们也不懂；跟梅欣吹，得吹出水平，假吹绝对不行。

　　这位大律师朋友请梅欣在四合院喝茶。为了开开眼，梅欣准备赴约，推开他家窗户看看紫禁城的黄顶子和北海的朦胧白塔。

　　律师朋友穿了件中式缎面的闪光咖色上衣，几年没见，这家伙的头发居然白了。

　　"地主衫都穿上了，行啊你。"

　　梅欣走进院子，环顾四周。院子里一棵小瘦花舒展着嫩叶。大肚子鱼缸也是仿旧的。游廊木窗、地上的青砖，都是现在的仿品。单看这棵树，就不是院子里的老树。哪个深宅大院没有几棵古树啊，看看恭王府的老榆树，看看宋庆龄故居的西府海棠，再看看他家这榆叶梅。梅欣失望至极，突然想起了小时候长大的老院子。没有比较就没有伤害。伤害太深了，梅欣都有点心疼。

"看看这个条案，还有墙砖、木头，都是我从拆除的四合院里好不容易找来的。现在都知道这些是古董，一出东西，多少双贼亮贼亮的眼睛盯着呢，不花点钱，动作不快，一片瓦也抢不着。"朋友指着中堂客厅里靠墙边的红木条案，还有条案下整齐排列的几块花纹青砖、几根雕花木雕，颇为自得地对梅欣说。

这点东西哪能打动梅欣？梅欣家的老房子，一院子这种砖，一房顶老瓦，房子所有的木料都值得收藏，更不要说紫藤、海棠、大鱼缸了。这点东西也值得吹嘘，简直就是，关公面前耍大刀，自不量力。

"搞个四合院，整点古董，这是雅趣。"

在长廊下喝着茶，梅欣向朋友摇摇头。这头是摇给朋友看的。可是梅欣的心里，有些不甘，那种渴望，那种失落和惆怅特别扎心。

梅家在不经意间丢失了一件宝贝，一件无价之宝。

从朋友家出来以后，梅欣没有回家，不知不觉走到了新街口，然后居然沿着曾经熟悉的路走到了原来的梅宅。好像被什么东西吸引着一样，梅欣似乎是被拽过来的。梅欣围着院墙走了整整一圈，然后贪婪地盯着紧闭的大门，仿佛这扇门仍然可以推开。梅欣望了一眼高高的围墙。围墙加高了不少，像人脖子上的围脖，把院子包裹得严严实实，几乎窥视不到里面的东西。童年、学生时代的生活像一部旧电影一样在梅欣脑海里放映。梅欣继续向前走，茯苓厂还在呢，馋人的香味已经消散，那个卖北京辣丝、糖豆、牛奶饼干的小店也不见了，改成了一个卖房子的店铺，上面贴着密密麻麻的房屋出售信息，基本都是附近的四合院。出于好奇，梅欣推开店铺的门走了进去。店里很安静，角落里坐着一个老年妇女，正戴着眼镜低头做十字绣。她抬头看了梅欣一眼，说："看房子啊。这个时间点刚刚得会闲。送走了好几拨看房子的，再晚我也关门了。"

梅欣不好意思地说："你若关门，我就不打扰了。"

"没关系，没关系，你尽管看，看上哪套了，我都有钥匙，有租户的我就打电话预约一下。"女人打开了铁柜门，里面有一排整齐的钥匙。

梅欣笑笑，开始抬头看墙壁上贴着的房屋信息，一个个浏览。突然，他眼前一亮，看到了一栋熟悉的房子。怎么那么像自己家的房子啊，不可能吧。梅欣仔细盯着看。身边的女人笑嘻嘻地说："这房子可是我店里的宝贝，今天来的几拨人我都推荐了这个。告诉你，这可是宫里人家留下来的房子，可值钱了，无价。"

梅欣一听，苦笑了一下，暗自想："这、这是机缘巧合吗？是冥冥之中的牵挂，还是它找我们梅家的人来了？"梅欣竟然激动得心跳加快了。

"这个房子怎么也出售了？"梅欣伸出轻微颤动的指头，停留在房子的出售信息上。这张图片上的影像正是自己梦里千回百转的牵挂。

女人回身拿起十字绣，用手按按上面的花卉又放下，抬头看着梅欣的脸。梅欣也看着她的脸。两个人同时惊异地看着对方，似乎在脑子里搜寻着什么。

"你、你是梅家的大儿子吗？我看这眉眼像。"

女人指着梅欣的脸，呆呆的，似乎脑子正在使劲地旋转搜索。梅欣也两只眼睛发亮地盯着对方的脸。

"肖阿姨。"梅欣险些顺嘴叫出厕所公主的妈。都是小时候梅漫总这么叫，他听习惯了，难改口。

"哎呀呀！风水轮流转，不知道咱们怎么又纠结到一起了。多少年了，散了，又聚了。缘分啊缘分。梅家的老两口可是大好人。当初街里街坊的，都处得不错。"

肖雅清急忙端过来一杯水，递给梅欣，还让梅欣坐到椅子上。梅欣哪有心思坐在椅子上啊？

"能看看房子吗？"梅欣很想进去看一下，看看还是不是从前那个样子。

"没问题，没问题。"肖雅清开始找钥匙，翻啊翻啊，却怎么也没有找到，"钥匙怎么找不到了，奇怪，今天有好几拨看房子的。哦，想起来了，是我那个姑爷把钥匙拿走了，他说明天带朋友过来看房子，免得再来取钥匙了。你看我这记性。"

听了这话，梅欣有点失望。

"对了，你父亲也来看过好几次了。放心，里面的东西基本还是原来的样子。"

听到肖雅清的话，梅欣有些欣慰。房子幸运地落在香港夫妇手里，他们是懂得和珍惜保护文物的人。如果落在什么也不懂、攥着大把财富的傻大款手上，房子可能早就被拆得面目全非了。

父亲也来看过房子，这个梅欣真的没有想到。为什么？梅欣不解地摇了摇头。

第 85 章

肖雅清回到家的时候，厕所公主正在床上捂着被子痛哭。肖雅清一看就一肚子气，心里骂她窝里横。甭管受了什么气，不论在大街上跟人打架了，还是在单位跟同事掐架，跟领导闹了别扭，不管用什么方法，绝对没有回家捂被子哭的道理。看这个窝囊样，尿包一个。肖雅清恨不得掀了被子把她拳打脚踢一顿才解气。

"哭死你也没有用。"肖雅清没好气地说。

"这样了你还不让我哭，难道你想让我死？"厕所公主号叫着。

"甭跟我这儿号，有本事，该跟谁号跟谁号。"

肖雅清知道，女儿跟女婿的关系不好，小吵大闹是家常便饭。可是，夫妻哪有不吵架的，吵就吵呗，有什么了不起的，看谁能把谁镇住。

"离了。"

"离了？谁离了？你离了？你什么时候离的？怎么不跟我商量就私自跟他离了？傻啊你。"肖雅清一听女儿的话，气得鼻子都喘粗气了，脸色也跟下雨前的天色差不多。

"钱呢，他有那么多钱，要过来呀。"肖雅清的声音盖过了厕所公主的哭声。

"他说手头紧，钱都压到生意里了，等有了再给我。"

"你赶紧给他打电话。"肖雅清急吼吼地对女儿说。

"他不接电话。"厕所公主拽着抽纸，"噌噌"使劲擤鼻子。

肖雅清拿起电话给袁震饥打，也没有人接。今天他到自己店里取钥匙，一点也没有看出来呀。"这小子，蔫人做大事，欺负到我女儿头上了。还说梅家的那个房子让我给他留着呢，想得美，给他留，那要先跟我女儿复婚。"肖雅清咬咬牙，似乎咽不下那口气。

"离婚就离婚，我还不想跟他过呢，他是虐待狂，经常打我。"

"说的都是屁话，他打你你就打他，这些都不是最重要的。最重要的是财产呢，钱呢？"肖雅清气鼓鼓地说。她觉得自己的女儿简直就是个傻子，连离婚最重要的是什么都不知道。没攥到钱，想离婚，哪有那么简单？

"我把家里能拿到的钱都拿到了，房子他不给我，算了，我不要了。"厕所公主似乎很大度。

肖雅清鼻子里哼了一声，拿起桌子上买回来的熟牛肉咬了一口又扔了回去。哪有吃的心情啊？厕所公主一看有牛肉，从被窝里钻了出来，把苦恼和伤心暂时放在了一边。这种哭完就能吃的心态和对自己不折不扣的爱，需要多宽广的心啊。

第二天，肖雅清想去梅家的老宅堵袁震饥。但店里来了好几拨客人，雇的一个帮忙的店员根本忙不过来，肖雅清只得作罢，等着袁震饥上门来。

她把店员打发走了，一个人坐在店里等。她眼睛盯着门口，眼神都快把门望穿了。

等袁震饥来到店里的时候，肖雅清的怒火也消尽了。但是给女儿争房产的事不能含糊。本来，肖雅清要给袁震饥下马威的，先扇两个耳光解气再说。耳光没扇成，肖雅清只是冷冷地对袁震饥说："听说你们离婚了，这么大的事都不告诉我，是想先斩后奏，你好独霸财产呀。"肖雅清耷拉着脸，像一张鞋底子。

"是她要离婚。"袁震饥脸上的表情很平淡，根本没把肖雅清的话和态度放在眼里，轻视都算不上，完全是无视啊。

听到袁震饥的话，看到他的表情，肖雅清的火算是被煽起来了。

"别以为就我们母女两个人，你就可以随便欺负。"肖雅清的声音提高了八度，"告诉你，我哥哥她大舅，虽然退休了，可是，照样能把你制成渣，你信不信？"

袁震饥笑了，对肖雅清不急不恼地说："您别急。她有外遇了，找了一个小鲜肉，是她看不上我了，不是我看不上她。离婚是她提出来的。"

袁震饥知道，只要他扔出这个炸弹，肖雅清就是再恼火也没趣。

听了袁震饥的话，肖雅清心里一惊，但是脸上一丝表情也没有，根本不惊慌，到底是老姜。

"你是不是在骗我？这种事我也不能完全听你的一面之词。"肖雅清心里想。

"嘿嘿，您别听她的，都是她瞎猜疑，疑心病太重。我给店铺、给存款、给房子，财产上她一点也没有吃亏。您放心，我一个大男人，绝对做出男人的味来。"

"别跟我说一套做一套。"肖雅清可不是好糊弄的，也不是吃素的。

"骗您的话，您去找人砸我的店铺，烧我的房子。"袁震饥话说得狠，只有这样才能让肖雅清相信。房子当然有厕所公主的，但在昌平区，还有贷款。店铺也给她一个，是出租的报亭。

袁震饥今天带了几个朋友看梅家的老宅，朋友们都说院子不错，就是卖家要价太贵。

袁震饥不撒出手里的钱就是想拿下这个房子，他还让肖雅清跟卖家说一说，要使用套路，逼着卖家降价。

"房子看了，朋友们都说不错。实话跟您说，房子不是别人买，是我买。您务必帮我压压价。您对卖主说，有人要买，就是觉得价格太贵，如果卖家坚持不降，您就说又找了几个买主，然后出的价格比我这个低很多，这样卖家自然就降价了。"

袁震饥以为，自己说已经给了离婚的厕所公主房子、店铺和钱，肖雅清就会帮助自己，但他太小看肖雅清了。如果袁震饥说，房子买下来房本写厕所公主的名字，还有希望让肖雅清帮助他，但现在离婚了，他自己买房，让肖雅清帮助，他想什么呢，真是想得美啊。

"好啊，我肯定帮你啊。有好几个主顾，我到时就对他们说房子卖了，你赶快筹钱，多交点押金。"

肖雅清说的话完全是嘴不对心。梅抒颐已经来过很多次了，他出的价钱是最贵的。梅抒颐还送给她一个碧玺坠子。虽说是新的物件，可是从色相和大小看起来，不会太便宜。

"你哪有这么多钱买房啊?"肖雅清只关心袁震饥的财产。

"借啊。"袁震饥说假话不眨眼，这也是一种本领。

第 86 章

　　梅漫度蜜月回来的时候，李翰歌和李荷花早就不在北京，去了西北。所以梅漫给李荷花带回的礼物也没有送给她。

　　李荷花和李翰歌一起坐上了高铁，在座位上，李翰歌递给李荷花一瓶矿泉水，无意间他们的手指轻轻碰到了。一股暖暖而异样的柔情，但是并没有在两个人心里撞起波澜。李荷花的心里冒出了这个想法：自己会不会有可能跟李翰歌成为一对情侣呢？问自己的时候，她的答案是否定的。是绝对、完全没有可能的。爱情不同于别的，谁也不想违背自己的心意。你很优秀，很英俊，很完美，但是，我就是无法爱上你。这是谁也无法说服的。她千里迢迢来到西北，除了了却自己一个舞蹈老师的梦，还有就是想离北大才子李想更近一点，可以每周去看看他，哪怕离得远远的，不说话。想到这里，李荷花觉得自己像个犯花痴的精神病，哪个正常的女孩会这样对待自己的爱情，简直就是把爱情送进了监狱。

　　其实，这种花痴爱情哪个父母会同意呢？幸好李荷花没有对父母全部抖搂出来，她隐藏起了自己的秘密。父母只知道她选男朋友比较挑剔，眼睛望天，海归、才俊、小老板、公务员，什么类型的也谈不拢，但依他们的眼光，他们全都是佳婿。目前，李荷花心目中的北大才子李想就是穿一身几十块钱的布衫，那高冷的气质也迷人，也比所有的"他们"强千倍。

　　李荷花的父母不仅急得托朋友、托七大姑八大姨赶紧给她介绍对象，还拿着军绿色小马扎，怀揣荷花最美的放大照，成了景山公园相亲角的常客。他们看到靠谱的就递上照片开聊，留电话，圈微信。李荷花听到这个消息，想到这种场景，险些哭晕在厕所，着实快被逼疯了。问题是，每次从景山公园回到家，父母都感慨地、恫吓地对李荷花说，再不着急出嫁，她只能找个二婚的大叔，进门就当后妈了。

李翰歌呢，面对孤男寡女的状况，没有想到这个问题也是不可能的。他也否认了这种意念。李荷花很优秀，很完美，也有一种特立独行的美，可是李翰歌跟她无法成为恋人，因为心根本无法相互像磁铁一样互相吸引。

"消凉寇敢森么趣（小两口干什么去）？驴友海事弹琴（旅游还是探亲）？"旁边座位一个戴眼镜、瘦长脸的中老年男人，甩着浓浓的不知道是哪里的江湖口音问李翰歌和李荷花。

李荷花刚要张嘴否认，并向他大肆宣讲他们此行的伟大壮举，就被李翰歌踢了一脚，算作警示。李荷花吓得懵懂得如坠云雾，心想李翰歌干什么呀，给荷花仙子舞蹈班做做宣传都不行。让她这老师也被人高看一眼啊。

李翰歌笑笑，对中老年男子说："对啊！是旅游。"

李荷花听了李翰歌的话，冲他瞪眼撇嘴表示不懂。李翰歌向李荷花一闭眼，留下一丝神秘的笑。

以他的社会经验，跟陌生人交谈，先不要过早暴露自己的目的、企图和心思，先听听别人说什么。当然，这不是待人不实在，也不是欺骗，这是李翰歌自己为人处世的方式。

"我想吃排骨泡面。"中老年男人身边的女人娇滴滴地对他说。女人看起来也就三十多岁，撑死不到四十岁，比他年轻很多很多，而且没有什么口音，不知道是哪里人。

"折是额捞破（这是我老婆）。"

听到男人的话，李翰歌和李荷花同时惊呆了。李荷花当即断定这个男人是个人贩子，或者是个大骗子。李翰歌踢她那脚是对的，说自己拿着钱去办校，还不被他们下药绑架了？

"逆闷药娶系贝已定要去一格呵呵有命的杜家村（你们要去西北一定要去一个赫赫有名的度假村），系贝忑馋、小痴沙豆油（西安特产、小吃啥都有），打食府组伤使转门歌样柜肥做𰻝𰻝面的（大师傅祖上是专门给杨贵妃做𰻝𰻝面的），救市朝南谢（就是超难写）、恨福咋的拿个字（很复杂的那个字）。害嫩彩宅系贝打十六，串样柜肥的姨夫（还能采摘西北大石榴，穿杨贵妃的衣服）。"

打十六、串姨夫？李荷花纳闷了半天才明白敢情是大石榴、穿衣服。多味江湖话，让人晕菜呀。

"额！"中老年男人一拍胸脯，砰砰的，像撞门似的。李荷花吓了一跳，以为他胸疼呢。

"额旧屎那歌杜家村的东石涨（我就是那个度假村的董事长），逆闷娶，面肥爪戴（你们去，免费招待）。"

李荷花抬眼看着这个男人，令人刮目相看啊。人家是董事长，企业家，怪不得能娶个这么年轻的小妹。只要有钱有地位，身边的美女蝶飞凤舞、嘤嘤嗡嗡围着打转转，随便敛一个就是小美女，亮瞎人眼。

"额拿海油跑文全（我那还有泡温泉），额租伤转门歌样柜肥少文全（我祖上专门给杨贵妃烧温泉）。"

"报纸白冰，害梅溶（包治百病，还美容）。"

李荷花听了有点动心，小时候学舞蹈练功留下的旧伤，下雨会隐隐酸痛，在杨贵妃祖传的温泉汤里泡泡是不是就能好了呢？还有那个正宗的𰻝𰻝面，要不先跟着他们去趟度假村，吃吃面、泡泡温泉，然后再去学校？以后可能真的没有时间出来了呢。李荷花看了一眼李翰歌，希望从那双眼睛里看到些信息。要不悄悄跟李翰歌说下？

李荷花悄悄踢了一脚李翰歌。李翰歌没有反应，他拿本《百年孤独》看着。这么乱的环境他居然能看得下去。"我吃方便面。""喂！老王啊！""呵呵，踢死你！"的声音不绝于耳。李荷花决定给李翰歌发条微信消息。

"咱们去趟度假村吧，尝尝祖传的面，泡泡能治病的热汤。"

"这里街上的面馆都说自己家是正宗祖传的手艺，是热汤都说包治百病。这是个骗子你看不出来？"

李翰歌给李荷花回了消息，心想："她怎么那么容易上当呢？被卖了还给人贩子数钱呢。若是没有我按着，这就跟着骗子跑了。"

"你太敏感了，看谁都像骗子，对广大人民群众严重不友好。"

"我们想去看看，度假村离市中心有多远？"

李荷花抬头一看，前排站起来两个女孩，戴着叮叮当当的耳环，穿着短款小牛仔衣，斜背着镶金属钉的小粉包，上面还拴着吊胳膊的黑猩猩。她们伸过脑袋来对江湖董事长说。

李荷花心想，人家小女孩都不怕上当，他个大男人还怕受骗？真是胆小如鼠。

"要不咱们一起搭伴去。"李荷花忍不住了，直接蹿到两个女孩的战线上。

被动了啊，李翰歌放下书，这是真的看不下去了。阿尔卡蒂奥什么的都先歇菜吧。李翰歌不知道李荷花这是要干什么，脑子真被这个江湖老骗子给施了魔法吗？李翰歌感觉自己责任重大了，不仅要解救李荷花，还要解救这两个单纯的小妹子。哎，不修炼好江湖的火眼金睛，都出来干什么，真是给大千世界捣乱。

李翰歌刚清清嗓子，还没说话，江湖老骗子旁边吸溜排骨面的女人说话了，嘴上顶着一圈大猪油，吹出一股浓郁的方便面味。"我们还有文物咧，是杨贵妃亲自赐给祖先的玉镯和翡翠簪花，女人摸摸貌美如花，男人摸摸仕途亨通。"女人特意看看放下书的李翰歌，以为李翰歌也心动了，开始继续诱惑，"男人更应该来看看嘞，才知道怎样讨女孩子欢心。"

这话说得，李翰歌当时就想揭露他们的阴暗嘴脸。

"咱们结伴一起去。"两个女孩子和李荷花同时说。

李翰歌感觉自己肩上的担子更重了。三千金，没点力气肯定被压垮啊。

"呀，这么好啊，必须去，坚决不能错过美食、高汤和古董宝贝。可是，我们这三个妹子都约好了在火车站接站的朋友，不能让人家白白等啊。还有这两个小妹，她们的父母托付我照顾她们，今晚还让朋友设宴款待我们几个人呢。"

两个女孩瞪着大眼睛看着李翰歌，齐声问："我们的父母跟你打招呼了？"

李翰歌一听肯定地点点头，鼻子却险些气歪。这样的孩子家长还是不要放出来吧，有有去无回的危险啊。

"我妈特讨厌，我去哪儿她都追着，妖魂似的。"一个女孩歪着脑袋坐下了。

"我妈也是，天天拴根绳子，放风筝似的。"另一个女孩子噘起橘色的小红嘴也坐下了。

李荷花不解地瞪着眼睛看着李翰歌，心里也是不满和不解。李翰歌露出了胜利者的微笑。

可是，等到站的时候，李翰歌发现两个女孩子不见了，四下寻找，也没有找到。还是李荷花眼尖，指着远远的小粉点说："那不是江湖大叔身边那个小女子吗，她身后就是那两个女孩子。"李荷花眼睛闪耀着金光，似乎很羡慕这两个女孩子，只恨自己没有逃脱的法术。

女孩包上的金属钉在阳光下一闪一闪的。李翰歌惊诧地抬腿就要追，可是，他们与他隔着厚厚的人墙，几百个肉身子，他没有穿墙、踩脑袋的轻功和仙术啊。

李翰歌焦急地一跺脚。"哎！这两个大傻妞。"

第 87 章

梅抒颐做梦也没有想到，顾蕙兰会怀疑他有外遇，还把她的老闺蜜苏雪雁叫来做思想工作。简直是脑子里进了水。

苏雪雁估计在家打了鸡血，要不就跟武松似的，吃了大盘牛肉，喝了十碗大酒。她精神饱满，背着丈长的带鞘宝剑，脚踩雪白的软底练功鞋，身穿艳桃粉色的阔腿裤、盘纽扣的宽松绸缎练功衫。这不是荷花，这里又诞生了一朵妖艳的桃花。

这是要用剑逼宫吗？梅抒颐一看苏雪雁这身打扮就咧嘴笑了。

"这是练功回来，还是讲课回来啊？"梅抒颐给苏雪雁倒上茶。

"今天专门找你聊聊。"苏雪雁取下剑，放在桌子上。顾蕙兰咧嘴一笑，好像跟苏雪雁接上了什么密码。

"找我聊？"梅抒颐一头雾水。坐下来正经正调地聊啥，国家大事还是家庭大事啊？他准备洗耳恭听。

"哎哟！"

梅抒颐一听苏雪雁说哎哟，吓得赶紧起身问："哪儿疼？"

苏雪雁说："天天练功还能这疼、那疼？哪里都棒棒的。"苏雪雁还抬起胳膊练练身手。

"我跟你说呀。"苏雪雁一撇嘴。顾蕙兰也一撇嘴，这两个人的嘴型演起了双簧。

梅抒颐呢，赶紧点头说："是。"好像要认真听取什么指示似的。

"现在这种事多了，我能跟你讲一天一夜，今天就可以举十个这样的例子。"

梅抒颐抬头望望苏雪雁，侧头望望顾蕙兰，蒙得有点无措。讲十个例子，那是要用例子杀人吗，大王先饶了草民的命吧。

梅抒颐扑哧笑了，点点头，准备洗耳恭听。

"我一个医生朋友，我跟顾蕙兰也讲了，跳楼了，为什么呢？家里的小保姆跟她老公结婚，你说荒唐不荒唐？"

"荒唐。"

"荒唐。"

梅抒颐和顾蕙兰像两个机器人，听完苏雪雁的话，齐刷刷点头。

"我一个朋友的朋友，老头也跟小保姆搞在一起，还生了孩子，夫妻俩闹得不可开交，要打官司，家里鸡犬不宁啊。"苏雪雁喝了口水，看了看顾蕙兰和梅抒颐的表情，"哎哎哎，现在的老头怎么这么不正经，是不是现在生活水平高了，刚吃几天饱饭就开始思淫欲，这个可要不得，带坏了下一代哦。"苏雪雁在外面讲课，练就了一副好嘴皮。这是一上台就开讲半天不喘气的硬功夫。

梅抒颐和顾蕙兰频频点头，似乎非常赞同苏雪雁的观点。

苏雪雁越讲越投入，拿出上课的硬功夫，习惯成自然了。

"我朋友的朋友的朋友……"

梅抒颐像在听绕口令。

"是不是她家老头也跟小保姆搞上了？"顾蕙兰好像猜到了下面的俗套剧情。

"No，No，No。"苏雪雁摇着头，蹦出了英文的否定。

"老头上外面搞去了？"

"哎哟！"苏雪雁一拍大腿，又激动又无奈又愤怒。

梅抒颐简直为老头们伤感、痛恨、羞愧，能不能不争馒头争口气，做个社会好老头？

"我朋友的朋友的朋友的……"

"的朋友。"顾蕙兰接过了苏雪雁的话。

"也上外面搞外遇？"

苏雪雁摇摇头。

"也在家搞上小保姆？"

苏雪雁又摇摇头。"在外面搞舞伴嘞。跳舞跳出花名堂了。"

"呀呀呀。"顾蕙兰咂嘴摇头，激动得不能自控。

梅抒颐在想下一个倒霉老头干出了什么丢脸的事。他感觉自己的脸上都无光了，真臊得慌。他想为自己、为老头们挽回点面子。

"很多老头们也不错呢，你说的都是个案。"梅抒颐尴尬地笑笑。

"个案，哼哼！"

苏雪雁和顾蕙兰都哼了哼鼻子。

"我们还抓过老流氓呢。"苏雪雁扔出一个春天的小惊雷。

这还真惊到梅抒颐了。

苏雪雁和顾蕙兰听梅漫说，在小区西侧门胡同尽头，每到傍晚，就看到一个戴眼镜的老头，捂着大口罩，脱裤子亮家伙吓唬人。男人们走过去装看不见。有一次，吓得一个放学的女孩子惊叫着跑远了，还有一次，把一个二十多岁的女孩子整得羞愧难当。

顾蕙兰一听，气得骂老头的祖宗。苏雪雁直接拍了桌子，手拎宝剑去捉人。结果等了一晚上，老头没来。

"是不是换地方了？"苏雪雁对顾蕙兰说。

两个人一商量，换地方了更可怕，成了流动的祸车、飞起的炸弹。本着负责任的态度，苏雪雁和顾蕙兰拿出人民群众的热情，连着蹲守了三天。结果老头一直没见踪影。苏雪雁急得对顾蕙兰说："他是不是搬走了?"顾蕙兰说："咱也不知道啊，也不是他家里人。"第四天，顾蕙兰没有和苏雪雁一起去蹲守，因为梅漫说她们真是闲得没事干，有时间不如给她的大白靴子、大黑靴子、小白靴子、小黑靴子擦擦油，她要参加朋友的婚礼，等着穿呢。

梅漫清早就把四双靴子堆在了顾蕙兰面前。顾蕙兰恨不能跟着苏雪雁当英雄好汉。

结果，苏雪雁那边传来相当惊人的消息。死老头子来了，刚准备向苏雪雁亮家伙，苏雪雁大喝一声："你个老不死的，睁眼看看我是不是你老娘。狗胆还敢在我面前脱裤子，别冻着你的宝贝。看我的剑。"

老头一看苏雪雁手里的丈长宝剑，吓得裤子没有提上就跑了。碰到个生猛佘太君。这大长宝剑，切脑袋也是小菜一碟，要是腿脚不利索，裆中宝贝就得丢在这里了。

听了苏雪雁讲的捉人故事，梅抒颐笑得晃动了身子。

顾蕙兰和苏雪雁却没有笑，反而严肃地看着他。这严肃紧张的表情让梅抒颐也不敢笑了。沉默，沉默，暴风雨前的沉默。

"梅抒颐。"

一听顾蕙兰这样叫自己，梅抒颐感到了问题的严重性，可能一会儿不是刮妖风就是砸大雹子。因为顾蕙兰平时都是叫他抒颐或者老梅，叫这个名字一般都是找碴掐架的时候。

"你以为我们有时间、有精力给你讲故事? 这是让你对比学习，深挖自己的思想觉悟。"苏雪雁对梅抒颐说。

梅抒颐不太听得懂，笑笑不知道说什么。检讨什么呀，挖什么呀?

"你自己说，别让我们说。"顾蕙兰板着脸，像绷直了的扇子布。

"你、你——"顾蕙兰激动得说不下去。苏雪雁安慰地拍拍她的肩膀。

顾蕙兰又举起手指着梅抒颐说："你、你——"

顾蕙兰的眼睛湿润了，她刚要张嘴，房间门被推开了，梅欣走了进来。

"爸、妈、苏阿姨。"

得，这场好戏必须得散了。三堂会审审不下去了。

第 88 章

梅欣一大早就被小不点和袁震饥堵在了家门口。

哪有这样找朋友的，不提前打招呼就上门。这种草寇作风完全走的是抓人的路子。

"干什么呀，先去门口包子铺把早饭吃了，顺便给我捎半斤牛肉馅包子。"梅欣正准备上厕所，内急比接见这俩清早来打劫的草寇重要多了。

"吃不下。"

小不点走路一瘸一拐，脸上还青了一块，怀疑是被人一记铁拳砸瘪了脸又鼓起来的，腿明显是被连环脚踹的啊。

"滚蛋!"梅欣对这两个丧门星没有好态度，没有好脾气，说粗话也不觉得难堪。他似乎把这几年没有说过的粗话一股脑发泄了出来。

小不点哭丧着脸，跟受了多大委屈似的，挽着袁震饥的胳膊去包子铺了。

梅欣心里想，让吃个早点还老大不乐意。妈蛋的，一大早就碰到这俩倒霉鬼。梅欣骂了一句。

等梅欣收拾完，这俩倒霉鬼提着一袋包子、一杯素丸子汤，打着饱嗝，嘴上插着牙签，哼着《水浒传》里的"说走咱就走啊，天上的星星参北斗"回来了。几个包子就给撑成这样，也就几个包子的出息，若喝上酒，光唱就不行了。梅欣心里骂道。

梅欣咬了一口包子，鲜嫩的肉汁即刻流到了嘴里，肉香、葱香、胡椒粉等复合调料的香味爬满了味蕾。老店铺的包子就是名不虚传、名声在外。这一口食香对得起它的身价和在食品江湖中的地位。

"大哥！"小不点急切地叫了一句。梅欣翻着眼睛瞄了他一眼。小不点叹口气痛苦地咧着嘴，似乎想起了身上的伤痛和心里的悲伤。"哎！"

袁震饥对梅欣讨好地笑笑，回头绷着脸对小不点说："你有多苦大仇深也要等大哥吃完饭再说啊，不然一听你挨揍了，大哥被包子噎着了咋办？"

梅欣没精力听他们瞎扯，自己还一肚子心事呢。那天，重新约了肖雅清看房子，走进老宅那一刻，梅欣是激动和伤感的。院子里的灰地砖由于没有人打扫，落了很多土和树叶，显得很落寞，像一个没有被收拾、没有被装扮的山村少女，虽然粗糙但是难掩她的倾城美貌。

"有些买主嫌这个房子太老旧了，我说他们都是不懂行的土鳖。"肖雅清撇嘴向梅欣笑着说。她知道，梅家这个儿子现在还算出息，听说画出了水平，被称为画家了。

梅欣笑笑，没有说话。他仿佛看到了幼年的自己拿着画笔在游廊的墙上画着小男孩、小女孩弯腰踢腿做广播体操——女孩一水扎朝天辫，瞪着大眼，男孩一水光头，眯着小眼，最后还不忘给一人系一条红领巾，大肚锅上点个圆圆的肚脐眼。他有时也把女生画成流哈喇子、淌鼻涕、歪嘴、豁牙、歪辫的丑八怪，发生这种情况一般都是因为被伶牙俐齿的女生欺负了，但又嘴笨说不过她们，手拙不敢抬手打，没地方报仇雪恨。

游廊上的木纹有些已经裂开了。紫藤也因为没有人修剪滋生得很肆虐，伸胳膊拉腿地到处乱跑。屋子里有一股淡淡的霉味。房子外观基本保持原样，里面装修得很舒适、很现代。

梅欣很想上后院看看那棵海棠和圈鸡的棚子。那是母亲、童年的他和梅漫最喜欢的地方。捡鸡蛋，看海棠花，摘海棠果，做海棠酱，那是多么有意思的时光啊。海棠酱真甜，金黄的鸡蛋真香啊。

"呀，忘了带后门的钥匙了。"肖雅清一拍脑袋。

后院安装了一个乳白色的小铁门，上了一把青铜小黄锁，把院子分割成了两部分。小铁门止住了梅欣的脚步。梅欣遗憾地望了望后院，看了一眼肖雅清，他很希望肖雅清能回店取一趟钥匙，但是肖雅清似乎没有那个意思，梅欣也只得作罢，没好意思再提要求。

其实，钥匙就在肖雅清手里，只是她不想带梅欣到后院去看。如果有人确实看中了这个院子，复看的时候，肖雅清是会仔仔细细带着他们前后院子看的。对于梅欣这种没有意向买，只是回忆、恋旧，过来浪漫一下的人，她是不会仔细带着转的。打开门让看，已经很给梅家这个孩子面子了。况且，那时候袁震饥还没有跟她的女儿离婚，他想拿下这个房子，肖雅清确确实实想把这个房子留给他。至于梅抒颐，肖雅清的原则是，先吊吊他的胃口，出的价钱高就可以考虑，那样自己可以赚得多一点。在她眼里，这是认钱为王的时代，什么亲情血脉，什么情同手足，什么贫贱之交，都是扯淡，什么也抵不过和大把人民币的深情厚谊。

"其实这个房子已经被人看上了，交了押金，原则上是不能带人来看了，只是你是梅家的老房主，想看看我也是理解的，这种心情是很伤感的，我知道。"肖雅清似乎很同情梅欣。其实哪有什么押金，完全是扯淡，这也是肖雅清有意让梅欣回家跟梅抒颐透露的消息。做他们这行的就是要真真假假、假假真真，要计谋、策略、手段全方位上菜，不然，客人留不住。

听说有人交了押金，梅欣的心情是沉重的，他甚至感到绝望和伤心。

临走时，肖雅清对着梅欣的后背说："有些客人交了押金也会反悔，只要最后没有过户房子，什么都有可能发生，一切都是不确定因素，你就有机会。"

肖雅清看到了梅欣绝望的表情和眼神。她以为他是梅抒颐打发来的，她不知道，其实梅欣来这里跟梅抒颐一点关系也没有。从朋友那个四合院出来，梅欣莫名其妙地有一种冲动，怎么也压不下去，他想把自家的老房子买回来。这是无价之宝，不是在梅欣心里的想象，而是确确实实的，谁要是不相信谁就是傻子，根本无须跟他争辩。

当然，这个举措和决定都与父母无关，他现在是成年人了，一切决定和想法都是自己为自己负责。他急速在心里为自己算了一笔账。他认为如果画展在日本如期举行，一切顺利，这几百幅作品全部被售卖一空的话，就能赚一大笔，然后加上卖其他画的收入，加上餐厅的收入，再贷些款，他是有能力拿下这个院子的。但是，没有想到，事与愿违，天难遂人愿。房子挂售着，每一天、每一刻都是危险的。等他凑够了钱，房子还在不在，这都是很难说的问题。

还有机会！还有机会！这句话像一股妖风吹进了梅欣的心和脑海。它们开始兴风作浪了。梅欣的心和脑子全疯了。他要争分夺秒跟时间赛跑，跟所有人赛跑。但是，梅欣的表情看起来很淡定。外表掩盖内心的功力他还是有的，这也是一种修行。

"如果有类似的院子你可以告诉我来看看。当然，如果是我们家这套最好。"

"你想买？"肖雅清挑着眉毛问梅欣。

梅欣嗯了一声。

肖雅清即刻眉飞色舞地说："那好，那好！保证给你找到最满意的。只要你们家这套房子有一点机会和消息，我就告诉你。"

"阿姨，咱们也算是老相识、老邻居了，请您多多关照。哪天我送您一幅我的画，不比您绣的牡丹十字绣差。"

梅欣也知道社会的人情世故，有时候，要拉拢人，亲近人，利用人，就必须使用这种套路，不然就会格格不入，什么事也办不成。

肖雅清看到当初穿着西装、不太搭理人的梅家少爷，也这样求自己，心里忍不住有些欣喜，险些忘记自己的私心利益，想全心全意帮助他。但是，这只是闪电般的一个想法。一秒钟的光辉，不足以照亮她和梅欣才搭建起来的关系。

梅欣从梅家老宅回来，内心是伤感和急切的。他这几天一直冒火，喝冰啤，威士忌加半杯冰块，一点降火的效果都没有。小冰块哪能扑灭心中的热火？他需要更猛烈的冰雹。所以，当他遇到小不点和袁震饥时，心里的恼火可想而知，根本控制不住。

梅欣吃完饭，小不点赶紧递上根烟，举上蹿着小火苗的打火机。梅欣没有接，他早就不抽烟了。袁震饥和小不点一人点了根烟。梅欣板着脸说："滚外面抽去。我房间里有丝绢画，吸了烟味不好。"

梅欣柜子里放着他在富春山写生时画的几百幅作品，都是准备拿到日本参加画展的。这是他好几年的心血，所以他特别爱惜。小不点和袁震饥听到梅欣的话，赶紧走出房间上外面抽去了。

抽完烟，小不点依然皱着苦瓜脸。梅欣看了一眼，没有搭理他。

"大哥，救命！"

第 89 章

上次袁震饥和小不点找到梅欣让他帮助做假画，答应给他高价钱。梅欣没答应，说自己还忙不过来呢，不挣这份坑人的钱。袁震饥觉得这个来钱快，他最近因为想买梅宅，所以只要是来钱的买卖就做。

小不点和袁震饥又经人介绍认识了另外一个画家。据说这位画家经验丰富，以画仿品为生，从山水到人物到花鸟无所不能。小不点以为找了一个印钞机呢，天天美得屁颠屁颠的，奉承着画家，就差给画家配两个仆人了。画家高冷范，大长背发弯曲在耳后，戴一个黑色的发卡，眯缝着眼睛天天像没睡醒似的，但是不耽误人家发挥艺术才华。画家每天钻在工作室里，总能让他们按时拿到预定的画。

一幅江南水乡的小山水，几朵桃花、几帆小船、几根杨柳、几间白墙墨瓦的房子，清淡、简洁、意境深远。署上吴冠中的名字，啧啧，就这么简单。谁能辨别出来？鉴定专家戴着白手套，鼻子上夹着厚眼镜片，经常指鹿为马，按照他们的指引，也许你就瞎了，或者歇菜了，明代大窑瓶说不定"咣当"，被当成赝品给敲了。哭晕在厕所没有用，哭死在路上有可能。一天，袁震饥说他又接到了一个大单，要画十幅山水，十幅花鸟。两个人商量这么多画，一个人画的话用时太长——他们要的是速度，时间就是金钱——他们打算再招收几个画家，成立有规模的工作室，搞批量生产。这个想法达成了一致，两个人还是准备把梅欣拉进来。但是还没有找梅欣，小不点就被人打了。

客户要买的是当今名家程九成的鸟啼花落。画面上，一排靛青蓝色的黄嘴小鸟站在篱笆上，一支西府海棠上的花几乎已经落光了，只剩下淡淡一两朵花粘在树枝上。画面很有意境，整体的靛青蓝色调也非常具有古典气息。

"好画！"小不点打开画高声赞叹了一句。他虽然眼睛盯着画面，可是脑子里填满的都是人民币。他能看懂什么艺术和情调，什么妙笔生花？

结果小不点给客人送画的时候，客人一口咬定他这幅是赝品。小不点当然不承认啊，反正谁也分辨不出来，只要你一口咬定是祖上传下来的，专家也心慌。

客人听了小不点的话，当即就怒了，扬言要报警，捣毁他们的制假窝点。小不点刚开始还死鸭子嘴硬，后来买主说他是程九成的子子孙，老人家就画了一幅鸟啼花落，在家里从没有出售，还说他已经从小不点那里买了几幅程九成的画，经多方鉴定，假货无疑。他说自己已经报警了。

小不点一听说报警了，知道死装真的不行了，弄不好要坐牢的。赶紧逃吧，可是，小不点还没跑几步，就被子子孙和他带来的一个人追上了，对他一顿拳打脚踢。小不点以为自己快被打死了，好不容易等他们打累了才从人家脚底下爬出来，以逃命的速度猛跑，以躲避炸弹的速度钻进了自己车里。他刚挣点钱还没来得及换新车，这个破车着实不争气，关键时候掉链子，发动机犯病，咳咳咳的像个哮喘老头子怎么也打不着火。眼见子子孙那帮人又追上来了，小不点绝望得都想撞车窗了，就在车门刚要被他们打开的时候，发动机不咳了，一个子弹飞火箭般蹿了出去。

"哇，比电影追杀还精彩呢。"

当小不点向袁震饥讲述自己糟心的经历时，袁震饥比听郭德纲的相声还乐得欢畅，气得小不点直向袁震饥翻白眼。

挨了顿揍，小不点和袁震饥商量不能再做程九成的画了。刚平息了这件事，小不点身上的伤还隐隐作痛，脸上的瘀青还没散呢，他发现自己的女朋友小红薯出问题了。小红薯是他对女朋友的爱称。小红薯是小不点费了不少心血，献了不少殷勤，花了一些金钱才钓上来的一个小网妹。两人刚同居没多久。

小红薯有时候跟小不点取画，小不点忙的时候她就自己去。结果出事了。小红薯对小不点说画家给她找了一份工作，特别轻松，天天啥也不干就挣钱，还按小时发工资。小不点说，有这好事他也去。小红薯一撇嘴，讥笑说："就你这蚂蚁身材？"

"那你干啥工作呀？"小不点瞪起了机警的眼睛。

"还没去呢。"小红薯一脸娇羞，完全是洞房花烛后第二天早晨新娘子的表情。

小不点挨打的伤还没有好，还让小红薯取画。等小红薯走了之后，小不点悄悄跟在后面。小红薯进了画家的工作室，半天没出来，小不点想去砸门，他刚举起拳头，发现窗户没有关，只有一层纱窗。小不点掏出身上的水果刀，直接把纱窗豁开一个大口子，他忍着身上的剧痛跳进去，悄悄走进工作间，妈呀，小红薯光着身体躺在床上，画家刚从浴室出来，露出白胖的身体。丫也不披个浴巾或者遮挡一下，小不点都不好意思看。

看到小不点，大白虫子居然一点也不惊慌。他镇定地指着立在那里的木头画架说："我在给她画人体素描，她是我租的人体模特。"

有这么不要脸的吗？睁眼说瞎话不说，还给自己找个冠冕堂皇的理由，把乱搞男女关系披上了工作的外衣。

小不点急了，抄起大木架子就向画家砸去。画家也不躲。丫也不穿上衣服，是不是看光身子看多了，麻木了，以为自己在澡堂子呢？

"你再闹我就报警说你私闯民宅，破坏公物。是不是想坐牢了？"

小不点刚刚逃脱那个险些让他坐牢的虎口，怎么又入了一个牢狱虎口，难道这是冤魂吗，老缠着他？不对啊，这是大白虫子的狐假虎威，他现在只有羞耻和一丝不挂了。举着木架子停顿在半空的小不点回过神了。画架终于"啪"地落下了，结果大白虫子四仰八叉地倒下了。

第 90 章

听到这里，梅欣笑了一下，心想，找的什么狗屎画家，能画出什么好的艺术作品？也就是个画画的工匠，人品这样是成不了真正的艺术家的。

"完了，你这牢狱之灾是躲不过了。"袁震饥唯恐天下不乱地说，脸上的表情当然是幸灾乐祸。

"我要是进去吃窝头，你也跑不了。还盼望我进去是不是？"小不点瞪了袁震饥一眼。

梅欣看到两个人就气不打一处来，吃进去的包子简直都要吐了。"你俩有事没事，没事别说那点丢人现眼的事。谁爱听呀？没那个闲工夫。"

梅欣手里还有一幅巨大的山水画要赶出来，是给一个朋友参股的饭店大堂赶制的。这幅画要用白色丝绢绘制，笔力是不能错的，很考验画家的绘画技术和水平。所以，要提前画好小的样张，还要在丝绢上做好标记，做好整体布局。他心里装的都是自己的画展、绘画和艺术，没有心思跟这两个人打这份闲牙。

"大哥，不跟你讲完，没法进行下一步。"

下一步是什么呢，梅欣当然不知道了。

"人被你打死了还是打晕了？"袁震饥问小不点。

"二哥，打死了我还能坐在这里？你们早去探监了。"小不点似乎终于机智了一把，仰着头瞥着袁震饥。他本来管袁震饥叫大哥的，但是今天给袁震饥降级了。

大白虫子直挺挺地躺在那里，小白虫子这下也吓晕了，麻利穿起衣服想跑，并告诉小不点这事跟她一点关系都没有，是他们两个人的事。小不点也想跟着小红薯跑，并恐吓她说："他要是真死了，咱俩是一根绳上的蚂蚱，跑得了和尚跑不了庙。"小红薯白了小不点一眼说："你什么男人呢，出了事自己不扛，一点担当和责任都没有。"这是什么狗屁哲理？小不点给她扛这个，那是傻子加冤大头，不仅自己不能同意，老爹老妈外加七大姑八大姨二大爷大舅母也得用唾沫星子淹死他，用舌头扁死他，用手指头点死他。

小不点一伸腿，慌忙向外跑的小红薯一个狗吃屎就倒在了大白虫子身边。她号叫着爬起来还想跑，小不点一把提起她的衣领，怒喝道："还不明白啊，跑什么跑，咱俩还是一根绳上的呢。"

小红薯哭着点头，不跑了。她出了个馊主意，她看到卫生间里有一个大塑料绿桶里装着满满一桶污水，把它提出来迎头倒在了大白虫子脸上。倒完了一桶，小红薯打算再接几桶水，直到把他浇醒为止。

没有想到，大白虫子刚淋了一桶水就号叫着蹿起来了，一边咳嗽一边抹着脸，白脸都咳红了，看来这一桶水把他呛惨了。他身上、脸上淌着黑汤——敢情这是他洗画笔的桶，就跟古代大才子的洗墨池同一个功能。

大白虫子摆着手，似乎在求饶，他边咳嗽边说："你们还不赶紧走，没看见我都不动了，就是给机会让你们逃的。"这家伙说实话了，原来是装死。

小不点一听，气炸了，跟你大爷我面前装神弄鬼地吓唬我。他抄起大木头画架就要劈，大声嚷道："你知道你装死的后果吗，那会害苦我，我可能从你家出门来不及回家跟老娘告别，来不及拿钱、收拾衣服就跑到火车站，从此过上亡命天涯、饥一顿饱一顿的生活了。"

大白虫子不搭理小不点，自己钻到浴室洗澡去了。小不点追在大白虫子屁股后面要赔偿，给自己、给小红薯。如今，不仅小不点，好像任何人，因为任何事发生了什么摩擦也好，冲突也好，首先想到的就是赔偿。亲情血脉和温暖的人情、友情被一条黄金的锁链牵拉着，看似坚实，其实是软的，用力一扯就断了。

大白虫子用水龙头浇着小不点，说："赔偿，你想得太美了，我还要找你赔、找小红薯赔呢。且不说毁了我的画室，就是对我的身体、心灵造成的伤害你们也赔不起。知道吗，我受惊吓了，不知道以后还行不行。"大白虫子说完竟然在浴室里哭了，就这点出息。

小不点无奈，收拾收拾画室里的画，拽着小红薯离开了大白虫子的工作室。

小红薯回到家，居然开始收拾东西。小不点本来还要跟小红薯算账呢，让她写检查和保证书，以后不准乱找男人，没想到，小红薯要离开小不点。拿了几幅画，小红薯伸着小巴掌跟小不点要钱。小不点惊讶地说："你要离开我，去哪儿？我哪有钱，刚混个温饱，还想换车呢。"小红薯说："我在你这白白陪你了？损失费你是要赔的。没有钱，有多少算多少啊，要不把手机卖了。"一听这话，小不点赶紧把手机放在贴胸的口袋里了。

"我马上要跟大哥挣大钱了，别走了。"小不点想留下小红薯。没想到小红薯现在也见过世面了，不吃他这一套了，又伸出小巴掌要小不点给她写欠条。小不点能睁着眼睛吃这种亏？她真是想得过于美好了。

第 91 章

小红薯真的决然走了，她说，她要去给画家当人体模特。虽然，很多人看不上这个职业，可是，不吹风，不淋雨，不受累，不吃苦，不受气，闭着眼睛躺着呗。穿上衣服，谁认识你，谁记得你？说不定还有出大名的机会。万一被哪个大导演一眼相中，到时候在张艺谋、陈凯歌的片子里出演个女一号，就是又一个巩俐、章子怡现世了。最不济的，还可以通过征婚大放厥词，或者披个画布出镜，说自己是魅力姐。临走，小红薯给小不点丢下一句话，说自己开窍了。

小红薯走后，小不点的脑子被惊到了，顶着冰袋躺了好几天，小红薯太让他烧脑了。晚上夜深人静，他一伸胳膊找小红薯，光剩下一个枕头了。小不点流下了相思的眼泪，他想念小红薯啊。

没想到，几天后，小红薯回来了。

原来，小红薯拿着画找画家，想用敛走的几幅画讨好画家，让他原谅自己那天的绝情。找工作还需要画家帮忙呢，所以，小红薯必须当个马屁手，想方设法地讨好画家。一般求人办事都是这个路子，这是不成文的规定，混没混过社会，跑没跑过江湖，都得体悟到这些，否则就是天下第一大傻子。

画家笑眯眯地接受了小红薯完璧归赵的画，也喜滋滋地接纳了小红薯。小红薯还免费给他当了几次模特。小红薯喜滋滋地想，这一步走对了，可以天天吃美味外卖。没过几天，画家对小红薯说，他要去黄山写生，工作给她找好了，让她到棉花胡同中央戏剧学院旁边那个窄胡同找他朋友，朋友是美院的，专门负责管理模特。本来小红薯还梦想着跟这画家去黄山写生呢，没想到画家说，这是一个国际画坛活动，中外画家几十人，是断然不能带着她的；工作室也要锁门了，从外地家里来的亲戚在北京上学，这些日子要在工作室住下。画家说等他写生回来再来找她，不过这一趟时间可能会很长，一年半载的也说不准，也许还要去云南丽江待一两年。总之他赠给了小红薯一张分别的船票，一个遥遥无期的等待和期盼。

小红薯依依不舍地送别了画家，提着自己从家乡带来的小布包，去棉花胡同找那个人。她心里悲伤凄惨。街边戴墨镜的脏兮兮的瞎子，大热天还穿着飞棉花的黑棉裤，拉着凄惨的《病中吟》。

结果呢，终于找到了，敢情人家也是个画家。"这头发比俺家画家还长，还梳着小辫呢。"小红薯打量着画家，心里做着比较。画室里摆着几幅人体画，焚着藏香，放着特别诡异的音乐。辫子画家对小红薯说要考试，看一下小红薯的条件够不够当模特。

辫子画家吸着烟，咧着嘴，皱着眉，托着腮，好像牙疼似的，哎呀哎呀地对着小红薯感叹，说她就差那么一点点，一点点啊。辫子画家捏着拇指和食指，中间隔着一条针尖般的小缝隙，说她离标准就差一点点。

不够条件，要退货了。小红薯哭了，美好的想象这么快就灰飞烟灭了。什么事呀，梦还没醒呢。小红薯问辫子画家能不能联系到背头画家，能不能等她练好了胸围和臀围再来。辫子画家摇摇头说，背头画家在外写生从不接电话，他联系不上；她的身高恐怕长不了，不过，他可以联系画家村的哥们，他们对模特的要求低。他让小红薯回去等消息，说有了消息一定第一时间通知她。他还认真地写下了电话号码。然后，辫子画家说要出去参加一个画展，让小红薯先走，他要收拾一下。

第 92 章

听到这里，袁震饥乐疯了，头趴在桌子上，人都抽搐了，比去了德云社，看了开心麻花的喜剧还疯癫，看来这种故事对他的胃口。

梅欣早就拿出笔和小本，面无表情地在上面画开了小样。他没工夫听，没工夫笑，没工夫搭理他们，让他们自娱自乐去吧。

"大哥，要不把小红薯给你拉来当模特？"袁震饥哈哈笑着说。

"滚蛋，现在就走。"梅欣急了，要把这俩吃屎不嫌臭的东西轰走，免得在这里熏他的屋子。

"大哥、大哥，息怒、息怒。"小不点向梅欣拱手，一脸可怜相，似乎还没有跟他们说完这件在他心里比天还大的事。

小红薯用手里的余钱在麦当劳吃了顿大餐，巨无霸进了肚子，冰可乐定定神，她开始感慨大城市的生活多么美好啊，一定一定要在这里生根、发芽、开花。

她抹抹嘴，站起身，找小不点来了。小不点看见小红薯，激动地飞奔上去，抱着她就不撒手，嘴里激动地叫着"宝贝、宝贝"。

"太没骨气了，轰走她。"袁震饥摇着头，指着小不点鄙夷地说。

小不点摇头，说小红薯越来越接近他心里的女神了，她现在天天练胸肌，练梨形臀，说不定以后真能成为女神。

"你这傻子。"袁震饥指着小不点的鼻子骂道，"她这是练胸围，练臀围，画家们不是说她不够丰满吗？有机会，她还会跑，这样的女人，你是把握不住的。"

"我懂，但我现在不是找不到更好的吗，等发了财，谁要这种风流货色。大哥，你看我现在这凄惨样，没钱，还是伤兵，你不管我我就死路一条了。"小不点摸着脸上的伤痕，歪着身子，装出可怜样对梅欣说。

梅欣眼皮都没有抬起来，拿着画笔说："跟着你铁杆兄弟袁震饥混日子啊，他天天吃香的喝辣的，我这儿就只有西北风。"

"他还想发财呢，我也想发财，所以我们两个才找到你。"

"我不是财神爷，你们拜错把子了。"梅欣都想走了，这两个臭苍蝇，一直嘤嘤嗡嗡的，他快失去耐心了。

"大哥，那个画家不能用了，我们还有不少订单，必须得你来救场，不然我们得赔偿人家钱。我们现在还跟人家拖着呢，说卖家出国了，暂时拿不到画。"

"这跟我有什么关系？"梅欣看了两个人一眼，心想爱找谁找谁，他现在再需要钱、缺钱，也不会干这种坑人的缺德事。有些钱就是手枪顶着也不能挣。人有人的骨气，艺术有艺术的法则，事情有事情的规矩，什么都破坏了，世界就乱了。

"大哥，按双倍的报酬给你，比如，给别的画家三千元给你六千元，我们不挣钱了，也把钱给你。"小不点哭丧着脸。这是他咬着牙跟袁震饥商量的。给出双倍的报酬，他们就少赚了。但是，不给，恐怕打动不了梅欣的心。这年头，没有钱搞不定的事，谁嫌钱少，谁拿着钱扎手？梅欣也不是神仙，对付梅欣没有别的方法，只有死命砸钱。

"我们打算给大哥找个平面模特，主要负责照顾你的吃穿，这样你可以安心作画。大哥屋里缺个做饭、搞卫生的。"

袁震饥的话说得冠冕堂皇。他转着脑袋环顾着房间四周，好像这样一看，就知道该给梅欣补什么东西。袁震饥最擅长这一手。上次他老爸来北京看他，他想现在挣钱了，不是当初在老家拿个鞭子放羊、打猪草的时候了，老爸必须放下背筐享受享受了。他给老爸换了一身名牌西装、一双黑亮皮鞋，再给手上配个大金镏子——虽说现在看起来金镏子有点土豪，但是，总比不戴强——然后带着老爸去五星级大酒店吃自助餐。吃饱喝足，他又把老爸带进了泰式按摩房。

袁震饥以为自己尽了孝心，还美美地跟厕所公主显摆——那时他还没有跟厕所公主离婚。

厕所公主一听袁震饥做的事，劈头就开骂，说他就是一个彻头彻尾的混蛋，唆使自己的老爸干这种事，还说自己尽孝心，简直就是一个混蛋渣子。她还说："你跟我说也就罢了，你要是跟朋友、哥们说，人家得笑掉大牙。"

袁震饥眨眨眼睛，他确实跟几个哥们说了，他们都笑笑说好，说他真会尽孝心。第二天，老爷子从房间出来，拽着袁震饥的胳膊说："可不敢让你妈知道，她们给我按摩完就走了。"袁震饥拍着老爸的肩膀说："放心，哥们，不会让我妈知道的。"这话说得，老爸怎么又成哥们了？

所以，袁震饥对他老爸都使用这一套，对梅欣，更要用这轻车熟路的手段了，搞不好还能控制住梅欣，让他成为他们手中赚钱的工具。梅欣当然不吃这一套，不仅不吃这一套，连小不点用的金钱计也不正眼相看。

"大哥，你不能眼看着我们吃不上饭。要不我在你这儿扶持你，混口饭吃？"

梅欣一听气坏了，这对没脸的家伙盯上他了。

"我要准备画展，要完成巨幅丝绢画，你们不懂，丝绢工笔非常费时间，你们走了我就要开始钉布描草图。"梅欣说得很明白，他要画画，他们两个识时务就赶紧走。

"钉布，我们帮你。"

梅欣看了一眼两个人的手，看了看白色纱帘后立着的那卷白丝绢，心里一阵厌恶。他固执地认为，有些人的手，是一辈子也洗不干净的。

"我从不用别人帮忙，而且，你们也不会，根本就是添乱。"

"大哥，你说我们怎么办？你想想办法。"

小不点一看，梅欣是真的请不动了。

"我妈牵犯脾气的倔驴，被它踢了大胯，住院了，家里急需钱。我哥的孩子上清华大学，也是我供着呢。"

小不点亮剑了，这是最后的一招，梅欣能躲过去，这两个人就该下台了，因为实在是没戏可唱了。可是，梅欣偏偏是躲不过这一招的。

"你丫别骗我啊！"梅欣指着小不点的鼻子。

"骗你，天打五雷轰，出门就撞树，过街就遭骂。"这毒誓发的，谁还怀疑他说的不是真的，那就太没有人情味了。

"钱我支援不了你，我呢，也支援不了你，但是，我可以给你介绍一个画家，他愿不愿意跟你们干这种勾当，是他的事，我左右不了。当然，情况和利弊我会跟他说清楚，让他自己决定。"

听了梅欣的话，袁震饥和小不点都笑了，心想这样也好，除了梅欣这样的，什么样的画家他们拿不下？金钱不烫手。

两个人出了梅欣的家。刚刚拐过胡同，一只不知道是谁家的二哈没拴绳子，一个前抬腿就向小不点扑去，小不点吓得脚下一慌，扭头向右跑，"当！"正撞在一棵槐树上。老树皮咧着嘴，似乎在嘲笑着什么。小不点捂着脑袋骂道："这老不死的丧树。这个养二哈的缺心眼，养这么低智商的狗。"

袁震饥看着他的狼狈样，仰头笑了。树上的鸟吓得扇着翅膀飞走了，一泡屎正掉在袁震饥的鼻子旁边，好险就直接掉进嘴里了。袁震饥不敢狂笑了，这次轮到小不点仰头笑了。

两个人过马路取车，等不及红灯，看到车不多就直接穿人行横道，结果

"嚓"，从横着的马路上拐过来一辆奔驰、一辆宝马，同时来个急刹车。两个人吓得急忙停住了脚步。车上的人摇下车窗向袁震饥和小不点骂道："你们是找死还是奔丧？瞎了。"

小不点拽着袁震饥的胳膊，身体有些颤巍巍的。他对袁震饥说："哥，我有点怕打雷啊，今天在梅欣那里发的毒誓，转眼就报应了两个。"

袁震饥听了，摇着头说："没有的事，哪天我带你去雍和宫、五台山走一趟。我家里供着菩萨，干什么都没事，保平安、保发财。"

"供着菩萨干坏事没事？"小不点问。

"菩萨保一切平安！"

两个人相视一笑，走了，仿佛搭上了最保险的一趟列车，踏上了最安全的一条大路。

第 93 章

梅漫度蜜月回来，处理完家里家外的事，抽时间去见磐磐姐。磐磐姐接到梅漫的电话，让梅漫周末来，说她这里开慈善晚宴，部分卖款将会捐给孤儿院，还说到时候有令梅漫意想不到的大明星，叮嘱梅漫把自己打扮得出彩一点。梅漫问磐磐姐："要不要带夏南？"磐磐姐说，随便喽，他若忙梅漫自己来也可以，带了他反而碍手碍脚，并说她这里单身贵族一大把，不是离婚的大佬就是把家属送到国外自己在国内捞钱的企业家，梅漫可以认识几个朋友，反正多认识人没有坏处。

梅漫打算问问夏南，如果他没事就让他陪着去。结果夏南说，他妈在医院里一直没出来，他打算这周抽时间陪陪她。梅漫心里暗暗窃喜。其实，她根本不愿意夏南陪着，倒不是方便认识什么人，而是一个人自由啊，看上磐磐姐店里哪件衣服，就可以直接下手了。夏南在衣帽间里已经结巴着对梅漫说了，她衣服太多，不是精品或者特别喜欢的，别瞎买了，更衣间太饱了，根本吃不消了。

周五傍晚，夏南刚刚走出家门去医院，梅漫从衣帽间里抱出一大堆衣服，都是为了今晚去磐磐姐那里备选的。她真是不嫌累。试件烟灰粉的吊带晚礼服，觉得颜色太淡，自拍一张，又换了一件玫粉色的抹胸裙。玫粉，太艳俗，以前的审美眼光太差了。梅漫脱下了玫粉色的裙子。

一个女人，若是不断否认自己从前的审美和眼光，是很可怕的。至少她在金钱上要不断付出，会总觉得衣柜里缺少一件衣服，要不停地买买买。

黑色最安全，最迷人。梅漫的眼睛停留在那件黑色带亮片的裹身鱼尾裙上。穿上，露得有点多，梅漫低头看看，不知道会不会有伤风化。放下黑色裙子，她的眼睛又落在一件腰部镶亮钻，露出一圈黛青色纱的晚礼服上，这件衣服露出了小蛮腰，李翰歌说过，这件衣服不仅性感，还显得高贵和雅致。穿哪件呢？梅漫的眼睛还盯着那件中国红的阿玛尼呢。

　　她试完相中的几件裙子，用手机拍了照片，打算给夏南发过去，让夏南帮忙拿拿主意，反正夏南在医院里也没事，闲着也是闲着。梅漫拿起手机唰唰唰几下就把照片给夏南发过去了。她等了半天也没有消息，看看时间，气得想拿起手机骂夏南，又怕在医院里，夏南的妈妈在旁边不方便，就拿起手机点开夏南的微信。梅漫傻了，刚才自己根本没有发给夏南，发哪里了？梅漫食指向下一划，糟了，怎么发给了李翰歌。她还嗲嗲地说："老公，帮我选一件，要穿上美美的，又性感的。"

　　叹了口气，梅漫开始化妆，选首饰，挑选鞋子，配包，并把图片发给了夏南和磐磐姐。磐磐姐建议穿黛青色，画眼妆，唇色尤其要浓艳，首饰和胸花也要配好。夏南建议穿玫粉色。梅漫知道夏南就会选这个俗艳的颜色，磐磐姐一定与李翰歌选一样的，雅致、时尚、华美的黛青色。

　　到了磐磐姐的家，门外停了不少豪车，梅漫看得眼花缭乱，本来出门前自信满满的，来到这里，看到这些车，梅漫推开自己的红色奔驰的时候，自信还是掉了一地，捡也捡不起来。梅漫心里想着这些，走进了大门。

　　大客厅里，春夏秋冬四个店员依然美艳地穿梭在人群中。磐磐姐身穿黑色镶钻斜肩晚礼服，肩披月灰色高级皮草，脚配亮灰色镶钻及踝鞋。她家先生，那个荷兰女婿，一身礼服套装，上衣兜里插着折叠整齐的绛红色手帕，胸前别着一朵立体镂空美人鱼尾胸针。

　　磐磐姐向梅漫点点头，她正跟一个身穿格子西装、留着一撇小胡子的中年男人交谈，看到梅漫来了，就带着小胡子男人走了过来，对小胡子男人说：

"来，介绍一下，这是我闺蜜，梅漫，文化公司签约模特，舞蹈学院毕业，家里是商二代。你有合适的影视，就找我们这位后起之秀来拍。她可是未婚待嫁哦。"磐磐姐说完向梅漫眨眨眼睛，像是让她接受什么秘密信号。梅漫听完磐磐姐的话，当时就惊慌失措了。脸上肯定发红了，说话也颠三倒四，人一点也不淡定了，就像自己编了假话骗人一样。磐磐姐这是干吗呀，她知道磐磐姐是好心，把她的身世、职业、个人条件说得天花乱坠，像个现代公主，可是，这样简直就是害她，给她挖坑。不过，梅漫确实要改行，夏南说让她辞职，想干什么干什么，不用天天往学校跑。

小胡子摘下头上顶的圆边小礼帽向梅漫抬了抬，梅漫一看，光头。有人说，如果看到男人没有头发，一定要说是光头，不能说是秃头，这两个词是有本质区别的：光头是自己剃的，可能是有头发的；秃头就是根本没头发的。

"有个朋友的文化公司正在筹拍一部剧，反映舞蹈老师生活的，哪天你可以去试试镜。要不签到他们公司算了，保证比你现在的公司待遇丰厚。"

梅漫不知道说什么，"我我我"结巴了半天。舞蹈老师，这不是跟自己的职业一样吗？可是，磐磐姐已经介绍自己是文化公司模特了，自己不好拆穿，把磐磐姐卖了，只能顺着磐磐姐的话说。梅漫非常害怕光头小胡子问自己签约了哪家公司，除了华谊兄弟，其他文化公司梅漫是一个也不知道的，但人家签约的都是大明星，这个决然不能说。

"你是不是害怕没当过老师不会演呀？"光头小胡子从春香的托盘里拿起一杯琥珀色香槟酒。春香向他露出了唇红齿白的甜美微笑。梅漫也从春香手里拿起一杯。光头小胡子举着杯子向梅漫斜了斜，透过琥珀色液体看了看她。

梅漫羞涩地摇摇头。因为被磐磐姐披上一袭华美的羽衣，梅漫感觉自己说话做事都绷着劲儿，整个人都在装腔作势，很是别扭。真不知道怎么冲破这层坚硬的壳。

"其实我见过你。"光头小胡子神秘地笑了笑。

第 94 章

梅漫心想，这下磐磐姐要栽了，信任就要被这个光头小胡子打烂了。

她想找个理由离开光头小胡子，这样两个人都不尴尬，不挑破，磐磐姐也不丢脸面。这个光头小胡子的孩子说不定在自己的学校，如果碰巧是舞蹈队的，肯定知道自己呀。或者他认识梅漫的朋友的朋友。梅漫的同学和朋友也有一些在文艺圈发展的，自己在哪个聚会上见过他也不是没有可能。哎！磐磐姐呀，梅漫在心里呼喊着，为人做事一定要诚恳老实，否则，就是自欺欺人，会自食其果。

这个光头小胡子简直就是一枚定时小炸弹，必须赶快离开他，不然面纱就被炸开了，会遍体鳞伤啊。梅漫刚要找个理由转身离开，光头小胡子就对梅漫说："我们去取点吃的，边吃边说。"

他指着自助餐的大理石食台笑着说："就是在那儿，我见过你和一个穿粉裙、走路外八字的姑娘，你们活泼可爱，舞跳得相当专业，还拿着餐盘吃了一盘又一盘，好像几天没吃饭，没吃过这些好吃的一样。居然还敢吃冰激凌，那是多少怕胖的女孩子的奢侈品。反正我知道文化公司的女艺人都是不敢吃这些的。看你们吃觉得真有意思，当时我都看笑了。"

啊！这家伙是一只潜水的乌贼，一直偷窥呢。梅漫感觉很不好意思。

"今天，你也可以大胆地表现。那个外八字女孩子怎么没有来？哪天我请你们吃高级料理。"

梅漫一撇嘴，笑了，说："她去西部支边去了，办不收费的芭蕾班，不是一时半会儿能回来的。"梅漫说完，内心有了淡淡的伤感。"我的荷花，你不会就在那个黄风呼呼的穷乡僻壤扎根了吧？你的人生，那块贫瘠的土地是托不起来的，你的舞蹈梦，那些瘦弱的农村孩子也是托不起来的。"梅漫恨不得把李荷花从大西北抓到自己身边。她像失掉了影子一样孤单。

梅漫抬眼一看，门口进来了夏采薇，身边还跟着一个三十多岁的女人，正是艾蕤。艾蕤披件水粉压银线的小皮草，脸上画着浓浓的妆，两只吊梢眼，柳叶细眉。梅漫心里又慌了。夏采薇若是张嘴叫一声嫂子，磐磐姐又惨了。磐磐姐八面玲珑，见了夏采薇就把她揪到一边耳语了一番，当然是叮嘱她不要管梅漫叫嫂子。夏采薇转着大眼睛问磐磐姐为什么。磐磐姐说，是她的问题，以后再解释。

夏采薇指着磐磐姐说："皮草给我打五折，不然现在就去叫。"磐磐姐笑着说，没有问题。夏采薇指着磐磐姐说："君子一言，驷马难追！"然后又笑着说，"我其实从不叫她嫂子，每次都是直呼梅漫的。"磐磐姐娇嗔地瞪了她一眼。

梅漫与艾蕤拥抱了一下。

夏采薇见了梅漫，假装与梅漫拥抱，在她耳边悄悄说："勾搭那个秃子呢。"

梅漫气得拧了她一下回敬道："血口喷人。"

磐磐姐走过来，拉着梅漫、艾蕤说："又来了很多新货，初春的、晚秋的、寒冬的，各种样式和颜色，太漂亮了，我都想拿两件穿。"

磐磐姐总是不忘了推销她家的皮草。

艾蕤拉着磐磐姐的手摇晃着说："你这当然是关照我们姐妹了，这还用说吗？皮草一年总是要买几件的。除了你家，我根本不穿其他品牌的。"

梅漫一听，傻了，艾蕤的豪气出口就能吹死牛。她自己两年一件还经常自我检讨，偷偷打自己的手，后悔又乱花钱了。人比人，得跳海摔崖。

"来介绍一下，这是我姐妹，赫赫有名的家里有矿的富豪姐。你们知道她的产业都在哪里吗?"磐磐姐向大家介绍说。

梅漫瞪着眼睛，她还不知道艾蕤家有矿。夏采薇似乎不以为然。其实夏采薇早就认识这个女人，磐磐姐这里还是夏采薇给推荐的。艾蕤家跟夏采薇家是世交，两边的父母都是很熟的。艾蕤前一阵还去医院看了夏采薇的妈妈，也就是梅漫的婆婆，今天来这里也是磐磐姐邀请的。

"她在好多城市高校旁边的小区都有房子，有个高校旁边小区的所有一居室都让她买了，出租给学生，温哥华西蒙菲莎大学有她的学生公寓，美国波士顿大学旁边也有她的学生公寓。哎呀，好厉害!"磐磐姐摇着头感慨着。梅漫像受了地震的震动一样。看着面前的艾蕤，她像看到一个神仙。用一句调侃的话，膜拜啊! 来，献上我的膝盖。

第 95 章

"大明星来了！"

不知是谁说了一句，梅漫抬头一看，门口进来了大名鼎鼎的明星紫伊。最显眼的就是她耳朵上晃荡的那对迪奥绿宝石耳环，真是漂亮啊。这种高级珠宝梅漫眼馋了许久，就是舍不得。紫伊穿了一身白色衣服，上衣是简约的宽松套衫，脖子下露出了迷人的锁骨，衣服胸前左边有个黑色的香奈儿小标记，下身是一件包腿的紧身裤，显出了又细又直的大长腿。脚下是一双白色镶钻恨天高。紫伊人很瘦。梅漫知道，紧身的白裤子是很难穿的，只有身材极好，腿形极好，又很骨感的女孩子才能驾驭，绝对需要汉代赵飞燕的轻盈身材，如果是丰满的杨玉环会撑出大象腿，搞不好还会把裤腿撑爆。女演员实际看起来都很瘦，这样上镜才刚好，像梅漫这种，虽然不胖，但是，上镜绝对是个小胖子。

紫伊酒红的长发被束成俏皮的丸子头松松地在头顶晃动，人整体看上去既休闲又时尚还干练。她的身后跟着几个保镖，前面有几个助理开路，身边密密实实地围绕着一圈人，织起了一道流动的身体防护网，想接近紫伊，得先闯过这道人墙。这才是真正的鞍前马后、前呼后拥呢。

紫伊走进大厅还没有站稳呢，磬磬姐就跟她来了个贴面式亲密拥抱。磬磬姐的丈夫也一下把紫伊拥在怀里，紫伊顺势一歪，倒在荷兰大叔怀里。看来他们是很熟稔的。这个时候，四香一起扑了上去，献花的献花，合照的合照，尖叫的尖叫，欢跳的欢跳。这份热闹，就像很多明星下了飞机被粉丝送花、追逐、围堵一样。

大明星紫伊左手叉腰，右手搂着磐磐姐，分别跟磐磐姐和荷兰大叔拍照留念。磐磐姐店里一整面墙上挂了很多她与明星的合影，其中有一张她与紫伊几年前的合影，这次又会在显著的位置再增加一张。磐磐姐说过，这些她与明星的合影，也会挂在她法国巴黎香榭丽舍大街的店铺里。

磐磐姐拉着紫伊站在大厅中间的玫紫色地毯上，拿着话筒对大家说："各位来宾，大家好！感谢你们的光临，在这里我先诚恳地向你们鞠一躬，感谢你们对孤儿院孩子们的爱心，感谢你们对小店的支持和信任，希望你们选到满意的商品，每个人都变得越来越美丽。在这里我特意隆重地介绍紫伊妹妹，我们每一次公益她都热心支持。非常感谢，感谢亲爱的紫伊，感谢亲爱的你们！"

磐磐姐说完，向大家鞠躬致谢！每次公益售卖，磐磐姐都会拿出一部分钱捐给孤儿院，虽然磐磐姐看起来跟很多生意人一样，想方设法让别人买自己的商品，但是在做公益这一点上，她还是做得挺让人佩服的。

紫伊被磐磐姐带到楼上试衣服了，身穿黑色西装的保镖们戴着墨镜，双手齐刷刷地重叠着搭在小腹前。他们排列有序地站在楼梯上，又形成了厚厚的人墙。哎呀妈呀，要想接近大明星简直比登天还难啊！

那些助理都跟着紫伊和磐磐姐上楼了，她们要照顾紫伊穿脱衣服，提鞋，整理发型，并随时准备递上杯子和纸巾。万一紫伊嘴里感觉不舒服，要吐口香津——唾沫，助理必须观察得恰到好处，第一时间把餐巾纸递上去，一秒也不能耽搁。

过了一个多小时，才见到磐磐姐带着紫伊和身后的助理从楼上款款下来，身后的助理们，提着大包小包的纸袋。保镖们自然闪开一条通道。梅漫知道，紫伊是来挑选皮草的。磐磐姐傲然地说，她参加戛纳国际电影节总是要准备两件的，那表情就好像磐磐姐自己参加戛纳电影节一样。

　　磐磐姐拉着紫伊走到梅漫她们面前，对紫伊说："跟我的好姐妹合张影，她们都是你的崇拜者。那些男人就更不用说了，都是属于献上膝盖的那种崇拜。"听到这句话，紫伊扬起头开心地笑了，露出了嘴里粉红的上牙膛。磐磐姐接着说："但是今天，你只跟我的姐妹们合影即好，我知道你时间金贵。"

　　紫伊当然会给磐磐姐这个面子。她爽快地站在姐妹们中间，左手搂着磐磐姐，右手搂着梅漫，抬头挺胸收腹，双眼含情，嘴角上翘，一脸好看的妩媚，梅漫都被她迷住了。旁边的那些男士们，早就瞪着眼睛、半张着嘴，看着紫伊，手里的酒杯也停在半空中。只有一个男人没有抬头盯着紫伊，这人像个吃货，正埋头对付盘子里的鲍鱼片蘸生芥和几粒紫豆沙拉。这人就是光头小胡子。梅漫心里想，这男人还挺狂，把紫伊大神也不放在眼里，就知道吃。

　　拍完照，紫伊还不忘拍拍梅漫的肩问磐磐姐："她是演员吗?"磐磐姐眼睛一亮，磕巴也没有打，笑吟吟地说："是的，是的，你的眼光真独到，看这身材，看这长相，看这气质，就是为演艺而来。她是刚踏入影视的新星，正在孵化启蒙，说不定哪天就会横空出世，但是现在可比不了你们这些巨星，需要你在大导演面前提携。有清宫丫鬟的戏，跑跑龙套什么的，可以随时呼唤我们。"

　　"哈哈，磐磐姐你太会开玩笑了。必须当主角或配角，其他角色都是群众演员的事。"紫伊向磐磐姐和梅漫笑笑。

　　"好美啊!"紫伊向梅漫说了这句话，像是赞赏和鼓励，然后转身带着鞍前马后的一群人走出了大门。临走，她还不忘回头向大家挥挥手，露出甜美的笑靥，很有回眸一笑百媚生的娇媚。

　　紫伊每次出来露脸的时候都会这样，已经成为她的一种招牌。紫伊回眸，魅力无限，这是她拍的一个广告语，如今已经被大家口口相传。

送走了大明星紫伊，磐磐姐走到梅漫、夏采薇和艾蕊身边，神秘而兴奋地对她们说："紫伊直接拿了十件。"

梅漫和夏采薇同时张大嘴巴"啊"了一声，艾蕊没有像她们两个人一样大惊小怪，看来人家是见过世面的人。

"看中了，试一下，直接扔给身后的助理。俄罗斯紫貂、白山猫、意大利水貂都拿了，从限量版到明星款，从樱花粉到蓝青、紫蓝，从长款到齐腰，从披肩到斗篷，都扫了，她说今天时间紧张，她要去香格里拉大饭店见一个好莱坞导演，所以简单挑选几件，等拍完手里的片子，有时间，再好好在这里选。她好像意犹未尽呢。"磐磐姐津津有味地向大家讲述着。

光头小胡子放下盘子用纸巾抹抹嘴，向磐磐姐她们走来，手里拿着磐磐姐的丈夫、荷兰大叔给的古巴老雪茄，来告辞。

"谢谢。"他举起手中的雪茄盒向磐磐姐抖了抖。磐磐姐笑着说："紫伊来了，你也不跟人家打声招呼。她也没有看到你，不然肯定会跟你聊两句的。"

"我怕她看到我不好意思摆那么大的谱。"

光头小胡子和磐磐姐一起笑了。

梅漫感觉这个男人说话很狂傲，居然说大明星不敢在他面前摆谱。他把自己当成横空一棵葱了，谁拿他炝锅呀。梅漫心里讥笑了起来。

小胡子向梅漫点点头，摇了摇手里的钛金定制手机。梅漫不知道他是无意摇的手机还是暗示提醒。刚才聊天的时候，他们已经互留了电话，加了微信。光头小胡子转身没走出多远，夏采薇指着梅漫大声说："别让那个秃子勾搭走了，丢下我哥。"

梅漫笑着回敬："你瞎说什么呀！"

磐磐姐上去就捂夏采薇的大紫茄子嘴。夏采薇把嘴唇涂成了紫茄子色，特别像某个电影里的蜘蛛精。"姑奶奶，人家还没走远呢，你能不能小点声。"

夏采薇闭着眼睛摇着脑袋，一副爱谁谁，我最大，满不在乎的神情。

第 96 章

"他是搞投资的，开了几个公司，紫伊应该跟他挺熟的。我还打算让他帮我找个角色呢，转转行，多元化发展。"磐磐姐对梅漫说。

多元化发展，不就是既卖房子又开店铺，既开饭店又开工厂的多种类发展吗？

好像人人都跨上了骏马，只有自己还在圈子外徘徊，进不去，摸不到门道。梅漫想。

"要讲挣钱，艾蕤最有经验。"夏采薇对大家说。

艾蕤听到夏采薇的话笑着说："你们要想挣钱，我告诉你们诀窍，不是吹牛，我还没有失手过。有朋友开玩笑让我去学校开课演讲，但我觉得对那些没有社会经验的青葱孩子讲挣钱，太早了，这种事我是不干的。这是害人呢。"

这句话让梅漫高看了艾蕤一眼。在该学习的时代，教学生们怎么挣钱，让他们过度沉溺在金钱的诱惑中，是一种罪过和不负责任。这不是吹嘘什么正气歌，也不是装正经，这是一个金钱观的问题。

艾蕤拉着夏采薇的手坐在椅子上，开始给夏采薇上课，梅漫在旁边听着。大意就是让她做做投资，要看到社会潮流，跟着潮流走，跟着起伏的波浪就会挣钱。艾蕤的手还一起一伏的，很生动。

夏采薇撇嘴摇头，痛苦地说没有本钱。

艾蕤说可以借给她。夏采薇摇头。后来艾蕤又说做生意赚钱的门道还有一种，就是雪球式，你慢慢滚动。比如买房，先买个小的，七环的，然后等涨了一点就卖掉，买个六环的，中等大小的，这样滚雪球就可以一点点积累财富，自然就会发财了。她还说世界闻名的企业家好多都是这样起家的，包括香港的李嘉诚，也是从做塑料假花开始建立了庞大的商业帝国。

"一会儿，姐姐再给我们好好讲讲你的发财经。现在大家有兴趣可以先上楼看看衣服，尽情挑选，全部六折优惠给你们。"

艾蕤似乎意犹未尽，和大家一起站了起来。

夏采薇嚷着要五折，磐磐姐点头微笑。夏采薇挑选了一件衣服要先走，她说有一个从国外回来的朋友，正在咖啡店等她。艾蕤让夏采薇先走，她要再试穿几件。大致浏览了一遍，她挑选了一件明灰色短衫、一件蓝青紫貂、一件淡粉编织短衫和一件油金紫貂，她说灰色和蓝青的是给自己买的，其余两件是给女儿买的。磐磐姐感叹这件油金紫貂太好看了，说得梅漫也眼馋了。

本来，来磐磐姐的店之前，梅漫已经下定决心，坚决不再买皮草了，可是看到紫伊，看到夏采薇，看到艾蕤，梅漫还是收不住手了。

磐磐姐让她们在楼上单间 VIP 房间喝茶，吃零食、水果，她去照顾一下楼下的客人，可能还要带几个客人上楼看衣服。梅漫看看表，准备回家。艾蕤也看看表，说要等她家先生开车来接，但是先生正在参加一个饭局，还没有结束，所以让她再等等。梅漫不好一个人走，让艾蕤一个人孤单地坐在这里，只好陪着她坐下了。

艾蕤喝了口放黑莓和蜂蜜的红茶。这种像英式下午茶的喝法，只有磐磐姐家这样喝，梅漫没有在其他地方喝过这样西式的茶。

"我们随便聊聊，你想听听我的发财经吗？"艾蕤捏了一个樱桃在手里揉捏。垂下了眼睛。

"当然想听，这都是经验，姐姐肯教我，是我的幸运。"

梅漫知道今天夏南不回家了，在医院陪他妈，所以也不用着急回家，可以自由支配时间。

艾蕤叹口气，这一般都是苦戏的前奏。艾蕤从她的童年开始讲起。她家里是山西山区的。那里日子很苦，梅漫是知道的。

艾蕤继续讲。小时候，她因为喜欢一个金色的发卡，偷了家里一块钱，被父亲发现后遭遇一顿暴打。她觉得委屈，为什么人家女孩子可以买漂亮的粉卡子、红卡子别在头上，为什么自己家买不起，买了还要挨打？她擦着眼泪，一个爱美的小女孩，一边哭一边伤心。现在想来，还是可以理解父母的苦衷的。这一块钱对于贫困的家庭是不小的财富，穷困的父母又有多少个一块钱呢。

她每天上学要翻一座山，天不亮就起床，经常饿着肚子，偶尔，母亲让她和弟弟吃一顿猪油炒饭，那就是人间美味。虽然上学很苦，但是她还是那么向往。放学路上还要打些猪草。因为山上草密，经常碰到蛇。

梅漫惊讶地张大了嘴巴，这也太可怕了。别人的生活状态，有时候，是很难想象到的。

艾蕤喝了口茶继续说："后来父亲在外面打工伤了手，成了残疾人。家里的支柱倒了。母亲受不了这种苦日子，进城打工再也没有回来。那年我十六岁，那天我在大山顶上，仰望着黑蒙蒙的天，吹着刺骨的寒风，流着热热的眼泪，对空寂的山野下了决心：一定要成为有钱人，一定要让弟弟继续上学，一定要让父亲、奶奶、爷爷，还有我那个无奈的母亲，过上幸福的日子。那是我最后一次上学。跟老师告别的时候，老师拉着我的手说：'多可惜啊，你学习那么刻苦，我觉得你读书一定可以读出来。'

"我哭着离开了教室。在回家的路上，我紧紧拉着弟弟的手说：'你一定要考上大学，替姐姐了却这份心愿。'弟弟流着泪说：'你也要走吗，像妈妈一样，再也不回来了？早晨一个人翻山上学我害怕。'"

艾蕤流下了眼泪，讲不下去了。梅漫也忍不住流下了泪水。

"不说那时候的苦了。"艾蕤笑笑，继续讲，"后来弟弟非常争气，考上了北京一所著名的大学，然后又考上了美国麻省理工学院，读完博士留在了美国。这一点让为他吃苦的姐姐我非常欣慰。"

再后来，艾蕤的家人都过上了幸福的日子，包括那个丢下他们的自私的母亲。

"你看，我说给你讲发财的经验，却讲了我的苦难史。"艾蕤不好意思地向梅漫笑笑。她抬手看了看腕子上的里查德米勒手表，接了她丈夫打来的电话。原来她丈夫结束了饭局，在楼下等她了。她和梅漫一起站起身。"有时间我们见面好好聊，今天没时间了。"

梅漫听得津津有味，还想继续听。今天只得留着悬念了。她们下了楼。磐磐姐听说艾蕤要离开，笑着拉着她的手说："让你的丈夫也来挑几件，我家先生给几个男明星定制了几款，非常时尚的。"

艾蕤痛快地说："哎呀，忘了他了。好，让他进来自己挑。"

梅漫看见艾蕤的丈夫，原来是个年轻的小丈夫。梅漫惊异地看了艾蕤一眼。虽然没有听艾蕤把她的发财经说完，但是梅漫今天也算开了一些窍。下一步，从哪里开始呢？梅漫似乎已经有了答案。

第 97 章

梅抒颐被顾蕙兰和苏雪雁开堂乱审的场面，被梅欣的突然回家打乱了。后来她们又续审了一次，完全是神经质行为。梅抒颐没有屈服，他咬牙没有说出自己的秘密。有苏雪雁在，怎么可能把家里的秘密说给外人听呢？这是绝对不可以的。

不说、不承认没有关系，顾蕙兰和苏雪雁有血淋淋、铁硬硬的证据。顾蕙兰在苏雪雁走后，摔出了他和肖雅清的照片，这是顾蕙兰和苏雪雁一起偷拍的。没有当着苏雪雁的面把照片甩给他，已经给这个老不要脸的色鬼很大的面子了。

顾蕙兰气鼓鼓的，一切都在她的掌握中。

梅抒颐看到这些照片简直哭笑不得。这都是什么呀。女人老了，怎么变得神神道道的，一点也不着调。怪不得梅漫叫她老年少女呢，越活越像不谙事务的女孩子了。

"你们呀，简直是可笑至极。"梅抒颐指着顾蕙兰不知道该恼怒还是该生气。

"当然，谁也不会承认的。"顾蕙兰信心十足地说。

"我去看梅宅，你不要胡猜疑。"梅抒颐对顾蕙兰说，他没有把自己打算买下老房子的事告诉顾蕙兰。顾蕙兰肯定不同意，花一大笔钱不说，她现在住楼房住习惯了，是决然看不起那种老旧房子的。她看不出来老房子的价值，除非说老房子地下埋着宝贝，或者说，房子里的木料和砖瓦都是古董，是多少钱都买不来的。可是，梅抒颐觉得没有必要跟顾蕙兰说这些。说了，顾蕙兰就魔怔了，而且朋友街坊都会知道——她的嘴完全没有把门的，嘴大，天天没事就跟人吹喇叭。

"你看梅宅干吗？不是住着香港夫妇吗？这么多年了，可能真不是那对香港夫妇住了。"

顾蕙兰好像如释重负般，身体往沙发上一仰。去看梅宅，她怎么没有想到这一点呢？还奇怪，他怎么会去找肖雅清呢。当初住老房子的时候，梅抒颐是不太跟街坊们亲近的，肖雅清反倒总喜欢跟气质儒雅的梅抒颐撩拨两句，为此，顾蕙兰还曾狠狠瞪过这个女人。

"你不说，我都忘了梅宅了。时间过得真快，梅宅的日子好像就在昨天呢。要不你也带我去看看梅宅？"顾蕙兰好像突然来了兴趣。看看梅宅也可以给生活带来点回忆和新奇。

"以后，可以随便看，现在可能不太方便。"梅抒颐说出了这样让人不理解、富有玄机的话。但是顾蕙兰并没有听出来其中的秘密。

"你去看了，院子怎么样？房子怎么样？"顾蕙兰抬头看着梅抒颐，好像能从他脸上看到什么东西，"海棠和紫藤好不好？是不是被他们拔了？若是把树和紫藤拔了才是彻头彻尾的傻子呢，那可是有年头的树，那紫藤花只有北大校园老红楼那株能比得上。早春，那花开得呀！花海似的，满院子飘香，嘤嘤嗡嗡的蜜蜂满院子都是。还能收一大筐酸甜的海棠，做海棠酱，冬天吃冻海棠。好吃！"顾蕙兰完全沉浸在自己的回忆中。这一句句话，扎在梅抒颐心上，让他越来越后悔当初把房子卖给了香港夫妇。顾蕙兰还在不依不饶地继续向梅抒颐胸口捅刀子："咱还有后院的鲜鸡蛋和大公鸡呢，过春节美美地吃自家的炖鸡肉，还有鲜鸡蛋，过的简直是神仙的日子。"

梅抒颐关于梅宅的话题，勾起了顾蕙兰强烈的回忆，她坐在梅抒颐对面没有别的话，就是讲梅宅里的桌椅板凳、锅碗瓢盆。梅抒颐也不打断她，让她痛痛快快地说。自己想听就听两句，跟着她回忆，听烦了就走进自己房间关上门盯股票。这几天股票低走，本来梅抒颐想出手，全部卖掉，但现在这么低，卖掉会亏不少。不出手的话，肖雅清那里已经交了押金，她说如果资金充足了，她就叫那对夫妇的儿子来签合同；如果资金不到位，不想买了，还有其他客人盯着呢，丑话说在前面，押金是不退的。肖雅清做生意向来是认钱不认人的。认钱为亲还是认人为亲，这个还用说吗，什么年代了，谁还做傻事？那天梅欣回家吃饭，梅抒颐问他画展准备得怎么样了。梅欣说等签证下来，日本那边来邀请函就走，他还说，如果他们没什么事，跟他去日本也可以，就是要赶紧办签证。

去日本？梅抒颐倒没有什么，顾蕙兰是断然不会去的，到了日本看满大街都像是仇人，那是什么心情？思敏去了日本，顾蕙兰决然和她断绝来往，直到他们全家去了澳洲，她才跟思敏亲热起来。所以，梅抒颐摇摇头，拒绝梅欣让他们跟他一起去开画展的建议。

后来梅欣似乎想跟梅抒颐说什么，叫了一句爸，又说了一句梅宅。梅抒颐没有搭茬，梅欣就没有再往下说，就说他有个朋友买了个四合院，没有梅宅好，房子和院子都比不上，还说梅宅其实满院子的宝贝，一块木头、一块砖都是古董。

梅抒颐点头跟鸡啄米似的，赞赏着儿子的眼光。如果把那一院子东西看成垃圾，他才不是自己的儿子呢。梅抒颐在心里暗下决心，一定要把这些宝贝抢回来。

梅欣呢，看到爸爸的表情和溢于言表的遗憾，也在暗下决心，一定要让这座院子完璧归赵。

梅欣站起身，深情地看了梅抒颐一眼，梅抒颐也赞赏地看了梅欣一眼。然后，梅欣离开家，回到了自己的工作室。

第 98 章

夏采薇要结婚了，为此她的妈妈特意办理了出院手续，回到家里静养。老遗孀登门送礼物，她现在已经开始拄拐杖了。她送给夏采薇一对手工的绣花枕套，说是她在延安的时候，搞大生产运动，自己纺棉线织布，手工绣的花。灰白的土布上，一丛丛火红的山丹丹花怒放着娇艳。穿过岁月的时光，它们依然娇美。

临走，老遗孀还说让夏采薇把男朋友带来让她看看，她说她一眼就能看出这个人靠不靠谱。夏采薇听了哭笑不得。这都要结婚了，她若说不靠谱难道还要分手？简直了，这个爱操心的奶奶，关心关心自己的身体就行了，其他的事就别操心了。

送走了老遗孀，夏采薇用指头捏着这对山丹丹哭笑不得，还照了相给未婚夫高朗看。她边拿边嘟囔着："谁用这个鬼东西，我决定把它捐给革命历史博物馆珍藏。这是如花似玉的美女战士在延安艰苦条件下的青春之歌。"说完，哈哈笑了起来。

看到图片，高朗却觉得这个东西非常好，是花多少钱也买不到的，他让夏采薇一定留下来。夏采薇听后，翻着眼睛骂了一句："有毛病。"

同样的东西，在有些人眼里是一文不值的垃圾，在有些人眼里就是价值连城的宝贝。探寻心灵的秘密就是从物化的外部沿着那束独到的眼光直达你的心灵深处。

高朗跟夏采薇也算是青春恋人，从学生时代夏采薇看上高朗，到高朗看不上无才无貌的夏采薇，分分合合，合合分分，不知道拉了多少次抽屉，彼此伤害过多少次，都差点各自寻找自己的幸福了，最后还是走到了一起。主要是夏采薇放不下高朗，每次高朗想走，想跟夏采薇分手，总是没走出几步就被拉回来，他仿佛是被夏采薇握住了风筝线的风筝，根本跑不掉，就是飞得再远，也会被夏采薇攥在手里。原因是什么呢？高朗的家庭条件、经济条件都没有夏采薇的好啊。什么门当户对，都是想改变身份，变身豪门，女人有这种愿望，男人也不排斥有这种想法。

因为高朗公司的办事处在香港，高朗和夏采薇结婚后就住在香港。这份美差当然不是所有人都有机会获得，当然与夏家有着不可言说的关联。

夏采薇的爱好不多，以前除了打游戏就是闲逛、海吃。她因为打游戏还结识过网友，曾经拽着梅漫去相亲，结果见到的不是心目中的高大威猛男，而是一个贪吃的小胖墩，还是个学生。这个贻笑天下的把柄一直被梅漫攥在手里，时不时提出来敲山震虎。夏采薇也扬言抓到了梅漫的把柄，就是光头小胡子。梅漫说，这个纯粹是胡扯。夏采薇说："胡扯，你敢跟夏南说你认识他吗？"梅漫说根本没有告诉夏南的必要。

可是就在打算领证结婚之前，夏采薇跟高朗分手了。理由是夏采薇赌球输了一万多元。

分手?！夏采薇好像被惊雷轰顶，呆了。她决然不能接受。赌球算什么不良嗜好？难道只能你们男人赌球？再说，世界杯几年才举行一次，又不会天天有这种撒钱的机会。夏采薇不是理由的理由只能说服她自己，高朗当然听不进去，根本不见她。夏采薇一哭二闹三上吊，却是老戏，蜻蜓点水的感觉，什么波纹也没有荡起来。看这情况必须丢一颗手榴弹、放一颗礼花弹才行。夏采薇找梅漫，要把她这颗手榴弹丢给高朗，炸醒他。

找高朗说情。梅漫怀疑自己的能力。

"那得巧舌如簧的主，《花为媒》里阮妈妈那种的，我这笨嘴拙舌的恐怕不行。"梅漫拍着自己的脸，怕完成不了这种艰巨任务。

"我上哪儿找阮妈妈？"

梅漫和夏采薇脑子里同时出现了上学时老师要求请家长夏采薇临时找的炸油条大爷，两个人心照不宣地笑了。

梅漫说："要不你从网上找个专职的说客，现在只要你肯找，网上什么服务都可以找到。冒充男女朋友春节回家、陪旅游、陪聊天、陪购物、当私人侦探都可以。"

"骗子太多，万一碰上个比我还精的人精骗子，把我骗到深山嫁给秃头瘸腿的老汉怎么办？就跟碰到那个小胖墩似的，多搞笑。呃，你战斗前要补一补舌头。"夏采薇拽着梅漫就到了鼓楼附近的餐厅。

"到这干吗，又不饿。"梅漫坐下后说。

夏采薇也不说话，拿起菜单就开始翻，然后招手把服务员叫来。她指着菜单说："喏、喏、喏。"

夏采薇点了一盘牛舌、一盘猪舌、一盘羊舌。女服务员看到这两个专吃舌头的姑娘，蒙了，以为《西游记》里的妖精现身了，或者《白蛇传》里的白蛇和青蛇来了。她本来是没睡醒的，半睁着眼睛，像个困猫。这几盘舌头，像一盆凉水浇过来，服务员半睁的眼睛完全瞪大了。不一会儿，还整来一个留偏分小油头的男服务员，估计她心里发毛了。

两个服务员跟看什么奇异物种似的看着点舌头的姑娘，女服务员突然痛苦而遗憾地说："羊、羊舌头卖完了，我们有鸭口条，不，鸭舌。"

偏分小油头侧脸跟眯缝眼打趣道："你结巴什么呀！害怕了。"

眯缝眼瞪了他一眼，说："你不是也不敢一个人来吗。"

夏采薇和梅漫同时翻眼看了一下这两个人，断定他们一定是盗墓、玄幻、穿越小说看多了，思维不切实际，严重跑偏。

听说有鸭舌头，夏采薇同样兴高采烈。

"只要是舌头就上。"

偏分小油头和眯缝眼同时吐了一下舌头，然后赶紧把自己的舌头缩进了嘴里，仿佛自己的舌头也快被拽下来，完全自"舌"难保了。

"我、我们有雀舌，你要不要上？"

"雀舌？"夏采薇和梅漫相互看了一眼。梅漫恍然大悟地说："是茶叶，不要，不要。"夏采薇却说："只要是舌头，就上。"

梅漫无奈地苦着脸说："太恶心了，你能不能别这么折磨我。这哪是舌头啊，简直就像几盘屎。"

"你联想太丰富。"

看着面前左一盘牛舌，右一盘猪舌，中间一盘鸭舌，梅漫都快哭了，她想起了草原上的牛边吃草边吐口水，还拉着黏液的舌头，想起了臭烘烘的猪棚里拱臭屎、在烂屎泥里吧唧嘴的猪舌。她不敢再想了，捂着嘴想吐。

"娇气！"夏采薇挽挽袖子，拿起筷子身先士卒，夹起一根牛口条津津有味地吃起来，"嗯，味道很不错。"

夏采薇说完咧了一下嘴，心想，味道真不怎么样。口水味，估计没洗干净就扔大锅里炖了。她顺手拿起桌子上的醋瓶子、辣椒罐，给舌头们加料。醋味和辣椒味会盖住那股口水味。搅拌完，夏采薇把筷子递给梅漫说："吃吧，要不我帮你跟服务员要两瓣大蒜，解腻还下饭。"

梅漫瞪了她一眼，心想，不着调，自己如果喷着满嘴蒜味去找高朗，高朗肯定捂鼻子就走，也有可能直接晕倒，熏的。

梅漫像吃药似的，一样夹了几口。夏采薇还在旁边劝说："吃哪补哪。"

梅漫瞪着眼睛说："那你吃啊，吃完伶牙俐齿，摇唇鼓舌，花言巧语，自己去找高朗，比什么都强。自力更生就是这般模样。"

夏采薇扭扭脖子说："不是不见我吗，不然早去了。"说完还抹了几滴委屈的泪水。

第 99 章

吃完了大餐冷切舌，梅漫被夏采薇拖到了"前线"，见高朗。

高朗已经进入相亲阶段，把夏采薇完全扔在了脑后。他听梅漫的意思是要把他完璧归赵，立即头摇得跟拨浪鼓似的。梅漫一看高朗摇头的频率，心就凉了半截。下面的演出，肯定没戏了。

高朗已经相亲了？夏采薇听到这个消息急得恨不得跳楼。后来，她一拍脑门，有了。举刀拿着二锅头，威逼，这一幕跟梅漫找夏南一样一样的，完全是依照梅漫的演出来模仿，东施效颦，现学现用。结果，这个死猪不怕开水烫的高朗不吃这一套。方法完全白瞎不好使。害得夏采薇喝了半瓶二锅头，回家死睡了一天，还赔上一件名牌上衣——她拿刀在胸口、脖子处比画，不小心把衣服划了一个大口子。喝了酒的夏采薇走路歪斜，凄惨地被一个民警送回了家。

这个高朗，软硬不吃。夏采薇恨得牙痒痒。她找妈妈哭，找爸爸哭，找老爸的秘书峰哥哭。最后，高朗被神奇地从香港公司调回大陆，而且，还被"流放"到了贵州山区挂职锻炼。高朗万万没有想到，新谈的女朋友，因为他去外地，也提出了分手。就算再找女朋友，人家听说他在贵州山区估计十有八九也要分手。难道找个贵州山区姑娘吗？高朗惊出了冷汗。

路是自己选的，也是自己走的。

高朗要回北京，要去东方之珠的香港，要灯红酒绿和川流不息。

这回轮到高朗表演了。丢弃的东西要一点一点找回来。

先找个说客。找谁呢？梅漫当然是不二人选。

梅漫受宠若惊。这活不是什么甜蜜美好的吃喝玩乐和花前月下。要拿出狠劲和装腔作势的样子，这是夏采薇吩咐的，最好让高朗急得头撞墙外加流出悔恨的眼泪。夏采薇要一次性把高朗的病治好，让他死心塌地地认命，不然以后常常跑，是很麻烦的。

高朗说请梅漫吃饭。一提吃饭梅漫就想起舌头，断然拒绝。可是高朗很热情，不吃不行的那种热情，还说他知道青海有一种牛的耳朵很美味，他知道哪家餐馆有。

妈呀，了不得了，梅漫吓得下意识摸了摸自己的耳朵。他们都疯了。会不会有一天，自己被人拉着吃鼻子或者眼睛、脖子、爪子、大肠、心肝肺什么的？

跟高朗吃完了饭，梅漫告诉他，已经有很多人给夏采薇介绍对象了，不是大款就是海归，还有创二代，反正个个都是条件杠杠的。

高朗一听失落了，即刻像泄了气的皮球，腰都挺不直了。

"采薇见了几个？"高朗已经亲密地叫采薇了。

"都见了啊！挑呗，必须要筛选呀，不然这么多，肯定眼花缭乱了。"梅漫笑了笑，很诚恳地说。

"那你让她见见我。"高朗约夏采薇好几次了，根本见不到她。

"主要是时间问题，她天天有约会，真没有时间。"梅漫不紧不慢地说。

听到这句话，高朗真的快哭了，完全到了黔驴技穷的地步。也不能使用一哭二闹三上吊的手段啊。手握二锅头，怀里揣把刀，这也不妥啊。高朗自我检讨，说都怨自己做事太狠了，没有看清夏采薇金子般热忱的心。这句话，高朗让梅漫一定带给夏采薇。

看到高朗的表情，梅漫担心自己演过火了。"高朗会不会真失望走了？"

她不安地对夏采薇说。

夏采薇果断地挥挥手，说："绝对不可能，除非他愿意扎根贵州，或者他不想找女朋友。哈哈，小样，在我手里的风筝跑不了。还没有哭，还没有头撞墙呢。"

"别太狠了。"梅漫打了一下夏采薇的胳膊，似乎在阻止她这样做。

后来，高朗找到了一个真正的说客——峰哥。峰哥没有时间管这种事。再说，只有自己去才能表达真诚。峰哥摇头。高朗把家里珍藏多年的茅台拿来"孝敬"峰哥，可是，峰哥拒收，不吃他这一套。高朗下面的戏真不知道怎么演了。

看来必须本色出演。高朗订购了香槟玫瑰，这是夏采薇最喜欢的颜色。他大概把几个花店的香槟玫瑰都订空了。一个玫瑰大心放在夏采薇家门口，俗套却不俗心。夏采薇看都没看，不以为然地说："哪里来的精神病，放一颗假心在这里干什么，真有诚意，挖出自己血淋淋的真心来。"

甜美的玫瑰心没有打动夏采薇，却打动了老遗孀，她心疼这么多钱都浪费了，拄着拐杖让附近那家花店的老板骑着三轮车把花全部拉走了。二手玫瑰依然散发着芳香的魅力和无比的深情。

扔下一块大石头，愣是一点涟漪都没有砸起来，高朗还以为会砸起欢快的浪花呢。高朗经过冥思苦想，终于披挂上阵。他盯了一天的梢，好不容易才堵到夏采薇。夏采薇跟一个风度翩翩的男孩子在一起。高朗当时就要疯了。这可是亲眼看到的，一点也不假。

"夏采薇，我要跟你谈谈。"高朗说。

"哦！介绍一下，这是我男朋友。"夏采薇指着身边的男孩子满脸微笑地对高朗说。夏采薇看到高朗胡子满腮，眼睛里布满血丝，人憔悴不堪，当时心里就柔情四起，心疼了。

她不知道，高朗这种状态，一半是为这份感情真心着急，一半是精心准备的。难道你失恋痛苦，想念女友还要光鲜亮丽，让人看不出一点痛苦的痕迹？傻子也不会这样做。

"她是我女朋友，请你离开。"男孩看看夏采薇，看看高朗，厌烦地说，"哪儿来的精神病，滚远点。想女朋友想疯了。几天没洗澡了，一身狗屎味。"

这是夏采薇今天刚见面的男友吗？夏采薇哪有心情见男朋友，这是三姨硬拉着她见的。三姨说已经跟男方说好了，不见面的话，她会很没面子。男孩看起来似乎风度翩翩，夏采薇其实并没有看上他，因为这个男孩化妆了，喝咖啡的时候，这人还掏出雕花小圆镜对镜自怜了五秒钟，惊得夏采薇险些把一嘴的卡布基诺喷到他脸上。

"你是唱京戏的吗？"夏采薇记得家里有个亲戚是唱戏的，很高大的男孩，长得英俊潇洒，平时就化妆。但是，如果不是搞艺术的，一个男孩约会化妆，这能正常吗？也许是，但夏采薇接受不了这样精致的男人。

男孩向夏采薇妩媚地一笑，伸出食指说："你猜。"夏采薇身上起了一层鸡皮疙瘩，然后吧嗒吧嗒地落在了地上，太受刺激了。

两个男人剑拔弩张，这种紧张局势，夏采薇再不出面就有可能头破血流了，不过也不好说，说不定男孩撒丫子就跑了呢。果然不出梅漫所料，高朗刚刚亮出铁拳，抬起来才挥到半空，男孩就撒丫子跑了，头都没有回。跑起来的姿势倒是一点也不精致。

夏采薇扭头也走了。高朗紧紧拉住夏采薇的手，夏采薇一把甩开了。高朗痛苦地说："你这样对待我，我觉得一切都没有意思，真想一头撞墙。"

夏采薇淡淡地说："不是每个人都有勇气撞墙的。"

夏采薇的话音刚落，就听"咚"的一声，高朗一头向路边绛红色的老墙撞去。这是要血溅老城墙吗？夏采薇惊叫了一声，即刻飞身向高朗跑去，高朗眼睛里和夏采薇眼睛里都闪烁着泪花。

夏采薇心疼地摸着高朗的头说："你怎么真撞啊，有这么傻的人吗？"

高朗说："不真撞不会感动你啊！不过，撞的时候，我是用手垫着呢，不然，真有可能撞出血来。"

"你到底骗了我。"夏采薇一脚就把高朗踢出了几步远。夏采薇的心愿总算满足了，高朗既流了眼泪，又撞了墙，还被她补踢了一脚。分分合合的爱情就到此为止了。

第 100 章

李翰歌在车站看着西北老汉和两个年轻女孩的背影，急得直跺脚。李荷花却盯着他们的背影流露出了满眼的羡慕。看到李翰歌焦急的样子，李荷花笑了："少吃咸鱼少口干，走吧！"李荷花心里冒出的话其实是"狗拿耗子"，只是没好意思说出口。

李荷花提着包还没站稳，就被李翰歌拽着从稀疏的人缝里狂跑。他在追西北老汉。

"干吗呀，真追呀，是想带我去度假村玩吗？"李荷花被李翰歌拽着，大声嚷道。

"你想什么呢，还没醒呢？那是骗子，那是骗子，那是骗子。"李翰歌说了三遍，"相信我的判断！"

李荷花边跑边说："你不会看走眼了吧？"

李翰歌没有说话。看着李翰歌严肃的表情和急切的神态，李荷花有些相信了。

其实，李翰歌去追是冒着危险的，因为不知道那里是什么情况，也许有想象不到的危险和困难，还要耽误时间和精力。但是，看着两个女孩子上当不管，这不是李翰歌的性格。

李翰歌和西北老汉之间还隔着大约几十米的距离，中间还有不少来来往往的人，就是想冲过去也没有可能，除非丢掉李荷花，在人群中硬挤，或者有孙大圣上天入地的本领。李翰歌内心急切，看着李荷花穿着一双尖头小高跟，他快哭了。求你们这些爱美的女同胞，能不能出门的时候别穿高跟鞋。李翰歌想。

眼看离他们又远了，李翰歌真想丢下李荷花。

"还能追上吗？"李荷花有些失望地问李翰歌。

怎么有那么多闲人在街上晃啊？李荷花躲着身边骑三轮车的老汉，身子刚向右一闪，又碰到一个背小孩的老太。前边还堵着一个吃肉夹馍的大汉，身后，两个姑娘拉着手要超过李荷花。哎！李荷花感觉自己快被网住了。还能追谁呀，回去算了，别瞎耽误工夫了。

"回去吧！"李荷花鼻尖上都是汗，鞋都快掉了，头顶上的小黑花卷也快散下来了。

"哎，他们停下了！"李翰歌指着远处的老汉和两个姑娘。他的眼睛一直死死地盯着他们，生怕一眨眼就找不到了。

"他们在买石榴。"西北石榴以个大饱满、香甜多汁闻名。到西北不吃石榴不算吃过特产，不买石榴也会留下遗憾。

李翰歌对李荷花说："赶紧抓紧时间追！不行就把你的高跟鞋脱了直接穿袜子。"

李荷花没搭理李翰歌，因为她穿的是薄如纸的小丝袜。

两个人拖着大箱子继续在人流里飞奔。李荷花真想一屁股坐地上，她在心里埋怨李翰歌太喜欢多管闲事，自讨苦吃，这年头，多一事不如少一事。北大才子李想还等着他们呢。这不是耽误李荷花见意中人吗？

"不对啊，老汉说他的度假村里有石榴树，不是还让我们采摘吗，怎么还让她们买？这就是问题。两个女孩还没有警醒吗？"李翰歌像自言自语，也是对自己判断的肯定。离得越来越近了，西北老汉突然一回头，李翰歌拉着李荷花赶紧闪身躲在卖柿子的货车后面。

“咱们冲过去，告诉两个女孩。”李荷花悄声对李翰歌说。李荷花想，这样他们就可以赶紧回去了，免得在这儿牵扯精力，这完全是节外生枝的事。

“肯定不行，女孩不会相信咱们的话，也许会怀疑咱们是骗子。这两个姑娘还没睁开眼看世界呢，肯定把事情看反。”

李荷花无奈地皱眉咬嘴。

“哎，这样可以挽救多少善良的人民群众，打击多少罪恶的坏蛋。”李翰歌有意夸张地挥挥拳头。

“买不买柿子？大甜柿子，富平柿饼。”

货车上的大叔向两个鬼鬼祟祟的人大声推销自己的农产品。李翰歌向他摆摆手，嘘了一声。大叔笑笑，突然大声吆喝道：“不甜不要钱。”

第 101 章

　　突然，两个女孩子听见大叔的吆喝声，提着石榴向柿子车走来。李翰歌和李荷花赶紧蹲下了身。两个女孩挑了几个柿饼就跑回西北老汉身边去了。然后，他们四个人打了一辆红色的小电动车，钻了进去。车子停了一会儿，好像在讲价钱。李翰歌环顾四周，没有小摩的。他赶紧对卖柿子的大叔说："大叔，拉我们追上那辆红色的小电动车。"说完，塞给大叔两百块钱。大叔乐了，露出有点发黄的大门牙和上牙龈，脸上的皱纹排起了一层层密实的小台阶。

　　大叔发动小货车，痛快地对李翰歌和李荷花说："麻利上车。"

　　两个人把箱子扔在车上，闪电般跳上了车。大叔很卖力，车子一秒钟也没有耽误，"突"地向小红车奔去。

　　李翰歌赶紧给在车站等候的李想打电话，告诉他自己正在追骗子，让他赶紧过来支援，如果有认识的警察也可以带来。

　　李荷花听到李翰歌给李想打电话，生气地噘起了嘴，因为刚才下火车的时候，为了见李想，她特意重新化了精致的妆，拿出上舞台演出的细致，结果没见到李想，却跟着西北大爷乱跑。李荷花从包里取出一双阿迪达斯三叶草小白鞋换上，把高跟鞋塞到包里，这样就是跑一万米也不怕了。

　　突然，李翰歌大声喊道："不好了，钱包什么时候丢了。"他脸色霎时变白了，钱包里的身份证、银行卡、现金全部不见了。幸好兜里还装了几百块钱。可是这些证件怎么补呢？问题是钱都存在卡里，没有证件什么也办不了。本来计划处理完这里的事就安心去伯克利大学上学了，现在计划完全被血淋淋的现实击垮了。想到这里，李翰歌的汗都下来了。没有证件，没有银行卡，这可怎么办？

李荷花提醒他说："你是不是放错地方了？"

"绝对不会。我清清楚楚记得放在这个口袋里，一定是我们上车的时候丢的，你忘了，一个瘦瘦的、穿紫红色西服的男孩，撞了我一下就走了，肯定就是他。"

李翰歌回忆起那个莫名撞自己的男孩，回忆起那个画面，心里很是恼火。他很懊恼，后悔自己太大意了。

其实，让李翰歌分心的是梅漫发错的那个信息。电话一响，李翰歌怕手机声吸引他们注意，即刻拿起来按了，可是屏幕上显示的是梅漫的消息，问他参加聚会穿哪件裙子好看，还发了好几张图片。李翰歌赶紧把手机收了起来，没有仔细看，但心里很难过。他还是放不下，忘不掉梅漫。

"那咱们还——"李荷花的话还没有说出口。你想啊，钱包证件都丢了，还不赶紧找证件，还追个屁。

"还追吗？"大叔回头对李翰歌说。

此时，小红电动车上了土路，绿色的麦田正在生长。一片稠密的小树林伸出小嫩手，为小红车披上了一件色彩斑斓的花纹衫。

不追怎么办，两个小姑娘可能会落得凄惨下场。李翰歌咬咬牙说："追！"

他上前问大叔："大叔，您知道这里的小偷吗？"

"太知道了。我可以帮你们把证件要回来，但钱他们肯定留下了。证件有人找的话，都会归还。这是行规。不过呢，我也是做生意的人，家里上有老下有小。"

这是话里有话啊。李翰歌听说证件可以找回来，还是按捺不住喜悦和兴奋的心情，他同时也听懂了大叔的话。

"大叔，如果找回来，我给你一千块钱。"

大叔没回头，也没有答话。这是对价格不满意。

拿回证件心切，李翰歌下了大手笔。"拿回证件，给您五千块钱。一手交证件，一手交钱。"

"中！"大叔干净利索地回答了李翰歌一个字，然后掏出手机打了一个电话。他说的是浓浓的方言，李翰歌没太听得懂，大意是让人找小三子拿什么证件之类的。

有惊无险，证件的事总算有了着落。李翰歌和李荷花同时松了一口气。李翰歌把大叔的电话号码发给了李想，让李想来的时候，找大叔带路。大叔有点不乐意给号码。李翰歌说，做事要讲情义，他坚决不会做过河拆桥的事。大叔担心李翰歌找警察抓他敲诈，所以起了戒心。

"我看你也是讲义气的人，眉头一团正气。"看来大叔对李翰歌放心了。

所有的疑虑都打消了，大叔带着李翰歌和李荷花，开始一心一意追西北大爷了。

对面的拉货小车扬起了飞天的黄土，呛得李荷花捂起了鼻子。远去的斗车里，拉着一车鸭子，鸭子里坐着一个围粉纱巾、穿花衣服的中年妇女。他们的小斗车似乎在风沙中飞行。看到围粉纱巾的女人，李荷花叹了口气，想到了自己，想起了温暖的城市里洒着水的柏油路，竟然涌起了莫名的伤感。自己的选择到底是对的还是一时冲动？有她这样傻的都市女性吗，干什么都凭借一腔热血？务实已经是当代人的不二选择。李荷花在做激烈的思想斗争。他们进村了。大叔回头对李翰歌说："上李家坟了。"

李翰歌一听笑了。跑五百年前自家的坟地来了。先辈们保佑啊。他默念了一句。

"这村子加工纪念币。"大叔似乎很了解。

"有度假村吗?"

"度假村?"大叔反问一句,摇摇头。

"拉女孩们跑着干什么? 拐卖?"李荷花奇怪地问李翰歌。

"我怎么知道,你不是还相信西北大爷是什么董事长吗? 他那个样子,一点派头都没有,也就你相信。"

听了李翰歌的话,李荷花侧了一下脑袋,不服气的样子。人都是这样,即使知道自己错了,也绝不轻易低头,让人批评和讥讽。

"那赶紧追啊,报案啊!"

"千万不敢报案,报案我们就出不来了。"大叔回头向李翰歌和李荷花摆手。

第 102 章

顾蕙兰一早就接到苏雪雁的电话，让她赶紧去救驾。顾蕙兰听后一头雾水。

"什么救驾，你堂堂武术世家传人，天天宝剑拿着，长枪举着。"顾蕙兰也开了句玩笑。

"是我应了两家公司，结果没有安排好，课撞到一起了。已经发了通知，不能取消，你去芍药社区帮我讲一次课。"

"这个不行，救不了你。"顾蕙兰断然拒绝了。

"必须来，讲一次课几百块钱。你去讲神奇的五谷粉，我去讲玉石保健床。"苏雪雁哈哈笑了起来。

顾蕙兰没有说她欺骗，是给苏雪雁留了面子。她心里不愿意做这种以养生、保健为幌子实际上是推销商品赚钱的事。

"我哪里会讲课，不像你，有养生经验。"

"别在我这儿说漂亮话，除了你我找不到别人。课件都是现成的，你就照着说。然后呢，说你每天吃，你认识的老同事也吃，他们没有不信的。放心吧，东西不是天价，他们不会舍不得买。要想办法吸引和抓住长期客户。给听课的老人每人一盒土鸡蛋，他们都会欢欢喜喜地来上课。你想，白赚一盒鸡蛋谁不乐意啊？"

"那厂家还不赔惨了？"顾蕙兰担心地问。

"放心，没有赔光的厂家，这个你不用操心，他们自有门道。"

顾蕙兰被拉到了课堂，当起了推销商品的老师。台下的老人们，看到顾蕙兰保养得年轻，气质好，都以为是吃了太空粉的缘故；又从课件里，看到了实例——病人身体康复，老人精神饱满，还真有不少人购买。顾蕙兰这次客串很成功。

回来的时候，苏雪雁对顾蕙兰说，保健公司正缺老师，她若是同意可以来讲课。顾蕙兰面对诱惑充满了喜悦和动力，一个月讲几次课，能挣不少钱呢；用苏雪雁的话说，还能往家背鸡蛋、卫生纸、洗衣液、洗洁精，日用品都不用买了，多省钱。对于清闲的退休妇女来说，这个诱惑实在太大了。

顾蕙兰被苏雪雁的贿赂打了兴奋剂，魔怔般迷上了讲课。她讲着讲着课，居然自己被自己洗脑了，还把太空粉背回家里给梅抒颐吃，完全相信了这种东西的神奇功效。然后，她还想进军苏雪雁的领域，卖玉石保健床，因为苏雪雁就是跨太空粉和保健床两个领域的。

顾蕙兰向苏雪雁取经，听了一节她的课。苏雪雁讲课很有激情，激情是一把火焰，总会温暖人，照亮人。

顾蕙兰发现授课的时候一定要讲述自己的亲身经历，这是活生生的实例，最具有说服力。

苏雪雁说，她有神经衰弱的毛病，当时每天失眠瞪眼到天亮，睡不好觉很痛苦；她的膝盖半月板错位，腿疼，在小区里走路都有困难，去医院，医生让动手术。她说实在怕手术室里的小刀片，无奈之下，抱着试一试的心态买了一张玉石理疗床。她说她根本不信这些，认为一点也不靠谱，但是暂时也找不到其他办法。苏雪雁绘声绘色，脸上的表情很是痛苦和无奈，就连台下听课的顾蕙兰都替她着急。

她说："把床扛回家之后，第一天就睡了一个多年来最香甜的踏实觉。早晨起来，腿明显轻松了很多，抬腿不沉重了。第二天，在小区里可以走两圈了。然后就是你们现在看到的样子。"苏雪雁抬起了腿，来了一个一字步，台下一片惊叫声和掌声。

接下来，苏雪雁乘胜追击。屏幕上播放的是一个坐着轮椅、歪着嘴的病人的照片，还有一张他痊愈后打太极的对比照。后面还有几个实例。但是，就苏雪雁的言传身教和神奇地从轮椅上站起来的病老头的例子，足以让台下的老同志们深深信服了。谁没有神经衰弱的毛病？谁没有腿疼走路不便的困扰？还没等到苏雪雁的课结束，排队交钱买理疗床的老人们已经迫不及待了。厂家留小分头的瘦弱小伙和大眼睛的小胖姑娘，高兴得合不拢嘴，鼻子尖冒汗地招呼大家排好队，一个个来，不要拥挤。就算没货了，厂家也会加班赶制出来；北京没有，也会装集装箱，空运给大家送来。

晚上回家，顾蕙兰雇了一个车也拉了一张床，原来她听了苏雪雁的讲课，死心塌地、一门心思要买一张理疗床，还是很急切的那种，似乎今晚不睡上这张床明天就不会走路和喘气了。没有办法，万能的苏雪雁给她从大兴讲课的分区调来一张样品床，价格当然低一点。顾蕙兰跟捡了一个大便宜似的。

第 103 章

顾蕙兰把床带回家的时候，小时工代云已经在这里哭泣着等她了。

顾蕙兰心情好，看着代云哭，千百个不理解。在她心里，这么美好的世界，没有伤心的理由，没有哭的理由。

代云一边哭泣，一边帮助工人把床安顿好，还打了一盆水把床里里外外擦了一遍。代云在梅家干活从来不计较时间，因为顾蕙兰对她很慷慨，除了在钱上面不计较，她孩子杜边、杜月的衣服，她和丈夫老伍的衣服，几乎都是顾蕙兰家里给的。梅漫不要的衣服，商标都没有剪掉就给了代云。顾蕙兰给她的衣服也是八九成新的，除了钱、衣服，顾蕙兰还把家里吃不完的米面油等用品给代云。这些为代云家节省了不少钱。这样的雇主上哪儿找。代云很感动，所以给顾蕙兰家干活从来不惜力、不计较，看见什么活都抢着干，跟在自己家里一样。

"歇会，歇会。来，坐下。"顾蕙兰倒了一杯茶，让代云放下手中的活，坐到她身边来。代云已经给顾蕙兰家做好了饭，一会儿就可以开饭了。"你在这里吃了再走吧，杜月来找你吗?"顾蕙兰问代云。

杜月正在上学，很懂事，经常抽时间帮妈妈干活。碰到这种情况，顾蕙兰从不让杜月动手，每次都让代云赶紧带孩子回家，不回家就留下一起吃饭。

"那个丢人现眼的东西不回家了。呜呜。"

"老伍不回家了? 为什么呀。唉! 天天为这张嘴奔波，他怎么这么能吃啊?"顾蕙兰说。

"不是老伍,"代云使劲挥手,"是杜边。"

顾蕙兰听后,惊异地瞪圆了眼睛。这个文弱的小男孩,每天搞得香里香气,身上阳刚气不足,梅漫开玩笑说他像个古装片里的小公公。据代云说,他还敷面膜,买化妆品。听到这些,顾蕙兰当时就被雷蒙了,感叹自己跟不上他们的观念。

原来杜边真的跟厕所公主好了。厕所公主本来不打算跟袁震饥离婚,让他随便折腾,只要自己把住钱和财产,就是捏住了他的半条小命。后来,袁震饥说要跟朋友合开公司,做什么冷水鱼子酱,急需一部分资金,必须押出一些店铺回流资金。厕所公主无奈只得放手。

后来就出了厕所主公在歌厅追打袁震饥和小妖精的事件。后来就是厕所公主喝多了,袁震饥把她送回了家,然后安排人给她按摩。后来袁震饥带着一帮人闯进房间,说抓奸,抓到了她和杜边,当时杜边正给她按摩。厕所公主解释不清,杜边还被暴打了一顿,她这才明白自己被套路了。

厕所公主把床单在腰间系成一个死疙瘩,把身体牢牢遮住,就像穿了一件抹胸裙。她抄起身边烧水的热壶就向袁震饥的脑袋砸去,下手不狠,不能打退敌人。袁震饥被热水盖脸,一声惨叫,亏得躲避迅速,只溅了一点热水,不然这一壶水泼下去,难以想象的凄惨。

其他几个人,也被厕所公主抡起晾衣竿狠打。这种战斗,是厕所公主最擅长的,下手狠、快、准,这是有童子功的。

打走了他们,杜边正窝在墙边抹嘴角流下来的血,还不忘从兜里掏出镜子看看脸是不是被打伤了。厕所公主刚要开口,杜边就哭了。厕所公主打算过去安慰安慰他,刚走过去搀起杜边,房间的门又被踢开了。袁震饥站在门口,指着厕所公主的鼻子骂道:"心疼了吧?"厕所公主也来气了,嚷道:"对!你管得着吗?"说完搂着杜边的肩膀挑衅地看着袁震饥。

袁震饥才不在乎厕所公主的举动，他的生命里只有没完没了地利用和背叛。刚才逃出去之后，他突然想起，几件珍贵的玉器、部分现金、一些金条还在家中的保险柜里，他必须拿走，所以又回来了。

厕所公主能让他拿着这些宝贝出门？那要问问她手里银光闪闪、头上带尖的晾衣竿同意不同意。厕所公主举着竿子直奔袁震饥的下半身扫去，这就是武林中著名的扫堂腿。袁震饥躲闪不及，一个趔趄嘴啃地。厕所公主抬起一只脚就踩在袁震饥的脑袋上，另一只脚踩在一条胳膊上，对发愣的杜边说："给我拿下。"

拿下什么呀？当然是袁震饥还死死抱在手里的宝贝了。

杜边一看有这么多宝贝，见财起意，下手就抢啊。抢完厕所公主就让他跑到房间锁上门别出来，然后上厨房拿了把纯钢大尖刀。袁震饥一看，撒丫子就跑了。真刀真枪的，谁不跑啊，命要紧还是钱重要？

看到这么多财产，杜边忽然发现厕所公主还是有些魅力的，皮肤不黑，眼睛不鼓，牙不龇，鼻子不掀，看起来还算顺眼。

厕所公主把房间门口的铁链子搭上了，袁震饥就是插翅也别想进来。她走进卧室，拿起一沓人民币就扔给了杜边。"拿去，算是姐姐的一点心意。今天多亏了你，不然，会被那个混蛋全都卷走。"她边收拾金条边想："袁震饥，你个混账，公主我今天就找一个人伺候我，像宠公主一样宠我、娇我，听我的话，你能怎么样？"

"哎呀，感情的事，真没有什么好办法。"顾蕙兰向代云摇头叹息，"可惜了这个孩子，没引导好。"顾蕙兰感慨、伤心。

"没有什么好办法？"代云问顾蕙兰。

"感情的事谁也劝不了，只能自己去悟。我能去吗？去了就得被厕所公主一顿骂，她能把我骂得狗血淋头。你能去吗？那要被厕所公主气得浑身哆嗦，不值得。让他们自己去悟，去经历，到时候，自然就走出来了。"顾蕙兰只能这样劝解代云。

代云气愤地说要打折他的腿。顾蕙兰说，快别这样想，这都是气话。

第104章

　　这几天股票大盘连续走低，连续跌停。梅抒颐想抛出总是没有机会，越跌越不想出。等，可是越等越跌，太急人了，梅抒颐已经急得吃不下饭了。出了这笔就去找肖雅清，可是，关键时候，就是这么不争气。家里剩下的几幅画不能再拿了，再拿就会被顾蕙兰发现了。有两幅是要留给梅欣的，那两个画家都是梅欣喜欢的。

　　他一直没把东西给梅欣和梅漫，是觉得火候未到，他们太年轻了，还不能完全懂得珍惜东西，所以要放一放、等一等。

　　梅抒颐没有办法，想去找自己的老朋友想想办法。当然不是找彩武叔，彩武叔哪里有钱？他是去找多年的老同事、铁哥们李青原。从中国开始有股市的时候，两个人就一起进入股市炒股。最近有些日子没联络了。今天梅抒颐给他打了一个电话，他没有接。但是，梅抒颐管不了那么多了，他要去找李青原。

　　头天晚上，梅抒颐告诉彩武叔，要到他的临街熟食小店去拿点东西。彩武叔的小店雇了一个伙计，他有时候过来看看，不是总在店里盯着。

　　梅抒颐拿了牛肉、花生米，又从附近的稻香村买了白水羊头、熏干、粉肠和松仁小肚，加上一瓶杏花村。他提着东西就到了地安门李青原的家，敲了半天门，根本没有人。梅抒颐不死心，用力敲，后来把邻居都敲出来了。邻居说，去小区公园锻炼了，每天上午去，到健身器材那里去找他。

梅抒颐纳闷，以前从来不爱锻炼的李青原怎么还去健身器材处锻炼了？不是天天蹲在家里盯大盘吗？不炒了？不可能啊。

梅抒颐提着袋子，顺着红玫瑰的花墙向花红柳绿的健身器材走去。他远远看见一帮人围着一个精瘦的老头，老头身子倒挂悬在双杠上。梅抒颐奇异地看着，感觉这精瘦老头如同异人。

东侧，四个中老年女人两两成对，跳起了很现代的狐步舞，姿态很美，很有激情。她们穿着艳丽的花衣花裙，有的还戴着时尚的黑檐卷边小礼帽，很欢快的样子。看到她们，梅抒颐也感觉很舒服、很快乐。

西侧，有两个老伙计拿着萨克斯和小号，吹着歌曲《女人花》，吹得真不错，梅抒颐也不懂音乐，反正看他们吹得很投入，感觉很好听。

不远处，飘来了《青藏高原》的歌声，梅抒颐以为是谁在放歌曲，走近一看，一个戴小花帽的女人拿着话筒在唱，这嗓子，不当歌唱演员简直可惜了。

最吸引梅抒颐的是一个六十多岁的老太太，花白头发，长得扁扁脸，上面爬了不少皱纹，穿衣很朴素、很随意。她坐在小马扎上，手里拿个话筒，打开录音机，里面传出了咿咿呀呀的青衣伴奏，然后她一开嗓就把梅抒颐镇住了。梅派贵妃醉酒，真是好嗓子啊，这京戏唱得太有韵味了，可以和彩武叔比肩。最让人惊奇的是，一只鸟在伴奏响起来的时候，在地上站着，等到女人开了嗓子，它居然飞到女人头上用嘴啄女人的脸，还跟着一起吱吱叫，似乎很痴迷、很享受。女人也见怪不怪，任凭鸟在她脑门上、鼻子上、脸上啄。

梅抒颐听到旁边的人说，这只鸟每天在这里等着，只要她一开嗓，鸟就跳到她脸上和头上叫。

有人说，神鸟。有人说，听得懂京戏的鸟。

梅抒颐看后惊奇不已。从不来小区和公园散步的他，看到这么热闹，人们这么享受生活，心里很喜悦。

梅抒颐转了一大圈，把所有热闹的地方都转了，也没有找到李青原。眼看快中午了，他准备到李青原家里等。

梅抒颐刚刚拐到小路上，看到一个老头坐在轮椅上，从后背看似乎很像李青原。他叫了一声。那人停住了轮椅，然后转身跟梅抒颐打了一个照面。

轮椅上的人正是李青原。

"你、你怎么成这样了？"梅抒颐紧跑了几步，追上了李青原。看到李青原脸色不太好看，人也不精神，胡子好像也许久没刮了。

李青原看到梅抒颐，也激动不已，叫了一声："哎哟！"仿佛受了什么刺激，人向轮椅里缩了缩。

"你老伴呢，你怎么自己出来了？得的什么病啊，半身不遂？"梅抒颐问。

"去敬老院看她妈了。哎哟什么病呀，别提了。哎哟！"

李青原总是哎哟哎哟地叫。

梅抒颐问："你哪儿不舒服，哪儿疼啊？"

"哎哟，心疼！"李青原捂着胸口。

"那我带你到医院看看。"梅抒颐说。他似乎忘了自己来找李青原干什么。

"哎哟，医院治不好。"

梅抒颐坐到路旁边的椅子上，李青原也停下来了。

"吃点，喝点！"梅抒颐指着口袋里的东西。

李青原点点头。

梅抒颐跟不远处卖煮玉米、豆浆的小贩要了两个一次性杯子。两个人喝了起来。

"股票还炒吗？"梅抒颐问。

"哎哟，千万别提这个，千万别提这个。"李青原捂着胸口，把筷子丢到了一边，酒杯也碰洒了。李青原歪在轮椅里闭着眼睛，人瞬间不行了，这回

364

连哎哟也不哎哟了。

李青原买的股票暴跌，钱出不来，人受了打击和刺激，完全萎靡了。老伴埋怨和嫌弃他把钱都赔光了，不太管他，也不太搭理他。在他面前，不能提、不能说、不能看股票，他看见红线就联想到股票，刚才第一眼看见梅抒颐就马上想到了他的股票，所以哎哟一声，人缩到了轮椅里。

其实，李青原也不是得了半身不遂，就是赔钱受了刺激以后，人硬挺挺地躺了好几天，不吃不喝，后来起来就走不了路了，而且，落下一个毛病，只要一听股票两个字，立刻就犯心疼病，捂着胸口，闭着眼睛，人跟半死一样。

看到李青原这个样子，梅抒颐默默把他推回了家。李青原的老婆回来了，看到梅抒颐推着李青原，接过梅抒颐手上的轮椅说："老不死的回来了。"

梅抒颐听后很诧异，没有想到他的老伴这样对待他。金钱可以让一个家庭、一对夫妻，反目成这样。

从李青原家里走出来的梅抒颐，心里特别不舒服，不知道下一步该怎么走。

第 105 章

梅欣的签证已经下来了。几十幅画早已让彩武叔裱好了，镜框暂时没有镶上。举办方说，运到那里再重新镶镜框，因为他们怕梅欣镶一些深色或者做工粗糙的镜框。日本人喜欢清淡的颜色，他们选择的大多是米白和浅金属色，使得整幅画看起来很干净。

这几天，梅欣要抓紧把一幅饭店大堂的巨幅山水画收尾，由于家里空间有限，他打完标记就把画挂在了饭店提供的一间大厅里，每天到那里作画。为了赶在去日本之前把画完成，这几天他一直画到很晚。

工笔画很费精力和时间，就是一棵树，也要分出很多种颜色，细致到每一片树叶。这几天，梅欣几乎不脱衣服，在饭店连续作战。今天，当最后一笔画完的时候，梅欣恨不得倒头就睡。他太累了。

梅欣丢下画笔，看看手表。夜里一点了，梅欣看看身边柔软的沙发，很想在这里睡一觉。可是想到家里暖暖的床，他还是坚持回了家。

奔赴那张温暖的床，然后，睡他个天荒地老。梅欣想。

梅欣打了一辆车，司机正在听《我听见时光的声音》。这是一首童声合唱，歌曲旋律感人，让人内心激荡起一股惆怅和伤感，很复杂的感觉。

夜色中的大街，依然川流不息，稀稀落落的行人披着夜色和橘红的灯光。路旁，高大的法国梧桐和古老的京槐从行驶的车窗中一闪而逝。一切似乎都增加了一丝安然和宁静。喧嚣的都市正一点点入睡，然后，再一点点醒来，带着你和我，一起迎接新一天的黎明。

车子突然开不动了。梅欣迷迷糊糊地睁开了双眼。

"前面好像出事了。"司机踩着刹车。

"到哪里了?"

"刚过德胜门。"

"哦! 没有事故，几分钟就到家了。"梅欣自言自语。

他闭着眼睛在车里半睡半醒，只听见外面传来"呼哦——呼哦"的声音。

梅欣不知道这声音到底发自救护车还是消防车还是警车，反正肯定是这三种车中的一种。

司机打开车门，站在路边说："我看见大红色的消防车过去了，不知道哪里着火了，应该就在附近。"

梅欣听后，打个哈欠，把头歪在车窗上。

"能走了，能走了。"

司机一脚油门跟着消防车。梅欣太累太疲乏了，从上车就一直迷糊。司机按梅欣上车时说的地址，把梅欣拉到了目的地。

"下车，到了，别睡了。"司机可能怕梅欣睡着了，所以声音特别大。

梅欣确实是被惊醒的。他猛然睁开眼睛，向窗外一看，怎么围着那么多人? 他付了车费，诧异地走下车。

空气中混合着焦煳味，人群被拦在了一侧。他抬眼一看，熊熊大火正在燃烧，是、是梅欣住的房子着火了。梅欣大叫一声，穿过人墙向自己的房子冲去。他的身体被一个警察紧紧拽住了。梅欣挣扎着，向警察狂吼："放开我，放开我，我的画，我的画。"梅欣声嘶力竭，像疯了一样。

几年的心血，全部画展的画作瞬间毁灭。他的心情完全崩溃了。他必须、一定要冲进火海，就是被烧死他也心甘情愿，就是化为灰烬他也在所不辞。他要同那几十幅画一同生死，就是那些画成了灰烬，他也要同它们在一起。

"太危险了，你不能进去。"

梅欣的身体被几个人牢牢拉扯着，他像一头疯狂的野兽冲撞着，向着熊熊大火奔去。他的心冲进了火海，在火海里寻找他的画。他的灵魂，在火海里炙烤，被烧得奄奄一息。他的身体被紧紧牵制着，完全成了行尸走肉。

也许他被称为一头困兽更为恰当。困兽的样子是狰狞的、可怕的，也是可怜的。梅欣的声音不是叫而是哀号，而是长啸。他的天地和脑海里只有他的画。

火熄灭的时候，梅欣晕厥在墙角，面目沧桑，仿佛一下子老了几岁，衣服也被撕扯烂了。他不想动，他愿意让世界静止，愿意世界毁灭，他愿意就这样死。

梅欣旁边的邻居，那对做早点卖包子和牛肉面的外地夫妇，女人正坐在地上哀号，男人因为拉扯不住，被烧伤送进了医院，他们的家当也全部被烧光。女人身边，只有男人拼命抢出来的一个箱子和几件衣服。

其实，火灾就是这对夫妇引起的，他们熬老汤牛肉，准备第二天卖早点的材料。今天的客人很多，好像是有一帮人在附近的学校参加什么考试，夫妇俩忙得不亦乐乎。这些人还说，他们的包子和牛肉面味道好，明天中午考完试还来这里吃。

夫妻两个一听，想今晚多准备点馅料和老汤牛肉。这一忙就到了半夜。明天还要早起，但老汤牛肉刚刚开锅，还要炖很久呢。两个人都很疲乏了，男人让女人先睡，他等熬得差不多了，就改微火，然后就上床睡。

在等牛肉汤的时候，男人靠在沙发上看电视，睡着了。门半掩着，一股风把门撞开了一道缝，紧接着又一阵风直接卷起了灶上的火苗。卷一次，舔一次，火苗似乎在和夜风嬉笑打闹，一会儿跳起，一会儿扭动。火苗也疯了，追着风跑远了，它一下跳到灶台上油兮兮的脏抹布身上，然后还嫌不够，又跳到墙壁贴着的油纸上，它完全疯了，越跑越远，跳到了窗帘上、桌椅上、衣服上……一切可以跳上去的地方，它要把整个房间跳成它的舞台。

后来它如愿了，不仅在整个房间里疯狂独舞，旁边梅欣的房间也成了它尽情舞蹈的海洋……梅欣疯狂地跳起，冲到守着箱子号叫的女人身边，气愤地伸出了他的拳头。女人哭诉着："什么都没有了，烧没了，烧没了。医药费拿什么给。"

男人烧伤得很厉害，正在医院抢救。

听到她凄惨的哀号，梅欣的拳头高高停在了空中，他有再大的冤屈，也无法对女人挥下拳头。他的嘴唇咬出了血，顺着嘴角向下流，他的拳头捏得咔咔作响，心里的憋屈、懊恼、生不如死的感觉无处发泄。他的牙咬得吱吱作响，眼睛里潮热了，火辣辣的疼。他已经很多年没有流过泪，男人的泪水是金贵的，不外化只内流。今天，他的眼泪已经涨满了，不得不涌出来。

梅欣像一条忠实的狗一样，舍不得离开。可是，他不得不离开。消防车走了，警察让大家散去。房屋也被封锁了，因为还不能确定有没有危险，有没有滑落的砖瓦木料砸伤人。

此刻的梅欣只想一个人静静，他走进了旁边的快捷酒店，打开房间一头摔倒在床上。

第106章

夏南问梅漫："是去拉萨走一圈，还是去香港、泰国转转？"他的妈妈这几天病情好些了。

梅漫翻着眼睛问："为什么去这两个地方？都想去。但没有那么多假，校长不批我假怎么办？"

"暂、暂时选一个，因、因为有人安排，你就别问了，让、让你选择你就选择。不批假，辞职。"夏南豪气地说。

"去香港可以跟夏采薇他们一起走。"

这时的夏采薇跟高朗已经结婚了，高朗也终于如愿以偿到香港就职。他们的美好婚姻生活开始了。

"让我购物吗？"梅漫说出这句话自己都觉得不好意思，度蜜月的时候，买买买，家里的衣帽间已经爆满，塞不下了。这是奢侈和浪费，梅漫有种罪恶感。

香港，购物天堂，不买似乎对不起自己。好多有钱人或者明星，每年也要去香港购物。他们是一年去几次，几次，梅漫在心里强调，似乎是对自己冒出的购物欲望的一种解释。

到了香港，先去中环、太古，再去旺角、赤柱、铜锣湾。尖沙咀和时代广场还没去呢。夏南提着大包小包走不动了。他回来趴在床上，结结巴巴地对梅漫说："卡、卡刷爆了，再去逛，你自己去，我在房间睡觉。"

梅漫还想去给父母买点干海参，还有自己的面膜、眼膜。

夏南说："歇一歇，明天还要去伊丽莎白海滩看风景，有人请吃大餐。"

第三天，梅漫和夏南被一辆汽车顺着山坡拉上了浅水湾。夏采薇和高朗也来了。都不是外人，大家一起热闹。陪同的人被称为骑士哥。他指着一座座掩映在苍翠中的别墅，告诉他们这是成龙的，这是周星驰的，这是李嘉诚儿子的，这是哪个香港大明星的。住在豪宅里，空气清新，视野开阔，可以无死角看到一望无垠的大海。坐在家里看海，这是一种什么样的生活状态。坐在车里，车子顺着山路环形下山，梅漫心里无限感慨，山外有山，天外有天，人外有人。身边陪同的香港人，还在介绍山上的别墅。

晚上，在半开放式的、装潢时尚的浅水湾高级餐厅，面朝大海，夜色阑珊。可以观海看夜景，吃夏威夷或是加勒比海风味菜，还有香港烧腊、煎焗老虎虾——这些都是餐厅的头牌菜。但是，他们今天没有吃这些，骑士哥点了更为精品的餐厅的海鲜船。海鲜船上来的时候，梅漫和夏采薇都兴奋了。底层是芝士大龙虾、奶酪虾仁、鲍鱼薄片、香煎秋刀鱼、粉红的三文鱼、冰冻半壳生蚝和半壳扇贝、娇艳的北极贝、花螺，上面用樱桃、西瓜、百香果、哈密瓜、草莓点缀。简直是在吃一个大海呀！

餐厅背景音乐是《梦中的婚礼》。

是的，这就是一个梦中的场景。此时的梅漫庆幸自己的选择，觉得嫁给夏南是对的。这不仅仅是一顿饭，而是一个美妙的夜晚，一种神奇的体验和享受。婚姻有时候可以没有爱情。

回到酒店，夏南喝了一大杯冰水，然后踢了皮鞋摇摇晃晃倒在床上。第二天醒来，他一睁眼就问梅漫："我昨天在一个合同上签了字没有？"

梅漫说："签了啊，你不是说早说好了吗？高朗和夏采薇还说要你回家跟老头子核实核实，你说都商量好了，然后就拿笔签了啊。"

夏南大叫一声："啊！昨、昨天喝多了，太兴奋了，做事太、太鲁莽

371

了。"

夏南垂着头，很丧气的样子。梅漫问他怎么了，他没有回答，只是摇摇头，算是一种无奈的答复。

在香港待了几天，玩得差不多了。夏采薇和梅漫的共同女友梅丽莎听磐磐姐说她们在香港，她刚好也在，急忙打来电话，邀她们去澳门的新濠购物见面。因为多年不见了，想见面一起吃吃饭。

梅丽莎是磐磐姐店里最早的四香之一，她上大学时在磐磐姐的店里打工。毕业后走了，跟大家失去了联系。

夏采薇这几天正在香港娱乐城，一泡就是一天。她回来后兴奋地对梅漫说："你不要天天在商场转，那多没意思啊。你去娱乐城看看，那里特别热闹，都是愿赌服输的人。从白发苍苍的老婆婆、老爷爷到中年大叔，到年轻小伙、时尚女孩，什么人都有。啧啧！"夏采薇摇头感慨。

"那里有什么好玩的？"梅漫不能理解。

"不是同道中人。"夏采薇对梅漫说，"我那天碰到一个几岁就移民香港的餐厅老板，他说娱乐城老虎机旁边的厕所就是他捐赠的。哈哈，一辈子挣的钱都放在这里了。他说他每天经营餐厅，拼死拼活的，就是为了每晚坐在这里的快乐。我很佩服这位老板的执着。"

"你还佩服？我若是他老婆，早就一棍子打断他的腿，看他还跑不跑娱乐城。"梅漫很解气地说。

"跑啊，就像孔乙己被打断腿也要去酒馆喝一碗黄酒一样，很难戒掉的。"夏采薇的眼睛里散发出一种奇怪的光。"对了，我要去澳门，咱们一起去，夏南不去随便他了。澳门有更大的娱乐城。梅丽莎当初上大学的时候，家里断了粮我还借给过她钱呢，所以她想跟我们见面。"夏采薇笑笑说，她突然想起澳门的赌博业似乎比香港更发达，又兴奋了起来。

第 107 章

　　夏南暂时留在香港吃美食、休息。夏采薇和梅漫一起去澳门的威尼斯商人会见女友。

　　女友梅丽莎是美丽的杭州姑娘，喝西子湖畔的水长大的。她的眼睛水灵灵的像黑葡萄；嘴巴不是传统意义上的樱桃小口，而是鼓唇大嘴；银盆脸；小尖下巴；油亮的棕褐色皮肤；微胖，跟我们传统意义上的消瘦美人完全不是一种类型。她身穿一件美艳的花袍子，像掉在了春天的百花丛里。衣服虽然很花哨，但是一点也不艳俗，有一种妩媚的风情。

　　陪梅丽莎一起来的，还有她的丈夫和她三岁的儿子。她的丈夫是一个身穿白袍的外国人，小男孩眼睛大大的，很可爱。

　　梅丽莎嫁给了外国人，这让夏采薇和梅漫都很吃惊，因为中国女性嫁给欧洲人、非洲人和日本人的比较多，嫁给穿白袍的人还是比较少的。

　　梅丽莎大学学的是空乘专业，后来又拿到了英文专业学士学位，然后在香港一家航空公司做事。

　　在新濠酒店咖啡厅，夏采薇、梅漫和梅丽莎一见面就搂到了一起。一晃多年过去了，那个时候，她们好像还是很小的女孩子。梅丽莎那时候也很清瘦，不像现在这样富态。

　　"喏，这是我的丈夫和我的儿子。"梅丽莎向梅漫和夏采薇介绍。她又对她的白袍丈夫说了一句英文，介绍梅漫和夏采薇。

白袍微笑着向梅漫和夏采薇伸出手握了握。他留着常见的小胡子，深眼窝，大眼睛，看起来比梅丽莎大很多。

"你们现在住哪里？澳门、香港还是外国？"夏采薇问梅丽莎，她不知道梅丽莎现在日子过得怎么样，但是从精神状态来看，应该很幸福。

"从前在香港工作，后来嫁给他以后就住在迪拜了。其实我们每年都来香港几次，内地我回去得不多，去年带儿子回了一趟杭州娘家，现在变化很大，出乎我的意料。"

夏采薇听后，心想，每年都来几次香港、澳门购物，看来日子过得很滋润，白袍家经济条件不错。

"孩子小，坐飞机也是很辛苦的。"梅漫对梅丽莎说。

"坐私人飞机好些。困了，孩子可以在上面睡觉，里面还有他的娱乐室，一路下来，他倒很乖。"

咳咳咳。梅漫和夏采薇同时沉默了。这颗炸弹是王炸，炸出了一个深深的大弹坑，炸出了梅漫和夏采薇心里一片坑坑洼洼。虽然不至于羡慕嫉妒恨，但是，两个女友着实被惊吓到了。

加奶的卡布基诺散发着甜香，蓝山咖啡散发着诱人的醇香。梅丽莎拿起果盘里的薯片递给小朋友，小朋友正专心玩耍手中的变形飞机，对吃的一点兴趣也没有。白袍捏了一粒夏威夷果仁吃了起来。

"你们有时间到迪拜玩，就住我家，我让管家派车拉你们去吃美食、逛迪拜塔、看帆船酒店，去棕榈岛和迪拜动物园也非常有意思。"梅丽莎说得很兴奋，她心里充满了诚意，"不过我家里也有不少动物，像个小型动物园，你们如果喜欢可以在家里看，豹子很温顺的。"

梅漫和夏采薇听后瞠目结舌。太烧脑了。这脑子伤的，吃猪脑子都补不了。她家居然养豹子！面前的梅丽莎简直是物质女王啊。

夏采薇心里也是波涛滚滚。太意外，太难以想象，太难以置信了。

374

第 108 章

李翰歌和李荷花眼看着西北大叔带着两个女孩走进了一个大院子。大叔的车却停了下来。李翰歌问大叔为什么不跟着进去。大叔说，不能再进去了，不然包括他自己都会有危险。

李翰歌纳闷,那两个女孩子，见到黄河了都不死心，这明显是一个大的农家院啊，度假村是这样的规模吗?这是什么智商和脑子？太相信自己的判断了。

大叔掏出纸烟递给了李翰歌，李翰歌摇头，大叔自己低头吸了起来。李荷花看到大叔悠闲地吸烟，心里焦急，恨不得拔下大叔嘴里的烟，拽着他冲进院子。

李翰歌看出了大叔是在想主意，所以吸烟定神，顺便解除一下一路的辛劳。所以，李翰歌没有打扰大叔，没有跟他东拉西扯。

"其实，我是退伍军人，军人的基本素养还是有的。"

李荷花抬头看了一眼这位退伍军人。弥漫的黄土早已盖住他身上的英武，鲜亮的军绿也许只能在回忆中闪耀了。

"如果想直接把那两个女孩子救走，我直接找村里管事的，他们心里清楚自己村子里做的是什么事，但是，你们肯定要破费，我找人家不可能空口白牙地说话。我当然不会要报酬，你们不要误解，但没有钱恐怕不好办事。"

有些事需要钱开道了，李翰歌心里苦笑了一下。

"这笔钱你们出不出？非亲非故的，你们想好了。如果想做大事，想为民除害，你们必须深入虎穴，搜集证据，然后我直接到公安局找战友，给他们一锅端。"

战友在公安局，这位兵哥哥却开着货车卖柿子，这是一个兵营的吗？李翰歌看了一眼大叔，不知道他说的话到底是真还是假。

"你们想好了告诉我。"大叔蹲下，把烟屁股扔在了土地上。

如果按第一种方案，救两个女孩出来，李翰歌也算仁至义尽了。一个男人的责任、担当和豪情他都做到了。如果选择第二种，那要耽误很多时间，也许还会有意想不到的艰难、险恶和危险，但是，一个男人对社会的担当、对社会的责任，他铮铮铁骨的社会脊梁会让人仰视。

李翰歌在做思想斗争，他不愿意让李荷花跟着他遭遇危险和惊吓，但是，又不能自己一个人进去，让大叔带走李荷花，万一大叔是个骗子，荷花姑娘就惨了。为了安全起见，李翰歌转身给李想打了一个电话，把事情跟他说了。李想说得很痛快："跟他们干，这帮骗子，发现一个消灭一个，不干我们就不配当中国男人。你把地址定位发给我，我带上记者和警察，用舆论和手铐把他们一锅端。"

有了李想的话垫底，李翰歌心里踏实了，怎么选择和决断，当然一目了然。就目前的形势来看，李荷花只能跟着李翰歌一起深入虎穴，虽然他不想让李荷花跟着他受这种刺激。

大叔又吸完了一根烟，他狠狠把烟头撵在脚底。"他娘的，我丈母娘就迷恋买银币，一天到晚想发财，完全被他们洗脑了，还险些把房子抵出去。现在家里炕上还堆着一堆银币呢，都是一堆废铁，吃也吃不了，用也用不上。太害人了。"

"这么肆虐？农村老太太也上这种当吗？我以为只有城市人上当呢。"李荷花不解地问。

"现在上当受骗，不分城里城外，这地方卖保健食品、保健用品的到处都是，上当的人有的是，农村人更难擦亮眼睛。骗子骗术太高明，我都佩服他们的智慧。"大叔无奈地伸出了拇指，这不是赞赏是调侃，充满了讥讽。

第 109 章

　　梅欣躺在床上，已经昏睡了两天，不吃不喝。他希望就这样一直睡下去，不要清醒，因为，没有清醒就没有痛苦。

　　他不愿意回父母家，他不想把这件事告诉父母。告诉他们，只会增加他们的担心和悲伤，负重只能自己来，所有的痛苦他愿意一个人承担。

　　也许，梅欣从此失去了成名的机会，当初著名画家齐白石就成名于在日本举办的一次画展。他的这次画展，机会非常难得，他说不定也会因此一举成名，成为新一代名家。可是，理想、机遇、憧憬，一把火把一切都毁了。一个画家，他绘画的黄金时期也许没有几年，这几年，梅欣在富春山一头扎在大山里写生，把自己全部的心血都用在了上面，然而，机遇就这样转眼消逝。

　　这个打击太大了，他没有那么强大的内心支撑并不强壮的体魄。他不知道自己能不能起来，走出这个门。

　　电话已经关机了。他不需要知道外部的世界。渴，他很渴，那股邪火仍然在心里燃烧。房间的电话响了，前台问要不要打扫房间，梅欣根本不去接。他想切掉外面的世界，把它们扔向茫茫宇宙。他想到了死。

　　一缕阳光从窗帘的缝隙钻了进来，细细的、亮亮的，斜斜地跳到他脸上。他扭过脸去，不想让阳光照在脸上。

　　不管多么难挨的日子，阳光总是在第二天灿烂升起，照耀一切、温暖一切。但是，此刻的梅欣似乎并不需要阳光的温暖。

太渴了。梅欣的喉咙里似乎燃起了一把火，要把他整个人燃烧成灰烬。他慢慢挪动身体，伸手拿起桌子上的矿泉水，拧瓶盖的力气也没有，他居然没有拧开。他一把把矿泉水扔到了墙壁上，瓶子居然反弹又掉到了床上。梅欣拿起来，用牙一下咬开了瓶盖。他一口气将一瓶水全部喝光。

他需要振奋，而不是消沉和躲避。

如果你愿意萎靡不振，命运成全你；如果你愿意意气风发，命运也成全你。一切掌握在自己手中。

梅欣起来了，这是对命运宣战，对自己宣战，对一切狗血的罪恶宣战。

打开手机，就进来一个电话，是小不点打来的，梅欣挂断了。不一会儿，电话又响了，是袁震饥打来的，梅欣同样给挂了。这两个狗屎一样的人，梅欣根本不想搭理。

小不点再一次打来电话。他听说梅欣的房子着火了，东西烧净，一方面想关心一下，尽一个兄弟的情分——小不点虽然人不怎么样，但是，这点人情味还是有的；另一方面梅欣给找的那个画家水平和功力欠点火候，而且画画速度太慢，总是比约定的时间晚交稿，让他们很被动，每次总是揪着心。他现在看梅欣这里出了事，想看有没有机会再把梅欣拉到他们这个暗黑产业链里来。可是梅欣根本不接电话，他连个机会都没有。

前几天，袁震饥已经带他到雍和宫、五台山烧了香，请了菩萨，也找大师抽了签卜了卦，大师耷拉着上眼皮像没有睡醒，含糊不清地说他们的财运杠杠的。袁震饥和他当即就拍给大师五千块钱，这个，必须要大方。舍得舍得，有舍才有得。从五台山回来的时候，那叫一个顺，前边的车后边的车都出了事，追尾，撞路桩上，只有他们的车安然无恙。小不点感觉自己搭上了通往幸福的火箭。正万事顺安的时候，梅欣那里出事了，这不是天祝发财吗？小不点下决心一定要把梅欣请来，三顾茅庐也罢，四顾草屋也罢，要拿出诚意来。

梅欣的电话又响了，是妈妈顾蕙兰打来的。梅欣接通了电话。

"你这孩子，电话总关机，吓得我差点去住处找你。多长时间没回来了，你不想我们，我们还想你呢。中午回来吧，梅漫从香港回来了，我给你们做葱烧海参。"顾蕙兰就喜欢做完好吃的菜，把梅欣、梅漫叫回家，看他们吃着心里就欢喜。人年龄越大越想念孩子们。

挂断了妈妈顾蕙兰的电话，梅欣刚刚缓过点劲来，顾蕙兰的电话又打来了。"要不要代云帮你收拾房子，你的房子还不像猪窝一样乱了？"

"昨天刚刚找小时工收拾了，而且我那里都是画稿，不要让人打扫，弄乱了东西找不到很麻烦的。"梅欣不知道自己说了些什么，完全是下意识的。

"你的嗓子怎么哑了，是不是着凉了？要多喝水。"

中午，梅漫和梅欣回到了家。梅漫从香港给梅欣买了一件夹克和一顶棒球帽，高高兴兴地给他戴上。梅欣咧嘴笑了笑，那表情比哭还难看。

梅欣出门前特意洗了澡，收拾了一下，整个人看起来清爽了很多，面色和神态不再那么吓人。

饭桌上，顾蕙兰向孩子们汇报了自己的傲人成绩。她骄傲地说自己现在也是讲师一枚，逗得梅漫捂着嘴笑了。现在的梅漫不像刚刚嫁给夏南时那样脸上总压着阴郁，笑起来都不灿烂，她现在的笑，是由内心发出来的甜美。

梅欣和梅抒颐的笑都有些僵硬，似乎被什么东西牵扯着，特别不自然。

顾蕙兰看梅欣脸色不好，使劲给他夹葱烧海参。"少熬夜，熬夜最毁身体了，好多年轻人由于长期熬夜猝死，不睡子午觉对人身体不好。"

第 110 章

梅漫从家吃饭回来受了刺激,导火线是老年少女顾蕙兰说的一个消息。她说厕所公主跟丈夫离婚了。

梅漫说,离婚很正常。

顾蕙兰耷拉着眼皮,对梅漫的回答表示非常不满。离婚是正常的?这个观点怎么跟自己的观点隔着一道深沟呢?代沟像一条宽阔的马路,隔着山隔着水,隔着一代人。顾蕙兰恨不得抬起脚踢这死丫头的屁股。

顾蕙兰又说,厕所公主跟代云的儿子杜边同居了。

梅漫回答,同居就同居呗,王八对绿豆,狗屎配苍蝇。

这丫头居然对什么都见怪不怪的,完全无所谓的态度。代沟继续拉宽,顾蕙兰恨不得在这个死丫头的屁股上再踢第二脚。

"厕所公主把茯苓厂搞下来了,开了一个幼儿园,周末开补习班,这钱挣的,哗哗的,泄闸似的。她还说请我去帮忙,让我当幼儿园老师。我还忙着讲课呢,哪有时间。再说,看孩子太闹心。"

"您说什么、什么?"梅漫以为自己幻听了,以为老年少女顾蕙兰说梦话呢。梅漫一个箭步蹿到顾蕙兰身边,似乎离得近一点就可以听清她的话了。

"干吗离我这么近,一身香水味,熏得人脑袋疼、打喷嚏。"顾蕙兰身体向后仰着,还用手捂了一下鼻子,躲避面前这个香丫头,"厕所公主想开一门绘画课,想让梅欣来上课,梅欣也算有点小名气,以后日本画展再一开,说不定马上就成名成家了。"顾蕙兰抿着嘴笑，心里想的都是美好的事，都是出名、发财、升官之类天上掉馅饼的事。

"妈您是不是早上没睡醒，现在还在做梦，怎么总想美事啊？"

"你去不去那个补习学校当老师？我跟厕所公主说说，肯定没问题。"顾蕙兰满脸的喜悦，似乎碰到了一件天大的好事。

梅漫鄙夷地一笑，心想："我能到她那里当老师？太掉身价了。"她从小就看不上厕所公主那个庸俗、野蛮、懒洋洋还不求进取的土样，一身的俗不可耐。"成为她的雇员，哼！"梅漫心里堆起的都是鄙视。

"您能不能离厕所公主远点，虽然她现在是什么企业家，但这种人，我实在看不上，她就是变成天下第一富婆，我也看不上，我也不羡慕她的财富。"梅漫脸上全是傲气。现在，她准备把工作辞了，连酒吧驻跳都不干了，谁还屑于当幼儿园的老师啊。夏南说，去酒吧就是玩，谁给他们跳。

顾蕙兰还在跟梅漫唠叨，述说厕所公主的发财励志史，讲她办了一所幼儿园，她妈妈是董事长。

梅漫一听脑袋都大了，什么乱七八糟的，这种品质的人，可以办出什么样的好学校，可以教出什么样的人才？梅漫无语。顾蕙兰继续爆料，说厕所公主很豪气，听说代云攒钱在河北老家县城买房，当时就拍出几十万元，结果代云不要，就是要自己辛苦做小时工，一点一点攒，代云真有志气。

顾蕙兰终于爆料完了，最后对梅漫说："不能用老眼光看人，现在的厕所公主不是以前的厕所公主，你不要隔着门缝看人，把人看扁了。街道还动员她给偏远地区的学校和妇女儿童捐款，她将来说不定还能当选为街道代表、区代表。"

梅漫受了刺激和震动，心里不舒服。难道厕所公主真的发生了嬗变，摇身变成了真正意义上的高贵公主？她在为社会做出贡献的同时，索取了合情合理的属于自己的价值。

厕所公主成为企业家的华丽转身，让梅漫看到了自己没有快步跨上车的落后。那感觉就像小时候第一次到夏采薇家，看到住楼房的她美美地享受舒适的生活，自己也渴望住到同样的楼房里一样。渴望，像一只巨大的老鼠，咔咔咔啃着梅漫的心。一种欲望，一种强烈的冲撞感，像一头困兽一样，撞击着梅漫的心：必须跨上疾驰的列车，不，跨上疾驰的高铁，普通列车的速度太慢了。梅漫饥渴的心等不及了，她强烈地渴望自己能华丽转身。

第 111 章

梅漫奇怪，厕所公主的茯苓厂是怎么从袁震饥手里夺回来的？袁震饥也不是好惹的料，他能轻易放下嘴里的肥肉吗？

袁震饥当初跟厕所公主离婚的时候，手里攒着家里大把的财富，他以为来北京多年了，翅膀硬了，完全可以不靠厕所公主以及那个令人厌恶的丈母娘肖雅清，当然还有就知道吃吃喝喝的厕所公主的舅舅了。袁震饥设了计谋离婚，让厕所公主甘拜下风。自己找小白脸的女人，有什么资格跟男人谈条件？财产没有她的，只有她的衣服是她的。但是他太低估了厕所公主母女。

事情没有那么简单。厕所公主的妈肖雅清不是吃素的，不像厕所公主那么好打发，被抓住了短处，就任凭袁震饥做主。这是拍拍桌子吓唬猫解决不了的问题。

老将出马了。肖雅清要跟袁震饥谈谈。

袁震饥有时间也不会见她，反正梅家的老宅已经看过了，交了定金，她敢怎么样？话说肖雅清收了梅抒颐的定金也收了袁震饥的定金，想着都不是外人，到时候都不退，他们能怎样？杀熟也是一种赚钱的谋略。

不见面？肖雅清有办法，她说房子卖出去了，要退给他定金。拿钱下诱饵，这招最灵。袁震饥果然以搭上火箭的速度来了。

肖雅清满脸微笑，不惊不恼，气定神闲。喝水，吃瓜子，先山南海北地胡侃瞎聊。这纯粹是心理战，让他着急忍不住跟她要定金。这样，他就先败了，处于下风了。跟人家要钱，你得有笑脸吧，得有好态度吧。

"咱先不提钱的事，先说说你们离婚的事，你得了多少钱，厕所公主得了多少钱、多少财产？因为她找小白脸？谁看见了，谁抓住了，谁录像了？没有吧！"

这时候的袁震饥耷拉下脑袋了。刚才的趾高气扬呢，刚才的自鸣得意呢，还有从嘴角流露出来的沾沾自喜呢？他以为抓住了厕所公主的小辫子就掌控了整个世界，他还太嫩。诸葛亮七擒孟获，靠的是智慧。他有诸葛亮的智商吗，他有几十年的风雨经验吗？一腔混血，混血就是混蛋的血；一股激情，这种激情就是盲目地乱撞。肖雅清看到袁震饥愤愤地梗着脖子，似乎很不服气。她捏起一个瓜子，咔，咬了一下，房间里甚是安静，衬得这声音很清脆。

抓住的辫子要被肖雅清剪掉了，袁震饥的手里还有什么可抓的？

袁震饥盯着肖雅清的老脸瞥了一眼，像看到门口咧着嘴的老树皮，那张撇得过多的歪嘴，还涂上了玫瑰粉的口红，更显得脸皮暗黑，一脸土气。看身上那件淡粉的开衫，这颜色是什么人都可以穿的吗？肖雅清穿上它就等于穿上了丑陋。

袁震饥看到这张脸，早晨吃的培根煎蛋险些从嘴里喷出来。自己从前的眼光太差了，遭遇这么一对母女，简直是噩梦和梦魇。那个年代的他无依无靠，遭遇厕所公主打劫没有办法，现在的他一身金钱挺起的硬气，就是厕所公主倒贴他也不要。

不要！袁震饥在心里冲自己怒吼。

"小白脸都带回家了，还要什么事实，你们都没长眼睛吗？"袁震饥从鼻子里吐出了闷气。这话问得太让人鄙夷了，简直可笑。

"这是自由恋爱，哪条法律说禁止恋爱结婚了？婚姻自由，我们的社会体系一直全力支持，并为这个自由的土地准备了充足的营养。"肖雅清把她最近追的一部婚恋电视剧里面的台词搬到这里来，教育袁震饥。

"哈哈哈!"袁震饥听后不屑地笑了,"这是什么狗屎理论,我听不下去,太酸。"他夸张地捂着嘴,不想跟肖雅清打闲牙。她这是明显地要做垂死挣扎,房子的押金钱肯定不会退给他了,这是用半个脑子也可以想到的。

"我一会儿去工商局,先走了。"袁震饥站起身,连起码的"以后有时间再聊"这样客套的话都没有说,可见他是多么不想再见到这个女人。

"再坐会儿,着什么急啊,吃了饭再走也不迟,一会儿公主还来呢。"

一听肖雅清的话,袁震饥恨不得赶紧逃走。厕所公主来,再带着她的白脸小公公,那还不上演一场刀光剑影的血腥拼杀。赶紧走,不,是赶紧逃命。袁震饥恨不得插两个翅膀变身蜘蛛侠什么的飞走。

"茯苓厂那个院子你要给公主留下。"

袁震饥一听,心想:"这家伙拣大条的鱼往自己锅里放,想得挺美。那个大院子,那个地理位置,租出去可以收多少租金啊。我能给你们?好事都是你们的,烂虾都是我的,你鲸鱼啊,有那张海口吗,有那么大的胃消化食物吗?"

"已经出租了,没到期。"

这是一个理由,袁震饥不用说其他废话,什么"你们想得美""做梦"都不用说。

"这些事你不用跟我说,出租不出租我不管。我知道你做高仿名画当真画卖,你还开足底按摩店,里面不知干什么勾当……"

这个老巫婆,袁震饥捏死肖雅清的心都有。

第 112 章

　　梅漫急切地想把自己一肚子的话说给夏南听。校长找她谈话了，说她请假太多了，让她安心工作，梅漫看到校长的脸色，险些把辞职的话说出口，后来又强行憋回去了。

　　天天在校园里，乱哄哄的，梅漫快被吵成神经衰弱了。现在谁还一个工作干一辈子啊？

　　这几天夏南特别忙，刚从大亚湾回来，又跑杭州去了。即便回家，也是夜里很晚，梅漫等着等着就睡着了。第二天，她揪着夏南的耳朵也揪不起来。

　　今晚夏南好不容易回家早了，十点，梅漫这个爱睡觉的小困猫坐在看电视的夏南身边，敞开心扉，开聊。

　　"跟你说件新奇的事。"梅漫神神秘秘，表情投入，一脸兴奋。

　　夏南眼睛盯着电视剧，听着梅漫的话，反响不激烈，什么新奇事，他没有搭茬。

　　梅漫把厕所公主成为董事长，她妈成为校长，她的小公公成为教导主任，他们现在开办幼儿园补习班，日进斗金的事跟夏南兴致勃勃地讲了。

　　"日进斗金！"梅漫在夏南面前使劲伸着涂满蔻丹的食指。

　　"这、这有什么稀奇的呀，这种事，多了！这、这算什么。你也可以干呀。"

　　夏南讲了一堆他身边朋友赚钱发家的故事。"拼挣钱，你哪有我见

387

到的多？"夏南的手掌由里向外挥着，完全不屑于梅漫的这个小巫故事。

梅漫伸伸脖子，说出了今晚谈话的重点，敢情刚才她给夏南讲的发财故事全部都是铺垫。"那咱们也不能这样混日子呀，大好的时光，大好的机会，大好的年岁，天时地利人和的时候。"

"造啥、啥排比句啊。我、我不明白什么天时地利人和。"

梅漫恨不得现在就把夏南推进海里乘风破浪、捕鱼捞虾。夏南看出了梅漫的心思，拍拍她的手说："我比你还急切。"

夏南把自己南下大亚湾跟朋友搞住宅开发，去杭州基地考察准备养冷水鱼生产稀有的鱼子酱的事跟梅漫说了说。梅漫听得喜笑颜开，虎父无犬子，看来夏南准备大干一场了。

"你也可以开个金融平台，或者开个养生馆，我看可以。你不是学过金融吗？"夏南说。

"可是，学完也不懂啊。你也不懂鱼子酱养什么鱼啊？"梅漫担心地问。

夏南一笑，说发财的不都是金融家，也不是建筑学家。谁跑得快，谁先下河，谁嗅觉敏感，肥肉和鱼虾就是谁的。他说鱼子酱只有俄罗斯有，供应量太少，价格昂贵，全球需求量大，这是一个好的投资项目，只有千岛湖附近地下五十米的温度适合养殖。

梅漫听了夏南的话很高兴。

她又跟夏南眉飞色舞地说起了梅丽莎，说不知道她是那位白袍大人的第几房，几房之间会不会吃醋吵架。

夏南笑着说："你、你是不是羡慕梅丽莎的生活？要不你也给白袍当小房去？"

梅漫说："靠男人吃饭多没意思。我是独立的女人。"

"有、有志气，有本事，你也大干一场，闪电成为女企业家。"

夏南说的当然是玩笑话，但是，梅漫确实也想做点什么。难道她比不上厕所公主，比不上梅丽莎？左手抓实业右手抓金融，大好的时代就这么到来了。梅漫准备让磐磐姐约艾蕤一起聊聊生意经。

第 113 章

此时，正在西北的李翰歌把李荷花拽到一边，问她："你是跟着大叔走，还是跟着我入虎穴？"

李荷花眨眨眼睛没吭声，肯定是拿不定主意。进虎穴那要多大的胆量啊，万一进去还没等饲养员来投食，就一口被老虎吞了，岂不死得轻如鸿毛？不求重于泰山，但是，起码要对得起自己九十斤的体重啊。万一进去就是一顿暴揍，直接五花大绑呢？李荷花有些害怕。"要不——"李荷花不好意思让李翰歌一个人去。

"让你跟大叔走，我不放心，现在好多事、好多人我也看不准。"李翰歌说出了自己的担心，他当然希望李荷花跟大叔安然无恙地走。

李荷花一拍巴掌，媒婆的气场又来了。"我跟你去，有难同当，有苦同吃。"

"那就这么定了。"李翰歌向李荷花伸出了手掌，两个人击掌为约。

李翰歌叮嘱大叔回去赶紧搬救兵，火速让那个警察战友空降这里，还要把他丢失的证件赶紧从小偷手里拿回来。

大叔说放心吧，妥妥的。其实李翰歌做了两手准备，万一大叔这道防线是假的，北大才子李想那里还可以补救。

怎么进去呢？李翰歌还没有想清楚。直接拍门肯定不行，因为在高铁上李翰歌已经对西北大叔拉了脸。

正在这时，大门打开了，走出来一男一女，不是在火车上遇到的那一对。大叔上前递烟搭讪，说他在车站遇到客人，他们听说附近有个度假村，想来看看，但没有找到，他听说附近有一个，就把他们拉来了。

他们这种人见人就拉，恨不得把兄弟姐妹亲戚都拉进来，没有李翰歌想象得那么复杂，什么怀疑，警觉，都没有。被洗过脑的他们，成为一个执着、缺乏人性的机器人。

大叔的车飞驰而去，在空旷的田野消失成一个渐渐模糊、渐渐缩小的飞蝇。

李翰歌和李荷花跟着两个人进了院子，两个人准备出去买土豆，他们把李翰歌和李荷花带入院子就走了。度假村董事长和粉衣女人看到李翰歌和李荷花就笑了，操着浓浓的口音说自己这里有发财之道，保证能让他们成为富翁，这里管吃管住，一会儿就上课。

李翰歌和李荷花没有看到那两个旅游的小姑娘，不知道她们被安排在哪里，也没有听到什么哭喊乱叫的声音。李翰歌感觉很神秘。

度假村董事长把李翰歌和李荷花带进了一间小西房，房间里的床上、床下、地上、桌子上堆满了红锦缎礼盒。然后，进来三个男的，还有高铁上那个穿粉色衣服的女人。李荷花紧张地看了一眼李翰歌。下药还是捆绑这也由不得自己呀，吓尿了。李荷花突然很想上厕所。还不如跟大叔走呢，李荷花开始后悔自己的选择。

一个男人上来就翻李翰歌的衣兜，李翰歌用手一推，说："你要找什么？"

"把身份证、钱包和手机拿出来。"

"在车站遇到扒手了，都丢了。"

度假村董事长根本不信李翰歌的话，使了一个眼色。一个挺肚子的圆脸男人开始翻李翰歌的身上，拍兜、翻包，结果什么也没有找到。

"是真的吗？"挺肚子的男人翻了两遍，瞪着眼珠子疑惑地问。

度假村董事长不信，自己上来检查，结果确实什么也没有翻到。李荷花觉得奇怪，她知道李翰歌的钱包丢了，但是手机在，还在车上充电来的。李翰歌把手机藏哪里了？真有本事。李荷花心里赞叹。自己也被人翻包了。李荷花也做了准备，该藏的藏，但是，她不能说自己同样被偷了，他们肯定不信。

"都遇到贼了？"粉衣女人显然不信。她怕手机藏在袖子里，连李荷花的袖子都撸了。这时候，李翰歌其实是很紧张的，虽然手机调成了静音，但是，震动的声音也很响亮，他只祈求现在谁也不要给他打电话。李翰歌打开手机是用来录音的，刚才发生的一切都被他录在手机里。

粉衣女人一手搋开了李荷花的三叶草小白鞋，然后拉掉了她的鞋，扯掉了她的白袜子，身份证和手机从袜子里掉了出来。粉衣女人像个胜利者似的，拿起东西就走了。收了证件和手机，两个人被带到一间大房子里，房间里靠墙有几张上下铺的床，其他行李都在地上和床上卷着。房间里有几十个人，火车上的两个女孩也在这里，显然已经被收了证件和手机，女孩好像刚哭过，但是并不是特别悲伤，有一个还向他们两人笑了笑。女孩居然笑得出来，她以为这里是大学课堂吗？李翰歌摇头无语。

李翰歌摸清楚了，这里是卖纪念币的传销点。他们打电话引诱买家买他们的各种年份的纪念币，买家集齐以后他们会通知买家有新加坡客人来收购。他们把李荷花的手机拿来了，让李荷花依照里面的通讯录打电话。李翰歌和李荷花开始打电话了。李翰歌毫不犹豫地给李想打了一个电话。李翰歌问李想："兄弟，纪念币来几套？"李想很配合，笑着说可以大量购买并且长期要，他要给退休员工发纪念品。李想让他们提供邮寄地址。李翰歌以为他们会给这个地址，结果他们提供的是另一个地址，可能是专门邮寄物品的地址。挂断电话前，李翰歌对李想说："兄弟啊，多买啊，将来我们发达了，我们李家的祖坟就冒青烟了，村东大红门上就可以贴大门神了。"李翰歌等于把村子的名字和这家门口贴门神的信息也告诉李想了。

李翰歌深信，聪明的李想一定可以猜到他话中的隐语——李家坟，村东大红门上贴门神的那家。

李荷花不知道该给谁打电话，给妈妈打，不行，她肯定担心，又不能跟她说清楚。李荷花给梅漫打通了电话，问她买不买纪念币。梅漫笑了，说李荷花真会开玩笑，然后说她正在外面，非常不方便，晚点她会给李荷花回电话，然后就把电话挂了。

电话打完了，才是吃饭时间，李荷花和李翰歌都饿得开始用幻想填饱肚子了，李翰歌想起了肉包子和大汉堡，李荷花想起了奶油蛋糕和炸鸡翅。

开饭了，涩嘴的白水煮土豆，白得耀眼的馒头。李荷花觉得馒头的颜色很怪异，捏着鼻子吃了几口土豆。她悄悄对李翰歌说："这是人吃的吗?"

看看其他人，吃得很香甜。也许要饿几顿，才吃得下。李荷花看看那两个女孩子，她们也在慢慢吃。不吃就饿肚子，没有人可以抵抗饥饿带来的痛苦。

吃完饭，继续洗脑学习。然后是个人总结，今天发展客户最多的人就是销售冠军，他获得的收入被记在本子上。这里每个人都有一笔账，收入最高的人将获得最早当连锁分店老板的荣耀。

十二点，开始就寝睡觉。大家躺在这个白天当教室的大房间里。李荷花和李翰歌就在靠近门的位置，地铺上是极其破和脏的被褥。李荷花撇着嘴在心里疯狂叫嚷："苍天啊，赶快来解救我们吧。"李翰歌也在心里想："李想啊，你们到底什么时候能来啊? 如果等到明天、后天，我们怎么活呀?"

"你把手机放哪里了?"李荷花悄悄问。

夜色中李翰歌一指夹克冲锋衣的衣领，那里有个塞冲锋衣帽子的暗袋。李荷花明白了，向李翰歌悄悄伸出大拇指。

不知谁家养的狗在叫，风摇动树叶的声响更增加了夜色的宁静。李荷花和李翰歌实在忍不住了，这一天太累了。两个人有点迷迷糊糊，不敢睡，却控制不住自己的疲惫。李翰歌打了个激灵，看看手表，已经三点了，还是没有动静，看来今晚没有希望了。

　　李翰歌睡着了，梦到李想冲进院子被狗扑出了门外。他很焦急，喊李想喊出了声。突然灯亮了，门被踢开。大家都被惊醒了。李翰歌看到几个警察手里拿着警棍还拉着一只警犬。大家都慌了。女孩子刚要张嘴惊叫，警察伸出戴着白手套的手低声吼道："不准叫，不准出声。"

　　李翰歌没有看到李想，刚要问，就看到大叔和李想跟在一个老警察身边，猜到这老警察一定是大叔的战友。李翰歌感激地同老警察握握手说："辛苦你们了。"

　　"多亏你多管了闲事。不必感谢我们，警察的职责就是这个，不然对不起身上这身皮，还有它。"他指了一下帽子上的帽徽。这番话让李翰歌很感动。虽不是什么激情豪言，但至少说出了一个警察内心的真情。

　　真情在，正义就在。

　　原来他们早就到了村子，只是时间早，怕进村引起村里的狗叫，所以等到半夜三点半才悄悄进村入院。那几个传销头目早就被抓走了，只是李翰歌他们不知道。李翰歌他们要去做证录口供，那些记录的小本本、假银币当然都是证据了，李翰歌的录音也是有力的证据之一。

　　李荷花看到李想，激动得眼睛里泛起了泪花。李想向李荷花和李翰歌笑笑，问两个人现在最想干什么。

　　李荷花说："当然是洗澡啊！"

　　李翰歌说："当然是吃肉夹馍、胡辣汤、臊子面了。"

　　"人是铁饭是钢啊！"

　　几个人一起笑了。

第 114 章

　　梅欣到酒店拿巨幅丝绢画的尾款，因为已经付了一部分，所以这笔尾款只有八千块钱。梅欣回复画展邀请方，他的画全部被烧毁了。邀请方很诧异，找了双方的中介公司。公司也感觉很棘手，最后只能找了两位跟梅欣绘画风格很像的画家凑了一场画展，因为哪个画家手里也不可能存那么多幅绘画作品。

　　邀请方说，他们还是很喜欢梅欣的作品，有机会他们会重新邀请梅欣。梅欣知道，这种机会很渺茫。人们欣赏画的口味几乎几年一个变化，这几年流行梅欣的清淡水墨，过几年也许流行凡·高的明艳色调，再过几年也许流行东山魁夷的清丽脱俗，谁也无法确定人们的审美风格。但是，梅欣自己的绘画风格是很难改变的。还有一个就是时间问题，几十幅画，需要花费一个画家几年的时间——要外出写生绘草图，再一幅幅精雕细刻。一个画家的黄金绘画时间，有多少个几年呢？体力、精力、激情和状态，又是不是调整到了最佳呢？如果没有这些机缘和条件，就很难画出代表自己最高水准的画。到了酒店，梅欣取完钱后准备离开时，酒店的朋友告诉他还有几个朋友需要找他画画，哪天找他详谈。他趴在梅欣耳边说餐厅二号餐桌有个朋友在等他。梅欣感觉很奇怪，猜想可能是袁震饥或小不点。

　　"是姓袁吗？"梅欣问。

　　"不是，你去看看吧。"朋友说他有客人要招待，转身走了。

梅欣好奇地走进餐厅，二号餐桌坐着一个年轻男人。好像在哪里见过。梅欣苦思冥想。

男人看到梅欣，站起身，说："还认识我吗？"

梅欣盯着他的脸。男人笑着说："在酒吧里，梅漫跟我拉扯，你不是还说我是她男朋友吗？"

"哦！想起来了。"梅欣突然想起来了，他听老妈顾蕙兰说过，梅漫的前男友很优秀。

梅欣笑着坐下，问李翰歌找他干什么。他说梅漫已经出嫁了，他是无能为力了。

李翰歌笑笑摇头。"一起吃个饭吧。"

梅欣坐下说："也好！"

服务生端上了几盘菜，看来李翰歌已经点好了。

一盘时蔬香辣虾、一盘清蒸鲈鱼、一盘凉拌菜、一杯佛跳墙、一碗小米辽参、一盘晶莹通透的福建土笋冻，还有一瓶南澳红酒。李翰歌指着盘子里的土笋冻说："这是我特意为你点的，清凉泻火，很有营养。"

"这是海滩上的蛔虫，别骗我。"梅欣故意轻松地指着盘子，装出很恐惧的样子。

"先干一杯。"两个人举起酒杯。

"我就不给你夹菜了。跟你见完面我就去西北办点事。"

原来李翰歌跟李荷花去西北之前跟梅欣见过面。

梅欣夹了一筷子凉拌时蔬大吃起来。

"别管碰到什么糟心的事，千万不能倒下。"李翰歌的口气很诚恳。他知道了梅欣房子失火的事，是间接听朋友说的。虽然梅欣没有跟谁说过自己房子失火的事，但是世上没有不透风的墙，反正李翰歌是知道了。

梅欣看起来吃得很香甜，其实嘴里一点味道也没有。但这是李翰歌的一片心意，他不能辜负。

两个人又聊了一会儿，吃得差不多了，李翰歌对梅欣说："梅哥我知道你房子失火的事，也知道你的画和所有东西都毁了。"

"你怎么知道的？"梅欣不解地问。

"有时候就是巧合，也许你的朋友也是我的朋友。"李翰歌笑了笑。梅欣也苦笑了一下。

"家里人都不知道。"梅欣收起了脸上的笑。他根本笑不出来，所有的笑都是假笑和苦笑。

"我知道你现在需要什么，我借给你，你再去写生，下一次一定可以成功。"李翰歌把一个信封递给了梅欣，"密码在里面。不用推辞，借给你的，要还的。"李翰歌说完笑了笑。他很给梅欣面子。一个男人的面子很重要，尤其像梅欣这种人，怎么可能轻易接受别人的钱财？

梅欣也笑了笑说："谢谢，有这样的好事让我很意外，但是我不想接受，因为你不是我妹夫。"

"有时候，朋友可能比妹夫更有用、更真诚。你赶快把失火的房子建起来吧。我姑姑他们出国了，家里的房子空着，不嫌弃的话，你先去住。"李翰歌拿出钥匙递给了梅欣。

"为什么要这样对我呢？"梅欣不解地问。

"爱屋及乌，而且我最钦佩有才华的人。借钱给你，又不是白送给你。"李翰歌笑着说。

梅欣没有推辞和拒绝，他拿起了钥匙。

"客气的话我就不说了，来！"梅欣向李翰歌举起了酒杯。

梅欣需要钱，需要房子，他相信，自己一定会用另一种方式偿还李翰歌的真情厚意。再过几天，他打算找工人把房子建起来，这样，自己也能尽快搬到房子里住。

从饭店出来，梅欣退了旅馆的房间，直接搬进了李翰歌姑姑家的房子。

晚上，梅欣接到了富春山姑娘的信息，说她在北京，问明天是否可以见面。

富春山姑娘怎么来北京了，她不是要一直在山里修炼吗？不是讨厌人间的烟火气吗？不是不适应大城市的繁华喧嚣吗？难道都是虚假的，都是美丽的谎言？梅欣猜不透。是找自己来了？不可能啊，她知道梅欣要去日本开画展。正常来说，梅欣应该在日本，这个她是可以猜到的。

梅欣想，是不是来旅游的，顺便发个信息给他？

第 115 章

梅漫给磐磐姐打电话说让她约艾薇姐来一趟，梅漫想跟艾薇聊聊天，一起喝喝茶。磐磐姐听后笑了，问找赵曼狄干吗。

梅漫一听，说："这么洋气的名字。"

磐磐姐笑着说："后来改的，过去农村里哪里会起这么洋气的名字。人家的英文名字艾薇不是更洋气。"

磐磐姐说请艾薇过来喝茶，需要提前预约，因为不知道她现在在不在北京；她经常全国各地、世界各地地跑，搞不好约不到她。磐磐姐给梅漫打了预防针。她不知道梅漫找艾薇干什么，也没好在电话里问。

磐磐姐这一点非常好，她遵循一些好的习惯，比如，不轻易问人家年纪、收入、家庭情况等隐私，人家不主动说的事绝对不问；晚上九点以后，绝对不会打电话打扰别人。这些习惯都是受她家荷兰老公的影响。

一天，磐磐姐给梅漫打来电话，告诉她自己跟艾薇约好了，明天下午在皮草店里喝下午茶，还说本来想吃晚饭的，但是艾薇有约，推不开。

听到这个消息，梅漫当然很开心。她特意给艾薇准备了一瓶从澳门威尼斯商人买回来的蓝风铃香水，这是梅漫最喜欢的香水之一。当时因为买的东西多，花钱太多，梅漫有罪恶感，所以没有买几瓶。

梅漫把喜欢的香水送给艾薇，可想而知她有多么看重这次下午茶。梅漫也给磐磐姐带去了礼物，一瓶迪奥真我香水。

磐磐姐与她们情同姐妹，为人做事既爽气又仗义。梅漫对磐磐姐很感激。

　　梅漫提前到了磐磐姐的皮草店，磐磐姐直接把她带到了二楼的会客厅。磐磐姐问梅漫喝茶还是咖啡。梅漫怕影响晚上睡眠，要了茶。磐磐姐习惯喝咖啡，不喝似乎感觉生活里少了点什么。

　　明眸皓齿的秋香喜吟吟地给梅漫端上了一杯加奶的红茶，给磐磐姐端上了浓香的黑咖啡，并向梅漫说了句："Tea Please!" 又向磐磐姐说了句，"Have a cup of coffee，Please!"

　　秋香嘴里蹦英文，这奇怪的现象是从前没有的，梅漫被秋香的英文砸愣了。自己不是外国人，听得懂中国话啊。

　　梅漫笑笑，问身旁端着咖啡的磐磐姐："怎么改英文服务了？格调越来越高了。"

　　磐磐姐听后笑了起来，说："我这里的服务格调一直很高。"

　　梅漫喝了一口红茶说："那当然，顾客高端啊。"

　　"开玩笑啊！其实是这样……"

　　磐磐姐向梅漫解释，说都是因为她们那次从香港回来，说梅丽莎嫁给了迪拜富翁，过的日子让人做梦都不敢想，私人飞机、管家、仆人，整箱的香水，无数名牌衣服、名牌包，家里有动物园，到世界各地旅游。这消息把四香炸到了。她们的姐妹能迈入这样的豪门，简直是灰姑娘传奇。尤其是秋香，日子比较窘迫，是家里的主要经济支柱。

　　秋香下楼了，磐磐姐悄声对梅漫说："其实秋香的个人条件不够好，虽然长得漂亮，但是很小就出来打工，没有学历，进豪门不能没有一张名校的大学毕业证书。"

　　梅漫赞同地点点头。

　　"她现在很刻苦，希望能逆袭，通过自己的努力找到称心如意的好男人。"

　　听了磐磐姐的话，梅漫赞赏地向秋香伸出了拇指。

磐磐姐叹口气，说她有时候也是蛮为四香操心的。"女孩子长得漂亮，总是会遇到各种情况，有男孩子的殷勤，也有中老年大叔的骚扰。我是过来人，经验和教训总是有的。"

梅漫听得津津有味，觉得有机会跟磐磐姐畅谈也是蛮好的。

"有些男人的情是真诚的，有些男人根本就是图谋不轨，可是，哪个女孩子的眼睛和心里那么明亮、那么透彻？上当后悔，还算生活厚待了你，有的人搭上整个青春年华和一生的幸福，没得后悔了。"磐磐姐说。

梅漫怎么感觉磐磐姐说的就是自己呢。她虽然搭上了爱情，但是获得了幸福啊，她感觉自己现在很幸福。

磐磐姐继续讲，说有时候来店里的男客人也会想方设法接近四香。

"你会不会直接开除？"梅漫问。她一直猜想，磐磐姐找这么美的四香在店里，是否就是想吸引男客人呢？磐磐姐做事有尺度，会尽力保护好女孩子。磐磐姐说做生意要"生财有道"。

听了梅漫的话，磐磐姐笑了，摇摇头说怎么可以这么鲁莽和绝情。她说她只要了解这个男人的坏品质和毛病，或者知道他已经结婚了，都会提醒四香小心，如果四香不听她的提醒，她绝不多嘴，这是别人的自由和隐私，她没有道理强加干涉和压制，她不做武断的家长。

磐磐姐说："每一个从我店里走出去的店员，从审美、眼光、视野、自律、修养到做人和格局，都会有很多收获。如果你学不到只能说你没有悟性，本身就是一块朽木。"

梅漫开玩笑："有人说，朽木也可雕。"

两个人一起笑了起来。

磐磐姐的电话响了，是艾蕤打来的，说有个客人突然来访，分不了身，实在对不起，再约时间。

"你在忙什么？"磐磐姐向梅漫眨了一下眼睛，问艾蕤。

电话那边悄声说："朋友想把他的北京四合院卖给我，他出国急需用钱。"

"噢！"磐磐姐挂断电话，对身边的梅漫说，"你不要误会她不守信，她真的会有时候约好了来不了。上次她说到我店里挑衣服，结果等了一天她也没来，她晚上打来电话，说实在没时间。"

梅漫点点头，表示不会有那么多想法。谁还没个突然发生的事呢？

第 116 章

磐磐姐问梅漫："也许我不该问，你到底找艾蕤有什么事？我能不能帮你呢？"

梅漫笑笑说："哪里有什么重要的事，无非是聊聊天，开开窍，寻寻经验。"

梅漫把厕所公主转身成为董事长，梅丽莎过着如何奢侈的生活，还有夏南鼓励和支持她投资的想法的事跟磐磐姐说了。

"明白了，说得好听一点就是要做事业，说得明白一点就是想发财。"

两个人一起笑了。秋香给两个人续上了第二杯茶和咖啡，并端上了奶油小甜点、小三明治、干果和一个水果盘。这些本来要等艾蕤来时上的，现在她来不了，只有磐磐姐和梅漫享受了。

听说梅漫想做点事，磐磐姐就跟梅漫聊了起来。原来上次那个光头小胡子叫辛涛，他要再开一家公司，其实他手里已经拥有几家公司了，这次，打算开一家对外传播公司。本来人家只是聊天时无意跟磐磐姐说的。磐磐姐一听，这绝对是一个机会，辛涛绝对不会做亏本的买卖，跟着他会赚得盆满钵满。这个机会磐磐姐是断然不会放过的，她的生财有道也充分体现在这里。磐磐姐咬着对外传播不放，说这个不能丢下她家荷兰大叔，他可以在对外传播上尽自己的绵薄之力。

其实，辛涛的公司都是成套人马，根本无须别人插手。可是磐磐姐有机会就不放过。她把辛涛叫来喝茶，聊着聊着，辛涛发现磐磐姐的丈夫以及她的人脉还是有一定利用价值的。结果，你情我愿，两两相吸，这件事就成功结成对了。

梅漫一听有这个事，急切地要磐磐姐把她也拉进去。这似乎有点难为磐磐姐，虽然磐磐姐可以去说，但是辛涛能不能同意还真说不好，除非辛涛看出梅漫身上有什么价值，有利于公司的发展。

"这个，还是你自己说，我若当中间人，被拒绝的可能性很大。"磐磐姐帮助梅漫分析。她不是不帮忙，是担心搞不好帮倒忙。

梅漫不好意思，因为上次辛涛让梅漫去朋友那里试镜，梅漫拒绝了，觉得根本就是不可能的事，而且她也不想跟辛涛有什么瓜葛。

所以梅漫这次死活要磐磐姐跟辛涛说。磐磐姐说等有机会再说，后来又改主意拿起电话说："现在就给他打一个，行就行，不行就算了，免得你成天惦记着睡不着觉。"

磐磐姐给辛涛打了电话，没有前设和迂回等套路，开门见山，直接说梅漫想入股这个公司。辛涛听后沉默了两秒钟，又说好，公司需要梅漫这样的人。磐磐姐一听，开玩笑说："我要入的时候死说活说，还搭上一顿下午茶，到梅漫这里，一个电话就搞定，这是什么世道啊?"磐磐姐还假装在电话里哭出了声，说："你们男人就是喜欢年轻貌美的小姑娘，像我们这种半老徐娘就完全成了你们眼中的糟粕。"

放下电话，磐磐姐和梅漫吃了一些水果。辛涛突然来了。他的到来真的把磐磐姐和梅漫惊到了，两人同时张大了嘴巴。

辛涛坐下就吃东西、喝茶，然后跟磐磐姐解释什么老女人、年轻女人的事。他说磐磐姐的话只能代表少数人的审美。为了说明自己的真诚，他特意讲了日本艺伎的故事。所以，磐磐姐说年岁大的女人不值钱，绝对不完全正确。

梅漫第一次听说艺伎是这样的，她之前真的受了电影的影响，对艺伎的印象都是负面的。谁知道人家是另一种身份的艺术家。

"算你有文化。"磐磐姐笑着把果盘推到辛涛面前。

"这不是有文化啊，什么都不懂，怎么在社会上混啊？"

"你怎么这么快就到我这里了？"磐磐姐问辛涛。

"有个公司就在附近，正在装修。今天搬鱼缸，种树。地下室的视听音响和剪辑房也在调试设备。"

"说干就干，工作效率很高啊！"

"等着你打开欧洲市场呢，必须加快速度啊。"

"你公司地址在哪儿啊，哪天带我们看看。"

"东直门内的四合院。告诉你们，北京四合院地理位置都好，越来越金贵，有财力就拿啊！"

辛涛的这句话，勾起了梅漫心里对梅家老宅的思念。"我家以前就有一座老宅，后来卖掉了。"

"有财力，再拿下一个。"辛涛笑笑说。这句话像一枚针突然扎醒了梅漫，还把一枚种子埋在了梅漫心里。

后来，辛涛又跟磐磐姐商量公司的事，什么监事、执行董事、法人、股权等等，梅漫懒得去听。最后的意思就是梅漫要入股多少钱随意，最后都是按比例分成。

这就开始向外撒钱了。梅漫在喜悦和兴奋的同时，还有些许忐忑和不安。也许这是每一个投资者最初的心态：大义凛然地壮烈开步，能不能收获渴望的麦田，只有天知道了。

第 117 章

回到家，梅漫突然想起答应了给李荷花回电话。今天荷花突然神秘地问她要不要纪念币，不是开玩笑就是要捉弄人。梅漫这样想。

梅漫给李荷花拨了一个电话，没人接。梅漫又给李荷花打来的那个陌生号码回了一个，还是没人接。突然，梅漫的心里产生了不好的想法，是不是李翰歌和李荷花真成为恋人了？梅漫心里不免有点酸酸的，继而又有些鄙夷自己，都结婚了还操心李翰歌的爱情。有些女人就是这样，结婚了还希望前男友对她痴情到至死不渝，甚至自私地不愿意他再找女朋友，或者幸灾乐祸地希望他找的女朋友是个傻子或者丑八怪，仿佛这样才能满足自己的虚荣心。

梅漫哪里知道，李翰歌和李荷花刚经历了一场惊心动魄的煎熬和苦难。

当李翰歌把身份证拿到手，一切都迈入正常轨道的时候，李翰歌悄悄对李荷花说："你不要对梅漫讲咱们今天的经历，免得她担心或者埋怨咱们多管闲事。事情已经过去了，平安就好啊！"

李荷花本来在拿到手机的时候，想给梅漫打个电话，像讲故事一样，好好讲那天的精彩故事，没有想到李翰歌怕梅漫担心，不让讲。这男人，对梅漫痴心不改。李荷花做了一个怪脸。真正的有情就是彼此牵挂。李荷花嗤笑李翰歌，但她从没有审视过自己对李想的痴念。对李想，这个荷花姑娘表现出了比别人更严重的花痴病。

从派出所出来，大叔的战友老警察握着李翰歌的手说："你有这份勇气我是感动的。漂亮话我就不说了，谢谢你啊。有时间、有机会咱们再见，我请你们在最有名的老店吃肉夹馍、喝胡辣汤。"

李翰歌看看表说："我知道您忙，客气话就不说了，您就在食堂吃吧，我们随意，千万别客气。"

老警察诚意相送，李翰歌不想耽误他的时间。听大叔说，有个旅馆刚刚发生了一起案子，他们要赶往那里。

李翰歌要请大叔吃饭，顺便把许诺给他的找到身份证的五千块钱报酬给他。李翰歌准备找个银行取款机。大叔说吃饭可以，钱就不要了，要让战友知道他堕落成这样，羞死人。李翰歌笑着说："讲好的事，不能不兑现。大叔也辛苦，把身份证找来了，也不是容易的事。"

大叔执意不要，后来在李翰歌的劝说下，只拿了一千块钱。他自嘲地说："生活苦焦，人都向钱低下了昂贵的头嘞。"

这句话把大家逗乐了。大家都说大叔是个幽默的人。

大叔有多么苦焦，李翰歌不想去问，他又给大叔使劲塞了一千块钱，以示谢意。

两个出来的女孩边走边说话，一个女孩对另一个女孩说："他们讲的积攒纪念币、卖纪念币能成为富翁是真的，已经有人成功了，我昨天就卖出两套，依照这个速度，我很快就能到达那个塔尖。"

李翰歌一听这两个女孩的话，鼻子险些气出血。这是多麻木的脑子和多迷糊的眼睛啊，心智是不是完全昏聩了，美丑不分，好坏不分，善恶不分，轻重不分……最重要的是，两个女孩从李荷花和李想以及警察身边走过时，一点感激之情和起码的礼貌都没有，完全视他们为路人甲和路人乙。

李荷花像受了侮辱，坚决不干，冲过去截住了两个女孩。

"你们知道我们为什么跟着你们，知道我们跟着你们会遭遇多大的危险吗？知道你们处在什么境地，知道他为了营救你们险些被那帮人暴揍吗？那些警察一夜没有睡觉，你们知道吗？"李荷花气愤地用手指着两个女孩。

女孩看到李荷花气愤的表情笑了。"真可笑，跟我们急什么，又不是只救我们两个人。那是他们的职责。拿着纳税人的钱就是在办公室闲看报纸吗？新鲜。"

另一个女孩说："是你们自己愿意去的，谁拿枪逼着你们了？"

听了她们的话李荷花气得捂着胸口喘粗气。

李翰歌气笑了，摇摇头。李想幽默地问大家："她们是地球人吗？我感觉像天外来客，跟我们的思维完全不在一个频道上。"

"精神病。"两个女孩背着小包消失在人海，小包上可爱的小吊猴子在她们身后荡来荡去，很是欢快。

她们的这席话仿佛给李翰歌上了一课，他怀疑自己是不是老了，或者跟不上时代的步履了。

做什么都不要求回报，只求不负我心吧。李翰歌这样对自己说。他们几个人拖着疲惫的脚步，怀着复杂的心境走进古老的小店，准备酣畅淋漓地吃一顿美味。让那些鸡飞狗跳滚到月球上吧。

第118章

顾蕙兰没有精力去厕所公主的学校当老师。讲这几堂课，再休息休息正好，钱是挣不完的。

那天正讲课的时候，有一个一直吃飞天五谷粉的老太太突然晕厥了。大家七嘴八舌，又是掐人中，又是灌蜂蜜，可算把老太太折腾醒了。老太太哼哼唧唧地说："再吃几罐飞天五谷粉，血糖就正常了。"

顾蕙兰知道，这个老太太特别信奉这个粉，说吃了后感觉什么病也没有了。她有次坐在公交车上，还拿出粉来跟大家主动宣传。她问身边的小姑娘："你猜我多大年龄？"还自信地说自己牙齿好，头发黑，皮肤好，没有心脑血管病，就是因为吃了这种一百多元一罐的飞天五谷粉。

一个中年人说，不就是五种谷物的粉吗，这种粉哪里都有，也不贵。老太太不认可，跟中年人说这种粉的种子是上过太空的，跟普通粉完全不一样，别的粉管饱，这个粉治病。中年人笑着说老太太被洗脑了。老太太气愤地说他们根本不懂什么是好的东西、什么是不好的东西，不识货。

就是这么执着的老太太，今天倒在了战场上，倒在顾蕙兰讲课的课堂上。她被扶走的时候还说要带走几罐飞天粉，怕身体不适，这几天来不了。

后来，老太太住进了医院，没过多久就去世了。这件事对顾蕙兰震动很大。她悄悄找过苏雪雁，说感觉自己良心有点疼。苏雪雁拍拍她的手说，什么良心，你不卖给她，她也会去别的地方买，终归要踏上这条路的。听了苏雪雁的话，顾蕙兰总算又静下心来讲课了。

可是没过多久，顾蕙兰关于玉石理疗床的讲课现场又来了一个老头，在课堂上追着一个老太太打架，说要离婚。众人边笑边拉架边劝解，可是执着的倔老头说什么也不听。他说，老太太把家里的钱都买了这些乱七八糟的东西，谁说也不听，孩子们都不回家了。买床的钱是老头的私房钱，她偷偷给拿走了，这是对他尊严的严重挑衅。

上纲上线了，这个古板脑瓜子老头。众人拉着老头，老头举着拐杖追老太太，后来终于伸出拐杖狠狠打了老太太的脑袋，打出了血。老太太气愤地说，不跟他过，婚是一定要离的。大家七嘴八舌地问："你家几套房，离了婚住哪里？"两个人都不说话了。没有房子是事实。

老爷子忽然大声说："就是睡马路，也不跟她在一起过日子。"

这是有多大的仇恨啊，看着老太太脑袋上被打的伤，顾蕙兰真的坐不住了。她说如果老太太想退货，她按原价退给她，两个人千万不要离婚。

哪知，老太太执意不退，老头坚决要离婚，没有人买顾蕙兰的账，认领她这份好心。

当天，顾蕙兰就请辞了两份讲课的工作。公司的人奇怪地问："不是讲得很好吗，我们还推你为明星老师呢。都讲出经验了，辞了真可惜。你不来别人很快就替代你，别走了。"

顾蕙兰摇摇头，她的良知在慢慢觉醒。一个人不是要思想有多么正、多么红，而是要活得安稳，活得坦然和理直气壮。

辞了讲课的工作，走在街上的顾蕙兰，身体是轻盈的，脚步是轻快的，她觉得她完成了一次人性的蜕变和转身。无关风月和高尚什么大词，而是良知尚在火热的心里跳动。

第 119 章

富春山姑娘本来并没有打算来北京。她打算买一个最大的花篮，去日本给梅欣的画展捧场。她要认真欣赏每一幅佳作，在异国他乡看画上的富春山和每天面对的富春山有什么不同。可是，这个美妙的想法没有实现。

她是失望的。没有哪个画家可以一头扎在富春山里，把这里的美丽山水带到异国他乡，让更多的人看到和知道这里旖旎的风景。所以她对梅欣寄予了厚望。她从另一个跟梅欣相识的画家那里打听好了，知道梅欣的画展什么时候在日本举行。她悄悄到杭州办好了去日本的签证，只想在画展那天给梅欣一个惊喜。

去之前，她打算从北京走，在北京停留两天。梅欣走时给了她自己在北京的地址，说他这次离开富春山不知道什么时候回来，会不会回来，如果她有机会去北京，可以到这里找他。

她到北京以后，到久负盛名的雍和宫烧了香，出了门沿着沉稳的红墙，沿着新奇的老砖胡同，顺着槐树蓬起的胡同绿廊，找到了梅欣给她的地址。可是，她看到的是什么呢？面前的一切，让她完全惊呆了：一座焦黑的房子，一个张着巨口吞噬一切的怪兽，一个让人绝望和心痛的家。她问邻居到底怎么回事。邻居说这是一个画家的家，画都烧了，人可能疯了。听到这个消息，富春山姑娘也快疯了。梅欣一定没有去日本，这个可怕的念头在富春山姑娘的脑海里闪现。她立即给梅欣打了电话，约他见面。

梅欣要见富春山姑娘苏南的时候，心情是激动和不安的。他不知道该怎样面对她，不知道该怎样回答她的疑问。但是，有一个念头一直在梅欣心里像灯一样闪烁着，像火苗一样跳动着。他要重新回到富春山写生，哪怕没有什么画展在等待他，哪怕他一辈子都扎在那里画画，心也是安宁和快乐的。那座山深藏着他的灵魂和快乐。

他要和苏南回他灵魂深处的家。梅欣在房子失火那一天就下了决心。苏南的到来，更增加了他的渴望和决然。

在后海湖边酒吧，梅欣和苏南见了面。想象中的激动、喜悦和兴奋，都被两个人的冷峻和理智遮挡了。但是，苏南还是轻快地上前拥抱了梅欣。这不是久别恋人的热情拥抱，是男女之间一种彼此欣赏的拥抱，干净、简单，毫无杂念。

两个人相互微笑和凝视。久别重逢，他们的笑脸依旧。

"我请你喝酒！"苏南打开酒单。

"我还能喝酒吗，会喝哭了的。"梅欣调侃地说。他不知道怎么跟苏南说自己的事。万一自己没哭，把苏南感动哭了呢？梅欣想。

"大哥，整点事就哭天抹泪的，不至于。拿出男人的骨气啊。富春山都登了，黄公望他老人家吃的苦你也看到了，还有什么痛苦不能过去？"苏南话中有话，她是有意这样说的，想先让梅欣掂量掂量自己的痛苦和不幸有几斤几两。

听到这席话，梅欣感觉正对心坎。他心想，这话怎么像给自己量身定制的，太合身合体了。量体裁衣的语言就是心理医生一对一地谈心啊，就是在拯救心灵拯救世界啊。梅欣觉得心情似乎轻快了些。

"来，走一杯。"梅欣举起酒杯，用力跟苏南碰了一下，扬起脖子一饮而尽。

"不能喝多了哭啊!"苏南笑着说。

"我有那么娘吗?"梅欣笑笑。

"那谁知道,有时候,男人很脆弱、很娘,有时候女人很坚强、很汉子。我们都是多面娇娃。跟我回富春山吧。"苏南意味深长地说。

她知道,梅欣逃避痛苦的唯一办法就是重回富春山。在梅欣走的那段时间,客栈来了一位年轻摄影家。他说他是摄影记者。他在这里住了一段时间,很喜欢苏南,问她可不可以做他的女朋友。

苏南很理智。她问摄影记者:"我不愿意走出富春山,你能离开大城市到这里生活吗?如果不能,我们一辈子在相思中生活?"摄影记者说喜欢无关地域。他在念诗,他在念心中的浪漫,还有轻飘飘的欺骗。苏南看出了他眼睛下面那颗漂浮的、虚假的心,那颗在哪里浪漫就在哪里放下、就在哪里丢弃的心。

那一刻,她想到了梅欣。

"其实,你的事我都知道,我找到了你的住处,看到了那座废墟。"

说完这些话,苏南看了看梅欣的表情。梅欣很清瘦,好像比在富春山的时候更瘦一些。虽然那时候画画写生很累,但是梅欣的心情是愉快的,他每天都有成果,那种收获的喜悦比得上任何营养和良药。

梅欣听说她已经去过自己的住处,心里稍感诧异。她是个聪明善良、善解人意的姑娘,这次见面完全是为了给梅欣减少痛苦。

"你都知道了,那该知道我现在有多痛苦和难过,我连死的心都有。"

"谁不在心里死几回?恋爱死一回,受挫折死一回,受打击死一回,自己跟自己过不去死一回。时间能给你治病。"苏南语气轻快,似乎这场火根本就不值得痛苦。

"你说得轻巧。想起一头扎在深山里的日日夜夜,想起日本画展来之不易的机会……"梅欣低下头去，眼神很暗淡。

"想起失掉了成名的机会我就很痛苦。"苏南托着腮，拧着眉，有意憋住笑。这话仿佛是梅欣的心里话。

"我没这么想啊。"梅欣努力为自己辩解。

"我是富春山巫婆，你的虚荣心和渴望发财的心我看得一清二楚。"苏南哑着嗓子有意怪声怪调地说。梅欣看到她的表情笑了。这是房子失火以后，他第一次开心地笑。

"病好了没有？"苏南问梅欣。

梅欣都笑了，还好意思说自己痛苦难受吗？在一个可爱的女孩子面前，你好意思忧郁难过吗？还有没有男人味了，有的话，就拿出男人的刚毅和铁骨来。

"还不赶紧给我点菜，我都饿死了。"苏南对梅欣说。

"好好好！"

看得出来，梅欣今天真正走出了痛苦。吃完饭后，苏南抢着付饭钱。她说，等梅欣发了财必须请吃大餐，而且要给她的客栈画一幅最美的富春山山居图。

梅欣当然爽快地答应了。

后来梅欣打算陪苏南游览北京的名胜古迹。他问苏南想去哪儿，苏南拧眉想了想，说想把自己想去的地方和他推荐的地方都去了，深山老妖出次山不容易，一辈子不知道能来几次北京。

梅欣说："好。我推荐你去故宫、北海、颐和园和香山。"

苏南说她还想去爬长城。

游览完以后，梅欣让苏南先回富春山，他要把烧毁的房子重新建起来，还要把手里几幅饭店大堂的巨画完成。没有钱，在富春山光喝水、看风景是不行的，他不是鱼，也不是仙人。

苏南离开北京的时候，向梅欣挥手说："美丽的富春山、蜿蜒的富春江等你来！黄公望也在等你来。"

梅欣故作惊讶地说："他复活了吗？我一定去找他学画！"

第 120 章

离开磐磐姐的店，梅漫好像抓到了两件宝贝。看来暂时不见艾蕤也是可以的。现在迫在眉睫的事是找夏南拿到一笔钱，加入辛涛的公司；还有就是问夏南是否有闲钱拿下一个四合院，哪怕以后再卖掉也行。左手实业，右手房产，想好了这两件要做的事，梅漫心里似乎敞开了一条笔直的路，很畅快。

梅漫等夏南回家，就像盼星星和月亮一样。

梅漫实在坚持不住了，迷迷糊糊都准备睡了，这时夏南进屋了，梅漫立即十分精神地爬了起来。

"干、干啥呀，不用起来迎接。"夏南挥挥手开了句玩笑，看来他今天很高兴。

梅漫向夏南讲了去磐磐姐那里，想跟她的朋友一起开公司的事，说这个公司肯定不会赔钱，自己想参股。

"你还有什么要求，还想干什么？"夏南又问梅漫。梅漫有点后悔，不该一下说两件事，这不是找骂吗？

梅漫又说磐磐姐的朋友说四合院的价格马上就要起来，她想拿个四合院，哪怕将来卖掉呢。

夏南一听笑了，说："我、我也是这么想的，你想我成天跟一帮朋友混，这个信息还是知道一点点的。"

夏南说大亚湾投入的房产资金已经在回收了，现在手里有一点钱，但是不够。不够可以贷款，这是夏南给梅漫留下的话。

梅漫一听夏南的口风，像打了兴奋剂，决定第二天就去看房子。

看了两家中介的房子，梅漫都不是很满意。不是院子不够规整就是院子的形状不好，或者位置不好，反正就是看着不舒服。不知不觉，梅漫从地安门溜达到了自己家的老宅。听家里的老年少女说，厕所公主的妈肖雅清就在这附近开了一个中介公司，不过她现在是副校长，忙于教育战线的事，估计中介公司已经关门了。

梅漫向中介公司走去，上台阶推开了门。

肖雅清还在，她站起了身。这么多年没见，梅漫当然认识她，她也认识梅漫。梅漫看到肖雅清的表情，以为她不太敢认自己，特意提了自己的名字和梅家。肖雅清看到梅漫，又是张嘴又是惊叹，她之所以有些惊慌，不是因为没认出梅漫，而是以为她来要她老爸放在这里的押金。梅抒颐主动交了押金，是想让肖雅清给他留下房子。他说很快就会签合同付款，可是这段时间突然没信了。

"你是来看房子，看你们梅家的房子？"肖雅清试探着问梅漫。

"您不是当校长了吗，怎么还在这里卖房子？"梅漫对肖雅清说。

"哎哟，别羞死人了，我当校长，你还不知道我这水平，那是挂名。"

"梅家的房子能看？什么意思？难道要卖？"

"对呀，难道你不知道？"肖雅清奇怪，这一家子一个个跟独行侠似的，自己来看房子，谁也不告诉谁，相互也不通气。

"快带我看看，我家先生要买。"梅漫急切地说。

"你家先生要买，哎呀，今天不巧，钥匙让另一个看房的朋友拿去了，还没有还回来。你下次带你家先生来看，我肯定让你们好好看。"

肖雅清并不想让梅漫看，以她的经验，梅漫看了还会让她家先生再来看，还不如下次一起看，省事。

没有看到房子，梅漫有些沮丧，她决定第二天让夏南来，一起拿主意。可是，第二天夏南说他有事。梅漫跟他说好多房子都没有看上，就看上了自己家的房子，不知道是不是那栋老宅跟梅家有缘。夏南说，满意就拿下，使劲压价，不用他出面，他相信梅漫的眼光。

这个家伙什么也不管，也真是省心和放心。第二天，梅漫带着银行卡直奔肖雅清的中介公司。看到梅漫又来了，肖雅清很吃惊，她心想这次再说钥匙不在肯定说不过去了。

"又来看房子，你家先生呢？"

"他没有时间，让我自己做主。"梅漫盘算着，等房子买好了，带着老爸、老妈和梅欣来看房子，还不吓死他们。想到这里，她心里不仅美滋滋的，还有一种冲动和急切。

梅漫要看房子，肖雅清决定抬高价格，用价格把梅漫吓跑。

梅漫也不是傻子，走进院子就挑毛病——自己家的房子和院子，她知道硬伤在哪里。挑毛病的意思就是想压价。梅漫当然还是喜欢自己家，前几天看的院子就是不如自己家的，但是这种喜欢要藏着掖着，不能让肖雅清看出来。

"房子都漏了，瓦也掉了。看看地上的砖，碎了。"

梅漫的眼睛雪亮亮的，伸出食指从上指到下，从左指到右。她在心里说："哎，还是老样子，只是感觉房子没有小时候高大了，台阶似乎低了，长廊也短了，院子好像也比以前小了。"

"这都是老砖，房子没人住就没有人气，就容易破败，你是知道的。当初你们住的时候，多好的房子啊。你不要看房子破败的地方，买房子主要看位置，像这种四合院，主要看院子的形状是不是规矩。"肖雅清怕梅漫不懂，仔细跟她解释。梅漫当然知道这一点，只是揣着明白装糊涂罢了。

转了一圈后，回到了肖雅清的店里。梅漫问房子的价格。肖雅清看到梅漫很迫切地想拿下，心里憋着要卖个好价钱，想狠狠抬价。

"这个房子很贵。"肖雅清先打预防针。

卖家已经将房子全权委托给了肖雅清，只有签合同的时候才过来，所以不管是价格浮动还是收取押金，肖雅清都有充分的自主性。

梅漫这几天围着东城和西城转，也看了不少房子，对四合院的价格心里还算有数。

"多少钱？"梅漫问。

"四千二百万元。卖家说低于这个数不卖。"

梅漫一听，吓出了一身汗。她看到四合院的价格，大体上是三千七八百万元的样子。这个比其他的高出这么多，太出人意料了。那时候，房价还没有完全起来，所以，这个价格已经算相当高了。

梅漫盘算着，贷一点款，自己跟父母借点，让夏南跟父母及夏冬借点。欠一屁股账啊。梅漫心里有点不爽。

"你等我去打个电话。"

梅漫拿不定主意，决定给夏南打个电话。价格太高了，自己不敢做这个主啊。

电话里的夏南好像喝多了，结结巴巴地说："我、我朋友说了，这是绩优股，给、给我拿下。"

梅漫脑门上出着汗，急切地说："钱、钱，你有那么多吗？"

夏南早已挂断了电话。

梅漫回到房间，咬咬牙对肖雅清说："价格能不能优惠点，这明显高出其他同类房子很多了。"

"一分钱一分货。好东西就是贵。"肖雅清就像手里拿着诱饵，在逗弄一只猫。

梅漫咬了一下手指，不知道该怎么办。找磐磐姐，找李荷花，找夏采薇，找李翰歌似乎都不太可能。

　　"你不买马上就会卖出去，你是熟人，我当然先照顾你啊。看房子的人可不少。"肖雅清的话是一把双刃剑，锋利，杀伤力强。

　　"那你让卖家来吧。"

　　梅漫交了十万元押金，等肖雅清的消息再过来签正式合同。

　　肖雅清递给梅漫收据说："一般是签正式合同交押金，但是为了不被其他客人买走，这样比较稳妥。等于你占上了房子。"

　　交了钱，梅漫的心情是紧张的，主要是觉得价格太贵了。不知道家里有没有那么多钱，是不是买贵了？但是，冥冥之中，梅漫感觉这一步走得对，她相信自己的选择。

第 121 章

离开肖雅清的小店，梅漫就回到了家里，跟顾蕙兰借钱，说有多少借多少。顾蕙兰翻着眼睛说："干什么，只要提借钱，就好像在拿针扎我的心。夏南家不是很有钱吗，你现在还需要借钱？"

梅漫说："有钱就借，没钱就算了。我要入股朋友开的公司，差一点，他们马上资本上市，很快就会回笼资金。"

梅漫说完，突然想起来，还有入股辛涛公司这件事呢，只是同时开两个局，自己没有这个精力和财力，只能放弃辛涛那个公司了。

"哪天要？我这只有二十万。跟你爸爸要吧，他今天没在家，找你彩武叔喝酒去了。"

梅漫离开父母家，只等夏南回来，跟他要钱。

夏南回来，听说梅漫跟父母借钱，不高兴了，觉得丢他的脸面。他说他手里的童装厂和大亚湾项目赚了有两千多万，再跟父母那里拿点，跟夏冬借点，贷一部分款，足够了。梅漫没有想到夏南这两年没有白折腾，居然真挣了不少钱。

肖雅清给梅漫打电话，说香港的卖家这几天就到，问她钱准备得怎么样了。梅漫说差不多了，基本到位。

没想到，夏南跟夏冬借钱没有借出来。夏南很沮丧，说亲兄弟就是这般相互虐待，相煎何太急。不过，他让梅漫以最大额度在银行贷款。梅漫瞪着眼睛说："贷款不就是借钱吗?"夏南说："傻啊你，这叫借鸡生蛋。到时候我们一起去银行办贷款。"

夏南从他父母那里拿来了一部分钱，父母告诉他，这笔钱必须还，他们没有义务给孩子钱，还让他不要跟夏采薇和夏冬说。夏南当然知道，他若说跟父母借钱了，夏采薇会立即跟父母喊穷说家里揭不开锅，夏冬会立即说这个月还不起月供。父母若说没那么多现钱，他们就会说下月给也能凑合，或者，从家里顺点什么东西。他们完全变成了一群缺少良心的饥饿狼崽。

梅漫到肖雅清的店里跟香港卖家见面的时候，没有想到，除了老人的儿子，那对老夫妇也来了。他们说，身体状况已经不允许他们再出门了，这是他们最后一次来北京，想再看看胡同老宅、故宫北海。梅漫看到老夫妇慈眉善目，决定拿起武器在老夫妇那里开刀。

先嘴甜面善地微笑，然后直接亮明自己的身份。老夫妇听说梅漫是房子的老房主以后，惊讶了很久。梅漫直接说出自己的愿望和要求，就是想压价。老夫妇沉默了片刻，说："我们很欣赏这些古建筑，所以当初房子基本没有大动。找到你们也算将房子物归原主了。如果交给一个不懂得爱惜这些东西的人，我们也会很心痛的。"停了停，又说，"钱不是主要问题，房子找到了对的人，我们的心情是轻松的。我们只要三千万，就是比市场价还要低一点的价格。"

梅漫一听，不敢相信自己的耳朵，这是走运了吗，还是房子在天之灵的呼唤?

肖雅清张大嘴巴，不敢相信。这对老夫妇疯了吗，这等于白白给了梅漫几百万。要知道是这个结果，她说什么也要咬牙把房子拿下来。只是公主那里办学校和补习班，资金暂时周转不过来。肖雅清心中竟然涌起了淡淡的醋意，后悔自己没有当机立断，或者让袁震饥拿下来也好啊。现在后悔来不及了。肖雅清好像看着梅漫捡走了一个无价之宝。

当梅漫回家跟夏南述说经过时，夏南说，这就是你们家的东西，房子有灵性，找你家人来了。

梅漫自得地说，挣钱发财的时代来了。钞票好像在空中飞着。梅漫对自己的比喻很满意，但忘了这句话是谁说的，她喜悦得什么都想不起来了。

梅漫和夏南去银行办理完贷款，然后就是过户。梅漫打算忙完房子的事回家给父母一个惊喜。

可是，还没有回家呢，顾蕙兰的电话就打来了，说梅抒颐突然病了，梅欣电话又关机。

第122章

梅抒颐的股票这一周全部连续跌停,后来他都不敢看了。越是等着用钱越是赔得一塌糊涂。

那天梅漫从香港回来,梅欣回家吃饭,梅抒颐看到梅欣脸色不好,感觉他好像心里有事,或者受了什么打击。是失恋还是事业不顺?梅抒颐也猜不到。他感觉梅欣不论是与人交谈还是吃饭都打不起精神,两眼空洞的神情,似乎预示着他遇到了什么严重的挫折。顾蕙兰还欢天喜地地给梅欣夹菜呢,梅漫还让梅欣试她从香港带回来的衣服和帽子呢。她们两个都是眼睛看不出事的人,也是心里感应不出问题的人。哎,是哪位哲人说过,有的人瞎了一辈子,有的人傻了一辈子,有的人聋了一辈子。现在,顾蕙兰和梅漫就像瞎子和傻子一样。梅抒颐决定抽时间找梅欣聊聊。

梅抒颐这几天天天盯着股票,直等到连续跌停,不忍心再看,他才走出家门,到梅欣住的房子去找他。

当梅抒颐沿着新街口内,穿过圣贤街走到梅欣的房子时,他整个人完全呆住了。给梅欣带来的老字号新川面馆的麻辣拌面,瞬间掉在地上。

房子呢,房子呢,怎么烧成这样了?梅欣呢,他去了哪里,住在哪里?烧焦的房子被拉上了警戒线。可是,梅抒颐不管,他要去找儿子,那种急切的心情仿佛儿子仍然在火海,他拼了老命也要把他拉出危险的境地。他一下跑进烧焦的空房子里。空荡荡的,什么也没有,只有风和凄惨的残砖、焦木。

梅抒颐哆哆嗦嗦地拿出手机，但是，他怎么也找不到梅欣的电话。

他拖着疲惫的身子，拐到了肖雅清的小店，他要要回那笔押金给儿子。什么老宅，他现在没有心思顾及这些，儿子的喜怒哀乐才是他的魂。他脚步急切，恨不得一步跨入小店，找到肖雅清。但是，刚刚走到梅家老宅，看到老宅高高的墙头伸出的紫藤条，他瞬间改变了主意。

你这个老糊涂，梅家的老宅是必须拿到手的，卖画啊，再出一幅画，再出点古董，难道这些比梅家老宅还重要？分裂的心撞击着自己。梅家的老宅是无价的。丢了这个换来那个，这是没有办法的抉择。梅抒颐劝慰自己。他的决定使脚步变得轻快起来，心里"咚咚咚"的竟然有些激动和慌乱。终于找到了一个突破口，一个可以十全九美的主意。

他迈大步上台阶，"当"，急切地撞开了门。

小店里的人吓得抬起头，惊慌地站起身。

"你、你找谁啊！"一个二十多岁、染着酒红色头发的女孩惊慌地问梅抒颐。

"肖雅清呢？我找她。"现在在梅抒颐心里，肖雅清就是一个万能的神。

"她家里有事，今天没有来。你要买哪个房子？"姑娘问。

梅抒颐迅速搜寻着橱窗里的图片，伸出的手指似乎马上就能找到落点，但是手指一直在滑行，没有找到终点。

"梅家老宅呢？在哪里？在哪里？"

"你找哪个房子啊，梅宅吗？卖掉了。"酒红色头发的女孩轻松地说。

"卖掉了？卖掉了？谁让你们卖掉的，我交了押金了。"梅抒颐一下跌坐在椅子上，神情沮丧，整个人像挨了一记闷棍。

"肖经理不是催过你吗，你说让等等。你拖着不交钱，不来签合同，好房不等人，谁来得早是谁的。"

梅抒颐根本没有听到小姑娘的话，他完全进入自己的冥想世界。姑妈何碧筠气势汹汹地骂她，姑父梅若兰唉声叹气地指责他。他是梅家的罪人。

"房子里有宝贝，我弄丢了，你们赔我。"梅抒颐坐在那里，不停地说这句话。刚开始，姑娘也吓坏了，赶紧安慰老人家，又是倒水又是说话，后来发现，梅抒颐根本不搭理她，自顾自说自己的，而且就是这两句话，反复说，像留声机。姑娘害怕了，越听越浑身发毛，她看穿越小说和玄幻故事看多了，联想也丰富多彩。

"怪兽，穿越的僵尸。"

小姑娘跳出门外，赶紧给肖雅清打电话，说有个老头在这撒吆挣，可能有精神病。

肖雅清说你报警啊。姑娘说："报警?！他没有打砸，只是老老实实坐在那里，咋报警啊？就是你认识的那个老头。"

肖雅清一听，慌忙问："是梅家那个老头吗?"她心里有些不安，拿着他的押金不给，当然是理亏的，可是公主那里学校运作正需要钱，大把赚钱的日子指日可待。

姑娘说："可能是，我也记不清了。"

肖雅清慌忙赶到小店，推开门一看，正是梅家老爷子梅抒颐。

"哎哟，老爷子，你来干啥来了?"

梅抒颐看到肖雅清，根本没有反应，继续说自己的话："房子里有宝贝，我弄丢了，你们赔我。"

肖雅清一听，哎哟，这老头疯了，受刺激了。她拿着电话，在屋子里转了两个圈，不知道该打给 112 急救，还是该打给 110 警察，或者打给顾蕙兰，通知他家里人。

最后，肖雅清决定把电话打给顾蕙兰。不是急症，把急救车叫来，费用谁出呢？打 110 把警察招来，回头再变成了警察审自己，自己成罪犯，这不是给自己找麻烦吗？通知家里，送医院还是送哪里是他们自己的事。主意拿定了，肖雅清不再转圈。

见到顾蕙兰，肖雅清显得尤为殷勤，这似乎是心里有短或者有求于人的惯常表现。

看到梅抒颐变成这个样子，顾蕙兰当时就蒙了。她哪里知道，梅抒颐这一天经历了什么黑暗的日子。股票持续跌停，赔得一塌糊涂；梅欣房子被毁，不知道他现在怎么样；自家的老宅以为触手可及，没想到被人半路拦截。梅抒颐把这些秘密全部藏在了心里，变成一股邪火，燃烧着、煎烤着他的心。

肖雅清叫来了救护车，梅抒颐根本不上车，几个人也拽不上去，他还是说那句话："房子里有宝贝，我弄丢了，你们赔我。"

顾蕙兰急得流下了眼泪："你瞎说什么呀，赶紧去医院。"顾蕙兰哄着他，恳求他。

肖雅清听到梅抒颐的这句话突然愣住了，房子里有宝贝?! 啊，是不是真的，房子里是不是真的有宝贝？哎呀，肖雅清好像丢失了一个亿，瞬间受了打击。她在心里狠狠地骂起了梅漫：这个小妖精走的哪门子好运，居然这么便宜就买到了这个房子。"院子里有宝贝，一定有，我怎么就没有想到呢？我这个老糊涂，这是肯定的啊。你想啊，梅家是宫里的人，肯定有值钱的宝贝。这么多年世事变迁，战乱、抗日，谁不把宝贝藏起来以度慌乱的年代？"从跟梅家当邻居的时候起，肖雅清就一直视梅家为高贵的人家，视这座宅院为神秘的府邸。"哎，赚钱赚迷了心窍，放走了一条最大的鱼。买了梅家的宅子，地底下的宝贝说不定够自己吃喝一辈子，那谁还做生意，早就周游世界了。"肖雅清这个懊悔呀，恨不得头撞墙，恨不得扇自己两个耳光。

第 123 章

　　好不容易，连拉带拽，顾蕙兰才把梅抒颐哄进了救护车，带到了医院。梅漫和梅欣也先后赶到了医院。全面检查之后，医生皱起了眉头。没毛病，下什么药，这不仅是医生的难题，也是医学界的难题。不用药，不治疗，在医院住有什么意义呢？关键问题还是出在梅抒颐身上。除了那两句话，他现在还加了一句："我要回家。"

　　为了这句回家，梅抒颐可以不吃不睡，这个抗争方法谁也阻挡不了。他回家的脚步是铿锵有力的。顾蕙兰跟医生商量，跟梅欣和梅漫商量。对于这样的病人，医生当然希望他回家，所以大笔一挥开出了出院证，并说，心病还须心药医，这不是医学可以医治好的。这句话就是给家属一个希望，谁也不能预料，解开心结能不能治好他的病。

　　看到父亲消瘦的面庞，梅欣不知道父亲到底受到了什么刺激，为什么病在了梅家老宅的旁边。

　　梅漫呢，她听到父亲反复絮叨"房子里有宝贝，我弄丢了，你们赔我"，心里奇怪、不解。转念，她有一丝淡淡的喜悦和高兴，难道父亲知道老宅里有什么宝物，或者他悟到了什么，但房子已经卖掉多年，他现在后悔了，急成了这样？谜，一切都是谜。

　　梅抒颐被带回了家。回到家以后，他依然重复那句话，喊着要回家。梅漫明白了，他要回梅家老宅。她跟顾蕙兰说，梅家老宅被她买下来了，带父

428

亲回梅家老宅看看吧，他就是要回那个家，到了那里，他一定可以痊愈。梅漫有信心。

听说梅漫买下了老宅，顾蕙兰和梅欣都很意外。梅欣长舒一口气，仿佛解决了他的心病，他可以安安静静地进入他精神的家园，进入他的绘画世界了。

顾蕙兰呢，只是不解和奇怪，梅漫有那么大的房子，夏南家里也不缺房子，为什么还要下这么大的手笔拿下梅宅。也许这是冥冥之中的命运。有这种实力，就买吧，顾蕙兰并没有多兴奋，也许她还不知道梅家老宅的价值。

梅漫把梅抒颐带到了他日夜思念的老宅，拉着他在房间里、院子里转了一圈。转完，梅抒颐坐在长廊下要吃饭。顾蕙兰望着破败的房子，无奈地笑了。梅抒颐的病好了吗？她还不能确切做出判断。但是，他至少知道要吃饭了。

梅漫和顾蕙兰带梅抒颐离开梅家老宅，但是梅抒颐不走，就是不走。这可难住了母女俩。这样的房子不装修是不能住人的。梅漫指着露瓦的房顶对梅抒颐说："爸，你看，晚上下雨怎么办？咱们回家拿伞好不好，拿了伞来就不怕下雨了。"

梅抒颐愣了愣，好像听懂了梅漫的话，搂着梅漫的手走出了老宅的门。

他们回家之后，当然不会再带梅抒颐回来。但是，他们找到了梅抒颐的病根。梅漫决定赶快装修房子。夏南一听，爽快地答应了，说他去找装修队，而且会以最快的速度装完，到时候一定让梅漫满意。

听说梅抒颐病了，彩武叔赶紧来了。他对顾蕙兰讲了梅抒颐找他卖画、卖大彩瓶的事，说不知道他拿到这笔钱做了什么。他对顾蕙兰说："难道他要买回梅家老宅？"

听到彩武叔的话，顾蕙兰赶快跑进书房，打开上铜锁的柜子，清点家里的宝贝。确实少了些东西，但是顾蕙兰不太清楚到底少了哪些。他为什么会这样呢？顾蕙兰想不明白。

彩武叔对顾蕙兰分析，梅抒颐一定是想买下梅家的老宅，要不找不到他出售家里老物件的理由。

顾蕙兰像受到了什么启发，又站起身，走到梅抒颐身边，问："你的钱放在哪里了，银行卡呢？"

彩武叔听到顾蕙兰的话，也受到了提示，他说："对啊，老梅，你的钱放在哪里了？"

梅抒颐看着彩武叔的眼睛愣了愣，眼神空洞，然后，动了动嘴说："钱在肖雅清那里。"

"啊！肖雅清？！"顾蕙兰看着彩武叔说，"他现在糊涂了，也不能完全信他的话。房子梅漫早买下了，他的钱不可能放在肖雅清那里啊。"

"对。"彩武叔点点头，觉得顾蕙兰分析得有道理。

送走了彩武叔，顾蕙兰开始翻梅抒颐的东西。什么上锁的柜子，衣服，书本，到处翻到处找。在书房的蓝瓶里，顾蕙兰找到了一捆钱，大概有十万块，可是，十万块，太少了，不可能是卖画的钱。那么，其他钱呢？顾蕙兰看了一眼呆坐的梅抒颐。

"银行卡在哪里啊？"顾蕙兰问梅抒颐。

"肖雅清啊。"

梅抒颐回答得很顺畅。听到梅抒颐的话，顾蕙兰笑了。她觉得有必要找一趟肖雅清。

把梅抒颐安顿好，顾蕙兰去了肖雅清的小店。她跟肖雅清不仅是老熟人，还可以说是老对手。

肖雅清看到顾蕙兰来了，愣了一下，笑着让她进来。肖雅清边端茶边说："早想去找你，去看看老梅，只是太忙，没有时间。"

顾蕙兰笑着说："知道你忙，咱们这么熟悉，不用客气。"

两个人说的都是客套话，都是醉翁之意不在酒。下边的话才是今天的正题。

　　"这个老梅完全糊涂了，我知道他有一笔钱，就问他钱在哪里，你猜他怎么说？"顾蕙兰说话很讲究方式和方法。

　　肖雅清笑了笑说："怎么说，肯定说在我这里。"

　　与其被人猜疑，不如声东击西。肖雅清也不是省油的灯。针尖对麦芒。

　　两个人一起笑了起来。

　　"真让你猜对了，他就是这样说的。我差点信以为真了。"顾蕙兰收敛了笑容。

　　"哎！老梅病成这样，也真是难为你了。不过，你也别难过，慢慢来，说不定哪天就突然好了。"

　　肖雅清的话表面上是在劝慰顾蕙兰，实际上是在转移话题。重点是，他病了，一个病人的话，你也可以信？这是话里的潜台词，俗话说的画外音。

　　"可是，老梅总是说钱在你这里，按理说一个病人的话我是不该信的。我来这里，一方面是向你表示感谢，谢谢你那天救了他；另一方面呢，我想问问，他来这里到底来干什么，这个事我很疑惑，想不明白。"

　　"哎，有些事想不明白就不要想，也难为你了，老姐。"肖雅清喝了一口水，看看顾蕙兰的表情，接着说，"到我这里来，其实也没干什么，他看上了你们梅家的老宅，想买，隔几天就过来看看房子。我也奇怪，他哪有这么多钱啊，这可不是一笔小数目。"

　　顾蕙兰意味深长地"噢"了一声。梅抒颐要买房，手上一定还有更大一笔钱。但是在哪里呢？

　　顾蕙兰当然不会告诉肖雅清，梅抒颐出售了家里的宝贝。这个秘密是绝对不能对外人说的。

　　肖雅清打算咬紧牙不说梅抒颐放在她这里的房子押金，来个打死不认账。

反正梅抒颐糊涂着呢，反正没有人知道这个秘密。肖雅清没有这种觉悟，可以做到痛快地归还这笔钱。

回到家，顾蕙兰把梅漫叫了回来，让她帮自己想梅抒颐到底把银行卡放在哪里了。梅漫听说家里有这么一笔钱，那种兴奋和喜悦溢于言表。在这个大好的时代，钱投出去，没有不赚的，有了这笔钱就等于有了几笔钱。

她开玩笑地对顾蕙兰说："找到了，您给我什么奖励？"

顾蕙兰说："给你老娘做点事，还讲价钱，你也太势利了。"顾蕙兰还抬起脚踢了梅漫一下，当然不是因为气愤，而是表示母女之间的亲昵。

梅漫开始诉苦，把自己说得比穷人还苦呢，说她为了拿下梅家的老宅，欠了一屁股债。"现在父亲病了，全指望夏南把房子装修好，让父亲住在里面，到时候父亲的病好了，您给我点钱算什么。"

顾蕙兰一听，梅漫说得有道理啊，于是豪气地说："找到了，你要多少给你多少，都给你也行。"

"豪气，敞亮，我就喜欢这样的老年少女。"

顾蕙兰和梅漫开始了在家里寻宝的日子。

第 124 章

李翰歌、李荷花跟李想一起回到了学校。

李想的女友已经回到南方，她不太能接受北方的干燥气候，而西北似乎比其他地方更干燥，更让人难以适应。当女友下决心离开这个地方的时候，意味着她将放弃这份爱情。如果相爱，会面对一切，接受一切，甘愿为他吃苦。

诗人说："爱情抵不过遥远。"李想深深懂得。

当李荷花知道李想的女友已经去深圳时，内心的喜悦和甜蜜溢于言表。但是，李想对李荷花似乎没有那份情谊。一个男人和一个女人不会轻易相互吸引，也不会那么轻易相爱。爱，需要火花，需要等待。

李翰歌和李荷花此行的目的，一是调研，二是走访学校，看到底有多少真正喜欢舞蹈的孩子，还有就是去县教委，争取得到他们的大力支持。教委的负责人很高兴，非常支持他们把优美的芭蕾舞带到这个偏远的地方。无论舞蹈班建在哪座学校，他们都会尽最大努力支持。

李翰歌和李荷花在几乎走访了县城所有的学校后，最后还是决定在熟悉的瑞村学校也就是李想待的那所学校建立舞蹈培训班，免费教授，免费提供训练服。之所以选择这所学校，一方面因为这所学校缺少舞蹈老师，可以让李荷花在这里教舞蹈；另一方面因为这所学校有一大片空地，刚好可以建一个简易练功房。因为跳芭蕾要求场地是木地板，地下打龙骨，如果在水泥地板上铺木地板，其实是不符合要求的。练功房不同于住房，搭建起来简单一些。李翰歌要求施工质量一定过关，不惜用好材料。队长不知是吹牛还是陈述他们的真实水平，说他到北京建过鸟巢，回来后拉起自己的施工队，他们是方圆一百里最棒的施工队。知道李翰歌他们为这里的孩子办芭蕾舞班，他说一定建成一个全县最棒的练功房。

在教室建成之前，李荷花和其他来义务帮忙的几个舞蹈老师一起招生，通知已经发下去了。不知道今天可以来多少孩子。

那个开货车卖柿子、给李翰歌找到身份证的西北大叔也带着女儿来了，还带来一大盒柿饼。

"比糖还甜。"大叔把柿饼塞在李翰歌手里。其实上次李翰歌在大叔的车上已经吃过了，确实非常甜糯。

"这是我二闺女，我说屯里孩子学什么芭蕾啊，可是孩子死活要来，我家里的，也要孩子来学，还特意让我在家里整了面大镜子。"

"想学是好事呀，你要支持孩子的想法。"

"家里忙啊，不是还开个小饺子馆吗，挣不了几个钱，所以没有雇人，就是我这两个姑娘和她妈忙活，端菜、包饺子、洗碗筷，都是她们几个。我在外面做点买卖，卖家里的土特产。"

"日子过得还可以啊。"上次李翰歌听大叔说他日子苦焦，现在听起来似乎跟第一次说的有出入。这大叔没说实话吧，李翰歌心里想。

"哪里，我老妈得了癌症要钱嘞。"

噢，原来是这样，李翰歌错怪大叔了。他赶紧从衣兜里掏出了两千块钱，塞到大叔手里。大叔当然不肯要，可是李翰歌还是塞给了他，让他给老妈买点营养品，李翰歌说，这点钱派不上什么用场，完全是一点点心意。

"屯里人都说，乡下丫头学什么芭蕾嘞，搞这个洋玩意能搞出什么名堂。我丫头说，她可以在田间地头跳嘞，还可以在饺子馆里给客人端菜的时候练功。她可稀罕，昨晚兴奋得睡不着觉呢。"大叔一指他的二丫头。二丫头听见了父亲的话，害羞地吐了吐舌头。

大多数报名的孩子都是父母带着来的，还有一个女孩是自己来的。大叔说，这姑娘父母在外地打工，她跟爷爷、奶奶一起过。

李翰歌想，如果孩子自己做主来，那她一定是喜欢舞蹈，或者想从这里寻找到一个打开外面世界的窗口。

附近十里八村大概有二十几个孩子报了名，也许陆续还会有报名的，也许还会有退出的。期望她们从美妙的芭蕾中找到一个理想的突破口，或者为自己的人生画上一道亮丽的弧线。这也许是李翰歌和李荷花办舞蹈班的初心所在。

忙完了一切，李翰歌准备回北京的时候，已经错过了美国学校开学的日期，他只能重新申请。但是他没有后悔。这一趟西北之行他收获颇多，没有什么比看到孩子们的笑脸，看到老警察感激的笑容更让李翰歌欣慰的。人的一生在意快乐，在意幸福，更在意是否做了对别人有意义的事。说得高尚一点，对得起社会；说得自私一点，对得起自己的良心；说得神秘、科学一点，事情有因果，万事有定律，宇宙无穷大。

第 125 章

胡娜病重了，没有打电话让夏采薇回来，夏采薇自己回来了。

她回到家里就哭，说要跟高朗离婚。谁也不会相信她的话。她这样折腾，无非就是想让父母或者哥哥们出面，给高朗施加一点压力。夏采薇是家里的幼女，自小就娇惯、蛮横、不讲理，她想要的东西就要得到，她讨厌的东西别人就不能喜欢。

她这一哭一闹，把胡娜的病情折腾得更严重了。夏南和夏冬都气得说她不懂事。夏冬的老婆劝她别在妈妈面前哭，她板起面孔说："你姓什么，是姓夏吗，管我们夏家的事？"梅漫把夏采薇拉到一边说："妈妈的癌细胞已经转移了，你别让她着急了。有什么事，我和你哥哥找高朗。"

"妈病情严重了，你们干吗不早告诉我？"夏采薇翻着大眼睛瞪着梅漫。梅漫没搭理她，懒得跟她废话。脾气一阵阵的，说话还像上学的小女孩，若是在上学的时候，梅漫早就甩头走了，但现在不同啊，梅漫当了她的嫂子，要哄着她还要忍让她。

听说妈妈的癌细胞转移了，夏采薇转头扑在胡娜身上哭了起来。胡娜叹了口气，说："一天到晚折腾，我还没死呢，号哭什么呀。回家让阿姨做点甜豆花来，我想吃家乡的东西。"

"我给你做。"夏采薇抹抹眼泪对胡娜说。

"你哪会做，哎！什么时候能不让我操心？"

胡娜看着夏采薇的背影叹了口气。胡娜继续说："小时候，我总去磁器口老街买甜豆花，还有江津米花糖、陈昌银麻花、合川桃片什么的，真好吃。"

听了妈妈的话，夏南赶紧托人从重庆给老妈带零食，让她回忆小时候的味道。

胡娜把夏南叫到身边说想回一趟家。夏南看到妈妈的脸色和衰弱的样子，还有胳膊上的静脉点滴，不知道可不可以回家。他说要去问问医生允不允许。

胡娜说："什么允许不允许，你跟大夫说我要回家，他不同意就把他叫过来，我跟他说。"

就这样，在胡娜的请求下，医生让她写"请假条"，允许她回了一趟家。

夏南特意请了一个医生和护士护送胡娜，这样感觉安全一些。他们带上了急救药品和氧气。胡娜回到家就躺在床上吸氧气。歇了一会儿，她就让夏南把她的首饰盒抱来。夏南不知道是什么意思。胡娜让他们都出去，她要自己在房间里歇会。夏南让大家出去，轻轻把房门关上了，只留了一条缝。

过了很久，胡娜让他们进来，让夏南把首饰盒放在房间的桌子上，然后闭着眼睛休息。她跟夏南说，今天不想回医院了，想在家里睡一夜。医生说还有点滴没有打完，夜里要输液的。胡娜说不想输了，今晚停一次，并让医生和护士回去。夏南一听，怕胡娜晚上万一有什么事，很想让医生们留在家里。胡娜坚决不同意，她说她知道自己的病情，不会有事，坚决让医生和护士下班回家休息。

胡娜知道，今天不回家住，也许以后更没有机会了。这个时候，她最想念的就是自己的家，回家待上一天，也许是最幸福的事。人的欲望和要求有时候多么简单啊，尤其是生命无多的人。有人说，你活的每一天都是生命里最年轻的一天，要拿出最快乐、最年轻的姿态来享受这一天。可是，我们经常忽略这些平凡的日子，以为只有轰轰烈烈才值得过活。

胡娜吃了一小口清炖海参和一小口甜豆花，半靠在床上，让三个孩子夏冬、夏南和夏采薇进来。她没有叫梅漫和夏冬的老婆还有夏以鸿。剩下的人坐在客厅里。梅漫猜不出胡娜叫他们去说什么事。

房间里一直很安静，后来听到房间里传出了夏采薇的哭声，她一直这样，遇到什么事都沉不住气，不懂得克制。后来似乎也听到了夏南和夏冬的抽噎声。原来胡娜早就把自己的玉镯、翡翠戒指、珊瑚项链等一大红木盒子首饰分成了三份，让三个孩子各拿一份。胡娜感觉自己的身体越来越不好，所以提前把首饰分了。三个孩子看到妈妈做出这个决定，很伤心。夏南说："妈你这是干什么，你、你让我们怎么拿呀？"

夏冬也说胡娜现在主要负责养病，不要操劳这么多事。

夏采薇哭着说胡娜是在伤他们的心。

难道还要等到咽气的时候再分？胡娜没有那么糊涂，也不会那么不开明。现在不分好，他们到时候不开打也会开吵。三个人会从一家人转身成为互相不理睬的陌路人，这点首饰完全可以把他们的亲情阻隔开。

拿一堆首饰有什么用，难道妈的钱和家里的房产都留给了爸爸？夏采薇用餐巾纸擦着鼻涕，心里埋怨自己不该冒出这种自私而无聊的想法。可是，首饰不是主要的啊。糖分好了，蛋糕怎么切呢？夏采薇心里打上了一排问号。

所以，当夏南和夏冬走出房间的时候，夏采薇殷切地伏在胡娜床边，喂水，按摩。胡娜到底疼爱唯一的女儿，又拿出一包东西给了夏采薇。胡娜说，值钱的首饰都在这里。夏采薇笑了一下。

"首饰买的时候都很贵，卖的时候都掉了价，还有的一文不值。"

夏采薇的话是想把妈妈的思维引向家里的其他财产，可是胡娜不知是没有听出来，还是不想说。她叹口气感慨，人一辈子买了那么多东西，首饰一大堆，衣服一大堆，还有那些名牌包，最后都不知道扔向哪里。她后悔当初买了那么多首饰，有什么用呢？当初你是最喜欢它们的人，现在它们在别人眼里的意义只是值多少钱。

"这是给你们留纪念，不是给你们分财产。"胡娜又对夏采薇说，"把你爸叫到房间里来，你去休息吧，一会儿我也休息了。"

胡娜把夏以鸿叫来，是因为两个人对家里财产的分配还没有统一思想，意见不一致。夏以鸿不想分，但胡娜不想把财产都放在夏以鸿一个人手里，她怕万一自己不在了，他再娶一个，三个孩子会在财产上吃亏。胡娜恨不得让夏以鸿变成一个一无所有的穷光蛋，免得他再寻找自己的幸福。女人这时候都是自私的。胡娜今天就是想再跟夏以鸿商量。这个时候她是一定要霸道和强势的，不然，这就是个解决不了的悬案。

夏以鸿不愿意，但他不想让病重的胡娜生气、着急，就勉强听从了胡娜的要求。看到夏以鸿完全听从自己的安排，胡娜长舒一口气，似乎轻松了很多，躺在床上都感觉神清气爽。她对自己说，总算都遂自己的愿了，这趟家回得值得啊。

第 126 章

梅漫和李荷花半年前曾去巴厘岛旅游。在洁白的沙滩上，两个人穿着泳衣，戴着宽檐大草帽和遮阳镜留影。蓝色的海，白色的沙滩，还有亮丽的她们，照片看起来非常有美感。梅漫曾经发过几张到朋友圈。这是至少半年前的事情了。

今天早上睁开眼睛，梅漫突然看到辛涛给自己发来的微信消息。梅漫扭头看了一眼夏南，赶紧侧着身体躲开夏南的视野。做贼心虚的感觉。其实梅漫并没有做贼啊，可是为了避免麻烦、猜疑和误解，梅漫还不能让夏南毫无顾忌地随便看自己的手机。

梅漫迅速点开一看，只有简短的几个字："你在海滩上穿三点会更美。"

梅漫赶紧把消息删了。后来等夏南走了以后，梅漫给磐磐姐打了电话，问辛涛这个人是不是不正经。磐磐姐听后，在电话里笑了，告诉梅漫不要轻易给人贴标签，给事情下定论。

梅漫说："不是很熟的人，就说这样露骨的话，难道可以定论这个人是好人？"

"要不我退出公司算了。"梅漫想撤出辛涛的公司。

"你以为是餐厅、酒吧，想进就进，想走就走？要不你自己跟他说，我反正说不出口。不过，我了解辛涛，他是个品质很好的人，我们做生意也不是什么人都合作的。你想一想。"磐磐姐正让辛涛给她找个影视剧角色，模特梦破碎了，可是可以转行啊。

磐磐姐似乎有意让梅漫冷静冷静，她沉默了片刻，然后又说："他以为你没结婚呢，人家有追求你的权利啊。"

"追求人也没有上去就谈三点式的问题的。这是什么思维模式，什么样的飞人速度。"梅漫越想越觉得辛涛跟所有电视剧里的坏人一个模子。

磐磐姐哈哈笑了起来，说真的不是梅漫想象的那样，可能误解他了。梅漫和磐磐姐的电话还没有挂断，梅漫的电话响了一下，进来一条微信消息。梅漫低头看了一下，是辛涛发来的，说他那天喝多了，失礼，今天要给她买一束玫瑰赔礼道歉。

真能扯，他连自己的地址都没有，开什么玩笑，把花送空气里吗？

"现在这个时代，什么都是快速的，包括谈朋友，你要跟上步伐，跟上节奏。没有人有足够的耐心，等待你过长的前奏。"磐磐姐对梅漫说。

挂断了磐磐姐的电话，梅漫脑子被开脑洞了。如今，人们的衣食住行都在网络的轰炸下提高了速度，几秒钟传到的邮件代替了几天才到的纸信，浏览网上商店代替了逛实体商场，一个互联网世界，就是一扇窗口，是足以让你沉浸其中的世界。

难道网络也对人的感情产生了影响，人与人相识的速度，男女谈恋爱的速度，都变快了？刷新三观了。梅漫想。

对，还要给磐磐姐打个电话。

"今天盯着我不放了。"磐磐姐接通电话说。

"看来我必须做个诚实的人，跟辛涛说清楚我已经结婚了，不然总会产生误会。"

"这可把我卖了啊。看来人不能恶作剧，更不能不诚实。"

梅漫把磐磐姐的尴尬给忘了。

"没事，随便你啊，不用顾及我的。"磐磐姐就是这样爽快的人，做事从不为难别人，虽然有一点生意人身上的毛病，但是瑕不掩瑜。人性的多面、复杂，闪光和阴郁，明快和爽朗都体现在她身上了。

"对了，你明天若没事就来故宫吧。我们要在故宫拍四香的古装照，做香榭丽舍大街店里的橱窗广告。这是辛涛帮我联系的。"

利用文化差异制造视觉冲击，梅漫特别佩服磐磐姐这一点。在三里屯的店里，橱窗里的巨幅广告，都是时尚惹眼的金发碧眼外国美女。国外的橱窗设计呢，她别出心裁，让中国古代美女身披皮草斗篷，穿上雪白的中式马甲。雍容华美，珠翠叮当，好一幅古色古香的中国美女图，就这样在香榭丽舍大街的一角，打开了一扇中国传统文化元素的大门。

"我们先去故宫红墙，然后去御花园。你也拍几张。摄影师是排队约请的，在圈内很有名气。"磐磐姐还在叮嘱梅漫。

只要不去丽妃娘娘跳井、挂照片的小院，就不会哆嗦。梅漫心想。她小学春游的时候，有一次去故宫，排队参观了丽妃娘娘跳井的深宅小院。那口幽深的小窄井，那幅挂在墙上的丽妃娘娘画像，彻底击垮了梅漫的胆量。男同学开玩笑说，那口小井是怎么塞下这么胖的娘娘的。还有同学说，小心照片上那个人晚上去找你。

照片直接挂在了梅漫脑子里，被带回了家。当晚梅漫就病了。故宫太大，又没有树，可能是热出汗后，在阴凉的高墙下乘凉，受了风寒。反正梅漫那次生病把顾蕙兰吓了一跳，她直说小孩子不适合去故宫。梅抒颐说顾蕙兰是宣传迷信思想。两个人各抒己见，每个人都有一套自己的理论加歪理支撑。

童年的那场病，似乎阻断了梅漫再去故宫的脚步。一晃很多年，她再也没有踏进那里。

"一定去啊，有惊喜。"磐磐姐发来了微信消息。

能不能冲破这个自缚的茧，就看梅漫的勇气了。

第 127 章

李翰歌从西北回到家后不久，单位领导就打来电话，说西县公安局发来了表彰函，感谢他在那里与他们配合协作，不畏危险。

李翰歌完全没有想到这位老警察会以这种形式来表达对他的谢意。他感觉非常愧疚。他已经办理了停薪留职手续，至少这段时间跟单位的关系会疏远，甚至不会有太多交集。单位领导在电话里豪气地说，像李翰歌这样的员工，什么时候想回来，单位都举双手欢迎。

什么时候能回来呢？错过了伯克利大学的秋季开学，他只能再申请下一季的了。这段时间，刚好可以补习补习外语。虽然李翰歌托福成绩不错，可是口语不太好，他自诩自己的英语是土鳖英语。不在外面锤炼锤炼，永远达不到质的飞跃。以更为开阔的眼光来看待和处理事务，是李翰歌非常认同的。他非常欣赏严复。这位中国近代史上的翻译家，以"物竞天择、适者生存"为理念著写《天演论》，这本书给了李翰歌很大的影响。他的教育救国论也给了李翰歌不少启示。

李翰歌回家看望父母。父母正在吃早饭，一碗金黄的小米粥，六必居酱丝，一人一个煮鸡蛋，就这么简单。这一碗粥、一碟咸菜、一个鸡蛋，一吃就是一辈子。

在父亲生病住院期间，李翰歌也曾给父亲买过海参、燕窝补养。他希望年迈的父母也可以每天吃上一根海参补养身体。但是，父母坚决反对李翰歌买这些东西，他们认为只有五谷才能滋养人，几十块钱、上百块钱一根的海参，他们吃起来不踏实，心里惶恐。父亲的病情目前很平稳，除了腿脚不太灵便之外，语言和吃喝基本都恢复到了原来的水平，这给李翰歌减少了很多后顾之忧。他们的生活依然像原来一样简朴，没有因为这一场病而改变什么，就像从前没有因为挣了钱而有所改变一样。

父母以及父母的父母也许是中国最能吃苦的两代人。李翰歌一直这样认为。勤劳、善良、节俭，一直是我们这个民族最宝贵的财富，它们融于血脉，一代代传承，流淌于每个人的心间。

有次晚上睡觉前，李翰歌拿起手机仔细看梅漫无意间发给他的消息，上面是几条裙子的图片。选条裙子居然也要问，李翰歌看到梅漫的话不由笑了起来。

"就那条藏青色的收腰鱼尾裙。"

消息给梅漫发过去之后，他自己居然一点感觉也没有。等他忽然醒悟过来的时候，想撤回来，已经无法撤销了。李翰歌后悔地砸了一下自己的脑袋。怎么搞的，这个信息让梅漫看见会怎么想呢？李翰歌摇摇头，随他去吧，这么长时间了，自己居然还是放不下梅漫。是啊，这么多年的感情，总会在心里留下烙印，小狗小猫尚且重情义，更何况人呢？

要不明天去学校找她，还可以向她解释解释错发的这个信息。李翰歌这样对自己说。

第二天下午，李翰歌来到梅漫学校门口，他知道梅漫大概什么时候走出校门，所以掐好了时间点走到停靠在路边的汽车附近。

梅漫以前开的是一辆大众，结婚后换成了红色的奔驰。李翰歌特意扫了一下路边的车子，但是，没有发现红色奔驰的影子。哦，那个角落里停了一辆红色的奔驰，但是车号是不是梅漫的，李翰歌真的记不得了。他找了个既能瞭望学校的大门，又可以看到红色奔驰的地方，站在那里静静地等待。

半个小时过去了，李翰歌看看时间，又看看校门口。那种感觉就像以前跟梅漫谈恋爱时一样。她已经结婚了，李翰歌在努力回避这个问题，有时候是遗忘，有时候是不相信。时间若可以重来该有多好。此刻，李翰歌就是这样的心情。

　　梅漫出来了，她还是那个样子，还是那种气质。她在人群里那么出众，是那种一眼就可以找到的女孩。李翰歌险些冲过去喊她，这是旧时光在作怪，他感觉自己有点心慌。梅漫马上就会走到车子面前，如果自己走过去，她一定会惊讶地看着他，问他来这里干什么，找她有什么事，或者生气地让他赶紧走，不要再打扰她的生活。李翰歌脑子里很乱。自己来找梅漫是不是不应该呢？李翰歌心虚地问自己。

　　今天是梅漫最后一次到学校，她本来早就提交了辞呈，只是学校暂时没有老师，直到学校招聘到了新的老师，她才彻底离开学校。

　　给孩子们上完最后一次课，梅漫看到孩子们走出舞蹈大厅，她站在那里，看镜子中的自己，看窗外的阳光洒在明亮的镜子上，心里竟然有淡淡的不舍。这种场景太熟悉了，从十几岁到现在，这种生活一直伴随着自己，但现在将成为一段美好的回忆。

　　走出校门，梅漫没有回头。

　　路边，一辆雷克萨斯敞篷车向她开了过去，梅漫开门上车。

　　李翰歌看到车里是一个戴着帽子和墨镜的男人，但不是夏南。这个人是谁呢？李翰歌呆呆地站在那里，怅然若失。

　　梅漫，你是不是离我心中的那个梅漫越来越远了?！李翰歌心里喊着，拖着沉重的脚步，怀着复杂的心情离开了这里。

第 128 章

这两天，梅漫哪儿也没去，她打算好好在家里探宝，把家里每个房间、每个角落、每个抽屉都翻一遍，把糊涂老爸的银行卡翻出来，让家里的财富重见天日。

顾蕙兰这几天也一直在翻，一个抽屉一个抽屉，一个房间一个房间地翻。这时候她突然感觉家里的东西太多了，尤其是无用的东西。顾蕙兰特别爱买东西，从穿的到用的，有的东西买了就放在那里，从来没有动过，有的鞋子和衣服标签都没有剪掉。顾蕙兰一边收拾一边自言自语地埋怨自己。"以后，什么也不买了。这还是一个家吗，简直是一个仓库。"

翻了几天，顾蕙兰也没有找到梅抒颐的银行卡。从满怀希望到沮丧到失望到绝望，顾蕙兰经历了翻江倒海的心路历程。然后继续从满怀希望到绝望，周而复始。

梅漫推开家门，看到地上堆满了书，却没看到老妈顾蕙兰和老爸梅抒颐。没在家吗？梅漫关上门叫了一声："妈！"

老年少女顾蕙兰正坐在书山里，头发凌乱，两眼迷离。她双手挽着袖子，一本本翻书呢，期待能从书里找到那张神奇的银行卡。

"书里要是没有，我就想不出到底哪里有了。反正能想到的地方我都想到了，有时候半夜想起来，我还爬起来去翻。"顾蕙兰爬起来一屁股坐到沙发上，指着地上的书对梅漫说，"右边没有翻过的，都交给你，翻不完明天继续。我再翻就疯了。"

"你都留给我不怕我疯啊？这么对待自己的女儿，是亲妈吗？"梅漫嘴上说着，手上一分钟也没有耽误，拿起一本就开始翻，翻了没有几本书就站起身走到呆坐的梅抒颐身边。"这个放哪里了？"梅漫手里拿着自己的银行卡问。

"梅宅呀。"

"梅宅什么地方？"

"上黄铜锁的书柜。"

梅漫和顾蕙兰转身直奔书房，打开锁就开始翻，把里面的东西全部倒腾了出来。面对几幅盒子里的轴画，几件青花瓷器、玉石把件，还有红木盒子里的绿镯子、戒指、小杯子、清代铜墨盒、古墨等，梅漫惊诧不已。本来顾蕙兰不想让梅漫知道家里的宝贝，可是翻银行卡心切，顾蕙兰居然忘了。

"你们有这么多宝贝东西居然不告诉我。"

梅漫看到这些东西不知道该喜还是忧。看到值钱的东西当然欢喜；忧伤的是，如果早知道家里这么富有，她就不会因为当初赔掉了几十万元难过，那就不会发生喝多了酒的情况，就不会发生嫁给夏南的悲剧，也可能已经同心仪的李翰歌结婚，那生活该多么美好啊，人生该多么圆满啊。为什么命运总是与理想背道而驰呢？

想起心里的痛，梅漫的笑即刻在脸上凝固，眼泪不由自主地流了下来。

"你看这孩子，出毛病了，笑完就哭。我说你们年轻人不能看到这些吧，看到就该不思进取了。若是知道咱家有宝贝，你哥哥还能那么出色，你还能考上大学？"

顾蕙兰看到梅漫悲喜交加还以为是财富的力量使然，她哪知道，这是梅漫在哭自己丢失的爱情，哭丢失的李翰歌。

"不要打开画啊，那里不可能藏银行卡，你这毛手毛脚的别弄坏了。"

其实，这些画顾蕙兰已经在一天深夜打开过了。那天，折腾了一天太累了，她已经躺下，迷迷糊糊马上要睡着了，突然脑子里闪过一道光。"你要看看那些画。"好像有什么人在冥冥之中告诫她。她即刻起身，飞速下床，她几乎判断银行卡就在上黄铜锁的柜子里。可是，没有，顾蕙兰当时就瘫坐到地上哭了，绝望了。找了这么多天，那一张薄薄的卡片就像个魔鬼，时刻折磨、撕咬着她的神经和心脏。不找了，不找了，命中是你的自然不会走，不是你的自然得不到。顾蕙兰第二天没有再找。可是，第三天，她又忍不住开始找了起来。

锁上黄铜柜，梅漫无精打采地继续翻书，找到了一本父亲记的家庭日志。

"漫，装肚子疼不去上课，买巧克力后跳着走了。欺骗和不真诚的毛病必须改正。经过耐心讲解，漫知道自己的错误，交来思想认识一份。对孩子身心健康的培养很重要。"父亲还在后面打了三个惊叹号。

从小就写思想认识，梅漫觉得自己小时候好可怜。

"欣，打碎青花碗一只，甚是心疼。那是我小时候吃饭用的碗，碗上一个稚子在喂鸡，画面活灵活现，瓷面细腻，上好清代瓷器一个。与兰商议，把家里所有古玩、古画藏起，不告诉孩子们家里的财产，以免他们不思进取，产生惰性，毁了前程。"

"漫，看别人家楼房好，嫌弃自家平房，她不懂得这个院子的价值。给我多少钱我也不会换，它在我心里是最好的。"

"要搬家了，失眠了一夜，走了，散了，家没有了！"

梅漫合上本子，心想："父亲当初遂了我们的心愿，把老宅换成了楼房，他心里其实是很痛苦的。我们少不更事，又自私自负，伤了父母的心。"

梅漫走到父亲身边，看着他呆呆的样子很是心疼，于是趴在他耳边问："你想吃什么呀？"

"鸡蛋呀！"

顾蕙兰一听，赶紧跑过来说："别听他的，他这是脑子还停留在你们小时候咱家后院养鸡那会，所以一问就说吃鸡蛋。早晨已经吃过了，不能再吃了。"

梅漫听后走进厨房，打开冰箱拿了一瓶酸奶，走到他身边问："喝这个吗？"

"不爱吃。"梅抒颐摇摇头，那神态似乎完全不像有病的人。

会不会等到梅家老宅装修好了，让他在那里住下来，病就慢慢好了？梅漫想。

梅漫看着乱糟糟的房间，实在不想找了，她身心疲惫，感觉比搬家还累。俗话说，一个人藏的东西，一堆人也找不到。梅漫对这句话深有体会，这样找东西真像大海捞针啊。

第 129 章

　　每天早上，天微微亮，李荷花会穿上运动装在操场跑步。四百米一圈的操场，她跑三圈，后来渐渐增加到四圈、五圈。在操场上，还有一个跑步的身影，是李想。两个人点点头，然后就各跑各的。当李荷花气喘吁吁地跑完几圈后，李想仍然继续跑。

　　与其说李荷花恋上了跑步，不如说她恋上了李想。看到李想每天跑步，李荷花也开始每天跑步。但是跑了一周又一周，两个人也没有因为跑步而变得亲近起来。看来李荷花的如意小算盘没有打好。

　　李想难道不知道李荷花对他有好感吗？当然知道，只是，他认为李荷花也会像他前女友一样，待不到一年就会走。大城市来的女孩子，怎么可能在这个穷乡僻壤安放自己的青春年华？来是因为一时冲动，等到兴奋劲和新鲜感过去，困难、寂寞、艰苦、枯燥来临的时候，也许会退缩。他在等待李荷花回北京。所以，他不想再次触碰自己的心，也不想让李荷花盲目、冲动地留在这里。让她自己想清楚自己的决定，天高路远，把自己的心和眼界都打开了，再想好是不是确定要把心灵安放在这里。

　　也许，李荷花只要每天看到他的身影就好。李荷花活在自己的世界里，享受着自己的精神世界。爱情有时候真的是一种说不清的东西。它能让人变得疯狂和痴迷，做出一些让人费解的事，就像李荷花从北京追到西北这样。

　　周末，又是小天使们练习芭蕾的日子。经过一段时间的训练，小天使们已经可以做一些芭蕾舞的基本动作了。把擦地、小踢腿、半蹲、划圈等十二个基本动作掌握好，她们就可以练习跳舞了。

今天，李荷花要考一下她们的擦地、踢腿等动作，看看她们经过训练后，脚弓、脚腕够不够灵活，手位和脚位是否准确。

大叔的孩子馨妮做得非常认真，动作基本到位，李荷花很高兴，奖励了她一块巧克力，并对孩子们说，谁通过了考核都可以得到奖励。结果孩子们很兴奋，叽叽喳喳地说都想得到李老师的巧克力。

父母在外地打工、和爷爷奶奶生活在一起的阿彩，做得也很优美。看到两个孩子的表现，李荷花很欣慰，自己的辛苦没有白费。孩子们很出色也很认真，这种态度感染了李荷花。剩下的孩子们还没有考试，李荷花就把巧克力分给她们了。其实，即便做得不够好，李荷花也会鼓励和表扬，绝不会批评和指责。这种态度绝不是敷衍和玩闹，而是激励孩子们最好的方法。

大叔常常来，还开着他的小货车，拉着自家的土特产。他让李荷花和李想随便拿车上的东西。有时候，李荷花会拿些土鸡蛋，煮熟了当早点，金灿灿的蛋黄，滑嫩嫩的蛋白，吃起来很鲜美。但她从不会白拿，大叔再推脱她也一定要付款，否则她是不要的。

大叔每次来都跟李荷花说馨妮如何刻苦，说她每天早上天不亮，公鸡刚刚啼鸣不久就起来练功，他在院子里特意给她平整了一块土地，土都被她踩坚实、踩光滑了。她不仅早上练，晚上练，就是在饺子馆给客人端菜，帮妈妈包饺子时，也练。客人们都喜欢看她踮起脚端着盘子走路的样子，客人都比以前多了。大叔说得喜气洋洋。他自得地说她闺女成天挺着小胸脯，梗着小脖子，那神态可傲气了，村里女孩子都羡慕她嘞，嚷着也要来学。

听到大叔的话，看到大叔脸上抑制不住的喜悦和骄傲，李荷花很欣慰。虽然她可能培养不出舞蹈家，但是，她可以给孩子们幼小的心灵插上幻想的翅膀，可以给她们的童年留下美好的回忆，可以让孩子的家长抬起欣喜的眼睛。有这些就足够支撑起李荷花瘦弱的肩膀，当然还有那份看似冰冷的爱情期盼了。

听到大叔的话，李荷花仿佛受到了启发。有一天，她把孩子们带到了田间，在带着露珠的草地上，在松软的土垾上，在无边的庄稼地里，她让孩子们放飞自我，尽情欢跳。有的孩子说自己是一只天鹅，有的孩子说自己是一只凤凰，有的孩子说自己是一只雄鹰。

田里正在劳作的大爷大叔大娘，放下手中的锄头和铁锹，满怀喜悦和羞涩地跑过来，虽然跳舞的不是他们，可是他们不好意思的样子，好像看孩子们跳舞也是件害羞的事。

看到这热闹的场面，李荷花心里被轻轻撞击了一下，欣喜，激动，感慨。

孩子们跳够了，跑到田野里找野果子吃，把嘴吃成紫黑色的，还给李荷花嘴里塞了几个。甘甜的汁水流到了李荷花心里。

李荷花带着孩子们快快乐乐地回到了学校。然而，在学校里她看到了急急赶来的李翰歌。

李翰歌一头大汗，满脸急切。他身上只背了一个随身携带的小包。他的身旁是一脸复杂表情的李想。

"你怎么来了？"李荷花满脸诧异地看着李翰歌。

"你赶快跟我回去，现在就收拾东西。"

"为什么？孩子们怎么办？谁来上课？"

李荷花没有想到李翰歌来，更被他突然让她回北京的消息惊到了。

为什么要让她回去？到底发生了什么事？

李想帮她提着行李包，送她和李翰歌走出校门，说："荷花！面对一切都要坚强！"

李荷花笑笑说："那必须的啊！"

第 130 章

今早，梅漫就接到顾蕙兰的电话，顾蕙兰说昨天梅抒颐总说衣服、衣服什么的，他是不是把卡放在衣帽间里了？她让梅漫今天晚上回家帮她一起翻衣帽间。

到了家，顾蕙兰都没让梅漫歇着喝口水，拉着她就到衣帽间。梅漫打开冰箱先翻点吃的，边嚼牛肉边说："您是亲妈吗，天天拉我回家干苦力。"

"别把自己说得那么惨好吗？我每天比你更惨，快被逼成精神病了。衣服我都翻一遍了，你再翻一遍。"

梅漫走到衣帽间看到成堆的衣服，对顾蕙兰说："拜托，您能不能不买衣服了，您的衣服快堆成喜马拉雅山脉了，快赶上服装批发市场了。"梅漫抖着顾蕙兰的衣服，心里一阵气恼。

顾蕙兰也气愤地说："你能不能少买点衣服，家里的衣服有你一大半，赶紧拿走不谢。占着我的地方。"

"我们以后谁也不准买衣服了，我看这些衣服够穿一辈子了。"梅漫咬着牙狠狠地说，似乎下了很大的决心。

"何止一辈子，我看可以穿几辈子。我可以做到，你能做到吗？"顾蕙兰看着梅漫，像挑战似的。

梅漫斩钉截铁地点头。

"小区里有收衣服的箱子，把不要的衣服放箱子里，捐出去。"顾蕙兰说。

翻着翻着，梅漫翻出了自己当初在磐磐姐店里买的那件天青色皮草，当时李翰歌给她添了一半的钱，她自己付了一半。她现在感觉这件衣服特别有纪念意义。

衣服似乎戳到了泪点，梅漫莫名地难过起来。顾蕙兰看到梅漫伤心，也过来抱住她的肩膀哭了起来，两个人抱在一起哭。哭着哭着，顾蕙兰突然笑了。

"我们可以去挂失啊，还找什么，真是傻。"顾蕙兰像突然醒悟了似的说，"我们有这么多财富还哭什么，真是不知道为什么伤心。"

"您知道他存的是哪家银行吗？"梅漫问。

"不知道啊！"顾蕙兰沮丧地说。

"不知道怎么找，难道您要建行、工行、北京银行一家一家去找？"

"当然，北京一共也没有几家银行，我就一家一家去找。"

刚说到这里，梅抒颐自己穿上衣服要出门。

"你要去哪里？"

"梅宅呀。"梅抒颐一本正经，那种神态真的不像一个病人。

"你那个房子装修完没有，这么长时间了？"顾蕙兰问梅漫。她心里想，也许看到梅宅，他的病就彻底好了，一切问题就迎刃而解，不用再成天拼命找银行卡了。

梅漫拿起手机，给夏南打了一个电话，问房子装修得怎么样了。夏南说基本完工了，这几天在做收尾工作，今天可能找了保洁。梅漫一听，很高兴，可以带着老爸老妈去看看了。她跟顾蕙兰说了。顾蕙兰兴奋地让梅漫把梅欣也叫过去，一家人都过去，是多么让人高兴的事。顾蕙兰今天才感觉到，梅漫找的这个夏南其实比李翰歌强很多，从他有能力拿下梅宅就可以看出来。哎，还是梅漫有眼光。顾蕙兰心里不住地赞叹。她让夏南有时间到家里吃饭。梅漫说他成天瞎忙，全国飞，根本找不到人。听到这里，顾蕙兰有些担心地说："你可要看好他呀。"

梅漫听后笑了说："他还能跑到哪里，他有那么大精力吗？您别想太多。"

梅欣听说梅漫把梅宅装修好了，心里也很高兴。他急忙放下手中的画笔，打辆车就直奔梅宅，在门口下车后快步走上台阶，准备推门就入。他的心情太迫切了。当初要装修的时候，他刚好忙着手里的活，只想尽快忙完手中的几幅画赶去富春山，因为富春山一年四季的样子都不一样，每个季节他都要深入山里深入江边，画出最美的山水。在经历了这次打击和伤痛之后，梅欣的笔风似乎跟以前有所不同，年龄和阅历会使他画出不同样子的富春山，这一点梅欣很坚信。而且，他相信一次会比一次画得更好。

在梅宅的装修上他是失职的，他现在有些后悔，因为，没有谁能比他更理解梅宅和梅宅在他心中的位置、在父亲心中的位置。

大门紧锁，房门没有打开，他只得在门口等待梅漫。不一会儿，梅漫带着父母来了。父亲看到梅欣、看到梅宅，乐呵呵的，还说一会儿请大家去泰丰楼吃饭，他要点葱烧海参。那神态和语气完全是一个健康的老人的样子。顾蕙兰悄悄拉拉梅漫，又拽了一下梅欣，高兴地说："你看，好了吧，我说梅宅一定能治好他的病。"

工人打开院门的时候，梅抒颐一步跨进了院子，这是他离开梅宅几十年后真正意义上的回家，那种喜悦和高兴没法用语言表达。顾蕙兰、梅欣和梅漫的心情都是这样的：这是我们的家，我们回来了。

然而，走进院子之后，梅抒颐愣在那里，梅欣也呆立在那里：这还是我们的家吗，这还是梅宅吗？

院子里崭新的红砖，钢化玻璃窗，长廊上的木雕花被换成了红绿油漆的新木条，房顶的灰瓦换成了崭新的绿琉璃瓦。天哪，那些古色古香的深灰色带花纹的青砖呢，那些古老的灰瓦呢，那些雕花的围栏呢？这不是梅宅，这不是梅宅。梅欣在心里对自己狂喊。顾蕙兰和梅漫似乎没有感觉到什么，装修好了，这不是很好吗，他们为什么那么严肃呢？

梅抒颐愣愣地站在院子里，双腿像被钉在了那里。顾蕙兰高兴地拽他到房间里看，说："过几天就让你过来住，你看多好啊，是不是比咱家的楼房还好啊？"

梅抒颐向后躲闪着身体，很冷静地说："这不是我的家，这不是梅宅，我要回家。"他的话让顾蕙兰惊呆了，他的病还是没有好？这不是他日思夜想的梅宅吗，他怎么脸上一点欢喜都没有，只有呆滞和黯然？再看梅欣，也是一脸阴郁，这是怎么了？

"梅欣，你怎么也不高兴，看你妹妹辛辛苦苦才把房子弄好，今天值得纪念和庆贺。"

梅欣从小就是闷葫芦，不问不答。顾蕙兰这句话扎了他的心。

"干吗把老瓦老砖都拆掉，你们什么都不懂，这一块砖、一片瓦、一块木头都是古董，拆了就再也没有了。"梅欣越说越气，最后的声调几乎是叫喊的。这叫喊似乎喊醒了梅漫和顾蕙兰，两个人这才醒悟过来，后悔不迭地觉得失去了珍贵的宝贝。

梅欣对梅漫大声说："还不赶快问他们那些拆下的东西放在哪里了，若是全部扔掉了，梅宅就是一个空宅，就彻底毁了。"

梅漫赶紧跑进房间，问正在打扫房间的工人。工人笑嘻嘻地说："不都是垃圾吗，我们今天就要拉走了，一堆破烂还值钱？"

他盯着梅漫的脸，感到很不解，那确确实实是一堆破烂垃圾啊。

"在哪里，在哪里？你告诉我。"梅漫急切地跺着脚。

"那天天气冷烧了几块，其他的堆在后院喽。"工人的意思是他们烧了几块木头取暖了，其余的堆在院子里，今天就要被当垃圾拉走了。

梅欣和梅漫跑步到了后院。看到墙根堆着一堆烂砖、破瓦和断成一节节

456

的雕花木头，梅欣心疼得直跺脚，梅漫也着急得唉声叹气。

"没有用了，这么多碎的，他们是直接刨下来的，都给弄坏了。修复和装修是两个概念，装修和野蛮装修也是两个概念。"梅欣蹲在地上，手里拿着木片叹息。

看到父亲和梅欣急成这样，梅漫气得拿出手机就给夏南打电话，结婚后第一次冲他发起了脾气，吼了起来。

夏南听梅漫跟自己嚷，被吼得莫名其妙，他说自己中间来看过一次，不是装修得很好吗？他说他哥们找的人，绝对放心，质量没有问题。梅漫说："谁叫你们把那些老砖老瓦老木头扔了的，那是宝贝。"

夏南听后反而笑了说："我、我还不知道那些是古董，但都糟朽了怎么用，用那些东西给你装修，你敢住吗？"

夏南的话确实有道理，东西恐怕真的不结实了，能不能再用真的是个问题呢。

挂断夏南的电话，梅漫对梅欣说明了夏南的想法。

梅欣说："当然可以住，他不懂，他根本就不懂。"他指指院子对梅漫说，"你去看看故宫御花园，虽然有新砖，但是旧砖就没有拆除过。你去看看恭王府的雕花木廊，多少年了，拆了吗？你们不懂、不会就不要装懂好不好？"

梅欣气愤地转身走了。他太失望了。梅宅跟他心目中的梅宅相去甚远，那个古老的宅子，已经死了，他心中的希望被他们活生生浇灭了。该怎么办，他不知道，他只知道梅宅再不会恢复元气，再不会恢复她光彩夺目的容颜了。

第 131 章

夏采薇这几天都陪着母亲大人，小心翼翼地端饭倒茶，像个贴心的小丫鬟。夏采薇能做到这一点也是难得。

"你回去陪高朗吧，总在我这里也不行。总是哭哭啼啼要离婚，到底怎么了？"今天，胡娜的精神状态不错，吃过了止痛药，她半倚在床上问夏采薇。

今天的阳光也很好，暖暖的，洒在病床上，窗外，不知什么花开了，一股股幽香从窗户飘进房间，让胡娜的心情有了一丝舒畅。所以，她才有精神跟身边的夏采薇说话。

"不想回，懒得见他。"夏采薇正在手机上打游戏，她一边盯着屏幕一边对胡娜说。

胡娜一看夏采薇在专注打游戏，好心情都被搅没了。

"游戏就那么好玩？"胡娜闭着眼睛问夏采薇。她实在不愿意看夏采薇打游戏，闹心，安安静静坐会儿不行吗？手机在她手里都倒霉，累死半条命。

"就是好玩啊，你不懂多有意思。要不你也玩会，身上就不那么难受了。医生给你们开个游戏方子，你们肯定每天都快乐。"

胡娜听了夏采薇的话，心都气疼了。自己的女儿怎么这么不懂事呢，居然还有打游戏的心情，还让她妈妈也打游戏。

胡娜扭过头去，懒得看夏采薇，这是眼不见心不烦。

"你回家让阿姨给我下点重庆小面，不放辣子，不放肉末。"

"打个电话不就行了，还回家干什么?"

夏采薇懒洋洋的，没有动，反而觉得胡娜糊涂了，这么简单的事居然忘了用电话。她哪里知道，胡娜是想把她打发走。胡娜不是不想看女儿，是实在不想看举着手机打游戏的女儿。

这时候，病房的门开了，乐峰走了进来，他手里提着一个塑料大盒子，高兴地说盒子里是两只千岛湖十年的大甲鱼，炖汤喝最补元气。

夏采薇听说了，赶紧拿起手机要给大甲鱼照相，并说: "养起来也不错，这老龟最好玩了。谁敢杀啊?"

"这个简单，可以让餐馆的厨师帮忙，给他们加工费。我一会儿把甲鱼送到家吧，再从餐馆找个厨子一起过去。"

胡娜听后笑着说: "辛苦你了，总是送这送那，让你破费了。"

"没什么辛苦的。甲鱼汤可以下面、下馄饨、煮鸽子蛋，每天吃一小碗。"

乐峰现在早就不当夏以鸿的秘书了，是一个单位的领导，但是，他待夏家依然像以前一样衷心、热情，就跟对待自己家人一样。

"峰哥、峰哥，我要跟你回家看杀甲鱼，说不定里面还有甲鱼蛋呢。"夏采薇的表情十足像个小孩子。

胡娜叹了口气说: "你什么时候能长大?"

峰哥说: "好，说不定真有甲鱼蛋，到时候煮给你吃。"

"我刚好可以用甲鱼汤给你下重庆小面啊。"夏采薇对胡娜说。

过了一会儿，乐峰带着夏采薇走出了病房。

坐到乐峰的车上，夏采薇对乐峰说: "你能不能把那个混蛋发配到边疆。"

夏采薇不知从哪儿听过一个地方，她认为那里又偏僻又干旱，是个特别苦的地方。她现在恨不得直接把高朗打入十八层地狱才解气。

"你恨谁谁就要在你眼前消失，武则天啊。"乐峰开玩笑地说。

"我想当啊，苍天不让。"夏采薇和乐峰很熟，说话从不顾忌，完全是想说什么就说什么。

乐峰当然知道夏采薇说的那个混蛋是谁了，只是没有直接说出来，他让夏采薇自己说。人的精明要有尺度，这么多年的秘书生涯，这么多年的江湖经验和生活经验告诉乐峰，花要半开，酒要半醉，这种状态是最好的。

"高朗啊，峰哥你还不知道，这混蛋掐了我的命脉了，他把家里的银行卡、钱全部收起来，一个月就给我一千块零花钱，这哪够啊？有这么做事的吗？不给他点厉害看看，不认识我夏家大小姐。"

乐峰听了，哈哈笑了起来。

"还像上次一样，把他发配走，待不了一个月他就会服软。"

夏采薇从病房急急忙忙跟乐峰出来，敢情不是仅仅为了看他杀甲鱼。这么多天，她一直不知道该怎么对付高朗，今天看到乐峰，她茅塞顿开，一下子就找到了治高朗的狠方法，她要反客为主，直接掐到他的三寸。她把高朗当作一条蛇来对待了。

乐峰听了夏采薇的话，真心从一个哥哥的角度劝解她，不是语重心长也差不多苦口婆心了。

乐峰告诉她，不要有点事就想着怎么报复和难为高朗，都是一家人，没有什么不能解决的。

夏采薇一挥手，截断了乐峰的话，她才不想听别人的教导。自己就是自己的心灵导师，大不了还有万能的网络，想查什么就查什么，心灵鸡汤多得像浩瀚的大海，整人的方式多如满天的星星。

乐峰听出了夏采薇不愿听他劝导的意思，即刻调整话题。

"你让我劝导高朗没问题，我的话他能听，但你让我发配谁我可没这本事，你以为我是齐天大圣还是托塔李天王，哪有那么大的能量和本事？现在你峰哥真的不行了，呼唤不来风雨了。"

乐峰说出了真心话。把好时代脉搏，跟好时代步履，是他永远不变的为人处世之道。

"峰哥在糊弄我，不管拉倒，我找人管。"

夏采薇想去找夏以鸿。但是，又怕夏以鸿一生气把她骂跑了。让夏南和夏冬跟夏以鸿说呢，恐怕也不行。夏采薇在心里清点家里几个人，就连做饭搞卫生的阿姨都想到了，觉得都不妥，最后还是把目光锁定在了母亲大人胡娜的身上。夏采薇本来想起了三姨胡晶，她是能量大的人，可是她自从被母亲胡娜骂走以后，就没有了音讯，根本没有联系。还是老妈胡娜靠谱，在她面前想怎样就怎样，想说什么就说什么。想到这里，夏采薇的心里明朗了很多，仿佛找到了一条光明的路。

第 132 章

李荷花被李翰歌带回了北京。一路上，李翰歌的表情很凝重，李荷花竟然没有看出端倪，依然很欢乐。因为李想对她的态度似乎有转变，不再那么冷冰冰的。也许是看到她做出了一点成绩，得到孩子们和家长的认可，也许是时间长了被她感化了。总之，李荷花的心情就像窗外原野的风景，绿莹莹的，饱含着生命的深情。

"到底什么事啊，还神神秘秘的不告诉我。"

李荷花被糊里糊涂接回北京，心里当然犯嘀咕，只是猜不到原因。"难道是西北那个卖纪念币的人又把我们告了？"李荷花搜肠刮肚，猜想可以成为理由的理由，但是都没有成立。

"是不是梅漫有什么事或者夏采薇出了什么事，需要我回去？"李荷花问李翰歌。

李翰歌不知道该怎么回答李荷花。"回去就知道了"，这句话他已经说了好几遍，难道还一直重复？自己的语言也太贫乏了。

"你饿不饿？吃点饭和水果。"

李翰歌一方面在转移话题，另一方面真的想让李荷花吃点东西。

"我想吃牛肉泡面，不想吃盒饭。"

李翰歌为李荷花泡了一碗红烧牛肉面，又买了一只烧鸡、一盒葡萄和橘子让李荷花吃。

"你吃什么?"李荷花问李翰歌。她看李翰歌没有吃泡面。

"我吃个橘子就好了。"

李翰歌拿个橘子剥了起来,捏了一瓣放在嘴里,慢慢咀嚼。李荷花吸溜吸溜地吃面。香味在空气里弥漫,味道似乎勾起了别人的食欲,于是周围又有人吸溜吸溜地吃面,传染吃面正式开始。

李翰歌还给李荷花打开了烧鸡,李荷花拽了一个翅膀吃了,边吃边说:"烧鸡味道不错,很酥烂,你也吃啊。"

李翰歌像惊醒了似的,掰了一个鸡爪啃了起来。

吃饱喝足,李荷花又吃了点葡萄和橘子。李翰歌说:"你睡会,到站我叫你。"

李荷花也不客气,歪着脑袋打算好好睡一觉,这几天课程比较多,她好像真的没有好好睡觉。

直到一个小孩子的哭声把李荷花吵醒,她才迷迷糊糊睁开双眼问:"到站了吗?"

"到丰台了。"李翰歌对睡醒的李荷花说。

李荷花高兴地说:"那就到北京了。这是我坐得最快的一次高铁,吃个饭,睡一觉,到站了,真好。"

她把头发打开,用手抓了抓,然后依然梳成丸子头。两人收拾好东西,准备下车。

下了车,随着人流走出站台,李翰歌带着李荷花走到停车场,找到在停车场等待他们的梅漫。李荷花很高兴,许久没见到梅漫了,可以说非常非常想念她。

"你怎么来了?"李荷花看见梅漫和李翰歌,恍若又回到他们在一起谈恋爱的时候。但是她马上醒悟了。"不对啊,你们两个怎么一起来了,和好了?绝对不可能。"李荷花摇着头,笑笑说。

这时候，李翰歌坐到了驾驶座上，梅漫坐到了李荷花身边，亲昵地搂着她。

"荷花，有件事要跟你说。"梅漫看着李荷花，嘴巴动了动，似乎在咀嚼着什么东西。

"说呀，干吗一本正经的。"李荷花盯着梅漫，感觉梅漫的表情怪怪的。而且，他们两人一起来，这是很新鲜的事，甚至可以说是不可思议的一件事。"难道是我家里有什么事？那也不可能啊，我昨天刚刚跟父母通了电话，他们很好啊。"李荷花心里百爪挠心，完全摸不着头脑。

"你父母在医院，出了交通事故，你先到医院看看，千万别——"

梅漫不知道下面的词该用什么好，说千万别着急，难道父母住院了还不着急，这个不恰当；说千万别难过、千万要挺住，似乎都不恰当。所以，梅漫的话根本没有说完。

"不会吧，我昨天给他们打电话，他们说要去河北老家。"

就是在去河北老家的路上，李荷花的父母开着车，被一辆巨型大货车追尾，致使他们的汽车钻到了货车前面大车底下。李荷花的父亲当场死亡，母亲胸部和脑袋都受了伤，人已经昏迷，正在抢救中。做不做手术，要等李荷花回来定夺。

出了车祸后，电话其实打到了李荷花原先的单位。单位给李荷花打电话，她没有接，后来也不知他们是怎么知道李荷花所在学校的电话号码的，就打了过去。李想最先知道，但是他没敢告诉李荷花，那时候李荷花正在操场上跟孩子们追逐打闹，他直接把电话打给了李翰歌。李翰歌放下手中的一切，一分钟也没有耽误，直接来到这里接李荷花回北京，又告诉梅漫去车站接他们——这个时候，梅漫必须来陪李荷花。所以才有了李翰歌在高铁上对李荷花吃喝的关照，因为他知道，李荷花一旦知道父母出了车祸，就会一口东西也吃不下，必须让她提前吃饱了。

听到梅漫的话，李荷花沉默了片刻说："不可能！"接着扑到梅漫的怀里哭了，"他们还活着吗，告诉我，他们还活着吗？"

梅漫也哭了起来，说："活着，活着，他们等你回来做手术。"

梅漫实在不忍心告诉李荷花她的父亲已经去世的真相，不忍心看到荷花那么伤心，受那么大打击。梅漫只告诉她，她妈妈等着她签字做手术。

其实李荷花的妈妈病情也很严重，颅内和胸腔大出血，用气若游丝来形容一点也不为过。她似乎在等待什么，一直维持着微弱的脉搏和呼吸。医生说她随时会有生命危险，而且手术的意义不大，也许会直接死在手术台上。

李荷花并不知道父母的具体情况，所以一路上还能支撑着自己。到了医院，梅漫搀着李荷花下车，直接进急诊抢救室。李荷花看到病床上插满管子的妈妈，当时就瘫倒在门口。梅漫扶着她坐到妈妈的病床前，她微弱地叫了一声："妈，我来了！"

突然，心电监护仪报起警来。听到仪器的叫声，医生、护士们急速跑了进来。急救车也被推了进来。

"快！心脏电击，心三联、呼三联。"

医生、护士们开始抢救。李荷花的妈妈似乎发出了一声叹息，然后仪器上的心电图就成了直线。

"不行了，不行了。"医生们叹息着，并没有停下急救的手。但是，荷花的妈妈还是带着满身的伤痛离开了这个世界。冥冥之中，她仿佛一直在等待她的荷花公主，等待女儿的到来，一声"妈，我来了"，满足了她最大的心愿，听到这一声呼唤，她终于撒手人寰。

李荷花一下晕了过去，一个护士走过来就用拇指掐李荷花的人中，半天，李荷花才"哇"的哭出了声音。

"妈，您别走，我跟您一起走。"李荷花撕心裂肺地扑向了妈妈的身体。

此时的梅漫和李翰歌也哭了起来，他们不知道该怎么安慰李荷花，怎么告诉她她的爸爸早就躺在了冰冷的太平间。李荷花的父母双双走了，义无反顾地离开这个有声有色的世界，只留下女儿在这里洒下无尽的思念。

人生就是这么无常，没有人可以预见未来。生活的拐弯处，深藏着悲哀和欢喜，不经意间，就把你砸得面目全非或者让你欣喜若狂。唯愿，我们的生活永远是你喜欢和满意的模样。

第 133 章

听说彩武叔是裱画出身的行家里手，袁震饥和小不点像嗅到了什么美味一样，迫不及待地找到彩武叔。

现在的小不点和袁震饥，心里似乎放上了什么宝贝，背后似乎靠上了什么靠山，走路都跟以前不一样了，像个猴子似的跳过来、窜过去，脚步一点都不沉稳。

其实，仔细观察，芸芸众生中，人们走路的姿势形态各异。从精神状态来看，有抬头挺胸的，有低头含胸的，有扬眉吐气的，有趾高气扬的。还可以从走路的样式来分，比如行云流水、龙行虎步、鹅行鸭步，这等姿势据古书上说是贵相；比如摇头晃脑，状若水蛇，走路打鼓等就是不好的走路姿势。几千年来，中华民族总结出了一套建立在丰富的生活经验基础上的面相文化，你的眼神、你的神态、你的语言、你的举止，完全可以清晰地透射出你的内心和命运。

彩武叔一看面前走过来的小不点和袁震饥，心想："这两货来找我干吗，哪里像人走过来，完全像两只动物窜过来。急急火火，脚不着地，摇头摆尾，整个人好似在空中飘着。"

自从袁震饥带着小不点拜过了菩萨，请回了菩萨，家里供上了菩萨，感觉就好像顺风顺水的，有心想事成的快乐。在他们的理念里，供了菩萨就什么事都可以做，反正菩萨都会保佑平安。依照这样的思维，坑蒙拐骗都可以随便去做，只要供了菩萨，菩萨自会保佑。殊不知有这样一句话：存心有天知。

"彩武叔、彩武叔，早就想来看您了。"袁震饥笑嘻嘻地说。

"预约你大爷了吗，就来见面。"彩武叔看到这两块料就没好气。几十年的生活磨砺，他看过太多的面孔，对方是什么人一眼就可以看出个大概。彩武叔说他在街上经常看到很多动物披着人皮行走。这话说得让人毛骨悚然。

袁震饥当然也听彩武叔说过这样的话。他现在就在跟彩武叔探讨。"彩武叔，今天我在复兴路街上真的看到一个女鬼，绝对是。"

彩武叔心里鄙夷："你一直在瞎眼看世界，除了人民币，能看出什么来？"

"彩武叔，当时就给我吓尿了。哎哟，那女鬼就走在人群里，一身白色的裙装，绝对不是现代人穿的新式衣服，至于什么年代的我完全记不住了，反正是长裙，镶边，雪白雪白的。她头上一边顶一个发髻，耳朵上垂着长长的耳坠子，脸那叫一个白，白得没有一丝血色，嘴唇那叫一个红，红得好像刚刚吸完血。关键是她的眼神，犀利得很，我刚在人群中看了她一眼，结果跟她的眼神对上了，我当时就哆嗦了一下。然后她低头龇牙，呵呵一笑，龇出了一个尖尖的虎牙，当时我的头皮就麻了。妈呀，那些人还在她身边走呢，都毫无知觉，我觉得她可能转眼就会吃个人，连骨头都不剩。"

袁震饥说完，小不点哈哈笑了起来，指着他说："你肯定穿越小说看多了，完全移花接木，把生活和书里的故事混淆了。要不就是游戏打多了，成天活在虚拟世界里。"

"滚，你说的是你自己，我清醒得很。"袁震饥上去就捂住了小不点的嘴，不让他胡说。

"叔，您给我解释解释，我现在还心惊胆战呢。"

"佛说，心中有花，满目皆花。"彩武叔笑着说了一句。

"你心里有鬼，满目皆鬼。"小不点指着袁震饥奚落他。

袁震饥上去踢了小不点一脚，小不点惨叫一声，捂着屁股躲到彩武叔身后去了。

"你们两个来了我就不得安宁。"彩武叔喝着茶，手里拿把折扇。

"叔，我明天给您送一对核桃揉手，特别棒的狮子头，值钱。"袁震饥把值钱两个字说得很重。

"再值钱也是核桃。"彩武叔根本不吃那一套。什么值钱不值钱，在他这个年龄，金钱似乎完全对他失去了吸引力。

"你们干吗来了？"

彩武叔连一口茶都没有让他们喝，可见心里是多么不待见这两个人。彩武叔爱憎分明，光明磊落，一身正气，怎么可能看得上这两个人？他完全像看两只苍蝇一样看着他们。

袁震饥和小不点不知道从哪里知道彩武叔是裱画匠——以前竟完全忽略了——想请彩武叔与他们合作。裱画的手艺很重要，彩武叔裱画、修复都有一套，整点烂画让彩武叔修补修补，就可以卖个好价钱。所以他们今天特意请彩武叔来了。

袁震饥决定请彩武叔吃饭。他认为没有什么事是一顿饭解决不了的，没有什么事是一顿酒解决不了的。在袁震饥眼里，这是一个酒饭世界和人情世界。

"彩武叔，走，餐馆撮饭去，随便点。您给我们讲点老故事，听着就着迷。"袁震饥拍拍胸脯，似乎那里放着的都是钱。

"刚吃完喝完。"彩武叔才不跟他们一起吃饭，没有那份闲情。

"对了，你俩给我坐下。"彩武叔命令袁震饥和小不点坐下。

袁震饥吸吸鼻子。"彩武叔您喝的是什么茶，真香，吴裕泰的茉莉花吧。给我倒一口喝，真有点口渴。"

袁震饥死皮赖脸地跟彩武叔讨茶喝。彩武叔拿出杯子，洗了洗，给他们倒上了金黄汤色的茉莉花茶。

原来彩武叔正要找袁震饥，袁震饥就来了。有个卖北京小吃的门脸，专门做豌豆黄、糖葫芦、排叉、糖火烧、北京红豆炸糕，生意不错，主要是它的红豆炸糕做得地道，甜糯香鲜，不腻不油，客人吃一口就想吃第二口，吃一个就想吃第二个。这可麻烦了，店家的红豆炸糕完全具有魔幻气质，吃过的人还想来买，回头客比较多，天天排成曲里拐弯的队伍。眼看马上就是网红店了，然而，天有不测风云，店有旦夕祸福。人红是非多，店红是非也多。

突然，店被封了，食品监督管理局的大檐帽举着手里的封条，面目严肃地说，这家店被人举报食品安全有问题，有人吃他家的东西食物中毒了。

啊，什么，食物中毒。

准备来买炸糕的人摇着头，表情丰富，后来就有了关于炸糕店的传说，说什么红豆里放了罂粟壳，吃了让人上瘾。哦，人们恍然大悟，难怪他家的东西吃一口想吃第二口，吃一个想吃第二个，这是有原因的啊。

第 134 章

　　一个生意兴隆的小店就这样关张了。老板就是在梅欣那里卖牛肉面和包子的男老板的弟弟和弟媳。他们哭着说生意刚刚有起色，老家的债还没有还完呢。他们做的是良心炸糕，两人从不敢在材料上做手脚，用的都是上好的东北黑土地红小豆，手工选豆、清洗、炖煮，糖是上好红糖，油也是正宗花生油，怎么就把人吃中毒了呢？然后就是小店关门，下一家冒菜馆上场，周而复始，这条街总会上演这样的剧目。后来，彩武叔终于看出了其中的端倪。因为他的店也曾经被人举报。他怀疑还是袁震饥干的，上次彩武叔已经找过他，他断然否认了。彩武叔知道，没有把柄就没有发言权，不好乱猜疑。一次次，这条老街不断出现这样的场景。彩武叔不想看到被迫关店的人难过的样子，所以，这一次他想找袁震饥算总账。

　　彩武叔发现，有几家店从没有被人举报过，以彩武叔的判断，这里面一定有什么不可言说的秘密。

　　他悄悄把一个店老板叫到自己这里喝茶。彩武叔先跟他拉家常，说他的小店生意好，店主和气，反正找人家爱听的话说。聊天嘛，也是一门学问，什么难听说什么，总说人家不爱听的话，那就是傻子。

　　店主谦虚地说，小本生意，混个温饱。

　　彩武叔说，自己的店也被举报过，后来关店亏了不少钱，重新再开还是要担心哪一天再被关。

471

店主笑笑没说话，调侃说开店也是一门学问，里面有生意经、江湖经、处世经，人情世故，八面玲珑，都要学会，闷头做生意走不通。

"那怎么办？"彩武叔非要让店主明说出来。

"多花金子啊，不然还等关门？"

"啥套路？"彩武叔悄声问。

店主沉默了片刻，说彩武叔义气、开明、一身正气，他是知道的，但他不想给自己找麻烦。

彩武叔马上保证不会对任何人说。彩武叔的保证是有分量的，店主跟彩武叔道出了实情。

原来，确实如彩武叔一直怀疑的，举报食物中毒是有人有意为之。举报后，食品监督部门必然来检查取样，然后查封，这一查就是不短的时间，哪个店主也耗不起，只好赶紧另寻出路，或者去别地重新开店。那交的租金怎么办？所以店主都特别怕被举报。要想不被举报也是可以的，那就每月多交给袁震饥费用，多交了自然就没有人举报。其实所有事情都是他一手导演的。

彩武叔听后一拍桌子，果真是这个坏小子，他蒙骗了所有人，包括食品监督部门的人。一粒耗子屎坏了这么一锅汤，彩武叔必须要铲除耗子屎，让这锅汤清清爽爽。所以，这几天彩武叔正准备找袁震饥，结果他主动送上门了，彩武叔当然要拿起棒子关门打狗。刚才对他爱答不理都是套路，他知道袁震饥来肯定是有求于他，否则不可能主动上门找他。

彩武叔不说话，端起茶杯稳稳地喝茶，耗着袁震饥，等着他说。

"叔，孝敬您两瓶三十年汾酒。"袁震饥从包里掏出两瓶酒。

彩武叔不说话，不喜不忧。直接拒绝会让袁震饥下不来台，他们这种人比较讲究脸面。

"叔，给您找了个挣钱的好地方，天天可以喝三十年的汾酒，慢慢地还可以喝上茅台呢。"

彩武叔笑笑说："我就是喝白牛二的草根命。"

袁震饥也不兜圈子了，直接跟彩武叔说，让他帮助裱画和把新画做旧。没想到彩武叔答应得很痛快，只是说，他做事有原则，生财有道，不管是生意场还是手艺场，违背良心的事是不做的。

只要彩武叔答应，他后面说的那些话，袁震饥是听不进的。

在袁震饥的心里，只有圈钱，哪有那么多废话？什么闷头挣钱，抬头做人，都是扯淡，你每天在路上行走，吃喝拉撒，不是人是什么？都是那些自以为肚子里有墨水、脑子里有火花、心里有箴言的人瞎咋呼。袁震饥没有想到彩武叔这么痛快就答应了。

袁震饥和小不点回来的时候，走路身子左摇右摆，就像两只横行的螃蟹。

第 135 章

磐磐姐带着四香在故宫拍古装照，让梅漫也去，梅漫想起小时候春游留下的故宫传说，掂量掂量自己的胆量，还是拒绝了。她虽然很想看看古装四香有多么美，但是，胆给吓破了，鼓不起勇气。

当磐磐姐知道梅漫不想去的理由时，笑着说她年纪轻轻却一脑子迷信思想，坚决让她过去。后来辛涛也打来电话，说今日阳光明媚，故宫的阳光足可以赶走她心里的阴影。

后来，梅漫怀着期待和忐忑去了故宫，去之前，她特意把防身利器桃木小斧头放在包里，还特意穿了一双红色的皮鞋，因为梅漫有次参加一个亲戚的葬礼，那个女司仪就穿了一双红色高跟鞋，令她记忆深刻。

后来，梅漫怕在故宫走路太多，高跟鞋实在折磨脚，才穿了一双黑色平底鞋，但特意披了一件红色衣服出门。

红墙边，几个人围着四香，磐磐姐和辛涛戴着遮阳镜坐在折叠小马扎上。四香桃腮粉面、盈盈浅笑、美目含情，那叫一个千秋无绝色，悦目是佳人。春夏秋冬四香分别穿着胭脂粉、洋蓟绿、木槿紫、清月白的汉服，纤手轻握绢丝团扇，袅袅婷婷，说沉鱼落雁、闭月羞花都不过分。

"拍个新唐伯虎点秋香，一定能让四香成为小花旦。"梅漫笑着说，"我都喜欢看，怎么这么美。"

"就是啊，这橱窗上新后肯定会成为香榭丽舍大街一景，惊鸿一瞥，客人必须推门而入。"磐磐姐笑着说。

辛涛抬头看了看梅漫，说："哎呀，今天怎么穿件大红色衣服，跟红墙撞色了。"

"我又不拍。"梅漫笑笑，摆摆手。

"一流摄影师，不拍可惜了。"辛涛向梅漫伸了一下拇指，似是赞美摄影师的水平。

"穿这个和这个。"磐磐姐拿起身边的山狸马甲和紫貂披风，这些都是四香们拍照的道具。

梅漫没有画非常重的拍摄妆，所以不想拍照，但还是被热情的磐磐姐和辛涛拽着拍了不少。

后来又去御花园，走在硌脚的鹅卵石路上，梅漫说，脚下的路说不定就是古代妃子穿着花盆鞋、甩着长指甲走过的路。真是庆幸没有生在古代，不然不仅吃不上牛排、比萨，坐不上飞机看世界，还要嫁个古代老爷，痛苦死了。这话把辛涛和磐磐姐逗笑了。

辛涛问梅漫，中国古代这么多豪杰她想嫁给谁。

这脑洞开的，一下子穿越了中华五千年。

梅漫小时候被家里人强迫背唐诗宋词，险些上了中文系。但是在古诗词中心灵还是得到了滋养，豪情、世界观、情感都得到了浇灌，梅漫上大学后读了一本关于苏东坡的小传，一下就喜欢上了这位豪迈、肆意、不羁、乐观、有生活情趣、有才情的苏东坡。一个人一生被贬，还可以苦中作乐，这种精神；一个人参透人生，还可以放浪形骸，这种情怀；一个人有如此才华，才可以流芳千古，这种洒脱……在梅漫心里，古今千年只有苏东坡一人如此光芒万丈，闪耀着人性的魅力。

"当然是苏东坡。"梅漫脱口而出。

辛涛听后赞赏地大声说："好！"接着伸出了拇指。

梅漫开玩笑地说："董事长大人，您能不能换个赞美方式，这拇指伸得太廉价了，完全像一个虚假的道具。"

这话把辛涛和大家都逗笑了，辛涛赶紧说："这是真的赞同。"

拍摄完，大家走出故宫东门，有个送花的人抱着一大束烟紫色玫瑰递给了梅漫。梅漫诧异地摆着手说："送错人了。"

辛涛和磐磐姐都说："没有送错，就是给你的。"

辛涛补充说："这是我微信骚扰的赔礼。"

梅漫想起来了，自己曾深夜接到辛涛发来的莫名其妙的微信消息。她不太想接受这束鲜花。她鼓足勇气说："其实，我已经——"

辛涛打断了梅漫的话："我都知道。"

知道什么呢，不管男人还是女人，在外面似乎都不太有意提及自己的家庭。单身是一件永不过时的华美外衣，无关年龄和阅历。

四香看到梅漫有了鲜花，围着辛涛不依不饶。辛涛笑了，一拍掌，不知从哪里冒出五束鲜花分别递给了磐磐姐和四香。四香拿到鲜花，围着辛涛又是跳又是撒娇地卖弄风情，一幅烟花柳巷的热闹场面。辛涛只是笑笑，并没有那种轻浮放荡的举止。梅漫冷眼看着眼前的一切。

捧着芬芳的花朵，大家一起杀入东来顺。四香嚷嚷要吃羊肉火锅，辛涛当然会满足她们的要求。

第 136 章

梅欣完成手里的几幅画，准备告别父母去富春山。富春山姑娘苏南早已离开北京回到了富春山，从此继续过她世外桃源般的悠闲生活。繁华的都市没能留下她的身心，她不留恋，不停留，从此喧嚣心中过，江山寄余生。这样的奇幻女子是洒脱的，不是落入凡尘的花，而是落入仙山的雨，清澈明净。

烧坏的房子已经修理好，牛肉面包子铺，依然热热闹闹地卖着喷香的包子，老汤牛肉咕嘟咕嘟翻滚着久远的肉香。生活依旧如昨，就像那句不变的诗词：青山依旧在，几度夕阳红。看着面前的一切，梅欣多么希望这一切就是一场可怕的梦境，那生活该多么美好啊。

梅欣准备把从梅家老宅拆下的旧木料和旧砖瓦放在自己的房子里。它们是梅家老宅的灵魂，也许有一天它们会继续回到梅家老宅的院子里、窗户上、房顶上，也许会永远静静地待在这里，直到天荒地老。它们能留下来躺在梅欣的房子里，是值得庆幸的。历史总会放下一些东西，否则脚步太沉重了，这一块砖、一片瓦、一根木，就是梅家老宅放下的历史尘埃。无数飘落的历史尘埃跌落在岁月里，强大的洪流裹挟着汇聚的精华形成了一道历史的长河，闪闪发光地流淌在昨天的岁月里，让我们回望惊叹。

梅欣回到家，准备跟父母吃顿饭。顾蕙兰悲哀地说："钱也找不到，你爸爸的病也好不了，哎，心里真的烦，难过。你又要走，一走就是几年。能不能不走了，在家里结婚生子，跟我们一起生活？"

梅欣摇摇头。跟谁结婚生子？生活那么简单。一个搞艺术的人，必须要不时滋养心灵，否则创作就会枯竭，就会画出的山不是山，水不是水，缺乏灵气。

"你不要成天盯着那点钱，盯着得不到的自然就痛苦。宽心地想，这笔钱可能就不是你的。不能为了这笔钱每天痛苦啊。"

梅欣这样劝慰母亲。话是这样说，但谁能释然呢？他就真的走出那段痛苦了吗？当然没有，时间的长度还不够让他忘怀。

"爸，你好好养病啊！"梅欣趴在梅抒颐耳边说。

"我没有病。"梅抒颐笑笑对梅欣说，那神态确实不像一个病人。

"我要去富春山画画，可能要一年、两年、三年后才回来。如果想我，就打电话，我回来看你。"梅欣继续说。

"想！"梅抒颐看看梅欣，点点头说，"把这个穿上，山里冷。"

梅抒颐脱下身上的贴身马甲，这件帆布贴身马甲似乎一直穿在梅抒颐身上，就是那种最简单的、很多老年人家常穿的样式。

梅欣笑了，知道这是父亲表达不舍的方式。唯有这件贴身的暖衣是他的一切，他把它给最爱的梅欣。

"你穿着吧。"

梅欣刚准备把马甲给父亲穿上，顾蕙兰一把扯过来，说："平时脱下来一会儿就要赶紧穿上，今天舍得脱给梅欣，不容易。梅欣穿不了，你赶紧穿上，别一会儿感冒了。"

就在顾蕙兰和梅欣一同拿着这件衣服的时候，顾蕙兰的食指仿佛碰到了什么东西，硬硬的，她用手掌一抓，即刻翻到了马甲上的暗兜。她用手一掏，天哪，这么多天费劲找的东西竟然在这里，银行卡一直在梅抒颐的贴身衣兜里。

"不能拿走，给梅欣。"梅抒颐从顾蕙兰手里拿过银行卡说。其实在他心里，还保留着那天去梅欣被烧的房子的记忆，他知道梅欣需要钱，所以，想把这个卡给梅欣。

"终于找到了。"顾蕙兰说完这句话，心里酸酸的。阴郁的天似乎一下子晴了。她心中一直坚信，梅抒颐的病有一天会好的。

顾蕙兰让梅欣拿走一些钱，在那里踏踏实实地画。至于梅欣当初没有去日本开画展，梅欣一直说是因为邀请公司的老板突然心脏病去世，这件事只能暂时搁置，什么时候再去说不好。顾蕙兰当时很沮丧，后来随着时间的推移也就不再关注这件事了。顾蕙兰又对梅欣说家里有几幅好画，本来想等他们年纪大一些再告诉他们，可是现在感觉没有这个必要了。

梅欣垂着眼皮说："我爸早跟我说了，我从富春山回来的时候。"

顾蕙兰心里骂道，这个老东西还是偏向儿子。

梅欣继续说："我爸也是看到我绘画上有长进，才跟我说这些，让我看看这些画哪幅比较好，哪幅我喜欢。"

梅抒颐打算出手卖画的时候拿不定主意，让梅欣帮他参谋，看哪幅画不值钱他就卖哪幅。他知道梅欣比自己更懂画。

梅欣本来不想从家里拿钱，后来还是改变了主意。修房子花了不少钱，他开的那家餐厅虽然有一部分收入，但是有限。在动漫公司的那份工作，去了富春山以后就只能辞了。不过，他已经把这个职位介绍给了小不点，他希望小不点能踏踏实实做份正经工作。但是，小不点能不能胜任，那个公司会不会用他，就很难说了，那就要看小不点的能力和才干了。

有了经济保障，梅欣才可以更踏实地画画。所以，他还是从家里拿了一些钱，用来还给在他困难时借钱给他的李翰歌。李翰歌根本没要，他说等梅欣开了画展再还给他。

走的时候，梅欣对父母说如果想去杭州和富春山游玩就告诉他，到时候他去接，好好陪他们在那里玩几天。

顾蕙兰摇摇头，一副心事重重的样子。如果没有梅抒颐的病，他们想去哪里不行啊。

第 137 章

处理完父母的丧事，李荷花整个人脱了相。

最后一次看望她的父母是梅漫和李翰歌陪着她去的。在墓地，李荷花突然晕倒了。等她醒来的时候，她突然对梅漫说，真想一头撞在墓碑上陪着他们。太阳渐渐落下，李荷花扶着墓碑不肯离去。最后她是被梅漫和李翰歌搀扶着回来的，她的头低垂着，仿佛抬起的力气都没有，脚步也是跌跌撞撞的，似乎已经不会走路了，身体完全靠在梅漫身上。

当初，李翰歌知道李荷花父母出车祸的时候，给梅漫打电话，梅漫没有接。后来，李翰歌给梅漫发了微信留言，梅漫知道事情的严重性，才接了李翰歌再打给她的电话。

梅漫拿着李翰歌发给她的微信消息给夏南看，说："李荷花家里出事了，我必须和李翰歌见个面。"夏南很开明地说："快去，我理解！"他居然没有结巴，看来是被李荷花家里的事震惊了。

梅漫和李翰歌知道，这件事他们两人必须冲在前面，帮助李荷花渡过难关。

当初本来打算让李荷花自己直接回北京，后来，梅漫担心李荷花在路上犯嘀咕，坚持让李翰歌去接她，而且叮嘱他在路上不要告诉李荷花真相。作为最好的朋友，怎样更好地保护李荷花，让她最低程度地受伤害，是梅漫和李翰歌处理这件事的态度和宗旨。

这几天梅漫一直陪着李荷花。看到李荷花伤心欲绝的样子，梅漫好像没了主意。她悄悄对李翰歌说："你能不能和李荷花开始一段感情，把她托付给你我是放心的。"

李翰歌皱着眉对梅漫说："这和爱情是两码事。你替李荷花去西北上一段时间芭蕾课怎么样？"

"我哪有时间，别打我主意，去高薪聘请，价格高的话我也可以考虑这种走穴方式。"

"你不去，那你让我跟李荷花谈什么恋爱，这不是一个道理吗？"

梅漫说："荷花一个人怎么办？"

"能怎么办？她会找到最适合自己的生活方式。我们强加给她没有用。"

确实是这样。

李荷花知道，父母是在回老家的路上出的车祸。老家的爷爷奶奶原本住的是农村小院，父母想让爷爷奶奶搬到县城住楼房，所以就在县城给他们买了房子。结果爷爷奶奶舍不得老家，也习惯了老家养猪养鸡种菜的生活，根本无法适应楼房生活。最后，县城的房子只能出租了。

李荷花父母留下的北京的两套房子，其中一套已经出租了，还有一套就是他们自己住的。李荷花对梅漫说，她想一个人去待两天。

梅漫和李翰歌根本不放心，一是怕李荷花害怕，二是怕她难过，他们让李荷花去梅漫家里住，如果李荷花不愿意去梅漫家就和梅漫一起住宾馆。

李荷花偏要自己在家里住，并且坚决不让梅漫陪，梅漫和李翰歌都拧不过她。最后他们也没有了主意。李荷花的决定，实在让人难以放心。李荷花关上房门，把梅漫和李翰歌关在了门外。李翰歌让梅漫回家了，他自己在超市买了一小瓶白酒、一包花生米、一瓶矿泉水，拿了一个折叠椅、一件外衣，坐在李荷花家门口。李翰歌平时不喝酒，这次买酒完全是为了夜间给身子取暖。夜寒总是有的，即使是夏天也不例外。尤其到后半夜，天快亮的时候，总有一丝寒意荡起，而一点白酒装在心里，暖暖地包裹着心房，也是惬意。

李荷花关上门，趴在床上狠狠哭了起来，她希望这是最后一次在家里哭泣。哭够了，她爬起来收拾父母的东西，找到了父母放钱、存折以及证件等物品的抽屉，她只收起了这些，其他生活用品一样也没有动。第二天一早，李荷花想给父母的照片前摆上早点，她推开房门，看到李翰歌坐在马扎上，头靠着墙，闭着眼睛睡着了。

"他昨晚没走，在走廊里坐了一夜，就是为了陪伴自己？"李荷花鼻子一酸，悄悄关上房门，伏在门上失声痛哭。

后来，有人敲门，李荷花擦擦眼泪，为李翰歌开门。结果，打开房门一看，是梅漫。

梅漫一早买了紫金阁的早点就赶到李荷花这里。她让李翰歌回家休息，换她来陪李荷花。

李荷花把梅漫买来的豆腐脑和油饼摆在父母照片前，自己却什么也没有吃。她喝了一杯白开水，然后让梅漫陪她出去。

梅漫以为她想散散步，就搀扶着她下了楼。

走到小区门口，李荷花带着梅漫向左拐。走到停放着的一辆大货车旁，她对蹲在地上吃馄饨的收废品的父子说："去我家收废品，把所有的东西都拿走，一件不留。"

李荷花说完这些话，喝馄饨汤的父子诧异地抬头看着她，然后重复着说："都卖？都卖什么？"

李荷花要把父母留下的东西全部卖掉，要把父母的痕迹擦拭得干干净净，一点也不留。

"你干吗要这样？"梅漫诧异地问李荷花。

"看到那些东西我都快疯了。我让父母把家里的东西都带走。"

这也许不是李荷花的无情，而是她对父母另一种形式的爱。

第 138 章

父母的钱失而复得，梅漫似乎腰杆都硬了。她给磐磐姐打电话，说想见见艾蕤。梅漫突然很想听听艾蕤的发财经。

去见艾蕤之前，梅漫特意挑选了胸花作为礼物，18K镶嵌工艺玫瑰粉金，简洁的玫瑰样式，给磐磐姐和艾蕤一人一朵。没有想到，艾蕤给她们也带来了礼物，一人一条灰粉博柏利围巾。她还给四香每人带了一盒纪梵希四宫格散粉，慕斯淡彩色号。四香极其高兴，说纪梵希的四宫格早就在心里种草了，只是太贵舍不得买。就连大麦艾蕤也没有忽略，给他带来了一个漂亮的红色车模。大麦喜得在艾蕤面前频频亮表情包，口水顺着小肉下巴流下来。

"艾蕤姐，现在对有钱人不称大款、富翁，都问，你家是有矿吗？"梅漫开玩笑地说。

"你说对了，艾蕤家就是有矿。"

啊，梅漫睁大了眼睛。"姐，上次你只给我讲你家里有多苦，从没有讲你家里有大矿，这个我感兴趣。"

"姐发财就秉持两条原则：第一，抓住好机会；第二，为人真诚。为人真诚就是你的人脉，就是你的财路。"

秋香端来了深焙咖啡豆研磨的咖啡，咖啡里加了香浓的牛奶。春香端来了芒果和鲜西梅。夏香端来了红酒。冬香端来了磐磐姐自己烤的芝士奶香松饼和芝士片。磐磐姐跟她家荷兰大叔学的吃法，喜欢红酒配芝士。看着磐磐姐一口红酒一口芝士，梅漫都愣了，真不知还可以这样配着吃。磐磐姐边吃边让她们也尝尝，她说这是荷兰芝士，很香的。

四香和大麦都围着艾蕤，磐磐姐嫌大麦跑来跑去，让四香带着大麦出去了。

艾蕤从她失学外出打工开始讲。

艾蕤的第一份工作是在县城一家餐馆打工。后来老板的老婆去世了，餐馆的人就撮合她嫁给老板。老板那时候三十岁左右，她刚刚二十岁，比他小很多。老板对艾蕤说不要听他们胡说，他把她当妹妹。艾蕤觉得老板人很好，又有家业和事业，以后吃穿不用愁，就说愿意嫁。后来，老板渐渐变了，迷上了到棋牌室打麻将，慢慢餐厅的事也不管，后来就输钱，有时候一输输几万块。后来有债主找上门，餐厅几乎开不下去了。为了躲债，他就跑了。

他跑了，艾蕤也不能给他当替债鬼啊。她把餐厅的东西整理整理，也跑了，反正也没有扯结婚证。她带上私房钱和变卖餐馆东西得的钱，一口气跑回了老家。在家先待几天，想想下一步去哪里打工，但是她不想去县城了，她定了下一个目标：省城。

那时候艾蕤的叔叔在窑上上班，那几天他也在家待着，说煤矿出的煤灰粉大，赚不到钱，老板欠了工人钱，开不下去了。老板正出售煤矿呢，但没人要，白给都不要，因为都知道矿品不好。艾蕤随便问了一句多少钱啊。叔叔说，给钱就卖。艾蕤听了一惊，她兜里当时就有不到两万块的私房钱。她偷偷跑去找那个卖矿的老板，结果，被老板奚落了一顿，他说她开什么玩笑，两万块钱想买矿。他说，卖别人五十万，卖她减半。那时候矿不值钱，煤也不值钱，全国有上万家煤矿，好的一年利润有几万块钱，他这个根本盈不了多少利。艾蕤不买可能就砸在那人手里了。

艾蕤说二十五万也不要，诚心要卖，就给他五万。矿主说，笑话。后来艾蕤扭头走了，回家跟叔叔说买矿的事，叔叔说煤不好，不能要。她当时也不知道为什么那么想买，就说她去找钱，找得到就买，找不到就算了。

她又进了县城，去找了一对老夫妇。他们是餐馆的老主顾，就爱吃艾蕤做的酸菜羊肉馅饺子，艾蕤给他们家送过饺子。她狠狠心张嘴跟老夫妇借钱。他们知道餐馆关门，老板躲债跑了。夫妇两个有些疑惑地看着艾蕤。艾蕤说："你们相信我就借给我，我用我的生命担保，这笔钱绝对不是用来还赌债的，是凑来买矿的。我家里也没有什么值钱的东西做抵押，就几间破屋，你们也不可能要。"

艾蕤掏出了她姥姥留下来的银镯子，这是她姥姥留给她妈的，她妈又留给了她，它是艾蕤最珍视的东西，也是艾蕤身上最值钱的东西。艾蕤说："我把身上最值钱的东西押给你们，我家里穷，不允许我不成功，总有一天我会赚到钱然后加倍还给你们的。"

老两口想了想说："我们相信你的话，也知道你是个好姑娘，可是，你一个小姑娘做矿上生意，不是你想象中那么简单。矿上万一出了事，可不只是赔钱的事，要负法律责任呢。"

艾蕤说："别人能做我就能做，我还有叔叔在矿上可以帮我。你们要没有钱，我就再另找别人。"

话是这么说，可艾蕤能找谁呢，他们是她唯一的希望，如果他们不借给她，她就只能放弃这个想法了。

老两口商量了一下，还是借给了艾蕤。艾蕤拿到钱就给他们跪下了，并写了借条。可是他们把借条撕了，说如果能赚了钱将来还给他们更好，他们希望艾蕤成功；如果生意失败了，那笔钱就算他们资助艾蕤的，他们就当艾蕤是他们的干女儿。

"你猜，这对老夫妇是谁？"艾蕤突然问梅漫。

梅漫摇摇头说："是菩萨的化身，专门来帮助你的。"

艾蕤笑着说："你说对了，就是菩萨，他们是我一辈子的贵人。他们是你去世的老公公、老婆婆，也就是夏南的爷爷和奶奶。"

"啊！"梅漫听后惊异地瞪着眼睛，半天才明白过来。说艾蕤家跟夏南家是世交，原来从她当小姑娘的时候就开始了。怪不得艾蕤逢年过节就去夏南家，每次都给夏南的父母买特别贵重的东西，梅漫还以为她是拍夏南爸爸的马屁呢，原来人家是真心实意地还人情债。

第 139 章

艾蕤说，她拿到这笔钱，回去以后又贷了一些款，把家里的房子都押上了。但人家的煤比她家的煤品质好，所以价格也好，她开工就赔钱。当时她天天失眠，吃不下饭。"照这样赔下去，家里的房子就要赔上了，家里就一无所有了，到时候弟弟和父亲住哪儿呢？银行贷款还不上，工人工资发不出来，我当时死的心都有了。我自己大半夜跑到矿山上哭，真想一头碰死在山上，但想到弟弟和父亲，我连死的权力都没有。我当时对天发誓，再赚不到钱，我就真的管不了那么多了，丢下父亲和弟弟算了。

"我在号哭的时候，看到有个人影在动，我当时什么也不怕，跑过去看，结果是一个老头，他在偷煤。我呵斥他干吗偷我的煤，看到我，他其实也是很恐惧的。他说：'穷，卖钱。'我说：'你去偷富人的矿，我穷得快跳崖了。'老头笑笑说：'这是最好的煤。'我讥笑他说：'白得来的当然是最好的，你赶紧走吧，别再来了。'

"第二天，我让叔叔去山上看看，别成天在地下刨洞。叔叔拿上锄头和我一起去了。结果，那里有一个洞，挖出来的煤又黑又亮，是最好的煤。发现这个洞口的好煤后，煤矿就挣钱了。我一直觉得那天夜里的那个老头是苍天派下来帮助我的。他们不忍心让我真的离开这个世界，让我的弟弟和父亲无依无靠。"

"你后来见过那个深夜挖煤的老头吗？"梅漫好奇地问。

"当然没有看到过,不知道他究竟是哪个村的人。"

艾蕤喝了一口红酒,继续讲。

"赚了钱之后,我没有马上还账,而是乘胜追击,又拿下了铁石矿。"

艾蕤后来结了婚,丈夫也是个矿产大户,可以说是两家强强联手。他们连续收购了银矿、铜矿,后来觉得省城也装不下他们了,就到北京发展。他先生在北京东四环一个公寓买了一百套房子出租,也不工作了,每天就是吃喝玩乐。

"我一直不解,为什么有些男人有钱就变质,包括我家先生?为什么有些女人对金钱那么着迷,包括我自己?当然,我不是说所有的男女。"艾蕤看着梅漫,真切地想从梅漫这里寻找答案。

生于贫穷,何为高贵?贫穷了那么久,突然富了,人就迷茫了。也许,这段历史需要他们这样。经历了,人们才能寻到那条对的路。

"他后来和一个勤工俭学的大学生在一起,刚开始我一直不知道,有一天他喝醉了,无意间叫出了那个女孩子的名字。我觉得不对,就暗中观察,找到了那个女孩子。我问她要多少钱才能离开他。你猜她怎么说?她说要全部的他。我当即给了她一个大嘴巴。

"我家那个混蛋,说他是真的爱她。我说她是真的爱你的钱。

"我求他不要离婚,给孩子一个完整的家。他不同意,铁了心要离。为此,我总觉得对孩子有亏欠,他们喜欢什么我就尽量满足。

"我女儿说,她喜欢你们学校古色古香的环境,我就想办法让她进你们学校。"

"哎呀,一说这些心情都不好了。"艾蕤捏起一块松饼吃了起来,仿佛甜味可以冲淡刚才的沉重。

"不讲生活,只讲发财。"磐磐姐笑着说。

"生活和发财紧紧相连,只讲怎么赚钱你体悟不到赚钱的辛劳和生活的艰辛。”

磐磐姐听了，伸了一下拇指。

“以我的经验，如果不是想做什么大事业，目前个人投资还是投资实业。我当初在我们县城买了一大块地，出租给物流公司，现在是我们县最大的物流公司。当时价格不贵，根本没人竞争，谁能想到，现在县城的地皮价格也上来了。”

“还是买房？”梅漫问。

“我当初买是因为我孩子在国外上学租房，后来我发现这是一个生意经，然后就入手了几套。我还有朋友买楼花什么的，也很赚钱的，你可以关注一下。还有人办学校，搞互联网，开餐馆。赚钱的路子很多，主要看你喜欢什么。”

梅漫听明白了：有钱就投资，基本不会亏，总比死攒着强。

第 140 章

袁震饥被彩武叔打了。

那天，袁震饥请彩武叔给他裱画，彩武叔同意了。彩武叔不是想挣这笔钱，他只是想了解袁震饥到底让他裱什么画。

彩武叔同意以后，袁震饥第二天就喜滋滋地拿着一大卷画去找彩武叔。

彩武叔一看，就知道怎么回事了，问他："这画是哪位大师的作品啊？"

袁震饥说："都是名人名家。您看这两幅，多少个章。过去的人都爱盖章。"

彩武叔指着一幅幼童放鸭图说："这幅画的章都不清楚，哪有章不落纸的。"

"彩武叔您真内行，不过，好多人都不懂，我就以为是因为年代久不清楚了。"

"这些都是真迹哦，有些是我在潘家园淘来的，有些是从拍卖场拍来的，有些是从画家后人那里买来的。您看这两幅，丝绸绢都要掉了，必须修补。"

彩武叔一看就明白，线条粗糙，没有大家风范，完全是造假画家的产品。

彩武叔拿起一幅画就给撕了。袁震饥没有想到，急忙说："您这是撕了多少钱啊，彩武叔。"袁震饥拉下脸要急。

彩武叔说："我敢把这些画都撕了你信不信？什么破假画，还让我裱。"

"彩武叔，您不爱弄这些旧的，这有新的，都是当代名家的。"

袁震饥跑出去又抱来几幅新的，都是斗方、长方，没有裱好的。彩武叔又撕了一幅，问袁震饥："是不是都是高仿？"

袁震饥鸭子嘴，死硬，坚决不承认是假的。按他的理论，只要一口咬定了，假的也能成为真的。

"我现在就报警你信不信？抓你这个造假窝点。"彩武叔气愤地说。

"谁看见我造假了，您抓到了？不要血口喷人。"

彩武叔没想到袁震饥这么无赖。他如果大大方方承认，彩武叔也不会生那么大的气。彩武叔还想着如果袁震饥承认造假，他就不拿店铺莫名被人举报查封的事要挟他，让他以后改邪归正。没想到他死不承认，这么顽固不化。

彩武叔索性打开天窗说亮话。

"我听说，西二街那几家店，隔一段时间就有人举报食品中毒。其实，这是有人故意为之，是想轰走那家店，重新找租户，再得一笔钱。但是，如果租户多交租金，就从来不会被人举报。这缺德冒烟的事是不是你干的？"

袁震饥一听，心想："这是哪个混蛋传出去的，等我找到了一定收拾他，轰出西二街，让他别想在这里开店。"

"彩武叔，别人的话您也听啊。我这个人虽然有点小毛病，但是讲义气、待人诚恳我是能做到的。那些店就是有问题，没有问题，人家能随便查封吗？"

彩武叔突然想起了自己辛苦经营的熟食店，一次被举报，他东山再起，换了地方，从一个小店换成了店里的一个柜台，后来第二次被举报，他只得关门了。彩武叔前一阵刚刚关了小店，他不想再开了。太累了，虽然雇了人，但是一次次被举报，让他自己失去了信心，开了关、关了开，心里承受不了。所以不到万不得已，彩武叔不打算再开小店了。

那天听到西二街一个店老板跟他说袁震饥干这种事之后，他就一直想找袁震饥算账。自己那么好的卤煮手艺没地方发挥，都让这小子给毁了。本来，彩武叔打算等生意好了，扩大小店，开个小吃店，卖点卤煮、爆肚、酱肉什么的。现在计划都被这坏小子打破了。这辈子，没有机会开小吃店了。

"你敢不承认？我找人对质你信不信？"

彩武叔这是在吓唬袁震饥，他肯定不能把别人卖了。没想到这个袁震饥软硬不吃，滚刀肉外加铁蚕豆，剁不动，砸不烂，锤不碎。彩武叔碰了一鼻子灰，完全被这个袁震饥气蒙了。他想起自己还曾受这个混蛋的暗算，一股怒气冲顶，上去就给袁震饥的鼻子一拳。

袁震饥一个酸鼻，热乎乎的血就流了出来。

"你敢打我！"袁震饥也急了，抄起身边的茶杯就要砸。彩武叔虽然年岁大了，可是手脚依然很灵活。他指着袁震饥举起的手说："你敢砸我就报警，看咱们谁的黑料多，看你还能不能从里面出来？"

袁震饥一听真的心虚了，没敢动。彩武叔看出了他的胆怯，乘胜追击地说："以后，只要我听说西二街谁家的店铺被举报食物中毒，被查封关店，我就拿你是问，听说一次揍你一次。别以为你大爷我不敢打你。"

彩武叔突然想起了拳打镇关西的场景，心里升起一股豪气，仿佛自己真的是个英雄豪杰。

第 141 章

李荷花这一段时间回老家了。梅漫和李翰歌感觉精神上轻松了很多。今天，李翰歌与梅漫见面，商议到底让李荷花留在北京还是继续去西北。

梅漫没有告诉夏南跟李翰歌见面的事。她不是不诚实，而是觉得没有必要惹麻烦。

李翰歌一直想找梅漫一起坐坐，今天刚好是个机会。

两个人在咖啡店见了面。

梅漫点了卡布基诺热咖啡。最近，她喜欢热咖啡加奶的醇香。梅漫以前不太喜欢喝咖啡，怕影响睡眠。后来她在迪拜逛街，又热又渴又累，喝了一杯香浓咖啡，提了神，马上觉得好多了，然后去梅丽莎家里，也喝了一杯浓香的咖啡。从那以后，梅漫开始喜欢上了咖啡的味道，而且她发现，很多大城市咖啡店遍布，早晨上班的人群中，很多青年男女都捧着一杯咖啡，冬天是热的，夏天是冰的。饮食也是生活的一个风向标。多年前，咖啡只是人们提及的一个名词，今天，它是人们手中的一杯普通饮料。

李翰歌点了一杯冰咖啡。他心里有火，需要降一降。

"吃甜点吗？"李翰歌指着橱窗里的帕尼尼和法式马卡龙问梅漫。两个人好像完全进入谈恋爱那时的状态，差点忘记梅漫已经结婚的事实了。后来，李翰歌赶快提醒自己，今非昔比。

"甜点不敢吃，吃一块长二两肉，太可怕了。"

两个人笑了，同时望了望玻璃窗外的街景和川流不息的行人。坐在这里，可以望到广场上悠闲的行人和十字路口乱哄哄的车流。

面前是透明的、没有遮挡的玻璃窗，心却要彼此隔阂着。梅漫和李翰歌对望了一眼。

"咱俩是不是多此一举啊？李荷花想去哪里，也不会听咱们两个人的安排，咱们是不是有点瞎操心？"梅漫笑着问李翰歌，她突然觉得两个人商量的话题可能有点毫无意义。

"当然有必要。"李翰歌告诉梅漫，"觉得哪里好就让她待在哪里。我们帮她选择，也是在呵护她。"

"她把家里所有的东西该扔的扔，该卖的卖，房子也出租了。我看她根本就没有留在北京的打算。"

"干吗要这样呢，把记忆删得干干净净？"

李翰歌看看梅漫，梅漫不解地向李翰歌摇摇头。

"你觉得李荷花留在北京好还是西北好？"李翰歌问梅漫。

梅漫也拿不定主意。留在北京，自己可以照顾她、陪伴她，可是，李荷花一定会想念父母。她之所以要把房子里的东西都处理掉，把屋子出租，也许是因为根本不能在房间里待着，房间里的每一件东西都像针一样扎着她，都像野兽一样撕扯着她，她只有逃脱。

梅漫想，假如让她去西北，一个人，没有熟悉的朋友，太孤单了，她会更想念自己的亲人。那位北大才子，一副高冷文艺青年的派头，完全不能指望。不知道李荷花为什么会对他钟情。梅漫一点也不能理解李荷花的感情。

你觉得该怎么办？梅漫看着李翰歌。

"她应该去散心，出去旅游。"

"你陪她去还是我陪她去，她肯去吗？"梅漫觉得李翰歌说的话完全不切实际。

"你可以带着她去你哥哥画画的富春山住一段时间。"

梅漫想了想，不知道李荷花会不会同意。她十有八九会拒绝的。此时她怎么可能有旅游的心思呢？

"荷花命太苦了，她会不会后悔离开父母去西北？"

李翰歌没有回答梅漫的话。这个问题可能李荷花也无法回答。

"她回西北，我们两个去送她吧。"说完这句话，李翰歌有点后悔，因为他看出了梅漫脸上的难色。他刚才确实忽略两个人之间的关系了。"我想跟李想谈谈，让他对荷花关爱一点。"

"感情问题又不是什么任务，难道你还要做思想工作？"梅漫向李翰歌摇摇头，觉得他的好心有点费力不讨好。"你最近怎么样，什么时候结婚？"梅漫开玩笑地问李翰歌。

"跟谁结？你在讥讽我吗？"李翰歌喝了口咖啡，把他打算出国待两年的事跟梅漫说了。

"出国留学，你不是一直不想去吗，怎么改变主意了？"

"事情在变化，人的感情也在变化，这也是正常的。你若不跟夏南结婚，我也不会出国。我说这话是真的。"

"这些话不要提了。"

李翰歌的话撞到了梅漫心里最不堪一击的一面。

出国多见见世面其实没什么不好。梅漫打心里替李翰歌做出的选择感到高兴。

"什么时候走？"

李翰歌把原本打算从西北回来就走，后来在西北遇到了两个小女孩，还有他们去小村进入卖纪念币组织的事跟梅漫说了一遍。

梅漫吃惊地回忆那天李荷花给她打的怪异电话，心里还奇怪呢，原来他们一起过了组织生活。

"在外面还是少管闲事，有时候很危险。"梅漫对李翰歌说。

李翰歌摇摇头，好像不赞同梅漫的观点。淡漠和麻木不是李翰歌的性格，这个改不了。

李翰歌看看眼前的梅漫，感觉她比以前更讲究穿戴了。腕上的手表一看就是很贵的，手链也是迪奥，肩上的包、身上的衣服、脚上的鞋子都是名牌货。

"造了你丈夫多少钱，天天逛商场买衣服吧，幸亏我没娶你，不然家里要卖房养你了。"李翰歌故意开了一句玩笑。

"谁花他的钱啊，难道我自己不能挣钱?"梅漫不服气地说。

"一个女人，结了婚也会遇到各种各样的男人，你要珍惜你和夏南的感情啊。"李翰歌说这话，是因为那天他在梅漫的学校门口，看到一个男人开车去接梅漫，还给她送了一大束花。

梅漫奇怪地看了一眼李翰歌，不知道他为什么要说这句话。

"我有尺度，什么男人好，什么男人不怎么样，我多大了，会看不出来?"梅漫不服气地说。

"你的眼睛，看男人完全是瞎子。骗子的脸上从来不会写骗子二字；色鬼的脸上也从来看不出轻浮，都是真情。"听到李翰歌的话，梅漫突然想到了辛涛。他前两天刚刚跟自己吃了一次饭。他说他在酒吧早就看到过梅漫和另一个走路外八字的姑娘一起跳舞，说她们身上特别有青春气息，当时就很想认识她们，但一直没有机会，后来又在磐磐姐家里的聚会上看见过她们，吃自助的时候，她们特别能吃，跟饿了几天似的，非常单纯、愉快、阳光、活泼的感觉。

梅漫说自己学过舞蹈，在大学打过篮球校队。梅漫很想把自己已经结婚的消息告诉辛涛，但是终归没有勇气开口。她心想，人家又没有问，也许根本就不关心这个问题，自己没有必要主动说。

后来梅漫还是说了自己不是什么搞文艺的，只不过是个学校的舞蹈老师而已，但是现在已经辞职了。辛涛说他其实早就知道，知道磐磐姐在跟他开玩笑。

辛涛的话，既给了磐磐姐面子也圆了梅漫脸上的面子，也不知道他到底是真的知道还是有意这样说。

辛涛还对梅漫说，男女交往不要想得太多、太复杂，也许两个人根本就是想坐在一起聊聊天，喝杯咖啡，吃顿饭，就这么简单；不要以为男女在一起交往就会怎么怎么样，完全曲解男女之间的纯洁关系。

第一次有人这样阐述男女之间的关系。只谈友情不谈爱情的男女关系，多么让人充满遐想。

所以，梅漫对辛涛的印象极好，认为他是男人之中一块纯洁的冰，就是和女人交往，也是清澈透明。

梅漫想到这里，觉得李翰歌完全多此一举，咸吃萝卜淡操心。

梅漫无意间向窗外抬眼一看，正看到辛涛和秋香从广场对面走过来，好像要进咖啡厅，她当时就急了，跳起身就往厕所跑。李翰歌吓一跳，不知道梅漫到底是憋不住尿了还是闹肚子。等了半天，也不见梅漫出来，后来梅漫发来信息，让把她的包拿出来，说她肚子不舒服，想赶快回家。

李翰歌觉得梅漫的举动很奇怪，不知道她为什么要这样急吼吼地离开。

走到大街上，他特意吓唬梅漫说："我在咖啡店看见你家夏南了。"

梅漫紧张地说："你不要吓唬我。我天生老鼠胆。"

李翰歌的话梅漫当然不信，但是辛涛和秋香在那里却是真的。其实梅漫也是瞎紧张，那两个人根本就没有进咖啡厅。

梅漫和李翰歌走过商业大街，熙熙攘攘的人流夹杂着店铺。梅漫突然在杂乱的声音里听见了一个熟悉的声音，是夏南结结巴巴的声音。她赶紧躲进了身边的便利店，紧张地拿起店里的一本杂志。果然是夏南和袁震饥，两个人刚从饭店吃完饭出来，似乎喝了酒，所以说话声音有些大。

梅漫用手拍着心脏，心想，今天不宜出门。

临分手，李翰歌似乎不放心似的叮嘱梅漫，让她与人交往千万谨慎，不要什么人都相信。因为李翰歌知道，也许，以后再也没有机会跟梅漫见面了。

听了李翰歌的叮嘱，梅漫下意识地嗯嗯两声，不知道是不是真正听进了李翰歌的话。

第 142 章

李翰歌那次看到辛涛去接梅漫，其实也是辛涛第一次约梅漫。那次见面当然是在梅漫看到辛涛和秋香之前。

那时，梅漫心里忐忑，一方面怕夏南知道不好，一方面不知道辛涛到底有什么企图。

辛涛看出了梅漫眼神里的担心，笑着说："我看你很紧张，别以为我约你出来就是想去干什么，今天只带你享受艺术。"

后来，辛涛把梅漫带到了一家日料店，吃新鲜的寿司和生鱼片。

"鱼肉脂肪含量低，吃这个不怕胖。这家店的寿司很正宗，是一个日本人开的，很多年了，几乎是北京最早的一家日料店。"

梅漫抬头看看身穿和服的服务员，以及榻榻米和推拉的木门。这家店离北京饭店很近，客人中有不少外国人，生意很好。

"若不是开车，我真想喝点清酒。"

辛涛说完，吸了一个冰冻玉子，又吃了小半碗牛肉汤泡饭。梅漫也吃了一个玉子。辛涛给梅漫盛了小半碗饭，说："这个饭一定要尝一点，非常有营养，日本孩子早饭吃这么一大碗，再吃两个玉子，一天都精神饱满。"

梅漫端起来尝了一口，果然非常醇厚香浓，好像牛肉完全化在汤里，再加上米饭特有的香味，吃起来非常软糯美味。

"今天就是请我吃日料吗？"

"当然不是。"辛涛笑着说。

这时候，从房间里走出来一个穿和服的日本老先生，他戴着眼镜，满脸笑容，看起来很和蔼。

他径直来到辛涛和梅漫面前。辛涛站起身，跟老先生握了握手，鞠了一躬。然后，两个人开始叽里咕噜说起了日语。

梅漫很诧异辛涛还会讲这么流利的日语，用惊奇的眼睛一直盯着他，仿佛突然看到一个外星人。

临走，日本老人鞠躬告别，还与梅漫握了握手。

"你知道我为什么那么爱吃日本饭吗？知道我为什么日语这么流利吗？"

梅漫一撇嘴。"知道我就是神仙了。"

"我在日本留过学。那时候不流行去欧美，好多人都喜欢去日本，都是受那个年代的日本电视剧影响，什么山口百惠、三浦友和，俊男美女，完全是偶像啊。我现在也仍然觉得男星里没有几个能超过三浦友和的。后来中国掀起了日本热，来日本留学就形成了一股潮流，持续了很长时间。"

辛涛给梅漫讲他在日本餐厅打工的事，当时的餐厅老板就是刚才那位老先生，他后来才来到中国开餐厅。辛涛说，因为自己不想跟父母要学费，他上完课就跑着去打工，拉面馆煮面、超市理货、旅店搞卫生他都做过。他还给梅漫讲他在日本打工的趣事，说日本男人下班都不爱回家，经常去超市看杂志。"我说的是上面有暴露图片的那种杂志。"辛涛特意跟梅漫解释。梅漫捂着嘴笑了，明白他的意思。辛涛说，每看到这样的男人，他就拿着打扫灰尘的掸子故意去津津有味看杂志的男人面前掸灰，男人们只好放下杂志走了。

梅漫听后哈哈笑了起来，说没想到辛涛这么坏。

辛涛继续讲他收拾旅馆房间的趣事。他说日本人管理非常严格，干活不仅要速度快，还要保证质量。他说日本有专门的小型旅馆，很干净卫生，客人退房出来，他即刻冲进去，两只手各拿一条毛巾，从卫生间顶到四面的瓷砖墙面，到地面每个角落，他像个蜘蛛人似的，两条腿蹬在两面墙上，人悬在半空，"噌噌噌"，从上到下，一遍湿毛巾，两遍干毛巾，两只胳膊像旋转的机器。一个小时要打扫三间房，等于二十分钟打扫一间房，还包括更换被罩和刷马桶。

辛涛说完喘了口气，仿佛这样才能缓解当时那种辛劳的感觉。

"我还碰到一个嫁到日本的东北女人，她来东京看她上学的女儿，刚好在我打工的餐厅吃饭，都是中国人嘛，自然就聊了几句。"辛涛讲了那个女人的故事。

"离婚以后，她通过中介公司嫁给了一个日本人，五万块钱的中介费都是借的，来到日本先打工还账。日本丈夫是村里的木匠，不想丢掉祖传的手艺，所以就一直留在小村没有外出。丈夫还有一个老父亲，三个人一起生活。村子地处日本最冷的山行，冬天零下四五十度，天天大雪封门。她天天盼着春天到来看见绿草，冬天太漫长了。

"她与父子两个人基本生活不到一起。家里寄来的东北五香瓜子他们认为是喂鸟的，只有鸟才吃这种东西。日本丈夫对她是隔着心的，家里的钱财她一点也拿不到。为了还中介费，她去打工，在一家旅馆做保洁员。她后来认识了一个男人，男人答应帮她一起供养女儿。她说，有时候在家里，那个男人也打来电话，她就气定神闲地接电话，因为不接反而会引起丈夫的怀疑。有了这个男人的帮助，她感觉轻松多了，压力不再那么大了。可是，就在不久前，她发现这个男人又找了另外的女人，这样就可能不会再帮她供女儿的学费了。她不知道未来怎么办，女儿的学到底上不上。"辛涛说，女人从开始跟他聊天到临走，一直在反复说这样一句话：一天也不想在这个鬼地方待了。

梅漫好奇地问："后来那个女人离开日本了吗，她的女儿因为学费问题失学了吗？"

辛涛说，希望她过上自己想要的生活。

听完，梅漫讲起了她的那次日本之旅。

梅漫有一次跟李荷花去日本旅游。两个人去东京大街吃著名的日本拉面，排队交钱的时候，身后两个日本中年男人跟她们搭话，英语夹着日本味，听起来很费劲，大意就是赞美她们漂亮。梅漫礼貌地笑笑没说话。

后来，两个人坐到了梅漫的旁边。他们问梅漫喝不喝啤酒。梅漫摇摇头，不打算跟他们搭茬。

辛涛听到这里笑着说："干吗不搭茬，说不定大叔喜欢上你了，你现在早就成为日本媳妇了。"

梅漫说："谁嫁给大叔啊，开什么玩笑。"

后来就各吃各的面，男人问她们从中国哪里来，梅漫假装听不懂，没有搭理他们，然后吃完面起身。梅漫笑着对辛涛说："下面问题来了，你知道发生了什么吗？猜对了，今天的日料我来请。"

"留电话啊，那还客气啥，肯定是这个。"

"我都不搭理他，能留电话给他吗？他又不是傻子。"

"猜不出。"

梅漫继续讲。男人拦住了她，要她伸出手来，然后在她手背上轻轻吻了一下。

"你说我该怎么办？"

"上去扇他一个大嘴巴，然后狂喊流氓，骂他吻了你的纯洁。"

"一哭二闹三上吊，这风格走出国门了是吗？我觉得没有必要为这个吻撒泼打滚。"

"对，我那是开玩笑呢。"辛涛笑着说。

"大可不必因为这一个吻大骂，把人家冠以流氓的称呼，也不必因为接受这一个吻，断言自己轻浮。就当它是一个美丽的肯定即好。"

"嗯，我中华新女性的霸气侧漏。"辛涛笑着说，"日本导游说，让他把面钱付了，凭什么让他白白吻了。"

梅漫笑着说："咱能不这么庸俗吗，别把自己的所有都标上标签。一个吻多少钱，一顿饭多少钱。我不出卖吻，我只给予对我欣赏的人。"

"好好!"辛涛喝干了杯子里的茶，就像干了一杯酒。

"我走时对他说，有时间去中国，满街都是美景加美丽的姑娘。"

"日本大叔是不是流口水了?"

"何止流口水，我明明看到他喷鼻血了。"

两个人一起笑了起来。

第 143 章

　　梅漫感觉跟辛涛在一起聊天很放松，同时也非常长知识。上一次让艾蕤给她上了一堂课，梅漫还是有点拿不准，还想听听辛涛的创业史。

　　听梅漫说想听自己的创业故事，辛涛神秘地笑了，神秘中有些诡秘，这更引起了梅漫的好奇。

　　"机遇加幸运！"辛涛上来就说了两个套词。这话似乎放在什么地方都可以。开口就喷万能胶。梅漫心里开始不爽，觉得辛涛不实在。

　　"别说我不相信的话，别说发言稿里常出现的话，别说套话，别说假话。"梅漫不满地说。

　　"真不是，我这是真心话。"辛涛似乎很认真地说，"讲我的故事之前，我先讲讲发生在我身边的我的朋友的事，你就会知道我说的话是不是真心的，知道机遇和幸运有多重要。你告诉我中国人挣的第一桶金大多是什么，就是说，经济发展是从什么时候开始的。"

　　梅漫以自己为参照物，想了想说："应该是股市。"

　　辛涛按照自己的思路说了下去。

　　他说人们对股市爱恨交错，从疏远、亲近到疏远，人们完成了从狂热到清醒到冷静的情感周期。记住，无论什么事情，开始的时候赶紧进入，等大家都进去了，你赶紧撤离。

　　听到辛涛的话，梅漫赞同地点点头。

辛涛继续讲。他说他一个哥们炒股很多年，从没有失过手，一千万元，放在里面，本来稳赚的，不知道为什么，起了贪心，结果上次股灾，赔得落花流水，最后剩了一两百万元，他老婆剁了他的心都有。

梅漫听到这里哈哈笑了起来。

"后来那哥们就抑郁了，头发花白，每天必须吃百忧解。后来又出现了两个赚钱的事，你猜猜是什么？"

"当然知道。"梅漫心里说，虽说理财赔了一点点，可是房子一定会大赚特赚。

辛涛说他一个朋友当年铁了心要移民加拿大，后来走的时候，把手里做的项目强拉硬拽地塞给他，他根本不想接。可是碍于情面，只得硬着头皮接手了朝阳世界城项目，那个时候，谁能料到房地产会热？结果呢，那个项目从开发到销售到出租全部在他手里。朋友当初走的时候，是坚决不看好这个项目的。朋友原以为会赔不少钱，所以加快移民，想把烫手的山芋倒给他，结果撒手的是一个金矿。现在朋友根本就不想回国，回来就犯心疼病和红眼病，更不能去世界城，去了就直接晕倒要急救，后悔得牙都咬掉好几颗。

梅漫听后哈哈笑了起来，知道辛涛在夸大事实。

辛涛有这么大的产业，怪不得能随心所欲搞投资。

"你那个公司，到底干什么？"

"跟投，什么赚钱干什么呀。现在不是热门吗，实体暂时没有找到好的缺口。"

实体投资也不错啊。梅漫在心里说。

"你今天就是来请我吃日餐的吗？"梅漫问辛涛。

"坏了坏了。"辛涛抓起梅漫就跑，账都没有结。

"你不结账吗？"梅漫着急地问。

"没关系，没关系，他们不会拦我的，下次吃饭时一起补。"

原来辛涛是让梅漫来国家大剧院看俄罗斯芭蕾舞团的《天鹅湖》。大剧院有很多演出，电影、小剧场话剧、交响乐。还好，还没有开演。

　　"你不是学过芭蕾吗，看看世界上最棒的芭蕾舞。"

　　"我还打过篮球呢。"

　　"那咱们去美国看 NBA。"

　　两个人赶紧坐下。座位很靠前，可以清晰地看到女演员修长的腿还有男演员健硕的肌肉。

　　四个小天鹅出来了，轻盈、纯美、活泼。梅漫的手突然被人握住了。她惊慌得赶紧抽了回来，在心里说，下次再也不要跟这个人出来了。女人在外面接触男人，其实是很危险的，男女之间到底有没有纯粹的友谊？梅漫问自己。

　　后来辛涛也放回了自己的手，趴在耳边对梅漫说："我一直在寻找纯粹的感情，总也找不到。你若看不上我，那我们之间就只谈友谊了，我从来都尊重女性。"

　　"我结婚了。"梅漫告诉辛涛。

　　"我现在不是很老实吗?"辛涛把手放在腿上，特意伸起来向梅漫举了举。

　　看到辛涛一副可怜兮兮的样子，梅漫坚持看完了演出，没有起身离开。散场后，辛涛果然没有再碰一下梅漫，而是与她保持适当的距离。

　　只要你的身子正，你的影子一定不歪斜。

第 144 章

苏雪雁的丈夫突然离世，没有任何征兆，他吃过早饭，出门散步，一下歪斜在门口。苏雪雁外出讲课，没有在家。他被救护车拉走的时候，已经不省人事。

这件事对苏雪雁的打击很大。顾蕙兰特意看了她几次。今天，她感觉情绪好了一点，特意过来找顾蕙兰，顺便看看病了很久的梅抒颐。

苏雪雁已经不再外出讲课。一方面丈夫去世她没有心情；一方面课堂上两个老太太先后去世，她们一直吃她的太空五谷粉，将之奉为神药的她们几乎停止了服用其他药物，光靠五谷粉治病。苏雪雁突然感觉很内疚，为了一己利益，是不是把自己的良心都卖了呢？当初顾蕙兰劝她都不管用，现在，经历了一桩桩意外事件，她自己突然悟到了什么，自觉放下了屠刀。

坐在顾蕙兰家红木椅子上的苏雪雁，精神状态刚刚恢复了一些。她对顾蕙兰说："以前街道让我开会戴着红箍站岗，我特别不乐意，从没有答应他们，我忙着讲课挣钱，觉得那些都是没文化的老太太干的。那天有个老太太高血压来不了，我替了一次班，结果，抓到了一个以贴小广告为幌子溜门撬锁的小偷，兜里作案工具齐全，就你这样的门，一下就能打开。"

"哎哟，是吗？"顾蕙兰赶紧盯了一下自己的家门，紧张地想是不是该在门里加个防盗锁链。

"这个工作其实还挺有意义的，下次跟我一起值班，别成天在家看你家梅抒颐。不行就带上他，说不定病很快就好了。"苏雪雁好像为自己找到了新的社会地位而高兴，"从前我们不是一起抓过露阴癖吗？现在那种感觉又来了，在我眼睛底下，一切丑恶的嘴脸都逃脱不掉。"

"直接当协警了。没人发你工资啊。"顾蕙兰开玩笑地对她说。

"不是当什么协警，你千万别讥讽我。"苏雪雁好像听出了顾蕙兰话语中的调侃，"最主要的是人不能冷漠，你走在大街上摔倒了没人扶，我走在大街上找不到家了没人指路，大家怎么办？"

顾蕙兰点点头。

"我家老头，若不是等我从讲课的地方赶回来再送到医院，可能早就救过来了，就不是现在的结果。"

"当时没人打120?"顾蕙兰奇怪地问。因为按常理，人们不会直接救护你，但是会帮你打电话叫救护车。

"他歪在墙边，人家从他身边过，看了看就急匆匆地过去了，我调录像看，我家老头手抚着胸口，急着向行人摆手，他可能感觉到自己不好，他兜里装着速效救心丸呢。我赶来的时候，救护车也刚到。若是早被救护车拉走，不耽误这么长时间，他肯定可以救过来。"苏雪雁黯然神伤地说，"我也不怨恨别人，我也经常这样对身边的人，对陌生人冷漠不睬。所以，从现在开始，我会改变这种处世态度。尽我所能帮助别人，不就跟冬天给人家送棉袄，夏天给人家送冰块一样吗？"

顾蕙兰听了苏雪雁的话，笑了。"那你多给我家送点温暖。"

"你也必须加入我们这个队伍。"苏雪雁指着顾蕙兰说。

顾蕙兰急忙摇摇头，指指房间里的梅抒颐。她探头向房间里一看，怎么没有梅抒颐的身影呢？顾蕙兰赶紧站起身到其他房间找，没有！苏雪雁还打开了衣柜，看了床底下，结果还是没有。两个人对视了一眼，开始心慌了。

"没看见他出去啊？"眼皮子底下走丢个人，顾蕙兰脸色有点不好。

"赶紧报警?"顾蕙兰问苏雪雁。

"是不是要 24 小时以后才可以报警?"

"不知道啊,又没有丢过人。"

顾蕙兰赶紧给梅漫打电话,结果,没人接。

"没多大会工夫,要不咱们先找找,找不到再报警。"苏雪雁对顾蕙兰说。

两个人急忙出了门。

先在楼下的花园找,然后在小区周围找。

苏雪雁问顾蕙兰,梅抒颐平时最喜欢去什么地方,就是他没有生病的时候最喜欢去哪里。

顾蕙兰想了想,镇定地说:"肯定在老宅,我们去梅宅找他,十有八九在那里。"

顾蕙兰似乎把握很大。两个人一起去了梅宅。

到了胡同口,正看见肖雅清坐在门口的椅子上喝茶,还摆了个小桌子,桌子上放着紫砂壶,一看就是没事喝工夫茶打发时间。

顾蕙兰赶紧问:"你看见梅抒颐来这里没有?"

肖雅清赶紧摇头说:"真没看到,我刚刚坐到这里,大姐来喝杯茶。"

其实,肖雅清刚才看见了梅抒颐,她端着紫砂壶刚要推门出去,突然看见梅抒颐在老宅门口转悠,似乎想进梅宅,但是梅宅锁上了门。在墙外转了半天,梅抒颐就走了。虽然肖雅清知道梅抒颐得了健忘症,以前的什么事都记不住了,但是,她还是不想见他,怕他突然想起来留在这里的定金。所以,等梅抒颐走了以后,肖雅清才慢悠悠地出来坐在这里舒心地喝茶。没想到,刚悠闲了没有十分钟,顾蕙兰就来了。

肖雅清也不知道自己为什么那样回答顾蕙兰,好像是一种习惯,或者是一种自我保护。这样,会不会导致梅抒颐走失呢?肖雅清马上打消了心里升腾的不安。跟自己有什么关系呢?又不是自己家的人。俗话说,事不关己高高挂起。"就是没有看见梅抒颐,我一直在房间里,没有出门,怎么可能看见呢?"肖雅清这样坚定地跟自己说。

"真没看到?"顾蕙兰似乎不相信,觉得梅抒颐一定会来这里。

"真没看到!"肖雅清极力否认地摇摇头。

顾蕙兰又围着梅家老宅转了转,才和苏雪雁东张西望地走了。顾蕙兰的身影几乎消失在胡同口,肖雅清才喊了一句:"也许他来过,我没有看到!你再问问别人。"

顾蕙兰向她摆摆手走了。

苏雪雁拽住了顾蕙兰说:"我先打几个电话,让附近几个街道的老太太们一起看看,我有微信群,你把你家梅抒颐的照片发给我,我发给大家,你不能忽视群众的力量。"

顾蕙兰说:"你告诉大家,他总是穿一件米灰色多兜马甲。再没有消息我只能报警了。"顾蕙兰说完,身上一点力气也没有,瘫坐在路边的椅子上哭了起来。

苏雪雁急忙劝她说:"别急别急,等会我陪你去派出所。"

不一会儿,苏雪雁的电话响了,说确实有一个穿马甲的老头,在马相胡同。他们拍来了照片。顾蕙兰一看,根本不是。不一会儿,大丰胡同那边也发来信息了,说有一个马甲老头跟他们急了,因为他们不经过他同意就拍照,侵犯人权。顾蕙兰摇摇头,这两个人都不是。

"南大安又来信了。"苏雪雁兴奋地说,"他们说见到一个骑车穿马甲的,六十多岁,还没来得及照相,那个人就骑车走了。"

顾蕙兰脸上燃起的兴奋全部熄掉了。

"这家伙不会坐上车回天津老家吧,或者上唐山他弟弟家。我看过一个报道,说人老了什么都记不住,只记得小时候的事。"

顾蕙兰的话让苏雪雁信心满满的热情降了温,在北京这么大的城市,找个人无异于大海捞针。

"也不对，他从小就被带到了梅宅，根本没在唐山住过，在天津也没有住过几年啊。"

顾蕙兰自言自语，完全没了主意。两个人向紫金阁方向的派出所走去，必须报警了。

推开派出所的门，苏雪雁跟明白了似的：不用到派出所，直接打 110 就能报警，咱们两个真是糊涂了。民警问进来的顾蕙兰和苏雪雁："你们有什么事？"

"我们报警，要不打 110 也行。"

"人都来了，还打什么110？"民警不可思议地笑了笑。

"哦，那我们报警。"

顾蕙兰坐下，准备跟民警汇报情况。兜里的电话响了，是梅抒颐打来的，问她怎么没在家，说他在家等了很久，以为她去买菜了，他说他饿了，已经做好了饭，让她回来吃饭。

顾蕙兰从椅子上跳起来，对苏雪雁说："梅抒颐是不是出事了，这电话太诡异了，不会是从天堂打给我的吧，我怎么完全不相信我看到、我听到的世界了？他说他在家，还做好了饭。"

"啊！"苏雪雁张大了嘴巴，拽起顾蕙兰就往家里跑，这一路上，嘴就没有闭上，一直处于张开的状态，那是惊讶的表情僵在了脸上。

顾蕙兰呢，一会儿哭一会儿又笑，完全情绪失控，因为不知道这是真的还是假的。如今，她似乎不再相信什么道听途说，只有亲眼所见才敢相信。世界变了，她相信只有自己的眼睛不会欺骗自己。

第 145 章

李荷花从老家直接去了西北县城，这让梅漫和李翰歌很是诧异。难道她什么都不带走了，什么都不要了？

李荷花已经失掉了最珍贵的亲情，还有什么可以值得她再留恋的？

听说李荷花直接去了西北，梅漫二话没说直接买票去西北看李荷花。这就是胜过亲情的友谊。从小学到现在，两个人一起度过了儿童、少年、青年时期，还有什么比得上这种陪伴和相守？

梅漫给李荷花带了很多东西，从零食、化妆品到围巾，一应俱全，梅漫还从网上给李荷花买了几斤巧克力直接邮寄过去了。她实在提不动那么多东西。

上了高铁，梅漫两个胳膊累得发麻，一屁股坐在座位上再也不想起来。要是平常，梅漫肯定会跟李荷花调侃，说两句让荷花不喜欢听的话，但从现在直至以后，梅漫都不敢这样对待李荷花了。不能再像以前一样任性地调侃、欺负李荷花，从前的几十年都是这样过来的，以后，梅漫决心好好呵护她，就像对亲姐妹一样。

中午了，送餐车咕噜噜推过去，服务员一直高喊着："排骨、牛肉、鸡块。油菜、香菇。"广播里也在高声叫嚷着。梅漫对高铁上的饭菜没有兴趣，她突然很想吃方便面，因为旁边的人正在吸溜吸溜地吃面，方便面的香味是诱人的，还具有传染性。梅漫要吃香辣牛肉面，她拦住了小货车。

买面、泡面。梅漫去接开水，热水管被一个女人霸占着，她正在烫鸡蛋，妈呀，怎么什么人都有啊。热水不是她家的啊。梅漫不想等，也不想看这个女人表演怎样烫熟鸡蛋，转身面无表情地向另一个热水箱走去。

梅漫接完水泡好面，嘴里含着叉子，向自己的车厢走去，走到车厢中间位置，抬头，眼睛无意间扫了一眼靠走廊的座位。那个人也刚好放下书抬头，两个人的目光相聚。梅漫一张嘴，叉子掉地上了。那个人赶紧起身跑过来帮梅漫捧着那碗热腾腾的方便面。

"你怎么在这里？"梅漫惊奇地问，然后沮丧地说，"你看看，就是因为你，我的叉子都掉地上了，还怎么吃面啊？"

李翰歌也惊讶地问："你来怎么不告诉我，一起来多好啊！"

"谁跟你一起走啊，还避嫌呢。"梅漫白了李翰歌一眼。

李翰歌垂下眼睛，表情沮丧地说："对不起，我忘了，梅漫身边还有一个夏南呢。我这儿有一次性筷子，给你。"

李翰歌掏出筷子，自己也从双肩背包里掏出一碗排骨汤面泡了热水端回来。废话先不说，两个人一起吃起了面。李翰歌还从包里掏出了一只扒鸡、一罐带鱼罐头。带鱼罐头里还有很多香糯的白芸豆。梅漫也不客气，撕了一个鸡翅就啃。李翰歌赶紧拿出一次性手套递给梅漫说："戴上这个吃，不脏手。"

"没事，我一会儿把手指头唆了。"

李翰歌一听，唉！还是那个梅漫，一点都没改爽气的脾气。什么温文尔雅、典雅端庄，在她这里全部一脚踢走，她会翻着白眼说："虚假。"

"这鸡味道真不错，我其实不爱吃鸡肉。"

梅漫都吃了小半只鸡了，还说自己不爱吃鸡肉，要是爱吃是不是直接吃掉整只鸡了？

梅漫突然一捂嘴："会不会放了很多味精，所以味道这么好？吃还是不吃啊？"

"你问谁呢？"李翰歌被梅漫逗乐了。

"哎哟我的妈呀，你就吃吧。"李翰歌给梅漫夹了一块带鱼。

"那我先吃，你不要问这问那的，影响我食欲。"梅漫认真地对李翰歌说。

"我们都堵着嘴呢，没法说话，先吃。"李翰歌笑着说。两个人好像又回到了校园。

"我可是无意间碰到你的，要不回家说不清了。"梅漫嚼着嘴里的东西对李翰歌说。

"我知道，我一定跟你保持距离，或者咱俩别一起走，各走各的。"

"这样不行，我东西太多，你帮我提。"梅漫开始喝方便面汤。

"嗯，我帮你提。"李翰歌不敢再给梅漫夹菜了。

吃完饭，梅漫问李翰歌："你来干吗？也是去看李荷花吗？"

李翰歌点点头，算是回答了梅漫的问题。其实他一方面不放心李荷花，一方面想去找李想，还有一件事就是他的父母想在家乡建个养老院，他们自己也过来养老，李翰歌这次先来看看有没有合适的地方。

李翰歌万万没有想到梅漫也会跑来，这一点他很感动。庆幸李荷花有这样一个关爱她的朋友。

"荷花估计连羽绒服都没带，她现在也没有那种心情照顾自己。我还给她买了羽绒服呢。"

"我不知道该给她带什么，只给她带了几本书，《简·爱》《飘》《雾都孤儿》，她应该看看这几本书，也许正适合她的心境；还有这个平板电脑，我给她下载了不少电影，可以看看打发时间。"

梅漫听了李翰歌的话，赞许地向他伸出了拇指。

"李荷花一定想不到我们去看她。"梅漫有些兴奋地说。

"希望她见到我们不要哭吧。"梅漫有点担忧地说。

"不会，荷花很坚强，从她把家里的东西全部处理掉，从她一个人直接去了西北，我就看出来了，她的内心很强大。"李翰歌对梅漫说。

不知为什么，听到李翰歌说荷花搬空了自己的家，梅漫莫名地很伤感，眼泪止不住流了下来。

"来，看个喜剧电影吧，捧着这枚开心果，就像每次我遇到伤心难过的事一样。"李翰歌把平板电脑打开，随手滑到一个片子，递给了梅漫。

第 146 章

李荷花是在一天清晨回到学校的，当时李想正在操场上跑步。李荷花看到他的身影，没有说话，直接向校舍后面的宿舍走去。李想也看到了李荷花，赶紧以百米冲刺的速度冲了过去。

李荷花听到了身后跑步的声音，她没有刻意回头。

李想边跑边叫："李菡苕，你回来了！"

李想打量着李荷花的面容，觉得她明显地瘦了，尖尖的下巴，大大的眼睛，暗淡的眼神，这是一个人受到重大打击后最常见的样子。这一刻，李想很同情李荷花的遭遇。

很久没有人这样叫自己的名字了。荷花这个名字被梅漫叫熟了，连她自己也完全被同化了。

李荷花愣了一下说："哦！我回来了。你还好吗？孩子们还好吗？"

李想快步走上前，拿起了李荷花手里的行李，行李不多，也不重。这一点李想没有想到，他以为李荷花至少要带很多东西。哦，也许她来收拾东西，再也不回来了。李想突然想到了这一点。

"这么长时间，谁给她们上课？"李荷花问李想。

"有个艺校的学生放假，李翰歌请她带孩子们，就算假期打工，付的薪酬比外面高一点，否则她早就回城了。"

她还在关心孩子们，李想心里很安慰。

"你，还好吧？"李想问。这句话也是一种关心和担忧。李想问得小心翼翼，生怕触动了李荷花最脆弱的一点。"你休息两天，不着急上课。"

早饭，李想给李荷花送来了两个鸡蛋和一碗金黄的小米粥。吃完了早饭，李荷花倒在床上，一下就睡着了，好像这些日子，她一直没有好好睡过觉。太累了，她真想一下睡死过去，再不要醒来，这样就不会有痛苦和烦恼了。

下午，李荷花睡醒了，她打开房门，看到三个人影从阳光下走来，她以为自己没有睡醒，揉揉眼睛仔细一看，果然是他们，她没有做梦。

梅漫跑上去搂住了李荷花，李荷花看到他们没有流泪，而是苦笑着说："这么远，你们专门为看我。"

"我是专门来找李想的，她是专门来看你的。"李翰歌把给李荷花带来的东西递给她。梅漫和李荷花提着一堆东西一起回了宿舍。

"我们在这里等你们，一起吃饭，李想说他请我们吃当地最火的一家串串店，那家的牛肉串、自制烤肠和饸饹面非常棒。"

听到李翰歌说的几种美食，梅漫心里开始痒痒。吃美食是多么让人期待的事呀。

看到他们的到来，李荷花当然感到惊喜和意外。但是，心中那块被压得喘不过气来的沉重岂是一个笑脸、一段欢快的时光、一顿饭就可以抹掉的，它需要时间慢慢打磨，慢慢消散。

李荷花当然不会打消大家的积极性和兴奋的心情。即使心里再难过，再吃不下，她也会收敛起来。把悲伤留给自己，把欢快给予别人，这是最基本的准则。

吃过饭，梅漫陪着李荷花、李翰歌和李想坐在校园的操场上聊天。

平时并不抽烟的李翰歌和李想也一人吸了一支烟。两个人根本不会抽，一口也不吸，全部吐出来。

"我们班好多同学都出国了！"李想一声感慨，"上次去北京见到了一个同学，整个人都发胖了，完全像一只被娇养的家猫，他以前可是充满激情、梦想和野性的。"

李翰歌听后点点头。哪个人没有过这种热血激情的时候，没有过年轻生命的怒放？

李想讲起他本来被分配到教委，是他自己主动要求下基层到小学当教师，他说过一段时间可能还会被调走。

听到这话，李翰歌马上想起了李荷花，她从追求爱情，到现在不自觉地成为一名孩子们期盼的老师，好像已经没有回头的路了。

"你走了，李荷花怎么办？"李翰歌问李想。

"我会用自己的方式表达对她的爱。"

李翰歌一听，这是什么话，文绉绉的听不懂。

"你要是真喜欢她，就痛痛快快地表达，她现在什么都没有了，我觉得她很可怜，如果你再不能给她想要的爱情，她的日子就更苦了。你跟我说，你到底喜欢不喜欢她？"李翰歌借着酒劲问李想。

"当然喜欢啊，她执着、美丽、善良。"

"那你明天去买束花，当着我们求爱，这样我们就可以放心地回北京了。"

"好！"李想响亮地回答。

李翰歌说："这里若不方便买花，你就去田野采点野花，荷花也是绝对不会嫌弃的。"

"就这么定了。"

第二天，李想果真采了一大束西北山丹丹，他说其实这个比买的更有意义。李翰歌拽着李想神秘兮兮地来到梅漫和李荷花身边，只有李荷花是不知情的，当李想献上那束花的时候，梅漫和李翰歌都准备好了掌声和祝福，却没有想到，李荷花拒绝了。

她知道李想并不爱她，她这么痴迷都没有改变李想对她的态度。父母的离世让她看开了很多、明白了很多、悟出了很多。她清楚地看到，她需要的是李想的爱而不是可怜，他混淆了这个概念。所以，这样的爱她是不会接受的。

场面尴尬了，谁也没有想到会是这样的结果。

"我先替荷花收下，咱们在，她不好意思。"梅漫替荷花接过李想手中的花闻了闻，对李翰歌说，"帮我找个瓶子放点水，插上花。"

两个人赶紧走出了房门，房间里只剩下李想和李荷花。

"荷花别伤心了，有我在。"

"我不需要别人可怜我，不希望爱情里夹杂着可怜。对不起，请你理解。"

"我知道，我的爱里没有可怜，请你相信我、接受我。"

李荷花摇摇头。如果真有爱，不是一次拒绝就可以阻碍的，李荷花清楚地知道这一点。

第二天，李翰歌还要去西北大叔家，大叔为母亲发起了众筹，李翰歌要过去给大叔送钱。可能还要去几个需要众筹的人家，还有他父母办养老院选址的事，所以就不跟梅漫一起回北京了。

梅漫本来也是准备第二天回北京的。辞掉工作的她时间充裕了很多，有时去夏南的服装厂看看，也帮不上什么忙，完全是形式上的巡视。

第二天，是周六。李荷花走进训练厅，她猜想地板上可能会有很多灰尘。没有想到，地板上纤尘不染，阳光明亮地洒在上面，金灿灿的。桌子上，堆满了吃的，一个苹果、几个柿饼、一个鸡蛋、几块糖，还有一瓶鲜亮的黄色小雏菊。李荷花扭头一看，从门后面，镜子旁边围上来五六个同学，阿彩、馨妮，她们好像一下子长高了，更加亭亭玉立。今早，送走梅漫的时候，李荷花伤心地想，跟她一起回北京吧，那里有自己熟悉的地方、熟悉的朋友，还有父母余留的微笑和温暖。现在，此时，她的这个想法飞到了九霄云外。

她们是她心中的天使，与她们在一起，她也会成为天使。

第 147 章

梅漫听老妈顾蕙兰哆哆嗦嗦地说爸爸失踪了，吓得她赶紧从世贸天阶往家跑，刚钻进车，老妈又打来电话声音颤颤巍巍地说老爸已经回家了。梅漫的情绪完全像游乐园里的过山车。

她对电话里的顾蕙兰说："妈，您能不能等消息准确了再告诉我。"

顾蕙兰在电话里说："都是准确的。"

梅漫焦急地问："到底找到没找到？"

"找到了，你直接回家吧。"

梅漫心里还是紧张焦急。她充满厌烦地看着路上爬不动的车海，恨不得长出翅膀直接在畅通无阻的天空里飞翔。

梅漫急匆匆赶回了家。虽然说父亲回到了家，可是，梅漫还是急切地想看看老爸到底怎样了。

"嘭！"梅漫一把推开门。

"干什么呀，这孩子，什么时候进家都是这样撞门。"

老妈、老爸和苏雪雁三个人坐在饭桌上，正准备吃饭，看见梅漫，赶紧招呼她。

"都是你爸做的菜，我们刚刚准备吃。饭还没熟呢。"

梅抒颐也微笑着看着她。梅漫扶着脑袋坐在沙发上说："你们先吃，我先缓缓。"

原来，在顾蕙兰和苏雪雁正聊得热火朝天的时候，梅抒颐走出了家门，他也不知道该往哪里走，脑子里完全是空白的。他不知怎么来到了梅家老宅，在墙外走了两圈才找到大门，用力一推，推不动，门锁上了。他扭身走出了胡同口，不知不觉走到了梅欣居住的房子前。

　　"咦！房子没有烧坏啊，这不是好好的吗！"

　　梅抒颐问自己。他走过去，敲敲门，没有人，摸摸窗户，被太阳晒得暖暖的。他一抬头，阳光刺着他的眼睛，脑子仿佛一下子打开了，突然记起了好多事。他想起了自己刚才从家里来，去了梅宅，没有进去，儿子梅欣去了富春山写生，还让顾蕙兰和他也去富春山。

　　那天，股票的打击，看到梅欣的房子失火，梅宅被人突然买走，这三件事凑在一起像三座山一样，重重压在他的心上，他突然什么都记不住了。今天，看到梅欣的房子完好无损，他突然恢复了丢失的记忆。

　　此时，旁边小店的老汤牛肉有很多人排队购买，梅抒颐也感觉饿了，于是，他买了牛肉、酱肚回到了家。家里没人，顾蕙兰也没有在家。他哪里知道，顾蕙兰正在大街上焦急地找他，以为他走丢了。

　　他打开冰箱开始做菜做饭，然后给顾蕙兰打了电话，问她在哪里，干什么去了。这话问得顾蕙兰蒙得不知道该怎么回答。他根本不知道自己曾经患过病，所以才这样问顾蕙兰。

　　当顾蕙兰回到家，看到表情、说话一切正常的梅抒颐，都不敢相信是真的，她一直问苏雪雁："不是做梦吧？好像被生活骗了的感觉。"

　　顾蕙兰走进家门的时候，桌子上摆放着一碟牛肉、一碟牛肚。

　　梅抒颐正在做菜，软炸虾仁、葱炮羊肉、西芹木耳马上就上桌了，蘑菇汤炖在火上，满屋飘着米饭的香味，就像以前梅抒颐没有生病时一样：回到家饭菜摆在饭桌上，梅抒颐拿张报纸翻看，等着顾蕙兰回家吃饭。

　　顾蕙兰不相信似的问梅抒颐："是你做的吗？你刚才上哪里去了？"

"我是谁？"苏雪雁问梅抒颐。

"你以前的事还记得吗？"

"你得过病，你知道吗？"

苏雪雁和顾蕙兰你一句我一句，不停地问梅抒颐。

梅抒颐笑着说："我有什么病，好得很。"

"你我还不认识，简直不相信我的智商。"

"我们就是不相信你的智商。"

"我今天可是去了老宅，去了梅欣的住处，买了东西，给你们做了饭，你们却怀疑我的智商。"

梅抒颐的话，让顾蕙兰和苏雪雁面面相觑。两个人不约而同地说："病好了?!"

"你在我家吃饭吧！"梅抒颐指着苏雪雁说，"我做的菜不比厨子做的差。"

"好！我尝尝你的手艺。今天就不客气了。"苏雪雁痛快地答应。

梅抒颐还拿出了一瓶猎人谷红酒。三个人高高兴兴地开吃，正准备小小地庆祝一番，梅漫就急急火火地推开了家门。

"过来吃饭！"梅抒颐对坐在沙发上支着脑袋看着他们的梅漫说。

梅漫进卫生间洗手，然后打开冰箱拿起矿泉水咕咚咕咚喝了半瓶。

三个人同时喊："别喝那么凉的。"

梅漫懒洋洋地说："火气大啊。"说完，捏起牛肉就吃了起来。

梅抒颐喝了一口酒问："梅欣的房子是什么时候修好的，他哪里有钱？"

顾蕙兰和梅漫都张着嘴忘了吃饭。

"什么修房子？"

"我们不知道。"

"哦！"梅抒颐说，"我上次去看梅欣，他的房子都被烧毁了，后来我就什么都记不得了，急火攻心，我这心迷糊了。今天看到梅欣的房子好好的，突然，我的记忆一下就回来了。"梅抒颐吃了一口牛肚，继续说，"我分析，他没有去日本开画展，肯定是遇到了什么变故。我分析房子失火是主要原因。最近他来没来电话？"

"从富春山出来了，他说去杭州附近的古镇写生去了。"梅漫嘴里塞着东西，边嚼边说。

"爸，你还去过咱家老宅呢，记不记得？老宅我买了。"

"啊！这个我要多喝一杯。你有这么多钱？不够，我赞助你。"

梅抒颐想起了他卖画的钱，他哪里知道，找到卡以后，顾蕙兰早就给梅漫补上了贷款。

梅抒颐高兴，又倒了点酒。

"吃完饭，你带我去。"梅抒颐对梅漫说。

几个人吃完了饭，梅漫带着梅抒颐和顾蕙兰去了老宅。顾蕙兰这一路都像是做梦，喜悦的脸上一直挂着笑，嘴都感觉累了，闭上了，嘴角又不自觉地翘起来。喜悦，完全揉皱了她的脸。

踏进梅宅。梅抒颐背着手，淡定地抬头看瓦，看屋檐，看回廊，看院子里的青砖，摇摇头走进了房间里。梅漫追在后面说："爸，拆下的老砖、老木料都放在我哥哥的房间，施工队说老东西不太结实了，所以没敢用。"

梅抒颐笑了笑说："施工队说的不一定都对。故宫御花园的地砖用了多少年？咱们家的东西虽比不上皇家的好，但是也不会差到哪里去。"

"你们装修好了也不住？"梅抒颐问梅漫。

"谁来住？"

"以后夏天我和你妈来住，你问问夏南可以不可以。"梅抒颐觉得房子是女儿买的，所以跟梅漫客气了一下。

"咱家也添钱了，他才不管呢。"梅漫笑着说。

"好！我一进来就觉得亲切。夏天在院子里坐坐，种点花草多好啊！幸亏紫藤花和海棠树没有被刨掉，不然这院子就完全被毁了。"梅抒颐叹息地说。

"这么稀罕，那您就来住吧。对了，我表姐思敏要回国探亲，带着她的两个小崽子。"

顾蕙兰抬头说："她怎么不跟我说？前两天还打电话呢，根本就没提回国的事。"

"人家不是怕您吗，您总对她的日本老公耿耿于怀。从几年前探亲到现在，又一晃好几年过去了。"梅漫对顾蕙兰说。

一家人欢欢喜喜地出了梅宅。顾蕙兰这么长时间从没有像今天这么高兴过。梅抒颐让梅漫带他去梅欣的房子看看。

几个人进了梅欣的房子，梅抒颐进门就找梅宅拆下来的东西。在客厅和一间房子里，梅抒颐看到堆放着的木头和砖瓦，他蹲下身用手摩挲着。

"一砖一瓦都亲切啊。"梅抒颐用手掰着木头说，"你看多结实，都是上好的木料。"

顾蕙兰笑着说："等我们老了什么也带不走。"

"所以，才要把最好的东西留给他们，留给他们的他们。"梅抒颐指着梅漫说。

梅漫一撇嘴说："什么是最好的东西？恐怕我们根本不懂，这个才是最悲哀的。"

第 148 章

今天夏南回家早，梅漫跟他说她前些日子跟艾蕤一起喝了茶，听艾蕤说才知道，他爷爷奶奶还帮助过她呢。

"这、这都是很久远的事情了。"夏南淡定地说，"爷爷、奶奶去、去世了，她、她还总来看望我父母，也是很难得的。"

"听说她小时候家里很苦，结了两次婚，后来又离婚了。"

"那、那个年代，有、有几个家里不苦的。离、离婚了还算好的，就怕不离婚。"

"离婚后她又怎么样了？她还没有来得及给我讲呢。你给我讲，我想听。"

"讲、讲她干什么，跟你有什么关系，你、你又不是编剧，编电视剧。没、没那份精力，困、困了。"

"哎哟喂！瞌睡猫啊！"

梅漫跳到地上给夏南倒来半杯红酒，打开果仁盒，从冰箱里给他拿来一袋鸡脚、鸭脖，算是对他的贿赂。

夏南说："不、不想吃都要吃一口，不、不然对不起这份殷勤。"

梅漫上了床，打算在床上躺着听。

夏南喝了口酒，开始给梅漫续讲艾蕤女富豪的下半场人生。

艾蕤要跟第二个老公离婚，说起来简单，可是在财产分割上一直谈不妥，这就导致一直没有离婚。

后来艾蕤在路上出过两次车祸，一次是迎面一辆大卡车直接撞来，她急忙打方向盘，车子一头扎进路边的深沟，当时头破血流，直接晕倒。要不是反应快，躲闪及时，直接就被大卡车碾压成相片了。

还有一次，刹车出问题了，在马路上，好多运煤的大车，她的车就夹在大车中间，前面的车如果突然刹车减速，或者停下来，她的车会直接钻到大卡车底下，瞬间就会被压扁。大卡车几次减速似乎要停下来，艾蕤心里慌出了一身汗，已经在寻找跳车机会了。卡车减速了，几乎停止了，艾蕤看前面刚好有个收费站，收费站中间有铁栏杆，还有一个很高的水泥围栏，一个圆柱子，她的车子直接冲上了收费站中间的栏杆，水泥柱子把车拦下了。艾蕤再次受伤，被撞得一脸鲜血。

两次车祸，也没有让艾蕤醒悟，她只是觉得车祸出得特别蹊跷。

为了摆脱霉运，艾蕤特意上山烧香，去掉身上的劫难。

没过多久，艾蕤车祸的伤刚刚痊愈，她又感觉身体不舒服，一次吃完饭竟然直接食物中毒被拉到医院了。抢救洗胃。捡回半条命的她问医生自己到底怎么了。医生说："你自己吃的什么，不想活了也不能瞎吃啊。"

艾蕤不解地问："我吃什么了？"医生说："你不是吃药了，吃毒药了吗？"

吃毒药？艾蕤突然醒悟。一次次车祸，这一次中毒，都是在直接要她的命。她不在了，财产都是他的。她要找她的混蛋丈夫算账。

见到他，先臭骂一顿，然后揭露他的阴谋。当然他是钢牙铁嘴不会承认。那没有关系，中毒的东西已经拿去化验，私人侦探已经在调查车祸事件了。她丈夫当时就求她不要折腾了，一切好说好散。艾蕤不同意，坚持调查。后来，男人搬来了老婆婆、老公公，还有她的老父亲、弟弟，打上了亲情牌。这样更好，完全变被动为主动。离婚和财产分配，她终于如愿以偿。从此，最亲密的两个人相忘、相别、相恨，如同不在一个星球上。

"从小吃了那么多苦，千辛万苦才挣来钱财，又遇到了那么狠毒的男人，她现在终于可以自由自在地享受生活了。"梅漫闭着眼睛对夏南说。

夏南说艾蕤其实是一个很讲义气的人，他说她还救济过她的第一个丈夫，帮他还掉了赌债，给他拿资金重新开店，现在那个前夫经营的餐馆生意红火，他重新结了婚，又生了孩子，一心一意做生意，戒掉了打麻将的毛病。

"现在她有一个小男友。"

"啊！"梅漫睁开了双眼，一下坐起来了。

"你激动什么？羡、羡慕啊。"

"为啥找这样的，怎么找的？"

"你问我，我、我问谁？"

第 149 章

香港要举办服装新品发布会。梅漫约磐磐姐一起去，顺便看看夏采薇。

发布会请了目前正火爆的古装片新星助阵，还圈来了大量粉丝，现场一片杂乱。梅漫、磐磐姐和夏采薇坐在观众席上，磐磐姐还约到了一位好多年前嫁来香港的姐妹一起观看。

走秀区的模特穿一身橄榄绿阔腿裤装，头戴同色宽布发带，直着眼睛，梗着脖子，一张塑料脸毫无表情地盯着前方，两条腿交错成一条直线，舞台猫步相当高冷。一个个时尚博主们身穿落日余晖系列、青色优雅系列从走秀区如云彩、如朝霞般飘然而来。

梅漫感觉左侧似有什么人盯着自己。她扭头一看，原来是辛涛。梅漫惊讶地抬手向他挥了挥，并趴在磐磐姐耳边说："辛涛也在。"

磐磐姐也不知道辛涛来，回头向他笑笑。

散场后，辛涛过来说要请四位美女吃饭，就在维多利亚港湾旁边的餐厅，可以俯瞰夜景，领略东方之珠的魅力。

磐磐姐说："在香港其实吃旺角小吃也是很棒的，鱼蛋、虾饺、碗仔翅、钵仔糕、煎酿三宝。"

辛涛说如果磐磐姐想吃，他明天还可以请，今天先在这里边看夜景，边吃饭，边吹海风。

夏采薇笑着说："说得这般美好，其实你们逛商店，看风景，多没意思啊。"

"这本来就是很美好的啊，还有什么比边吃美食边看美景边吹海风更惬意呢？"梅漫啃着龙虾腿，望着海边璀璨的高楼，清凉的海风扑着脸，耳畔是舒缓的乐曲。柔和的灯光燃起夜的柔情。

磐磐姐也添油加醋地说："我也醉了。"

夏采薇则做个鬼脸说："吃完饭我带你们去个好地方。"

梅漫瞪着眼睛看着她问："去哪儿？"

辛涛笑着说："我知道！"

磐磐姐的女友看着桌上的菜，不满地说："你们点菜太浪费了。"

大家赶快看桌子上的菜，虽然不是特别贵，但是确实点了不少。也许辛涛比较好面子，点少了，怕人误会他小气。

"放心，我们今天一点也不浪费，全部吃掉。"

磐磐姐紧张地看了梅漫一眼，又看了看桌子上最吓人的两道菜：肥烧鹅和剧本蛋糕。虾呀，贝呀，翅呀都好处理，这肥腻的烧鹅一人吃一块就堵上了，有的人恐怕一块也吃不下，听辛涛说还点了日本抹茶冰激凌和蛋糕呢，这是晚上，怕胖的妹子们真不想把胃撑大，把肚子吃得看不见腰身。

为了这次不给港姐留一个不好的印象，梅漫和磐磐姐拼命地往嘴里塞。剩了几块烧鹅，梅漫把盘子端给了辛涛，辛涛笑笑摇摇头，他才不在意港姐的印象呢。

梅漫又把盘子端给了夏采薇。夏采薇摇头摆手，坚决不吃。她说已经堵在这儿了，说完指指自己的嗓子眼。

梅漫这次把盘子端给了磐磐姐，磐磐姐挥手叫服务员："打包带走。"

磐磐姐的聪明让梅漫佩服。她绝对不会吃多了被撑糊涂，脑子什么时候都是清醒的。

梅漫像检讨似的说："以后点菜坚决不多点。"

磐磐姐说："浪费粮食是罪恶的。"

港姐说："要养成点菜吃饭不浪费的好习惯。"

辛涛说："这次撑的教训，改不了明天的任性。我可是怕你们骂我小气才多点的。"

"咱们散散步。"磐磐姐提议。

"你到香港干什么来了？绝对不是看服装展加购物。"梅漫悄声问辛涛。

"照顾你来了。"辛涛大方地看着梅漫，海风微澜，吹着他的厚脸皮。

掌嘴。梅漫在心里给了辛涛一个嘴巴，尽管他今晚请了一顿豪华大餐。这是抹嘴就砸锅的节奏。

辛涛看出了梅漫的不满，收敛了脸上的一点不正经。"我就不能来买衣服、购物，谁说购物是女人的专利？"

辛涛抖抖身上的风衣。

磐磐姐当然不信辛涛的话。

"买了几个物业单元？游艇也看了？"磐磐姐在开玩笑。

"都看了，都看了，型号不好，游艇太小，正在订制泰坦尼克同号型。"

"到底干什么来了？"磐磐姐才不受他的糊弄。

"香港一个朋友投资失败，艾伊丽小岛要卖，我来找他。"

"啧啧，纵横不列颠啊。"

"种菜还是养猴子，还是搞旅游开发？"磐磐姐问。

"开发成小王国，让夏采薇这样的人天天在里面不想出来。"

大家抬头看了看远远超过他们的夏采薇。

夏采薇把大家甩开，大步流星，步伐急切，完全不像大家那样慢悠悠地散步，也无暇看海边夜景和城市的灯火阑珊，好像急着去抢宝。听到大家的笑声，她扭过头来说："快走，快走！要下雨了。"

她的话让大家莫名地抬头看天。月亮高悬，明亮如灯，白云舒卷，任性地在天空游弋，完全没有聚在一起形成黑幕压城的恐怖感。

"谁在呼风唤雨？"辛涛对大家说。语言反应一个人的心智，辛涛的话完全是跳跃式思维，一下就蹦到前面去了。

不过大家在夏采薇的催促下还是一路加快脚步，跟着她走到了娱乐城。夏采薇轻车熟路。旁边来旅游的一干人，在娱乐城门口被拦下了，模样像学生或者长相年轻的，都要查验身份证。梅漫也被看门的外国人拦下了。梅漫向大家不满地说："这位西哥啥眼神，大姐我和学生是一个气场吗？"

大家相继走了进去。

夏采薇左钻右拐，大家跟着她。梅漫的眼睛左右寻看，没想到里面这么热闹，华美的大堂一眼望不到边，VIP区、餐区、酒吧区一应俱全，场子里，从金发碧眼到亚裔面孔，从银发满头到俊朗青年，什么人都有。老虎机旁、赌桌前，身穿工作服的荷官身边围满了人。梅漫没有想到，这里的生意如此兴隆。

夏采薇走到一张赌桌前，笑吟吟地拍了下一个中年男人的肩膀。中年男人一口港腔，对夏采薇说："记得上我家厕所，不然一会儿开始了，上厕所的时间都没有。"

夏采薇说："当然了，不用你提醒。"

夏采薇离开赌桌，走到他们身边悄声说："这是餐馆老板，一辈子辛苦赚来的钱全部放在了这里，他一直豪言，这里的厕所是他捐赠的。"

"那还来玩，不知悔改。"梅漫看了一眼餐厅老板说。

"有瘾，戒不掉。"夏采薇摇摇头，似乎很懂得餐厅老板的心。

辛涛已经坐到老虎机旁开始娱乐了，他旁边的一台老虎机上，坐着一个白发苍苍的老太太，正聚精会神地玩。这让梅漫很是不解。这么大年岁了还玩这种东西，她是万万没有想到的。赌场让梅漫不仅开了眼界，还开了脑洞。

"来，试试。"夏采薇换好了筹码，拉梅漫坐到一个赌桌前。

"不会啊!"梅漫看着一脸严肃、冷漠的荷官手里拿着牌。

"说不定能赚一大笔。"夏采薇对梅漫说。

梅漫出于好奇,也想尝试玩一次。她坐下交筹码,按照夏采薇的指导,怎么放、怎么加,转眼,筹码就被收走了。梅漫完全没看明白,她问夏采薇:"干吗收走?"

夏采薇笑着说:"你输了啊。"

"我输了?我坐在椅子上几秒钟的时间,姿势都没有摆好。你换了多少钱的筹码?"梅漫问夏采薇。

"三百。"

"啊!"

虽然梅漫觉得三百元不是很大一笔钱,但是这个输钱的速度着实吓了她一跳。太快了,就是个喘息和眨眼的时间。

"这点钱算什么?"夏采薇不以为然地说,"有的富翁一晚上就输赢几百万、上千万。你这个连毛毛雨都算不上。"

"要不你们去转转,或者去茶水区喝茶吃点心,实在不愿意在这里待着就先回去。"夏采薇丢下他们,一头扎在了里面。

几个人转了转,梅漫和磐磐姐商议先回去,让辛涛和夏采薇在这里享受他们的好运吧。

第 150 章

梅漫从香港回来后不久，夏南就说有人要请他们吃饭。梅漫问是谁。夏南一直保密，说到时候就知道，还说这个老板很有钱，财力雄厚，为人仗义，信佛，经常做善事。

梅漫笑着说："信佛的人都善良。但是他请我吃饭千万不要吃斋饭，我可是食肉族。"

夏南说真的吃全素斋。梅漫说不去了，管他什么人，跟她有什么关系。后来，夏南连拉带拽才把梅漫带走。

到了昆仑饭店二十九层的旋转餐厅。从餐厅通透的玻璃窗向外看京城夜景，璀璨的灯光闪烁，这犹如碎钻般闪烁的"星辰"，也许比星辰更有人间的情味和斑斓。那条蜿蜒的环路像一条腾飞的金色巨龙环绕在闪烁的楼宇间。餐桌上淡紫色的丝绸吊灯把整个餐厅定成了梦幻基调，背景音乐轻柔舒缓，餐桌上的客人，似乎非常配合这种氛围。

"这夜景就像我有次在飞机上看到的城市夜景，特别壮观的灯海。"

"哎呀大哥，我赔罪赔罪，今天路上堵得一塌糊涂，急得我想插翅飞来。"

"今、今天我来早了，本、本来想去燕莎逛逛，一看时间又不够逛的。"

"一会儿咱们吃完饭去，我去燕莎超市买点进口食品。"

梅漫从窗外收回眼睛一看来人，原来是袁震饥。梅漫这个后悔啊，要知道是他请客她绝对不会吃这顿饭。梅漫对这个人没有好印象。夏南居然跟袁震饥混在一起。梅漫上次跟李翰歌见面，看到过夏南和袁震饥一起从餐厅出来，当时紧张过后也没敢问夏南，后来就把这件事给忘了。做梦也没有想到，夏南说的什么企业家、慈善家就是他，这完全是天马行空不着边际的瞎扯。

要不是来这么贵的地方吃饭，梅漫早就抬起屁股走人了。

在梅漫面前，袁震饥根本没提什么厕所公主什么陈芝麻烂谷子的事，仿佛在选择性遗忘。他坐下后，大方地开始点菜：法式焗蜗牛、三文鱼刺身、鲍鱼、翅饭、小壶松茸汤、桃子奶酪布丁。

梅漫搞不懂，袁震饥为什么要请他们吃饭。人做事都有目的。他们之间完全是不相干的两条直线，不会有什么交集。

梅漫喝了口柠檬水。袁震饥拿出一个长方形纸盒，打开，然后戴上手套。搞得这么神秘，让梅漫和夏南端着水杯都不知道喝水了。

他从盒里拿出了一幅颜色暗黄的画。

夏南指着画问："这——"

袁震饥说这是一幅名家的画，上次他去西安古都，到了一个偏远的县城，从一个农民手里收的。"他家祖上是皇宫里的厨师，这幅画是贵妃赏赐的，据说贵妃吃了他做的甜点核桃包念念不忘，一高兴就赏了这幅画。贵妃有多么爱吃甜食，除了妃子笑原来还有核桃包。怪不得杨贵妃是胖美人呢。"

袁震饥的话逗得大家都笑了。

"兄弟情义，权当是给妹妹的见面礼。"

"这、这么贵重的礼物怎么能要。"夏南摆着手。

"不能要，不能要。"梅漫脸上露出了笑容，对袁震饥的态度显然有了一些转变。

"看不起兄弟的情谊，我可是拿你当亲人。自从被佛家指引，做了善事，帮助了很多需要帮助的人，我就看透了一切，什么都是身外之物。"

袁震饥说得很动情。梅漫听得频频点头。信佛之人都有一颗慈悲的心，

535

都有一个开阔的、超然物外的胸怀。

梅漫很想打开里面看看画的是什么，又不好意思说。

"我家也有几幅祖传的画，上次收拾家的时候，看到了，没有打开看。我妈说也是名家的，应该挺值钱的。"梅漫说完有点后悔，好像不应该随便对人讲这些。

"你、你怎么从来不对我说，你家原来这么有、有货，将来分给我们一幅，穷的时候可以卖了。"夏南从来没有听说过梅漫家有这么贵重的宝贝，心里自然万分高兴。

"咦！还有这种事，我这幅画送得好，你可以做下比较。"

袁震饥一直听说梅漫家很有货，看来果真存了不少值钱的东西。夏南这小子挺有福气，白白得到这么丰厚的家底。

夏南并没有跟梅漫说袁震饥要跟他一起投大亚湾项目。袁震饥还给夏南介绍了一个特别好的冷水鱼投资项目，冷水鱼产鱼子酱。俄罗斯的鱼子酱产量特别低，世界上根本供不应求，所以特别贵。早有中国科学家攻克了这个科学难题，目前在千岛湖水下几十米的研制实验已经成功。投入这个项目，满足全世界对鱼子酱的需求，这是一个几乎垄断的项目，前景非常好。

除了这两个项目，袁震饥还给夏南的童装企业找到了一个融资平台，这个平台是一所著名高校的校友开办的，专门扶持校友企业，能够进入他们的融资渠道是非常难的，不是校友，享受不到很多红利。袁震饥找了自己的朋友，让夏南企业的上流供应商在这个金融平台融资；袁震饥建议夏南的服装公司新三板挂牌；夏南的服装公司有很多加盟店，袁震饥建议他加大规模，继续增加加盟，说这是圈钱的好机会。现在袁震饥简直是夏南的军师。他还让夏南像磐磐姐一样把企业开出国门，让世界的小朋友穿上他们的衣服，最好在巴黎香榭丽舍大街也开一家店。投资一定要多板块、多渠道，不能把鸡蛋放在一个篮子里，这样风险来了才可控。

　　袁震饥的美好设想让夏南心花怒放，他完全进入了一个更加宏大的资本世界。

第 151 章

　　思敏很多年没有回国了，自从那年东渡日本结婚以后，她与顾蕙兰的关系一度紧张，几乎失去了联系。后来顾蕙兰得知思敏的丈夫北乃不是日本人，而是香港移民日本的华人，才原谅了思敏，并在心里暗暗后悔，觉得对思敏过于无情。思敏失去了妈妈，在顾蕙兰的家里长大，顾蕙兰这样绝情地对待思敏也是她自己没有想到的。

　　后来思敏匆匆回国了一次，因为孩子还小，没有待几天就回日本了。再后来他们全家移民澳洲。这是他们移民澳洲后第一次回国。

　　为了迎接思敏，梅漫特意把梅家老宅收拾了一下。思敏一家如果不愿意住顾蕙兰那里可以住在梅家老宅，或者依照他们自己的习惯住在宾馆。苏雪雁说她的孙女留学假期回国就不住在家里，而是住宾馆。苏雪雁为此特别不理解，一方面心疼钱，一方面觉得孩子跟家里不亲，完全像个客人，让家里人很是难过。为此顾蕙兰还劝过苏雪雁，说留学生都有自己的生活习惯，让苏雪雁一定要适应和接受。现在轮到自己的家人回国了，她做好了他们住宾馆的准备。

　　没有想到，思敏听说梅漫收拾好了梅家老宅，直接把宾馆的房子退了，说就住在梅宅。她先生北乃和孩子们也愿意住在梅宅。

　　思敏的孩子，女儿叫 Jane，儿子叫 Tory，顾蕙兰叫不好英文名，问梅漫叫什么尼什么尼。顾蕙兰没有学过英语，她那时候上学学的是俄语，所以就说"我就叫他们大泥、二泥吧"。

梅漫听了快崩溃了，说："您不是还要去法国香榭丽舍大街购物吗，满世界飞的人，名字都叫不好，什么大泥、二泥，思敏全家听了还不被您气蒙了？那是两个孩子，不是两摊泥好不好。"听了梅漫的话，顾蕙兰就决定把大泥、二泥彻底扔掉，努力练习 Jane 和 Tory 的发音。

很多年没有回国的思敏非常惊叹于北京的变化，她说很多地方都变得不认识了。当年她上学的学校附近的街道、住宅建筑都变了，就连小时候最常逛的西单、王府井变化也很大。梅漫建议她到北京好好转转。

思敏说要带孩子去长城、故宫、颐和园几个地方。顾蕙兰马上说，小孩子不适合去故宫。梅漫说她太迷信了，外国人不信这些，住在墓地旁边也是很常见的，他们也从来不感觉恐惧。

回国第一顿饭，梅漫请他们在东来顺吃涮羊肉。两个孩子都可以讲汉语，也可以听得懂。思敏说很多汉字他们不认识也不会写，只会说和听，国外汉语环境有限，很难达到读写的水平。

梅漫说这样已经很不错了，比完全不会说、完全听不懂强很多。

男孩托尼很文静，吃饱了就自己拿出电子阅读器来看书，根本不管外部环境多么吵闹。这么爱读书，这么抓紧时间看书的习惯让人很欣慰。

女孩子珍妮更是落落大方，不仅待人面带微笑，非常有礼貌，对服务生也是微笑致谢，而且吃起东西来不挑食、不浪费。她跟顾蕙兰这样的老人、跟梅漫这样的年轻人都可以谈得来。旁边有一桌吃饭的年轻人，正在讲自己的求职面试经历，后来大家鼓励其中一个人当着这么多人的面演习一下，引得大家都侧头看。那个人很羞涩，不肯站起身。餐桌上的人都在等待他。珍妮走过去激励他说："你必须克服这种心理障碍，我们同学害怕演讲我们都是这样激励他的，你要大胆站起来，让我们认识你，欣赏你，喜欢你。"

梅漫悄声对思敏说："这样是不是太多管闲事了？"思敏说："她就是这

样，她有个同学也是胆小有心理障碍，死活不肯到台上参加竞选，想溜回家，珍妮拽着他说，你现在就要练，不准回家，然后一直陪他练习，直到他大方走到台上。她做事特别认真，对人很热情。"

梅漫点点头，对这个勇敢、热情的珍妮充满了佩服之情。

思敏一家人对梅家老宅感到很新奇。梅漫在鱼缸里放养了几条花脊锦鲤，每天早上，北乃带着孩子们喂锦鲤。院子里的紫荆花开了，满院清香。长廊下，梅抒颐挂了几笼小黄鹂，每天莺歌燕舞，很是热闹。

逛完了北京的故宫、长城、颐和园，梅漫想带表姐去苏州和杭州。表姐说他们自己去，不用梅漫陪着。他们要从苏州直接去新疆、青海、内蒙古，然后直接回国。

听说思敏要跑这么一大圈，梅漫很是惊讶，觉得她太辛苦，飞行距离太远了。

思敏说回来一趟不容易，去新疆、青海和内蒙古主要是调研，看看哪里更适合出产婴儿奶粉。澳洲的婴儿奶粉非常好，中国游客总是大量采购，她觉得国内这几个地方自然条件也非常好，看能不能也生产出优质的奶粉，别让他们跑到澳洲代购奶粉。

梅漫听了高兴地说："这件事意义重大，我全力支持，举双手赞成。青海蓝天白云，还有牦牛，一定可以产出好奶粉。"

夏南说："这、这个主意好，到时候我资金支持你。"

夏南赞赏地向思敏姐伸出了大拇指。

第 152 章

艾蕤说她每个月商业店铺的收益就有好几十万元，就是说她仅仅店铺出租一项，每年收益就很乐观。艾蕤带着梅漫到她西直门附近的写字楼看。站在大楼外的广场上，艾蕤说，这个楼刚刚打地基的时候，她就跑到售楼处来看，那时候没有多少人买，她用离婚的钱一口气买了五套，全部出租。现在这里的租金每年增长。"听说这一片将来是又一个金融街。那里又要崛起大厦，我们去抄底，资金不宽裕就去贷款，用租金去还贷款，不用投入多少。"

梅漫特别相信和佩服艾蕤的胆识和眼光，当然还有她的魄力。听了艾蕤的话，她急切地想跟艾蕤一起发财，恨不得摇身变成艾蕤这样的人。

所以她没有跟夏南商议，夏南跟着袁震饥天天瞎忙，也不知忙什么。梅漫跟着艾蕤，去售楼处，盯着哪天开盘。开盘那一天，售楼处排起了长队，艾蕤说昨天晚上就有人排队，她们早上七点多来，完全属于懒惰不积极的。艾蕤从黄牛手上买了号，她说不受罪，花点钱也值得。梅漫没有想到，楼房开个盘会有这么多人排队，不体验，不亲眼所见，真的不知道呢。

签合同，办贷款，好在银行业务在售楼处有人专门办理，省却很多麻烦。贷款需要夏南过来。夏南被梅漫匆忙呼叫来，签了字就走了。

梅漫坐等收钱了。如果这个地界变成小金融街，以后的租金会相当可观，况且，艾蕤说，这个地方四通八达，交通便利，比邻地铁枢纽，是个非常不错的投资地。

梅漫攥着手里的几个合同，很是欣慰——终于抢到了。她投资的都是小户型，一室一厅，完全可以容纳一个小公司办公，也可以成为年轻夫妇或者小白领的租房首选。梅漫对自己的投资选择很满意。

后来，艾蕤又带梅漫听了海外投资专场。这是一家专门从事海外投资的公司。艾蕤说，这个现在很火爆。梅漫是第一次听说这种投资方式。

到了展览馆，果真人山人海，发放资料的人像拦路抢劫，你不接受资料都不好意思走。艾蕤带着梅漫三拐两拐就到了一个现场，现场正在讲课，很多人在听，台上是一个很富态的女人在讲海外投资流程，现在热点区域等等。她介绍自己毕业于西蒙菲莎大学，从业很多年了，是个非常成熟的房产经纪人。

梅漫坐下来，用心听课，在梅漫的眼前，又出现了一个更广阔的海外蓝图。

艾蕤说，如果你不打算居住海外，可以像很多人一样炒楼花，这个也是很赚钱的，而且根本不用出国，现在都是网上签售，非常方便。

很多赚钱方式，不是不存在，而是你不清楚、不了解、不知道。

买楼花就是买预期，这种房一般都是几年后交房，先交很少一部分订金，等到房价涨起来后，赶快卖掉。不用投入很多，就可以有不错的收益。艾蕤已经尝到了甜头。她把讲课的艾达介绍给梅漫，让梅漫有买的想法就联系艾达，艾达也会把关的，会把值得投资的信息发给梅漫。

没过几天，艾达就给梅漫发了几个项目信息，包括温哥华学区房，海滨重点项目蝴蝶楼，多伦多大学附近的学生公寓，让梅漫选。

梅漫拿不定主意，耽误了好几天，又向艾蕤请教，艾蕤建议她买多伦多学生公寓，说这个投资的人多，楼花容易出手。等梅漫告诉艾达的时候，艾达说公寓项目早就没房子了，她建议梅漫投资联排学区房，说这个项目也没有几套了，让她赶快决定。结构图、位置图、学校排位、车库位置等，她全部发给了梅漫。梅漫问她："不用去一趟现场吗？"

艾达说那里现在是一块空地，什么也没有，买楼花就是买的预期。在她手里，还没有赚不到钱的客人。再不抓紧，这个项目也会没有了。

这句话像一个催化剂，梅漫急切地开始抢楼花，取钱，换加币，签合同，交部分房款，直等到房价涨上来出手楼花。

短短一段时间，梅漫就攥住了商业住宅的几个单元，海外房产的楼花，现在她也是有资产的人了，经过时间的孵化，一切资本就可以顺势转化为金钱。

第 153 章

胡娜病危，夏采薇从香港赶回。

胡娜躺在病床上，早已处于昏厥状态，不省人事。夏冬、夏南和夏采薇在医院的走廊里，谁也没有离开，只等着母亲度过最后时光。

三姨胡晶也来了。胡娜一直不让她进家门，可是，胡娜已经病重成这样了，到底是有血缘关系的亲姐妹，听说姐姐病危，她不顾姐姐给自己下的禁令，还是赶来看最后一眼。

姐姐已经昏迷，什么都不知道，就是看到妹妹也不会有任何反应。什么愤怒、悲伤和喜悦，一切都将与她无关。

医生叫家属进去，大家知道，这种情况基本就是最后的诀别了。

胡娜只有喘气没有进气。胡晶走到姐姐身边叫着姐姐。胡娜轻叹了一声，呼吸马上急促了。胡晶哭了，她知道，姐姐临死都没有原谅自己。

处理完胡娜的后事，全家人坐在一起。夏以鸿说，胡娜的个人财产包括首饰、私房钱早已分过，其他财产全部按她的遗愿分配。私房钱这几个字很扎耳，大家都听到了。但是，这只是个名词，她的私房钱其实全部落入了夏采薇的口袋中，就是上次她哭哭啼啼要跟高朗离婚的时候，胡娜为了安慰她，让她好好跟高朗过日子，把自己存的所有钱全部给了夏采薇。这样，夏采薇才在胡娜的催促下回到了香港。

北京的三套房产，三个孩子一人一套，夏采薇分得的那一套原本就是家里住的，暂时还是由父亲夏以鸿居住。另外两套分别给夏冬和夏南，但是暂不过户，户主名还是夏以鸿。重庆的一套房子分给夏南。

"为什么?"夏冬问。

"就是啊，为什么?"夏采薇问。

重庆的房子是一套独栋别墅，虽然没有北京的房子值钱，但是那也是一套不错的房子啊。

"你妈的原话，夏冬生的是女孩，万一将来夏南生个男孩呢，这个房子就留给夏南。"

这是什么理由，夏南也有可能生女孩啊。再说现在他还没生孩子呢，能不能生还是一回事呢。这个理由太牵强了。

其实这是胡娜故意说的。她一直都偏袒夏南，而且夏南一直跟母亲的感情最好，有时间就到医院陪着她，想方设法给她做想吃的东西，听说蒸癞蛤蟆是治疗癌症的偏方，他还托人搞了几个，蒸完后，汤里漂着一层厚厚的黄油汤，看起来很恶心。他拿起勺子偷偷尝了，觉得实在难以下咽，后来就倒了。夏南没有说，这是家里的阿姨跟胡娜说的。哪个孩子心眼好，哪个孩子对她好，她心里是有数的。最后就是这样的结果。在外人看来，夏南是个没心没肺的孩子，做事经常干一件毁一件，远没有夏冬精明，也没有夏采薇霸道，对于这样的孩子，母亲疼爱他的唯一方法就是多给他留些财产，以防万一。

重庆房子的去向立即引起大嫂和夏采薇的不满。不是不同意，是坚决不同意，必须重新分配。母亲的遗嘱没有做过公证，夏冬和夏采薇即刻在网上查询，即刻给自己认识的律师打电话询问。没有经过公证的遗嘱是无效的，夏冬和夏采薇可以笑傲江湖了。当然，这个笑是带着母亲去世的悲伤的笑。

夏南还没有拿到手的别墅转眼就没了，比闪电还快。原本他也没有想到，没有过期望所以谈不上失望。夏以鸿收到一封信函，是聘书，还有刊登的相关报道，说什么夏以鸿出山，悄然出任嘉里集团董事长。嘉里集团为海外独资企业，以加工油脂化工、仓储物流等国内外贸易为主。后来，夏以鸿的电话就响起来了，朋友们开始询问他什么时候担任的董事长，上级领导也开始询问此事。据说他已经领了不少年薪了。钱呢？夏以鸿把夏南、夏冬、夏采薇，包括乐峰都叫来，大发雷霆，问这是谁捣的鬼。没有人承认，全部保持沉默。退钱，把领到的薪水全部退回去；解聘，谁同意出任了，这是有人要毁他，有意做文章。夏以鸿看到几个孩子面面相觑，不用猜也知道是他们中的某个人干的。家贼难防啊。夏以鸿气得一拍桌子，站起身怒吼一声，结果，瞬间摔倒。大家赶快叫救护车，送往医院抢救，医生说是脑溢血，马上抢救。胡娜去世的悲哀还压着大家的心，夏以鸿的急病又像铁块一样重重压在大家心上。夏南这个后悔呀，夏以鸿若有个三长两短自己就是刽子手啊，满手鲜血，他不自觉地看了一眼自己的手。香港的骑士哥太不地道了，趁自己半醉让自己签了名，后来自己没有办法又偷拿了父亲的证件。这笔钱他要赶快还回去，然后赶快解聘，反正父亲现在这个样子了，什么董事长也是虚名。夏南不知怎么，因为父亲的病反而有点欣喜，因为这样似乎就什么责任都不用承担了。

后来，虽然请了最好的医生，但是夏以鸿没有痊愈。他得了半身不遂。胡晶到夏家照顾夏以鸿，夏家的几个孩子完全同意。胡娜的遗愿早已成为过去的时光，现实的残酷抵得住一切沉重的诺言。

第 154 章

夏采薇回到了香港。当初胡娜去世，高朗并没有跟夏采薇回去，他说工作太忙，离不开，实在对不起了。夏采薇虽然不愿意，但是又没有办法劫持高朗跟她回北京，只得妥协。

夏采薇回到香港的家，发现住处被打上了封条，根本进不去房间。给高朗打电话，关机。此时已经晚上了，不可能到高朗的公司去找。夏采薇觉得自己走投无路，完全不知道发生了什么事。

这时候，她的电话响了，这个电话就像救命稻草一样，她即刻接通了。电话是高朗公司里一个跟夏采薇逛过几次街、关系不错的女孩打来的。她压低嗓音说："高朗卷了公司的钱逃走了，不知道去了哪个国家。给你打电话，一直关机。你们在北京的房子可能也会被查封，现在你的处境也是危险的。"说完，女孩匆忙挂断了电话。

夏采薇此刻头发根根立起，人完全惊了，这到底是真的还是噩梦？她使劲抓了一下头发，很疼。她狂奔着跑向维多利亚港湾，趴在栏杆上痛哭起来。为什么是这样的，这个混蛋高朗从来就没有爱过自己，自己从学生时代起就那么痴迷他，那时候他就露出了本质，偷偷把自己给他香烟的事情报告给老师，其实他是卑鄙的，至少对一个女孩子纯真的感情是卑鄙的、残忍的。夏采薇似乎终于看清了高朗这个人。

半生的缘分，看清一个人，却毁了自己的一生，夏采薇觉得自己前半生白活了，一直是个瞎子。

她该怎么办，该去哪里，她也不知道。不知不觉，夏采薇走进了娱乐城。餐厅老板斌叔还在那里，他是每晚必到的客人，给赌场捐了一个厕所还不够，他要继续捐第二个厕所。

夏采薇找到斌叔，把他叫到茶水区吃点心，哭着告诉他自己的遭遇。斌叔是经过大风大浪的人，什么伤心的事，什么难缠的事，到他这里都不是问题。

斌叔说："一定马上跟高朗离婚。他卷走的钱可以查清有没有转移给你，没有的话，离婚是很容易的，不离婚反而会给你带来麻烦。"

"另外，问一句我不该问的话，你到底在娱乐城欠没欠债？"

夏采薇低下头说："有！"

斌叔没有问到底有多少，他只是告诉夏采薇赶紧回去离婚，然后到香港来找他，他会给她想办法。欠了赌债她是跑不到天涯海角的。他自己这样了，是块朽木，是条癞狗，他不想看着任何人因为这个被毁。这不是愿赌服输的时候，输不起还有别的办法。他憎恨这个地方，恨不得一把火把所有的痛苦、恩怨和悲伤全部点燃，当然，还有他这把老骨头。他是誓死跟赌场不分开的。

看到夏采薇急匆匆又从香港回来，一家人很是惊讶。夏采薇一个字都没有吐露，悄声办完了离婚手续，她陪了呆傻的夏以鸿一个晚上，第二天又让夏南和梅漫陪着她到胡娜的墓地看了看。她买了一大束香甜的玫瑰，跪下磕了一个头，然后失声痛哭。把这辈子的痛苦和委屈都在这里发泄出来，她希望时光重回到从前，她还是一个女孩的时候，她会好好地过一段幸福的时光。

她把贵重的东西全部带上了，跟夏南和梅漫要了点钱。因为夏南刚刚把夏以鸿应聘董事长的年薪退了回去，梅漫买了不少房产，每月还款数目不少，所以他们并没有太富余的钱给夏采薇。夏采薇没有跟夏冬要，她跟夏冬一家关系一直不是特别好，因为夏冬的老婆一直看不上她。梅漫觉得给夏采薇的钱有点太少，赶快悄悄从顾蕙兰手里拿了五万块钱，给了夏采薇。夏采薇抱了抱梅漫，又回到了香港。

其实，在夏采薇回到香港的时候，还出了一件大事，乐峰跳楼了。乐峰是要被提拔起来的，不知为什么，只听说他跟家人的关系不好，他还有个私生子，这都是年轻时犯下的错误。一向乐观的峰哥，悄然离开。他是夏南身后最结实的靠山，是夏南最信赖的大哥。他的离开让夏南很受打击。夏南在房间里把自己关了整整一个晚上。

看到夏采薇的样子，夏南没有把这件事告诉她。其实夏采薇给乐峰打过电话了，她想从乐峰那里拿点钱走，但是乐峰的电话是关机的，夏采薇就没有再打给他。

到了香港，夏采薇即刻去找斌叔，无论斌叔给她出什么主意，做出怎么样的安排，夏采薇都会接受，因为她觉得她似乎没有路可以走了。人活成了这个样子，到底是怎么回事呢？夏采薇想不明白。

第 155 章

不知不觉，李荷花开办的芭蕾舞班在当地已经小有名气，能到这个班来上芭蕾课，成为孩子们的美丽向往。她一个人真的忙不过来了，她还开玩笑地跟梅漫说过，让她过来帮忙。梅漫说："我在北京都不教跳舞了，还去西北?"

每周末有芭蕾舞团的两个老师过来，帮助李荷花一起上课，这样，孩子们上的课更细致、更具体。每个孩子的舞蹈功底都有很大提高。

西北大叔对自己的女儿相当满意，走到哪里都不忘把他学芭蕾的女儿挂在嘴边。就是在市场上，他也向来买柿饼和土特产的人宣传芭蕾舞班，仿佛这个芭蕾舞班名气大得能把皇家芭蕾舞学校的光芒盖住。他还在自己的小货车上贴了一幅女儿跳芭蕾的巨幅照片。

这就是免费的广告，依靠这些家长和孩子们的口口相传，李荷花这个芭蕾舞班越来越有名气，练功大厅都显得拥挤了。扩大规模成了势在必行的事。有的家长还找到李荷花，问能不能开设音乐班或者美术班。李荷花惊讶于家长们越来越开阔的认知。她把这个消息告诉了李翰歌。李翰歌听后很高兴，但他目前在美国留学，有多么急切的事也是飞不回来的。

西北大叔的女儿馨妮每天帮助母亲经营饺子馆，给客人上菜、端饺子时走芭蕾步已经成为当地的一景。很多客人慕名而来，专门为了看她女儿的芭蕾舞式上菜法。

现在的馨妮已经长成亭亭玉立的少女，不再是以前那只土小鸭了。她把长发高高地竖在头顶，露出光洁的额头和细腻的天鹅颈，两只眼睛总是闪烁着自信的光芒，每个抬头、每个微笑、每个低眸都散发着含蓄的美。青春的小肩膀高傲地挺着，颀长的胳膊有节律地甩动着，两条长腿下的脚尖轻轻竖起，那份轻柔与韵致真的很吸引人。

在大叔家餐馆的墙上，贴着馨妮的大幅彩色芭蕾照片，身穿洁白芭蕾裙的小天鹅正在翩翩起舞。这是一只美丽的天鹅，也是一个美丽的少女，更是一个美丽的梦想。

十里八村都知道了饺子馆里的白天鹅。

大叔家的饺子馆里热闹极了。当地最富的财主，从事土特产加工出口的董事长的胖儿子看上了馨妮，开玩笑说要跟西北大叔结成亲家。西北大叔紧张地说，可不敢，说自己是一个风餐露宿的小贩，做小本生意的人，人家是企业家，做国际贸易，自己可不敢高攀。他就以孩子年岁还小为由拒绝了。西北大叔的老婆觉得可惜，说馨妮若嫁给这样的人家，他们还辛苦开什么饺子馆，卖什么土特产。热情的婆娘们也围着西北大叔，说这是一个天大的好事，她们恨不得馨妮是她们的女儿。

晚上，西北大叔骂自己的婆娘糊涂，他说："孩子能跳一辈子舞吗，过几年青春不在了就是一个普通女孩，有什么资本拴住财主家胖儿子的心？再说，我女儿还能跳出好的前程呢，谁要那么早嫁人。"

馨妮的心正悬在云端呢，谁看得上什么土豪啊。有再多的钱也是枉然，馨妮看不上。

这些日子，馨妮正苦练功准备考省艺校呢。这一波初学芭蕾舞的孩子们，都抱着这样的梦想。辛辛苦苦的一天又一天，只为了走进艺校考场试一试。

阿彩也抱着这样的想法。两个人除了上芭蕾舞团老师的课程外，还每天天不亮就起床，在院子里练，只要有时间，不管什么样的场地都要练。

考试那天，李荷花带着孩子们，西北大叔也开着他的货车跟着大家，他把货车停在了艺校门口，说做好孩子们的后勤保障。他的车上带来了煤气灶，专门给孩子们煮鸡蛋、下面条、煮饺子，还煮冰糖梨水，他说万一考场上让孩子们唱首歌呢，喝了富含硒的梨水，唱歌敞亮，甜美。

　　李荷花所能做的就是让孩子们不要紧张，给她们按按腿脚，告诉她们只要不紧张身体就不会僵，就会动作到位，跳出最美的舞蹈。为了让她们不紧张，她给孩子们每人发了两块巧克力——她听说进考场前吃甜食可以缓解紧张，特意去买了一些。

　　她拍拍准备上场的馨妮说："你是最棒的。"馨妮笑了，说："老师，我努力成为最棒的。"

　　阿彩有些紧张，吃了巧克力，身体还是有些微微颤抖。胆小，心理素质差，一直是阿彩最大的障碍。李荷花把她搂在怀里，直到该她进场了才把她轻轻推进考场。

　　不管结果如何，这一次都是舞蹈班开班以来的第一考，也是孩子们的第一考，也许会成为很多人最后的一次考试。原本，她们学舞蹈的初心就不是当一名舞蹈家或者一名舞蹈演员。也许，她们将来会成为一个在田里干活的农民、一个工厂里的打工者、一个家庭主妇，但是，这丝毫不妨碍她们今天在舞蹈世界里挥洒青春年华，这是一段宝石般珍贵的记忆和过往，是一段最纯美的时光。

　　李想早已调到教委。他今天特意赶来给孩子们照相，这些美好的瞬间会成为孩子们永恒的记忆。有些孩子嘟着小嘴遗憾地说："以后可能再也穿不上这些舞蹈服了。"

　　李想举着相机说："来，孩子们照相了。"

　　合完影，李想说要请孩子们吃麦当劳，农村的孩子吃一次麦当劳也不容易，孩子们听说要吃麦当劳都兴奋得尖叫了。西北大叔说还打算给孩子们煮饺子吃呢。李想让大叔跟他们一起吃麦当劳，大叔摇着手说，吃不惯那个，这么大一点，那么贵。大叔摇摇头，心疼钱。

走出麦当劳，正好有卖鲜花的小贩，李想走上前，边挑花边问孩子们："你们说是买玫瑰还是百合?"

馨妮悄声对大家说："百合!"

孩子们齐声喊："百合!"

李想挑了一支香水百合，递给了李荷花。李荷花笑着说："李老师今天这么大方，我们要不要送给他一个礼物呢?"

孩子们笑着说："应该!"

李荷花把脖子上戴着的黑色围巾解下来递给了李想。李想接过来系到了自己的脖子上。

没过多久，艺校来了通知，馨妮考入省艺术学校，这件事即刻像长了翅膀一样飞遍了乡镇，这消息给了孩子们、给了李荷花、给了无数面朝黄土背朝天的他们一丝信念和自信——只要你努力，一切皆有可能。阿彩下定决心，明年再去考。这个决心不是她不切实际的痴梦，而是一个女孩勇于追求自己梦想的决然和执着。

第 156 章

秋香辞职了。

习惯了四香的磐磐姐要赶快招聘一个人顶替秋香的空位。磐磐姐一直说，辞职是值得庆贺的事情，是一个人翅膀硬了，能力强了，向更好方向发展的好事。

秋香当然不会辜负磐磐姐的褒奖，她就是一下子飞到了一个山头。这一次的振翅高飞，不仅飞得高还飞得远，一下就成了金凤凰。

秋香现在出门有助理，生活有人照顾，上飞机坐头等舱，下飞机有粉丝献花，拍照，尖叫，围堵，这不是明星吗？没有错，秋香就是成了明星，她是辛涛一手捧红的。

辛涛曾经跟梅漫悄悄说过，本来，这些是他给梅漫的福利。那天，辛涛约梅漫在咖啡厅见面，辛涛把他的设想像《清明上河图》似的绘了一大卷，在梅漫面前完美地展开。没想到，梅漫的脸像在零下二十摄氏度冻僵了似的，没有表情。辛涛心里想，这个女巫，看不上我。

梅漫呢，看着辛涛眼镜后面的眼神，深度怀疑：他凭什么这么对待你，因为你长得好看！噗！你先醒醒，掂量掂量自己吃几碗粥，去电影学院、戏剧学院、舞蹈学院门口溜达溜达，去三里屯、成都、重庆大街上逛逛，回头还敢不要脸地说自己是美女，那绝对佩服你厚厚的猪脸皮。

因为你有魅力。那更要"噗！"

你读过几本书，去过几个国家，见过几竹席世面，会与人交流吗，眼睛里有乾坤吗？是不是个空有眼睛和嘴巴的瞎子和哑巴？你魅力的底气在宇宙还是在海洋呢，捞得着吗？

"别以为我对你好，想帮助你，就是想泡你。"辛涛对梅漫说。

"世间哪有那么好的事，别以为你披上马甲我就不认得你是乌龟。"梅漫没好意思把乌龟说成王八。

"哈哈哈！"辛涛笑了。

梅漫说："你看，露出土匪本色了。"

"土匪是打劫，你是在告诉我方法吗？"

辛涛说，其实他一直在寻找高尚的爱情，但总也找不到。

"几年前，你若认识我，我们可能有机会谈一场风花雪月的爱情。现在，这段自由的时间没有了。"梅漫说。

"谁叫你把自己嫁得那么早，还找个结结巴巴的大叔，什么眼光啊，严重眼疾。"

原来辛涛连梅漫嫁给谁都知道，辛涛的话一下子直戳她的软肋，让她颜面扫地。

"嫁结巴大叔怎么了，我喜欢我乐意。有的是未婚女孩，你去找啊。"梅漫拿起包扭头就走。

辛涛一把抓住了梅漫说："我知道你嫁给这样的人其实是不甘心的，根本没有得到过真正的爱情，我体验过你的心境。"

"我以后再也不想见到你，请你在我眼前消失。"梅漫坚决地甩开辛涛的手走了。入股辛涛公司的钱，她让磐磐姐找辛涛退掉。磐磐姐说辛涛让梅漫自己去找他。梅漫没有去，后来股份的收益每年按时入账，她也就把撤股的事暂时放下了。

秋香不甘心当一名店员，不仅自己暗暗使劲，还在生活中寻找机会。辛涛被秋香圈定为可以帮助她上船的船票，她决定购买。辛涛有钱有资本，人不是很恶，属于钻石王老五，跟他交往不用担心他老婆找上门来揪头发抓脸地打斗。

辛涛其实并不喜欢秋香这种类型的女孩。有时候，男女两个人有没有好感取决于初见面的印象，或许就是一个微笑、一个眼神看着舒服不舒服。辛涛认为秋香的微笑过于势利，他就是她生命中的梯子。

秋香为了能摆脱店员的命运，主动接触辛涛，拍了古装照片后又接拍了一个化妆品广告，她的大头像被挂在了西客站广场，那风头真是风里笑梦里笑。后来在辛涛的运作下，秋香演了一部宫斗古装戏里的配角，一下子就成了荧屏新星。

可是，还没有红两天，秋香面对镜头的微笑还没有娴熟，就直接从云端跌落下来。她与某企业家入住酒店的照片被人偷拍，散布到网上，还被企业家的老婆拿到证据告上了法庭。现在的秋香一出门就有不知道从哪里冒出的几个人对她拳打脚踢，她根本不敢出门，星途完全塌陷。磐磐姐的店也不敢收留她，因为万一冲进来一帮人，磐磐姐店里的皮草可是值钱的。再说，磐磐姐已经找到了"秋香"的合适人选，店里五香有点拥挤。秋香的肠子不是悔青了，是悔紫了：那个企业家老混蛋不是说他离婚了吗，根本没有老婆？秋香到底还是江湖经验少。很多人的话你就光听千万不要信，否则后面的戏有你好看。

磐磐姐找朋友帮助秋香想办法，最后夏南说他公司有个秘书刚辞职，如果秋香乐意也是可以来的，工作就是帮助他接待接待客人，安排一下公司用餐，外出安排住宿订机票什么的，很简单。

磐磐姐问秋香愿不愿意干，终归人家当过新星的，磐磐姐担心秋香放不下面子。没想到秋香点头同意，她要重新起步，从头再来。

第 157 章

夏南给梅漫留下微信消息，说他今天赶往大亚湾，有急事需要处理。

什么事这么急，去几天？梅漫的疑问没有得到回应。

夏南是不想让梅漫知道，不想让她跟着着急。大亚湾项目有一期工地出事了，新闻都报道了。施工楼体铁架滑落，楼顶塌陷，直接把工人埋在了里面，现在被埋在里面的人生死不明。夏南哪有时间回梅漫的信息呢？

这个项目肯定要完蛋了。传出去就是豆腐渣工程，死了人就是凶宅，谁来买？卖不出去房子，投入的资金怎么回来呢？夏南不敢想。

先打电话给袁震饥，现在夏南没有其他可以依靠的人。乐峰哥是最贴心的，可是他躲开了这些烦心事，独行而去。

袁震饥二话没说直接赶来，帮助处理纠葛和善后。当初袁震饥也是要注入资金的，后来他说把钱投入到别的项目了，但他有一支家乡的施工队特别棒，参与过很多大型建筑项目，可以把他们介绍过来。

出事的施工队正是袁震饥介绍的那伙人。

死人的赔钱，残疾的养老。袁震饥说："农村人讲究，咱们要到死人家里谢跪，他们家族才不会闹事。"

夏南没有听懂。"什么意思？"

"就是到去世的老乡家里穿孝跪着。"

夏南一听，头都炸了。"这怎么行？"他急忙摇头。

"必须这样，你听我的。"

"多带上些钱，我跟着你。必须这样，不然麻烦更大。"

带钱，带多少钱？夏南给艾蕤打了电话，借钱。艾蕤二话没说给转过来二十万元。她说自己资金有点紧张，不然可以多给他点，实在不好意思。

袁震饥听说只有二十万元，直摇头，他说不够的从他那里拿，到时补个欠条就可以。

夏南感激地向袁震饥拱手，这哥们够意思，关键时候不撂挑子，比亲哥都管用。

生活总是在考验人的心灵，它会把你修炼成恶魔，也会把你修炼成慈悲为怀的善者。

夏南身穿重孝，在哭爹喊娘的悲情中完成了他人生中最难忘的经历。跪在那里的他已经起不来了，是沉重的压力让他的身躯不能直立。

回北京的车上，夏南喝一口小绿红星，嚼几粒花生米，骂几句娘。他这几天胡子也没有刮，完全成了野人，一脸沧桑，一身晦气。

"我先洗澡按摩，把这身皮扔了再回家。"夏南对身边的袁震饥说。

"是，必需的！我给兄弟垫的那些钱，咱们有时间补个借条。"

"嗯，不、不着急啊。别追着我，急了我可不承认。"夏南开玩笑说。

"不承认就算我帮助大哥的。"袁震饥的话很受听，也很给力。

夏南举起手里的小绿瓶向袁震饥晃了晃，算是对兄弟情义的认可。

"不、不过，我还得骂你，都是你找的那个施工队，什么狗、狗屁水平，不是他们，说不定我的项目不会这样。还有那个冷水鱼项目，让我损失了多少钱啊。"夏南像明白了什么似的，突然想起了这个梗。

"兄弟这么说就不厚道了，我帮你不存私心。我帮过多少兄弟啊，我得到什么了？"

夏南苦笑了一下，认可了。这是命，谁也别怨了，没用。

回到家，夏南对梅漫只字未提。他昏睡了两天才起来好好吃饭。

他找到袁震饥写借条。

"操，三百万，这么多？"

夏南没有想到，除了赔偿了几百万元，还额外花了这么多钱。

"这还是我紧着花的，平息大事，没有几百万元能行吗？这也是你幸运，没有把你抓进去。"

袁震饥的话让夏南倒吸一口凉气。娘的，霉运盖头，不是红运当头。

说霉运盖头，霉运就接二连三地来了。

夏南的童装企业由于扩大，连锁的店铺太多，又受电商平台的影响，销售非常悲观，以至于形成了恶性循环，不能付给上流材料供应商资金。如果企业要继续活下去，只能进行融资。在袁震饥的帮忙下，他找到了一家非常靠谱的平台，口碑好，全部是学院派的精英知识分子们开设的，完全是为校友创业提供服务和帮助。

有了这家平台帮助融资，夏南的企业得到了喘息。把大量库存产品卖出去增加销售量，企业马上就可以活了。话是这么说，可是谁能主导消费者呢？用什么手段吸引消费者，这不是一句话这么简单的事。

融资平台还不上钱，紧接着就是仲裁。怎么办，夏南这次还能找谁解决资金问题呢？

袁震饥这次没有拿钱支持夏南。他告诉夏南："把在北京的办公室赶紧关门，人去楼空，上哪儿找人？把法人代表换成看门大爷，给他几个钱。他们能对看门大爷怎么样？你赶紧躲走，什么深山老林，越封闭的地方越好。你先过几天田园生活，消遣两天，等这段风头过去再回来。"

第 158 章

夏南跟梅漫说他要去外地待一阵子。

梅漫问他为什么，到底发生了什么。

夏南把大亚湾项目、冷水鱼项目和童装企业融资逾期的事跟梅漫说了。当时梅漫头就炸了，劈头盖脸地骂夏南为什么早不跟她说。她告诉他躲根本不是办法。她说她去想办法。

先去找艾蕤，艾蕤刚开始没有接电话，后来梅漫又打过去，艾蕤才接。她声音很微弱，说自已病得特别严重，正在杭州养病，前一阵手机一直关机，这几天才打开。梅漫咬咬牙说想跟艾蕤姐说件事。艾蕤有气无力地说什么事她都没有心情听，也没有心情做，等过一阵，等她稍微好一点，回北京再说吧。

梅漫无奈只得挂断了电话。

还能找谁呢？夏采薇，有一阵没有消息了，电话根本打不通。梅漫叹口气。

回家，家才是根据地。

她先拽着夏南回夏南的家。先跟三姨胡晶说，夏南生意上资金出现了问题。夏南知道三姨肯定会说家里又养保姆又养小时工，没有钱。夏南说不是分给他一套房子吗，他想把那套房子拿过来。三姨说这个她做不了主，得问夏以鸿呀。

夏以鸿什么都不懂，怎么问？用宇宙语言吗？现在家里其余的两套房子，就是分给夏南和夏冬的那两套，都被三姨出租吃利息呢。夏南和夏冬曾经讨论过这个问题。夏冬说："不用担心，先让他们吃租子，打官司告状闹翻脸要过来也不合适，到时候老爷子去世，我们才是继承人。不用急，三姨也不是我们家的人。"

现在夏南急需钱，不得不找他们提前预支。可是，看来这个主意兑现不了了。急也没用。

梅漫自己回到了家，找顾蕙兰。顾蕙兰正跟梅抒颐生气呢，说他当初炒股，亏了很多钱，现在钱也被套在了里面，总想翻身总翻不了。梅欣来信说要结婚了。虽然梅欣没有跟他们要钱，可是做父母的总要拿出一笔，才不枉为人父母的责任和义务。

梅抒颐说顾蕙兰平时花钱大手大脚，去了趟日本就花了十几万元，家里衣柜里的东西多得放不下。

梅漫一听，伤心地闭了闭眼睛，苦笑了一下说："没有钱就卖一幅画，留着画有什么用？"

"那可是你爸爸的心尖，卖画你还不如直接要了他的命呢。你爸说了，这几幅画直到他咽气才会给你们。你们年轻，根本不懂得珍惜东西，说不定立刻就卖掉换成钱，所以，暂时还不能给你们。"

没钱，是多么艰难的事。梅漫走出家门，想起了辛涛。自从那次对辛涛说要他在眼前消失以后，她就再也没有见到他。唉！人有时候没有办法，必须放下脸面和姿态。

辛涛接了电话很痛快，说一起吃饭。

梅漫哪里有吃饭的心情。在篑街一家西餐厅，梅漫和辛涛见了面。

"我一直在等你哦！"辛涛喝了口红菜汤，看着梅漫，"这几天干什么去了，什么脸色，欠账了还是被人追打了？"

梅漫白了一眼辛涛说："没心思跟你开玩笑。"

"问题这么严重。不过咱们先吃了烩海鲜和巴黎龙虾，吃完来杯咖啡慢慢说。"

吃完饭，梅漫还没有开口，辛涛就说："我这里从没有免费的午餐，你想清楚了，男人嘛，越得不到的东西越想得到。"

梅漫看了一眼辛涛，回味他的话。

"你知道秋香的结果吧，我最憎恨这种人，跟我这里花前月下，我对她也不薄，她还这样朝三暮四，绿我。我只戴黑帽。"辛涛说完，看到旁边一位金发碧眼的外国女孩，戴了一顶橄榄绿色针织毛线帽。

"老外跟咱们不一样，他们没有忌讳，帽子的颜色随心所欲。"梅漫笑了笑。

"我也不隐瞒你，秋香落到今天的地步，就是我找人爆的料，她现在连门都不敢出了。"

梅漫仔细看了一眼辛涛，没有想到这个人对人如此狠。

"我知道你现在在想什么。"

"你这么可怕，别人心里想什么你都知道。"梅漫抿了口咖啡说。

"唉，其实我这个人挺讲义气的，绝不是心狠手辣的人。主要是那个女人太贱，把我心里住着的魔鬼引出来了。平时我都把它们关得好好的，绝不轻易放出来。"

辛涛说完，伸出手来握住了梅漫的手。辛涛的手渗着微汗，竟然有一点点颤抖。看来这个男人是认真的。

梅漫违背了自己的爱情嫁给了夏南，难道要再背叛一次婚姻吗？她做不到。梅漫挣脱了辛涛的手。

拒绝，就是最真诚的告白。

梅漫去找磬磬姐，当然不是找她借钱，而是找她讨主意。

磐磐姐拿起一根烟，梅漫也要了一根。磐磐姐说："你不要抽了，这个东西拿起来就很难放下了。"

磐磐姐深吸一口烟说："我觉得你必须离婚。"

"为什么?"梅漫没有想到会走到这一步。

"不离婚，夏南的欠账会连带到你的身上。现在不是唇齿相依、不分彼此的时候，你是被殃及的池鱼。"

正在这时，梅漫的手机响了，她看了磐磐姐一眼，意思是接个电话。

对方嗓音嘶哑，只说他们是追债公司的人，专门负责讨债，让她赶快把欠的钱还回来，他今天打电话只是通知，过几天会亲自登门。

梅漫吓得赶紧挂掉了电话，恐惧地对磐磐姐说："太可怕了，我是不是被人盯上了?"

"所以你必须离婚，这是对你的保护，也是对你家财产的保护，否则谁知道会发生什么。越快越好!"

梅漫离开磐磐姐店里的时候，磐磐姐还在叮嘱梅漫必须快刀斩乱麻。梅漫慌忙点头走了。

第 159 章

回到家，夏南刚好在家，他像是有意等着和梅漫商量什么。他哪里知道，梅漫为了给他还账已经转了一大圈，虽然没有解决什么，但是她已经竭尽全力了。如果她没有人生底线，没有情感底线，恐怕早就不是现在的她了。

"有、有办法了！"夏南看起来很兴奋，好像找到了什么解决事情的好办法。

听了她的话，梅漫心里也很高兴。有办法就可以不用跟夏南提离婚了，她真的不知如何开口。尽管磐磐姐已经告诉她了，没有什么不好开口的，这与"夫妻本是同林鸟，大难临头各自飞"完全不是一回事。

"有什么办法，快说啊。"梅漫急切地问。

"袁、袁震饥说，他可以帮助咱们渡过难关，只要把房产抵押给他就可以。梅家老宅咱们也不住，要、要不暂时抵给他怎么样？"

"这是他要求抵的梅宅还是你主动要把梅宅抵给他？"

"我、我主动、我主动，他也说了要梅宅。"夏南耷拉着脑袋。

"我有出租的店铺可以抵给他，没必要用梅宅。"

梅漫知道，当初父亲生病的时候曾经梦魇般地说起过梅宅地下有宝，只是后来父母在那里居住，她还没来得及去找。她不想让父母知道这件事。

"我、我说过，他说商业地产不值钱，抵不过他拿给咱们的钱，我想、想咱们住的房子还是不要抵了吧。"

"梅宅不能动，咱们住的房子也不能动，要抵就抵商业住宅。"梅漫必须把坚守的底线告诉夏南，"他若不同意就算了。"

袁震饥最后同意了，梅漫将几个商业住宅全部抵给了他。总算，夏南的难关暂时过去了。可是，除了旧账还有袁震饥的那笔三百万元现金欠款。袁震饥说最近也需要资金周转，至少利息要算一算。夏南现在哪里有钱，根本不敢跟袁震饥谈钱的事。他就躲着袁震饥，袁震饥找不到夏南就找梅漫，还去梅漫的家里找。梅漫觉得这样下去不行，还是要听磐磐姐的。

梅漫把在家不敢露面的夏南叫到沙发上，跟他讲现在他们两个人必须离婚，否则她都没有胆量出门了，只有离了婚她才是安全的。

夏南不同意离婚。梅漫给磐磐姐打了一个电话。磐磐姐叹口气说："宁拆一座庙，不破一桩婚，可是，我不得不劝你们离婚。好吧，把电话给夏南，我跟他说。"

经过磐磐姐的解释和劝解，夏南终于理解了梅漫的苦衷，同意离婚。

就在梅漫办理离婚手续期间，辛涛找梅漫，说他们一起合股的公司要关门，不想开了，要转给其他朋友，让她签字拿走自己的钱款。

这倒是个意外之喜，可是现在钱还没有到手，离婚手续却刚刚办好。

慢了半拍。梅漫遗憾地一拍自己的脑袋。

拿到辛涛给的那笔钱，梅漫感觉心里舒服了点。但是要想赎回那些商业房产，这笔钱显然是不够的。

离了婚，夏南什么也没要，把房产全部给了梅漫。梅漫感觉夏南还是很够意思的，就把手里的两百多万元现金全部给了夏南。夏南心里清楚，梅漫将辛苦置办的商业地产全部抵押出去了，自己不能再要房产了。梅漫给他的两百多万元，也不够还袁震饥的钱，那就是一笔糊涂账，他现在不预备去见袁震饥了。得想想有什么好的办法，或者找到能够拿下袁震饥的人。他不由得又想起了峰哥，还是峰哥对他实在。这个袁震饥当初借钱的时候很痛快，什么利息都不谈，等你借了，就开始要高额利息，为人不够厚道。夏南心里愤懑地想，他似乎回过神来了：袁震饥这小子以合作为名，然后借给你资金，收高额利息，让你不知不觉上套，拿掉你的资产。

"我要跟秋香去她山里的老家躲一躲，你照顾好自己，下一步怎么走我现在也不知道，只能走一步算一步了。"这是夏南临走的时候对梅漫说的话。

送走了夏南，梅漫伤心地哭了，这几年的生活，到底是怎么了？总想出人头地，总想过得比别人好，可是生活怎么完全与自己的想法背道而驰呢？

艾蕤从杭州养病回来了，她在磐磐姐的小店二楼喝茶，让梅漫过去。

艾蕤瘦了很多，老了很多，颧骨显得更高了，整个人的精神状态特别不好。

"哎哟，这小脸怎么了？"艾蕤虽然精神不好，但是跟梅漫见面还是开了句玩笑。她听磐磐姐说，梅漫离婚了。

艾蕤也跟小男友分手了，她说的病其实就是被这件事伤了心。她救济前夫的事被小男友知道了，小男友一直拿这件事说事，说他们藕断丝连。艾蕤怎么解释他都不听。后来闹到了分手的地步。小男友说他做生意亏了很多钱，两个人好了一场，问艾蕤分手前能不能帮助他把亏掉的钱还上。艾蕤是个很讲义气的人，二话没说就开了张支票，而且大气地说，需要多少自己填。分手后不久，小男友就拿着她的那笔钱结婚了，看来早就预谋好了，她完全被蒙在鼓里。

艾蕤直奔西湖，恨不得直接跳了湖。她去灵隐寺上了香，傍晚在西湖边散步，呆坐在西湖边的条椅上。人来人往的热闹没有带走艾蕤的痛苦和难过。一位算命的半仙走过来，说要给艾蕤看一看。自己是什么命，这几十年都在心里了，明镜似的，还用别人给算？艾蕤摇摇头。

"我只说三句话，相信你就听听，不相信我就走。"

"你要失掉一笔财富，你是个相当讲义气的人，你的婚姻不是特别顺。"

艾蕤苦笑了一下说："你说得都不对，我是个婚姻生活特别幸福的女人；也没有失掉过财富，因为根本就没有财富；也不讲义气，因为没有人值得我跟他们讲义气。你不用再说了，我给你一百块钱。天都晚了，面相也看不清楚了，你回家吧。"

拿到了艾蕤的一百块钱，半仙抬起屁股什么也不说了，临走他对艾蕤说："我说你是个讲义气的人吧。我是西湖有名的半仙，想算什么随时到西湖来找我。我永远与西湖的美景同在。"

时间是最好的治愈剂。艾蕤等待了好久，才终于从痛苦中爬了出来。

"贫穷了这么多年，终于有钱了，就不停地折腾，折腾婚姻，折腾爱情，折腾房子，折腾一切可以折腾的东西，人好像一直浮在空中，完全落不到地上来。不管怎么样，我还是感谢生活，感谢经历，现在我终于悟出了点什么，看开了，看淡了。"

艾蕤讲了一大堆心里话，梅漫和磬磬姐听得频频点头。艾蕤在生活中得到了血淋淋的教训，再不清醒，她这几十年真的是白活了。

第 160 章

海外房产公司的艾达给梅漫发来消息，说温哥华开始征收海外买家税。梅漫不知道这对自己所购的预期房产会不会受到影响，但艾达说肯定会受到影响。梅漫要艾达赶快把她的学区联排房的楼花转出去。

艾达说，现在开发商还不让转，只能等。

梅漫问："如果转不出去怎么办?"艾达说："按常理是不可能转不出去的，如果转不出去楼花，你就要把房子买下来。做好资金准备。"

梅漫听了艾达的话，气得想骂人。不是说转楼花很简单吗，怎么现在还要经过什么开发商同意，不同意还要自己买下来? 骗子，都是骗子。

艾达说她会尽快去问开发商，赶快把她的楼花转出去，因为海外买家税的出台会直接影响房屋销售。

没过几天，艾达发来信息说由于海外买家税的影响，开发商不同意她转出楼花，如果同意会涉嫌帮助她逃税，所以要梅漫准备把房子买下来。

梅漫说她没有钱。艾达说没关系，可以帮助她贷款，但是她要保证还款。梅漫说她不想买，只想转出。

艾达说开发商不同意，她也是无能为力的，如果到时候买不了，梅漫交的钱开发商是不会退还的。

梅漫感觉被海外中介骗了。明明说好的可以转，现在又说不能转，还要她把房子拿下来，不拿，交了的钱就不退回。梅漫交了整整一百五十万元。

梅漫又给艾达打去电话，让艾达一定找开发商让她转楼花，说她没有能力交余款；如果转不出去，请把钱还给她，她现在一分钱存款没有，生活已经很困难了，还有老人要赡养。

艾达有点不耐烦了，说这是开发商的问题，他们一分钱佣金都拿不到，还心理不平衡呢。"如果你不服气，就去温哥华找开发商理论，让他们同意你转，或者让他们退给你钱。"

梅漫问："如果我去温哥华，开发商会同意吗？"

艾达说她也不知道，可以去碰运气，万一开发商同意呢，这个谁也不能保证。

为了这个大胆的如果，梅漫决定去一趟加拿大。签证以前就办过，所以只需订机票和住处。

去温哥华的事，梅漫谁也没有告诉。临走那天晚上，她回了趟家，陪父母吃了顿饭。顾蕙兰还在说代云的丈夫老伍为什么那么能吃，每次代云来，自己都把家里的吃的让她带走，说前几天老伍又被一家物业公司解聘了，这还是自己帮忙找的工作。"没干满一个月，人家就提出解聘，但没有说具体的原因。但是老伍一天三顿饭，每顿三大盆的饭量完全把物业公司的人镇住了，被大家奉为食神。"

梅漫没有心思听顾蕙兰讲什么食神的传说。这次去温哥华她感觉像是赴死一样。如果开发商不同意转楼花，她所付的款拿不回来，真是死的心都有。那不是小数目，这些日子，家里只出钱一直没有进钱，完全进入赤贫阶段，她经不起再有任何闪失了。

"夏南还没回来，他忙什么，是不是根本没在北京？"

"嗯，没在，天天瞎忙。"

梅漫没有告诉父母自己离婚了，一时半会也跟他们解释不清，与其让他们跟着瞎着急，还不如什么也不告诉他们。

梅漫只随身带了一个小箱子。上了飞机，十几个小时的旅途她什么也吃不下，什么也不想做。旁边是一对留学生情侣，女孩是中国人，男孩是外国人，回国旅游后回加拿大。左边是一个五十多岁的女人，早年移民加拿大，这次回国探亲刚离开。她说她是陕西人，还问梅漫喜欢不喜欢吃馍。梅漫摇摇头。她说她带了很多馍，都是用自己家种的麦子做的，非常香甜，麦香很浓。她听说不能带食品入境，不知道她的馍会不会被扣。

"你知道他们让带馍吗？"

几个馍就让女人魔怔了，如果这一百多万元全部没有了，她会不会疯掉呢？

"你去加拿大干什么？"女人笑嘻嘻地问梅漫。

"去办事。"梅漫只能这样回答，她想不出其他答案，她也不想把自己房子的事跟别人说。

梅漫昏昏沉沉的，闭着眼睛，不想吃东西。飞机终于到了温哥华上空。下飞机过入境，梅漫被拦住了，工作人员示意她站在围线区域等待。

梅漫看见一个青年被两个身穿制服的人扶着胳膊走过去了。很多人在入境处被拦下等待询问。

过了好久，梅漫被带到了一个柜台前。询问者是一个中年男人和一个华人女子，华人女子说话带港腔。

女人问她到这里来干什么。

梅漫说是旅游。她不是有意骗人，而是不想把买房子的事跟他们说。

"去哪儿旅游？"

"随便转转，温哥华。"梅漫补充了一句。

"有没有具体地址？"

梅漫拿出手机，把艾达给她的截图给他们看，上面是开发商的地址。

入境检察官去查那个地址。不一会儿他表情严肃地回来了，带着那名说话卷舌头、会说汉语的老女人。

入境官指着手机里的照片说："这不是旅游地址。"

梅漫试图拿过电话告诉他们，但是入境官居然气势汹汹地指着梅漫的手说不准动，就像对待一个犯人一般凶狠。他让她站在那里，把包打开，把箱子打开，他们要检查所有的东西。

"查查查，给你们查。"

梅漫把行李箱和书包全部打开，把书包里的东西都倒了出来。入境官拿出梅漫的钱包，看里面有多少钱。

老女人说："你到底来干什么，如果不告诉我们实情，我们有权把你关进小黑屋。"

"处理房产。"

"那么你的收入是多少呢，你的丈夫收入是多少呢？把你丈夫的电话打通。"

"现在是中国时间深夜三点，怎么给他打电话？"

梅漫肺都快气炸了，若不是因为这个闹心的破房子，谁要来他们这里？

"必须打，把号码给我。"

女人拨通了夏南的电话，夏南没有接。

"我把房产经纪人的电话给你们。"

梅漫没有办法，依照他们这么折腾，说不定会把电话打给父母，这个她是折腾不起的。

艾达跟他们讲英文，梅漫听不懂。挂断了电话，他们又把梅漫的护照和手机拿到了房间里，不知道在查什么，给谁打电话。过了很久，他们才出来。艾达接通了加方房产经纪人，经过反复沟通解释，入境官终于对梅漫挥手放行。那个卷舌女人似乎不想放，还对那位男士喋喋不休地说着什么。入境官摇摇头，似乎不同意她的说法。老女人对梅漫说："本来不应该放行你的，因为你没有说实话。"

"我既是来旅游又是来处理房子，不对吗?"

第 161 章

梅漫没有订大饭店的客房，因为价格实在太贵，几乎都在一千多元以上。民宿的价格相对低一些，每晚三百八九十元左右，还负责接送机，只是接送机要单独收费，每次二十加币。

民宿位于离温哥华不远的万锦，这里是有名的华人聚集区。

接机的民宿老板是个有点谢顶的中年男人，微胖，肉眼泡，广东某县某村人，不会讲英文，据说他们整村的人几乎都搬来了。

他开一辆旧的宝马。车子从机场到万锦经过温哥华市区。温哥华的浪漫和美好完全在梅漫心里崩塌。什么高楼大厦，什么车如流水马如龙，什么八街九陌、华灯璀璨、富丽堂皇，这些词在这里安在哪儿都不合适。路旁的建筑没有想象中的高大，街道窄小，且路面完全不是簇新平坦的。阳光懒洋洋的，散发着一种总让人不能振奋的热度和光亮。路旁，只有几株不常见的花草盛开着，才让人感觉到这里的不同。这就是闻名遐迩的温哥华吗？期待总是美好，事实总是残酷。这残酷的落差让梅漫更加无精打采。也许是心境的缘故，梅漫看一切都不顺眼，风景已成为一摊无法直视的嫌恶和多余。穿过温哥华，很快就到了万锦。

穿过几片别墅区，车子在一栋深灰色别墅前停下。

"到了！"广东老板打开老宝马的车门，帮助梅漫取下行李。

一栋栋别墅之间是不很宽的柏油路，每栋别墅的外观都差不多，基本都是三层楼带一个前后花园，花园是敞开的，没有围墙和栅栏。每家都种着一大片绿草，绿草上种着一簇簇玫瑰，以及一些不知名的花，花开得很灿烂，很艳丽。

门口，一个褐色头发、褐色眼睛、胡子拉碴、穿一身脏兮兮工作服的外国人，正在修理一辆不是很新的白色轿车。

这时候，从一层房间里冲出来一个瘦尖脸、捏着一根烟的外国女人，她用手指对准修车的外国男人的脑袋杵了两下，表情愤怒，叽里呱啦、急赤白脸地说了一大堆话。修车男人翻着白眼看了看愤怒的女人，没有搭理她，继续修车。

"可以在一层餐厅自己做饭，也可以在外面吃，不远处有超市。"

广东老板从靠门的房间里拿出一瓶矿泉水递给梅漫。

那个房间里正开着电视，声音很大，一个说话带着港音的女人让广东老板关上门。

梅漫感觉这个港音还是比外语亲切些，终归可以听得懂啊。

一层是一个开放式厨房，大理石餐台上堆放着很多东西，炉灶台上堆放着不少锅碗瓢盆。一个面庞黝黑的男人，正在打开一台双开门冰箱拿罐啤。

一张白色餐桌前，一个中年男性华人正端着碗喝汤，他对面坐着一个大长脸、皮肤黝黑、头顶竖着一个棕色枯黄辫子的年轻男性华人，年轻男人龇着牙，耳朵上戴了一排铁环，身上穿的衣服也是极其乱七八糟，让人感觉非常不舒服。梅漫看着这张脸就低下了头，太别扭了，人为什么把自己打扮成这样呢，这是什么样的审美，是歪曲的还是异类的，还是魔性的？

梅漫打开自己的房间。房间里一张床，一个电视，一个简易小桌子，一个很小的卫生间，靠近草地的窗户被堵上了，屋子里光线很差，必须开灯，空气也不流通。在这样的房间里住上几天人就要抑郁。

吃饭怎么解决呢？梅漫不想跑到很远的地方，不如在超市买点方便面或者饼干方便。

待在这个小屋子里面很难受，梅漫打算去超市买点东西。

带上钱，打开门，客厅里喝汤的男人已经收起了碗，黄毛青年也站起身准备离开。黄毛青年走到门口还咧着嘴看了一眼梅漫。

广东老板已经不见了。他说附近有个超市，到底在哪里呢，是房间的左边还是右边？梅漫拿不准，只得问洗碗的男人。

"你好，请问去附近超市怎么走？"

"出门拐过那个房子一直向前走，过一条马路再往左走。"男人的普通话还算标准，口音不是很浓。

现在好像左右不分呢。梅漫面露难色，问："你能不能陪我去一趟？"

"好！走吧！"

男人把碗放入消毒柜，跟着梅漫走出了房间。

"你来旅游？要去哪里玩？"

梅漫摇摇头。"处理房产。"

"你是当地华人吗？"梅漫问。

"我是来做生意的，我是广东江门人，有很多老乡在这里。"

梅漫笑笑，怪不得他端着汤碗喝汤。广东人走到哪里都会带上他们的汤锅，这句话一点也不假。

走到超市，梅漫挑了两碗方便面、一盒饼干、几块巧克力。梅漫还想买点水果，但筐里只有几个非常不新鲜的苹果，看着就没有食欲，梅漫只好作罢。超市很小，装饰也很老旧，完全是中国县城地区超市的规格。老板是个年纪很大的华人老头。

超市只收加币，江门大哥问梅漫有没有钱，他热心地要付款。梅漫感激，自己付了钱。

"你若想买东西，过几天我带你去大超市买，带你去周围转转。"江门大哥说。

梅漫哪里有心思闲逛和买东西，赶快联系房产中介找开发商才是正事啊。

第 162 章

头疼，需要倒时差，但是，梅漫躺在床上根本睡不着。房子隔音实在太差了，是不是每个房间只隔了一个木板呢？不仅一层的住户、一层厨房里的人说话的声音，就连楼上住户说话的声音也很清楚。

这个鬼地方，梅漫恨不得马上就离开。

先跟艾达电话沟通，让她跟开发商联系，梅漫打算明天就去找开发商。

艾达来信，说开发商她是联系不上的，只能联系上开发商的助理，还是最低级别的，他们要一级级地汇报。"你若找开发商可以自己到那里，碰碰运气，不知道开发商会不会见你。"

"不能保证见到开发商你让我来？我来干什么？"

"不是你自己要来吗？能不能见到我是不知道，也不能保证。"

艾达的话实在太气人了，梅漫总感觉自己被骗了。都是说话张嘴就来，根本不靠谱的。

房间外面的开放厨房里，香港口音的女人正在做饭，她说话声音响亮，笑起来肆无忌惮，话里时不时夹杂着她骂人的声音。

骂声不绝于耳，听起来实在刺耳。江门大哥似乎也在那里做饭。听到他们高一声低一声地说话、骂人，梅漫快烦死了。她闭上眼睛，不想看这里的一切，如果可以闭上耳朵，她一定拒绝听他们的噪音。

过了好久，厨房里才安静下来。梅漫打算泡一碗方便面吃。她拿起方便面走到厨房。江门大哥还站在那里炖汤，他说汤已经好了，让梅漫也来喝点。

梅漫走到炉灶前，看见他煮了一大锅汤，里面有三文鱼、海带、鸡脚、香菇。

"喝一碗吧，加拿大的三文鱼很鲜的。"

梅漫泡好自己的碗面，从消毒碗柜里拿出一个碗，用开水烫了烫，盛了两块三文鱼、几条海带丝、一个鸡脚、两个香菇。

"味道怎么样?"江门大哥问。

"挺鲜的，三文鱼确实不错。"

"我去拿点红酒来喝。"

江门大哥很热情，但是梅漫酒量很小，所以拒绝了他的红酒。

梅漫看到江门大哥煮了那么一大锅汤，他一个人是绝对喝不完的，就问："你煮这么多?"

江门大哥说给店老板、老板娘还有其他客人喝。他说冰箱里有鸡蛋、肉，还有米，让梅漫随便用，自己做饭。

一碗热乎乎的汤，让梅漫和江门大哥拉近了距离，在异国他乡，这也算是一碗亲情汤吧。

梅漫说她明天去找开发商。江门大哥说明天他去找老乡考察一个废弃的工厂。他想投资开一个加工厂，专门做建筑上用的一种三角铁架；还说如果梅漫想转房产，他有老乡在这里专门卖房。

梅漫告诉他，开发商目前还不让她转，她就是来找他们说这个事的。

吃完饭，梅漫回到自己的房间。头疼，累，她打算睡一觉，明天一早就去找开发商。

想洗个澡，拧开热水，水量极小，对于她这样的长头发，这无异于灾难。梅漫关上水管直接上了床。

深夜，各种声音从不同房间传出来，相互交错，扰乱了宁静的夜晚，让人特别不适应和厌烦。夜晚本该属于宁静，只有微风、细雨、月光和虫鸣才是她最好的和弦，其他声音都是令人厌恶和多余的。

这片住宅毗邻机场，每隔一会儿就会听到飞机带着它特有的轰鸣从头顶掠过。真的不知道这里的居民，是怎样木然地对待永远飞不完的飞机和永远摆脱不掉的声音的。

突然，梅漫房间的门被使劲推了两下，还有两声敲门声。

有人推门！梅漫心里一惊，她之前完全没有想到单身女人住店会有什么危险。她沉住气没有出声，支着耳朵等待可能再次发生的惊吓和意外。一会儿，脚步声走远了。梅漫轻轻下床，用一把木椅子和自己的箱子顶住了房门。房间里还有一张桌子，但是，梅漫看那个破桌子实在不好搬，就放弃了。

到底是谁推门呢？广东老板、江门大哥、黄辫子青年、门口修车的外国男人、拿啤酒的客人？梅漫判断不出来。

深夜有人推门，并没有让梅漫感觉害怕。虽然她不会什么玄幻武功，但是从小爱运动，练过舞蹈打过篮球的她，自信一直身手敏捷，不管是逃跑还是进攻，似乎都不在话下。

这样想着想着，梅漫竟然睡着了。

清早，梅漫在一片吵闹声中睁开了眼睛。一个男人和一个女人不停地狂飙英语，声音高亢，夹杂着肢体的推搡声和女人的哭声。这是男女吵架。紧接着，港式口音的女人开骂了。

这是什么店，什么民宿，梅漫简直要崩溃。

第 163 章

艾达只给了梅漫房产公司销售经理的电话。

梅漫把电话打了过去，对方是一个女人，说英文。梅漫说自己的汉语，不管对方听得懂听不懂，因为她没有别的办法。对方一直在说。梅漫跟她搭不上话。梅漫不管，自己的意思该表达也要表达。

梅漫说她做生意赔了很多钱，欠了很多债，生活很窘迫，没有能力买下这个房子，请开发商允许她把楼花转出去，否则她就会离婚得抑郁症。

"别跟我说英语了，精神病啊你。"梅漫忍不住了。销售经理挨了梅漫的骂和吼终于绷不住，不装了，改用中文跟她交流。

她是华人，根本就会说中文。当然，不是所有的华人都会说汉语，但是，这位销售经理会，只是她不想说。

她说楼花能不能转要公司开会决定，要评估还要咨询律师，不是一个人可以决定的。

梅漫说她要见开发商，亲自提出自己的要求。

销售经理说开发商正在国外度假，不在，还说梅漫去他们办公地点没有任何意义，能见到的人只能是她，而且她很忙，只能给梅漫十分钟时间。

自己千里迢迢飞了十几个小时，就是这个结果吗，就是人家一个十分钟无结果的打发吗？

艾达呢，她不是说有机会见到开发商吗？人呢？能不能对自己说的话负点责任，没准的话能不能别说。

"我也不知道开发商休假了啊。"

够了，梅漫觉得人人都是骗子。尤其是这些以经济利益为首要任务的人，说话做事根本就没有廉耻和底线。把你引诱上路，但没有告诉你这条路上其实有很多坑和雷，你平安过去了算你幸运，遇到了麻烦入坑就是你的不幸。没有人对你表示一点点怜悯，甚至一个热切的眼光都没有，只有淡漠和无视。

"你知道吗，如果楼花转不出去，我的一百五十万就全部没有了，这不是小数目。"梅漫的声音是沙哑的。

"我已经尽力了，我有什么办法，我又不能左右开发商。"

"当初是你们说楼花可以转的，现在转脸就说要开发商同意，说的是人话吗？"

"首先，我不希望你跟我这个态度——"艾达还在说。

梅漫挂断了电话，什么狗屁艾达，统统给我滚蛋。

梅漫叫了一辆出租车直捣开发商的老窝。到了目的地，梅漫直接推门而入。前台小姐站起身拦住了她，梅漫装听不懂，指指他们大厅上的广告房子。

这时候，楼上下来一个外国男人和亚洲男子，前台小姐不知跟他们说了什么。梅漫被带到一个小会客厅。亚洲男子问梅漫要干什么。

梅漫伤心地哭了，她把自己说得很悲惨，大意就是不能不允许转楼花，她没有能力购买房子，她不能失去这笔钱，失掉这笔钱等于要了她的命。

亚洲男子翻译给外国男人听。后来他们又说了什么，大意就是，需要开会决定，能不能转让她回去等结果。

不管怎么样，没有完全无路可走。梅漫的心情稍微好转了些。回去的路上，刚拐进梅漫居住的别墅区她就下了车，她实在不想回那个黑暗阴郁的小窝，只想一个人走一走。这片住宅小区很大，每家的花园里都种着不少鲜花，花的品种也各异，花朵大，艳丽，与梅漫平时在国内街头看到的花不太一样。

路上，她看到不少遛狗的华人。一栋房子前，停着一辆汽车，车上下来一对华人父女，穿过一片郁郁葱葱的小树林。三个中学生模样的华人男孩正坐在草地上休息，他们的脚上穿着旱冰鞋，显然是刚溜完冰。几个人相互说笑着，说的是英语。虽然看见的是熟悉的华人面孔，但是这一句句英语再次提醒梅漫，这里不是国内。

穿过一条十字路口，在等红灯的时候，一辆辆汽车从面前经过，车里有很多华人面孔。

继续向前走，是一片水域，木片搭成的高台刚好可以远望这片水。水面很平静，不像是海，远处是港口，有集装箱和吊车。河岸上长满水草，几只长脚鸟在踱步叼食。

这里，既没有海面的壮美，也没有湖面的激滟。眼睛里没有风景，一切风景都会失去风采。梅漫没有了兴致，一步步数着木条台阶，沿着河岸往回走。

咦！对面是江门大哥。

梅漫笑着挥挥手："你怎么在这里？"

江门大哥跑到梅漫身边停了下来，他正在跑步锻炼身体。他说这里空气不错。

他对梅漫说附近没有什么可转的，除了这片水只有一个大超市和一个赌场，他可以带梅漫去转转。梅漫闲来无事，就跟着江门大哥一起转了起来。

先到了超市，超市外停了很多汽车，来来往往推车的大多是华人。超市外观像一个大仓储，里面跟国内大城市的超市差别不大。梅漫没有心情买什么东西。江门大哥好心告诉她，这里的超市只卖东西给当地居民，要办理一个卡，像我们这种外来人是不能在这里买东西的。

"还有这样的事？"梅漫很惊讶。

"有钱也不允许买。"江门大哥苦笑着说。

"幸亏我没有买东西的欲望。"梅漫不以为然地说。

走出超市，他们向赌场走去。

赌场外观很不显眼，进入深咖色自动玻璃门，脚下是柔软的玫紫色地毯，里面非常开阔，人来人往，每台机器前都坐着客人。老年人，年轻人，亚裔面孔，外国人，全部在认真投入、津津有味地玩着。

江门大哥带着梅漫坐到餐饮区。

"请你喝碗皮蛋粥吧，看你这两天也没有好好吃东西。"

梅漫一点食欲也没有，真的吃不下，但是也不好回绝江门大哥的好心。

皮蛋粥里撒了些香葱，但是依然压不住粥里的腥味。

吃完了粥，梅漫告诉江门大哥，她明天就要回去了，开发商正在商量，她不在这里等消息了。

江门大哥听后很高兴，说如果需要帮忙他可以找老乡，不要客气。然后，两个人准备回去。

江门大哥建议在赌场里转转再回去，梅漫跟着他从这个桌子转到了那台机器，非常好奇地看着那些异常投入的男男女女。

突然，江门大哥拉着梅漫就跑，他悄声说："我看见香港老板娘在那里玩，我们赶紧走，不要让她看见，免得她跟我们借钱。"

"她是老板还用借钱?"梅漫笑着说。

"什么老板，在旅馆里帮忙管管事，就是个管家。听说她以前很有钱，老公也很有钱。她就是爱到这里来，我说去逛逛超市或者去湖边看看，她就说，那有什么意思，哪里有这里有意思。赌瘾太大了。"江门大哥摇摇头说。

回到旅店，门外，西雅图男人依然窝在地上修理那辆破轿车，西雅图女人坐在门口，一手捏着小烟，一手拿着手机看。江门大哥进门就准备炖汤，离不开汤碗的广东人，也许只有一锅汤才能喝出对世界的满足。

他让梅漫一会儿来喝汤吃饭。梅漫说刚才喝了皮蛋粥，不饿，不想吃了。

他指指门口那对西雅图男女说："一会儿他们也来喝汤。"

"你开的是国际饭店哦。"梅漫笑着说。

"明天上午九点多我就去机场了，感谢你的热情啊。"

"都是中国人嘛，出来总归要相互关照的，你不再玩两天了？到了温哥华哪里也没去呀。"

梅漫摇摇头，不知为什么，她一点那样的心情也没有。以前的她到哪里不是买买买、逛逛逛啊？

来到温哥华，她不想看风景，不想逛街，不想进餐厅，就连这间旅馆中的小屋也让她极其厌倦。逃离这里是她唯一的愿望。

她给旅馆老板打了电话，让他明天一早送她去机场。

第二天一早，梅漫拉着箱子走出房间，头都没有回。后院，香港女人正在洗衣服，洗衣机发出响亮的噪声，江门大哥正在跟香港女人聊天。女人似乎刚刚洗完澡，头发遮着脸。还在跟江门大哥讨论西雅图男女，一句句骂声不绝于耳。

女人穿一件非常暴露的黑色睡衣，这样的睡衣，梅漫是绝对没有勇气穿到外面的。女人却很自然地站在院子里，站在并不熟悉的异性面前。梅漫很佩服这个女人的坦荡。

温哥华的早晨并不温暖，凉风阵阵吹来，女人宽阔的肩膀和前胸后背全部暴露在冷风里，她似乎毫不介意。

她撩起头发，抬头撩了一眼梅漫，尖叫着捂起了嘴。梅漫的箱子也从手中滑落了。

两个人抱在一起失声痛哭。

是夏采薇，她怎么变成了这副模样，又黑又胖，梅漫险些认不出来。

"我哥、我爸都好吗？"夏采薇瘫坐在花树下的白木椅上。

"都挺好的。你在这里也不错。"梅漫苦笑着说。

"好不好天知地知。我是待够了。"

"你带了多少钱，能不能给我一些，我想去迪拜找梅丽莎。"

梅漫把手上带的不到九千加币都给了夏采薇。

"就带了这么多现金，都给你留下吧。"海关规定，现金不能超过一万美金，梅漫怕有什么事，这里不方便取，所以带了九千加币。

"你去找梅丽莎干什么，要不跟我回国？"梅漫问夏采薇。

夏采薇摇摇头，没有说她在香港欠了债，不敢回国。

梅漫正犹豫要不要改签，留下来陪陪夏采薇。夏采薇拽着梅漫的胳膊向门口走，边走边说："别跟我哥、我爸说在温哥华碰到我了。他们好我就放心了。等我混好了，我就回国看他们。我要像梅丽莎那样，有私人飞机。"

广东老板指着夏采薇讥讽地说："你天天进赌场就能坐上私人飞机了。"

"你真会开玩笑。"梅漫对广东老板说。

她向江门大哥挥手道别。

萍水相逢，江湖再见！

第164章

夏南来找梅漫，说他跟秋香结婚了，让她不要怨恨，他们在那个山沟里待的时间长了，产生了感情。他说自己还欠着袁震饥的钱，秋香给他出了一个主意，希望梅漫支持他。

"离婚了，再婚是你的自由，我没有理由反对。"梅漫嘴上这样说，心里却五味杂陈。他这么快就再婚了，而自己呢，为了守住这份婚姻，为了对得起夏南，一直坚守着一个女人的底线。

"我、我和秋香要办理移民，你支援我们一些钱。至、至少三百万元，否、否则不够啊。"

"我把所有的钱都给了你们，我哪里还有钱？夏南，你以为我是银行吗？"

梅漫心里很气，哪有这么不要脸的人，跟前妻来要钱，还那么堂而皇之，那么大言不惭。

"你、你给我想想办法，咱们的房子我都没要。你、你知道，我只有求你了。"夏南说完，扑通给梅漫跪下了。

梅漫扭头流下了眼泪，不忍心看夏南这样没骨气，这样软弱，为了几个钱就给女人下跪。

"你起来吧，难道必须要走这条路？"

"那、那我怎么办？有他在，我、我怎么在北京混日子，难、难道我要天天钻在山沟里？"

"我想办法？"

梅漫狠狠心，她已经想好了先去典当行把夏南妈妈留下的一部分首饰，还有自己的几个名表、钻戒、几十个名牌包都当了，把衣服挂在二手网上售卖。早知道今天如此艰难，当初何必乱买这么多东西呢？

梅漫记得曾经看过一篇文章，介绍的是美国年轻富豪马克，他开一辆很普通的本田，身上永远是牛仔裤和灰色棉质圆领衫。他没有豪车，没有名牌衣服。如果自己拥有那么多的财产会怎样呢？曾经有了一点点钱财，就买了这么多奢侈品，把自己的身心完全沉浸在了欲望、金钱、奢侈中不能自拔。当一无所有的时候，才体会到金钱的真正意义。

梅漫记得曾经在一个自助餐厅吃海鲜，旁边有一对年轻男女，拿了很多东西，根本吃不下，就直接把整只的螃蟹和大虾塞在餐巾纸和吃剩的食物中，当初自己很看不惯，后来就麻木了，也经常浪费东西，跟夏南出去吃饭有时候几乎吃一半扔一半，从没有心疼过。以前在单位食堂，有个女孩每天早上吃包子只吃馅从不吃皮，吃鸡蛋只吃蛋白从不吃蛋黄，每次都要剩下几个包子皮、几个鸡蛋黄。她吃得堂而皇之，看见的人也麻木不仁。

一个人的教养，一个人精神的高度，一个人对于物质、对于金钱、对于资源的践踏和无视是可悲的、可恨的。

此时，梅漫憎恨那个曾经无所顾忌沉溺于购物的自己。

那天，梅漫又去典当行，刚刚准备推门，竟然看到了侧身对着她的辛涛，梅漫吓得赶紧逃走了，在这里万万不能碰到熟人，尤其是辛涛。一口气跑回了家，梅漫反应过来了。辛涛怎么也去典当行呢，难道他的生活也变得窘迫了？不太可能吧？梅漫不相信地摇摇头。她拿起手机就给磐磐姐打了一个电话，直接问辛涛是不是破产了。

磐磐姐莫名其妙地问："谁在谣传，你听谁说的？"

"一个朋友。"

"宇宙来的朋友，纯粹胡扯。他前两天还在我店里为给他妈妈过生日选了一件衣服，绝对不可能。"

梅漫疑惑地挂断磐磐姐的电话。

典当的东西出的价格不高，梅漫有一个从非洲带回来的成色特别好的钻石，0.9克拉，不到一克拉，典当行居然不要，说按照典当行的规矩，不到一克拉的钻戒根本就不会收。

哎，买的时候贼贵，卖的时候一文不值。梅漫心里真不是滋味。

从典当行出来，梅漫刚好经过一家房产中介，她像被点醒了似的，即刻冲了进去。

她要把夏南和她一起住的房子卖掉，低价急售，全款现金。

卖完房子还可以搬到梅家老宅住，梅漫这样对自己说。

梅漫房子的位置和户型都不错，她以低于市场的价格以最快的速度卖了出去。中介说，有时候卖房完全凭运气，有的房子挂出去就能卖掉，有的房子挂一年也卖不掉。

梅漫拿着卖房子的钱对夏南说："你把这笔钱还给袁震饥，就可以不办希腊移民了。"

夏南咧着嘴说："利、利息不知道滚成了多少，还、还了他，我又是穷光蛋，还、还不如拿着钱跑呢。"

梅漫也不知道夏南说的话对不对，有没有道理，现在夏南听的不是自己的话，而是秋香的话，她没有资格做夏南的主。

给了夏南一部分，梅漫留下来一部分，没有钱的日子太艰难了，梅漫似乎深有体悟。

梅漫对转身准备走的夏南说："夏采薇给我来过电话，她在温哥华，过得也不错，过一阵再回北京，你去希腊之前，跟她通个电话吧。"

梅漫懒得跟夏南说她去过温哥华，但是又想让夏南和夏采薇联系一下，不然，夏南真的移了民，也许就没有跟夏采薇见面的机会了。

"终、终于有消息了。我、我还以为她从地球上消失了呢。我、我告诉你，我妈的私房钱都让她独吞了，夏冬恨、恨死她了。"

"一家子，有血脉亲情，那点钱不至于吧。"

"不、不是那么回事。"夏南摇摇头，否认了梅漫的观点，"什、什么血脉亲情，都抵不过人民币。谢谢、谢你啊！夫妻一场，江湖再见。"

夏南像凯旋的战士一样去找他的秋香了。梅漫呆坐在那里，她要搬家了，搬回童年的梅家老宅，物是人非，庆幸的是，老宅还在。

第 165 章

艾达给梅漫来信，开发商对梅漫给予了特殊关照，允许她转楼花，但是，只能转给加拿大本国以外的人，即便持有加拿大枫叶卡的外国人也不可以，因为如果转给这些人他们会涉嫌帮助梅漫偷税。

艾达说如果梅漫自己有朋友买，他们的中介费只按原价收；如果他们找到客户，中介费是按两倍收的。

梅漫拿起电话，开始在自己的关系网中寻找有条件、有能力接手的人。

林总，梅漫打过去电话。

"哎呀，我没有想在那里置业啊。"

唐总，梅漫把电话打过去。

"哎呀，几个月前刚刚买了。"

王总，梅漫打过去电话。

"哎呀，这个没有考虑过呀。"

梅漫不想再翻电话找人了。这是徒劳的，没有人会凭借她一个电话就动了买房子这么大的心思。

梅漫打算去找磐磐姐，看看从她那里能否找到可能的人。

磐磐姐又是打电话又是发朋友圈，忙了半天也没有找到有意向的人。

梅漫问艾蕤怎么样了。梅漫的意思就是艾蕤有没有可能接手，只是她没有直接问磐磐姐。她认为聪明的磐磐姐一定可以猜到她的心思。

磐磐姐说艾蕤被男友坑走了一笔巨款，元气大伤，她最近频繁出国陪留学的孩子，也不好问她，若是以前，可以直接让她接手的。

　　磐磐姐的电话响了，是房子的事有消息了，梅漫很高兴。

　　来人说她那个温哥华的朋友本来有能力买的，但他最近买了一大块地，盖了一个别墅，结果别墅突然大跌，卖不出去，钱都压在了里面，她也无能为力了。不过她帮忙找了一个客户。但是客户条件苛刻，让梅漫负责全部税费，价格也压得很低，如果卖给他，最后算下来，梅漫虽然不赔但是只能赚到两千元人民币。

　　这是趁火打劫还是开玩笑？这么恶心的买家让梅漫很恼火，她恨不得开口骂人。

　　磐磐姐说他们准备举家迁往荷兰，因为孩子要上学了，婆婆希望孩子的语言能纯正一些。店子不关门，委托给他人打理。在北京居住的房子预备卖掉。

　　磐磐姐也要走了？梅漫的心里很不是滋味。如今姐妹四散，命运迥异。她们曾经在人生最美好的年龄里相逢，在经济大潮里翻滚，如今带着自己的收获或者悲情，走入自己的生活轨迹。

　　梅漫张张嘴，想把夏采薇的处境跟磐磐姐说，最后还是没有开口。报喜不报忧，如果是喜悦应该与更多人分享，如果是忧伤还是不要让更多人知道。她只能希望夏采薇成功逆袭，不要成为那个不堪的旅馆管家，少骂几句人，哪怕回到原本那个缺点满身、没心眼、贪图享受的夏采薇也是好的。成为梅丽莎那样的人呢，那是个人的选择，梅漫不想判定。

　　去找辛涛吧，他曾经说过，他在等她。夏南结婚了，自己完全可以放开束缚，努力寻找自己的生活。

　　离开磐磐姐的店回到家，梅漫给辛涛打了一个电话，但是，电话没有通。他也许不方便接，梅漫满怀希望地等着，好不容易等到了晚上，梅漫再次拨打辛涛的电话，他还是没有接。梅漫忍不住给磐磐姐打了电话，问她辛涛怎么联系不上，她想求他帮忙。

磐磐姐笑着说："你来的时候，我都没有提辛涛，因为他帮不上你了，他已经处理完国内的资产，去开曼了。国内的人他基本都不联络了。电话号码早换了，我也没有他的新电话号码。"

啊！梅漫很惊讶，为什么有的人走着走着就从自己的视野和生活中消失了呢？想寻找的时候，再也没有了机会。

在梅漫绝望的时候，辛涛的电话来了，他说他可以帮助梅漫，但是，他的孩子和妻子在美国，他没有离婚，他不能给梅漫婚姻。梅漫听后默默放下了电话。

辛涛在梅漫的生活中像什么呢？也许是一个过客，像李翰歌一样的过客，匆匆而去，再也不会有相逢的机会。

第 166 章

梅漫失落地靠在椅子上，没有收拾打扮自己的心情，没有做事的欲望。

突然，电话响了。是一个未知号码，梅漫没有接。响了几声之后，又响了起来。第二次，梅漫接了。

"最近过得还好？我想请你吃饭，谈谈。"

梅漫一听是袁震饥，心里就很郁闷和厌烦。

"吃饭没有必要，你找我有什么事吗？"

"我刚刚从五台山上香回来，人嘛，善良为本。你有什么需要我帮忙的？"

梅漫以为他是来打探夏南消息的，结果人家只字未提夏南的事。"我这想法太狭隘了。人家都去上香了，佛系之人，慈悲为怀。"但是，梅漫曾经听过这样一句话：没有学会做人，还去学佛，简直是笑话。

"哎，最近好烦人呢。"梅漫把自己在温哥华的房产遇到的麻烦跟袁震饥讲了。

"哎哟，妹妹，早跟我说呀，这个忙我肯定能帮你啊。学区房多抢手啊，我亲侄子要去国外上学，我正准备给他找房子呢。"

兜兜转转，有时候机会就在不经意中。梅漫的喜悦之情溢于言表。生活就在这里出现了转折。

"可是，我也是有枫叶卡的，不然这个房子我就拿下了。让我想想怎么办。"

梅漫喜悦了没有三秒钟，比闪电还快呢，晃了一下眼睛，什么也没有抓到。手里空空的，只有空气。

"这样，你听我安排。"

袁震饥决定帮梅漫拿下房子，这样梅漫就不会丢掉已交的房款。由于他持有枫叶卡，开发商不让转给他，房子就暂时写梅漫的名字，等以后再转给他，他们可以私下签一个协议。

"房子写我的名字，你出钱，这不太好吧?"梅漫不放心地问。

"没有什么好不好的，各取所需，不存在谁占谁的便宜。"

天无绝人之路，房子的事终于有了完美结果。梅漫给艾达打电话，告诉她自己有个朋友要买，朋友虽持有加拿大枫叶卡，但是他愿意以梅漫的名义先买下来，然后再过户。

没有想到艾达不同意，她说自己的同事费了很大力气才找了一个客户，他们要做成这笔买卖。

房子转眼成了香饽饽，不管给谁，卖出去就是好的。梅漫这样想。

艾达还有后话，就是说他们找的那个客户，是不交税的，他要等到拿到枫叶卡后免税，要打个时间差。但是开放商会让律师检查是否交了，查出来没交税，就会让梅漫交一大笔钱，然后她还要自己买下这个房子。

就是说，这笔买卖是有风险的，风险要由梅漫来承担，有可能她会失去房子的税钱还要自己买下房子。

"那你们还找这样的客户。"梅漫气愤地说。

"因为只有这样的客户。你也知道，目前市场情况不好。"

"那就让我朋友来买。"梅漫大声说。

艾达没有说话，事情似乎僵在这里。后来，开发商来了律师函，大意是他们会在交房子当天检查是否交税，如果没有，后续处罚是很重的。而艾达那个客户只想打个时间差，利用他的身份从中国人变成加国人时候的退税而不交这笔税。其实，这是在冒险，而冒险的人不是别人正是梅漫自己。

看到律师函，艾达也是有些怕了，妥协说："要不就让你朋友拿下房子吧。"

决定让袁震饥拿下房子以后，梅漫一直没有联系袁震饥。因为交房时间尚早，况且袁震饥说了，到时候他跟梅漫一起去温哥华收房。至于是否贷款，袁震饥说，贷款很麻烦，钱转过去是很方便的，他经常这样做，拿着U盾，直接把钱转给梅漫，几百万他们也转过，很快捷的。时间过得很快，转眼就到了收房子的时候，可是袁震饥的资金还没有到位。梅漫有点着急。艾达那边也很着急。

梅漫没有办法，去找袁震饥。

"现在已经过了收房时间，每超过一周就罚款七千元人民币，这个钱我也是拿不起的。"梅漫有些着急了。

袁震饥拿来一个协议，梅漫仔细看了起来，大意是袁震饥帮助梅漫买下房子，房子总价九百三十万元人民币，梅漫已付一百五十万元，余款由袁震饥支付，在适当时候过户，收房后的租金归两人共同所有。

梅漫签完字。袁震饥让梅漫去温哥华收房，他随后把钱直接打到梅漫的账号。

再一次踏入温哥华，梅漫的心情是复杂的，去不去找夏采薇呢？梅漫犹豫了，她这次没有住在民宿，而是直接住在市中心的宾馆。等办完了事看情况再决定吧。夏采薇会不会去了迪拜呢？梅漫只希望她变好，不继续在那个民宿里继续过骂人的生活。

袁震饥的钱还没有打过来，梅漫给他打过去两个电话他都没有接，艾达这边还在催，梅漫急得嗓子都哑了。

她不停地打电话，给袁震饥打，给艾达打，给销售经理打。

后来袁震饥的电话终于通了，他说账面上有钱就是拿不出来。他说差两百万凑够，问梅漫手里有多少钱，一起凑一凑。

"你不是说你有钱吗，还不让贷款，现在却又说凑不够了。"梅漫质问他。

"事情总有变化，政策也是变化的。咱们一起拿下房子算共同投资。"

从他要拿下房子变成了共同投资，可是梅漫这时候已经顾不得那么多了，也没有太多的选择了，除非房子不要了，投入的一百五十万元全部打水漂，否则只能硬着头皮向前走。

"我手里只有几十万，可以再投进来，算咱们共同投资吧。"梅漫想，这样也比把那些钱扔了强。

"其实我没有枫叶卡，我是中国人身份。"

"什么，什么，你为什么骗我？"

梅漫火冒三丈，这个家伙到底搞什么鬼，这是开不得玩笑的。

"妹妹，你不用生气，咱们拿到房子，你的钱不损失就行。我把房子拿下来，你写个证明，就是说你交的那部分钱款已经给了我，这样我买房子的时候，就可以少交一部分钱款。"

梅漫啪地挂断了电话，气不过又给袁震饥打过去，袁震饥没有接。梅漫给他留了言。

"你这么缺德，你会遭报应的你知道吗？这么坑我骗我你到底要干什么？什么烧香拜佛，就你这种德行的，神仙也不会保佑你的。你个不折不扣的大骗子。"

这个房子不能买了，梅漫赶快给艾达打电话，问她能否再找其他客户，问她开发商可不可以把钱退还给她。

艾达也急了。

"你不是说来买房子吗，你不是说你的朋友帮你买吗，人呢，钱呢？"艾达冲梅漫咆哮，因为她的中介费拿不到了。梅漫该向谁咆哮呢？

第 167 章

梅欣要结婚了，顾蕙兰和梅抒颐听到这个消息无比喜悦，因为像梅欣这样年岁的人小孩都很大了，像梅抒颐和顾蕙兰这把年纪的人也都当上了爷爷和奶奶。

虽然拿不准他们结婚后什么时候要孩子，或者说要不要孩子，但已经迈开了第一步，不愁下一步。

梅欣娶的人当然是富春山姑娘。梅欣在富春山画画，后来又去了苏州、扬州、黄山屯溪、西递等水乡古镇，他们发现，月光下、春天里、小雨中的古镇别有一番风味，梅欣的画笔和画风更加开阔、轻灵了。

当年，齐白石的画在明宝斋卖几块银圆一张，后来在日本开了画展，一下涨到一百银圆一张。画展绝对是提升一个画家知名度的好机会，梅欣能否在画展中一举成名就看他的能力和水平了。

梅欣说画值不值钱已经无关紧要，让更多人认识和欣赏富春山的美，领略江南小镇别样的秀美，才是他举办画展的意义。他们这次去日本可能要待很长时间。梅欣的画笔要在这里画东山魁夷笔下的夜樱、北海道的杉木林。

思敏要回国创业，在青海建立奶牛养殖基地，生产优质婴儿奶粉。听到这个消息，顾蕙兰和梅抒颐既高兴又担心。思敏在国外待了那么久又回来，这是他们决然没有想到的。能不能生产出优质奶粉也是他们担心的。

思敏回国后，说上次做好了充分调研，他们认为青海位于三江源头，水草丰美，奶的质量会很好，用这样的牛奶制作出的奶粉一定能让人满意。

听说他们要在那里建基地生产婴儿奶粉。顾蕙兰和梅抒颐竟然拿出了自己的存款支援思敏。思敏说他们的技术支持来自澳洲著名的奶粉品牌。顾蕙兰开玩笑说，等梅欣的孩子出生，就可以吃上他们生产的奶粉了。

一家人在梅家老宅欢欢喜喜地说话，时光仿佛回到了从前，或者说曾经那段欢快的时光仿佛就在昨天。

顾蕙兰问梅漫，夏南怎么总没见？

梅漫说他不在北京。就这样一句话敷衍了过去。

送走了梅欣和思敏，梅漫陪顾蕙兰和梅抒颐在梅宅居住。

梅漫接到一个电话，对方说是要债公司的。梅漫以为是骗子，就直接给挂了。

后来，梅漫又接到电话，说有人找。

梅漫走出来一看，是两个长相凶蛮的男人，看两个人气势汹汹的样子，梅漫赶快把他们带到了附近的咖啡厅，生怕被人看到，产生误解。

"你欠袁先生钱了，赶快还清，不然我们明天还来。这是警告你，再不还，有你好看。下一步就起诉。"

"我们走！"两个人站起身走了。

梅漫拦住他们问："是袁震饥吗？"

"你自己心里明白。"

梅漫莫名其妙。她赶紧给袁震饥打了电话，问他到底是怎么回事。

"你不是上次签了字吗，从我这里拿了几百万买房。"

"转账记录呢，钱呢，房子呢？"梅漫厉声质问。

"什么转账记录，我不是付给你现金了吗？我给你出个主意，如果没有那么多钱，可以用房子抵，你们梅家的老宅可是个宝贝。"

"滚！"梅漫挂断了电话，失声痛哭起来。

为什么会碰到这样的人，为什么生活如此糟糕，为什么想让生活越来越好却要适得其反，为什么想得到钱却失去了钱？梅漫在质问自己，拷问自己，谩骂自己。

梅漫把电话打给一个律师朋友，询问此事，律师说要看那张协议具体签的是什么内容。梅漫把合同拍照发给了她。律师说，这个看怎么审了。她奉劝梅漫能和平解决就和平解决，千万不要走到打官司那一步，她说那种精神煎熬梅漫受不了。

跟袁震饥那种人和平解决？那无异于跟非人类打交道。梅漫低头回到了家。顾蕙兰没有在家，梅抒颐说她和同学聚餐去了。

梅抒颐给梅漫做好了饭，一荤两素，两个人准备吃饭。

突然有人敲门，梅漫问找谁。来人说找梅漫。梅漫打开门，呼啦啦进来几个身材魁梧的男人。梅抒颐问："你们是谁？"

"欠了那么多债，这座房子要拿来抵债了。"

"你说什么？"梅抒颐似乎没有听懂，又问了一句。

"你女儿欠了很多债，要用房子抵债了，过几天法院就来封房子了。"

"梅宅又要没了——"梅抒颐的话没有说完，嘴里就喷出了一口老血，然后闭上眼睛晕了过去。

梅漫跑上前摇晃着梅抒颐的肩，梅抒颐闭着眼睛没有醒。

"你们给我滚，我要报警，你们私闯民宅，气病老人，我要起诉你们！"梅漫指着几个人的鼻子说。

"你也要被起诉了，房子马上被封了。"来人也不甘示弱地走了。

梅漫不敢耽误，赶快叫了救护车，把梅抒颐送进了医院。顾蕙兰回来，知道梅抒颐突然发病进了医院，感到很诧异。她问梅漫，梅抒颐一直好好的，怎么突然病了。她看着被抢救的梅抒颐哭着说："抒颐，你要挺住啊！梅宅也回来了，你还有什么不满意的?"

　　听到顾蕙兰的话，梅漫伤心地捂着眼睛跑出了病房。站在医院四楼的窗口，她想一跃而下。

第 168 章

梅抒颐死了，很突然，很意外，让人意想不到。生活大都如此，并不依照人的意愿和想象。

深夜，梅漫跑到护城河边，她想跳下去。这个想法和在医院四楼窗口时一样决然。

路上，还有来往的行人，一个女孩对前面的身影喊："妈，等等我!"

这一句话，让梅漫转头跑回了家。是的，死没有那么容易和简单。当然，如果你想抛弃责任的话。

梅漫擦干眼泪走进了家。

彩武叔正在陪顾蕙兰说话，当然是劝解的话。看见梅漫回来了，他对顾蕙兰说："我找梅漫。你去休息吧，我看你脸色不太好。"

"那倒不用，有你陪着说说话心里还舒服点。"顾蕙兰说。

"我又不是外人。你在房间里踏踏实实躺着，明天我还来。"彩武叔说。

顾蕙兰实在支撑不住了，走进房间就躺下了。梅漫走过去，轻轻带上了顾蕙兰房间的门。

"丫头啊，你可要挺住啊。太突然了。"

彩武叔的几句话像拉开水闸一样，一下子就把梅漫的眼泪碰出来了。

"我把房子卖了，别跟你妈说。"彩武叔把一张卡塞给了梅漫。

"干吗卖房，您住哪儿?"梅漫着急地问。

彩武叔摆摆手。"这些你就别管了，你跟彩武叔说实话，你最近是不是手头紧，急需钱。我上次去典当行找个熟人，看见你在典东西。"

梅漫没有说她跟夏南离婚的事，只把和袁震饥的事跟彩武叔说了。

彩武叔一拍大腿，说外国的东西他虽不懂，但是，有一点他明白，袁震饥惦记上了他们梅家老宅，因为袁震饥曾特意问过彩武叔，梅宅地下是不是埋着宝物呢，他说他听梅抒颐犯病的时候说过，也听他以前的丈母娘神神秘秘地说过宫里有不少东西埋在了那里，包括战乱时故宫里的一些东西。他一定是冲着梅宅。不管是跟夏南亲近，让夏南破产，还是假意帮助梅漫买房，都是一个目的，要不择手段地拿下梅宅。

听到彩武叔的话，梅漫仔细回忆袁震饥的所作所为，确实有一定的道理。

"你就在家照顾你妈，袁震饥那里的事你就别管了，我来处理。"

"彩武叔，难为您了。"梅漫感激地说。

彩武叔从梅漫家里离开直奔袁震饥的老窝，他知道这小子没有特殊事每晚都窝在他自己的娱乐城，吃饭、唱歌、按摩。

彩武叔站在娱乐城门口，对门卫说："去把袁震饥给我叫来。"

门卫为难地说："没看到袁总。"

彩武叔冲进大厅，对大厅前台说："去把袁震饥给我找来。"

前台打了一个电话，走过来一个穿西服的男人，对彩武叔说袁震饥没在。

彩武叔抄起前台的花瓶就摔在了地上，引起了一片惊叫，即刻吓跑了两个客人。

转眼，彩武叔身边就围上了几个身穿西装的服务员。

"你们都给我离远点，谁上前一会儿瞎了眼、当了公公别后悔，你大爷当过杀猪匠，杀人不眨眼。你们说姓袁的没在啊。"

彩武叔风风火火地在前面走，后面跟着一群看起来膘肥体壮实际上胆小如鼠的窝囊废。

彩武叔先进餐厅包房，一间间找，没有，然后进唱歌的 KTV 包房，一间间地找，还是没有。彩武叔还要进按摩室，袁震饥披着衣服从一间包房里走了出来，好像刚睡醒似的。彩武叔横了一眼袁震饥，心想，一看这副嘴脸就是内虚外衰的货。

"彩武叔，稀客稀客，来，去最好的包房，找最好的按摩师给彩武叔来个全套 SPA。"

"别给我来这套，找你干什么来你心里清楚。"

彩武叔气势汹汹，一点也不惧怕。他心想："你这个兔崽子，做过多少见不得光的事，我堂堂正正一辈子，还怕你？"

"彩武叔，您到我这又砸又闹，我报个警一点也不多余。"袁震饥软硬兼施。

彩武叔是软硬不吃。"你报啊，看谁手里黑料多。"

袁震饥走到彩武叔身边，搂着他的肩说："走走走，咱爷俩喝一杯。"

说着拉着彩武叔走进了一个小包房。彩武叔也是个明白人，你要好说咱们就好商量，你要混蛋咱们就奉陪到底。

彩武叔从兜里掏出一个小二锅头瓶子仰头喝了一口，对袁震饥说："我可是喝了酒来的，武松醉打蒋门神，景阳冈醉打老虎，这都是有说头的。我现在一无所有，正愁没地吃饭睡觉呢。"

"得了，老爷子，您就直说找我有什么事吧。"

"梅漫什么时候跟你借的钱，你打什么梅宅的主意？"

"这个一时半会说不清楚，那么好的梅宅谁不眼热。"

"我告诉你，少打梅宅的主意，梅宅是你这样的人住的吗？你也配。梅宅的祖先不答应，梅家老爷子梅若兰冲破层层阻碍也要把你轰走。"

"哈哈哈！"袁震饥笑了，"您就别在这装神弄鬼了。我是每年抢雍和宫头炷香，每年五台山上进香的人。"袁震饥说得很自豪，似乎神仙就在他的身后。

"哼，举头三尺有神明。就你这副德行，神仙也不会护佑你的，你烧的香，神仙才不要呢。"

"说这些都没用，彩武叔，这次的面子我是不会给您的。我已经咨询了律师，如果不行我就用法律手段得到梅宅。你回去问问梅漫，她在手机上是怎么跟我交谈的。哈哈，这都是证据！"

"你这个混蛋小子，你就往邪道上走吧，金钱迷了你的心窍，你都活成了世间活生生的畜生、魔鬼。"

"我活得很自在，很享受。"袁震饥喜笑颜开，根本不在乎彩武叔的话。

"善恶报应，祸福相承，身自当之，无谁替代。你不会有好报应的。"

"你是神仙啊，彩武叔你太把自己当回事了。"袁震饥望着彩武叔的背影，撇了撇嘴。

第 169 章

梅欣和思敏都回来了，处理完梅抒颐的后事，顾蕙兰把大家叫到了一起。

她要把家里的古画、古董都分了。梅抒颐的突然离世，颠覆了顾蕙兰的认知，她明白了很多，不再把金钱和物质看作生活的全部，也不再把它们看得那么重要。所以，她决定把这些东西给孩子们分了。

思敏首先表态，她说她不是梅家的人，不应占有梅家的财产。还有就是，她的财产足够支撑孩子们的教育和家里人的开销，没有必要要那么多财产，她完全拒绝。

梅欣呢，居然跟思敏的态度一样，他也不要，至少现在是不要的，还是由顾蕙兰保管。梅漫不知道该怎样表态。为了梅宅，她该不该做出与他们截然不同的决定呢？梅漫拿不定主意，也不好开口。这不是贪财和占有，也不是私欲，而是完全为了梅宅。她想等等彩武叔那边的消息。

彩武叔这两天也没有闲着，他先找了明宝斋的朋友，听说朋友的孩子是大律师，于是让朋友答应帮忙，他准备带着梅漫去见这个律师具体谈谈。接着，他在袁震饥经营、出租的店铺收集他的黑材料，准备先下手为强。然后他去见了一次袁震饥，敲山震虎，先吓吓他再说。

袁震饥带着跟班，正准备出门，他对彩武叔说要去云南办事，让彩武叔就不要管房子的事了，彩武叔要是缺钱，他转给彩武叔十万元。彩武叔说天地良心，不义之财他是不要的，并警告他，这件事自己是管定了，大律师都

605

找好了，他的黑材料也搜集好了，让他自己好自为之，他如果愿意硬碰硬，自己奉陪到底。

彩武叔去找梅漫，把自己这两天找律师，搜集证据的事跟她说了。他问梅漫："袁震饥说你们电话里有证据，你自己查查你的电话，或者找律师问问。"

梅漫拿出手机，急忙翻自己与袁震饥的对话，她想起来了，袁震饥曾经跟她说，他不习惯回微信消息，有时候不方便接电话，她可以发过来信息，他是可以看到的。所以，梅漫发了很多信息给他，大部分内容都是关于房子、关于打款的。可是信息里没有一条袁震饥的回复，就是说，这个险恶的人一直做着精心策划和准备，处心积虑，小心翼翼地对自己做了很好的保护，对梅漫做了最大的诱惑。

梅漫边看边骂："这个无耻的人。现在才明白他当初早就做好了防护，而且他还问过我家里很多事，古董什么的，现在想就只有一个目的，更多地抓住我的把柄。"

"孩子，你不用怕，有我帮你，虽然我也没啥本事，但是我是实实在在地帮，没有任何杂念，大不了我——"彩武叔没有说下去。梅漫也不忍听。

"彩武叔，我知道，但是我们做事一定要有尺度和底线。"

彩武叔手里拿着一包吴裕泰的茶叶，说要跟梅漫一起去看看顾蕙兰。

到了顾蕙兰家，苏雪雁正在跟顾蕙兰聊天，她怕顾蕙兰忧郁难过，过来陪陪她。

"彩武叔，你说这人是不是不能干缺德事，肖雅清的女儿厕所公主开的幼儿园，给孩子吃发霉食物，被家长抓到证据，曝了光，结果食品监督部门的来检查一看，妈呀，油、肉、大米都有过期的、发霉的，这得千刀万剐。我跟居委会说，咱们不能缺席正义，必须封门，将她绳之以法。他们的上游供应商居然是袁震饥，这回黑链条找到了。家长坚决不干，说孩子们吃了这么多年发霉食品，要彻底清算，罚他个倾家荡产。"

听到这些，彩武叔和梅漫相互看了一眼。这种眼神只有他们自己知道。

多行不义必自毙。苍天饶过谁。

第170章

梅漫突然接到电话，说在老街咖啡厅，有个人在等她，让她直接去咖啡厅。

梅漫脑子里突然想到了恶贯满盈的袁震饥，是不是他又来找自己麻烦呢？

"你是谁？"梅漫有些心慌地问。

"我是这里的服务员，男士就在我身边，他个子挺高的，姓什么他让我保密。"

梅漫听到这句话就放心了，因为袁震饥个子很矮。也许是彩武叔找的律师吧，梅漫这样猜想，但是也不敢确定。

梅漫抬着沉重的脚步，怀揣着满心的不安去了咖啡厅。

走进咖啡厅，梅漫放眼一望，人影绰绰，她有点茫然，几乎想转身离去。管他什么人找，没有兴趣见，谁也不想见。

"梅漫！"

一个熟悉的声音传来。梅漫的眼睛顺着声音找。迎面走过来一个人。

看到他，梅漫傻了，完全惊呆在那里。

是李翰歌。他什么时候回来的？

梅漫看着李翰歌，眼睛里一下溢满了泪水。太意外了，太意想不到了。李翰歌这个曾经最熟悉的名字，这个在心里最不能忘怀的人，已经被梅漫丢弃了那么久，今天他再一次进入梅漫的生活。

梅漫坐下，服务生就端上了一杯心形图案的卡布基诺。这是梅漫喜欢的咖啡味道，李翰歌知道。

"什么时候回来的，是不是很快就回去了？"梅漫故作平静地问。

"才回来，不走了。"李翰歌看了一眼梅漫，端起他的拿铁喝了一口。

"其实我中间回来过，你想我要看望父母啊。那时候听说你出国旅游，我也不好打扰你，怕夏南找我算账。"李翰歌笑着说。他说得很轻松。在他眼里，梅漫还是以前那个样子，既没有变胖也没有变老，只是眼神不像以前那样简单纯真了，似乎多了一丝忧伤。

"听说你离婚了，要不咱俩可能都没有机会坐在这里。"李翰歌说。

"你怎么知道的，听谁说的？"梅漫很诧异。李翰歌一直在国外，他是怎么知道的？连父母都不知道自己离婚呢，知道梅漫离婚的人寥寥无几。

李翰歌根本不回答梅漫的问题。

"你未嫁我未娶，我们还可以谈一场恋爱。"

"开什么玩笑。"梅漫苦笑了一下。

李翰歌是认真的。他上次回国，从磐磐姐那里知道了梅漫离婚的消息。不知道为什么，他好像有些喜悦，而且，似乎是冥冥之中，他一直坚信梅漫和夏南会离婚。这种感觉一直伴随着他。

梅漫摇摇头，一个离过婚的女人，怎么可能嫁给一个未婚的男人？人们的观念接受不了，梅漫自己也接受不了。

"离过婚的女人还能嫁给英国王子呢，还能嫁给法国总统呢。你自己要转变观念。"

"别人是别人，我是我。"

梅漫之所以拒绝，是因为她认为这样做对李翰歌是有失公平的。以他的条件和能力可以找到一个年轻而优秀的女孩。

"我以前的单位有个同事，美国波士顿大学毕业的留学生，长得也不错，我给你介绍介绍，可不是开玩笑。"

梅漫以前的单位确实有一个留学生还没有找到合适的男朋友，她是真心实意地想这么做。

李翰歌看着梅漫笑了。

"我千里迢迢回来，几乎是第一时间来见你，就是为了让你给我介绍女朋友吗？我心里从没有放下过你，也装不下别人。我觉得我们已经错过了机会，这一次不要再错过了。人这一辈子能有多少次机会容你错过？"

刚开始梅漫嫁给夏南，李翰歌以为她是贪图夏南家的钱财，后来李荷花跟他谈起过，梅漫可能做投资赔了钱，心情不好，然后喝多了酒误以为跟夏南怎样了，以为怀孕了，结果根本没有的事，完全是一场误会，但那时候她已经跟夏南结婚了，后悔也来不及了。

李翰歌才恍然大悟为什么结婚那天，梅漫突然拉着他说要跟他跑。那个时候，梅漫可能明白过来了。

"我能问你个问题吗？"梅漫问李翰歌。

李翰歌点点头。

"那时候，你家里有企业，经济条件很好，为什么不告诉我，一直骗我说是西北农村的，后来又说你父母是普通城市居民，你家里有企业的事也一直隐瞒着我。是不是怕我贪图你家的财产，对你不是真爱，你有意考验我？"这个问题已经在梅漫心里积压了很多年，这是她一直无法理解的，也是她赌气嫁给夏南的原因之一。

"我回答你来自普通家庭是对的啊。我本来就没有钱，那些资产是父母的，完全不属于我。"

李翰歌努力向梅漫努力解释，刷新她的观念。很多人总是以为，父母有钱、有企业等于子女也有钱，这个观点是错误的。那是父母的钱，不属于子女。比尔·盖茨的女儿还打工呢。

原来李翰歌的观点是这样的，所以总说自己没有钱。这并不是欺骗，自己确实误解了。听了李翰歌的解释，梅漫确实对金钱有了另一种全新的理解。

第 171 章

梅漫不答应李翰歌，李翰歌并没有显得那么急切而没有耐性。人的感情需要慢慢转变，李翰歌有信心和耐性等待梅漫的爱情。

李翰歌急急忙忙找梅漫，除了感情方面的问题，还有一个重要的事，他当时一听到这个消息就坐不住了。

李翰歌跟一个朋友到琉璃厂逛，陪朋友买画画的宣纸，后来朋友说明宝斋里的画不错，两个人就进明宝斋里转了转，李翰歌看上了一个大红雕花的漆制笔筒，这是北京漆器。就在他交完钱准备出门的时候，正好在门口遇到了彩武叔。李翰歌当然认识彩武叔，梅漫提起过他很多次，那时她总带他到彩武叔的小店买东西吃。

彩武叔一看李翰歌竟然激动地拽着他的胳膊不撒手，当即就要拉着李翰歌说事，很急切的样子。李翰歌的朋友看到彩武叔似乎找李翰歌有什么事情，就告辞先回去了。

李翰歌带着彩武叔进了晋阳饭庄，点几个小菜边吃边聊。忻县羊肉、苔蘑、过油肉、黄米油糕、刀削面。

"让你破费了。"彩武叔客气地对李翰歌说。

"彩武叔您客气了，能碰到您一起吃饭是缘分。特别高兴，来！"李翰歌向彩武叔举起了酒杯。

彩武叔吃了几口菜就对李翰歌说了梅漫被袁震饥欺骗，签了合同被追债的事，还说袁震饥的目的就是要梅家老宅。彩武叔还说了梅抒颐去世的消息。李翰歌听到这个消息，当时就特别心疼梅漫。离婚，失去亲人，被追债，这几年，梅漫都经历了什么呀。

彩武叔对李翰歌说这些的意思就是他年纪大了，能力有限，让李翰歌看在以前跟她朋友一场的面子上，帮帮她。

李翰歌让彩武叔放心，说他会竭尽全力帮助梅漫的。

彩武叔听到这句话，当时就举起酒杯一饮而尽。

"我没看错，孩子，当初你没有跟梅漫结婚我是觉得特别遗憾和可惜的，梅抒颐也跟我说过这个事，我们的想法是一样的。"

有了李翰歌的承诺，彩武叔当时就感觉轻松多了，高兴地多喝了几杯酒。

此时，李翰歌把碰到彩武叔的经过以及彩武叔跟他讲袁震饥追债的事跟梅漫说了，他让梅漫详细跟他说说。

听完了梅漫的讲述，李翰歌怒火中烧。

"无耻！太无耻了。当一个男人去欺骗女人的时候，我觉得这个男人应该被女人一人踏上一脚，踩成相片才解气。

"这个事情我来解决。你一定要信任我，把我当成你的靠山和肩膀。有了我，你以后就不用为任何事伤心难过了。"

听到这些话，梅漫流泪了，一个男人对自己这样不离不弃，是自己的幸运。一个男人，这样对待女人，他是称职的，不愧是顶天立地的男儿。一个男人这样包容女人，是对女人的真爱。唯有真爱才如此深情。

李翰歌递给梅漫一张纸巾。"哎哟，别伤心了，想吃什么我请你。"

梅漫摇摇头，哭得更伤心了。

"走走，去吃饭，一会儿还要开你的批斗会呢。"李翰歌拽起梅漫走出了咖啡厅。

梅漫真的吃不下。她摆摆手说："简单吃点吧，我一点也不饿。"

"我记得你爱吃日餐，我们去吃日式火锅吧。我饿了，没见到你之前，饭都吃不下。就当陪我吃吧。"

两个人走进餐厅，找了一个僻静的座位坐下。李翰歌确实饿了，吃了不少牛肉、三文鱼和寿司。梅漫吃了几只甜虾，在李翰歌的热情劝说下，又吃了些牛肉和三文鱼。

"其实你有一个特别大的缺点，你知道吗？"李翰歌问梅漫。

梅漫摇摇头。缺点一大堆，但特别大的缺点是什么真的不知道，她愿意听听李翰歌对她的看法。

"你把钱看得太重了，钱不是生活的全部。以前谈恋爱的时候，就发现你有这个问题。但是，因为喜欢你，就包容你，容忍你，其实我觉得你这几年遇到的这些麻烦和不幸都与这个息息相关。你晚上回家好好琢磨琢磨我的话对不对。"李翰歌看着梅漫笑着说。

听到李翰歌的话，梅漫愣住了。她没有想到，李翰歌说得这样一针见血，看得这样透彻。她一直没有发现自己的问题和缺点。不识庐山真面目的原因就是身在此山。

梅漫在延伸思维，何止是自己呢，自己的妈妈、爸爸还有很多朋友都有这个问题，把金钱看得太重了。其实，生活里不仅有金钱，还有爱情、亲情、理想、爱好、事业。

梅漫点头，赞同李翰歌对自己的评价。

"承认了，没有生气吧？"李翰歌问。

"怎么会呢，我哪有这么小心眼。"梅漫笑着说。

"今天第一次看你笑得这样甜，这样开心。今晚回去把合同等材料发给我，踏踏实实地睡个觉吧。估计你根本就没睡过踏实觉。"李翰歌看着梅漫说。

两个人起身走出了餐厅。李翰歌攥着梅漫的手，一直没有松开。

第172章

李翰歌去找袁震饥的时候，袁震饥刚从云南回来。

李翰歌说话很不客气，告诉他不要打梅宅的主意了，梅宅他是拿不走的。

袁震饥刚刚听说厕所公主的幼儿园出事，还牵扯到了自己，正一肚子恼火。他也放了狠话，说他的朋友说了，一定要打这场官司，打不赢还打不输吗？

李翰歌鄙夷地笑了一声，说："就凭这句话，就知道你的朋友是个猪脑子。"

袁震饥不知怎么回事，突然捂着肚子说肚子疼。袁震饥手下的人，赶紧把他搀到了房间。李翰歌只得起身告辞，临走对袁震饥的身影说："你应该去医院，而不是回卧室。"

袁震饥死鸭子嘴，铁硬，说："不用你操心，我到了医院就烦，这辈子都不想踏进医院的门。"

李翰歌说："这由不得你。"然后转身走了。

他给梅漫打电话，说跟袁震饥见了面，两个人聊得很不愉快。他让梅漫不要担心，还说袁震饥从云南回来后身体不舒服，他过几天他再去找袁震饥。

后来，李翰歌又给彩武叔打了电话，告诉他自己与袁震饥见了面，说袁震饥病了，自己过几天再去找。彩武叔骂了一句，说："他丫有什么病呀，是不是装孙子呢？"李翰歌说不太像。彩武叔说他要跟李翰歌一起去找袁震饥。两个人商量好三天后一起去。

李翰歌和彩武叔再去找袁震饥的时候，很是意外和吃惊。他们以为袁震饥的病会好，没想到袁震饥躺在了床上，根本起不来，还说去医院看了，拿了药吃也不管用。他问彩武叔："我得的是不是怪病，有没有可能在云南撞到什么不干净的东西了？"

彩武叔笑了，说："你还这么迷信，依我看你是心病。别总惦记梅宅，不是你的东西想要也不行。"

袁震饥笑了说："彩武叔别吓唬我了，我昨天梦到自己死了，是死在了梅宅的雕花床上，可是又像是在我在云南那家老客栈的床上。"

彩武叔开玩笑地说："想想你干了什么缺德事，赶紧行善积德，灾难就过去了。"

袁震饥闭着眼睛有气无力地说："我一辈子堂堂正正，顶天立地，也算是一条汉子，从不背叛人，背叛朋友，要不然也不会结交这么多朋友，我还是个极其孝顺的人。"

李翰歌听了，觉得袁震饥这种人三观缺失，认知错位，盲目自信。

这个时候，小不点来了，他们贩卖制作假画的窝点早就关门了。小不点还没有发财就又过上了没钱的日子。梅欣给他介绍动漫公司的工作，他干了一个月就被人家解雇了。他来找袁震饥借点钱救急。袁震饥看他来了，闭着眼睛装睡。小不点不管，张嘴就要借钱。看袁震饥不搭理他，他突然想起什么似的说："大哥你知道吗，天大的新闻，小红薯爆红成明星了，不知道她怎么走红的，听说演了部什么剧一下就火了。"

"你去找小红薯借钱啊，现在就给我滚，别在这儿苍蝇似的嗡嗡。"袁震饥仍然没有睁开眼睛。

"哎哟，噢啊，啊——"袁震饥突然大叫了起来，叫声听起来很痛苦，很恐怖！身边的人赶快拿起一片药，塞进他嘴里。

看到这里，李翰歌和彩武叔对望了一眼说："如果需要，我们把你送医院找个医生，这样在家里也不行。你和梅漫签的合同我们还是要商量解决，如果你执意要打官司我们也奉陪。谁输谁赢还不一定，就是输了也没有关系，最坏的结果就是梅漫跟你借了钱。借钱不是小事吗，我来还。"

"就怕你还不起。哼哼！"

袁震饥还是执意要拿到梅宅，这个人的贪欲不是一般的大，病到这种程度，依然言恶心狠。彩武叔拉着李翰歌走了。

出了门，他对李翰歌说："你还要带他去医院，我们的善良没有那么廉价，有底线。"

"看他的脸色枯黄黑绿，不是好脸色。我想起了《红楼梦》里的贾瑞，贪婪之心，连死都忘了，真是自作孽不可活。"李翰歌愤然地对彩武叔说。

"他的脸色，真不好，以我这么多年的经验……"彩武叔摇摇头。

过了没有几天，李翰歌再去找袁震饥的时候，听说他已经死了。身边的人说，他死得很痛苦，莫名其妙的，胸腹绞痛，肿胀如瓮，流血而亡。不过，临死前一天，他突然说想做好事，跟老天要点阳寿，撕了不少别人的欠款借据，都是高利息的，还嚷着梅宅他也不要了，梅家老爷子快点走吧。

李翰歌听到这些，并没有因为梅宅的安全产生多少喜悦，心里反而很复杂，很沉重。活得这么悲哀，临死都没有活明白，这也许不是袁震饥一个人的悲哀，而是更多人的悲哀。

当梅漫听说袁震饥死了，合同被撕毁，梅家老宅保住了的时候，惊异地张大了嘴巴，她坐在那里完全呆住了，继而喜极而泣。

第 173 章

梅漫回家的时候，苏雪雁也在，两个失去亲人的女人，正在咀嚼着生活中如期而至的每一段经历。亲人的渐渐离世，年老的无奈，生活面的一天天狭窄，不断地被边缘化。"莫道桑榆晚，为霞尚满天"，那是诗人的浪漫和情怀。

好在顾蕙兰和苏雪雁的神情看起来还是沉静的。梅漫看到她们的状态，也稍微轻松了些。近些日子，她被房子和债务的事情牵扯了很多精力，导致心情极差，每天不是跟艾达交流就是跟律师咨询，要不就是上网查各种资料，或者躺在床上发呆，心中各种悲哀、难过还有后悔。对于母亲顾蕙兰的关心和照顾她根本无暇顾及，现在想来特别悔恨自己的过失。

对于父亲梅抒颐，梅漫几乎是不敢想的，她觉得梅抒颐的突然离世，自己有不可推卸的责任，每每想起都是痛切心扉、撕心裂肺。她特意让李翰歌陪着自己去了梅抒颐的墓地。一束鲜花，一份忏悔、一段悲情，能让生者得到慰藉，能让逝者得以安然。

顾蕙兰看到梅漫回来了，新奇地跟她讲她们在街口值班居然抓到一个间谍，还说不要以为这个离大家很远，说不定街上吆喝磨剪子、磨菜刀或者安纱窗的人就是潜伏的间谍。

听到这里，梅漫看着两位老人笑了。日子过得如此充满遐想、充满情怀，是让人期待的。生活中的故事，故事中的生活，我们就在这里寻找生活的况味。

苏雪雁走了以后，梅漫问顾蕙兰："马上就是你生日了，我送你一个包吧，你不是一直想要一个外出的时候背吗？"

"不要买了，我有那么多包，没有必要浪费钱。"

以前，若是说给顾蕙兰买东西，她表现出来的都是高兴和喜悦。现在怎么画风由奢侈转为简朴了？

"怎么是浪费，总要送你件礼物。"梅漫看着顾蕙兰说。她想，是不是父亲梅抒颐的去世给顾蕙兰的心理造成了伤害，导致她对什么都没有兴趣了？

"观念变了。人都是这样，小时候渴望糖果，长大了、变老了，渴望的东西就越来越少。其实，过了一辈子才体会到，平凡的生活最幸福。"

"你不想要东西那我带你去旅游吧。"梅漫想让顾蕙兰开心。

"我只想去青海看看你思敏姐姐，再去白洋淀的水里坐坐小船，看看一望无边的芦苇荡，那是我出生的地方。"

梅漫点点头说："好，我陪你去。"

顾蕙兰什么礼物也不想要了，对物质完全没有了兴趣。梅漫故意开玩笑对她说："你这么节俭、这么自律，不会有一天突然悟道，出家吧？"

顾蕙兰笑了，说："你妈不是大师，她每天离不开柴米油盐酱醋茶，依然是个庸俗的老妈。"

庸俗总跟生活和享受不期而遇，其实生活中需要适度的庸俗也需要高雅，更需要风清气正的清雅和干净，阳春白雪和下里巴人都是社会不可或缺的。但不健康的人格绝不会被社会接受，更不能对之妥协。

梅漫答应顾蕙兰，等安排好自己的事就陪顾蕙兰去青海和白洋淀。

其实，对于父母精神的关照远远重要过物质的给予。梅漫似乎懂得了这个道理。

梅漫把跟夏南离婚的消息告诉了顾蕙兰。顾蕙兰当然很惊讶，看得出她

619

脸上的绝望和难过。梅漫赶快告诉她，李翰歌回国了，他一直没有结婚。

顾蕙兰说李翰歌是个好孩子，让梅漫不要再失去机会。梅漫告诉她，李翰歌家是没有什么财产的。顾蕙兰说这些不重要，重要的是他们是不是仍然相爱。

李翰歌对梅漫说他的父母要回老家，在那里建一座养老院，一所乡村艺术学校，父母的财产拿出去不少；家里的企业，要负责艺术学校和养老院的运转，所以自己的压力也是不小的。不过，李翰歌信心满满，他还打算把物流公司扩大，做国际物流业务。他还想帮助思敏姐姐一起生产、经营婴儿奶粉。

梅漫已经给彩武叔买了一个小房子，虽然不在市中心，但是一个安稳的住所足以让彩武叔安度晚年。彩武叔没有去住，他把小房子出租了，自己在梅家老宅附近租了一间小房，他说住习惯了，离不开这里。

住在梅宅，又可以听到彩武叔咿咿呀呀的、娇媚的花旦唱腔了。

李翰歌带梅漫去了趟孤儿院，他们给孩子们买了很多礼物。他说跟他最好的那个小女孩已被磐磐姐领养走了，带到了荷兰。他就是最后那次去看孩子时，从磐磐姐那里知道了梅漫的事情。

从孤儿院出来，李翰歌说要带梅漫去一个特别好玩的地方，梅漫肯定喜欢。

李翰歌带梅漫去了动物收养院，面对那些可爱的狗狗和猫咪，她很兴奋。一只浑身雪白的小猫冲梅漫亲热地撒娇，梅漫看到它翘起的黑尾巴。"雪里拖枪"，它是阿福，梅漫激动地指着那只猫叫喊。李翰歌带着梅漫领养了阿福。

又一个阿福来到了梅宅。

梅漫告诉李翰歌，听说香港的一位明星捐建了几十所学校，自己很佩服他，也很佩服李翰歌的父母。她现在理解了李翰歌所崇尚的简单生活。

李翰歌说他想起了罗素的一句话："不加检点的生活，确实不值得一过。"也许我们过得不够高尚，但求不负自己的内心就好。

从动物收养院回来，梅漫神神秘秘地拽着李翰歌来到了梅宅，悄悄对他说："听说梅宅的地下埋了不少宝贝，你有兴趣跟我一起寻宝吗?"

李翰歌笑着说："如果真的挖出了稀世珍宝你会怎么样?"

"若挖出的是故宫散落在民间的珍宝，一定要上交。也许，梅宅地下有宝贝的说法本身就是一个传说。"

"那就不要挖了，让它成为一个传说，一个故事，一个心里的美好。"

"很多东西轻而易举地丢了，再找回来有多么不易和艰辛。幸运的是，你丢失的宝贝都找回来了，包括梅宅和我。"李翰歌对梅漫说。

"把自己说成宝贝，你好自信啊!"梅漫半开玩笑地说。

"我说的是实情啊!"李翰歌自信地笑了笑。

是啊，这些年，梅漫丢失了很多，得到了很多，在丢失的遗憾和得到的喜悦中，时间一天天过去了，回首，日子已成为过往的流年……

逝者如斯夫!

生命之册留下了每个人的印记，不能更改，只能憾望。他们站在梅宅的风景里遥望远方，遥望流年、遥望过往的岁月……

梅漫笑了，笑得那么甜美、从容。

从今天开始，她的生活将进入崭新的境界。从迷失到挣扎到清醒，一切遇见都只为今日的重生。

"因为爱过所以慈悲，因为懂得所以宽容。我不是念诗，也不是浪漫。我在面对自己的内心。"

李翰歌突然想起什么，他对梅漫说："有一个不好的消息。"

梅漫听后紧张地看着李翰歌。

"李想的女友从深圳回西北找他了。"

"啊？为什么会这样，那荷花岂不是又要经历痛苦？"

"是啊，生活中总有意外，总有无法预料的事等着我们。我想，如果不是真爱，放手也不可惜，丢掉也不痛苦，相信荷花一定会明白这个道理。"李翰歌接着说，"我父母给了我一千万，让我结婚买房，我想把这笔钱给你，由你做出安排。谈恋爱时，我没有给你买过一件贵重的东西，今天补偿给你。"

梅漫摆摆手，让李翰歌把钱还给他的父母。

李翰歌笑了笑，问梅漫为什么。

梅漫看着月光中的梅宅，静静地说了这样一句话："我有一裙，足以美丽！"

梅漫对金钱有了全新的理解和认知。

愿望与欲望是两个差之毫厘的世界，它们与时光紧紧捆绑，不可复制。

此时，古老的梅宅幽然静美，月满花浓，正是小院闲窗春已深的时候。紫藤暗香疏影，吐出丝丝余香，那轮挂在晴云中的银月，流光轻垂，盈盈月光轻哼着那首亘古不变的时光歌谣。

时光在静静流淌，古老的月亮依然明亮……